Jacquelyn Mitchard

Tief wie der Ozean

Jacquelyn Mitchard

Tief wie der Ozean

Roman

Aus dem Amerikanischen
von Margarete Längsfeld

Limes

Die Originalausgabe erschien 1996
unter dem Titel
The Deep End of the Ocean
bei Viking, New York.

2 3 4 5 99 98 97

Satz: Wilhelm Röck, Weinsberg
Druck und Bindung: Pustet, Regensburg

Printed in Germany
ISBN 3-8090-2413-9

Den beiden Dans sowie
meinem Vater und
meiner Mutter
gewidmet

Gram füllt die Stelle des entfernten Kindes,
Legt in sein Bett sich, geht mit mir umher,
Nimmt seine allerliebsten Blicke an,
Spricht seine Worte nach, erinnert mich
An alle seine holden Gaben, füllt
Die leeren Kleider aus mit seiner Bildung;
Drum hab' ich Ursach', meinen Gram zu lieben.
Gehabt Euch wohl! Wär' Euch geschehn, was mir,
Ich wollt' Euch besser trösten als Ihr mich.

König Johann, *3. Akt, 4. Szene,*
von WILLIAM SHAKESPEARE

November 1995

Gut zehn Jahre waren vergangen seit dem heißen Augustmorgen, an dem Beth den Umschlag mit den Fotos in die Schublade legte, bis zu dem kalten Herbstnachmittag, an dem sie ihn hervorholte und die Bilder nach und nach auf ihrem Schreibtisch ausbreitete.

Zehn Jahre mit großen Veränderungen. Diesen Sommer war es ein ganzes Jahr her, daß Beth erfahren hatte, was mit ihrem Sohn Ben geschehen war. Und wenn sie die Irrungen und Wirrungen mitrechnete, die danach folgten, kam es ihr noch länger vor. Erst vor ein paar Wochen, im Oktober, war in *USA Today* eine groß aufgemachte Geschichte mit dem Titel »Ben: Ein Nachspiel« erschienen – ein verspäteter »Ein-Jahr-danach«-Versuch, basierend auf abgedroschenen Zitaten der wenigen Leute, die noch mit der Presse sprachen. Aber es war nicht der Bericht gewesen, der Beth an die Bilder erinnert hatte.

Sie war eines Morgens aufgewacht und hatte es gewußt. Sie wollte sie sehen.

Es hatte geregnet an jenem Tag, ein kühles, stetes Novembernieseln. Über Jahre hatte Regen bei Beth einen Hang zur Vertiefung in ganz gewöhnliche Alltagsbeschäftigungen ausgelöst. Aber jetzt brachte selbst der Regen sie nicht von ihrem Vorhaben ab. Sie hatte es vielmehr eilig, als würde das Betrachten der Fotos einen Punkt ans Ende eines Satzes setzen, der eine ganze Seite eingenommen hatte.

Beth hatte die Bilder ausgelegt, nur sechzehn Stück – ein kleiner Film, weil Pat damals die lächerliche Instamatic benutzt hatte, von der er sich nicht trennen wollte, was Beth peinlich war. Sie hatte die Fotos mit dem Gesicht nach unten ausgebreitet, wie eine alte Dame, die in einer Fensternische eine Patience legt.

Und dann schloß sie die Augen und berührte eins.

Es vibrierte nicht. Es versetzte ihr keinen Stromschlag. Kodak-Papier mit einem fedrigen Staubüberzug, das war alles, was sie fühlte. Nichts Mystisches. Beth atmete erleichtert auf. All die Jahre. Der Verschluß war intakt geblieben, wie versiegelte Papierlippen, das Datum mit verschmierter Farbe darauf gestempelt, eine erstaunliche Prophezeiung. Dritter Juni und das Jahr. Dritter Juni, ein Samstag, denn Pat hatte den Film an dem Tag, als sie zum Schultreffen gefahren war, im Einkaufszentrum in den Kasten geworfen. Als ihm am Ende jenes ausgelöschten Sommers der Film wieder einfiel und er die Fotos abholte, war Pat schluchzend nach Hause gekommen und hatte sie Beth gegeben, als erwartete er, daß sie ihn in die Arme nehmen und trösten würde, indem es ihr auf irgendeine Weise gelänge, mit den Beweisstücken zu Rande zu kommen.

Sie aber hatte die Falttasche mit den Bildern fest in beide Hände genommen und zu ihrem Schreibtisch getragen. Es war ihr damals wichtig erschienen – sie war sich nie ganz sicher gewesen, warum –, daß sie immer genau wußte, wo die Bilder waren, so verstörend das manchmal auch sein mochte. Da gab es zum Beispiel Zeiten, wo Beth, wenn sie ihre Schreibtischschublade aufzog, um Büroklammern oder ihren Stempel herauszuholen, einen Blick auf den Umschlag warf. Sie tat es rasch, so wie sie sich einst gesammelt hatte, bevor sie blitzschnell an dem Goya-Druck von Kronos, ein Kind verschlingend, vorbeirannte, den ihre Großmutter Kerry unerklärlicherweise an der Wand des Treppenabsatzes hängen hatte. Schloß sie dann die Schublade, so spürte sie denselben Sauerstoffmangel wie damals, wenn sie dem gräßlichen Bild entronnen war.

Trotzdem sah sie manchmal hin, und ein-, zweimal hatte sie den Umschlag tatsächlich mit den Fingern gestreift. Und als sie für den Umzug nach Chicago packten, war Beth zielstrebig an die Schublade gegangen, als wollte sie die Bilder tatsächlich hervorholen und betrachten.

Aber sie hatte es nicht getan.

Es war noch zu früh gewesen. Zu früh, um dranzugehen, zu früh, sie anzusehen.

Beth hatte es nach und nach fertiggebracht, ein paar Sachen von Ben zu verschenken oder wegzupacken. An manchen Regentagen, erstickenden Tagen, hatte sie sogar einige Sachen von ihm vernichtet – eine Spieluhr, einen mit Bauklötzchen verzierten Keramikbilderrahmen.

Sie hatte nie auch nur erwogen, es mit den Bildern ebenso zu machen. Schließlich war Beth Fotografin. Aber auch, weil sie das Gefühl hatte, daß vielleicht einmal eine Zeit käme, da sie diese Fotos schätzen könnte, besonders das letzte auf dem Film, den Schnappschuß auf der Veranda. Das schlichte Vergehen der Zeit oder Religion oder Frömmigkeit könnte dieses Bild zu ihrem bittersüßen Entzücken machen, eine Aufnahme von Ben, als sie ihn zum letztenmal gesehen hatte – nein, nicht zum letztenmal gesehen, aber zum letztenmal, daß sie ihn sah, wie er war, ihr sonniger, unkomplizierter Sohn, der ihr nie im Traum erschien, obwohl sie ihn oft weinend rief, weil sie dachte, daß sie wenigstens im Schlaf nicht um ihn bangen müsse. Und eines Tages, wenn sie im Sterben liegen und sicher sein würde, daß das endgültige Vergessen unmittelbar bevorstand, wenn sie sicher sein würde, daß sie sich nicht mehr weiter durchs Leben schleppen mußte, könnte es sein, daß sie diese Bilder oft, vielleicht jeden Tag, betrachten wollte.

Deswegen mußte sie sie zur Hand haben. Sonst würde sie sie verlieren. Das wurde ihr besonders klar, als sie Wochen nach dem Schultreffen nach Hause kam und feststellte, daß sie angefangen hatte, alles mit erstaunlicher Leichtigkeit zu verlieren, daß Schlüssel, Schecks, Geldscheine ihr aus den Händen glitten, als hätten sie ein kinetisches Eigenleben. Tatsächlich kam es über Jahre immer wieder vor, daß Beth in der Küche stand und sich beim Auspacken einer Tüte mit Lebensmitteln oder beim Wäschefalten nicht erinnern konnte, wo die Frühstücksflocken und wo die Bettücher hinkamen. Sie lernte, dies als chronisch zu betrachten, wie ein Hinken nach einem Unfall.

Erst im Rückblick auf diese Entwicklung konnte Beth erkennen, daß ihre Beeinträchtigung eine bewußte Wahl gewesen war, keine vorübergehende Trübung, die verflogen wäre, sobald sie sich imstande gefühlt hätte, die Dinge klar zu sehen. Die Beeinträchtigung hatte sie sich antrainiert. Sie hatte ihren Gedanken beigebracht, beim ersten Anzeichen, daß eine Erinnerung an Ben oder an jenen Tag sich Bahn brechen wollte, auf verlorene Schulzeugnisse und gefüllte Paprikaschoten umzuschwenken.

Beth wußte, daß sie mit dieser Erinnerung nicht durchhalten konnte; und wenn sie sie nicht zuließ, konnte sie nicht genesen. Und so hatte sie, wie es nun schien, sich dafür entschieden, nicht zu genesen. Vielmehr wollte sie versuchen, am bröckeligen Rand eines Kraters zu leben, vorsichtig aufzutreten und zu meiden, was sie in Gedanken als die Lawine bezeichnete.

Vergebens hatte Beth versucht, Pat, ihrem Mann, die Lawine und die Notwendigkeit, ihr auszuweichen, zu erklären.

Sie hatte es versucht und sich wie eine Idiotin angehört, als sie ihm von Menschen erzählte, die an einer Krankheit – dem Korsakow-Syndrom – litten, die ihr Gedächtnis in Momente zerschnitt. Diese Patienten, überwiegend Alkoholiker, konnten mit einem Arzt oder einem Sozialhelfer minutenlang vernünftig über das Wetter sprechen, über ihren Gesundheitszustand, die Berichte auf der Titelseite einer Zeitung, die aufgeschlagen auf dem Schreibtisch lag. Aber sobald der Arzt oder der Sozialhelfer den Raum verließ, und sei es nur für eine Minute, konnten Korsakow-Opfer sich nicht erinnern, diesem Menschen je begegnet zu sein. Das Kennenlernen mußte ganz von vorn beginnen.

So ungefähr, erklärte Beth ihrem Mann, fühle sie sich – ja, sie sehne sich geradezu nach diesem Gefühl. Eine praktisch funktionierende Frau, die jedem normal erschien, der den Schlüssel in ihrem Rücken nicht sah. Aber Pat, der zugesehen hatte, wie sie eine Roboterfrau und -mutter wurde, fand ihre Trauer irrational. Pat trauerte um Ben wie ein normaler Mensch, so als hätten sie ihren kleinen Jungen durch Krebs oder den unvorhergesehenen Ausbruch einer besiegt geglaubten Krankheit wie Kinderlähmung oder Diphtherie verloren. Im Laufe der Zeit durchschritt Pat die Stadien der Trauer fast genauso, wie es in den Broschüren des Compassionate Circle beschrieben war.

Das konnte Beth nicht. Der Vorgang schien ihr so unmöglich, wie glattes Haar kurz zu schneiden und es zu zwingen, kraus nachzuwachsen.

Ihre Empfindung von Bens Verlust, versuchte Beth Pat zu erklären, sei seiner Art von Trauer so ähnlich wie ein Doppeldecker einer Libelle.

Beth wußte, was Trauer war. Als sie achtzehn war, starb ihre Mutter; eine Folge von Organversagen und katastrophalen Gewächsen, angefangen mit einer Nierenzyste, hatte sie im Eiltempo dem Tod entgegengetrieben, bis sie eines Tages nach dem Frühstück im Krankenwagen nach Hause gebracht und nach dem Abendessen im Leichenwagen wieder abgeholt worden war. Es war entsetzlich gewesen, eine Verkettung von Unheil, ein schonungsloser Eingriff in Beth' Leben.

Aber sie war nicht schuld daran gewesen.

Beth hatte in der Niere ihrer Mutter kein bösartiges Gewächs wuchern lassen. Nichts, was sie zu geben oder zu sagen versäumt haben mochte, hatte wie eine ansteckende Krankheit von ihr auf ihre Mutter übergegriffen.

Der Verlust ihrer Mutter war ein gewöhnlicher, uralter Schmerz gewesen, kein Schritt an den Rand des Kraters. Beth wußte, wenn sie es wagen würde, sich ihren wahren Empfindungen über Bens Verlust zu stellen – wenn sie den Wirrwarr aus Dummheit und Verfehlung und der Erkenntnis, daß alles, worauf es im Leben ankommt, binnen Sekunden unwiderruflich entschieden wird, entflechten würde –, dann müßte etwas mit ihr passieren. Und das war es, was sie fürchtete, die Trauer danach, das Versiegeln eines Verstandes, von dem nach wie vor verlangt wurde, daß er Ordnung und Pläne produzierte.

Sie hatte mehrmals einen kleinen Vorgeschmack davon bekommen, kleine Felsrutsche, die sie unversehens erwischt hatten, so daß sie, von grollender Panik getrieben, die die Sehnsucht besiegte, vornübergebeugt von einem Zimmer zum anderen gehastet war. Bilder von ihm in einem Schrank oder einem Grab. Ihre Eingeweide revoltierten, wenn ihr Hirn seinen Namen hervorstieß. Sein Name wie ein Glockenschlag: Ben.

Und dann, sofern nicht jemand da war, jemand Resolutes, Ellen oder Candy, um sie abzulenken, fing Beth fieberhaft an, den Rest jenes Tages umzuschreiben, die Auftritte und Abgänge und alle Elemente der Handlung neu anzuordnen, die Dialoge aufzupolieren, als wäre sie eine Künstlerin, die Sprechblasen füllen konnte, die aus Menschenmündern quollen. Die ganze Zeit hatte sie das verhängnisvolle Grollen, die Gletscherverschiebungen über sich. Beth wanderte schneller, versuchte sich zwanghaft einen Weg vorzustellen, um sich zehn Minuten zurückzuerbitten, vielleicht vier Minuten, genug, um zu dem Gepäckkarren zu gehen, wo Vincent stand, jammernd und zappelnd, und Ben mit zur Hotelrezeption zu nehmen. Oder, wenn es sein mußte, die panischen, unheilvollen Augenblicke um der Buße willen sogar geschehen zu lassen, aber dann das Band rasch rückwärts abzuspulen und Ben darauf rückwärts vom Zeitungskiosk oder der Drehtür, oder wo immer er zuerst hingegangen war – die Theorien variierten –, zu ihr kommen zu sehen. Zurück und zurück zu ihr, in ihre Arme, sein praller Bauch an ihren Händen bumpernd, sein Herz klopfend, wie es schlug, wenn er verängstigt oder erschrocken war, so stark klopfend, daß sie fast seinen Umriß fühlen konnte, wie den von Road Runner in dem Zeichentrickfilm, nachdem er Coyote überlistet hatte – Ben, der nach Limonade und Irischer-Frühling-Seife roch und, wenn ihm heiß war, ein wenig streng, wie Fahrradlenkergriffe aus Gummi; er war ja noch zu klein, um tatsächlich Hormone zu produzieren. Sie fühlte, daß sie ihn versohlte – sie hätte ihn wahrscheinlich versohlt, gestand sie sich während dieser Felsrutsche ein, einmal nur, fest –, und spürte seine abgetragenen Lieblingsshorts unter ihrer Hand. Fühlte seinen runden kleinen Po, so fest und stramm, daß es schien, als sei ihm Wasser direkt unter die Haut injiziert worden.

Ben fühlen. Ben in Sicherheit.

Es war dieses greifbare Gefühl der Anwesenheit, das sich gegen die Realität der Abwesenheit schob – wie Hitze gegen Kälte –, durch das die gesamte Masse nachzugeben drohte. Dann würde Beth alles daransetzen müssen, um sie aufzuhalten.

Das Resultat sah für die Verleger, mit denen sie zusammenarbeitete, manchmal sogar für ihre Angehörigen, wie stoische Ruhe aus. Und tatsächlich wußte Beth es zu schätzen, daß ihre Beeinträchtigung, ebenso wie Courage, ein Zustand der Gnade war. Aber nur sie kannte die Verluste. Sie wußte, daß sie die Kinder sehr lange Zeit nicht richtig »geliebt« hatte, wenngleich sie sich bemühte, meistens freundlich zu ihnen zu sein und manchmal auf sie einzugehen. Sie war sicher, daß besonders Kerry, die Beth nie anders gekannt hatte, den Unterschied nicht bemerkte.

Aber Vincent bemerkte ihn. Besonders an den Abenden, wenn Beth auf dem Weg zur Schule war, um ihn abzuholen, und dabei vergaß, wo sie war und warum. Wenn sie schließlich schwitzend ankam, stand Vincent, seinen Basketball dribbelnd, in der anbrechenden Dunkelheit vor der Schule und sah sie mit so unverhohlener Verachtung an, daß sie, wäre sie imstande gewesen, überhaupt etwas für ihn zu empfinden, wütend reagiert hätte.

Doch im großen und ganzen funktionierte es. Was hatte sie schließlich aufgegeben, um sich und ihre verbliebenen Kinder vor Mißbrauch oder Schlimmerem zu schützen? Die paar Jahre geregeltes Leben?

Es war ein mehr als gerechter Tausch.

Als sie daher das erste Foto umdrehte – selbst im vollen Bewußtsein, daß die Bilder ihr keine Angst mehr einjagen würden, daß sie ihr vielmehr helfen könnten –, spürte sie immer noch die winzige tektonische Verschiebung und den Impuls, vor dem Erdrutsch davonzulaufen.

Als sie den Impuls unterdrückte, wurde Beth mit einem Schlag klar, was sie wirklich auf den Bildern gesucht hatte, vor allem auf dem letzten, das unmittelbar vor ihrem Aufbruch zum Schultreffen aufgenommen worden war. Der wahre Grund, weswegen sie sie nicht hatte wegwerfen wollen.

Sie erkannte, was sie gesucht hatte – und daß es nicht da war.

Auf keinem – nicht auf der Aufnahme von Vincent beim Angeln in Terriadne oder von Ben, wie er Kerry ihr Fläschchen gab. Schon gar nicht auf dem Verandafoto, dem schlechtesten des Films, eigentlich nur in der Absicht gemacht, Pats Flieder festzuhalten. Sie und die Kinder hatten nur als Kulisse für die Dokumentation von Pats gärtnerischem Triumph gedient. Trotzdem hatte er für die Aufnahme ewig gebraucht. Beth erinnerte sich, daß ihr Mann Vincent wegen seiner Zappelei gescholten hatte.

Doch jetzt sah Beth, daß es in Wirklichkeit Ben gewesen war, der sich bewegt hatte.

Sie hätte ihn nicht wiedererkannt. Beth hatte das Bild ihres dreijährigen Sohnes eine lange Zeit nicht gesehen, und eigentlich war es das Bild eines Kindes, das sie nie richtig gekannt hatte. Nicht ihr Baby Ben. Ein kleiner Junge Ben, dem sie erst kürzlich begegnet war.

Sie starrte auf das Bild und wünschte, sie hätte ihre gute Fotografenlupe bei sich. Da war Jill, Pats neunzehnjährige Cousine, die damals als Schülerin bei ihnen lebte und Beth aushalf, ihr die Kameras und Taschen trug. Jill mit langem Haar; sie sah aus wie ein sonniges junges Hippiemädchen. Da war Kerry, ein Säuglingsgesicht über einem mit roten, blauen und gelben Schiffchen eingefaßten Kleidchen. Vincent war noch blond. Beth konnte sich nicht erinnern, daß ihr Ältester mit seinen braunen Wuschelhaaren, dicht und fest wie ein Bärenfell, einmal blond gewesen war.

Bloß Bens Gesicht, das war verwischt.

Darauf gefaßt, dieses Gesicht wie ein Sakrament vom

Boden der Schublade zu empfangen, sah sie statt dessen ... fast nichts. Sie sah Einzelheiten – daß er Unmengen von Sommersprossen auf den Armen hatte, daß seine Beine schon im Kindergartenalter lang und überaus muskulös waren.

Aber sein Gesicht war verwischt. Man konnte sehen, daß sein Mund offen stand. Er hatte gesprochen. Aber seine Gesichtszüge waren nicht zu erkennen. Da war keine Botschaft. Nicht eine Spur des Hinweises, den sie erwartet hatte.

Obwohl sie sich – auf molekularer Basis – so verändert hatte, obwohl sie nicht mehr zu ihren alten Überzeugungen stand, hatte sie mit irgendeinem Hinweis gerechnet.

Beth war seit dem College Zeitungsfotografin und Fotoredakteurin, meistens freiberuflich. Aufgrund der Natur dessen, worüber Gelehrte schrieben, hatte Beth viele Fotos von Leuten gesehen, denen später etwas zugestoßen war. Soldaten in neuen Uniformen mit kurzgeschnittenen Haaren. Immigrantenfamilien an der Reling eines Schiffs, in Schichten von Kleidern, das Gepäck neben sich auf dem Deck. Cowboys. Piloten.

Manchmal glaubte sie in diesen verschwommenen Bildern ein Vorherwissen zu sehen, einen Fingerzeig auf das kommende Unheil. Der Hinweis, stellte sie sich vor, liege im Gesichtsausdruck der Leute. Eine Verletzlichkeit? Eine Abschiedsbotschaft im Fotokorn? Um ihre Theorie zu testen, hatte sie Pat einmal ein Bild gezeigt, ein altes Bild von einem Segelschiffnavigator, der nach einer spektakulären Karriere an einem strahlendhellen Tag auf einer Vergnügungsreise ertrunken war. Sie hatte Pat gefragt: »Siehst du nicht, daß der Mann gezeichnet ist?«

Und Pat hatte ihr geduldig erklärt, sie sei verrückt, niemals habe jemand eine Tragödie geahnt, bevor sie passiert war; die Geschichten vom Vorauswissen seien Balsam für schwache Geister, Sachen, wie sie seine seit einer Ewigkeit verwitwete Tante Angela sagte, wenn ein Kind als Steißgeburt zur Welt kam oder wenn das Telefon klingelte und gleich wieder aufhörte. »Hättest du Abraham Lincoln, als er ein junger Anwalt war, am Gesicht ansehen können, daß er Präsident werden würde? Daß er ermordet werden würde?«

»Ja«, hatte Beth geantwortet, »ich hätte es ihm angesehen.«

»Konntest du auf dem Zeitungsbild von Eric, dem Jungen, den meine Schwester im Musikunterricht hatte, sehen, daß er auf dem Weg zur Abschlußfeier von einem Schnellzug überfahren werden würde?«

»Unbedingt«, hatte sie geantwortet, erstaunt, wie Pat das entgehen konnte. Pat hatte nur geseufzt und sie »die düstere Irin« genannt, das Unglücksbarometer, bereit, jeden Moment zu sinken.

Aber Beth hatte einst viel auf solche Dinge gegeben. Zeichen und Omen – wie Wasser, das vor einem Erdbeben gegen den Uhrzeigersinn den Abfluß hinunterlief. Als sie siebzehn war, hatte sie geglaubt, wenn sie keine rote Ampel zwischen Wolf Road und Mannheim hätte, bedeutete das, daß Nick Palladino angerufen hatte. Sie glaubte, wenn nicht an Gott, so doch an die Heiligen, die einmal richtige Menschen waren. Sie hatte eine ganze Lebensgeschichte, einen Lebensplan auf Glück, Träumen und Ahnungen aufgebaut.

Und an dem Tag, als Ben verschwand, war alles zusammengefallen – wie Dominosteine in einem Windstoß.

Es hatte keine Warnung gegeben. Überhaupt keine.

Teil I

1. Kapitel

BETH

Juni 1985

»Ich hab nur das Baby gern«, sagte Beth zu ihrem Mann, während sie im Flur Plastikbeutel, Windelbeutel, Matchbeutel, Kamerataschen und Beth' alten Bacfold Reflektor auf einen Haufen türmten.

Sie stellte erstaunt fest, daß Pat sie voller Abscheu ansah; sie wußte, er wollte keinen Streit, wollte keinen Ärger, kurz bevor er die ganze Bagage übers Wochenende los wäre. Pat fand es absolut idiotisch – diesen Plan von ihr, mit allen Kindern zu ihrem fünfzehnjährigen High-School-Treffen nach Chicago zu fahren und dazu noch einen Fotoauftrag zu erledigen.

Aber nachdem sie nun darauf bestanden hatte, dürfte Pat, der allein immer am glücklichsten war, sich vermutlich schon auf die achtundvierzig Stunden Junggesellenleben freuen: lange schlafen und nach Geschäftsschluß bei Mitchkie Billard spielen, gleich neben dem Restaurant. Er wagte nicht zu widersprechen, sonst würde Beth es sich womöglich anders überlegen und ihm Ben oder Vincent dalassen. Trotzdem, es war ein wütender Blick, den er Beth zuwarf, und es verblüffte sie immer wieder, wenn er schockiert war über die Dinge, die sie sagte, um ihn zu schockieren. »Warum?« fragte er schließlich. »Du gibst solche Sachen von dir, obwohl du es nicht ernst meinst. Vincent hätte dich hören können.«

»Ich meine es ernst«, sagte Beth. »Ich meine es sehr, sehr ernst.« Und sie dachte, ich quäle Pat nicht nur, es macht mir auch noch Spaß.

Vincent hatte Beth aber nicht gehört. In eine Sofaecke geschmiegt, sah er sich das Video von *Der weiße Hai* an, aus dem Pat gewissenhaft sämtliche blutrünstigen Stellen herausgeschnitten hatte; wäre der Junge nicht erst sieben gewesen, hätte man seinen Gesichtsausdruck finster statt schmollend nennen können. Er wollte nirgendwohin mit dem Auto fahren. Die Idee, in ein Hotel zu gehen und mit Jill in einem großen Becken zu schwimmen, während Mama ihre alten Bekannten wiedersah, fand er gar nicht lustig. Er wollte zu Hause bleiben und mit Alex Shore spielen; er wollte mit Daddy ins Restaurant gehen. Das hatte er Beth heute morgen gesagt. Achtmal.

»Du kannst nicht mit Daddy ins Restaurant gehen«, blaffte sie ihn schließlich an, und sie fragte sich, ob sie ihn womöglich schlagen würde, wenn sie seine Schmeichelstimme noch ein einziges Mal hörte. »Daddy muß arbeiten.«

»Ich kann ganz still hinten sitzen«, sagte Vincent hartnäckig. »Das hab ich schon mal gemacht.«

Dies war das Allergrößte in Vincents bisherigem Leben gewesen – ein Samstagabend mit Pat in dem Restaurant, das er für seinen Onkel Augie leitete. Es hatte sich ergeben, weil Beth Grippe hatte, Kerry erst ein paar Tage alt und Amerikas letzter Babysitter auf einem High-School-Ball war. Das Allergrößte, was Beth bisher mit Vincent unternommen hatte (er durfte mit ihr zu einem Filmset, wo sie Standaufnahmen machte; Paul Newman hatte ihm die Hand gedrückt), war nichts gewesen, verglichen mit dem phantastischen Abend im Cappadora. Sein weißhaariger Onkel Augie hatte Vincent auf den Schultern herumgetragen, und Daddy hatte ihm, während er oben auf der polierten Bar saß, mit Anchovis gefüllte Oliven zu essen gegeben.

»Damals war Mama krank«, erklärte Beth mit einer Geduld, die sie nicht empfand; sie hoffte sogar, Vincent würde merken, daß sie kurz vorm Explodieren war. »Jetzt ist Mama gesund, und wir fahren alle zusammen nach Chicago, und du wirst Tante Ellen sehen, und ich brauche dich, damit du mir hilfst, auf Ben und Kerry aufzupassen.«

»Ich mag Ben und Kerry nicht, und ich mag nicht alles machen müssen, und ich geh mich nicht anziehen.« Vincent warf sich mit dem Gesicht nach unten aufs Sofa, und als Beth ihn hochzuziehen versuchte, spielte er sein bewährtes Spiel, machte sich ganz schwer und ließ sich schleifen, bis Beth ihn mitten im Hobbyraum auf den Boden fallen ließ.

Vincent haßte seine Mutter. Beth wußte es, und sie glaubte, es käme daher, daß sie gewartet hatte, bis er über vier war, alt genug, um zu begreifen, was es hieß, ihr ein und alles zu sein, bevor sie Ben bekam. Vincent hatte Ben gern; er liebte die kleine, zarte Kerry; er verehrte Pat mit einer solch lächerlichen, liebhaberhaften Inbrunst, daß Beth das Kind fast bedauerte. Aber Beth war überzeugt, daß ihr Ältester in ihr nur eine Futterquelle und gelegentliche Spielzeugspenderin sah. Wenn sie ihn bestrafte, sah Vincent Beth auf eine Weise an, die sie ständig daran denken ließ, was Pat über Hauskatzen sagte: Sie seien Miniaturraubtiere; wären sie groß genug, würden sie dich fressen. Beth dagegen hing an Vincent mit einer Innigkeit, die sie nicht vortäuschen mußte. Sie wollte ihn nicht nur lieben; sie wollte ihn erobern. Und das weiß er, dachte Beth.

Vincent war nicht nachgiebig. Ben schon. Er war begeistert, daß er heute morgen mit seiner Mutter und seinem Bruder die Stadt verlassen durfte, genauso begeistert, wie er zur Eisenwarenhandlung gegangen wäre oder Socken sortiert hätte.

Ben war äußerst anpassungsfähig; er füllte bereitwillig mit bester Laune und großem Vertrauen jeden Platz aus, den man ihm zuwies. Als Ben ein Baby war, hatte Beth tatsächlich einmal mit ihm einen Arzt aufgesucht, weil er mit unendlicher Zufriedenheit lächelte und schlief. Sie hatte den Arzt gefragt, ob Ben zurückgeblieben sein könne. Der junge Mann, ein russischer Immigrant, hatte sich nicht über sie lustig gemacht, sondern ihr sanft erklärt, das Baby könne unterentwickelt sein – das könne jedes Kind sein – aber ob es einen Grund für ihre Befürchtungen gebe? Schaukelte Ben hin und her, oder schlug er mit dem Kopf an die Gitterstäbe seines Bettchens – schien er Beth hören zu können, sah er ihr in die Augen?

Beth antwortete dem Arzt, nein, Ben schaukele nicht, er weiche ihrem Blick nicht aus. Sie dagegen versuchte, dem Blick des Arztes auszuweichen, als sie ihm sagte: »Aber Ben ist so ... so ruhig und zufrieden«, und es hatte ausgesprochen dämlich geklungen. »Er schreit nicht, nicht mal, wenn er die Windel voll hat, nicht mal, wenn er hungrig ist. Er ist so geduldig.«

»Und Ihr älterer Junge?«

»Er war ... heikler.« Vincent war ein zartes, waches, aufmerksames Baby gewesen, er konnte mit neun Monaten laufen, mit zehn sprechen, und mit einem Jahr hatte er zu Beth gesagt: »Vincent böse.« Der Arzt hatte sie angelächelt. Beth hatte die Rechnung aufgehoben, auf die er seine Diagnose geschrieben hatte: Gesundes Baby. Normal.

Ben war anspruchslos und vergnügt geblieben. Es war Beth unbegreiflich, wie Pats zynischem Idealismus, seiner gespannten Gutmütigkeit und ihrer Melancholie dieses sonnige Kind entsprossen sein konnte. Beth hatte Ben nicht lieber als Vincent – ihre Liebe zu Vincent war ursprünglich und ungestüm wie ein Blitz –, aber sie konnte nicht grob zu ihm sein. Sogar wenn Ben verrückt spielte, und er spielte gern verrückt, etwa wenn er mit einer Chirurgenmaske, die wie ein Barett auf seinem Kopf saß, und zwei Damenbinden um die Oberarme – er hatte die Sachen bei Kerrys Geburt unter einem Waschbecken gefunden und stibitzt – zum Frühstück erschien, selbst dann brachte Beth es nicht fertig, mit ihm zu schimpfen.

Während Ben heute darauf wartete, daß sie ins Auto stiegen, lag er in einem staubgetupften Sonnenstrahl auf dem Fußboden im Flur und stieß sich mit den Fersen ab, um sich wie ein Kreisel zu drehen. »Ich bin unter Wasser«, sagte er zu Beth, berauscht von dem gelben Licht auf seinem Gesicht. Er hatte sie am Morgen gebeten, »Mommybrot« zu machen (eigentlich hieß es »Monkeybrot«, eine Art zimtgewürzte Rechtfertigung für nichtbackende Mütter, die Beth aus Fertigteig herstellte, zu Brezeln rollte und mit allen süßen Gewürzen bestrich, die sie irgend finden konnte). Aber als sie ihm sagte, sie habe dafür keine Zeit, hatte er nicht gequengelt. Er hatte sich getrollt, immer geschäftig, in etwas vertieft. »Ben ist in einer Mission unterwegs«, sagte Pat.

Bens Vorschullehrerin hatte einmal vorsichtig angedeutet, Beth solle Ben auf Hyperaktivität untersuchen lassen. Beth hatte es nie getan. Sie und Pat meinten, Ben sei einfach wie einer von diesen Hunden, die in den unentgeltlichen Kleinanzeigen angeboten werden: »Braucht viel Auslauf.«

Aber selbst sein Charme erschöpfte sich heute: Ben hatte alle Medikamente und Schminksachen aus Beth' Taschen genommen und die Fläschchen wie Spielzeugsoldaten vor der Tür aufgestellt. Beth war auf eine Flasche getreten und hatte sie zerbrochen, und die Vitaminpillen waren durch die Gegend geflogen.

»Verdammter Mist«, zischte sie. Und als Pat liebevoll kam, um ihr zu helfen, hatte sie ihm die momentane Wahrheit gesagt: Sie liebe nur Kerry, die noch unentwikkelt war, in den einfachsten Dingen abhängig, und sich nicht mal allein aufsetzen konnte.

»Warte, bis ihr erst unterwegs seid«, sagte Pat. »Sie werden sich beruhigen. Sie werden einschlafen.« Typisch Pat, so zu denken; die Jungen hatten im Auto nicht mehr geschlafen, seit sie zwei waren, und Pat dachte immer noch, eine gute Levis sei für $ 15,95 zu haben. Aber da Beth fand, sie sei in einem Alter, wo ihrem Gesicht die Anspannung anzumerken war, und sie heute abend so jugendlich-attraktiv wie nur möglich aussehen wollte, regte sie sich nicht auf. Und so schleppten sie und Pat alles nach draußen zum Volvo, schnallten Kerry und Ben auf ihren Autositzen an, holten Vincent und Ben wieder heraus, um sich zu vergewissern, daß sie Pipi machten und ihre Zahnbürsten hatten; und plötzlich fiel es Pat ein, den Film von ihrer Campingreise zu Ende zu knipsen.

»Ich steig nicht aus«, sagte Beth. »Ich fahr den Wagen auf den Rasen vor der Tür, wenn du willst. Oder ich rufe jemand von den Nachbarn, daß die sich vor den Flieder stellen.«

»Komm schon«, drängte Pat mit diesem sexy Brummen, das sie an jenes sanfte Begehren denken ließ, das sie kaum mehr für ihn empfand – zumindest nicht so wie vor zehn Jahren.

Aber da Pat sich immerhin bemüht hatte, etwas in ihr zu bewegen, erklärte sie sich doch bereit auszusteigen, obwohl Vincent jetzt sichtlich den Tränen nahe war und Ben aus voller Kehle wieder und wieder eine Zeile von »*House of the Rising Sun*« sang.

Sie stellten sich in die Pergola, die der Flieder bildete; Pat knipste. Beth sprang auf den Fahrersitz. Sie gab Pat keinen Kuß. Sie würde ihn ohnehin in zwei Tagen wiedersehen. Tatsächlich sollte sie Pat wiedersehen, bevor die Sonne unterging, und später erinnerte sich Beth, daß sie ihm da auch keinen Kuß gegeben hatte, da nicht und nicht Monate danach, so daß, als sie es endlich wieder tat, ihre Zähne aneinanderstießen wie bei High-School-Neulingen und ihr zum erstenmal auffiel, daß seine Zunge nach Kaffee schmeckte – was sie vorher nie bemerkt hatte, in all den Jahren, als seine Zunge in ihrem Mund ihr so vertraut gewesen war wie die eigene.

Die Fahrt auf der Route 90 nach Chicago war nie ein Vergnügen, trotzdem hatten sie und Pat vor Jahren dabei ihren Spaß gehabt, beim Knutschen in ihrem alten Chevy Malibu, wenn sie zu Weihnachten aus dem College nach Hause kamen, zu ihren Familien, die sprachlos waren vor Begeisterung, weil die zwei sich ineinander verliebt hatten. Heute war es einfach eine stupide, langweilige Tour, 240 Kilometer, vorbei an flachen Farmhäusern, dann an ausufernden Vorstädten. Sie fuhren die Strecke oft, weil sämtliche Verwandten beider Familien in der Gegend um Chicago wohnten. Obwohl Angelos Bruder Augie 1968 als Pionier auf einem Stützpunkt in Madison gedient hatte, galten Beth und Pat als abenteuerlich, weil sie »im hohen Norden« lebten.

Pat und Beth waren seit dem ersten Semester an der Universität von Wisconsin zusammengewesen – und eigentlich schon früher, als Kinder von Eltern, die sich nur entspannen konnten, wenn sie gemeinsam Poker spielten. Beth und Pat hatten bei Picknicks, oder wenn die Freunde sich in Notfällen gegenseitig beistanden, miteinander gespielt. Sie hatten jeweils an der Erstkommunion und an der High-School-Abschlußfeier des anderen teilgenommen.

Aber sie hatten sich eigentlich nie als dem anderen Geschlecht zugehörig gesehen, bis zu dem Tag, als sie sich im Bibliotheksflur in Madison in die Arme liefen, drei Stunden später in Pats Mansardenbude ins Bett gefallen waren und die nächsten zwei Tage den Unterricht geschwänzt hatten.

Damals, in ihrem ersten Collegejahr und Pats erstem Fachsemester, hatte Beth schlichtweg Angst gehabt. Sie hatte eine Fehlgeburt in der sechsten Woche, während sie im Wartezimmer einer Klinik saß, um eine Abtreibung vornehmen zu lassen. Ihr letzter Freund hatte ihr mit einem Fernrohr nachspioniert, nachdem sie mit ihm Schluß gemacht hatte. Sie glaubte, daß böse Männer in Scharen in die Stadt kämen, um mit ihr auszugehen. Der einzige »gut« zu nennende Sex, den sie je hatte, fand auf dem Vordersitz eines Autos mit dem Verlobten einer Freundin statt: eine Episode. Sie arbeitete in zwei Jobs – morgens als Bedienung, und abends ging sie, eine verblödende Erniedrigung, von Tür zu Tür und verscherbelte Geschirr an dauerverlobte Verbindungsstudentinnen. Sie hatte kein Geld für das Abschlußjahr, und sie fiel in zwei Kursen durch. Sie fühlte sich alt. Sie fühlte sich verbraucht.

Sie war wie Pat.

Er sah nicht gut aus, auch früher nicht, als er jung war. Er hatte ein breites, helles Lächeln und ebenmäßige Zähne – »perfekter Schwindel« sagte er dazu –, aber er war klein und schmächtig, mit widerspenstigem Kraushaar und großen Augen, die das Gesicht beherrschten. Er hatte breite Schultern, aber dünne, fast säbelförmige Beine. Pat wirkte vernachlässigt, ausgehungert, und er fühlte sich unter Leuten so unwohl, war so sehr darauf bedacht, ihnen zu gefallen, daß sie ihn für den freundlichsten jungen Mann hielten, dem sie je begegnet waren. Nur Beth wußte, wie bedauernswert, wie krankhaft gerecht Pat war. Auch als er mit Beth vertraut genug war, um zu wissen, daß sie bleiben würde, und anfing, ihr ihren Mangel an Aufrichtigkeit, Taktgefühl und Selbstdisziplin vorzuhalten, glaubte sie immer noch, daß sie mit einer Art seltenem Heiligen schlief. Sie hatte keine Ehrfurcht vor ihrem Mann – letztlich hielt sie bei Pat all das für selbstverständlich, was sie bei Ben so überschwenglich bewunderte.

Aber sie, nicht Pat, war es gewesen, die vor über einem Dutzend Jahren von dem harten Bett aufgestanden war, überzeugt, daß sie heiraten würden. Sie wußte endlich, daß sie geborgen war. Die Verbindung wurde rasch zur Familienlegende: Evies und Bills einziges Mädchen. Angelos und Rosies einziger Junge. Beth freute sich für ihre Eltern. Pat war in Madison aufs College gegangen, weil das Restaurant seines Onkels dort war und Pat in das Geschäft einsteigen wollte; und so waren sie geblieben und hatten erleichtert geheiratet, nachdem sie ein paar unerquickliche Jahre damit verbracht hatten, sich und ihren Eltern zu beweisen, daß sie zusammen leben konnten.

Als sie vor dem Standesbeamten gelobte – es hatte Streit deswegen gegeben: die Eltern hatten wahrhaftig einen Priester zur Trauung mitgebracht, in der Hoffnung, die jungen Leute würden in letzter Minute noch vernünftig –, Pat zu ehren und zu lieben, da hatte Beth es absolut ehrlich gemeint.

Wer hätte das nicht? dachte Beth jetzt, und schon bereute sie ihren kühlen Abschied und nahm sich vor, Pat anzurufen, sobald sie im Hotel wäre. Sie wußte, sie war von oberflächlicher Liebenswürdigkeit und zu jener Art Herzlichkeit fähig, von der sich sogar Fremde umschlossen fühlten. Pat dagegen war ein guter, wenn auch kein glücklicher Mensch.

Als Beth in Woodfield auf der breiten Straße in einem

fünf Kilometer langen Verkehrsstau steckte, ertappte sie sich bei der Frage, ob Pat so angespannt, ein so passionierter Raucher war, weil er immer noch glaubte, die Menschen könnten besser sein, als sie waren, sie könnten mehr leisten, wenn sie sich nur bemühten. Sie stellte sich vor, was Pat jetzt machte, allein im Haus. Er würde versuchen, Ordnung in Beth' Chaos zu bringen – Dosen zählen, um den Bestand an Konservenvorräten festzustellen, hundert Schubladen durchwühlen, Schrauben in Tüten pakken, Samentütchen in die Garage bringen, halbleere Päckchen mit alten Kaugummis wegwerfen. Beth hörte Pat derlei oft nachts tun, bevor er ins Bett kam. Sie führte dieses Kramen und Räumen auf seine italienische Herkunft zurück, vielleicht weil Angelo, ihr Schwiegervater, es genauso machte. Den Tag über zu beschäftigt, um sich den Kleinkram vorzunehmen, der ihnen in den Fingern juckte, werkelten sie gehetzt, gereizt bis in die frühen Morgenstunden. Rosie, Beth' Schwiegermutter, war genauso, aber sie war zu sehr darauf bedacht, die anderen nicht zu stören, und so verzichtete sie aufs Herumpoltern. Sie legte Wäsche zusammen, erledigte die Geschäftsrechnungen, schrieb Briefe an ihre Cousine in Palermo. Sie war eine stille Stöberin, eine geschäftige Erscheinung im langen weißen Gewand.

Am ersten Weihnachtsfest nach Beth' und Pats Heirat verbrachten seine Eltern und Beth' Brüder zwei Nächte in dem bescheidenen Haus, das die Neuvermählten abseits der Park Street gemietet hatten. Beth' Bruder Ben, Bick genannt, taufte Pats Familie »die Nachtschleicher«. Sie blieben lange auf, und dann wanderten sie umher. »Muß daran liegen, daß sie Römer sind«, sagte Bick zu Beth.

Beth hatte Pat nicht gebeten, zu dem Ball mit Büffet mitzukommen, der den Mittelpunkt des Schultreffens bilden sollte. Pat kannte viele von ihrer alten Immaculata-

Truppe; er war auf derselben Schule gewesen, zwei Klassen über ihr. Er wäre liebenswürdig zu ihren Bekannten gewesen – Pat war, wie Beth glaubte, vermutlich einer der allerherzlichsten Menschen in Amerika –, aber es wäre eine solche Strapaze für ihn geworden, daß er danach eine Woche krank sein würde. Er hätte sich nach den Stapeln von Geschichtsbüchern gesehnt, die er wie besessen las, wobei er gute Stellen mit einem gelben Textmarker kennzeichnete wie ein Collegeschüler. Er hätte sich gelangweilt und dabei an riesige Schubladenflächen gedacht, denen er unbedingt zu Leibe rücken wollte. Er hätte die Witze steif, die Herzlichkeit gezwungen, das Auftischen alter Geschichten und das Herziehen über alte Feinde sinnlos und unbarmherzig gefunden.

Beth dagegen konnte es nicht erwarten.

Sie stellte den Motor ab, während – sieben Autos hinter ihr – ein unverschämter Typ seinen Ärger über die Verzögerung hinaushupte. Sie sah in den Rückspiegel. Ben hatte den Schinken von den Broten genommen, die Jill eingepackt hatte, und wischte damit über die Heckscheibe.

»Benbo«, sagte sie streng, »Schinken ist zum Essen da, nicht zum Putzen.« Unverzüglich stopfte Ben sich den eklig schmierigen Schinken in den Mund. Beth hätte ihn davon abhalten können – aber wie schmutzig konnte der Schinken schon sein? Ben hob täglich etwas Eßbares vom Fußboden auf und verzehrte es; manchmal stellte er sogar seine Cornflakes-Schüssel auf den Boden, um den Hund nachzuahmen. Jill würde die Kinder waschen. Im Hotelpool würden sie sauber werden. Beth wollte nicht schimpfen.

Der Verkehr rückte ein Stückchen vor, und sie ließ den Wagen an. Vincent piekte Ben unterdessen mit einem gelben Gummiindianerhäuptling in den Hals, erbarmungslos, vermutlich schmerzhaft. Sie hätte ihn davon abhalten können; aber hätte er dann nicht einfach etwas anderes gemacht? Ben weinte nicht, und da war auch nicht dieser typische Heulton in hoher Stimmlage, der für Beth das Signal zum Eingreifen bei jeglichen Greueltaten geworden war. Heute wollte sie alle Signale ignorieren bis auf die, die auf Körperverletzung hinwiesen. Sie begutachtete im Spiegel ihren Haarschnitt – er war neu, gekonnt verwuschelt, und sie hatte das Grau mit Henna übertönt. Wenn der Stau sich auflöste, würde es nur noch eine halbe Stunde dauern bis zu dem Hotel in der Nähe ihrer alten High-School in Parkside, Illinois.

»Sing ›*Comin' Through the Rye*‹, Mom«, rief Ben jetzt unvermittelt, ohne auf Vincents immer ungestümeres Pieken zu achten. Wie konnte er so etwas tun? fragte sich Beth; wie konnte Vincent Ben quälen, der ihn so liebte? (Sie dachte schuldbewußt, wie konnte ich Vincent den Arm verdrehen? Oder ihn anbrüllen?) Und Beth fing an, aufs Geratewohl zu brummen: »›*If a body catch a body ...*‹«

Ben fragte: »Was heißt ›*catch a bunny*‹?«

»Quatsch, du Dummkopf, es heißt ›*buddy*‹! ›*Buddy*‹!« schrie Vincent mörderisch laut. Beth schloß die Augen und träumte von heute abend – von all den Leuten aus der alten Nachbarschaft, die sie sehen würde, die alle betuchter waren als sie, aber weder so »kreativ« noch so gutaussehend und bestimmt nicht mit so vielen reizenden Kindern gesegnet. Gutaussehend, dachte Beth. Ja, ich sehe gut aus. Nicht hübsch, aber objektiv gesehen nicht übel. Wenn Beth an ihr Äußeres dachte, kam ihr das Wort »kantig« in den Sinn. Sie hatte kantige Schultern – zu ihrem Verdruß, bis sie modern wurden – und ein kantiges Kinn. (Eine Lieblingsgeschichte ihres Vaters, die er gern bei Tisch zum besten gab, war die Schilderung, wie er seine Tochter zum erstenmal gesehen und bemerkt hatte: »Das Baby hat den O'Neill-Kiefer. Nach diesem Kiefer könnte man Winkel ausrichten.«) Und wenn Beth ihr Haar offen ließ, so daß es, schwer, wie es war, glatt nach unten fiel, waren sogar die Haare kantig; und ebenso, zu ihrer ständigen Verzweiflung, ihre Hüften. Als sie zwölf war, hatte der Kinderarzt Beth' Mutter fröhlich mitgeteilt, »sie werden eins, zwei, drei herausgeflutscht kommen, bei diesem Beckenbau«. Und obwohl Beth bis zu Kerry den Rekord bei leichten Hausgeburten gehalten hatte, konnte sie nicht an Dr. Antonellis Worte denken, ohne das Gefühl zu haben, sie sei genetisch programmiert, Karren zu ziehen wie ein Gaul. Beth' Äußeres könnte einem Vergleich mit Ellen niemals standhalten, auch wenn Ellen, ihre beste Freundin seit Kindertagen, zwanzig Jahre lang zu Beth gesagt hatte: »Keiner guckt auf deinen Hintern, Bethie. Die kommen nicht weiter als bis zu den grünen Hexenaugen.«

Ach, Ellen. Wenn Beth es recht bedachte, war Ellen der eigentliche Sinn und Zweck dieses Wochenendes. Ellen war fünfzehn Zentimeter größer als Beth und dreißig Pfund schwerer, der Typ auffallende Rotblonde, wegen der die Männer noch heute am Flughafen gegen Säulen rempelten.

Sie wartete im Hotel auf Beth. Ellen, die noch in derselben Gegend im Westteil der Stadt lebte, wo sie alle aufgewachsen waren, eine Straße von dem Haus entfernt, das Beth' Vater gehörte, hatte ein Zimmer für sie beide und eines für Jill und die Kinder gebucht. Sie hatte ihren Mann und ihren Sohn mit einem aufgetauten Thunfischauflauf in ihrer Minivilla am nördlichen Stadtrand zurückgelassen und sich ein ausgefallenes schwarzes Reyonkleid gekauft. Sie hatte Beth eine Zeichnung davon geschickt. Die Aussicht auf das Wochenende hatte sie beide in Siebzehnjährige zurückverwandelt: »Ich finde, wenn Nick uns fragt, ob wir uns zu ihnen setzen wollen, sollten wir's tun«, hatte Ellen unter die Zeichnung geschrieben. »Seine Frau wird nichts dagegen haben – schließlich hast du sie zusammengebracht.«

Beth' erste Liebe, der hübscheste Junge, den sie je gesehen hatte, vorher und nachher – bei der bloßen Erinnerung bekam sie immer noch Magenflattern –, traf sich oft mit Ellen und ihren Brüdern und arbeitete gelegentlich mit Ellens Mann an Entwicklungsprojekten. Beth hatte Nick seit zehn Jahren nicht gesehen. Zuletzt waren sie sich auf der Beerdigung eines gemeinsamen Freundes begegnet, der zweimal in Vietnam gewesen war und später Selbstmord begangen hatte, indem er seinen Wagen absichtlich auf die Spur eines heranfahrenden Güterzuges gelenkt hatte. Dem Anlaß gemäß hatten sie sich, obwohl Beth Nick noch immer begehrte und auf eine süßlich-sentimentale Weise, die nichts mit ihrem wirklichen Leben zu tun hatte, an ihn dachte, am Sarg nur mit den Wangen berührt. Und Beth hatte sich damals, wie so oft, gefragt, ob sie ihn hätte heiraten sollen.

Nick Palladino war ein robuster Bursche gewesen, keine Aufsteigernatur, ein Typ, dem ein Leben als erfolgreicher Schuhverkäufer erstrebenswert schien, der sich mit Gewichtheben fit hielt und mit den Playboy-Häschen in der Stadt vergnügte. Zehn Jahre später war Beth eine Zeitungsfotografin, die sich kaum Zigaretten leisten konnte, und Nick hatte seine eigene Firma. Fünfzehn Jahre später war Beth eine Zeitschriftenfotografin, die das Rauchen aufgegeben hatte, und Nick hatte seine Baufirma für mehr Geld verscherbelt, als nötig gewesen wäre, um Beth' gesamte Nachbarschaft in Madison aufzukaufen. Er war mit Trisha verheiratet, seiner kühlen, überheblichen ehemaligen Schulballkönigin, die im College auf demselben Flur wie Beth gewohnt hatte. In jenem Stockwerk in Kale Hall, so hatte Beth an Ellen geschrieben, fühlte sie sich auf den

Planeten der nordischen Blondinen versetzt. Und Ellen hatte zurückgeschrieben, egal was geschehe, Nick werde nie eine andere lieben, er werde Beth alles verzeihen, wenn sie zu ihm zurückginge.

Beth summte vor sich hin und dachte an Trisha.

Trisha kam aus Maine, und so etwas wie das Straßenfest zu Ehren Unserer Lieben Frau von Mount Carmel hatte sie noch nie gesehen. Pat und Beth hatten Trisha zu der Parade mitgenommen, bei der Bittsteller die Statue der Madonna, das Gipsgewand über und über bedeckt mit Zehn- und Zwanzigdollarscheinen, durch die Straßen trugen. Sie hatten Trisha einen Papierbecher mit kalten Wolfsbohnen spendiert und sich mit ihr neben das Kapellenpodium gestellt, wo Beth Nick plötzlich spürte, bevor sie ihn überhaupt sah. Er trug einen umwerfend schönen Mantel aus honigfarbenem Leder, und er tanzte zuerst mit Beth, während Pat, dessen Ring Beth am Finger trug, Großzügigkeit verströmend dabeistand. Und dann tanzte Nick mit Trisha; er war ein guter Tänzer. Beth kam um vor Neid; solche karamelblonden, zartgliedrigen Mädchen wurden im Westteil von Chicago nicht gezeugt. Nach einer Stunde gab es kein Zurück. Als Trisha und Nick heirateten, war Beth während der Trauung aufgestanden, hatte sich betrunken und ihr beigefarbenes Organdykleid vollgekotzt.

»›*Everybody has somebody – may they say, have I . . .*‹« sang Beth und fuhr schlenkernd über drei Fahrspuren, um für die letzte Strecke in die Autostraße 290 einzubiegen.

»Diese Stelle find ich schön«, sagte Ben.

»Ich kann diese Stelle nicht leiden«, sagte Vincent. »Ich kann überhaupt das ganze Lied nicht leiden.«

Übergeben wollte sie sich nicht mehr, aber sie wollte sich mit Ellen betrinken, sich betrinken und kichern und flüstern und in die Toilette hasten, als hätten sie da drin wichtige Dinge zu besprechen. Sie wollte bis Sonntag vergessen, daß sie Kinder geboren hatte, eines mit Kaiserschnitt.

Obwohl es Beth widerstrebte, ihr jüngstes Kind so mir nichts, dir nichts zu entwöhnen, hatte sie Kerry wegen des Schultreffens abgesetzt. Sie hatte sich ihre schartigen Fingernägel feilen und lackieren lassen. Hatte sich mit Beinhebeübungen zweieinhalb Zentimeter von den Hüften getrimmt.

Kaum war Beth mit dem Kombi unter dem Portico des Hotels auf dem School Drive vorgefahren, da fiel Ellen über sie her, zerrte an ihren Schultern und girrte: »Du bist da! Du bist da!«

»Du wirst es nicht glauben«, flüsterte Ellen jetzt. »Diane Lundgren ist hier, und sie wiegt bestimmt dreihundert Pfund. Im Ernst.«

»Wer noch? Wer noch?« rief Beth, während sie Kerry aus ihrem Autositz befreite. Aber da war Ellen schon mit dem Baby zugange, gab Kerry ihre Halskette aus silbernen Filigrankugeln zum Beißen, beschnupperte Kerrys Scheitel.

»Ich bin deine Patentante, Kerry Rose Cappadora«, flötete Ellen, während sie den Jungen nacheinander die Hand gab, sie mit ihren kräftigen Armen an sich zog und schmatzend abküßte. Die Jungen, in dem Glauben aufgezogen, ihre Neffen zu sein, wehrten sich nicht; unbeirrt betrachteten sie Ellen – die so aufgekratzt und selbstbewußt war wie Beth nüchtern und unsicher – als eine Art Naturerscheinung, wie ein Regenbogen oder eine Sonnenfinsternis. »Vincent, bist du schon verheiratet? Wo hast du deinen Zahn gelassen?« fragte Ellen, fast schreiend. Sie gab Jill – die sie immer noch nach Chicagoer Art »Jilly« nannte – einen Kuß und belud sich mit einem halben Dutzend von Beth' diversen Taschen und Beuteln.

»Laß uns erst mal alles verstauen, ja? Und dann kann Jill mit den Kleinen schwimmen oder Mittag essen gehen oder sonstwas, und wir werden einen zwitschern.«

»Es ist ein Uhr mittags, Ellie!« protestierte Beth, die sogar in Jills Gegenwart verlegen wurde.

»Aber wir sind frei!« entgegnete Ellen. »Wir dürfen verantwortungslos sein. Wir müssen nicht Auto fahren. Wir haben keine Kinder.« Beth sah Vincent an, der ein finsteres Gesicht machte. Ja, er haßte sie. Schuldbewußt zog sie ihn an sich.

»Ich weiß gar nicht, ob ich nebeneinanderliegende Zimmer habe«, sagte Beth zu Ellen.

»Hast du. Ich hab alles auf meine Karte buchen lassen.«

Beth war entsetzt. »Ellen! Das geht doch nicht!« Ellen hatte Geld – jeder, der im Baugeschäft war, hatte Geld wie Heu, soweit Beth das beurteilen konnte. Und obwohl Pat davon träumte, eines Tages Miteigentümer des Restaurants zu sein, und Beth davon träumte, eines Tages ein richtiges Fotogeschäft mit festen Angestellten zu haben, waren sie momentan knapp bei Kasse. Sie waren knapp bei Kasse gewesen, so lange sie zurückdenken konnten. Als ihr Bruder Bick einmal beiläufig zu Beth sagte, er und seine Frau seien in finanziellen Schwierigkeiten, sie lebten »von der Hand in den Mund«, da hatte es Beth vor Panik den Magen umgedreht. Ging es denn nicht allen so? Wurde von ihr und Pat erwartet, daß sie jetzt schon eine Reserve, ein Polster hatten? Mit Anfang Dreißig? Hatten das andere Leute?

Die finanzielle Kluft zwischen Ellen und Beth spielte gewöhnlich keine Rolle. Ellen schickte Beth verrückte Sachen mit der Post – Bettwäsche von Bloomingdale's, pfundweise Schokolade, einmal fünfhundert Dollar, als Beth am Telefon durchgedreht war und geweint hatte, weil sie den Jungen zu Weihnachten nichts Neues zum

Anziehen kaufen konnte. Beth schickte Ellen Galerie-Abzüge von ihren besten Fotos; sie hingen teuer gerahmt überall in Ellens Haus. Ellen bezahlte, wenn sie zusammen zum Essen in ein Restaurant gingen; sie schickte Kerry Sparbriefe, als befände sich das Land im Krieg.

Aber es gab auch Zeiten, wo Beth protestierte.

»Du kannst nicht für mich bezahlen«, sagte sie jetzt zu ihrer Freundin.

»Das macht, mal sehen, das macht so um die siebzig Dollar«, sagte Ellen. »Wen juckt das schon?«

»Mich«, erwiderte Beth aufgebracht, bemüht, mehr aufrichtigen Stolz an den Tag zu legen, als sie tatsächlich empfand. »Ich denke, ich kann das sowieso abschreiben, weil ich Sonntag einen Job habe. Ich muß die Antilopenstatuen im Zoo für einen Prospekt fotografieren.« Ellens Haltung änderte sich sofort. Sie war schließlich Mitinhaberin der Firma ihres Mannes; Abschreibung war Abschreibung.

»Dann mußt du in diesem Trubel hingehen und das ändern«, sagte Ellen. Sie schlenderten in die Empfangshalle. Sie war brechend voll; praktisch alle Auswärtigen, die zum Schultreffen kamen, hatten hier Quartier bezogen. Beth hätte fast aufgegeben. Dutzende Leute, die sie erkannte, wogten an ihr vorbei; es war, als betrachte sie einen Film, der mit Stars aus einer vergangenen Zeit besetzt war – lauter bekannte Gesichter, alle verändert, mit Namen, die ihr nicht auf die Zunge kamen. Wollte sie wirklich spannende Augenblicke opfern, um mit einer Zweiundzwanzigjährigen mit Ponyfransen, die, das wußte Beth jetzt schon, die ganze Transaktion sowieso vermasseln würde, über eine Kreditkartenumbuchung zu verhandeln?

»Elizabeth – die schöne Elizabeth Kerry!« Der größte Mann in der Halle hob Beth in die Höhe. Wayne Thunder war sowohl der erste Indianer als auch der erste Homosexuelle, dem Beth je begegnet war. »Deinetwegen bin ich schwul«, hatte er einmal zu ihr gesagt. »Weil du mich nicht als Sexobjekt gesehen hast.« Wayne war Management-Trainer der Telefongesellschaft; er war unheimlich erfolgreich, wohnte in Old Town und verbrachte jedes Thanksgiving bei Beth zu Hause.

»Du hast ja Kinder mitgebracht ...« trällerte Wayne. »Wer sind diese Kinder?« Ben und Vincent hüpften auf und ab. Sie waren ganz versessen auf Wayne, der ihnen einmal einen Karton mit verbotenen Feuerwerkskörpern mitgebracht hatte; Beth und Pat war nahegelegt worden, aus dem Nachbarschaftsverein auszutreten, nachdem Wayne die Hecke eines Anwohners in Brand gesetzt hatte. Während er Ben auf dem Arm hielt, eröffnete Wayne Ellen und Beth in verschwörerischem Ton: »Ich habe Cecil Lockhart gesehen. Sie sieht jetzt genauso aus wie Gloria Swanson. Sie hat weiße Haare – mit Absicht.« Daß Beth auch heute bei der Erwähnung von Cecil Lockharts Namen den uralten Anflug von Unmut empfand, kam für sie überraschend. Ihr wurde bewußt, daß sie gehofft hatte, Cecil – das schwanengleiche grauäugige Mädchen, das Tür an Tür mit Ellen aufgewachsen war, Beth' hauptsächliche und ständige Rivalin als Ellens beste Freundin – würde dieser Veranstaltung fernbleiben. Cecil (die eigentlich Cecilia hieß) war nach Beth' Einschätzung die einzige Immaculata-Absolventin ihres Jahrgangs, die als kreative Natur mehr aus sich gemacht hatte als Beth. Und das wurmte sie.

Cecil war Schauspielerin. Sie gab Schauspielunterricht am Guthrie-Theater in Minneapolis – sie war *mehrfach verheiratet*. Cecil habe, eröffnete Ellen jetzt, noch immer eine Wespentaille, mit Gürtel. Ellen wußte das, sie hatte Cecil letztes Jahr auf einem Künstlerball gesehen. Cecil genoß den Ruf, als erste von ihnen Geschlechtsverkehr gehabt zu haben – mit sechzehn. Es hatte ihr Spaß gemacht. Sie könne sich nicht vorstellen, hatte sie Beth an einem Oktoberabend erzählt, es jemals nicht zu tun.

Plötzlich merkte Beth, daß die Cheerleader eingetroffen waren. Sie standen zu acht an der Rezeption, noch immer eine Einheit, als hätten sie sich zügig in Pyramidenformation durchs Erwachsenenleben bewegt. Ihre Ehemänner, allesamt dickhalsig und schweigsam, standen hinter ihnen. Als sie Beth und Ellen erblickten, stürmten sie auf sie zu.

»Bethie!« riefen Jane Augustino, Becky Noble, Barbara Kelliher. Sie schlangen ihre Arme um Beth, die sie hauptsächlich als die kleine Kumpanin von Ellen in Erinnerung hatten, ihrer amazonenhaften Mitschülerin, die von ihrem sizilianischen Vater nichts als den Namen geerbt hatte. Ellen, eine Revolutionärin, die *Das Menschenkind im Gelobten Land* las, war als Cheerleader nie mit dem Herzen dabeigewesen; sie habe es getan, vertraute sie Beth an, weil es eine todsichere Methode sei, Jungen zu ködern. Vor fünfzehn Jahren hätte Beth nicht für Geld und gute Worte an so einem Treffen teilgenommen. Heute aber umarmte sie freudig all die Frauen, die auf der Beliebtheitsskala der High-School obenan gestanden hatten; sie betrachtete aufmerksam Barbaras stämmige Schenkel und Beckys resolutes Blond, nahm ihre Komplimente zu Kerrys sonnigem Einzahnlächeln entgegen. Als sie sich dann umdrehte, um sich den Gepäckwagen zu schnappen, taumelte sie gegen Nick Palladinos Brustkasten.

»Woher hast du die vielen Kinder?« fragte er. Und schon bekam Beth Magenflattern.

»Die hab ich einfach aus Sachen zusammengestückelt, die wir schon im Haus hatten«, sagte sie. Sie und Nick umarmten sich; Trisha umarmte Beth. Nick und Trisha trugen weiße Baumwollanzüge, die an jedem anderen lächerlich ausgesehen hätten. An ihnen sahen sie aus wie in einer Modebeilage von *Town and Country*.

Beth zog Jill an ihre Seite. »Nick, das ist Jill, Pats Cousine.« Ellen umarmte Nick, der sich dann Vincent zuwandte und ihm die Hand gab.

»Beinahe wäre ich dein Daddy geworden«, sagte er leise zu Vincent, leider in Trishas Hörweite, so daß Beth sich nicht darüber freuen konnte. Beth lächelte säuerlich und beschloß, sich in der Anmeldeschlange nach vorn zu kämpfen.

»Mein Daddy ist Patrick Cappadora«, sagte Vincent heftig zu Nick.

»Jill«, sagte Beth, »schieb den Karren zum Fahrstuhl rüber, und dann nimmst du den Schlüssel und parkst den Wagen, ja?« Sie übergab Ellen das Baby und hob Vincent auf den Gepäckkarren. »Vincent, ich möchte, daß du Ben an der Hand hältst. Ganz fest. Du kannst dich umsehen, und du darfst auf diesem lustigen Karren stehen. Aber du hältst Bens Hand fest, während Mama bei der Dame bezahlt. Und nachher könnt ihr schwimmen gehen.« Vincent faßte schlaff nach Bens Hand.

»Ich hab dich lieb, Vincent«, sagte Ben, den es mit Macht zu den Spielsachen am Zeitungskiosk zog.

Vincent grinste.

»Er hat dich lieb«, sagte Beth. »Kannst du nicht ein bißchen nett zu ihm sein?«

»Ich hab dich lieb, Ben«, sagte Vincent matt. »Mir ist heiß, Mom. Mein Hals bringt mich noch um.«

Und dann – und Beth würde es niemals verdrängen können, egal, welche anderen zufälligen, gefährlich innigen Szenen sie aus ihrem Gedächtnis verbannen konnte – hatte Vincent eine dieser Anwandlungen von ungeheurer Zärtlichkeit, die ihn nur bei Ben oder Kerry überkamen, nie bei Beth. Und auch niemals bei Pat; denn Vincents Liebe zu Pat flackerte nicht zwischen Anhänglichkeit und Ablehnung, sie war endgültig.

Vincent faßte Ben um den Bauch und tat so, als wäre sein Finger unter Bens Arm steckengeblieben. »Kitzel, kitzel, Ben, du oller Struwwelkopf«, sagte er, und Ben zappelte entzückt.

Ah, gut, dachte Beth.

Sie sagte: »Es dauert bloß eine Minute. Siehst du? Jill holt die Taschen. Bleib schön hier stehen.« Nick war unterdessen weitergegangen. Sie konnte Ellen sehen, einen rotblonden Schopf über den Köpfen der anderen Frauen, von Männern umringt. Sie bewegte Kerrys Händchen auf und ab, ließ sie Winke-winke machen. Beth schob sich zwischen den Rücken vor ihr hindurch. Das Mädchen an der Rezeption telefonierte mit jemand am Flughafen, erklärte barsch, nein, es gebe keinen Zubringerdienst, und nein, sie habe keine Ahnung, welche Taxiunternehmen für diese Gegend zuständig seien, und außerdem habe sie viel zu tun. Gelangweilt wandte sie sich schließlich Beth zu, die den auf dem Gepäckkarren auf und ab hopsenden Vincent kaum ausmachen konnte, und sagte: »Jaaa?«, worauf Beth erschrak; sie hatte zur Tür gesehen, ob sie Jill erspähen könnte – wie lange dauerte es denn, ein Auto zu parken? Erschrocken ließ sie ihre Handtasche auf den Tresen plumpsen, es fehlte nicht viel, und der Inhalt wäre in den Schoß des Mädchens gepurzelt.

Es dauerte vermutlich fünf Minuten. Obwohl das Mädchen mehr Zeit brauchte, als für eine Gewichtsabnahme nötig wäre, obwohl Beth ihr versehentlich zuerst eine Tankkarte gab und das Mädchen sie durch die Maschine schob, ohne zu merken, daß es keine Visa-Karte war. Bestimmt keine zehn Minuten, würde Beth später der Polizei erzählen, obwohl Beth einen Cousin von Pat getroffen hatte und ihren alten Laborpartner Jimmy Daugherty, der jetzt Polizist in Parkside war. Zehn Minuten höchstens, mehr nicht.

Endlich bahnte sich Beth, eine Durchschrift, ihre Brieftasche und Kerrys Schnuller an sich gedrückt, den Weg zurück zum Fahrstuhl. Vincent stand schlaff an die Wand gelehnt und schob den Karren mit den Füßen vor und zurück.

»Wo ist Ben?« fragte sie.

Vincent zuckte heftig die Achseln. »Er wollte nicht, daß ich ihn festhalte. Er wollte zu Tante Ellen. Mein Hals bringt mich noch um, Mom. Ich hab Hitzepickel.«

Geistesabwesend untersuchte Beth seinen Hals. Ringsum waren kleine rote Flecken. »Warte«, sagte sie. Sie suchte die Halle nach Ellen ab; da war sie, leicht zu sehen. Beth pfiff. Ellen kämpfte sich zu ihr durch, Kerry auf dem Arm.

»Ist Ben bei dir?« fragte Beth, und später sollte sie sich erinnern, daß sie keinerlei Panik dabei empfand. Nicht so eine wie die, die sie auf dem Jahrmarkt befallen hatte, als Ben, zwei Jahre alt, weggelaufen war und sich in der Menschenmenge verloren hatte. Sie hatte nicht dieses bodenlose Gefühl, das der Raserei vorausging. Ben war in diesem Raum. Der Raum war voller Menschen, lauter guten Menschen, Erwachsenen, die Beth kannten, die ein kleines Kind fragen würden, wo seine Mama ist. »Ellen, Ben ist weggelaufen. Wir müssen ihn suchen, bevor wir irgendwas unternehmen können.«

Ellen rollte mit den Augen und steuerte auf den Zeitungskiosk zu. Dort gab es Spielzeug auf Drehständern – Kinderköder. Beth ging nach draußen und suchte die sonnige Straße in beiden Richtungen ab, kam dann wieder herein, umrundete den Fahrstuhl und sauste in das verlassene Café. Hatte die einsame Kellnerin einen kleinen Jungen mit einer roten Baseballkappe gesehen? Nein. Beth ließ sich auf die Knie nieder und sah aus Ben-Höhe durch die Menge. Aber alle Beine endeten in Pumps oder

Schnürschuhen. Sie lief wieder zum Fahrstuhl. »Vincent, denk mal ganz fest nach, in welche Richtung ist Ben gegangen?«

»Weiß ich nicht.«

»Hast du ihn nicht beobachtet?«

»Ich konnte ihn nicht sehen.«

Beth' Atem kam jetzt stoßweise, und ihre Hände kribbelten, wie sie es taten, wenn sie einem Zusammenstoß mit einem anderen Auto knapp entgangen war oder sich fast den Knöchel verrenkt hätte. Ben! dachte sie. Hör mir mit deinen Gedanken zu. Ellen kam langsam durch die Menge und suchte Beth' Blick.

»Da drüben war er nicht.«

»Ellenie ...«

»Wir müssen den Geschäftsführer holen.«

»Ich weiß nicht; vielleicht, wenn wir einfach warten ...«

»Nein, wir müssen den Geschäftsführer holen.«

Das Mädchen an der Rezeption sagte, der Geschäftsführer sei zu Tisch, aber wenn sie wünschten, könnten sie ein Formular ausfüllen, um zu beschreiben, was sie verloren hatten.

»Ein Kind haben wir verloren!« schrie Ellen sie an.

Das Mädchen sagte: »Was auch immer. Der Geschäftsführer dürfte gegen ...«

Ellen stürmte durch das Foyer und sprang auf den Gepäckkarren. Sie war 1,78 groß, und noch bevor sie »HALT!« rief, hatte sich eine Schar ihrer ehemaligen Mitschülerinnen und -schüler nach ihr umgedreht. Als sie dann schrie, verstummte das Gerede in der Halle, als sei das Licht ausgeknipst worden. Ein Telefon schrillte. Ein Hotelpage rief draußen: »Chuck!«

»Wir müssen alle auf Beth Kerrys kleinen Jungen achten«, sagte Ellen. »Er ist drei Jahre alt, sein Name ist Ben, und vor einer Minute war er noch hier. Er muß in diesem Raum sein. Teilt euch auf. Guckt euch um, wo ihr seid. Und wenn ihr ihn findet, hebt ihn hoch und bleibt still stehen.«

Und alle gehorchten. Sie stellten ihre Taschen ab, und wie ein Chor brach der ganze Raum in einem Schwall verschiedener Tonhöhen, Beth' Stimme am lautesten, in den Ruf aus: »Ben? Ben?« Jimmy Daugherty teilte den Raum in zwei Hälften, indem er ihn durchschritt, dann wies er den Leuten Abschnitte zu. Nick begab sich mit federnden Schritten in den Flur des Erdgeschosses. Zwanzig Minuten später begrüßten sich wieder ein paar kleine Gruppen von Neuankömmlingen, aber die meisten Gesichter in Beth' nächster Nähe warteten, eine Art verlegenes Mitleid in den Augen, auf ihre Anweisungen.

Ben war verschwunden.

2. Kapitel

Es war Jimmy, der vorschlug, die Polizei zu holen – das Kind sei bestimmt irgendwo in der Nähe, aber die Dinge könnten so schneller in Gang kommen, verstehst du? Jimmy kannte den ganzen Polizeiapparat von Parkside; ohne das Schultreffen würde er heute arbeiten. »Es wäre meine Schicht, Bethie, und das sind lauter prima Jungs. Wir holen die Truppe hierher.« Das Polizeirevier war knapp anderthalb Kilometer entfernt.

»Bethie, du wirst dich besser fühlen«, sagte er. »Wahrscheinlich ist er in einem Wäscheschrank eingeschlafen.«

Der Geschäftsführer, ein dicklicher gezierter Herr, war jetzt vom Mittagessen zurück. Mit weitschweifigen Bewegungen gestikulierend, die den ganzen Raum einschlossen, hatte er die junge Frau an der Rezeption als Schlampe beschimpft, Ellen – in dem Glauben, sie sei die Mutter des Kindes – Kaffee gebracht, überprüft, ob die Tür zum Swimmingpool abgeschlossen war, und den Sicherheitsdienst herbeizitiert, der aus zwei stämmigen älteren Männern in schlechtsitzenden lila Uniformen bestand.

Beth saß auf dem Gepäckkarren und strich sich mit beiden Händen die Haare aus dem Gesicht. Vor ihrem geistigen Auge durchmaß sie sportlich die Flure, stieß jede angelehnte Tür auf, rief mit einer klaren Doris-Day-Stimme nach Ben, schloß ihn in ihre Arme. In Wirklichkeit hatte sie Pudding in den Beinen; sie konnte nicht stehen. Vincent hatte sich hinter ihr zusammengekuschelt, Bens Decke im Arm, und schlief. Jill hatte Kerry nach oben ins Bett gebracht.

Es war fünf Minuten vor zwei. Beth befand sich noch keine Stunde im Hotel.

Nach der ersten erfolglosen Suche hatten die Ehemaligen die Empfangshalle nach und nach verlassen. Beth sah die Leute davonschleichen, leise sprechend, nicht so recht wissend, was sie sich trauen durften. Sollten sie sich weiter gegenseitig begrüßen, als ob nichts gewesen wäre? Sich an der Suche beteiligen? Zum Mittagessen gehen? Nach Hause gehen? Zwei Männer waren in der Bar, tranken und sahen sich in dem weit oben schräg montierten Fernsehapparat ein Footballspiel an; aber sie waren noch nicht hier, als Bens Fehlen bemerkt worden war. Ehemänner, dachte Beth. Nicht meine Freunde.

Als Jimmy vom Telefon an der Rezeption zurückkam, sagte er: »Es läuft, wie ich gesagt habe. Sie schicken einen Trupp Jungs rüber, kein Problem, und sie werden Stockwerk für Stockwerk durchkämmen und ihn in Null Komma nichts finden.«

Ellen fragte ihn: »Und wenn Ben nach draußen gegangen ist?«

Jimmy machte ein gequältes Gesicht. »Ich ... äh ... ein paar Jungs werden auch draußen suchen. Aber Bethie, es liegen keine ... Berichte von Unfällen vor.« Unfällen? Beth zog in ihrem Hirn eine Schublade auf, um einen neuen Schrecken unterzubringen. Ben hätte von einem Auto überfahren, von einem Verbrecher mitgenommen, in einen Graben gestoßen, von einem Zug überrollt worden sein können ... Beth riß sich zusammen. Sie neigte dazu, in Panik zu geraten; die Kerrys waren nun mal so – bei der kleinsten Kleinigkeit gingen sie in die Luft.

Aber Ben war jetzt schon seit einer ganzen Stunde verschwunden. In den drei Jahren seines Lebens war Ben, ausgenommen die beiden Male im Jahr, wenn Beth und Pat zum Essen ausgingen, oder als sie von Kerry entbunden wurde, noch nie eine ganze Stunde außerhalb Beth' Blickfeld gewesen.

Es war also ernst. Zu ernst für Panik. Beth mußte jenes Ich aufrufen, das in ihren Zeitungstagen um Mitternacht ruhig begonnen hatte, Fotos von einem Feuer abzuziehen, und um ein Uhr nachts fertig war, rechtzeitig für die erste Ausgabe. Das Ich, das es einst fertigbrachte, Vincents verrenkten Arm, der wie ein Stöpsel an einem Gummiband baumelte, durch Zerren und Ziehen wieder einzurenken. Das blutende Stirnen stillte, das Kinder, die Grippepillen geschluckt hatten, dazu brachte, sie wieder von sich zu geben. Dieses Ich zappelte in ihrem Griff und brach hervor. Sie brachte ihr Gesicht in Ordnung. Es war über und über verschmiert, als hätte sie sich seit Tagen nicht gewaschen.

Die Uhr rückte weiter. Während Beth sich mit ihrem Gesicht befaßte, vergingen weitere acht Minuten.

Ben war seit einer Stunde und acht Minuten verschwunden.

»Bethie«, sagte Jimmy soeben, betont lässig. »Das ist Calvin Taylor. Er ist mein Partner. Die ganze Belegschaft kommt her. Ist ein ruhiger Tag auf dem Revier. Cal, das ist Beth Cappadora. Es ist ihr Junge.«

Beth sah hoch; sie kam sich klein vor, wie ein Teichbewohner. Es war ein gutes Gefühl, hochzublicken, ein gutes Gefühl, drunten zu sein, wo sie nichts tun, nichts falsch machen, nichts in die Hand nehmen konnte. Sie fragte sich, ob Taylor sie überhaupt sehen konnte. Calvin Taylor war schlank und trug eine Brille, er sprach mit jamaikanischem Akzent. »Keine Sorge, Mutter«, sagte er herzlich. »Noch ist uns kein Kind verlorengegangen.«

Er hockte sich neben Beth und stellte ihr höflich eine Reihe Fragen zu Ben – Größe, Alter, Kleidung, wo er stand, als sie ihn zuletzt gesehen hatte. Beth gab murmelnd Antwort. Als Wayne hinzukam, reichte Calvin Taylor ihm die Hand und erkundigte sich nach dem Ergebnis der Erdgeschoßdurchsuchung. Und dann sagte er, wiederum herzlich: »Nun, Mr. Thunder, dann bleibt uns wohl nichts weiter zu tun, als ein paar Türen zu öffnen.« Es fehlte nicht viel, und Wayne hätte vor Stolz gestrahlt; die Polizei hatte ihn gelobt! Beth hätte beinahe laut gelacht.

Jimmy und Taylor baten den Geschäftsführer, der sich stets in ihrer Nähe aufhielt, einen Hauptschlüssel zu holen; sie müßten zweihundert Zimmer aufschließen.

»Ah, aber die Gäste!« sagte der Geschäftsführer nervös.

»Wir klopfen an«, sagte Taylor.

Die Halle füllte sich mit gutaussehenden jungen Männern – fast alle klein, Iren, Italiener, ein paar Schwarze, ein großer nordischer Typ. Eine Frau mit brünettem Haarknoten in einer unvorteilhaften Uniform, die eindeutig nicht für ihre Figur gedacht war. Sie kam und setzte sich neben Beth auf den Karren. »Angst, was?« sagte sie. »Keine Sorge. Wir finden ihn. Ich bin seit fünf Jahren Polizistin, und ich habe schon ein Dutzend Kinder gesucht, und wir finden sie immer.« Sie hielt inne und sah Beth an, die jetzt rhythmisch an ihren Haaren zog. »Wir finden sie, und sie sind heil und gesund. Unversehrt.«

Beth wußte nicht, was sie mit Vincent machen sollte; sie nahm an, sie müßte ihn trösten. Sie sah ihn an; er zuckte im Schlaf.

»Möchten Sie etwas essen?« fragte der Geschäftsführer Ellen. Er war jetzt rot im Gesicht und roch stark nach Zigarettenrauch.

»Ich bin nicht seine Mutter«, erklärte Ellen. Der Geschäftsführer wandte sich hierauf, hörbar seufzend, an Beth.

»Möchten Sie etwas essen?«

Beth überlegte. Nein, essen war unvorstellbar.

»Ich hätte gern einen Wodka-Tonic«, sagte sie. Der Mund des erstaunten Geschäftsführers formte sich zu einem »O«, aber er eilte davon und schnippte mit den Fingern zum Barkeeper hinüber.

»Papierkram«, sagte die brünette Polizeibeamtin mit dem kunstvollen Haarknoten. »Ich muß Sie ein paar Sachen fragen, Mrs. Cappadora. Auch wenn wir ihn in fünf Minuten finden, muß ein Bericht erstellt werden. Und wir brauchen die detaillierteste Beschreibung, die wir kriegen können, um sie an andere Dienststellen weiterzuleiten – falls das nötig sein sollte, was vermutlich nicht der Fall sein wird.«

Beth wußte, es sollte sie beruhigen, dieses Routinehafte, dieser Spott über das Absurde der Situation. Es war als Versicherung gemeint, daß jeden Moment ein zerzauster Ben mit einer Handvoll Baseballbildchen, die ihm ein freundlicher Polizist geschenkt hatte, wie ein Silberpokal aus dem Fahrstuhl getragen würde. Alles würde lächeln, alles würde Ben schelten: »Du hast deiner Mutter aber einen gehörigen Schrecken eingejagt, Kleiner ...«

» ... drei?« fragte die Polizistin.

»Ja«, sagte Beth. »Was?«

»Er ist drei, Ihr Sohn?«

»Gerade geworden.«

»Geburtsdatum?«

»Erster April.«

»Ein Aprilscherz.«

»Sozusagen.«

»Und er hat ... braune Haare?«

»Er hat rote Haare. Er hat dunkelrote Haare. Kupferrot. Und eine rote Baseballkappe. Er hat ein orangerotes Hemd an, mit roten Fischen drauf. Und pupurrote Shorts.

Und rote Turnschuhe mit hohem Schaft. Die sind neu. Mit Papageien drauf.« Beth biß sich auf die Lippe; sie wußte, wie sich das anhörte – als gebe sie sich keine Mühe, die Kleidung ihres Kindes farblich abzustimmen. Aber wer achtete schon darauf, was ein Kind bei einer Autofahrt anhatte? Sie schielte zu der brünetten Beamtin hinüber. *Sie* würde darauf achten. Die Beamtin war vermutlich eine treusorgende Mutter.

Und warum, fragte Beth sich unversehens, geben sie nicht untereinander weiter, wie Ben aussieht? Ist mit der Wiederholung eine Therapie oder Strategie verbunden?

»Und, Mrs. Cappadora, was sagten Sie, wo Sie wohnen?«

Beth hockte da und redete. Sie konzentrierte sich auf Details. Sie tat, als wäre sie Pat. Sie erzählte der Beamtin von Bens Sprachbegabung, seinen Ängsten (Gewitterstürme, Wasser aller Art, Blut) und seiner Gewohnheit, sich an engen Plätzen zu verstecken (einmal, nicht auszudenken, aber nur für einen Moment, im Wäschetrockner). Sie beschrieb im einzelnen Bens Muttermal, ein Mal in Form einer fast perfekten Raute, ein aschfarbenes umgekehrtes V, das unmittelbar oberhalb seiner linken Hüfte saß. Beth hatte erwogen, das Muttermal entfernen zu lassen, erzählte sie der Beamtin, doch der Hautarzt hatte gesagt, es sei nichts, nur ein Pigmentüberschuß, und so ließ sie es, wie es war. Da sie die Unruhe der Beamtin spürte, sprach Beth dann von Vincent, der aufgewacht und mit Ellen gegangen war, um ein Sandwich zu holen. Er sei ein schwieriges Kind, aber er liebe Ben und sei fürsorglich zu ihm.

»Kerry ist nach mir genannt«, sagte Beth. »Ich meine, nicht Beth, aber Kerry, das ist mein Nachname. Bevor ich geheiratet habe. Eigentlich wollten wir Ben so nennen, Kerry ... das heißt, ich wollte es, aber Pat, das ist mein

Mann, er sagte, ›Warum ihn nicht gleich Fairy nennen?‹ Da haben wir statt dessen das Mädchen so genannt. Ben heißt nach meinem Bruder ...« Sie plapperte; das Foyer füllte sich wieder, mit Polizeibeamten, die Beth vorher nicht gesehen hatte.

Beth sah, wie zwei von ihnen in einem kleinen Raum abseits der Halle, der vermutlich als Garderobe diente, einen Klapptisch aufstellten und ihn mit einer Anzahl Funktelefone und einem Batterieradio, das quiekte und knatterte, bestückten.

»Was machen die da?« fragte Beth.

»Sie richten eine Kommandozentrale ein«, erklärte Grace Clemons.

»Wozu?«

»Um mit dem Revier Verbindung zu halten und um jeden Anruf entgegenzunehmen, der eventuell von der Staatspolizei oder von anderen Dienststellen hereinkommt.«

»Anderen Dienststellen?«

»Ja. Oder Hinweise von Leuten. Oder irgendwelche Anrufe. Ich meine, wenn wir mit Sicherheit wüßten, daß jemand anders in diese Sache verwickelt ist, dann hätten wir vermutlich schon einen größeren Einsatz. Aber die Hinweise, die wir bekommen, könnten ...«

»Hinweise? Aber woher sollen die Leute denn wissen, wo sie anrufen müssen?« fragte Beth, und dann ging ihr schlagartig auf, worauf Grace Clemons angespielt hatte: eine Person könnte es wissen.

»Einen Moment, Mrs. Cappadora.« Während sie ein paar verirrte Strähnen in ihren akkuraten Haarknoten stopfte, sprach Officer Clemens kurz mit Detective Taylor. Er nahm das Blatt Papier, das sie beschrieben hatte, machte selbst ein paar Notizen darauf und ging dann zum Telefon.

»Wir geben ein ISPERN heraus, Mrs. Cappadora. Das bedeutet ›Illinois State Police Emergency Network‹. Buchstabensalat, was?« Der Knoten hüpfte, als sie besorgt den Kopf wiegte. Beth dachte, sie bemüht sich immer noch, mir keine Angst zu machen. »Diese Frequenz wird von allen Polizeidienststellen im ganzen Staat abgehört. Zum Beispiel, wir sind hier Bezirk drei, nahe Chicago, aber wir senden bis weit in die westlichen und nördlichen Vorstädte ...«

»Sie haben eine Menge Polizeibeamte für eine so kleine Stadt.«

»Oh, die Polizisten sind nicht alle aus Parkside, Mrs. Cappadora«, sagte Grace Clemons. »Sie kommen aus Chester, Barkley und Rosewell.«

Beth starrte sie an. »Also sind Sie beunruhigt.«

»Wir müssen das Verschwinden eines so kleinen Kindes nach einer so langen Zeitspanne sehr, sehr ernst nehmen, Mrs. Cappadora.«

Es war drei Uhr nachmittags. Ben war seit drei Stunden verschwunden.

An jedem der Ausgänge, die Beth sehen konnte, standen zwei Polizisten, und der Abschnitt der kreisförmigen Auffahrt, der in ihrem Blickfeld lag, füllte sich mit blauweißen Autos: wie ein Puzzle, dessen Teile sich an den richtigen Platz schoben. Jimmy Daugherty ging vor der Drehtür auf und ab. Beth entschuldigte sich und wankte schwerfällig zu ihm. Sie bat Jimmy um eine Marlboro. Er zündete sie ihr an.

»Bethie«, sagte er. »Pat wird bald hier sein, nicht?«

Beth war verblüfft. »Ich habe ihn nicht angerufen.«

Mit einer entschlossenen Drehung von Daumen und Zeigefinger drückte Jimmy seine Zigarette aus. »Du hast Pat nicht angerufen?«

»Ich dachte, wir würden Ben gleich finden, und Pat

mußte arbeiten.« Sie sprach wie so ein unbedarftes Dummchen, das sich gleich beschweren würde, weil seine Lieblingsseife nicht da war. Sie versuchte es noch einmal: »Keiner hat mir gesagt, daß ich Pat anrufen soll!« Das war noch schlimmer. Im Tale des wachsenden Schattens, wer riefe da nicht seinen Nächsten? Den Vater des Kindes?

»Rufen wir ihn jetzt an«, sagte Jimmy sanft.

Beth dachte, nein, das tu ich bestimmt nicht.

»Und deine Verwandten? Sie leben doch noch hier, oder?«

Die auch nicht, dachte Beth. Auf keinen Fall.

Pat hätte einen Dreijährigen nicht allein herumlaufen lassen. Er hätte im Nu unfehlbare Vorkehrungen getroffen – Ellen herbeigewinkt oder Vincent und Ben schnell zu Jill gebracht, die gerade das Gepäck im Fahrstuhl nach oben beförderte. Er würde sich die drei Minuten Zeit genommen haben, die die Sicherheit erforderte, er wäre nicht unbekümmert losgezogen wie Beth, bemüht zu rationalisieren, Zeit zu sparen, mehrere Fliegen mit einer Klappe zu schlagen. Er würde nicht, wie es Beth einmal zu Hause passiert war, eine heiße Glasschüssel auf eine Ecke der Anrichte stellen und zugleich versuchen, ein Telefongespräch zu führen, und dann die Schüssel fallen lassen. Er war vorausschauend.

Ihrer beider Eltern wußten das.

Beth sagte, nein, sie wolle sie jetzt nicht belästigen.

»Schätze, das dürfte sogar das beste sein«, sagte Jimmy. »Denn du könntest es hier mit einer Familiensituation zu tun haben, wo die Großeltern das Kind wollen; ich gehe in meinen Überlegungen hier anders vor als sonst, Bethie, weil ich dich und Pat und die Cappadoras kenne. Aber wer weiß? Tatsächlich war das erste, was meine Chefin sagte, daß wir jemand zu ihnen schicken sollen, um sich mit ihnen zu unterhalten.«

»Zu Rosie und Angelo Cappadora?«

»Ja. Pats Eltern. Ich kenne sie, aber wir brauchen nicht an die große Glocke zu hängen, daß wir kommen.«

»Willst du damit sagen, du meinst, Rosie und Angelo könnten Ben haben?«

»Alles ist möglich. Eine Familienfehde ...«

»Aber das ist doch hirnverbrannt, Jimmy. Rosie und Angelo beten Ben an.«

»Eben.«

»Und es gibt nichts zwischen Pat und mir oder so was. Seine Eltern wissen gar nicht, daß ich zu dem Treffen hier bin. Mein Dad weiß es auch nicht.«

»Die Menschen tun die seltsamsten Dinge, Bethie.«

Polizistenweisheit. Verrücktes Gerede. Dies ging jetzt viel zu schnell. Alle diese Leute waren plötzlich viel zu besorgt. Sah Jimmy denn nicht, was für eine Zeitverschwendung und wie absurd es wäre, einen Polizeiwagen zu Rosies und Angelos gepflegtem Farmhaus zu schicken und sie zu fragen, ob sie ihren Enkel gestohlen hätten, von dem sie nicht einmal wußten, daß er in Chicago war? Kapierte Jimmy denn nicht, daß sie ihren Dad oder Pats Eltern nicht sehen wollte? Nicht von ihnen gesehen werden wollte? Sie war Angelo, war ihrem Vater immer eigenwillig erschienen, vielleicht sogar Rosie, die alle Menschen gern hatte. Und wenn jetzt, wo das hier passiert war, die Eltern kämen, gäbe es kein Entkommen.

Jimmy führte sie zum Telefon, notierte Beth' Privatnummer in Madison und wählte für sie. Aber als das Telefon zu summen begann, war ihr, als würde sie Brechdurchfall bekommen, hier und jetzt, und sie reichte Jimmy den Hörer. Ellen kam und brachte sie zur Toilette, und weil Beth' Beine sich nicht beugen wollten, half sie ihr, sich hinzusetzen. Danach ging Beth in die Bar und bestellte noch einen Wodka-Tonic; sie versuchte gar nicht erst zu bezahlen. Sie hatte keine Ahnung, wo ihre Handtasche und ihre Schuhe geblieben waren. Oder Jill. Nick Palladino war zurückgekommen und hatte Vincent einen kleinen Football an einem Gummiband mitgebracht. Vincent ließ ihn auf und ab hüpfen. Wayne und Nick und einige Cheerleader-Ehemänner standen um die Bar herum, und Beth sah, wie ihre Kinnladen sich bewegten.

»... irgendwie helfen«, sagte Nick.

»Ha?« fragte Beth.

»Sie ist am Ende. Sie will nach Hause«, sagte Nick. »Aber ich komme wieder.«

Trisha will nach Hause zu den Kindern, dachte Beth. Zu ihren zwei kleinen Mädchen, sich vergewissern, daß sie in Sicherheit sind, sie in die Arme nehmen, sie riechen. Sie sagte: »Nein, das brauchst du nicht. Es sei denn, du willst auf die Feier.«

»Ach Beth, ich glaube nicht, daß sie stattfindet«, sagte Nick. »Jedenfalls nicht, solange Ben nicht gefunden ist, verstehst du?«

So ernst. So schnell so ernst. Ernst genug, dieser vielleicht länger dauernde Verlust ihres Kindes, um eine seit einem Jahr geplante Veranstaltung für zweihundert Paare abzusagen? Wenn es so ernst ist, dachte Beth, sollte ich logischerweise weinen. Sie versuchte, ihre Augen feucht werden zu lassen. Aber sie konnte sie nur schließen, aufreißen, auf Nicks Anzugknöpfe starren, auf denen kleine silberne Wale waren.

»Ich würde alles für dich tun, Beth«, sagte Nick.

»Oh, okay«, erwiderte Beth. War das eine angemessene Antwort? Sie forschte in Nicks Gesicht. Seine schönen Augen blickten ratlos. Ich hätte Nick heiraten sollen, dachte Beth, egal, ob er ein Intellektueller ist oder nicht. Dann hätte ich Ben nicht verlieren müssen. Das wäre besser. Ihr Glas war leer.

Jimmy Daugherty kam und sagte, er habe Pat angerufen – Pat sei nicht zu Hause.

»Du mußt im Restaurant anrufen.«

»Ihr habt ein Restaurant?«

»Sein Onkel. Das Cappadora. 741-3333.«

Jimmy notierte es. Auf dem Weg zum Telefon sagte er: »Keine Sorge, Bethie. Sieh dich um. Das Marinecorps ist hier. Und Bliss kommt auch.«

Er klang zuversichtlich. Sie trank vorsichtig ihren Wodka-Tonic.

Ellen hatte telefonisch eine Pizza bestellt. Vincent wollte Pizza, und im Hotel gab es keine. Discipio's sei nur etwa anderthalb Kilometer entfernt, sagte Ellen. Jill, erklärte sie Beth, sei ... ganz durcheinander. Ellen habe Kerry Barbara Kelliher anvertraut. »Und keine Sorge, Beth, sie ist in ihrem Zimmer, Nr. 221, und Becky ist bei ihr. Kerry ist in Sicherheit, Beth.«

Beth beschloß, Ellen nicht zu sagen, daß es keine Rolle spielte; es kam ihr wirklich nicht darauf an, daß Kerry in Sicherheit war, solange Ben nicht gefunden wurde. Sie sagte: »Oh, gut.«

Wayne, die Polizisten und die lila uniformierten Männer vom Sicherheitsdienst holten alle Hotelgäste zusammen, die etwas mit dem Schultreffen zu tun hatten; sie fanden sich im Ballsaal ein, und Beth empfand es als eine Art gespenstische Kostümprobe für die geplante Abendveranstaltung. Die Polizisten bildeten kleine Gruppen und durchsuchten dann die nun leeren Hotelzimmer noch einmal, für den Fall, daß sie etwas übersehen hatten. Alle, die nichts mit dem Schultreffen zu tun hatten, waren ins Parkside Arms drei Straßen weiter umquartiert worden, weil sich diese Gäste, nur ein halbes Dutzend Paare, durch die Scharen von Uniformierten im Foyer und die Polizeikordons draußen gestört fühlten.

Der Geschäftsführer war wütend und fragte immerzu, wann die Untersuchung abgeschlossen wäre. »Hat noch gar nicht angefangen, Freundchen«, sagte Jimmy.

»Ich dachte, hier gibt's keinen Zubringerdienst«, bemerkte Beth zu Ellen.

Ellen funkelte sie an. »Was?«

»Vergiß es.« Beth' Glas war leer. Sie hielt es hoch, und Ellen ging damit zur Bar.

Es war fünf Uhr. Ben war seit vier Stunden verschwunden.

In Beth' Magen brodelte es, ihr war ausgesprochen übel, sie mußte wohl aufhören zu trinken. Aber da war dieser Prozeß des Kleinerwerdens, der begonnen hatte, als sie zum erstenmal mit dem Sergeanten zusammengetroffen war. Es wäre klug, damit fortzufahren, das wußte Beth genau. Sie ließ sich von Nick noch einen Drink geben. Die Polizistin mit dem brünetten Knoten war wieder da.

»So, Mrs. Cappadora ...« begann sie.

»Beth«, sagte Beth. Es war so ein langer Name, ihrer und Pats; wenn sie ihn jedesmal aussprach, würde es die ganze Nacht dauern. Nacht. Nein, noch nicht. Draußen war noch heller Nachmittag, die Sonnenstrahlen fielen in Wellen auf die runden Schattenhöhlen, die von den Baldachinen des Hotels gebildet wurden.

»Schön, dann können Sie mich Grace nennen«, sagte der Knoten.

»Grace Clemons«, sagte Beth.

»Richtig!« sagte die Beamtin, so als wäre Beth sehr, sehr klug für ihr Alter. »Es kommt zuweilen vor, daß Eltern Fingerabdrücke von ihren Kindern nehmen lassen ...«

»Fingerabdrücke?« rief Beth laut. Im Foyer wurde es einen langen Augenblick still; dann klingelte ein Telefon, und das Stimmengeplätscher setzte leise wieder ein. Und dann erinnerte sich Beth: »Ja, richtig. Da war mal so ein

Schulprogramm – Identa Kid, überall in Dane County. Wir haben von allen Kindern Abdrücke nehmen lassen.«

Beth rechnete fast damit, daß Grace Clemons jetzt buchstäblich auf und ab springen würde. »Das ist ja großartig, Mrs. Cappadora! Jetzt haben wir ein gutes Instrument, ein echtes Hilfsmittel, um Ben zu finden.«

Bin ich blöd, dachte Beth, oder redet sie verschlüsselt mit mir? Wenn sie Ben fänden, dann würden sie ihn zu mir bringen, zu seiner Mutter, und er würde mich mit seinen Beinen umschlingen wie ein Bärenjunges einen Baumstamm. Wer brauchte da Fingerabdrücke? Fingerabdrücke waren für Verbrecher – und Opfer.

Beth war, als hörte sie einen weit entfernten Motor stottern und dann anspringen. Das war's. So weit, so schnell. Kinder, in Krankenhäuser gebracht, im Gestrüpp gefunden, Kinder, deren Hände keinen Schaden genommen hatten, aber deren Gesichter ...

»Also, dieses Identa-Kid-Programm, Mrs. Cappadora, wurde das von Ihrem lokalen Polizeirevier durchgeführt?«

»Ah, nein – Dane County, habe ich gesagt.«

»Bezirkssheriff?«

»Ja.«

»Und welcher Bezirk ist das?«

»Dane County.« Hab ich das nicht gerade gesagt? fragte sich Beth.

Grace Clemons rief einen von den Polizisten herbei, die die Telefone bedienten, und wies ihn an, sich mit dem Bezirkssheriff von Dane County in Verbindung zu setzen und die Fingerabdrücke faxen zu lassen. Sie verstehen nicht, wollte Beth erklären. Ich habe Bens Fingerabdrücke nehmen lassen, damit er nie geraubt wird oder verlorengeht. Es war eine Vorbeugungsmaßnahme, eine Präventivmedizin, die im Schränkchen verwahrt wurde wie

Brechwurz, um Gift allein durch das Vorhandensein abzuwehren; eine Verwendung war nicht vorgesehen.

Der brünette Knoten sprach wieder. Clemons. Ja, Grace. »Erzählen Sie mir, was geschah, als Sie im Hotel ankamen. Ihre Freundin Elaine ...«

»Ellen.«

»Ellen war bei Ihnen?«

»Wir haben uns auf dem Parkplatz getroffen.«

»Auf dem Parkplatz?« fragte Grace Clemons. »Woher wußte sie, daß Sie auf dem Parkplatz waren?«

»Sie hat nach mir Ausschau gehalten. Sie ist rausgekommen, um nachzusehen, und wieder reingegangen. Und dann sind wir hierhergekommen.«

»Und abgesehen von Ellen, wer war die erste Person, mit der Sie gesprochen haben?«

»Hm, mein Freund ... ich meine, mein ehemaliger ... ich meine, mein Freund von der High-School. Nick. Und Wayne. Mein Freund Wayne. Er ist auch Pats Freund. Und die Cheerleader.« Grace Clemons machte ein enttäuschtes Gesicht. Beth fragte sich, was sie falsch gemacht hatte. Ihr Glas war leer. Sie hielt es hoch. Ellen erschien von irgendwo und nahm es ihr ab.

Beth sagte: »Ich muß mal eine Minute aufstehen.«

Jimmy Daugherty hatte irgendwie Zeit gefunden, seinen Anzug gegen ein leichtes Sommerjackett und -hemd zu tauschen. Jimmy war noch genauso sehnig wie als Schwimmer im Abschlußjahr, er hatte drahtige braune Locken und ein Kinn wie auf einem Plakat, das für den Eintritt in die Marine warb. Beth dachte absurderweise an Superman, der in der Garderobe verschwindet. Jimmy hatte Beth erzählt, er sei ein schlichter Kriminalbeamter in Zivil, und diese Sachen waren wirklich schlicht und zivil. Er hatte ihr sogar seine goldene Marke gezeigt, wie um ihr zu versichern, daß sie jetzt beide erwachsene Menschen waren und sich nicht darum streiten würden, wer dem Frosch im Labor das Rückenmark durchbohren mußte.

Jetzt kam Jimmy mit einer gertenschlanken Frau auf Beth zu, aschblond, mit anmutigen, gepflegten Händen, wie Beth sie mit jenen nicht berufstätigen Damen in Verbindung brachte, für die sie manchmal auf Gartenfesten fotografierte. Sie trug einen kurzen karierten Rock und einen langen Baumwollpullover. Gleich stellt er mir seine Frau vor, dachte Beth. Ist das möglich? Und dann fiel ihr ein, daß Jimmy mit der kleinen Ricarelli verheiratet war, Anita – eine Kindbraut, die ihm vor ihrem dreißigsten Geburtstag vier Jungen geboren hatte.

»Beth, das ist meine Chefin«, sagte Jimmy. »Oberinspektor Bliss.«

»Ich bin eigentlich nicht seine Chefin – wer könnte über Jimmy bestimmen? Ich habe bloß das Kommando über die Kriminalbeamten«, sagte die Frau lächelnd.

»Sie sind Chefin der Polizei?« fragte Beth blöde.

»Nein, nur von den Kriminalbeamten ... Und mein Name ist Candy Bliss.«

Beth lachte, prustete; sie konnte nicht anders, war aber gleich darauf wütend auf sich selbst.

Die grünen Augen der Frau blitzten in verschwörerischem Übermut. »Ich weiß – klingt nach Stripperin, was? Meine Schwester heißt Belle, das ist doch unschlagbar, oder? Belle Bliss? Ich bin die Stripperin, sie ist die Gangsterbraut. Was Eltern einem antun können!«

Sie hielt inne und drückte einen schlanken Finger auf die tiefe Falte zwischen ihren gewölbten Augenbrauen. »Ich kann nicht glauben, daß ich das gesagt habe. Mrs. Cappadora, Sie sollen wissen, daß wir Ihren kleinen Jungen finden werden. Können wir uns setzen?« Jimmy verschwand.

»Jimmy muß nicht arbeiten, er hat sich den Abend freigenommen«, sagte Beth hilflos. Candy Bliss sollte sie nicht für habgierig halten.

Candy fragte: »Beschreibung?«

Grace Clemons sagte: »Ist schon raus, und sie schalten jetzt LEADS ein.«

»Was bedeutet das?« fragte Beth.

»Das ist ein Computer-Network«, erklärte Candy Bliss. »Law Enforcement Agency Data Systems. Sollte jemand die Daten dieses Kindes eingeben, wenn er seinen Namen oder sein Geburtsdatum erfährt ...«

»Er hat keine Ahnung von seinem Geburtsdatum.«

»Dann eben seinen Namen – dann würde unser Computer einen Treffer melden. Wir hätten den Standort des Jungen.«

»Standort?«

»Ein Krankenhaus, falls er verletzt wurde – ein verirrtes Kind, falls er von einer Streife aufgegriffen wurde.« Sie wandte sich wieder der anderen Frau zu. »Detective Clemons. Ich kann jetzt übernehmen. Ich möchte, daß Sie sich um die Presse kümmern, falls das hier noch sehr viel länger dauert, also bereiten Sie eine Erklärung vor.« Sie warf Beth einen Blick zu. »Kann Ben seinen Namen sagen?«

»Ja.«

»Dann denke ich, vielleicht, okay, verwenden Sie den Namen und geben Sie eine genaue Beschreibung. Nur ... lassen Sie mich einen Blick draufwerfen, bevor Sie sie rausgeben.«

Knips. Dreh. Wieder ein strahlendes Lächeln. »Also«, sagte sie, »das wird bei uns folgendermaßen ablaufen.«

Alles spreche dafür, daß Ben innerhalb der nächsten Stunde gefunden werde. »Kinder verschwinden ständig. Sogar in einer Kleinstadt wie dieser. Wir haben Kinder, die sich vom Volksfest entfernen, vom Spielplatz, aus der

Bücherei. Vom Hort – wenn das passiert, ist der Teufel los. Sie gehen bis zur nächsten Ecke, biegen falsch ab, und schon haben sie sich verlaufen. Fest steht, irgend jemand findet sie immer. Und im Moment, denke ich, befinden wir uns einfach in der Lücke zwischen dem Zeitpunkt, wo Leute Ben finden, und dem, wo sie ihn auf eine Polizeiwache bringen oder die Polizei anrufen, während Ben bei ihnen zu Hause ist ...«

»Kurz und gut, Sie glauben also, daß er nicht mehr im Hotel ist«, sagte Beth.

»Dafür dauert es nun schon ein bißchen zu lange. Und die Durchsuchung war äußerst gründlich.«

Der nächste Schritt, sagte Candy Bliss, werde sein, Zielkarten von der unmittelbaren Umgebung anzufertigen, dann systematisch zu suchen – die kleine Ladenzeile, die parallel zum Friedhof verlief, von Tür zu Tür abklappern, dann hinüber zur High-School, um die Sportgeräteschuppen zu durchsuchen, die Sportplätze, die Tribünen, alles, was ein Kind anlocken konnte.

»Hier sind eine Menge Väter und Großväter, die sehr beunruhigt sind«, sagte die Beamtin, »eine Menge Freiwillige werden sich zur Verfügung stellen, um für die einzuspringen, die heute abend keine Schicht haben. Übrigens, deswegen hat es so lange gedauert, bis ich hier war. Ich habe heute abend nicht gearbeitet. Ich bitte um Entschuldigung. Ich war auf der Geburtstagsfeier meines Neffen, oben in Algonquin.«

Beth nickte. »Oh, das tut mir leid.«

»Weil ich da weggeholt wurde? Ach, kommen Sie, das ist in Ordnung. Hauptsache, er hat von mir bekommen, was er sich gewünscht hat. Ein kleines Tretauto.«

»Das hat Ben auch. Vom Nikolaus. Wie alt ist Ihr kleiner Neffe?«

»Heute drei geworden. Er ist drei.«

Beth griff nach ihrem Glas und leerte es.

Dann kam die Pizza.

Es war halb sechs. Ben war seit vier Stunden und dreißig Minuten verschwunden.

Der junge Pizzalieferant in seinem rot-gelben Kittel war kaum durch die gläserne Drehtür gekommen, als Pat wie aus einem Hagelsturm hereinstürzte und den Jungen so anrempelte, daß er in die Knie ging. Es waren 240 Kilometer vom Restaurant bis Parkside, vielleicht noch mehr. Pat erzählte Beth später, er wisse wirklich nicht, wie schnell er gefahren sei; aber sie schätzte, es mußten an die 160 gewesen sein. Niemand hatte ihn angehalten; er hatte keinen Strafzettel bekommen. Er hatte im Cappadora den Deckel der Tiefkühltruhe und die mit Geld vollgestopfte Kassenschublade offengelassen. Augie war nicht da, nur eine siebzehnjährige Kellnerin und Rico, der Hilfskellner.

»Wo ist er?« fragte Pat den Geschäftsführer, der zufällig der erste war, der ihm vor die Augen kam.

»Der kleine Junge?« sagte der Geschäftsführer. »Über diese Angelegenheit müssen Sie mit der Polizei sprechen.«

»Paddy«, sagte Jimmy Daugherty mit jener unmittelbaren, selbstverständlichen Vertraulichkeit, die Beth an den irischen Landsleuten so gefiel. »Wir haben ihn noch nicht gefunden. Es dürfte aber nicht mehr lange dauern.«

»Was?« rief Pat. »Was? Wo ist Ben? Wo ist Beth?«

Hastig stellte Beth ihr halbvolles Glas hinter sich und rappelte sich auf. Pat eilte zu ihr, umarmte sie, hielt ihren Hinterkopf in seiner freien Hand wie bei einem Kind. »Bethie«, sagte er zu ihr, langsam, als wäre sie hörgeschädigt, »sag mir, wie das passiert ist. Sag mir, wo Ben ist.«

Beth machte eine kleine Bewegung; sollte sie die Achseln zucken, versuchen zu sprechen? Zu erklären?

Pat ließ sie los, nicht eben sanft, und sagte: »Okay,

okay. Kann ich hier drin rauchen?« Vier Leute boten ihm Feuer an. »Okay, okay«, sagte Pat wieder. »Also, wo im Hotel hat noch niemand nachgesehen? Im Keller?«

»Da unten ist nur das Vorratslager«, sagte der Geschäftsführer. »Und das ist abgeschlossen. Alle Türen zum Lager sind von außen abgeschlossen.«

»Ben liebt Vorratslager. Er ist in einem Restaurant aufgewachsen. Tiefkühltruhen und Schränke.« Er machte eine Geste zum Geschäftsführer. »Bringen Sie mich hin.«

»Ich wüßte nicht, warum«, sagte der Geschäftsführer.

»Wir wollten sowieso da runter«, sagte Calvin Taylor, der gerade erschien. Als sie sich auf den Weg machten, kam Vincent schreiend angerannt. »Daddy!«

Pat bedeutete Vincent mit einem Wink, er solle nicht weiterlaufen, solle bei seiner Mutter bleiben.

»Ihr Mann«, sagte Candy Bliss. »Das geht in Ordnung. Er muß was zu tun haben. Müssen wir alle. Und wir werden jetzt noch einmal die erste halbe Stunde durchgehen. Ist das okay, Beth?«

Also war dies eine Liturgie. Christus erbarme dich unser. Herr erbarme dich unser. Erbarme dich unser auf so viele Arten und durch so viele Namen wie möglich, wieder und wieder. Es war Beth' Pflicht und Schuldigkeit zu antworten.

Hatte sie Ben davonschlendern sehen? Hatte Vincent ihn gesehen? Litt Ben an Orientierungslosigkeit oder anderen neurologischen Störungen? Hatte Ben Anfälle? Wurde er von glänzenden Gegenständen angezogen?

Anfälle? Glänzende Gegenstände?

»Ha?« fragte Beth. »Natürlich liebt er glänzende Gegenstände. Alle Kinder lieben glänzende Gegenstände.« Sie erklärte Candy Bliss, daß sie nichts gesehen habe, daß sie nur von der Rezeption aus einen Blick auf Vincents auf und ab schnellenden Kopf erhascht habe.

»Schön, dann fragen wir Vincent«, sagte Candy Bliss. Sie stand auf und ließ sich auf dem Gepäckkarren nieder, wo Vincent sich zusammengeduckt hatte. »Magst du der Polizei helfen, Vincent? Dein Bruder ist hier verlorengegangen.« Vincent starrte an ihr vorbei auf Beth. Beth nickte entschlossen. »Als erstes sollst du mir zeigen, in welche Richtung Ben gegangen ist.«

Vincent setzte sich wieder auf den Gepäckkarren und drückte sich an die Wand neben dem Fahrstuhl, wandte in ungewohntem Widerstreben die Augen ab. Beth ging zu ihm und nahm ihn auf den Schoß. Dann barg er das Gesicht an Beth' Zwerchfell und schüttelte heftig den Kopf. Beth beruhigte ihn und strich ihm die verschwitzten Haare aus der Stirn.

»Du darfst Ben suchen helfen. Der olle Struwwelkopf braucht dich«, sagte sie. Vincent kniff die Augen zu; genau wie sie, dachte Beth, würde er am liebsten zu einem Punkt zusammenschrumpfen.

»Er schrumpft«, erklärte sie Candy Bliss, die einmal kurz blinzelte und dann wegsah.

»Na komm, mein Freund«, drängte die Polizistin. »Zeig mir, wohin dein Bruder gegangen ist.«

Vincent streckte schlaff seinen mageren Arm vor und deutete auf die Mitte des Raumes.

Wäre Ben in diese Richtung gewatschelt – Beth erwischte sich dabei, daß sie in Gedanken dieses Wort benutzte, womit sie Ben kleiner, babyhafter machte, als er wirklich war –, dann wäre er immer näher an Beth herangekommen.

Er hatte versucht, zu Beth zu gelangen.

»Hast du ihn gepiesackt?« fragte Beth Vincent unversehens in grimmigem Ton.

»Nein, ich hab ihn kein einziges Mal angefaßt!«

»Hat er sich gefürchtet? Wollte er zu mir?«

»Nein – zu Ellen. Er wollte, daß ich Tante Ellen hole. Er hat gesagt, er pinkelt in die Hose.«

Beth löste ihre Arme von Vincent; er plumpste nach vorn. Sie kratzte sich im Gesicht – Ben hilflos, Ben verlegen, nach einem vertrauten Erwachsenen suchend, irgendeinem von seinen »zuverlässigen Erwachsenen«, der ihm helfen sollte, aufs Klo zu gehen. Hatte er sie gesehen? Hatte er nach ihr gerufen? Hatte er versucht, allein eine Toilette zu finden? Beth stand auf, taumelte, setzte sich schwerfällig auf den Gepäckkarren.

»Ich kann mir was Besseres zum Umkippen denken als dieses Ding«, sagte Bliss. »Wollen Sie sich nicht lieber auf eine Couch legen?«

Hinlegen, dachte Beth. Diesen Vorschlag machten sie immer in Unglücksfällen, Leuten, die darauf warteten, von den Überlebenden eines abgestürzten Flugzeugs zu hören, den Schiffbrüchigen, denen, die in der Notaufnahme von Krankenhäusern auf Operationsergebnisse warteten. Kaffee trinken. Hinlegen. Versuchen, etwas zu essen. Sie hatte es selbst gesagt, letztes Jahr, zu Pats Cousine (Rachelle, Jills Mutter), als Jill, damals im ersten Collegejahr, auf dem Fahrrad von einem Auto angefahren worden war und einen dreifachen Beinbruch erlitten hatte. Rachelle hatte auf sie gehört; sie hatte sich hingelegt und geschlafen.

Beth nahm an, sie sollte sich hinlegen; dauernd stieg ihr die Übelkeit in die Kehle, und ihr Magen revoltierte. Aber, dies wollte sie Candy Bliss erklären, die ihr die Hand hinstreckte, wenn sie sich hinlegte, würde das bedeuten, daß sie Ben aufgab. Glaubte Detective Bliss etwa, daß Ben sich hinlegte? Wenn Beth aß, würde er auch essen? Sie sollte nichts tun, was Ben nicht tun konnte – oder woran er gehindert wurde. Weinte er? War er an einem gefährlichen, stickigen Ort eingesperrt? Wenn sie sich hinlegte, wenn sie ausruhte, würde Ben dann nicht spüren, daß sie sich entspannte, würde er nicht denken, sie hätte es aufgegeben, zu ihm vorzudringen, hielte ihm nicht länger ihre konzentrierte Kraft entgegen wie einen Rettungsring? Würde er sich dann bekümmert einem schlimmen Schicksal ergeben, weil seine Mama ihn im Stich gelassen hatte?

Sicher würde diese Frau verstehen, daß Beth unbedingt aufbleiben mußte.

Mit einem strahlenden Lächeln sagte sie zu Candy Bliss: »Er ist nicht tot.«

»Nein, natürlich nicht, Beth.«

»Wenn er tot wäre, würde ich es spüren. Eine Mutter spürt das.«

»So sagt man.«

»Und es stimmt. Sie reden mit ihrem Verstand zu einem, die Kinder. Man wacht auf, bevor sie aufwachen – nicht weil man sie weinen hört; man hört, daß sie anfangen wollen zu weinen.« Beth hatte zuvor nie an die unheilvolle Ausdehnung dieser Verbindung gedacht – daß sie, würde Ben jetzt gefoltert oder erstickt, einen brennenden Schmerz spüren würde, vielleicht in ihrem Bauch, ihrem Hals. Sie war sich dessen auf einmal vollkommen sicher; es würde einen körperlichen Alarm geben, ein Signal auf Zellebene. Sie spannte ihre Halswirbel an, um ihre Antennen, ihre Sensoren auszufahren. Sie fühlte nichts, roch und hörte nichts, nicht mal ein Hauch Atemluft streifte ihr Ohr.

Und dann kam Pat aus dem Keller des Hotels und schrie: »Wo ist das Telefon? Ich muß meinen Vater und meine Mutter anrufen und meine Cousine, meine Schwestern!«

Nein, dachte Beth, nicht die ganze Sippschaft. Und doch, vielleicht, wenn sie kämen – und dann gingen –, könnte sie ihren Fühlern, ihren zarten, von all diesem

Licht und Lärm verunsicherten Fühlern, ungehindert in die Nacht folgen. Sie könnte sich von diesem Teichgrund erheben, von wo sie Pat beobachtete, und zulassen, daß Ben sie zu sich zog. Seine Mutter mit der Schwerkraft ihrer gemeinsamen Bindung zu sich zog.

Es war sieben Uhr.

Sie sah zu, wie Vincent sich lautlos, rasend auf Pat stürzte – und Pat hatte genügend Willenskraft, Vincent sogar jetzt seine Liebe zu zeigen, sein Gesicht an Vincents Hals zu bergen. »Keine Bange, Vincenzo«, sagte er. »Papa wird Ben finden.«

Mama, dachte Beth. Mama wird Ben finden. Vielleicht.

Sie beugte sich, vorsichtig, langsam, über die Kante des Gepäckkarrens nach vorn und erbrach sich auf den Fliesenboden vor dem Fahrstuhl.

3. Kapitel

Die Italiener verstanden sich auf solche Dinge. Die Iren würden theatralisch zittern und zetern; aber die Italiener wußten, worauf es ankam in dieser Welt: daß jedermann Nahrung und Obdach brauchte, daß eine Armee über den Magen funktionierte, daß Kinder gebadet und ins Bett gebracht werden mußten. Außer auf Beerdigungen, wo sie sich in Hysterie ergingen, wenn sie ihnen am wenigsten half, taten die Italiener, was getan werden mußte.

Rosie, Beth' Schwiegermutter, kam mit den Autoschlüsseln in der Hand durch die Drehtür. Sie war gefahren. Angelo hätte sich bestimmt lieber selbst ans Steuer gesetzt, aber er war zehn Jahre älter als sie und auch in guten Zeiten ein etwas unkonzentrierter Fahrer. Rosie, die das Sagen hatte, traute ihm in einer Krise nichts zu.

Rosie war klein und zartknochig; sie entsprach keineswegs dem Klischee der stereotypen sizilianischen Mama im schwarzen Umschlagtuch – sie trug einen Pagenschnitt und hatte eine silberne Mondbrosche an ihre pflaumenblaue Jacke gesteckt. Sie sah schick aus, fand Beth, und wirkte gefaßt, als sie Beth die Wange tätschelte, »*carissima*« murmelte und mit Pat einen Blick wechselte (Worte waren nicht nötig). Dann fuhr sie, ohne sich nach dem Stand der Dinge zu erkundigen – sie würde es schon erfahren, wenn es Fortschritte gäbe –, mit dem Aufzug nach oben, um Jill und Kerry zu holen. Rachelle, Jills Mutter, Rosies Nichte, war zu Hause. Jill würde sich bei ihrer

Mutter wohler fühlen. Ellen schlug vor, Dan, ihren Mann, zu bitten, Vincent abzuholen, damit er mit ihrem Sohn David spielen konnte, doch Rosie redete ihr das mit einem Lächeln aus: »Vincenzo kommt zu uns, Ellenie, Liebes«, sagte sie. »Es ist besser so.«

Ellen, die Rosie zeit ihres Lebens kannte, kam es nicht in den Sinn zu widersprechen.

Für Beth war Rosies Ankunft beinahe eine erquickende Unterbrechung. Sie wußte, sie roch nach Kotze und Alkohol; doch Rosie, die normalerweise ein Benehmen, das als »*stupido*« zu bezeichnen war, mit eisigem Blick quittierte, hatte es nicht bemerkt oder vorgezogen, es zu ignorieren. Angelo spurtete mit einem Tablett Cremehörnchen für die Polizisten herein und stellte es auf den Tisch, wo die Funktelefone ständig surrten. Die Beamten lächelten matt und wechselten Blicke. Beth dachte, sie verstehen nicht: Gibst du was, bekommst du was. Sie werden an die Cremehörnchen denken und noch einen Anruf tätigen.

Angelo umarmte Beth und sah ihr forschend ins Gesicht, dann küßte er Pat auf den Mund. »Gott im Himmel«, sagte er. Er riß die Folie herunter, mit der die Cremehörnchen zugedeckt waren. Eins war verrutscht; aus langjähriger Gewohnheit drehte Angelo es herum und legte es zu den anderen in die Reihe. Rosie und Angelo waren in ihren Familien die erste in Amerika geborene Generation, aber viel eher praktisch als materiell eingestellt. Sie betrieben einen Party Service; eine italienische Hochzeit im Westteil der Stadt war unvorstellbar ohne Rosies und Angelos Braten und Cremehörnchen, ihre Eisschwäne (gefärbt) und ihre Champagnerfontänen. Und nicht nur Italiener – Rosie und Angelo richteten Hochzeiten für normale, nicht italienische Katholiken, für Protestanten und Juden aus. Sie marinierten Hühnerbrüste in Senf und rotem Essig; sie streuten Kapuzinerkresse in Salatschüsseln, bevor es sonst jemand tat; sie fertigten für Braut und Bräutigam eine Miniaturausgabe der Hochzeitstorte zum Einfrieren, die zur Geburt des ersten Kindes aufgetaut wurde. Sie verstanden sich gut auf solche Dinge.

Sie hatten nie ein sterbenskrankes Kind gehabt oder ein Enkelkind verloren. Sie waren seit vierzig Jahren verheiratet, und soweit Beth wußte, war die schwerste Tragödie ihres Lebens der Tod von Beth' Mutter gewesen, ihrer liebsten Freundin. Trotzdem spürte Beth, daß sie das Richtige tun würden. Sie würden helfen, Ben zu finden, und sie würden ihr vergeben.

Bill dagegen, Beth' Vater, traf mit rotem Gesicht und echauffiert ein. Nicht wegen der Krise; er hatte mit den Feuerwehrmännern Golf gespielt – er war in Beth' Kindheit die meiste Zeit Hauptmann gewesen, aber nun schon zehn Jahre im Ruhestand. Beth hatte Bill nichts davon gesagt, daß sie in der Stadt war – sie hatte schließlich den Fotoauftrag zu erledigen, und das Schultreffen mit festlichem Abendessen und Brunch würde die übrige Zeit beansprucht haben, die ihr bis dahin blieb. »Was ist los, mein Herz?« fragte er Beth, während er seinen Pullover glattstrich und Beth' Hände nahm. »Was ist mit Ben? Ist er im Krankenhaus?«

Rosie hatte im Golfrestaurant eine Nachricht hinterlassen, und ein Teenager war in einem Golfwagen rausgerast, um Bill zu holen.

»Bill, Ben ist verschwunden ...« teilte Pat ihm mit.

»Verschwunden? Aber Ben ist erst zwei. Wo?«

»Er ist drei, Bill. Hier. Sie meinen, er ist irgendwo im Hotel ...«

»Er ist drei? Ja richtig. Hat jemand die Polizei gerufen?«

Pat seufzte.

»Na klar«, sagte Bill. »Ich seh sie ja alle, die Blauen.

Hat jemand Stanley angerufen?« Stanley war Polizeichef in Chester, der westlichen Vorstadt, wo Bill dreiundzwanzig Jahre lang Feuerwehrhauptmann war.

»Wir sind hier in Parkside, Bill. Dies ist ein anderer Zuständigkeitsbereich. Aber es ist auch Polizei aus Chester hier, und auch aus Barkley. Sogar aus Rosewell.«

»Schön, aber Stanley könnte helfen.« Bill war stets von einer unbeirrbaren Gewißheit beseelt, daß jemand, den er kannte, die Dinge ins Lot bringen konnte. Diese Polizisten, sagte er zu Pat, sähen jung aus.

»Wo warst du, Patrick, als der Kleine weggelaufen ist? Wo war Beth?«

Darauf schilderte ihm Ellen die ganze Geschichte, während Beth aufstand und in die Bar ging. Sie sah den Barkeeper ihr Jeanshemd mustern, das noch feucht und fleckig war, wo Ellen das Erbrochene weggewischt hatte. Doch der Barkeeper, ein Spanier mit ausladendem Schnauzbart, gab ihr den gewünschten Wodka-Tonic.

»Rosie!« brüllte Bill, als Rosie wieder in die Halle kam, die schlafende Kerry auf dem Arm, Jill im Schlepptau, die Vincent an der Hand hielt und seinen Football und seine Reisetasche trug. »Was ist los, Liebes. Was soll das alles?«

»Gib Opa einen Kuß, Vincenzo«, sagte Rosie, und Vincent, in Bills Nähe anfangs immer schüchtern, hob das Gesicht, um sich küssen zu lassen. Bill hob Vincent hoch und umarmte Angelo.

»Ange, was ist hier los? Wo ist der Kleine?«

Beth stürzte den Drink hinunter. Sie fühlte nicht die geringste Spur von Beschwipstheit oder Übelkeit – der Alkohol floß ihr sanft die Kehle hinab, wie warmer Kakao. Sie wurde wieder klein. Ihr Vater war der Lage augenblicklich nicht gewachsen; es war seine Gewohnheit, so zu tun, als ob die Welt ihn verblüffte. Beth war überzeugt, daß das nicht stimmte; es war einfach Bills Art, jemand anderen zu bewegen, die Dinge in die Hand zu nehmen. Als ihre Mutter starb, hatte Bill im Krankenhausflur gestanden, das Gesicht in düstere Falten gelegt, während die Ärzte erklärten, daß Mrs. Kerry eine Dialyse benötige und daß vielleicht selbst die nicht ...

»Warten Sie«, hatte Bill zu ihnen gesagt. »Diese Zyste, wenn Sie die Zyste entfernen, warum dann ...?«

Es hatte fast etwas Komisches, diese Folge von niederschmetternden Eröffnungen und Bills bestürzte Reaktion auf jede einzelne. Zwei Wochen? hörte sie im Geiste die Ärzte zu ihrem Vater sagen. Wir meinten zwei Tage. Jeder lindernde Eingriff, jede weitere Behandlung mit Antibiotika, die die sich ausbreitende Infektion abwehren sollten, deckte eine weitere Komplikation, eine weitere brandige Gewebemasse, ein weiteres Funktionsversagen auf. Die Ärzte fuhren fort zu untersuchen, zu behandeln und zu beraten. Bill fuhr fort, sie zu fragen, wann Evie kuriert sein würde, nicht, wieviel Zeit noch blieb. Beth und ihre Brüder, Paul und Bick, quälten sich, bemitleideten Bill wegen seiner Geistesabwesenheit, haßten ihn deswegen, wollten, daß er die Verantwortung übernahm, wie er es bei seiner Mannschaft bei einem Fabrikbrand tat, wollten selbst die Verantwortung übernehmen und ihn schütteln, ihm sagen: »Dad, sie stirbt.«

Evelyns Zustand verschlechterte sich ständig; und trotzdem war Bill verwundert, als sie starb. »Sie sieht nicht aus, als wäre sie mit Gift vollgepumpt«, sagte er im Bestattungsinstitut zu Beth. »Oder? Sieht diese Frau so aus?« Jetzt sah er Beth auf dieselbe Weise an. Als ob sie die Dinge für ihn ins Lot bringen würde.

»Wir haben ein nicht identifiziertes Kind. Elmwood Krankenhaus«, rief ein stämmiger jüngerer Polizist. Alles verstummte. Candy Bliss durchquerte die Empfangshalle wie eine Sprinterin und nahm den Hörer. »Ja, ein Junge

... Nein, ich glaube nicht.« Sie sah sich nach Beth um. »Spricht Ben spanisch?« Beth schüttelte den Kopf, und eine Sekunde später fragte die Polizistin, wie von einem zufälligen Gedanken inspiriert: »Und italienisch?«

»Nur Schimpfworte«, sagte Pat. Niemand lachte. Dann sagte Pat: »Er spricht englisch. *Sesamstraßen*-Englisch.«

»Wir rufen zurück«, sagte Candy Bliss.

Der Junge sei älter, erklärte sie Beth. Er sei auf seinem Fahrrad von einem Auto angefahren worden; sein Zustand sei nicht lebensbedrohend. Er müsse mindestens vier oder fünf sein. Und Elmwood war gut fünfzehn Kilometer entfernt. Aber er hatte kupferrote Haare. Beth sah sie an. Candy Bliss drückte ihren Zeigefinger zwischen die Augen. »Jimmy!« rief sie. »Sie kennen Ben. Sausen Sie hin und sehen Sie sich den kleinen Jungen an, okay? Kann nicht schaden, oder?«

Schon schnappte sich Jimmy seinen Mantel.

»Was sind das alles für Leute, die hier anrufen?« fragte Beth.

»Meist von anderen Dienststellen, um uns mitzuteilen, was sie gehört haben, das ist alles«, sagte Candy Bliss. »Später, wenn ... na ja, wenn wir die Presse informieren müssen, werden unentwegt alle möglichen Leute anrufen, einschließlich Elvis, der behauptet, Ben gesehen zu haben.«

»Spinner.«

»Außerirdische. Der Osterhase. Und echt einsame Leute, die sich im Fernsehen Gaffersendungen angucken.«

»Und wenn einer ihn wirklich gesehen hat?«

»Deswegen hören wir dem Osterhasen zu.«

Eine Prozession bekümmerter, mehr oder weniger vertrauter Gesichter zog an ihnen vorüber: Flüchtlinge vom Schultreffen. Einige würden bleiben, hatte Ellen erzählt, vornehmlich diejenigen, die von vornherein für ein paar

Tage gekommen waren. Und sie wollten helfen. Doch die Mehrzahl der Leute ging nach Hause oder in großen Gruppen zum Essen.

»Können wir trotzdem hierbleiben?« fragte Beth. Sie wollte brav sein, die Musterklägerin, die Sorte Patientin, die dem Zahnarzt am liebsten war, weil sie den Mund so weit offenhielt.

»Natürlich, selbstverständlich.« Sie lächelte Pat zu. Jetzt mußte er den Bericht im einzelnen hören, herausfinden, wie die Chancen standen. »Immerhin ist es ein schöner Abend draußen; da wird er wenigstens nicht frieren.«

Beth sah mit großen Augen auf die Uhr.

Es war 21:15. Ben war seit acht Stunden verschwunden. Ein Arbeitstag. Ein Schultag. Eine nicht unwesentliche Zeitspanne. Sie sprang schwitzend auf. »Es ist so spät!«

»Das meine ich ja, Mrs. Cappadora. In gewissem Sinne ist das ein Vorteil. Jetzt ist es ruhig draußen, und wir können richtig anfangen zu überprüfen, was in der Stadt vor sich geht. Die Hundestaffel ist unterwegs, und wir bekommen Hubschrauberunterstützung aus Chicago. Wir haben auch eine Nachbarschaftspatrouille ...«

»Hubschrauber?« fragte Beth.

»Mit Infrarotsensoren ausgestattet, Beth. Wenn es ruhiger wird, können sie freies Gelände absuchen. Sie erfassen Objekte, die Wärme abgeben. Einen liegenden Menschen vielleicht.«

»Oder einen toten Menschen.«

»Oder eine Leiche, ja. Aber danach suchen wir hier nicht. Wir wollen in der Lage sein, ein Zeichen von Ben aufzufangen, selbst wenn er sich beispielsweise im Gebüsch versteckt hat, um nicht gesehen zu werden. Verstehen Sie?« Sie entschuldigte sich kurz und flüsterte mit einem Polizisten am Telefon, so leise, daß Beth es kaum verstehen konnte. »Müssen sie die verdammten Köter erst noch *züchten* oder was?«

»Wo ist Rosie?« fragte Beth Pat und umklammerte seine Hand, die eiskalt und naß war. »Wo ist Rosie?«

Rosie war im Begriff zu gehen, die Kinder nach Hause zu bringen. Aber sie kam zu Beth, so leise summend, daß es wie Schnurren klang, und schob Beth die wirren Haare hinter die Ohren, als wäre Beth ein kleines Mädchen. Kerry war auf Jills Armen mit ihrem Fläschchen beschäftigt, aber Rosie nahm Vincent fest an der Hand und sagte zu ihm: »Gib Mama ein Küßchen. Du siehst Mama bald wieder. Wir gehen bei Großmama schlafen.«

Seine Augen waren groß vor Übermüdung, und da war noch etwas, eine Konfusion, die Beth bei ihrem nüchternen Ältesten noch nie gesehen hatte. Vincent beugte sich vor. Beth umarmte ihn flüchtig; doch für einen Augenblick schmiegte er sich zu ihrer Überraschung an sie. Dann nahm Vincent Rosies Hand und ging ein paar Schritte, ohne sich umzusehen. Urplötzlich blieb er stehen.

»Mom?« rief er.

Beth hörte ihn, hatte aber keine Kraft zu antworten.

»Mom?« rief Vincent wieder, in gesprächigem Ton. »Ist Ben wieder da?«

Rosie sagte bestimmt: »Noch nicht ganz. Aber sehr bald.« Doch Vincent sah Beth direkt in die Augen, die komischen, allzu buschigen Brauen vor lauter Konzentration zusammengezogen.

»Mom«, sagte er. »Ich hab dich was gefragt. Ist Ben wieder da?«

Beth sagte: »Liebchen. Nein.«

Vincent sagte: »Oh.«

Beth hielt sich die Hände vors Gesicht, rieb es mit den Fingern. Sie besah ihre Nägel. Der cremig korallenrote, garantiert zwei Wochen haltende Lack war verschmiert und abgeblättert.

Angelo und Bill gingen nicht. Sie blieben in der Empfangshalle, in Sessel gefläzt, obwohl der Geschäftsführer allen wieder und wieder beflissen nahelegte, in einen Aufenthaltsraum in einem höheren Stockwerk »umzuziehen«. Leute, die in die Empfangshalle des Tremont kamen und die Kommandozentrale sahen, suchten schleunigst das Weite. Ellen und Nick Palladino waren in der Bar; Wayne hatte eine Freiwilligenmannschaft von fünfzehn Schulkameraden zusammengestellt, die in ihren eigenen Autos den Friedhof, den Parkplatz der Schule, den Hester Park absuchen wollten. Beth hatte einen Polizisten zu einem anderen sagen hören, daß es da draußen bald wie beim Autoskooter zugehen würde, aber niemand habe es über sich gebracht, sie abzuweisen.

Pat stützte Beth unter einem Arm und brachte sie zu einem bequemeren Sitz neben dem Klavier. Candy Bliss folgte ihnen. Sie brauchte ein Bild von Ben, um es den Medien zu übermitteln. Es wurde spät, und sie wollte den Redaktionsschluß der Morgenzeitungen nicht versäumen.

Ob Beth ein Bild hatte? Sogar Dutzende – einen ganzen Schwung hatte sie zum Schultreffen mitgebracht, um damit anzugeben.

Aber, sagte sie zu Captain Bliss, sie habe keine Ahnung, wo ihre Handtasche sei.

Pat fand sie unter dem Gepäckkarren. Sie war naß, der halbe Inhalt verstreut. Er hielt ein Bild von Ben in seinem Baseballhemd hoch, der grinsend seinen Fanghandschuh mit Klettverschluß fest an die Wange drückte.

Beth fragte sich später, was sie sich denn eingebildet hatte. Glaubte sie, wie es ganz kleine Kinder tun, daß Ben, weil er nicht in ihrer unmittelbaren Nähe war, für sie unsichtbar war, tatsächlich in einer Nische des Universums schwebte? Daß er auf einer Luftblase saß, geborgen, aber entfremdet, und wartete, bis seine Mutter ihn wieder wahrnahm, damit er wieder wirklich werde? Hatte Beth geglaubt, daß Ben, weil sie, seine Mutter, ihn nicht sehen konnte, aufgehört hatte, ein vollständiges Lebewesen zu sein, das Schreckensangst und Verwirrung fühlte?

Ben war ein reales Kind in einer Stadt in der Nacht.

»Ben!« schrie Beth. Und noch einmal, als die zarte Kruste ihrer verworrenen Beherrschtheit barst und dann vollends aufbrach. »Ben! Ben! Ben!« Es wurde leichter. »Ben!« schrie Beth. »Ben!« Als Pat ihr seine Hand auf den Arm legte, um sie zu beruhigen, beugte sie sich vor und packte sie mit den Zähnen, biß so fest zu, daß es blutete. Im Raum herrschte eine Atmosphäre wie in der Notaufnahme eines Krankenhauses, eine plötzliche Betriebsamkeit. Pat und Jimmy versuchten, Beth in den Klammergriff zu nehmen; sie schüttelte sie ab, als sie sie an verschiedenen Stellen zu packen suchten. Sie war ein Aal, ein mit Abwehrgel überzogener Gegenstand. Der Geschäftsführer holte die lila uniformierten Sicherheitsmänner, die mitleidig zusahen, wie Beth um sich schlug, und ihr jedesmal den Weg zur Tür verstellten, wenn sie auf die Beine kam. Sie war stark, enorm stark. Sie nahm alles wahr: Pats blutende Hand, die furchtsamen, verstohlenen Blicke, das Wegsehen abreisender Paare, die durch die Empfangshalle mußten. Sie sah Nick, der seinen glänzenden dunkelbraunen Lockenkopf in die Hände gestützt hatte; sie dachte, er weine womöglich. Beth verharrte einen tiefen Atemzug lang regungslos, dann schrie sie wieder: »Ben! Ben! Ben!«

Candy Bliss wies den Geschäftsführer knapp an: »Holen Sie einen Arzt.«

»Ich kenne keinen Arzt«, sagte der steife dickliche Mann.

»Aber haben Sie denn keinen notärztlichen Bereitschaftsdienst für das Hotel?«

»Wir hatten noch nie ... Was will sie denn?«

»Sie dämlicher ...« sagte Candy Bliss und stieß schnaubend die aufgestaute Atemluft aus. »Scheiße. Rufen Sie 911 an.«

Beth verließen die Kräfte; ihre Armmuskeln brannten. Aber kaum sah sie zu der Reihe buntglänzender Kinderfotos auf dem Couchtisch, da fühlte sie den Schrei wieder hochsteigen, so unwiderstehlich, so unmöglich zu unterdrücken wie ein Orgasmus. »Ben! Ben! Ben!«

Der Geschäftsführer brachte Candy Bliss ein tragbares Telefon. »Die Mutter hat einen Anfall ... Ja, erschöpft ... Ja, Sie können sie hören ... Nein, kein Transport ... Schicken Sie jemanden her.«

»Herrgott, Beth, bitte hör auf!« sagte ihr Vater entschlossen.

»Ben!« schrie sie in sein gedrungenes, von Adern durchzogenes Gesicht. Mit den traurigen Augen und den Tränensäcken sah er aus wie ein Jagdhund. Ein derber, einst halbwegs ansehnlicher Mann, die Züge aufgedunsen vom jahrelangen Gingenuß. »Beeeeennnnn!« Bill traten die Tränen in die Augen. Pat war angewidert – schaudernd wich er von der Couch zurück, wo Beth sich quälte.

Beth sah auf die Uhr. Sie verschwamm vor ihren Augen. Konnte es elf sein? Sie schrie: »Beeeennnn!«

Ein Sanitäter, ein hübscher Kerl, band Beth eine Blutdruckmanschette um den Arm. Und der Arzt, der Minuten später im Jogginganzug eintraf, drückte eine goldfarbene Flüssigkeit aus einer Kanüle; die Tropfen spritzten herunter. »Wir müssen sehen, daß Sie ein bißchen zur Ruhe kommen«, sagte er und betupfte ihre Arme und Hände mit Alkohol, alle Stellen ihrer Haut, die er erreichen konnte, während sie um sich schlug. »Hören Sie«, sagte er in den Raum, »wir brauchen ...«

Da stürmte Nick durch den Raum und legte sich halb auf Beth; er roch wunderbar, würzig. Sein Brustkasten war härter als Pats, größer. Er drückte ihren linken Arm gegen ihren Körper, während der Sanitäter ihren rechten ausgestreckt hielt. Die Spritze war schmerzhaft, brennend; es tat sehr weh, als sie eindrang. »Bethie«, sagte Nick. »Ich weiß, ich weiß.«

»Was, verdammte Scheiße?« sagte Beth lachend. »Du weißt nichts. Nicht mal *ich* weiß was.«

Das Medikament ließ sie ihre Beine lockern, es wurde ruhiger in ihrer Brust, ihre Kiefer waren zusammengepreßt; sie fühlte, wie sich in ihrem Mundwinkel ein Speichelrinnsal sammelte. Es war betäubend. »Sie können jetzt operieren«, sagte sie zu dem Arzt; er wußte nicht, daß dies ein kleiner Scherz von ihr war.

Und dann streiften schwarze Schwingen ihr Gesicht. Und senkten sich herab.

Als Beth erwachte, war sie fest in ein riesiges Bett gepackt. So fest, daß sie sich wie in einer Zwangsjacke fühlte.

Ben.

Alle Lichter im Zimmer brannten. Direkt neben ihr schlief Pat in einem zweiten Riesenbett auf der Tagesdekke. »Pat?« flüsterte sie. Er schnarchte, der Welt entrückt.

Beth mußte aufs Klo. Sie stand auf, tänzelte einen Schritt seitwärts, dann ging sie in das üppige beige gekachelte Badezimmer. Sie pinkelte, gelassen, ruhig, geläutert, als hätte das Medikament einen Abschnitt des Hirns lahmgelegt. Sie wollte sich die Zähne putzen. Ich mache, was die Leute so machen, dachte Beth, will nach wie vor meinen Körperabfall ausscheiden, mich säubern, meinen Durst stillen. Unwillkürlich dachte Beth, wie sie und Ellen, so erschüttert sie waren, als ihre Mutter gestorben war, gestaunt hatten: nicht weil das Leben weiterging, sondern weil es so schnell weiterging und so unverändert, praktisch ohne Unterbrechung. Die Leute konnten es nicht erwarten, zu essen oder eine Zeitung zu bekommen. Der junge Priester hatte Beth erklärt, das Essen, das Reden, dies seien Bekräftigungen des Lebens. Er war einer vom humanistischen Schlag; er glaubte, die Menschen zum Katholizismus bekehren zu können, indem er vorgab, das Programm sei aufpoliert worden. Beth hatte damals sehr wohl gewußt, daß sie ihr Leben und ihre Gesundheit nicht bekräftigen wollte. Sie wußte es jetzt mit noch größerer Sicherheit. Sie wollte einfach die körperlichen Bedürfnisse los sein. Sie öffnete ein Fenster, das mit einem Drahtgitter versehen war, und reckte den Hals hinaus. Unten waren eine schmale Gasse und eine Mauer, der andere Flügel des Hotels, der höher aufragte, als Beth sehen konnte. Da unten wühlte eine Katze in den Mülltonnen. Beth klopfte ans Glas; die Katze blickte hoch. Beth sah ihre goldenen Augen blitzen und ihr irres Grinsen. Sie spürte Ben nicht. Sie spürte weder Bens Tod, noch daß er sich nach ihr ausstreckte. Sie schlug das Fenster zu. Pat tat einen gurgelnden Schnarcher. Dummer Junge, dachte sie. Ich mag dich nicht.

Sie öffnete die Schränke, riß die Schubladen auf, sah aber kein Gepäck. Nichts von ihr. Sie konnte keine Uhr finden. Pat zuckte im Schlaf.

Beth blickte in den Flur hinaus. Er war totenstill, trübe erleuchtet. Sie konnte ihre Schuhe nicht finden. Von draußen hörte sie schwach das Wummern von Hubschrauberrotoren.

Im Fahrstuhl hinunter, in die Empfangshalle – hier war es heller, aber still. An der Rezeption döste eine junge blonde Frau, auf ihre gewölbte Hand gestützt. Als Beth sich näherte, setzte sie sich mit einem erstickten kleinen Schrei auf.

»Wo sind die Polizisten?« fragte Beth.

»Oh«, sagte die Angestellte mitfühlend, »die sind weg.«

»Weg?«

»Na ja, nicht *richtig* weg – draußen sind jede Menge. Aber sie haben die Telefone und alles abgeholt und sind wieder aufs Revier gefahren.« Sie strahlte. »Das Fernsehen war hier. Channel Five. Und Seven – Eyewitness News. Sie haben direkt hier in der Halle alles für die 22-Uhr-Nachrichten aufgebaut. Aber die Polizeichefin wollte nicht, daß man Sie weckte.«

Beth nickte.

»Ich brauche meine Sachen.«

»Ah, Zahnpasta? Eine Zahnbürste? Kann ich Ihnen besorgen.«

»Nein, meine eigenen Sachen. Meinen Beutel.«

»Ich glaube, der ist eingeschlossen.« Die junge Angestellte fummelte an einem Schlüsselbund, fand Beth' Matchsack, gab ihn ihr. Beth schleppte ihn zu einem Waschraum hinter der Empfangshalle. Sie zog ihr stinkendes Hemd aus und ein T-Shirt über ihre Jeans. Sie fand einen hellen Pullover mit roten und goldenen Perlen. Für das Mittagessen am Sonntag. Rotglänzende flache Schuhe. Sie zog alles an. Körperliche Bedürfnisse. Sie wusch sich das Gesicht und putzte die Zähne. Als sie die Toilettenartikel wieder in dem Beutel verstaute, sah sie Bens Anziehsachen durcheinander mit ihrer Unterwäsche und Kerrys winzige Strumpfhöschen, ihren Schlafanzug mit den Füßen dran. Bens Gummisandalen. Sein Black-Hawks-Trikot. Sie war so eine schlechte, planlose Packerin. Beth zog den Reißverschluß ihres Matchsacks zu und legte sich darauf, mit der Stirn auf dem Fliesenboden.

Dann stand sie auf, schleifte den Matchsack wieder zur Rezeption.

»Ich muß raus«, sagte sie zu der Angestellten.

»Soll ich Ihnen jemanden rufen? Ihre Freundin« – sie warf einen Blick auf eine Klemmtafel –, »Mrs. DeNunzio?«

»Ich muß einfach nur raus.«

»Es ist mitten in der Nacht. Alle Geschäfte sind geschlossen.«

Ben war seit mehr als zwölf Stunden verschwunden. Und das Mädchen dachte, Beth wollte einkaufen gehen. Das Mädchen fragte: »Möchten Sie einen Kaffee?«

Beth sagte: »Nein danke« und ging hinaus in die Nacht, die mild und rein war wie in Florida.

Ein halbes Dutzend Streifenwagen reihte sich in der kreisförmigen Auffahrt zu einem lockeren Ring aneinander, darunter ein Transporter, der, wie Beth aus dem Aufbau mit elektronischen Geräten auf dem Dach schloß, ein mobiles Kommunikationszentrum beherbergte. Kabel schlängelten sich über den Gehsteig, verschwanden unter den Türen des Tremont. Der berühmte Transporter von Eyewitness News war auch noch da, seine weißen Scheinwerfer verliehen dem dunklen Straßenpflaster das Flair einer Oskar-Nacht. Und etliche Journalisten, die Beth für Pressereporter hielt, sprachen mit einem jungen Polizisten. *Sie* sprachen, er lächelte nur und schüttelte den Kopf. Sie beobachtete die Fotografen, die sich, die Arme behangen mit der Ausrüstung ihrer Zunft, aufstellten, um die Streifenwagen unter dem Bogen mit der Aufschrift »Tremont Hotel« zu knipsen. Langweilige Archivaufnahmen, dachte Beth; die sollten mich mit draufnehmen. Oder ich sollte dabeisein, um die Aufnahme zu machen. Sie überquerte die Auffahrt hinter dem Transporter, und kein Mensch schien sie zu bemerken.

Auf der stillen Straße waren Laternen – die diffusen, gedämpften Halogenlampen, die ihr Vater so schätzte – die einzige Beleuchtung.

Ben. Eine mondlose Nacht.

Über die Straße konnte Beth die blauen Lichter auf dem Dach des Immaculata-Gebäudes sehen. Sie mußte keinem Auto ausweichen. Beth überquerte die Straße, kam wieder zu Kräften, indem sie tief Luft holte. Sie blickte in die Tür von Haus C. Drinnen war alles dunkel. Denk an Haus C, sagte sie sich – es tut nicht weh, daran zu denken. In Haus C versammelten sich die unteren und die höheren Klassen vor dem Unterricht. Eine High-School-Schülerin durfte hinein, wenn sie mit einem College-Schüler der unteren Klassen ging; doch diese gemischten Beziehungen wurden selten geduldet. Beth konnte die Tür zum Studentenberatungsbüro sehen – die Tür, zu der Beth einst als Funktionärin ihren eigenen Schlüssel besaß. Sie und Nick hatten nach dem Lunch die Vorhänge zugezogen, die Tür abgeschlossen und sich auf den Konferenztisch gelegt, sich schwitzend gegenseitig erforschend. Die ganze Trigonometrie- und Englisch-III-Stunde hindurch hatte Beth' Bauch weh getan und sich zusammengezogen. Sie glaubte damals, daß alle es ihr ansahen, daß alle Nicks Handabdrücke auf ihr sehen könnten, als wären sie mit Leuchtfarbe aufgemalt.

Sie ging über den Hof, an der Statue vorbei, am Vordach vorbei, wo zu lesen stand: »Besuchen Sie ›Dracula‹ im Olde Tyme Dramatics« und »Willkommen, Immaculata-Abschlußklasse von '70!« Weiter an der Sporthalle und an den Tennisplätzen vorbei, hinaus auf den Sportplatz.

Unmittelbar vor dem Tor zu den Tribünen überquerte sie die Holzbrücke, die einen Mündungsarm des Salt Creek überspannte. Eine Generation lang hatten Ingenieure versucht, den kleinen Fluß einzudämmen; im

Frühjahr überschwemmte er den Footballplatz, machte ihn sumpfig, gefährlich. Nichts half. Der Fluß kehrte jedesmal in seinen ursprünglichen Lauf zurück. Die Brücke war dermaßen mit Schnitzereien verunziert, daß so gut wie keine Farbe mehr vorhanden war. Sie wirkte nur aus der Ferne rot. Teenager aus Jahrgängen, die auf Beth' Jugend gefolgt waren, Teenager, die geschickter mit der Spraydose umgehen konnten, hatten ominöse Botschaften gesprüht: »Männer von 2-and-2, erhebt euch!«, »Hispanos an die Macht!« Auch die üblichen romantischen Inschriften fehlten nicht: »Justin hat mir das Herz gebrochen«, »Christine bläst Ryan«.

Früher hätte sich Beth wohl kurz übers Geländer geschwungen, um zu sehen, ob die stark konturierte Inschrift, die »Steven und Ellen auf ewig« verkündete, noch da war. »Auf ewig« hatte nicht einmal das erste Jahr überdauert; Ellen sagte später, von Steven Barrets Trompeterlippen habe sie eine Gänsehaut bekommen, aber sie habe sechs Monate gebraucht, um festzustellen, daß es nicht ihre Schuld war. Aber Beth wußte, daß die Schnitzerei bestehen bliebe, so überholt sie auch war. Heute nacht stand Beth, statt nachzusehen, über dem Fluß, der höchstens fünfzehn Zentimeter tief war, und suchte nach einem Hinweis.

Obwohl ihr klar war, daß sie Ben hier nicht zu suchen brauchte.

Ben würde nicht freiwillig in die Nähe von Wasser gehen. »Es ist unmöglich«, hatte der CVJM-Trainer Beth einmal geschrieben, »Bens Fortschritte im Schwimmen zu bewerten, weil er sich weigert, allein ins Wasser zu gehen.« Wenn sie schwammen, selbst in einem hellen, flachen Becken, heftete sich Ben wie eine Pythonschlange an Beth' Taille. In der Nähe der Treppe löste er seine Beine von ihr und strampelte mit zaghaftem Vergnügen. Aber wenn Beth weiter hineinging, auch wenn ihr das Wasser nur bis zum Brustkorb reichte, umklammerte er sie, schien mit ihr verschmelzen zu wollen. Beth, eine kräftige, lässige Schwimmerin, die das Wasser liebte, konnte sich den Ursprung dieser Angst nicht erklären – hatte sie die Kinder jemals mit Geschichten vom Ertrinken geängstigt? Sie für einen erschreckenden Augenblick unter Wasser getaucht, bloß um sie zu necken? Nein, niemals. Vincent schwamm lebhaft und zügig, seit er vier war. Sogar Kerry strampelte, um von Pats Armen loszukommen und zu paddeln.

Als sie Pats Tante in Florida besucht hatten, war Vincent in die Wellen gerannt; Pat mußte ihm nachlaufen und ihm die Unterströmung erklären. Ben wollte nicht mal auf dem feuchten Sand gehen. »Zuviel Wasser«, hatte er ernst zu Beth gesagt.

»Ben«, hatte sie ihn damals zu überreden versucht, »komm rein, bloß ein Stückchen. Mama hält dich fest.«

Ben in seiner neonrosa Badehose hatte stur aufs Wasser gezeigt. »Ist das das Tiefe?« Seine Schreckensangst war an ihm wie ein Geruch. Er traute sich nicht einmal, Beth zu nah an sich heranzulassen, als würde sie ihn überwältigen und ins Wasser stoßen. Beth hatte damals gedacht, er ist uns ausgeliefert – Menschen, so groß, daß wir ihn zu fast allem zwingen könnten. War sie je auch so klein, so verletzlich gewesen, so auf Wohlwollen angewiesen?

»Das Meer hat hier kein Tiefes, Ben«, hatte sie sanft zu ihm gesagt. »Dies ist das Ufer. Und es geht immer weiter, meilenweit. Man muß ganz, ganz lange rausgehen, bevor es tief wird. Das ist da draußen, wo die Schiffe fahren.«

»Dann ist hier das Flache, ein Meter tief?« fragte Ben beharrlich.

»Nicht mal das, Ben. Es ist nicht mal so tief wie ein

Schwimmbecken, hier am Ufer. Schau, es reicht Vincent nicht mal bis zum Knie.«

»Ich will nicht ins Tiefe vom Ozean«, erklärte Ben. »Da sind Haie. Muß ich da rein?«

»Nein, nein, Benbo«, hatte Beth gesagt und ihn hochgehoben, unsicher, ob sie einfach hinausstapfen und ihn untertauchen sollte, um es ein für allemal hinter sich zu bringen. Sie wollte nicht, daß ihr Junge ängstlich aufwuchs, sich vor diesem und jenem fürchtete. »Hab keine Angst. Ich bin ja bei dir. Mama würde dem Ozean nie erlauben, dich wegzuschnappen. Ich halt dich ganz, ganz fest, weißt du?«

»Weißt du was?« hatte Ben darauf gesagt, um Zeit zu gewinnen. »Man kann ins Tiefe gehen. Man kann hingehen. Man läuft einfach los, bis es einem über den Kopf geht, und dann geht man auf dem Grund weiter. Aber wenn man dann zurück will, das ist zu schwer, weil, das Wasser wischt alle, alle ...«

»Was, Ben?«

»Alle Fußspuren weg. Man kann nie umkehren und zurückgehen. Man kann es nicht finden.« Und Beth hatte bedrückt bei ihm gesessen, den ganzen Nachmittag, hinten am Strand, und Sand geschaufelt.

Beth kletterte auf den oberen Rang der Tribünen. Sie waren glitschig vom Tau, klebrig von abgeblätterter Farbe. Sie schlug die Arme um sich und schauderte. Der Wind schien vom bewölkten Himmel herunter nach ihr zu greifen. Jagen. Treiben. Beth legte sich auf die Tribüne, streckte sich der Länge nach aus und ließ die Tränen laufen, bis die Ärmel ihres neuen Pullovers durchweicht waren und ihre Stirn auf dem Holz pochte.

Als sie aufsah, nicht wegen eines Geräuschs, sondern auf etwas anderes hin, eine Unruhe in der Luft, stand Candy Bliss am Fuß der Tribüne. Sie hielt eine Plastiktüte mit Reißverschluß in der Hand, gerade groß genug für ein Sandwich. Darin war Bens Schuh mit dem hohen Schaft, so sauber und neu, daß der rote Papagei im Dunkeln leuchtete.

4. Kapitel

Der Fund des Turnschuhs änderte alles.

Der Schuh machte Ben zu einem entführten Kind. Für Candy Bliss war dies der Beweis, daß Ben sich nicht freiwillig davongemacht hatte.

Das Wissen, daß ihr Kind in fremden Händen war, hätte Beth' Panik auf Hochtouren bringen müssen, doch tatsächlich schien es sie zu bremsen.

Der Schuh, erklärte Candy, sei im Zeitungskiosk gefunden worden, auf einem niedrigen Regal, wo neonbunte Spielsachen an einem Gestell hingen. Es war so niedrig, daß Ben ihn selbst dorthin gelegt haben könnte, aber der Schuh war zugeschnürt, die Senkel ordentlich zu einer festen Schleife gebunden, was die wenigsten Dreijährigen allein zustande brächten; und er hätte ihn auch nicht ausziehen können, ohne ihn aufzubinden. »Es ist kein eindeutiger Beweis, Mrs. Cappadora«, sagte Candy Bliss. »Aber es genügt für den Anfang. Und wir hatten es natürlich ohnehin vermutet.«

»Daß Ben entführt wurde?«

Candy nickte. »Es lag einfach ... die ganze Hotelhalle voller Menschen. Sie verstehen, sich vor aller Augen verstecken ...« Sie schüttelte den Kopf. »Beth, konnte Ben ganz bestimmt keine Schleife binden?«

»Gott, nein. Er konnte kaum einen Pfannkuchen mit der Gabel zerteilen. Er war drei.« Sie zog die Lippe zwischen die Zähne. »Er ist drei.«

»Also, ich bin mir da nie so ganz sicher. Ich hänge sehr an meinem Neffen, aber man muß schon im selben Haus leben, um alle Entwicklungsstufen mitzubekommen. Und das hier ist mein erster ...«

»Ihr erster?«

»Mein erster Fall, wo ich es mit einem so kleinen Kind zu tun habe. Von dieser Art.«

»Ach. Und andere Arten?« fragte Beth.

»In Tampa habe ich in der Jugendkriminalität gearbeitet. Damals, als ich anfing, wurden die weiblichen Beamten im Süden mit so etwas beschäftigt. Und später ...«

»Später?«

»Mord und Totschlag.«

»Verstehe. Sie haben selbst keine Kinder?« fragte Beth, erstaunt über ihre gelassene Stimme; denn sie wußte, daß sie sich, wenn sie hinter sich blickte, am Rand des Parkplatzes, unter dem Mond, klagend und schaudernd auf und ab galoppieren sehen könnte.

»Nein«, sagte Candy. »Ich ... eigentlich hätte ich gern welche.«

»Vielleicht bald«, sagte Beth und dachte: Um Himmels willen, was reden wir da?

»Ah, hm, ich glaube nicht. Ich bin sechsunddreißig. Vielleicht. Jedenfalls, er kann keine Schleife binden, und Sie sehen ja, wie diese Schleife aussieht.« Beth starrte auf den kleinen Schuh ihres Sohnes, als wäre es ein Splitter von einer Sternschnuppe, eine außerirdische Erscheinung.

Die Personaltür schwang vor ihnen weit auf; ein junger Beamter war durch einen Hinweis, der Beth entgangen war, von ihrem Kommen verständigt worden. Sie trat blinzelnd in das grelle Licht, das die Spülbecken und Herde aus Edelstahl reflektierten, und blickte direkt auf die Maulkörbe von zwei riesigen, sehnigen Hunden.

»McGinty!« sagte Candy, als hätte sie soeben ihren lange verlorenen Bruder wiedergefunden. Doch der rothaarige uniformierte Polizist mit der gewölbten Brust sah Beth an.

»Mrs. Cappadora«, sagte er leise. »Das ist Holmes, und das ist Watson.«

McGinty machte eine Bewegung mit der rechten Hand, worauf sich die Bluthunde gehorsam hinsetzten. »Wir nennen sie die Sensornasen. Wir haben sie die Witterung des Schuhs von Ihrem kleinen Jungen aufnehmen lassen und auf die Spur gesetzt ... und sie sind bis zum Parkplatz gekommen. Wir haben sie ein zweites Mal angesetzt, und sie sind zu genau derselben Stelle auf dem Parkplatz gelaufen, westlich vom Eingang. Wir nehmen an, das Auto stand dort ...«

»Das Auto, das dem gehörte, der Ben mitgenommen hat«, sagte Candy.

»Ich weiß, was er meint«, fauchte Beth. »Ich bin nicht blöd. Ich war jahrelang Zeitungsfotografin.« Candy nickte, die Lippen zusammengepreßt. Da erschien Pat, das Gesicht verschlafen, die Hand noch blutig von Beth' Biß, und Candy setzte sich mit beiden hin. Sobald die Staatspolizisten eintrafen, die mit dem Fall befaßt waren, wollten sie die Suche vom kartierten Gelände auf ein größeres Gebiet ausdehnen und durch eine Suche aus der Luft unterstützen. Eine Computerfahndung würde hinzukommen, mit Hilfe der von den Planern des Schultreffens zur Verfügung gestellten Liste, und die ersten Personen, die sie verhören würden, wären die mit krimineller Vergangenheit.

»Kriminelle Vergangenheit?« fragte Pat. »Kinder von Immaculata?«

»Sie sind keine Kinder mehr«, sagte Candy. »Und bei jeder großen Gruppe besteht eine reelle Chance, auf ein paar Leute zu stoßen, vielleicht Ehepartner, mit Vergehen wie ...« Beide sahen Beth an, und Candy fuhr fort: »Mißbrauch. Oder Unzucht. Oder irgendwas.«

»Mit Kindern?« fragte Beth.

»Vielleicht.«

»Zum Beispiel?«

»Zum Beispiel Ihr Freund Wayne. Beth, es gab da eine strafbare Handlung mit einem Jugendlichen. In den siebziger Jahren.«

»Wayne steht meinen Kindern so nahe wie ihre leiblichen Onkel. Wayne würde Ben nie etwas zuleide tun. Die Sache damals, das war, weil er schwul ist ...«

»Das dachte ich mir, Beth, und es hat sich gezeigt, daß der Junge sechzehn war und er neunzehn, und es war vermutlich nur eine Liebelei, die den Eltern gegen den Strich ging ... Sehen Sie? Meistens erweisen sich derartige Vorkommnisse als Nichtigkeiten, aber wir müssen allem nachgehen ...«

Ellen kam in die Küche, stürzte sich auf Beth und umarmte sie. Im Jogginganzug und mit Pferdeschwanz sah Ellen kleiner aus, zart und jung. Sie hielt Beth an sich gedrückt, während Candy erklärte, es sei klug, die Lügendetektortests hinter sich zu bringen. Sie könnten den Techniker heute aufsuchen oder bis Montag warten.

»Glauben Sie etwa, Beth hat Bens Entführung arrangiert?« fragte Ellen.

»Das nicht, aber die meisten Entführungen passieren innerhalb der häuslichen Gemeinschaft. Es hängt mit Vormundschaft zusammen, oder es gibt Probleme mit Verwandten oder früheren Pflegepersonen«, erklärte Candy Bliss.

Es galt, Listen aufzustellen, Verhöre durchzuführen und das erste Crimestopper-Plakat von Bens Gesicht zu veröffentlichen; Beth schaute zum Glück in letzter Minute weg, so daß sie Bens vertrauensvolle Augen nicht sah, die sie von einer Schwarzweiß-Fotokopie anblickten.

Ellen half Beth ein Bad nehmen, sie zog Beth die Jeans über die Hüften, half ihr in die Wanne, wie sie einer gebrechlichen Großmutter geholfen hätte. Während Beth im Wasser lag und Pat rauchend im Schlafzimmer auf und ab ging, klingelte das Telefon fast ununterbrochen. Ellen beschied die Anrufer knapp mit »Sie schläft« oder »Nein, sie leben seit über zehn Jahren in Madison«. In Ellens frischen Kleidern, die so lang waren, daß sie darin aussah wie Nelli Forbush in ihrer Matrosenkluft in *South Pacific*, setzte sich Beth vor den Spiegel und trocknete sich die Haare. Irgendwann am späten Nachmittag fragte Officer Taylor, ob Beth sich an Sean Meehan erinnere, dessen zweites Kind vor vier Jahren gestorben war, ein plötzlicher Kindstod, bei dem es offenbar nicht mit rechten Dingen zugegangen sei. Als Beth sich ins Waschbecken übergeben mußte, erschien der Arzt wieder, dessen Name Beth nie erfuhr, und gab ihr eine Musterpackung Beruhigungstabletten. Als sie die auch nicht bei sich behielt, verabreichte er ihr noch eine Spritze; und sie schlief ein, hörte dabei alles, sogar die Stimme ihres Bruders Bick – sie wollte aufwachen, um mit Bick zu sprechen, konnte sich aber nicht durch die Schlafschichten kämpfen. Irgendwann setzte Pat sie auf, und sie sahen ein grobkörniges Morgennachrichten-Video von Freiwilligengruppen, bestehend aus Nachbarn und Immaculata-Mitschülern, die Schulter an Schulter das Waldgelände und den Golfplatz durchkämmten. Als Bens Baseballkappe über den Bildschirm flimmerte und eine junge Frau sagte: »Eine Gemeinde ist mobilisiert, um den kleinen Ben zu finden«, fing Beth an zu schreien, und Pat schaltete den Apparat ab.

Ein Page vom Tremont Hotel brachte ein Tablett mit Käsewürfeln und Obst; die darin steckende Karte besagte, daß sie auf Kosten des Tremont aßen, das zur landesweiten Kette der Hospitality Hotels gehörte. Ellen nötigte Beth, Trauben und wenigstens einen Käsewürfel zu essen. Kaffee wurde gebracht. Beth trank vier Tassen.

Es war noch hell, als Candy in Beth' Zimmer kam und sie fragte, ob sie bereit sei, mit der Presse zu sprechen.

Beth sagte: »Natürlich nicht.«

Candy zuckte zusammen. »Sie müssen nicht. Aber ich möchte, daß Sie es tun, wenn Sie können. Sie brauchen nicht mit einer Horde Reporter zu sprechen, nur mit einer einzigen Frau. Ich habe eine ausgesucht. Sie ist in Ordnung. Dabei könnten Sie mit allen reden. Mit Channel Five, Seven, Two, Nine ... der *Tribune*, dem Lokalblatt, der *Sun-Times*. Sie sind alle hier.«

»Ich will mit niemandem sprechen. Lassen Sie Pat sprechen. Er kann gut reden.«

»Aber Beth, Sie sind die Mutter. Die Leute sprechen auf Mütter an. Sie sehen Ihre Gemütsbewegung.«

»Sie wollen, daß ich vor diesen Leuten heule?«

»Nein, ich möchte nicht, daß Sie ihnen etwas vorspielen«, sagte Candy.

Das Beruhigungsmittel in ihrem Blut machte Beth aggressiv. »Ich bin nicht der Typ, der vor anderen Leuten heult«, sagte sie.

»Bist du wohl«, sagte Ellen.

»Wenn ich es war«, sagte Beth, »bin ich's nicht mehr. Es ist mein Kind, mein Kind ...« Beth fühlte die Übelkeit aufsteigen und vergehen. »Sie verstehen das nicht.«

»Nein«, sagte Candy. »Aber ich weiß, daß diese Berichte eine weitgestreute Wirkung haben können und von wie vielen Zuschauern sie gesehen werden und wie wir die Leute dazu bewegen können, die Augen für uns aufzumachen.«

»Schau«, sagte Ellen zu Beth. »Du wirst es tun. Du

wirst es tun, weil du damit helfen kannst, Ben zu finden. So, jetzt mach dich fertig.«

»Ich seh aus wie ein Sack Scheiße.«

»Um so besser«, sagte Candy, und Beth dachte im Rückblick auf ihre Jahre bei der Zeitung, ja, natürlich, dieses malerische Bild: die gramgebeugte Mutter, die sie selbst fünf- oder zehnmal fotografiert hatte, die Augen übergroß vom Mangel an Schlaf, die Wangenknochen wie Felsvorsprünge. »Aber Sie sollen nicht abschreckend aussehen«, fuhr Candy fort, »sonst denken sie ...«

»Sonst denken sie was?«

»Daß du plemplem bist und daß du's selbst getan hast«, sagte Ellen, als sie ihren Schminkkoffer holen ging. Candy sah zu, wie sie Beth die Haare zurückstrich und mit einer goldfarbenen Spange feststeckte.

»Du brauchst ein bißchen Lidschatten, Beth«, sagte Ellen. Beth starrte auf die Palette mit grünen, blauen und beigen Tönen.

»Lassen Sie mich das machen«, sagte Candy plötzlich. »Ich bin sehr gut im Schminken.« Und Beth erinnerte sich später des öfteren, ohne ergründen zu können, weshalb sie so häufig daran denken mußte, daß Candy wirklich gut war: die taupefarbenen Bögen, die sie diskret unter Beth' Augenbrauen andeutete, ließen sie bleich, aber nicht verstört aussehen; die winzige Menge Abtönpuder, die sie auftrug, verdeckte die Tränensäcke rechts und links von Beth' Nase nicht, sondern milderte sie nur.

»Hören Sie«, sagte Candy, während sie sacht pinselte, »ich bringe Sarah Chan mit ihrem Team hier herauf. Und wir nehmen sie als erste, weil sie wegen Redaktionsschluß unter Druck steht und weil die sich die Mühe gemacht haben, eine Moderatorin zu schicken, und weil die Nachrichten auf Channel Two die höchsten Einschaltquoten haben. Und wenn Sie danach noch mit anderen sprechen wollen, nur zu – Berichte bringen sie sowieso alle. Es werden eine Menge Scheinwerfer da sein, Beth.« Beth dachte kurz an eine gynäkologische Untersuchung, an ihren Arzt, der die Patientinnenlitanei aufsagte: »Jetzt führe ich den Spiegel ein ...«

Sie unterbrach Candy: »Ich kenn mich mit Scheinwerfern aus, ich bin Fotografin.«

»Okay. Und Sie haben nichts weiter zu tun, als ihre Fragen zu beantworten. Sie werden aufgezeichnet, also wenn Sie etwas noch einmal durchgehen möchten, wenn Sie nervös sind ...«

»Ich bin nicht nervös«, sagte Beth, heftiger als beabsichtigt; sie wollte auf keinen Fall, daß Candy sie verachtete. »Kann ich die Presseerklärung sehen?« fragte sie dann, bemüht, entgegenkommend, ja vernünftig zu wirken. Jemand holte ein Exemplar, und Beth überflog es; es war keine gefühlvolle Prosa: »Noch keine Zeugen für das Verschwinden ... einige vielversprechende Anhaltspunkte ... eine umfassende Untersuchung.«

»Sie haben den Schuh nicht erwähnt«, sagte Beth.

»Werden wir auch nicht«, sagte Candy. »Das ist unsere verdeckte Karte. Nur ein Mensch, ein einziger vermutlich, weiß, weshalb der Schuh da war. Wir werden auf dem Leinenstoff nichts Wesentliches finden wie ...«

»Wie Fingerabdrücke?«

»Richtig. Aber das kommt uns bei den Bekennern zugute.«

»Bekennern?«

»Den Leuten, die anrufen und behaupten werden, sie hätten Ben.«

»Leute werden anrufen?«

»Oh, das ist schon geschehen, Beth. Einige haben schon angerufen. Es gibt Unverbesserliche, denen es nur um die Aufmerksamkeit geht, und vielleicht sind einige darunter, die sich tatsächlich etwas haben zuschulden kommen lassen, was sie so quält, daß sie sich zu einer anderen Tat bekennen müssen. Die kommen alle aus ihren Verstecken gekrochen, Beth.«

Und Beth verlor sich in der Vorstellung von einem verdunkelten Zimmer, wo jemand einen Telefonhörer fest an ein mondbleiches Gesicht gedrückt hielt, ruhig flüsternd, vielleicht fürchtend, jemand im Zimmer nebenan würde es hören ... und dann klopfte Sarah Chan, gertenschlank und zierlich in ihrem blauen Rock, an die Tür, und das Zimmer füllte sich mit einem Sammelsurium von Kabeln und Scheinwerferstativen. Pat setzte sich neben Beth aufs Sofa.

»Berühren Sie sie«, sagte Candy. Und Pat legte seinen Arm über die Rückenlehne, ganz knapp oberhalb von Beth' Schultern.

»Mrs. Cappadora«, sagte Sarah Chan, »ich möchte Ihnen versichern, daß wir alle miteinander alles tun wollen, was wir können, um Ihren kleinen Jungen finden zu helfen. Sie wissen, wie diese Dinge sind. Sie schmieden die Menschen wirklich zusammen. Eine ganze Stadt wird für Brian beten ...«

»Ben.«

»Für Ben. Das tut mir sehr leid. Ich bin eben erst angekommen und noch nicht richtig auf Touren.«

Beth konnte nichts sagen.

»Mrs. Cappadora?« hakte Sarah Chan nach.

»Ich verstehe«, würgte Beth schließlich hervor.

Plötzlich erinnerte sie sich an einen Moment aus ihren Zeitungstagen – sie hatte eine Familie fotografiert, deren Sohn, ein Teenager, erst vor wenigen Stunden auf einer Landstraße in Wisconsin bei einem dieser leichtsinnigen Jugendrennen ums Leben gekommen war. Unvermittelt hatte die alte Großmutter des Jungen laut gesagt: »Na ja, wir haben es genauso gemacht. Mein Mann und seine Freunde hatten hinten im Wagen einen großen Blecheimer voll Bier stehen, und sie sind mit Karacho die Straßen rauf und runter gefahren. O ja, das haben wir getan. Alle tun es.« Beth war sprachlos gewesen, ihre Finger hatten an ihrer alten Hasselblad gefummelt (der Redakteur wollte trauervolle Porträts, keine Nachrichtenbilder). Hätte sie beipflichten sollen: Kinder sind Kinder, und Kinder verbrennen nun mal in alten Chevys?

Sarah Chans beiläufige Bemerkung »Wie diese Dinge sind« verblüffte Beth auf genau dieselbe Weise, nur war sie jetzt auf der anderen Seite der Kamera.

»Mrs. Cappadora, sind Sie bereit?« fragte Sarah Chan.

»Lassen Sie Pat reden«, bat Beth.

»Wir waren uns einig«, sagte Ellen bestimmt. »Ich bin ja bei dir.«

Und der Techniker befestigte ein Kehlkopfmikrofon an Beth' Hemd und führte eine Tonprobe durch.

»Mrs. Cappadora, bevor wir anfangen«, sagte Sarah Chan, »ich weiß, ich sollte Sie nicht darum bitten, aber wenn Sie vielleicht nicht mit anderen Sendern reden würden, ich glaube, dann würde dieser Bericht möglicherweise sehr viel stärker einschlagen.«

»Nun machen Sie mal halblang, Sarah«, warnte Candy. Und die Videokamera, von einer Frau in enger Jeans und einem übergroßen Harvard-Sweatshirt bedient, richtete sich auf Sarah Chan.

»Wir befinden uns hier in dem Zimmer des Tremont Hotel, wo die Familie Cappadora wartet und weint«, sagte sie. »Vor weniger als vierundzwanzig Stunden ...«

»Sarah«, sagte Candy. »Machen Sie die Einführung später. Bringen wir's hinter uns.«

Sarah Chan setzte sich abrupt neben Beth und Pat aufs Sofa. »Denken Sie daran, das Band läuft, wenn Sie also meinen, Sie haben nicht genau das gesagt, was Sie sagen wollten, können wir jederzeit abbrechen und von vorn anfangen«, sagte sie sanft zu Beth.

Und dann verwandelte sie sich, fing an zu strahlen, ihr Gesicht wurde wahrhaftig zu einem mitfühlenden Madonnenantlitz. »Beth und Pat, dies ist die Stadt, in der Sie aufgewachsen sind. Hätten Sie es je für möglich gehalten, daß so etwas in Parkside passieren könnte, in einer Hotelhalle mit all Ihren High-School-Freunden?«

»Was soll diese Frage?« fragte Pat, und Chan machte eine kleine Schnittgeste zur Kamera. »Ich wollte sagen, natürlich nicht«, fuhr Pat fort. »Dies ist eine Kleinstadt. Beth und ich sind mit diesen Leuten aufgewachsen. Wir kennen diese Straßen wie unsere Westentasche.«

»Aber trotzdem ist es denkbar, daß jemand, den Sie kennen, Ihren kleinen Jungen mitgenommen hat«, sagte Sarah Chan kummervoll und gab ein Zeichen, das Band wieder mitlaufen zu lassen.

»Es ist denkbar, aber ich halte es nicht für möglich«, sagte Pat mit einer Stimme, die Beth als seine schönste Pfadfinderstimme bezeichnete. »Was immer mit Ben passiert ist, hat nichts mit Immaculata zu tun.«

»Mrs. Cappadora ... Beth«, meinte Sarah Chan darauf, »Ihre gegenwärtigen Gefühle müssen unvorstellbar sein ...«

Beth sagte: »Ja.«

»Ich meine, die Kombination aus Angst und Ungewißheit, wie lange es dauern wird, der Kummer ...« Beth starrte auf die Puderlinie, die Sarah Chans Gesicht exakt am Hals abteilte, als trage sie eine Maske, und sagte nichts. Die Reporterin versuchte es noch einmal: »Wir haben wirklich keine Ahnung, wie Ihnen heute abend zumute sein muß, am zweiten Abend ...«

»Sie haben wirklich keine Ahnung«, bestätigte Beth.

»Nun«, sagte Sarah Chan geduldig, »gibt es irgend etwas, was Sie unsere Zuschauer fragen möchten, die Menschen in Chicago und Umgebung, denen Ihr Verlust sehr nahegeht?«

Beth saß und schwieg.

»Beth?« drängte Sarah Chan.

»Ja«, sagte Beth. »Ich möchte dem Menschen etwas sagen, der meinen Sohn Ben aus der Empfangshalle dieses Hotels mitgenommen hat.« Bitte hab Erbarmen mit mir, dachte Beth. Bitte hab einen Funken Herz, und bring mir mein Kind, dachte sie. Ich bitte Sie, verschonen Sie ihn, dachte sie, und sagte: »Nämlich, ich ... ich erwarte nicht, daß Sie Ben zurückbringen.« Sarah Chan keuchte hörbar, und sogar die Frau an der Kamera zuckte zusammen. Beth spürte, wie Pat vor ihr zurückschreckte, als habe ihn etwas gestochen.

Aber Candy Bliss hielt die Hand in die Höhe, als wollte sie den Verkehr anhalten, und Beth sah ihr lange direkt in die Augen. Solange sie in Candys starre blaue Augen sah, wußte sie mit absoluter Gewißheit, daß sie fortfahren konnte. Und das tat sie.

»Ich erwarte nicht, daß Sie Ben zurückbringen, denn Sie sind ein krankes, herzloses Ungeheuer.«

»Mrs. Cappadora«, hauchte Sarah Chan. »Beth ...«

»Ich erwarte nicht, daß Sie Ben zurückbringen, denn wenn Sie uns dies antun konnten, haben Sie entweder keine Ahnung von der Hölle, die wir durchmachen, oder es ist Ihnen egal.«

Sie räusperte sich. »Ich werde Sie also nicht anflehen. Aber alle anderen ... jeden, der Bens Gesicht sieht und der ein Herz hat und Mut ... jetzt wissen Sie, mit wem auch immer Ben zusammen ist, ich bin es nicht und Pat auch nicht. Es ist nicht seine Mom oder sein Dad. Wenn Sie können, dann möchte ich, daß Sie sich Ben schnappen.

Wenn Sie die Person verletzen müssen, okay. Ich werde Sie belohnen; meine Familie wird Sie belohnen; meine Freunde werden Sie belohnen. Wir geben Ihnen alles, was wir haben.« Beth hielt inne. »Das ist alles«, sagte sie.

Sarah Chan sah Candy an. »Das können wir nicht bringen«, sagte sie entsetzt.

Gleichmütig fragte Candy: »Warum nicht?«

»Weil es ... weil es nicht ... ich meine, verzeihen Sie, Mr. und Mrs. Cappadora, aber wenn jemand den kleinen Jungen wirklich hat und dies hört, wird ihn das nur wütend machen ... Niemand erwartet von ihr, daß sie sagt ...«

»Sie fürchten, daß die Leute Beth ablehnen, weil sie wütend ist auf die, die ihr Kind genommen haben? Weil sie einen Kidnapper nicht anflehen will? Sie finden, sie ist nicht mitleiderregend genug?«

»Das ist es nicht ...« sagte Sarah Chan.

Candy drückte einen Finger an ihre Stirn. »Sie haben die Wahl, Sarah. Entweder Sie bringen das, oder Sie bekommen gar nichts. Und ich gehe nach unten und hole Walter Sheer oder Nancy Higgins oder wen ich sonst in der Halle sehe, und Beth kann dasselbe noch einmal sagen, und die werden es bringen, und sie werden es exklusiv haben und Sie nicht.«

»Detective, ich sehe nicht, warum ...«

Candy stellte sich hinter Beth und legte ihre Hände auf Beth' Kopf. Es war für Beth ein Gefühl, als trage sie eine segensreiche Kappe. »Weil sie die Wahrheit gesagt hat, darum«, schloß Candy Bliss.

5. Kapitel

Montag nachmittag bestand Pat trotz Beth' Protest darauf, aus dem Tremont auszuziehen. Sie konnte es ihm nicht sagen, aber sie wußte, daß sie an der schwülen Hitze, den Kochgerüchen, der Familienbegräbnis-Atmosphäre bei dem italienischen Getriebe, die sie im Haus ihrer Schwiegereltern überfallen würden, ersticken müßte. Sofern überhaupt möglich, würde es dort noch unerträglicher sein als im Hotel, das zwar schrecklich, aber wenigstens gedämpft und anonym war. Dort traf man nicht alle fünf Sekunden auf jemanden, dem man verpflichtet war.

Aber Pat war fest entschlossen; sie stelle sich albern an. Sie habe Vincent oder Kerry seit fast zwei Tagen nicht gesehen. Er wolle bei seinen Eltern und seinen Schwestern sein. »Und ich muß dir sagen, Bethie, ich glaube, du wirst besser damit fertig, wenn wir zu Hause bei meiner Mutter sind. Du ... du kommst ein bißchen herum«, sagte er. »Die ganze Zeit sitzen wir hier und starren bloß dahin, wo es passiert ist.«

Und so gingen sie zum Auto. Der Geschäftsführer folgte ihnen auf den Gehsteig und über den Parkplatz und erklärte wiederholt, daß man ihnen ihren Aufenthalt selbstverständlich nicht berechnen werde und daß die Geschäftsführung des Tremont, ja sämtlicher Hospitality Hotels überall (überall in der Galaxie, dachte Beth), zutiefst bedaure, was sie erduldeten, so als sei ihre Ruhe durch eine laute Klimaanlage gestört worden. Reporter folgten dem Geschäftsführer, einige riefen ihm wahrhaftig Fragen zu: Hatten die Entführer sich schon gemeldet? Hatte das FBI einen stichhaltigen Verdacht? Beth hatte früher nie verstanden, wie von Presseleuten belagerte Menschen es fertigbrachten, ihrer Beharrlichkeit zu widerstehen, zumal unter enormer Anspannung.

Jetzt verstand sie es. Man hörte sie nicht. Sie waren nicht einmal lästig wie Fliegen. Angelo hatte gesagt, daß das Telefon in seinem Haus immerzu klingelte, Reporter, die erklärten, die »Familienperspektive« erfassen zu wollen. Ein bei den Cappadoras stationierter Polizist nahm gewöhnlich den Hörer ab, erklärte höflich, daß niemand im Haus etwas zu einer laufenden Ermittlung sagen könne, und legte auf. Wenn die Lieferwagen von Angelos und Rosies Golden Hat Party Service das Geschäft an der Wolf Road verließen, wurden die Fahrer zuweilen von Übertragungswagen verfolgt. Sogar als Beth ins Auto stieg, drückte ihr eine junge Autorin des Magazins *People* eine Visitenkarte in die Hand und schloß buchstäblich Beth' Finger darum, erklärte, *People* sei bekannt für Fürsorglichkeit, Sorgfalt und Erfolg. »Mit uns sprechen bedeutet, daß Ihre Worte in allen Flughäfen und Drugstores Amerikas verbreitet werden«, verkündete sie. »Also rufen Sie mich an.« Beth nickte, schloß die Tür und verriegelte sie, kurbelte das Fenster hoch. Sie zerknüllte die Karte und warf sie in den Aschenbecher.

Und doch, dachte sie, Presse, Polizei oder Familie – was spielte das für eine Rolle? Sollten die Leute vor ihr ruhig den Mund bewegen. Sie selbst war nicht mehr wirklich. Sie war eine Fintenfrau, ein Scheinmensch. Schon rückte sie ihren Unsichtbarkeitsumhang zurecht, steckte die Ecken des dunklen Tuchs rund um ihren Verstand fest, um Informationen und Licht fernzuhalten. Sie konnte ins Haus ihrer Schwiegereltern gehen – oder nach Madison,

Amarillo oder auf den Uranus. Sie würde weder Anregung noch Frieden finden.

Pat hatte ihr sanft vorgeworfen, »ruhig« zu sein. Sein Gesicht war zerklüftet von Nesselausschlag; er stank nach Rauch, seine Haare waren fettig. Wenn er sich schlafen legte, heulte er los. Beth bot ihm ihre Medikamente an, um ihn ruhigzustellen, aber Pat sagte, er müsse wach sein, um der Polizei zu helfen, wo er konnte. Beth dachte da anders; ihre einzige Möglichkeit, der Polizei oder sonstwem zu helfen, bestand darin, sich weit genug von sich selbst zu entfernen, um sich gegen Verblödung zu wehren, gegen den starken Drang zu sabbern, zu schnattern und zu kratzen.

Als sie von Angelos und Rosies vorderer Veranda ins Wohnzimmer traten, stürzte sich Vincent auf Pat, und Beth nahm ihn kurz in die Arme, strich ihm übers Haar. Jill übergab Beth Kerry, damit sie sie herzte und fütterte; aber als Pat sah, daß Beth nicht merkte, wie dem Baby das Fläschchen aus dem Mund rutschte, nahm er ihr Kerry ab und fütterte sie selbst, bis sie einschlief. Monica machte eine Kanne Kaffee nach der anderen; sie konnte nicht am Klavier vorbeigehen, ohne ein paar Töne anzuschlagen. Teresa fragte einfach jeden, der zur Tür hereinkam: »Was machen wir jetzt?«, bis Pat ihr barsch befahl, damit aufzuhören. Beth saß in einem großen Schaukelstuhl gleich bei der Tür, und alle, die an ihr vorbei ins Haus kamen, sahen aus, als wollten sie eine Kniebeuge machen. Die Comos kamen, und Wayne Thunder kam zweimal, und ein Dutzend von Angelos Geschäftsfreunden, die Körbe mit Obst und Reinen mit Lasagne brachten, obwohl Wayne meinte, Lasagne zu Rosie zu tragen sei noch abwegiger als Eulen nach Athen.

Pat aß sie gern, doch Beth und ihre Brüder konnten seit dem Tod ihrer Mutter keine Lasagne mehr essen; monatelang hatten sie den Eindruck gehabt, mit der Lasagne im Gefrierschrank verhalte es sich wie mit dem Brot und den Fischen – nie würden sie das letzte Stück essen, immer würde es sich von selbst vermehren. Sie hatten dem Briefträger Lasagne geschenkt, Fremden, die für Umweltorganisationen sammelten, Familien von Schulfreunden.

Doch Rosie nahm jede neue Ladung mit überschwenglichem Dank in Empfang. »Wir hatten keine Zeit zum Kochen – wie aufmerksam«, sagte sie verwundert, dabei hatte Rosie seit Samstag abend nichts anderes getan, als wie besessen gekocht, hatte allen, die im Haus waren, komplette Mahlzeiten aufgetischt, und sogar jetzt hatte sie in der größten Hitze eines Juninachmittags die Klimaanlage auf die höchste Stufe gestellt, damit sie im Ofen Schweinekoteletts mit Erbsen und Tomaten bereiten konnte, ohne daß jemand einen Hitzschlag erlitt.

Kurz vor dem Abendessen, als Rosie im eleganten Speisezimmer mit den verspiegelten Wänden sorgsam den Tisch deckte, hörte Beth Angelo mit einem Mann sprechen, eine fremde Stimme. Etwas löste in ihr eine Alarmglocke aus, und sie stand auf, ging zum Ende des Flurs, bis sie direkt an der Tür des Badezimmers neben der östlichen Küchenwand stand.

Er sah sie trotzdem.

»Charley«, sagte Beth.

»Bethie, Liebste«, sagte der Mann, der ein makelloses weißes Hemd, eine rote Krawatte und einen blauen Nadelstreifenanzug mit einem fast unsichtbaren karmesinroten Faden trug. »Bethie, Liebste, ich schwöre bei Gott. Ich schwöre bei Gott. Was ist das für eine Welt?« Er drückte sie an sich, und unwillkürlich spürte Beth diese selbstverständliche Hingabe an die Umarmung eines Italieners im Alter ihres Vaters, das Gefühl, daß es ihr gelungen war, an Land zu kriechen, und daß, auch wenn sie sich an scharfen

Steinen geschnitten hatte, alles gut sein würde, sobald sie trockene Kleider am Leib hätte.

Sie kannte seinen richtigen Namen nicht. Doch, dachte Beth plötzlich, sie kannte ihn. Ruffalo. Seine Tochter hieß Janet. Charley Ruffalo. Aber sie hatte ihn immer bloß Charley Zwo genannt, natürlich nur hinter seinem Rükken, weil er alles zweimal sagte und es, soweit Beth zurückdenken konnte, schon immer getan hatte. Er war um ein paar Ecken mit Angelo verwandt – sie nannten sich gegenseitig »Cousin« –, und Charley betrieb ein Geschäft, das Pat liebevoll als den profitabelsten LKW-Vertrieb der nördlichen Halbkugel umschrieb. »Bethie«, sagte er jetzt. »Ich hab mein Bestes getan. Ich hab mein Bestes getan. Ich hab mit ein paar Jungs geredet. Und Bethie, Angie, ich schwöre bei Gott, ich schwöre bei Gott, da ist nichts. Da draußen ist nichts.«

Beth wußte – und Angelo wußte, daß sie es wußte –, er meinte, daß Ben nicht von Profiverbrechern entführt worden war.

»Danke, Charley«, sagte sie und hörte Angelo scharf einatmen. Sie sprachen italienisch. Charley gab Beth einen Kuß; seine Wange war so weich wie ein mit Aramis getränkter Lederhandschuh.

»Essen«, sagte Rosie, ohne eine Spur ihrer üblichen Vitalität. Alle setzten sich. Vincent aß herzhaft, ebenso der im Haus einquartierte Parkside-Polizist, ein junger Schwarzer namens Cooper, aber soweit Beth es beobachten konnte, schnitten die anderen Erwachsenen nur ihre Koteletts klein. Joey, Teresas Mann, warf plötzlich seine Serviette hin und stürmte vom Tisch, Teresa hastete ihm nach, mit einem entschuldigenden Blick auf ihre Mutter. Mitten während der Nachtmahlzeit kreuzte Bick auf, um Beth mitzuteilen, daß ihr älterer Bruder Paul – soeben von einer Geschäftsreise zurückgekehrt – auf dem Weg hierher sei. »Ich weiß nicht, was ich ihm sagen soll, Bethie«, sagte Bick. »Gibt es was Neues, das nicht in den Nachrichten war?«

Aus dem Augenwinkel sah Beth, wie der junge Polizist erstarrte. Aber sie sagte im stillen, das ist mein Bruder, du Dummkopf, ein Rechtsanwalt, kein Klatschkolumnist, und laut sagte sie: »Sie haben seinen Schuh gefunden. Sie haben Bens Schuh im Zeitungskiosk gefunden.«

Bick nahm sie in den Arm. »Also denken sie, jemand hat ihn?«

»Sie denken, jemand hat ihn.«

»Hat die Ortspolizei das FBI hinzugezogen?«

Darauf erklärte Pat das komplizierte Gesetz bei Entführungen, so gut er es verstand – Beth war überzeugt, daß er es nicht ganz verstand –; ob das Verbrechen in die Zuständigkeit des Bundesstaats fiel oder nicht, hänge davon ab, ob der Entführer Staatsgrenzen oder den Luftraum über den Staatsgrenzen oder den Michigansee oder den Ozean überquert hatte und daß das Verbrechen in die Zuständigkeit des Staates falle, wenn der Entführer das Kind von einem Ende Kaliforniens zum anderen gebracht habe, selbst auf dem Luftweg, und daß die Gesetze aller Staaten in dieser Sache etwas voneinander abwichen. Und mittendrin fing es in Beth' Kopf zu pochen an, und sie ging auf der Suche nach ihrem Medikamentenfläschchen nach oben und ließ sich auf Rosies Bett fallen, und in ihren Träumen kamen Stimmen wie Gezeiten, Candys und Angelos und Bicks und schließlich eine Stimme, die sagte: »Mama?«

Beth schrie. Sie setzte sich im Bett auf und schrie wieder. Und dann schrie auch Vincent, der in T-Shirt und Unterhose am Bett stand, und brach in Tränen aus. Rosie kam, gefolgt von Monica, durch den Flur gerannt, hob Vincent hoch und murmelte: »*Dormi, dormi,* Vincenzo, Liebchen.«

»Verdammt, was ist, Beth?« Pat packte sie unsanft am Arm.

»Ich dachte – ich dachte, es wäre Ben.« Da ließ er sie los und legte ihr zärtlich seine Hand um den Hinterkopf. Ben war das Kind, das zu ihnen ins Bett kam. Vincent wehrte sich zwar gegen die Prozedur, in sein Zimmer gebracht zu werden, doch war er erst einmal eingeschlafen, schlief er durch, seit er ein Baby war, gelöst, zuversichtlich, vertrauensvoll. Doch es verging kaum eine Nacht, ohne daß Ben ins Zimmer seiner Eltern schlüpfte; er schwang sich über die Gitterstäbe seines Bettchens wie ein Akrobat, bis Beth sich schließlich geschlagen gab und die Stäbe entfernte; zuerst krabbelte, dann lief er ins Zimmer seiner Eltern, und manchmal war das Laken zwischen Beth und Pat am Morgen naßkalt. »Ich hab schlafgewandelt«, hatte er ihnen in den letzten Monaten erklärt, seit er fließend sprechen konnte. Es war auch Ben, der Beth »Mama« nannte, nicht »Mom« oder »Ma« wie Vincent. Eingelullt von ihren Beruhigungsmitteln, hatte sie Vincents Stimme nicht erkannt.

Taumelnd stand sie auf und ging durch den Flur ins Gästezimmer. Zum erstenmal in all den Jahren, seit sie Rosie kannte – und das waren im Grunde alle Jahre, an die sie sich erinnern konnte –, hatte ihre Schwiegermutter Beth mit echter Verachtung angesehen. Vincent wiegend, dessen Schluchzer in von Schluckauf unterbrochenen Schlaf übergingen, winkte sie Beth fort. Beth ging auf die Terrasse vor dem Gästezimmer. Drinnen waren Joey und Teresa, schliefen aber offensichtlich nicht. Entlang der Straße parkten Autos, Reporter saßen auf Decken, tranken Kaffee und Cola aus Pappbechern, als befänden sie sich auf einem Musik-Festival. Sie sahen Beth nicht. Ein Parkside-Streifenwagen parkte an der Ecke, ein orangeroter Bock war als provisorische Straßensperre aufgestellt – soeben sah Beth einen Wagen von Channel Nine die Sperre umfahren. Hinter ihr öffnete Joey die Schlafzimmertür.

»Joey, hast du eine Zigarette?« fragte Beth.

»Bethie, ich wußte gar nicht, daß du wieder rauchst«, sagte Joey, der sanfteste aller Männer, leise zu ihr.

»Tu ich auch nicht«, erwiderte sie.

Sie setzten sich nebeneinander auf die Terrasse und beobachteten das Gewimmel der Reporter; einige nahmen Einleitungen für die Frühsendungen auf, mit dem Rücken zu der erhellten, äußerst präsentablen, mit Fensterläden versehenen Fassade von Rosies und Angelos Ranchhaus aus weißem Stein.

»Wir werden ihn finden, Bethie«, sagte Joey grimmig.

»Ach, Joey«, sagte Beth und legte ihre Arme um ihn, übermannt von Zärtlichkeit für diesen kindlichen Schwager, einer Zärtlichkeit, die sie ihrem eigenen kleinen Jungen, der endlich im Zimmer am Ende des Flurs schlief, offenbar nicht geben konnte. Und warum nicht?

»Bethie, ich würde meinen rechten Arm, mein Bein dafür geben, Ben zu finden.«

»Ich weiß, Lieber«, sagte sie.

Teresa kam im Nachthemd heraus. »Ich bin schwanger«, verkündete sie unversehens.

»Ach du heiliger Bimbam, Tree«, zischte ihr Mann und stand auf.

»Joey, ist ja gut. Gratuliere, Tree«, sagte Beth zu ihr. »*Buona fortuna.* Wie weit bist du?«

»Im zweiten Monat«, sagte Teresa.

»Weiß Pat es schon?«

»Nein. Soll ich's ihm sagen? Rosie weiß es. Sie meinte, ich soll's dir nicht sagen. Tut mir leid, daß ich's doch getan habe. Konnte einfach den Mund nicht halten. Ich bin verrückt im Kopf, Bethie. Wir sind alle verrückt.«

»Ich weiß«, sagte Beth. »Hast du noch mal 'ne Zigarette, Joey?«

Als sich Joey und Teresa auf die Steppdecke gelegt hatten, blieb Beth sitzen und sah zu, wie das Dunkel langsam vom Himmel wich. Sie sagte im Geist das periodische System der Elemente auf: Sauerstoff, Stickstoff, Kohlenstoff, Silizium, Natrium, Chlor, Neon, Strontium, Argon. Sie wußte, es gab ein paar Elemente, die sie auf der High-School nicht durchgenommen hatten. Technetium? Californium? Oder phantasierte sie bloß? Die Zigarette verbrannte ihr die Fingerspitzen. Sie legte sich auf den gestrichenen Holzboden. Kerry schrie. Irgend jemand würde sie schon füttern.

Um acht kam Candy, um Beth und Pat nach Elmbrook in ein Labor zu bringen, wo die Lügendetektortests vorgenommen werden sollten. Später stellte Pat fest, daß der junge Techniker ihnen beiden dieselbe Ansprache gehalten hatte: »Seien Sie ganz entspannt«, hatte er gesagt. »Körperlich gesehen tut es so gut wie überhaupt nicht weh. Ich sage den Leuten immer, sie sollen ganz entspannt sein, aber natürlich können sie sich nicht entspannen, es ist ein Lügendetektor – wer kann sich dabei entspannen? Aber eigentlich spielt es keine Rolle, ob Sie sich entspannen können; denn ich kann Ihre Frequenzen ablesen, egal, in welcher Verfassung Sie sind. Und ich stelle mir vor, Sie sind im Augenblick in ziemlich mieser Verfassung. So, ich fange jetzt mit der schwierigsten Frage an. Wie ist Ihr Name?« Hinterher erfuhren Pat und Beth, daß ihre Antworten auf die Frage, ob sie für Bens Verschwinden verantwortlich seien, auf Täuschung schließen ließen.

»Null Problem«, sagte Candy zu Beth. »Wir können es jederzeit wiederholen, wenn es sein muß.«

Als sie wieder in Rosies und Angelos Haus kamen, war

Ellen dort, um mit Beth zum Freiwilligenzentrum im Untergeschoß des Kirchensaals von Immaculata zu fahren. Beth fragte: »Was für ein Freiwilligenzentrum?«

»Na ja, Handzettel verteilen, Fahndung und so. Gestern morgen war die Dame von Crimestoppers hier, um uns zu zeigen, wie man so etwas aufzieht. Die ersten zweiundsiebzig Stunden sind entscheidend.«

Dreihundertzwanzig Immaculata-Absolventen waren dagewesen. Und allein im Untergeschoß des Kirchensaals mußten hundertfünfzig der Schule verbundene Personen gewesen sein, sagte Pat später – eine Handvoll von Rosies Nachbarinnen, Bills Freundin und die Freundinnen und Freunde, die mit Beth' und Pats Geschwistern aufgewachsen waren, nicht mitgerechnet. Nicks Frau Trisha war da und sämtliche Cheerleader und Jimmy Daughertys Frau und zwanzig weitere Mütter, Klassenkameraden, Ehefrauen von Klassenkameraden. Die Direktorin von Immaculata war da, die einzige noch verbliebene Nonne im gesamten Lehrkörper, und vier weitere vom Lehrpersonal, darunter Miss Sullivan, Beth' betagte Englischlehrerin, die seit zehn Jahren pensioniert war. Wayne, dessen Job als Management-Trainer bei AT&T ihn so beanspruchte, daß er nach seiner Schätzung drei Tage im Jahr freinahm (alles Sonntage), war da; er hatte sämtliche Termine auf unbestimmte Zeit verschoben, zum zweitenmal in seinem Arbeitsleben. (Das erstemal hatte er auf einem Schiff mit neunhundert anderen schwulen Männern eine vierwöchige Kreuzfahrt nach Australien unternommen. »Wir waren mitten auf dem Ozean, und ich konnte keine Verabredung treffen«, erzählte er Beth später verzweifelt. »Da kann ich ebensogut arbeiten.«) Er habe die Medien im Griff, erzählte er Beth. Er prüfe sämtliche Interview- und Fotowünsche und leite nur die weiter, von denen er glaube, daß sie der Suche dienten. Sogar Cecil Lockhart hatte ihr Kommen zugesagt, war aber in letzter Minute verhindert, weil ihre Mutter krank geworden war. »Aber sie läßt dich herzlich grüßen, Beth«, sagte Ellen. »Und ich glaube, sie meint es ehrlich. Sie kommt her, sobald es ihrer Mutter bessergeht. Weißt du, sie hat einen kleinen Jungen, nicht viel älter als Ben, aus ihrer zweiten Ehe – oder ihrer dritten oder ihrer fünften. Ich wußte das gar nicht, aber sie klang sehr mitgenommen. Diese Geschichte nimmt alle mit, Bethie. Alle.«

Gleich nach Beth' und Pats Ankunft kam Laurie Elwell mit einem Stapel Ordner herein. Sie sah aus, als hätte sie mit Grippe im Bett gelegen und nicht aufstehen sollen. Seit dem College war Laurie in Madison Beth' beste Freundin gewesen; sie hielt sie manchmal für ihre einzige Freundin. Sie hatte ungefähr so viel Ähnlichkeit mit Beth wie der Mond mit einer Radkappe – schon als Collegeanfängerin war sie so kühl und selbstbewußt, wie Beth niemals sein würde, nicht mal als Erwachsene, davon war sie überzeugt. Laurie hatte zu jenen Mädchen gehört, die von Anfang an im Büro für finanzielle Unterstützung ein und aus gingen; die Vorsitzenden der Studentinnenverbindungen hinterließen Nachrichten für sie, nicht umgekehrt. Laurie schien offen für die wesentlichen Informationen des Universums auf die Welt gekommen zu sein, und wie die Ordner bewiesen, beabsichtigte sie, über alles Buch zu führen.

Beth und Ellen stritten sich mindestens einmal im Jahr und knallten wütend den Hörer hin; aber Beth' Beziehung zu Laurie war vollkommen ungetrübt von gemeinsamer Kindheit und Herkunft. Sie waren sich zu einer Zeit begegnet, in der die Menschen sich selbst neu erfinden, hatten sich gegenseitig die panische Langeweile, den offenkundigen Stolz und die Furcht vor Elternschaft und langjähriger Ehe ausgeredet.

Als Beth Laurie und die anderen sah, dachte sie einen ganz kurzen Augenblick: Hier findet nun das Schultreffen statt. Jetzt werde ich handeln können.

Beth hatte gesagt, Laurie würde einmal den Nobelpreis für Organisation bekommen; und sie war in Hochform, die einer Preisträgerin würdig war. Die langen Tische, normalerweise bei Gemeindetees und Hochzeitsfrühstükken mit Speisen beladen, waren nun mit Telefonen und Stapeln von Handzetteln aus rotem, gelbem und blauem Papier bedeckt. Pat nahm sich so einen Zettel, und Beth las die fettgedruckte Überschrift HABEN SIE BEN HEUTE GESEHEN? über einem zum Glück unvertrauten Bild von Ben, das Ellen letzten Sommer in ihrem Garten aufgenommen hatte, und einer Telefonnummer, die Wayne organisiert hatte, weil ihre Buchstabenkombination unvergeßlich war: FINDET BEN. Einem ihrer Ordner entnahm Laurie einen detaillierten Plan der westlichen Umgebung, den sie nun entfaltete. Er war in drei Abschnitte unterteilt, die zusammengeheftet den größten Teil einer Wand einnahmen.

»Wir bilden eine rote Mannschaft, eine blaue Mannschaft und eine gelbe Mannschaft«, erklärte sie Beth und Pat, während sie einen Ordner mit Computerausdrucken von Listen öffnete, die sie mit Wayne und Ellen am Telefon zusammengestellt hatte. »Die Anführer jeder Mannschaft werden ihren Leuten Straßenzüge zum Verteilen der Handzettel zuweisen. Und jede Mannschaft wird hier freiwillige Helfer haben, um die Anrufe zu koordinieren, die aus jedem Bezirk bei uns eingehen.«

»Wann wollt ihr mit dem Verteilen der Handzettel anfangen?«

Laurie machte ein erstauntes Gesicht. »Wieso, jetzt«, sagte sie.

»Wie lange kannst du bleiben?« fragte Beth.

»Ach, ewig«, versicherte Laurie.

Candy sprach kurz mit den versammelten Freiwilligen und schärfte ihnen ein, daß jede Information, die bei ihnen einging, möglicherweise das eine Bruchstück sein könnte, das sie zu Ben führen würde. »Sie können nicht ermessen, wie wichtig Ihre Anwesenheit hier ist, für Beth und Pat genauso wie für uns«, sagte sie. »Sie werden in den nächsten Tagen in diesem Bezirk unsere Augen und Ohren sein, und egal, wie lang oder wie kurz die Zeit ist, die Sie uns schenken können, es ist wertvolle Zeit.« Sie berichtete, daß am späteren Nachmittag für diesen Bezirk eine gründliche Suche geplant sei, Schulter an Schulter, und daß auch diejenigen, die tagsüber arbeiten mußten, die Polizei in den hellen Stunden des frühen Abends bei diesen Unternehmungen unterstützen könnten. Sie warnte die Freiwilligen davor, eigenmächtig Anwohner zu interviewen oder auf eigene Faust Durchsuchungen vorzunehmen. »Wir müssen wie ein Körper sein, und der Kopf des Körpers ist hier«, sagte sie und dann, zu Pat gewandt: »Pat, haben Sie noch etwas hinzuzufügen?«

Pats Augen trübten sich. »Nur daß wir Ihnen danken. Wir danken Ihnen. Ben dankt Ihnen.«

Anita Daugherty stand auf und applaudierte, und dann standen alle auf und klatschten. Beth war über die seltsame Geste so verblüfft, daß sie sich abwandte und zur Treppe floh, die ins Erdgeschoß führte; sie nahm an, die Geste bedeutete Ermutigung, Solidarität. Aber es klang wie das Anfeuern der Mannschaften vor Schulwettkämpfen, und als die mit Handzetteln beladenen Freiwilligen sich nun auch noch anschickten, hinter ihr die Treppe hochzustürmen, kam sie sich vor wie ein krankes Tier auf der Suche nach einer Zuflucht, um sich niederzulegen.

Von der Kapelle Unserer Lieben Frau gelangte man direkt an die rechte Seite des Altars. Dort hatte Beth als

Erstkommunikantin im weißen Miniaturbrautkleid ihre Blumen vor die Muttergottes gelegt. Dorthin, so hatte sie immer geglaubt, würde sie als Braut kommen. Jetzt wünschte sie nur, der kleine himmelblaue Raum mit den verblichenen vergoldeten Sternen an der Decke hätte eine Tür. Beth kniete nieder und faltete die Hände. »Heilige Maria, voll der Gnaden ...« sagte sie leise. Aber es waren nur Worte. Sie kamen aus ihrer Kehle. In ihrem ganzen Leben hatte Beth erst zweimal das Gefühl gehabt, wirklich gebetet, das heißt, eine Verbindung zwischen sich und einer anderen Bewußtheit hergestellt zu haben: einmal im Krankenzimmer ihrer Mutter, kurz nachdem Evie gestorben war, und einmal an dem Tag, als die Blutung aufgehört hatte, als sie glaubte, bei der Schwangerschaft, aus der dann Ben wurde, eine Fehlgeburt zu haben. Den Rest ihres Lebens war sie sich beim Confiteor, Rosenkranz oder Glaubensbekenntnis wie eine Zuschauerin ihrer selbst vorgekommen, obwohl sie die Texte (zumindest auf lateinisch) so gut aufsagen konnte, wie sie ihren eigenen Namen buchstabieren konnte, und die sprachliche Kraft der Worte bewirkte, daß sich ihr vor Bewegung die Kehle zuschnürte. »Heilige Maria«, flüsterte sie wieder und dachte dabei, wenn ich jetzt nicht glauben kann, wenn ich jetzt nicht um Hilfe bitten kann, trotz des starken Zweifels, von etwas anderem als der Atmosphäre gehört zu werden, je etwas anderes zu empfangen als den eintönigen Frieden der Meditation, wenn ich meine geschlossene Faust nicht ein wenig öffnen kann, dann habe ich Ben nicht verdient. Ich muß für Ben beten, dachte sie. »Heilige Maria«, sagte sie; die Worte klickten trocken gegen ihren trockenen Gaumen. Laute. »Ich kann nicht«, sagte Beth.

Sie roch Candy, bevor sie sie sah, roch die schwache Zitronenkomponente ihres Kölnischwassers, eine Botschaft der Reinlichkeit. Vor einem 1,50 m breiten goldenen Geländer erstreckte sich die Reihe der mit blauem Samt gepolsterten Knieschemel vor den weißen Marmorfalten des Gewandes der Heiligen Jungfrau. Wenige Schritte von Beth entfernt kniete Candy, eine Hand vor den Augen.

»Sind Sie katholisch?« fragte Beth.

»Nein«, sagte Candy, »ich habe bloß auf Sie gewartet.«

»Es gibt nichts zu warten«, sagte Beth seufzend. »Ich bin fertig. Ich habe gar nicht erst angefangen. Ich kann nicht beten.«

»Meine Mutter hat immer gesagt, es gibt keine richtige Art, es zu tun.«

»Ich glaube nicht.«

»An gar nichts?«

»Ich glaube nicht an Gott.«

»Atheistin?« fragte Candy.

Beth schnaubte. »Nein. Das erfordert zuviel Courage.«

»Vielleicht ist es der Glaube, der wirklich Courage erfordert. Der Glaube an das Unsichtbare.«

»Hört sich an, als wären Sie katholisch erzogen«, sagte Beth.

»Ich bin jüdisch erzogen«, erklärte Candy und stand auf. »Und da gibt es viele Ähnlichkeiten. Schuldgefühl. Frauenhaß. Was Sie wollen.« Sie streckte die Hand aus und berührte die marmornen Fingerspitzen der Jungfrau. »Aber auch noch andere Dinge. Etwa alle Hebel in Bewegung setzen, um sich um jemanden zu kümmern. Man opfert alles für ein Kind – und natürlich hält man das dem Kind vor, so lange man lebt.« Candy sah zu dem heiteren Antlitz der Madonna hinauf. »Wissen Sie, Beth, sie war eine jüdische Mutter. Und wenn Ihnen jetzt irgendwer helfen kann, ist es vielleicht eine jüdische Mutter.«

»Ich denke, das wäre im Moment leicht zu akzeptieren. Es heißt doch, es gibt keine Atheisten im Schützengraben, nicht?«

»Beth«, sagte Candy, ohne darauf einzugehen, »vielleicht müssen Sie nicht alles glauben. Vielleicht müssen Sie nicht beten können. Vielleicht ist es egal, woran Sie sich festhalten. Vielleicht müssen Sie im Augenblick nur durchhalten. Vielleicht ist durchhalten genug.«

Beth sah die Statue der Jungfrau an. »Festhalten, was?« flüsterte sie. »Woran? An *ihr*?«

»Wenn Sie wollen. Vielleicht.«

»Und was, wenn da nichts ist?«

»Dann ... dann halten Sie sich an mich.«

6. Kapitel

Aber auch Laurie konnte nicht ewig bleiben.

»Ich komme jedes Wochenende wieder, bis wir Ben gefunden haben«, sagte sie zu Beth, wobei sie das Kinn der Freundin anhob und ihr mit ihrem charakteristischen Ernst tief in die Augen sah. Sie wußten beide, daß sie nicht jedes Wochenende wiederkommen konnte – nicht kommen würde –, dennoch tat diese Realität der liebevollen Hoffnung, die dem Versprechen zugrunde lag, keinen Abbruch. »Wir können noch viel mehr tun. Das sagen alle. Die Frau von Crimestoppers sagt es. Diese Woche gehen die Postsendungen an alle Staaten, in denen Ehemalige leben, und werden dort von Freiwilligen verteilt. Ich erledige einen Stapel von zu Hause aus. Bis Sonntag haben wir an der Autobahn die Anschlagtafel, die von der Feuerwehr bezahlt wird – Bethie, die wird täglich von hunderttausend Leuten gesehen. Jimmys Frau nimmt Verbindung zum Landeszentrum für vermißte und mißbrauchte Kinder auf. Und dann kommt noch die Fernsehsendung *Vermißt* – Sarah Chan sagt, wir haben eine gute Chance, da reinzukommen, zumal jetzt, wo Ben schon ...« Sie brach ab.

»So lange fort ist«, schloß Beth an ihrer Stelle. »So lange, daß dies jetzt die eigentliche Story ist.«

»O Gott«, sagte Laurie.

Hiermit ging etwas zu Ende. Niemand sprach es aus, aber sie spürten das Abgleiten, sahen es in den Gesichtern der Parkside-Beamten – mit jedem Tag wurden es weniger –, in den Augen der freiwilligen Helfer, die nun auf eine Kerntruppe von etwa zwanzig Personen zusammengeschrumpft waren. Der Duft von Barbara Kellihers Chanel No. 5 war eine Art Leitmotiv für Beth' Tageslauf geworden; er ging Barbara in den Kellerraum von Immaculata voraus, war genauso typisch für sie wie ihr nie versiegendes angestrengtes Lächeln und die zielstrebige Hingabe, mit der sie sich die Stapel von markierten Landkarten und Telefonnachrichten vornahm, die am Abend zuvor eingegangen waren. Es ging Beth durch den Kopf, daß die Suche nach Ben für einige der Freiwilligen eine wahre Liebesmühe war – aber nicht Liebe zu ihr. Sie hofften, daß sie, indem sie ihn fänden, den Blitz davon abhalten würden, in ihre eigenen Häuser einzuschlagen. Es war die beste, vertretbarste Art von Schuldgefühl, die Art, die Umstehende veranlaßt, in eiskaltes Wasser zu springen, um Collies oder Treibgut – und somit sich selbst – zu retten. Mit nahezu romantischer Inbrunst liebte Beth das Zentrum mit seinem Geruch nach eben geöffneten Paketen mit 500 Blatt Papier mittlerer Stärke – und nach schalem Kaffee. Dieses Zentrum und Candys vollgestopftes Büro im ersten Stock des Parkside Polizeireviers waren die einzigen Orte, wo Beth sich, sei es auch nur kurz, von Bens Verlust abgeschieden fühlte, von der Last, die sie manchmal zu einer Hautschuppe zusammenzupressen schien.

Im Zentrum erfuhr Beth von dem Tip. Einem Hinweis, der im Gegensatz zu anderen realistisch klang. Eine Frau aus Minnesota, die ihren Namen nicht nennen wollte, hatte angerufen und einen kleinen Jungen beschrieben, den sie in einem Einkaufszentrum in Minneapolis gesichtet hatte – an der Seite einer grauhaarigen Frau mit großem Hut und Sonnenbrille. Sie war sicher, daß der kleine Junge Ben war. Er hatte ein Hot dog gegessen. Das Hot dog war für Barbara ausschlaggebend. »Ich meine, du solltest mit Candy reden und sehen, ob sie dem nachgehen wird«, schlug Barbara vor. »Ich kann dich hinfahren.«

»Ich kann fahren«, sagte Beth. »Danke.«

Eigentlich mußte sie gar nicht fahren. Das Auto lenkte sich wie von selbst auf den Parkplatz des Polizeireviers von Parkside; sie brauchte nur das Lenkrad festzuhalten. Doch ohne zu wissen warum, drehte sie, kaum angekommen, wieder um, fuhr die paar Straßen zu Golden Hat Gourmet, wo sie einige Cannoli aus der Kühltheke nahm.

Joey, der bei Speisen zum Mitnehmen bediente, packte sie ihr ein. »Hungrig, Bethie?« fragte er hoffnungsvoll mit einem Blick auf Beth' schlotternde Jeans, die sie mit einem Gürtel von Pat zusammenhielt. Ihre Hüftknochen stachen in die Taschen wie Schlüsselbunde.

»Ja«, sagte sie und verzog den Mund zu einer Grimasse, von der sie sich einbildete, man könne sie noch als Lächeln bezeichnen. »Hab Gelüste auf Cannoli, wie Tree.«

Er umarmte sie, steckte ihr eine Camel zu, und Beth ging und stellte die weiße Schachtel mit der zur Schleife gebundenen Kordel neben sich auf den Beifahrersitz.

In den verschlossenen Polizeibüros in Parkside beanstandete niemand mehr Beth' Anwesenheit; man betätigte einfach den Summer und ließ sie wortlos ein. Obwohl es einen Fahrstuhl gab, nahm Beth immer die Treppe, und als sie die Stahltür öffnete, von der man um eine Ecke direkt in Candys Büro gelangte, hörte sie Candy sagen: »... jemand hinschicken, um mit ihr zu sprechen.«

»Sie müssen schon entschuldigen, Candace«, antwortete eine unbekannte Männerstimme, »aber wir können unmöglich eine Truppe freistellen, um in dieses gottverdammte Minneapolis zu fahren und mit einer Schnäppchenjägerin zu reden, die meint, ein Kind gesehen zu haben. Wieso Minneapolis? Auf dem Schultreffen war kein Mensch aus Minneapolis. Wir haben in diesem Revier sechzig Vollzeitpolizisten, nicht sechshundert.«

»Verdammt, wie weit entfernt ist Minneapolis? Die Leute sind die ganze Zeit im Auto unterwegs, McGuire«, sagte Candy in scharfem Tonfall. »Wir sind eine mobile Gesellschaft.«

Beth verhielt sich ganz still und lauschte.

»Candace, ich verstehe Ihre Gefühle, aber das Kind ist tot. Das Kind ist tot, und aus seiner Sicht ist es vermutlich das beste, und ...«

»Sagen Sie nicht, daß ich es weiß, weil ich es nämlich nicht weiß.« Beth hörte das vertraute Geräusch von Candys Radiergummi, mit dem sie auf die Schreibunterlage klopfte. »Immerhin ist dies ein staatenübergreifender Fall. Ich rufe Bender an.«

»Und er wird sagen: ›Schönen Tag noch, Detective, rufen Sie mich irgendwann im nächsten Jahrhundert wieder an oder wenn die Hölle zufriert.‹«

»Wir haben einen ernstzunehmenden Hinweis von jenseits der Staatsgrenze.«

»Das ist bloß wieder so ein ...« Der Polizist in Zivil, den Beth noch nie gesehen hatte, drehte sich um und bemerkte sie. »Ah, hallo, Mrs. Cappadora.«

Beth lächelte.

»Beth, kommen Sie herein«, sagte Candy in grimmigem Ton. »Bis später, McGuire.« Der Kriminalbeamte ging. »Sie haben es gehört.« Es war keine Frage, sondern eine Feststellung.

»Ich habe gehört, wie Sie etwas von jemand namens Bender sagten.«

»Nein, Sie haben alles gehört. Aber Sie müssen wissen, daß dies für mich der Auslöser ist, um das FBI anzurufen, und Robert Bender ist der Chefagent des Chicagoer FBI-Büros.«

»Das FBI«, sagte Beth. »Warum?«

»Nicht etwa, weil wir die Arbeit nicht selbst machen könnten«, sagte Candy Bliss. »Aber wir haben dieses heikle Problem der Kosten. Und wir haben das Problem der hohen Tiere, die sich fürchterlich aufregen, wenn wir einen Fall nicht bis mittags gelöst und ein hieb- und stichfestes Geständnis haben.« Sie hustete. »Aber dies ist vermutlich der Grund, weshalb das FBI existiert: um lokale Reviere bei staatsübergreifenden Vergehen zu unterstützen.«

Sie stand auf und ging auf und ab. »Meiner persönlichen Meinung nach sind FBI-Agenten als Kriminalermittler hervorragende Buchhalter. Der eigentliche Grund ihrer Existenz ist es, Computer-Datenbanken anzulegen und sich kurz sehen zu lassen, wenn es Zeit ist, eine Verhaftung vorzunehmen. Besonders vor laufenden Kameras. Aber ich möchte nicht, daß Sie diese abwegige Meinung teilen. Warum erzähle ich Ihnen das eigentlich? Ich habe laut gedacht. Müde.« Sie preßte den Zeigefinger auf die Falte zwischen ihren Augen. »Scheißprozedur. Aber wer weiß, vielleicht hat Bender ja einen guten Tag. Ich denke, ich rufe ihn an. Er hat mal versucht, mich in den Hintern zu kneifen. Vielleicht besteht ja eine sentimentale Anhänglichkeit.«

Beth setzte sich unaufgefordert und sah Candy beim Wählen zu.

»Bob!« Candys Stimme klang so aufrichtig vergnügt, daß Beth nicht glauben mochte, ihre vorangegangene Bitterkeit sei genauso echt gewesen. »Ja ... aber sicher, hab mich gut gehalten.« Sie machte eine Pause. »Nein, dreimal darfst du raten, und die ersten zwei schenk ich dir ... Bob, ja, du bist ein Genie. Es ist nämlich so, wir haben einen Hinweis aus Minnesota.« Candy hielt inne, während sie den Hörer vom Ohr nahm und gegen ihre Stirn drückte. »Nein, Bob, sieht ziemlich glaubhaft aus ... Wo hast du das gehört? Natürlich überprüfen wir's zuerst, aber sie hätte ja auch von der Straße hereinkommen können, Bob. Scheiße, nichts kann alte Damen daran hindern, in Hotelhallen zu gehen ... Okay ... Okay. Wir telefonieren noch mal.«

Candy stellte zu ihrer Sekretärin durch und bat sie, Taylor loszuschicken, um noch einmal die Gästeliste nach unbegleiteten älteren Herrschaften, Frauen oder Männern, durchzugehen und mit dem Geschäftsführer und dem Personal zu reden. Wahrend sie mit der Sekretärin sprach, brachte ein schüchterner Praktikant die Post. Candy begann sie geistesabwesend durchzublättern, bis sie schließlich zu einer gefütterten Versandtasche kam, die so vollgestopft war, daß sie fast platzte. Sie legte den Hörer auf und grinste Beth an.

»Schon wieder«, sagte sie.

»Sie meinen, Post von einem Bekenner?« Sie hatten handgezeichnete Karten geschickt, die zu nicht existierenden Adressen und verlassenen Gebäuden führten, wo Ben angeblich gefangengehalten wurde. Sie hatten nagelneue Kleidungsstücke geschickt und behauptet, es seien Bens. Sie hatten Fotos von Ehemännern geschickt und unterstellt, sie hätten mit der Entführung zu tun, und – das war am unheimlichsten für Beth – lange Tonbandaufnahmen, auf denen sie schilderten, wie glücklich Ben jetzt sei, da er endlich in einem christlichen Elternhaus lebte. Sie vermutete, daß es noch weitere Tonbänder gab, grauenhafte, die Candy ihr vorenthielt.

Candy hatte ihr eingangs gesagt, daß es nur drei Gründe gebe, weshalb jemand ein Kind entführte: um an die Eltern des Kindes heranzukommen, sei es aus wirtschaftlichen oder persönlichen Gründen; weil man sich ein Kind wünschte und so verrückt sei zu denken, es sei in Ordnung, es jemand anderem wegzunehmen; oder, zu einem klitzekleinen Prozentsatz, um das Kind brutal zu mißhandeln. Man hoffe natürlich, daß man es hier mit der verrückten Möchtegern-Mutter zu tun habe, weil die zärtlich für das Kind sorgen würde.

Das Päckchen konnte alles mögliche enthalten: ein blutiges T-Shirt, fadenscheinige Shorts aus Jeansstoff, zerschlitzt und steif von ...

Aber Candy sagte: »Nein, ich denke, es sind Sachen von Rebecca, meiner ehemaligen Kollegin auf der Akademie, die jetzt Börsenmaklerin ist.« Mit dem Daumennagel ritzte Candy die Versandtasche auf und schüttelte einen erstaunlichen Haufen fuchsienroter und blaugrüner Kleidungsstücke heraus – eine Jacke, eine Hose mit Gummibund, einen Schal und einen Gürtel. »Meine Freundin Rebecca nimmt ungefähr alle sechs Monate um die dreißig Pfund zu und wieder ab. Eine sehr teure Gewohnheit, denn sobald sie anfängt, dick zu werden, schickt sie mir alle Kleider aus ihrer dünnen Periode.« Candy schüttelte den Kopf. »Das Dumme ist, auch wenn sie gut aussieht, gleicht Becks einer Wahrsagerin auf einem Straßenfest. Und ich bringe dann die Klamotten nach Saint Vincent de Paul – zum Glück lebt Becks in Kalifornien, so daß sie es nie erfährt. Und die Sachen kosten bestimmt Hunderte von Dollars.«

Beth lächelte. »Für mich klingt das nach einem gedämpften Hilfeschrei.«

Candy hielt die Versandtasche in die Höhe. »Eigentlich ist es ein gepolsterter Hilfeschrei.«

Und Beth lachte zu ihrem eigenen Entsetzen, hielt sich dann sogleich die Augen zu. Sie meinte, ersticken zu müssen. Candy sprang auf und kam blitzschnell um den Schreibtisch herum.

»Beth, Beth, hören Sie«, sagte sie. »Sie haben gelacht.

Sie haben nur gelacht. Wenn Sie lachen, bedeutet das nicht, daß Sie sich was zuschulden kommen lassen. Wenn Sie lachen oder Vincent eine Geschichte vorlesen oder etwas essen, was Sie gern mögen, so spricht das auf der großen Punktetafel des Glücks nicht für oder gegen uns.« Beth fing an zu weinen. »Sie müssen mir glauben«, fuhr Candy fort. »Wenn Sie sich einen Film ansehen oder sich ein Lied anhören oder irgendwas machen, das Ihnen das Gefühl gibt, mehr zu sein als ein Stück Scheiße, dann meinen Sie, dieser kleine Augenblick des Glücks würde damit bestraft, daß Sie Ben für immer verlieren. Aber Beth, so ist es nicht. Sie werden Ihren Sohn nicht töten, nur weil Sie gelacht haben.«

Obwohl sie sich dabei gedemütigt fühlte, nahm Beth Candys Hand und drückte sie an ihre Wange. Candy entriß sie ihr abrupt, und Beth sprang hoch, wobei sie fast den Stuhl umwarf.

»Ich wollte bestimmt nicht ...« sagte Beth.

»Ich weiß, ich weiß«, sagte Candy. »Ich bin ein Trottel. Es war absolut nicht verkehrt, was Sie gerade getan haben. Ich bin bloß ein überempfindlicher Trottel.«

»Sie dürfen sich nicht hineinziehen lassen«, sagte Beth unsicher.

»Nein«, sagte Candy. »Oder doch, bis zu einem gewissen Grad. Man darf sich nicht so weit hineinziehen lassen, daß man die Dinge aus den Augen verliert, die den Menschen helfen könnten. Aber eben, das war wegen ... ich bin eine Frau, ich bin leitende Kriminalbeamtin, ich bin Jüdin. Und ich bin lesbisch. Haben Sie das gewußt? Lauter ausgefallene Sachen. Darum habe ich mein Leben lang das Gefühl, die Augen von ganz Texas würden auf mir ruhen. Jedesmal, wenn ich Katie Wright von Crimestoppers umarme, habe ich das Gefühl, daß jemand denkt, ich will was von ihr ...«

»Ich wollte nicht ...«

»Das weiß ich. Himmel, bin ich ein Trottel.« Candy setzte sich. »Aber wissen Sie was? Diese scheußlichen Kleider haben mich auf eine gute Idee gebracht. Ich möchte, daß wir jemanden besuchen. Okay, Beth? Kommen Sie mit?«

»Wen?«

»Es gibt da eine Frau – die Jungs nennen sie Crazy Mary; ihr richtiger Name ist Loretta Quail. Also, Loretta hilft Leuten, alles mögliche wiederzufinden. Verlorene Hunde. Verlorenes Geld.« Sie sah Beth fest an. »Und manchmal verlorene Menschen.« Einmal, erzählte Candy, sei eine junge Mutter aus Parkside mitten in einem Schneesturm von einer Brücke in den Fluß gefahren. Ihr Wagen war kopfüber gesunken; der Sicherheitsgurt hatte anscheinend geklemmt. »Sie ist in 1,50 m tiefem Wasser ertrunken, Beth. Aber das wußten wir nicht. Wir hatten keine Ahnung, was passiert war. Die Frau wollte nur ein Paket Windeln kaufen. Und sie ist einfach nicht zurückgekommen. Der Ehemann war ein gerissener kleiner Kerl – wissen Sie, wir dachten, die Frau liegt im Hinterhof unter dem Klettergerüst. Sie sind nicht gerade gut miteinander ausgekommen. Aber nein, er war die ganze Zeit bei dem Baby zu Hause gewesen – die Frau war einfach verschwunden. Und ihr Auto mit ihr. Und keine von ihren Freundinnen hatte sie gesehen. Sie ist nie im Laden angekommen. Sie verschwand einfach in der vierten Dimension.«

Und da, sagte Candy, habe jemand Loretta erwähnt. »Sie müssen wissen, Beth, ich bin durch und durch ein Mensch von dieser Welt. Aber ich dachte, na ja ... man hört, daß manche Behörden sich gerne eines Mediums bedienen, aber man denkt doch nicht ... Wie auch immer, die alte Loretta hat die Skijacke der jungen Mutter beschnuppert, genau wie es die Hunde Holmes und Watson machen, und dann hat sie gesagt, die Frau sei in ihrem Auto unter einem Schneeberg und blicke nach oben. Und Beth, da war sie tatsächlich. Als im März darauf der Fluß auftaute, haben wir sie gefunden, noch angeschnallt, und sie blickte zur Wagendecke hoch. Den Schneeberg hatte jemand von der Gemeinde mit dem Pflug von der Straße in den Fluß gekippt.«

»Sie meinen also, sie könnte helfen, Ben zu finden.«

»Ich meine, ich sollte es Ihnen als eine Möglichkeit anbieten, und ich möchte, daß Sie es niemandem erzählen. Außer Pat natürlich.«

»Ich möchte es Pat nicht erzählen.«

»Ich finde, Sie sollten es tun.«

»Ich will's Pat aber nicht erzählen. Wann können wir sie sehen?«

»Ich rufe sie jetzt an«, sagte Candy, aber dann klingelte das Telefon, und Candy schickte Beth mit einer verzweifelten Geste vor die Tür. Als sie durch das Glas schaute, hatte sie den Eindruck, daß Candy sich mit jemandem stritt; ihre Hände verrieten sie – sie hielt den Hörer zwischen Wange und Schulter, um zu gestikulieren, als ob der Anrufer sie sehen könnte. Sie legte auf und führte gleich anschließend noch ein kurzes Telefongespräch.

Sie sah ziemlich erledigt aus, als sie herauskam. Dann lächelte sie. »Bender. Er hat beschlossen, sich hierherzubequemen. Später«, sagte sie mit dünner Stimme. Beth besann sich plötzlich auf die Cannoli und reichte ihr die Schachtel. Candy öffnete sie und sagte: »Wenn Sie so weitermachen, muß Rebecca mir bald die andere Größe schikken.« Während sie gierig ein Stück von einem Cannoli abbrach, sagte sie: »Gehen wir zu Loretta. Sie ist zu Hause.«

Loretta Quails Haus lag in einer Gegend, die Beth' Dad gern als »verwandelte Nachbarschaft« bezeichnete – mit anderen Worten, es lag in einem Viertel, das nach Bills Meinung den Kampf längst verloren hatte. Schwarze Hauptschüler, darunter ein Mädchen, das hochschwanger war, spielten auf dem Straßenpflaster Hockey. Lorettas Haus sah zwischen den anderen mit vernagelten Fenstern und vernachlässigten Rasenflächen wie ein schäbiges Relikt aus einem Märchenland aus. Von einem Ende der langgestreckten Hecke zum anderen vergnügten sich grellbunt bemalte Keramikelfen bei den verschiedensten Tätigkeiten, von Kürbisse schnitzen bis Karten spielen auf einem großen Pilz. Als Loretta die Tür öffnete, schlug Beth ein Schwall nach Zwiebeln und Wäschestärke riechender Stubenduft wie ein nasser Waschlappen ins Gesicht. Das Innere des Hauses war so putzig wie das Äußere – jede verfügbare Fläche war mit Porzellankatzen, geschnitzten Holzkatzen, ausgestopften Katzen und einer nicht unbeträchtlichen Anzahl der atmenden Sorte ausgefüllt. Beth zählte sechs Katzen, als Loretta Candys Hand nahm und sie beide hineinführte. Bald kam sie geschäftig mit einem Tablett mit Tassen und einer Teekanne aus der Küche. Es waren bestimmt an die dreißig Grad im Zimmer, und Beth sah schon von weitem, daß Haare an den Tassen klebten; aber sie folgte Candys Beispiel und nahm tapfer den Kräutertee entgegen und auch eins von den Muffins, die Loretta, wie sie zu Beth' Entsetzen verkündete, selbst gebacken hatte.

»Also, Loretta, Sie wissen, daß wir wegen Beth' Sohn hier sind«, begann Candy.

»O ja, natürlich«, sagte Loretta. »Und ich wußte, daß Sie kommen würden. Aber ich dachte, Sie kämen Freitag. Ich habe diese Nacht geträumt, es würde Freitag sein. Ich habe Beth im Traum gesehen.« Guter Gott, dachte Beth, während sie sich panisch im Zimmer nach den verfluchten Katzen umsah, sie ist verrückt. Warum haben verrückte

Frauen immer Katzen? Warum nicht Hunde, Hunde, die genauso erfreut sind, dich zu sehen, wenn du bloß an der Ecke Milch holen warst, wie sie es bei der ersten Begegnung waren, statt Katzen, die, wie Pat immer sagte, Menschen als warmblütige Möbelstücke betrachten? Um nicht dauernd hinsehen zu müssen, starrte Beth auf Lorettas üppige Schenkel in einer Polyesterrüstung von einem Blau, das in der Natur nicht vorkam. Warum mußten verrückte Frauen über fünfundsechzig auch noch Stretchhosen tragen? Zu geblümten Blusen, die eigens ausgewählt schienen, um den Oberkörper der Trägerin wie ein Stück Holperpflaster unter einer Tischdecke wirken zu lassen? Weil sie in ähnlichen Kleidungsstücken gut ausgesehen hatten, als sie jung waren? Weil alles andere noch schlimmer war? Als sie ihren Blick zu Lorettas dauergewellten Löckchen schweifen ließ, die an lauter Spätfrühlingsknospen denken ließen, hörte sie die Frau Candy fragen: »So, wollen Sie, daß ich in Trance gehe? Oder soll ich Ihnen nur ein paar Eindrücke geben?«

Beth dachte, das hat mir gerade noch gefehlt. Sie war entsetzlich verlegen. Nie in ihrem Leben – nicht ein einziges Mal, auch nicht damals, als ihr im letzten Collegejahr Säure übergelaufen war – hatte Beth ein Erlebnis gehabt, das sie auch nur im geringsten als übersinnlich empfunden hätte. Ahnungen, Gefühle, Halbgebete, gepaart mit zufälligem Zusammentreffen, das ja; die Familie, der sie entstammte, funktionierte durch solche Dinge, als wäre der Aberglaube ein Schmiermittel. Aber obwohl ihr Gehirn vollgestopft war mit Erzählungen ihrer Großmutter Kerry von verstorbenen Tanten, deren Geister ohne die Hilfe von Flugzeugen nach Chicago gejettet waren, um zu verkünden, daß Katie oder Mary aus Louisiana an der Grippeepidemie gestorben waren, hatte Beth nie Evies Parfüm gerochen, nie den Geist ihrer Mutter an sich vorbeihuschen gefühlt, auch wenn mehrere intelligente Bekannte, die ihre Eltern verloren hatten, Beth versicherten, daß sie so etwas erleben werde.

Als Loretta nun zu schildern begann, wie es mit ihrer Gabe angefangen habe, nämlich mit Gerüchen, die sie mit sechs Jahren in Trance »geworfen« hatten, mußte Beth gegen das Zucken ihrer Gesichtsmuskeln ankämpfen. Es war unhöflich, doch dann dachte Beth, daß Loretta vermutlich an Klienten gewöhnt war, die sich seltsam benahmen. Es schien sie nicht zu stören, daß Beth sich die Hand vor die Augen hielt, als wäre das Licht zu grell. Als würde sie aus einem Aufsatz zitieren, erklärte sie Beth, daß es erstmals geschehen war, als sie die Masern überstanden hatte, und daß es in ihren Trancezuständen »immer dasselbe war – ich sah Gegenstände an den seltsamsten Orten. Dinge, die ich nicht erklären konnte. Es waren nicht meine Sachen. Ein Portemonnaie unter einem Wagenrad. Ein Mann an einer Bushaltestelle, der versuchte, sein Gesicht hinter einem Halstuch zu verstecken. Ein Ring im Gebläse eines Wäschetrockners. Und nachdem ich diese Erscheinungen einige Jahre lang etwa zweimal im Monat hatte, habe ich es meiner Mama erzählt, und meine Mama hat es ihren Freundinnen erzählt, und da stellte sich heraus, daß jeder einzelne von diesen Gegenständen verlorengegangen war. Die Menschen auch. Und als ich mich an jedes einzelne der Bilder – ich nannte sie ›Bilder‹ –, die ich gesehen hatte, erinnerte, nun, Gott im Himmel, da haben die Leute alle möglichen Sachen gefunden.«

»Irren Sie sich jemals?« fragte Candy.

»Ich habe mich noch nie geirrt.«

»Nie?«

»Es gab Zeiten, da haben die Leute die vermißten Gegenstände nicht gefunden. Ich kann nicht immer sagen, ›dieses Schmuckstück oder diese Urkunde befindet sich in einem Aktenschrank im Keller eines Hauses in der Addison Street‹. Ich kann nicht jedem eine Adresse nennen. Es gab Zeiten, da konnte ich nicht in Trance gehen, gewöhnlich deshalb, weil die Leute, die die Sachen verloren hatten, sie nicht wirklich wiederfinden wollten. Etwa wenn die Möglichkeit bestand, daß ein Teenager eine Prostituierte war. Das kommt oft vor. Aber wenn ich etwas sehe, dann richtig. Es ist dort, wo ich es sehe. Das weiß ich. Die meisten Hellseher haben eine durchschnittliche Quote von fünfzig Prozent; und die in den Illustrierten und Zeitungen, ich glaube, bei denen treten nicht mal zwanzig Prozent von dem ein, was sie voraussagen. Sie können sich nur gut verkaufen, das ist alles. Die meisten erzählen, dies sei eine Gottesgabe, während sie gleichzeitig die Hand nach Bakschisch ausstrecken. Also, ich glaube an Gott, aber ich glaube nicht, daß dies eine Gottesgabe ist; ich glaube, es ist ein Schaltproblem in meinem Kopf. Ich habe über fünfhundert Leuten geholfen. Aber es ist mein Prinzip, nicht damit zu handeln. Ich habe nie einen einzigen Cent genommen, und ich werde es auch nie tun.« Sie sah sich mit ironischer Miene in ihrem winzigen Wohnzimmer um. »Sonst würde ich am Michigan Boulevard Nr. 1 leben statt hier. Ich habe einige ... sehr wertvolle Sachen gefunden.«

Sie streckte die Hand nach Bens Schuh aus, den Candy aus dem versiegelten Plastikbeutel nahm, steckte die Nase in die Ferse des Schuhs und atmete tief ein. Sie grinste Beth an. »Neue Schuhe«, sagte sie. »Aber man kann ihn eindeutig darin erkennen. O ja.«

Loretta biß noch ein Stückchen von ihrem Muffin ab, während sie den Schuh in ihrer großen Hand drehte und wendete. Dann ließ sie urplötzlich das Muffin fallen. Beth schrie auf. Die dicke Frau sackte schlaff in ihrem Sessel zusammen; ihr Mund klaffte auf, und ein Speichelrinnsal lief langsam zwischen ihren Lippen zum Rand ihres Kinns hinab. Beth sah Candy an, die warnend die Hand hob. Genauso plötzlich setzte Loretta sich auf und wischte sich die Krümel von den Schenkeln.

»Nun«, sagte sie, »das ist merkwürdig. Ich habe den kleinen Jungen gesehen, aber nur für eine Sekunde. Da habe ich ihn gesehen, persönlich. Die übrige Zeit sah ich, was er dachte. Das ist mir bisher erst zweimal im Leben passiert.«

»Was hat er gedacht?« flüsterte Candy langsam und beugte sich in ihrem Sessel vor.

»Nun ja, gedacht hat er eigentlich nicht richtig ... eher geträumt. Ja, das ist es. Er hat geträumt. Geschlafen. Er war in einer polierten Holzkiste. Er lag auf weichem Spitzenstoff. Die Kiste hatte einen großen Deckel, gewölbt, der über ihm geschlossen war ...«

»Er hat geträumt, er war in dieser Kiste?« fragte Candy gespannt.

»In so einer ... so einer Kiste. Länger, als er groß ist.«

Es konnte nichts anderes sein, nein. Beth wollte nicht schreien. Sie versuchte, sich mit beiden Fäusten den Mund zuzuhalten, aber sie machte den Mund trotzdem auf und schrie: »Ich hab's gewußt!« Ihre Knöchel, die sie an die Schneidezähne preßte, begannen zu bluten.

»Beth, warten Sie! Hören Sie sie zu Ende an!« Candy wollte Beth in ihrem Sessel festhalten, aber schon war Beth aufgestanden und versuchte, Candy abzuschütteln. Alle Katzen im Zimmer erhoben sich fauchend.

Gelassen wandte sich Loretta an Candy und wiegte den Kopf. »Das passiert manchmal, wenn man es ihnen sagt. Sie wollen nichts davon wissen. Soll ich aufhören?«

7. Kapitel

»Ich weiß nicht, warum ausgerechnet Kognak«, sagte Candy. Sie schob Beth den Schwenker hin und setzte sich an den Tisch in der Hotelbar. Das Hotel, ein Billigunternehmen mit angeschlossenem Kettenrestaurant, war das erstbeste, an dem sie auf dem Rückweg von Loretta vorbeigekommen waren, und Candy war mit quietschenden Reifen auf den Parkplatz gefahren, als stünde der Motor in Flammen. »Vielleicht weil sie einem im Film immer einen Schnaps geben, wenn man unter Schock steht. Bei mir wirkt's.«

Candy setzte sich Beth gegenüber an den klebrigen Vierpersonentisch. »Ich möchte was essen. Möchten Sie was essen?« Candy aß stets enorme Mengen und sah trotzdem immer hohlwangig aus; vielleicht, dachte Beth jetzt träge, litt sie an Bulimie. Beth schüttelte ablehnend den Kopf und nippte nur an dem Kognak, während Candy bei der Kellnerin bestellte: »Ich nehme ... eine Pizza mit geräuchertem Huhn, eine doppelte Portion Käse und ... Krabben.« Sie beugte sich zu Beth hinüber und sagte: »Wenn meine Mutter tot wäre, würde sie sich im Grab umdrehen.«

»Warum?« fragte Beth.

»Käse und Fleisch und Krabben – das ist so ungefähr das Schlimmste, was man essen kann.« Beth blickte so verständnislos drein, daß Candy grinsen mußte. »Sie wissen schon, nicht koscher. Meine Mutter hat koscher gekocht. Aber ich bin in Florida aufgewachsen, bis ich achtzehn war, um Himmels willen. Und ich dachte, wenn du keinen Hummer ißt, wozu dann leben? Aber das ist noch der geringste Grund, weshalb ich das Judentum nie ganz angenommen habe – die Religion, meine ich.«

»Es schien mir nie eine Religion für Frauen zu sein«, meinte Beth.

»Nicht wie der Katholizismus, wie?«

»Nein, das habe ich nicht gemeint. Der ist genauso schlimm. Trotzdem, ich bin praktizierende Katholikin. Das sagte ich Ihnen schon.«

»Aber wenigstens müssen Sie nicht einmal im Monat in schäumendem Wasser untertauchen, auf daß Sie rein genug sind, um mit Ihrem heiligen Ehemann zu schlafen.«

»Haben Sie das gemacht?«

»Ich sagte Ihnen doch, Beth, ich habe keinen Mann, klar?«

»Sicher, klar doch.«

»Aber wenn ich einen hätte, würde ich's natürlich nicht tun. Das ist die finstere Seite des Glaubens. Man könnte ebensogut Schlangen dressieren oder so was. Trinken Sie Ihren Kognak.«

Beth trank. Sie stellte sich vor, wie ihre Magenwände sich mit Kognak überzogen, wie die Konturen rot, vielleicht purpurn glühten.

»Fühlen Sie sich jetzt besser?« fragte Candy. »Denn ich möchte Ihnen etwas sagen.«

»Es geht schon.«

»Ich glaube nicht, daß Loretta gemeint hat, was Sie dachten.«

»Es war eindeutig.«

»Nein, das hat sie nicht gesagt. Als Sie schon im Wagen waren, hat sie mir noch einmal erklärt, wenn sie nicht *gesagt* hat, daß das Kind tot ist, dann hat sie auch nicht *gemeint*, daß das Kind tot ist. Sonst hätte sie es gesagt.«

»Sie haben sie gehört. Sie haben gehört, was sie von der gewölbten Holzkiste gesagt hat.«

»Loretta ist nicht verantwortlich für das, was sie in Trance sieht, Beth. Das sagt sie immer wieder; man muß ihr erklären, was es bedeutet. Die Kiste könnte alles mögliche bedeuten. Ein Symbol. Wissen Sie, die Frau ist nicht ganz richtig im Kopf. Wir können nicht sicher sein, was sie gemeint hat, aber wenn ich noch einmal zu ihr gehe und mit ihr rede – ohne Sie –, werde ich sie um weitere Eindrücke bitten. Ich möchte nicht, daß Sie aufgeben wegen dem, was eine Verrückte gesagt hat. Sicher, Loretta ist eine sehr liebenswerte Verrückte, aber, Beth, wir haben wirklich nicht den geringsten Beweis, daß Ben etwas zugestoßen ist.«

Candy bestellte Beth noch einen Kognak und fuhr fort: »Ich hätte Sie nicht hinbringen sollen.«

Beth sagte: »Ich wollte es aber.« Beim Verzehren ihrer Pizza war Candy wie eine Feuerameise, winzig klein, zierlich und ausgesprochen gefräßig. Sie zerteilte die Pizza säuberlich in sechs Stücke und knabberte jedes bis auf die Kruste. »Essen Sie die Kruste nicht?« fragte Beth, verlegen über ihren mütterlichen Ton.

»Meine Mutter hat gesagt, davon würde ich lockige Haare bekommen«, sagte Candy. »Und ich wollte meine Haare natürlich genau anders haben.«

»Sie sehen aus wie Gloria Steinem«, sagte Beth, und sie fragte sich, ob sie allmählich betrunken wurde.

»Das sagen alle«, erwiderte Candy und bestellte sich einen Wodka-Tonic. Sie sah Beth scharf an. »Ich bin nicht im Dienst, Beth. Ich möchte, daß Sie das wissen. Ich würde sonst nichts trinken. Ich bin sowenig im Dienst, wie ich nur sein kann. Ich bin fast an allen meinen freien Tagen im Revier.«

»Warum?«

»Ich habe ein sehr ödes Privatleben.«

»Ach, kommen Sie.«

»Nein, ich habe wirklich nicht viel vom Leben. Das ist bei Polizistinnen nicht ungewöhnlich.«

»Wieso?«

»Na ja, diese Arbeit ist für einen Mann, der eine Frau hat, die den Haushalt besorgt und alles, schon schwer genug, um ein normales Leben zu führen. Aber für eine Frau, die keine Frau zu Hause hat, ist es fast unmöglich. Man stößt schnell an seine Grenzen. Wenn ich in den Buchclub eintrete, kann ich vielleicht einmal im Jahr zu einem Vortrag gehen, und während dieses Vortrags geht mein Piepser los.«

»Machen Sie nie Urlaub?«

»Einmal im Jahr, in Wisconsin, bei der Familie meiner Schwester. Und im Frühling besuche ich meine Mutter ein paar Tage in Florida, wenn sie dort ist.«

»Und haben Sie keine ... Partnerin?«

»Im Moment nicht.« Candy rieb sich die Stirn.

Beth wußte nicht, was sie als nächstes sagen sollte. Wurde sie zu persönlich? Ach, was soll's, dachte Beth.

»Gibt es im Dienst viele« – Beth hielt inne, schluckte und fuhr fort –, »viele Vorurteile gegen Sie?«

»Nicht so viele wie in meiner Familie«, sagte Candy mit einem breiten Lächeln. Ihre ebenmäßigen Zähne waren so perfekt, daß Beth sich fragte, ob sie wohl echt seien. »Nein, nicht mehr. Man kann heute viel offener darüber sprechen. Aber als junges Mädchen, als es bei mir anfing, da mußte man wirklich aufpassen, daß es niemand erfuhr. Ich meine niemand.«

»Nicht mal Ihr ... Chef?«

»Vorgesetzte schon gar nicht. Weil man in einer Inspektion keine Anstellung bekommen kann, wenn man ›andersrum‹ ist, wie die das nennen. Die haben sich nach dem

Vorleben erkundigt, mit den Angehörigen gesprochen ... das tun sie heute noch, wenn man ...«

»Was?« fragte Beth. Sie sprach jetzt überdeutlich, weil sie wußte, daß sie sonst nuscheln würde. »Wenn man Spionin werden will?«

»Nein, sogar, wenn man zum FBI geht, denke ich. Auf alle Fälle Politiker, Richter und so.«

Candy beschrieb sich sodann, wie sie als Polizeineuling gewesen war, eine Fünfundzwanzigjährige, die, mangels eines besseren Vergleichs, James Dean ähnelte. Beth, die immer schläfriger wurde, versuchte, sich die zierliche, langbeinige Candy in ledernen Motorradstiefeln und Jeans vorzustellen, das weiche glatte Haar ohrlang und aus der Stirn gestrichen. »Schwer vorstellbar«, sagte sie.

»Für mich auch.« Candy lachte. »Ich hatte immer gern hübsche Kleider. Ich war auf Schulfesten umschwärmt, auf der High-School und auf dem College. Wenn Sie meine Mutter fragen, wird sie Ihnen sagen, daß meine Desperadoperiode mein erster Versuch war, sie umzubringen.« Candy kämmte sich mit vier Fingern die Haare. »Aber ich glaube, das war, weil ich gemerkt hatte, daß ich lesbisch bin, und ich dachte, daß man ein bestimmtes Aussehen haben müßte. Man müßte aussehen wie ein Mann.« In einer Lesben- und Schwulenbar, erzählte Candy, hatte man ihr, die damals als Ermittlungsgehilfin bei einem Anwalt arbeitete, eine Stellenanzeige der Stadt Tampa für »Polizei-Aufseherinnen« in die Hand gedrückt und ihr zugeredet, sich zu bewerben. »Aufseherinnen, das waren wir damals. Wir konnten die Akademie nicht besuchen. Wir durften nur mit Jugendlichen arbeiten. Das war Vorschrift.« Sie hatte sich beworben und die Stellung hauptsächlich aufgrund der überschwenglichen Empfehlung ihrer Nachbarin bekommen, einer kurzsichtigen Dame, die sie mit der reizenden Lehrerin im Flur gegenüber verwechselt hatte. »Sie ist ein wunderbares Mädchen«, hatte die Nachbarin dem Beamten erzählt, der gekommen war, um sich über die Bewerberin Bliss zu erkundigen. »Sehr ruhig und fromm.«

Und wer konnte an den Worten einer reizenden alten Dame zweifeln? »Sie haben es allerdings bereut«, sagte Candy seufzend. »Denn nach ein paar Jahren sah ich Jungs, die ich ausgebildet hatte, im Rang aufsteigen und doppelt soviel verdienen wie ich, und ich habe geklagt und gewonnen ... ich habe meine Pistole gewonnen.«

»Sie hatten keine Pistolen?«

»Der Chef sagte immer: ›Meine Beamtinnen sollen keine Mörderinnen sein.‹ Herrgott.« Candy schüttelte den Kopf. »Heute wählen sie die zierlichsten Püppchen aus, um sie bei den Drogenbaronen einzuschleusen. Sie sind raffinierter.«

»Sind diese Püppchen auch lesbisch?«

Als Candy winkte, um noch etwas zu trinken zu bestellen, verengte sie die Augen und blickte starr über Beth' Schulter. Aber sie bemühte sich, weiter zu sprechen, als hätte sie nichts gesehen. Ob Beth sich umdrehen und Candys Blick folgen würde? »Äh, nein«, sagte Candy. »Überhaupt nicht. Es gibt heute viele Beamtinnen, die hetero sind, allerdings gibt es insgesamt nicht viele Beamtinnen, ich meine ... Beth, entschuldigen Sie mich einen Moment, ja?«

Da drehte Beth sich um. Sie kannte den Beamten nicht, der den breitkrempigen Filzhut der Staatspolizei trug und die ganze Zeit, während er mit Candy sprach, die Arme verschränkt hielt. Er war viel größer als sie und sah auf sie herunter wie auf ein Kind. Nur sein Kopf bewegte sich und deutete wiederholt nach rechts, als weise er aus dem Fenster auf seinen schicken schwarz-silbernen Streifenwagen. Candy sah zum Tisch herüber, und Beth dachte sogleich, sie ist nüchtern. Sie ist nüchtern und ernst, und das heißt, es hat mit etwas Wichtigem, Schrecklichem zu tun, mit mir. Sie fühlte den Schritt ihrer Jeans feucht werden, als sich ihre Blase, seit Kerry nicht mehr die stärkste, zu entleeren begann, und sie stand auf und eilte zur Toilette, wo sie rasch den Kognak erbrach, sich Zunge und Gesicht mit Seife und Papierhandtüchern abrieb und die Haare kämmte.

Als sie herauskam, stand Candy mit Beth' Umhängetasche über der einen Schulter und ihrer eigenen über der anderen in der Halle. Der Tisch war abgeräumt worden; der Staatspolizist stand draußen neben seinem Wagen. Beth dachte, daß sie den Raum unmöglich durchqueren könnte. Ob es den anderen Gästen auffallen würde, wenn sie auf allen vieren kröche? Sie war sicher, daß sie es dann schaffen könnte, von vier Gliedmaßen stabilisiert und dem festen Boden nahe. Sie machte einen Schritt, wankte, und Candy kam und nahm Beth unter der Achselhöhle in den Schraubstockgriff. Sie gingen hinaus auf den Parkplatz, von der Spätnachmittagssonne geblendet.

»Beth«, sagte Candy, »Sie haben recht. Ich weiß, Sie haben Angst, aber es muß nichts sein. Wir müssen Bescheid wissen, das ist alles. Wir müssen es wissen.«

»Was?« keuchte Beth. »Was?«

»Wir ... also ... wir haben eine Leiche gefunden«, sagte Candy. »Es ist ein Kind, und es ist ein Junge. Aber das ist alles, was wir wissen, Beth. Das ist absolut alles, was wir wissen.«

»Wo?«

»Die Leiche wurde von Vogelbeobachtern im Saint-Michael-Reservoir gefunden – das ist bei Barrington, kennen Sie es? Nördlich von hier, vielleicht eine Stunde. Sie liegt schon einige Zeit, vielleicht viel zu lange, um Ben zu sein. Aber wir müssen es wissen.«

»Ich meinte, wo ist er? Wo ist er jetzt?«

»Beth, ich fahre Sie zu Ihren Schwiegereltern, und dann werden wir entscheiden, wer mit mir ins Schauhaus fährt, um die Identifizierung vorzunehmen. Das müssen nicht Sie sein. Es muß nicht Pat sein. Es muß aber jemand sein, der Ben sicher identifizieren könnte, wenn Ben tot wäre. Jemand, der Ben sehr gut kennt.«

»Ich gehe.«

»Nein, ich denke ...« Candy öffnete ihre Wagentür und duckte Beth' Nacken geistesabwesend mit dem Handballen hinunter, als ob Beth in Handschellen wäre und sich womöglich den Kopf am Türrahmen stoßen würde. »Ich denke, wir fahren erst mal zu Angelo und entscheiden dann, wie wir vorgehen. Vorerst muß niemand irgendwohin. Wir haben Zeit.« Candy klinkte Beth' Sicherheitsgurt ein.

»Ist er tot?« Gott, dachte Beth, wie sie mich ansieht! »Nein, ich meine, ich weiß, daß er tot ist, aber wie ist er gestorben? Wurde er ermordet? Ist er ertrunken?«

»Es war noch keine Zeit, die Todesursache festzustellen, Beth«, sagte Candy. »Die Leiche wurde vor ein paar Stunden gefunden, und die Staatspolizei hat sie mit unserer Beschreibung verglichen, und das Kind wird von einer Ambulanz zum Leichenschauhaus gebracht, und gleichzeitig ...«

Sie hielten in Angelos Zufahrt, wo es von Fotografen und Pressereportern wimmelte, die ausnahmsweise den Fernsehleuten zuvorgekommen zu sein schienen; es war schließlich noch lange hin bis zu den Zehn-Uhr-Nachrichten. Doch ein Wagen von Channel Two kam quietschend in die Zufahrt gefahren, bevor Candy ihre Tür öffnen konnte, und blockierte den Weg. Sie war ausgestiegen und in Stellung gegangen wie ein Preisboxer, bevor Beth sich rühren konnte. Die Füße des Reporters traten im selben

Moment aufs Pflaster. »Fahren Sie Ihren Wagen weg«, sagte Candy ruhig.

»Ach bitte«, sagte der Reporter, ein blonder Mann Anfang Dreißig, »ist es wahr? Hat man Ben Cappadoras Leiche gefunden?«

»Fahren Sie Ihre verdammte Karre weg«, sagte Candy, ohne die Stimme zu heben. »Sie behindern ein Polizeifahrzeug.«

»Warten Sie, nur eine Minute ...«

»Taylor«, rief Candy, und Cal Taylor kam von Angelos und Rosies Veranda gesprungen. »Würden Sie diesen Mann bitte wegen Behinderung festnehmen, während ich Beth zu ihren Angehörigen bringe?« Taylor tat, als würde er in seine Gesäßtasche greifen, und der junge Reporter machte kehrt und floh, der Transporter setzte rückwärts aus der Zufahrt und kam einem anderen Fahrzeug von seiner Sorte direkt in die Quere. Candy schob Beth eilig auf die kleine vordere Veranda, während Reporter leise, wie aus großer Entfernung, riefen: »Haben Sie die Leiche gesehen, Beth? Ist es Ben? Wie fühlen Sie sich, Beth?«

Ein Reporter trat auf der Veranda vor Candy hin, als sie die Tür zum Haus aufstieß. »Ich bin von der *New York Times*«, sagte er mit gut einstudiertem Ernst.

»Schöner Karriereschritt«, sagte Candy und schloß die Tür hinter sich.

Beth mußte an ein Bilderbuch denken, worin breitmäulige Froschbrüder und -schwestern sich jeden Abend im Kreis am Rand des Sumpfes versammelten, um ihre Mutter eine Geschichte erzählen zu hören. Angelo und Rosie, altmodische Leute, hatten ihre drei Sofas vor drei Wänden aufgestellt – sie hielten nichts von ausgefallenen Wohnlandschaften und über Eck gestellten Couchtischen. Und auf den drei Sofas war die stumme Besetzung der Hauptdarsteller arrangiert, zumindest diejenigen, die so schnell hatten zusammengerufen werden können: Ellen, Pat, Monica, Joey und Tree, Pats Eltern, Barbara Kelliher. Pat stand sogleich auf und schloß Beth fest in die Arme; sie roch seinen Schweiß – ein wilder, starker, animalischer Geruch, wie sie ihn noch nie am Körper ihres Mannes wahrgenommen hatte. Sonst rührte sich niemand. Die beiden Telefone im Haus, die Leitung der Polizei und die private, klingelten pausenlos, zudem konnte Beth die Beamten, und es waren nicht wenige, in der Küche reden hören. Während Pat sie in den Armen hielt, stürmten Beth' Vater und ihr Bruder Bick durch die Hintertür; Beth hörte ihren Vater sagen: »Himmel, Arsch und Zwirn, diese Blutsauger, diese Blutsauger! Wo ist Bethie?« Sie lief aus Pats Armen in die Arme ihres Bruders; Bick war groß und breit, und sie konnte sich an ihn lehnen, ohne das Gefühl zu haben, das Gewicht tragen zu müssen.

»Ist es wahr, Bethie? Ist es Ben?«

»Ich weiß es nicht, ich weiß es nicht«, sagte sie in das Revers seines Sportsakkos hinein, endlich, gottlob, imstande zu weinen.

»Leute, hören Sie«, sagte Candy. »Normalerweise würden wir jetzt als erstes eine Analyse der Fingerabdrücke vornehmen. Aber diese Leiche war ... Raubtieren ausgesetzt, und die Extremitäten sind beschädigt. Deshalb nützen uns Bens registrierte Fingerabdrücke nicht viel. Wir können auf den Gerichtszahnarzt warten ... das dürfte nicht mehr als ein paar Stunden dauern, um ...«

»Nein«, sagte Bick heiser. »Wir wollen wissen, ob es Ben ist.«

Candy drückte einen Finger auf die Stelle zwischen ihren Augen. »Natürlich, natürlich – okay, okay.« Sie winkte mehreren Beamten, die bei der Hintertür standen. »McGuire, Elliot; Beth und Pat fahren mit mir. Taylor und die drei von der Staatspolizei bleiben hier bei den übrigen Familienangehörigen. Wer sonst noch mitkommen will, fährt mit Ihnen beiden, oder der andere Beamte – wie heißt er doch gleich? –, Buckman, kann jemanden fahren. Okay?«

»Ich komme nicht mit«, sagte Angelo plötzlich, der erste, der sprach. Er ist alt, dachte Beth verwundert, als sähe sie ihren Schwiegervater nach vielen Jahren zum erstenmal. Er ist ein alter Mann.

»Ich denke, ich bleibe hier bei Rosie und Angelo«, meinte Bill langsam, was ihm einen äußerst boshaften Blick seines Sohnes eintrug.

»Ist schon gut«, sagte Beth zu Bick. »Macht nichts. Wenn du nur mitkommst.«

»Ich werde die Leiche identifizieren«, sagte Bick und drückte Beth noch fester an sich.

»Mr. Kerry«, fragte Candy ihn sanft, »sind Sie erstens sicher, daß Sie das auf sich nehmen wollen, und zweitens, daß Sie das Kind gut genug kennen?«

»Ben ist mein Neffe. Er ist nach mir getauft. Ich kenne Ben seit dem Tag, an dem er geboren wurde.«

»Aber haben Sie ihn in letzter Zeit oft gesehen?«

»Verdammte Scheiße!« schrie Bick, und Beth erschrak. »Ich sehe meinen Neffen andauernd!«

»Ich mach's«, flüsterte Pat.

»Paddy, nein«, sagte Beth. »Nein, das kannst du nicht.«

»Er ist mein Kind.«

»Nein, du kannst es nicht, und ich kann es nicht.«

»Okay, gehen wir«, sagte Candy resolut, und die Beamten bildeten mit ihren breiten Schultern eine Phalanx um sie herum, Schultern in blauem Baumwoll- und Cordstoff, in militärischer Entschlossenheit. Candy öffnete die Tür. Ellen nahm Beth' eine Hand, Pat die andere. Die Autos standen Stoßstange an Stoßstange in der Zufahrt. »Keine Neuigkeiten, keine Neuigkeiten«, rief Candy dem

Menschengewimmel auf dem Rasen forsch zu; Angelos Junirosen waren ein Mischmasch aus Schmutz und zertrampelten Blüten. »Lassen Sie jetzt die Familie durch.«

Als die Beamten die Tür aufstießen, wich Beth zurück. »Ich möchte nicht mit Pat fahren«, sagte sie plötzlich. Pat starrte sie an. »Ich meine, ich hab nichts dagegen, daß er mitkommt, aber ich möchte bei meinem Bruder sein.« Was, dachte sie, was stimmt nicht mit deinem dämlichen Gesicht, Pat? »Ich muß ihm etwas sagen«, schloß sie, hilflos mit den Fingern am Mund gestikulierend. Pat wandte sich ab. Es folgte das unverkennbare Zischen der sich hermetisch verriegelnden Streifenwagentüren. Die Reporter liefen zu ihren PKWs und Transportern, aber sie trauten sich nicht, so schnell zu fahren wie Candy, nachdem sie ihr tragbares Blaulicht aufs Dach geknallt hatte und mit 160 Sachen die Schnellstraße entlangbrauste, wobei sie ruhig mit dem Beamten neben sich sprach, als führen sie mit höchstens zehn Stundenkilometern in einer Parade.

Beth hatte schon vor vielen Leichenschauhaustüren gestanden, manche in Krankenhäusern, manche in Gefängnissen, manche an Katastrophenschauplätzen, und hatte Bahren mit ihrer von schwarzem Plastik umschlossenen Last fotografiert. Aber sie war nie in einem Schauhaus gewesen. Es sah aus wie ein Schulflur, mit Milchglasscheiben in hellen Türen. Candy führte die in V-Formation marschierenden Beamten, von denen sie umgeben waren, zu einem Fahrstuhl. »Das versteht Cook County unter einem Wartezimmer«, sagte sie und wies auf ein Sammelsurium von wackeligen grünen Ledersofas und Sesseln; aus einigen quoll die Füllung hervor. »Ich gehe mit Bick nach oben. Er wird das Gesicht des Kindes zu sehen bekommen, und das schicklicherweise ... nun ja, hinter Glas. Wenn er Zweifel hat, kommen wir Ellen holen. Oder sonst jemanden.«

Dies, dachte Beth, war nicht wie im Krankenhaus. Es fand keine heroische unbeobachtete Krankengymnastik statt in lauten, isolierten sterilen Räumen, es wurden keine hektischen letzten Maßnahmen getroffen, um ein Leben zu retten, auf daß alle glauben konnten, daß jede Anstrengung unternommen, jeder letzten Hoffnung, sei sie auch noch so gering, Genüge getan worden war. Sie erinnerte sich an die geschäftige Atmosphäre vor der Tür ihrer Mutter auf der Intensivstation; Scharen von Krankenschwestern und Instrumentenwagen waren mit Lichtgeschwindigkeit hinein- und herausgepoltert. Die Leute hier, die Beth für Ärzte, vielleicht Leichenbeschauer hielt, schlenderten herum und kontrollierten Klemmtafeln; Techniker, die Tabletts mit Schläuchen trugen, bewegten sich forsch, aber nicht hektisch. Pat lehnte sich unter einem Schild, das eine brennende Zigarette in einem Kreis mit einem roten Schrägstrich zeigte, an die Wand und rauchte; Beth sah überall auf dem Fußboden Kippen herumliegen.

»Das ist das Ende«, dachte sie und merkte nicht, daß sie wirklich gesprochen hatte, bis Ellen sie ansah.

»Das wissen wir nicht, Beth. Es gibt guten Grund anzunehmen, daß Ben noch lebt«, erwiderte Ellen entschlossen mit ihrer trefflichsten Ellenstimme, der Stimme, die einst im letzten Collegejahr gesagt hatte, die Chancen stünden besser als fünfzig zu fünfzig, daß Nick zu ihr zurückkommen würde, nachdem er sich im Zeltlager, wo sie an einem Schauspielkurs teilnahmen, in die Schwedin verliebt hatte. Und er war zurückgekommen. Es war die Stimme, die ihr, als Kerry sich in Beth' Bauch eine ganze Woche nicht bewegte, gesagt hatte, daß Babys sich kurz vor der Geburt manchmal fast gar nicht bewegten und daß dies ganz normal sei. Und das war es auch.

»Nein, es gibt keinen Grund«, sagte Beth gereizt. Sie

hätte Ellen gern alles über die Hellseherin erzählt, sie wollte es Pat erzählen – war das erst vor wenigen Stunden gewesen? Hatte niemand Pat von Loretta erzählt? Wo war Pat überhaupt gewesen? Beth wurde mit Schrecken klar, daß sie Vincent oder Kerry gar nicht gesehen hatte – wer hatte ihre Kinder? Wer kümmerte sich um sie? »Nein«, sagte sie wieder zu Ellen, »es gibt keinen guten Grund, das anzunehmen.« Sie atmete langsam ein. »Und überhaupt, wahrscheinlich ist es besser, wenn er nicht ...«

»Um Gottes willen, Bethie, sei still – du weißt ja nicht, was du redest«, sagte Joey, und Pat zündete sich eine neue Zigarette an.

Die Fahrstuhltür glitt auf. Es war Candy. Alle beugten sich gespannt vor. Sie hob beide Hände, gepflegte Hände. »Sie bereiten jetzt die Prozedur vor. Bick ist bereit. Ich wollte Ihnen nur sagen, daß es ein Weilchen dauern wird. Halten Sie durch. Ich komme so bald wie möglich mit ihm herunter. Okay, Beth? Okay, Pat?«

Alle ließen sich wieder in die grünen Ledersitze fallen. Es hieß also warten. Beth fühlte sich wie eine Gastgeberin, als müßte sie allen etwas zu trinken anbieten. Niemand sprach – eine Minute verstrich auf der großen Wanduhr. Was würde eine normale Frau sagen? fragte sich Beth. Eine normale Frau würde sich nach ihren Kindern erkundigen. »Ellenie«, begann sie vorsichtig, »wer kümmert sich um ...?«

Sie brachte die Frage nicht zu Ende, denn Bick kam von der Treppe getorkelt, den Arm vor den Augen, und man hörte hinter ihm das Klappern von Candys Absätzen; dann kam auch sie durch die Tür. Warten, dachte Beth, wir sollten doch warten. »Warte!« sagte sie laut, als Bick sich neben sie auf das Sofa fallen ließ, sich zusammenkrümmte und in Tränen ausbrach.

»Bethie, Bethie, es ist nicht Ben«, sagte er.

»Ah … warte«, sagte Beth wieder. Sie versuchte, einen Arm zu heben, einen ihrer unmöglich schweren, wie mit Wasser vollgesogenen Arme, schwer wie Baumstämme.

»Bist du sicher?« Pat kniete sich vor Bick hin, forschte in seinem Gesicht.

»Er ist viel zu klein, und seine Haare, sie sind rot, aber rotblond. Er ist noch ein richtiges Baby, Bethie – oh, er ist irgend jemandes Baby, Bethie. Sein Gesichtchen war, als würde er schlafen – er war gar nicht verletzt, nicht im Gesicht –, o Bethie, es ist nicht Ben.«

»O Gott, ich danke dir«, flüsterte Pat. »Er ist es nicht, er ist es nicht! Es ist nicht Ben!« Pat brach ab und sah Beth scharf an. »Beth, bist du nicht froh?«

Beth sagte: »Froh?«

8. Kapitel

Als Beth schließlich nach Hause kam, war es, wie sie befürchtet hatte. Als Pat den Motor abstellte und aus dem Auto stieg, schien er nicht zu bemerken, daß Beth sich nicht rührte, auch nicht, als Kerry, eifrig eines der vier Wörter benutzend, aus denen ihr Wortschatz bestand, »raus, raus, raus!« brüllte.

Beth sagte zu Pats Rücken: »Es lag nicht an dir. Es lag am Haus.«

Pat achtete nicht auf sie; er reagierte kaum noch auf das, was Beth äußerte. Wozu auch – die Hälfte dessen, was sie sagte, war nicht einmal ihr selbst verständlich, war zumindest ohne Zusammenhang.

»Du warst gekränkt, weil ich den ganzen Sommer in Chicago geblieben bin. Du hast dauernd gesagt, ich soll nach Hause kommen, und ich hab dauernd gesagt, ich kann nicht«, versuchte Beth es noch einmal. »Aber jetzt weiß ich, warum, mein Schatz. Es war nicht, weil ich glaubte, ich würde Ben tatsächlich finden. Und es war nicht, weil ich nicht bei dir sein wollte. Es war, weil ich nicht in mein Haus wollte. Verstehst du?«

Pat war schon hineingegangen. Sie war allein in der Garage und sprach zum Armaturenbrett, während das automatische Licht an der Decke erlosch und die Tür hinter ihr zuglitt und den Einfall der blassen Nachmittagssonne bremste. Pat hatte Kerry aus ihrem Autositz genommen und war mit ihr ins Haus gegangen. Mir ist kalt, dachte

Beth auf einmal. Sie widerstand dem Drang, die Arme um sich zu schlagen und sich zu wärmen, und blieb im Auto sitzen, die Arme straff an den Seiten. Mir ist kalt, weil es ein kalter Tag im August ist. Das gibt es manchmal in Wisconsin, sogar mitten in einer Reihe knallheißer, trokkener Tage, ein einzelner erstaunlich kalter Tag, der einem drohend den Finger unter die Nase hält, eine Vorwarnung der kommenden Jahreszeit.

Herbst. Eine taufrische Seite aufschlagen. Die Zeit, die Beth den größten Teil ihres Lebens als den wahren Jahresanfang empfunden hatte, vielleicht weil der Wiederbeginn der Schule eine Verdichtung der Erwartungen zu signalisieren schien. In diesem Sommer, als ein heißer Tag nach einer verschwitzten Nacht in den nächsten überging, hatte Beth aufgehört, sich zu fragen, wo sie war, wenn sie mit rasend klopfendem Herzen allein in Rosies Gästezimmer aufwachte. Es war, als hätte sie nie ein Zuhause oder einen Job oder eine Familie gehabt. Als wäre sie hineingeboren in diese Routine – aus Rosies eiskalt gehaltenem Haus in die atemberaubend heiße Zufahrt, das Gemurmel der Reporter (die sie unterdessen mit Namen kannte, obwohl niemand, nicht einer in der Familie, nicht einer von den freiwilligen Helfern, ihnen jemals ein Interview gab), zum Findet-Ben-Zentrum, um zu tun, was man ihr zu tun gab, Papier falten und stempeln, bis sie nach etwa einer Stunde gereizt aufgab. Wieder hinaus in die Hitze, von Joey im Party Service eine Camel geschnorrt, vorbei an einer Handvoll Reporter im Eingangsbereich der Polizeiwache von Parkside, nach oben, an der Cappadora-Kommandozentrale im Konferenzzimmer im ersten Stock vorbei (alle winkten), die kurze Treppe hinauf, um die Ecke in Candys Büro.

Candy. Warum, fragte sich Beth damals und auch später, ließ Candy sie stundenlang da sitzen, ihr beim Telefonieren zusehen, ihren Gesprächen mit anderen Beamten, ihren Anweisungen, ihren Einstellungsgesprächen, gelegentlich sogar ihren Zurechtweisungen von Untergebenen, ihren gespannten Auseinandersetzungen mit dem Chef oder dem Gemeindevorstand zuhören? Vielleicht hatte Candy von Anfang an gemerkt, daß Beth außerstande war, Wesentliches zu erfassen und zu registrieren, das komplizierte ineinandergreifende Netz der Ermittlung und seiner politischen Zusammenhänge zu erkennen oder zueinander in Beziehung zu setzen. Beth hatte das Gefühl, Candy ließ sie in ihrem Büro sitzen, ganz so, wie man einen alten Hund duldete, dessen treuherziger Blick vergessen ließ, daß er durchaus imstande war, den Teppich zu beschmutzen. Nur dort, im Schutz von Candys unermüdlicher Tüchtigkeit, fühlte sie sich elementar mit Ben verbunden oder gar elementar lebendig.

In der übrigen Zeit galt es, Rollen auszufüllen, die alle mit bestimmten Bewegungen verbunden waren: die tapfere, folgsame Schwiegertochter, die kummervolle Mutter, die forsche Freundin, die ergebene Gattin. Sie konnte sie spielen, wenn auch unbeholfen. Aber die Bewegungen an sich waren anstrengend in ihrer äußersten Nutzlosigkeit. Wie hartes, wiederholtes Muskeltraining verbrauchten sie Zeit und hielten Beth in Form für ... wofür? Für die Wiederaufnahme eines Lebens, eines veränderten Lebens, eines Lebens nach Ben, das Beth sich nicht richtig vorstellen konnte, aber das aufzunehmen wohl irgendwann von ihr erwartet werden würde. Sie wußte nur, daß dem Schritt in dieses Leben eine Art Abrechnung, eine Art Preisgabe vorausgehen würde. Und obwohl sie nicht wußte, wann der Schritt vollzogen werden mußte, wollte sie ihn nicht ohne Candy an ihrer Seite tun. Wenn sie ihn tat, oh, das würde schlimmer sein als sterben, schlimmer als die Erinnerung an den Tag, als Ben sie »meine wunderschönste Traube« genannt hatte – den Tag, der sie davon überzeugt hatte, daß Ben nicht nur brav und reizend war, sondern angefüllt mit Poesie –, schlimmer als die fotokopierten Geschichten, die sie im Zentrum manchmal in die Hände bekam, bevor jemand es verhindern konnte, Geschichten von sexuell mißbrauchten Kleinkindern, die monatelang am Leben erhalten und in ihrer Todesqual fotografiert worden waren. Beth fürchtete, sie würde womöglich Menschen umbringen oder im Freien masturbieren oder mit Angelos Lincoln Town Car über einen Kindergartenspielplatz fahren. Deshalb tat sie alles, was sich für ein braves Mädchen gehörte, und hob ihr wahres Bewußtsein für Candys Büro auf, für die wenigen Augenblicke der Stunde oder der vielen Stunden, die sie täglich dort verbrachte, wo sie alle Masken fallen lassen konnte.

Nichts schien Candy zu frei heraus. Sie sah nicht fort, als Beth sagte, sie hoffe, Ben sei tot, nicht weil sie jemals aufhören könne, ihn zu vermissen, sondern weil sie dann wenigstens wüßte, daß er aufgehört hatte, sie zu vermissen. Als sie meinte, Vincent und Kerry hätten es ohne sie besser, widersprach Candy nicht; sie hielt Beth lediglich entgegen, daß sie die Karten spielen müsse, die ihr zugeteilt wurden. Zwei Wochen nachdem die Leiche des Kindes, das nicht Ben war, gefunden wurde, las Beth in der *Tribune*, daß die Chancen, ein Kind zu finden, nach der ersten Woche proportional sanken. Und Candy hatte ihr schlicht erklärt, daß dies wahr sei, aber dennoch ignoriert werden müsse; denn als erstes lerne man bei der Polizei, daß es Lügen gebe, verdammte Lügen und Statistiken.

Candy wies ferner darauf hin, daß das in dem Waldstück aufgefundene Kind, das schließlich als der zweijährige, seit vier Monaten vermißte Chad Sweet aus Glen Ellyn identifiziert wurde, nicht entführt worden war. Er war ertrunken, als sein siebzehn Jahre alter Vater ihn ohne Schwimmweste mit zum Angeln genommen hatte. Der zu Tode erschrockene Junge hatte Angst gehabt, es jemandem zu erzählen außer seiner ebenso erschrockenen achtzehn Jahre alten Freundin, der Mutter des Kindes. Während Candy sich also bemühte, die Fakten für Beth in ein zuversichtliches Licht zu rücken, redete sie ihr nicht zu, wie Tree es tat, neuntägige Andachten für ein Wunder abzuhalten. Sie lag ihr nicht wie Laurie ständig in den Ohren, wenigstens eine große Illustrierte einen achtseitigen Bericht bringen zu lassen. (»Warum das verdammte Netz nicht ausweiten, damit die eine Person, die Bens Gesicht sehen soll, es auch sieht? Warum nicht, Beth?«)

Vor allem aber sagte Candy nicht zu Beth, sie solle nach Hause fahren. Alle anderen – Rosie, Ellen, sogar Bick und Paul, deren Liebe Beth als unverbrüchlich ansah – hatten eine Litanei daraus gemacht. Candy hatte gewartet, bis Beth bereit war, von Heimkehr zu sprechen.

Das geschah an einem Abend, als sich Beth noch spät in Candys Büro aufgehalten hatte; Candy schien Beth erst wieder wahrzunehmen, als sie gegen sieben aufstand, um das Licht auszumachen.

»Möchten Sie etwas essen?« fragte Candy.

Sie holten sich Hot dogs und Pommes und fuhren bis zu den Lincoln-Park-Lagunen ans Grasufer der Teiche, wo etwa ein Dutzend schwarze Jungen, einer geschmeidiger und schöner als der andere, sich übers Wasser mit verbotenen Feuerwerkskörpern bewarfen. Die Luft ringsum vibrierte von Melodien der sechziger und siebziger Jahre, die durch die offenen Fenster ihrer Autos plärrten. Beth zögerte, als die Jungen zu ihnen herübersahen; sie mußten sie, wie sie sich da einen Weg durch den heißen Abend bahnten, für zwei ganz schön verrückte alte Frauen halten.

»Keine Bange«, sagte Candy. »Ich habe eine Waffe.« Als sie Beth' Gesicht sah, lachte sie. »Ach was, Beth. Das sind bloß Kinder, die mit Feuerwerkskörpern werfen. Was nicht heißt, daß es mir nicht ernst ist. Wenn sie anfangen, sich gegenseitig oder uns umzubringen, schieße ich.« Sie setzten sich ins trockene Gras.

Da sagte Beth: »Alle meinen, ich soll nach Hause.«

»Und was meinen *Sie?*« fragte Candy, die ihre Pommes halb aufgegessen hatte und schon nach Beth' Tüte schielte. Beth schob sie ihr hin.

»Ich meine, sie haben recht. Aber ich will nicht.«

»Glauben Sie, wir werden Ben nicht finden, wenn Sie weggehen?«

»Vielleicht. Aber eigentlich glaube ich sowieso nicht, daß Sie Ben finden werden. Ich will bloß nicht ...« Beth legte sich rücklings ins Gras, so ungeheuer einladend und süß; es war eine sternklare Sommernacht von der Art, die einst etwas verheißen hatte – eine gelungene Eroberung, Liebesspiele, ein Baby auf der Veranda schaukeln! »Ich glaube nicht, daß ich zurückgehen und einfach weiterleben kann, als ob dies alles nie passiert wäre.«

»Glauben Sie, daß das jemand von Ihnen erwartet?«

»Ich meine nicht nur, Ben vermissen. Ich meine, als ob es Ben nie gegeben hätte.«

»Glauben Sie, daß das jemand ...?«

»Nein. Nein, niemand erwartet von mir, daß ich so weiterlebe. Höchstens, daß ich es von mir erwarte. Weil ich glaube, daß es die einzige Möglichkeit ist, überhaupt weiterzuleben.«

»Ich weiß, daß es Menschen, die ein Kind oder sonst jemand verloren haben, der ihnen wichtig war, oft hilft, in eine Beratung zu gehen.«

»Detective Supervisor Bliss, das klingt sehr nach Routine.«

»Hören Sie, Beth, es gibt Gruppen, Trauergruppen. Sie leisten wirklich gute Arbeit – ich meine, *richtig* gute Arbeit.«

»Wenn ich zu so was hingehe, bedeutet es, daß alles aus ist.«

»Nein. Es bedeutet, daß es zum Teil ein Anfang ist. Zu dem Teil, zu dem Sie versuchen abzuwägen, was Sie tun können und wie Sie es tun können. Sie müssen überleben, Beth.«

»Das ist es ja eben. Genau das ist es. Ich will Ben nicht überleben. Ich will nicht versuchen, über ihn – über es – hinwegzukommen. Ich will es nicht überleben, und ich will mich nicht damit auseinandersetzen.«

»Dann bleiben Sie eben hier und leben in meiner Büroecke. Ich habe nichts dagegen. Aber irgendwann werde ich anfangen, Sie als Inventar zu betrachten, und meinen Mantel an Ihnen aufhängen.«

»Ich sollte nach Hause gehen.«

»Beth, tun Sie, was Sie tun müssen. Aber auch wenn Sie sich im Moment für die miserabelste aller Mütter halten – Sie sind die einzige Mutter, die Kerry und Vincent haben.«

»Pech für sie.«

»Ich finde, sie hätten es viel schlechter treffen können.«

»Finde ich nicht.«

»Ich schon. Und wenn Sie nach Hause fahren, Beth, heißt das nicht, daß ...« Beth sah von der Erde hoch in Candys taubengraue Augen, die fast nur aus Iris bestanden, Augen, wie geschaffen für die Kamera. »Es ist kein Tauschhandel, Beth. Wenn Sie alles andere aufgeben, heißt das nicht, daß Sie dafür Ben bekommen. Wenn es so funktionierte, würde ich sagen, Sie sollen es tun.«

»Ich weiß.«

»Sie haben die beiden großartigen Kinder, Beth. Ich würde alles darum geben, ein Kind wie Kerry zu haben.«

»Das können Sie doch. Leute ... wie Sie tun das andauernd.«

»Nein, nicht Leute wie ich. Lesbische Frauen, ja. Aber nicht Leute wie ich. Sicher, ich könnte es. Aber Beth, man wird nicht Polizistin, weil man rebellisch ist. Ich bin durch und durch konventionell, Beth. Ich weiß, das klingt verrückt, wenn man bedenkt, daß ich ... aber lassen wir das. Ich hatte immer gedacht, ich würde einen Mann und Kinder haben. Ich konnte mir bloß den Mann nie vorstellen.«

»Aber Sie könnten ...«

»Nein. Manchmal denke ich ...« Candy hielt inne, um sich eine Handvoll Pommes in den Mund zu stopfen. »Ich habe einen Freund. Wir sind alte Kumpel. Er war mein Juraprofessor – ich habe ein Jahr Jura studiert, während meiner Watergate-Periode. Er hat sich in mich verknallt, bis über beide Ohren, und ich mußte ihm sagen, daß ich's nicht mit Männern hatte, das heißt, nicht mehr. Mit anderen Worten, es hat Männer in meinem Leben gegeben. Ich weiß gar nicht, warum ich Ihnen das erzähle. Herrje! Wie auch immer, Chris und ich, wir verstehen uns. Wir holen uns was vom Chinesen, vielleicht einmal im Monat. Gucken uns Spencer-Tracy-Filme an. Er – Chris – dürfte jetzt siebenundvierzig sein oder so. Und er ist ein ewiger Junggeselle. Trifft sich mit jungen Frauen. Studentinnen, Schülerinnen. Ich habe Pullover, die älter sind. Und natürlich mit mir. Wir gehen ins Ballett und so. Zu den großen Galaveranstaltungen seiner Firma. Ich sage immer zu ihm, Chris, ich bin dein Sorbit – Sie wissen, was das heißt, Beth?« Beth nickte; sie wußte es nicht. »Ich bin sein Austauschstoff, seine Ersatzfrau für Veranstaltungen, auf die er seine Küken nicht mitnehmen kann.«

Candy lehnte sich zurück auf die Ellenbogen, und Beth

zuckte zusammen, als der feine helle Leinenstoff mit dem Gras in Berührung kam. »Vor ein paar Jahren habe ich eine Weihnachtsparty gegeben – ich sagte Ihnen ja, ich bin eine schlechte Jüdin –, und er hat ein Mädchen mitgebracht. Beth, ich glaube nicht, daß sie schon Auto fahren konnte. Und ich habe zu ihm gesagt: ›Chris, bald wirst du vor der Hauptschule herumlungern. Das wird langsam geschmacklos.‹ Und da hat er mich so traurig angesehen. Blitzartig fuhr es mir durch den Kopf, er ist schwul oder sonstwas, er zeigt sich nicht, wie er ist. Absolut nicht. Aber er sagte: ›Ich hab's satt, Candy. Ich möchte einen Sohn. Ich würde dich heiraten, Candy. Jederzeit, wann du willst.‹«

Candy fuhr fort: »Und seit jenem Weihnachten denke ich darüber nach. Ich dachte, warum nicht? Wir lachen viel zusammen. Er guckt immer noch die Teenager an, aber sie gucken nicht mehr soviel zurück. Bei dem, was ich verdiene, müßte ich mein Kind, wenn ich eins hätte, ans Bett ketten, während ich meine Arbeit tue, und meine Arbeit ist Wahnsinn. Aber wenn ich genug Geld hätte, um mir das alles ... Chris ist stinkreich. Ich meine, warum nicht? Er würde sein Kind haben ... ich würde ein Kind haben.«

»Aber damit würden Sie ... sich selbst betrügen.«

Candy lächelte träge. »Tun wir das nicht alle, Beth? Scheiße, können Sie mir bitte erklären, warum ich Ihnen das alles erzähle?«

Die schwarzen Jungen kehrten zu ihren Autos zurück. Die Luft roch nach Kordit von den letzten Feuerwerksrauchwölkchen.

»Ich hab nichts dagegen«, sagte Beth und dachte, das war schwach. »Ich bin froh, daß Sie's mir erzählt haben.«

»Ich schätze, ich hab's getan, weil es so schrecklich ist, was Ihnen passiert, Beth. Es ist das Schlimmste, absolut beschissen. Aber deswegen müssen Sie nicht alles andere mit beiden Händen wegwerfen.«

Sie begreift es nicht, dachte Beth traurig. Nicht mal Candy. Sie begreift nicht, daß ich, wenn ich nicht Bens Mutter sein kann, nicht nur nicht die Mutter von jemand anders sein will, sondern daß ich überhaupt niemand sein will. Selbst tot sein wäre zu mühsam. Ich will eine Laienschwester sein, jeden Tag dasselbe Stück Steinboden schrubben, schrubben, schrubben.

»Und noch etwas«, sagte Candy, während sie das Einwickelpapier zusammenknüllte. »Wenn Sie nach Hause gehen, heißt das nicht, daß ich Sie vergessen oder aufhören werde, Ben zu suchen. Ich werde jeden Tag daran arbeiten, Bethie. So lange es notwendig ist. Und wenn Sie mich jeden Tag anrufen und sich vergewissern wollen, daß ich arbeite, dann können Sie das tun. Und ich werde Sie auch anrufen. Die ganze Zeit. Das verspreche ich.«

Drei Wochen später kam Pat am Samstag abend mit dem Baby. Und Beth sagte ihm, sie werde am Sonntag mit nach Hause fahren. In Pats Gesicht spiegelte sich Ungläubigkeit wie in einem Comic – mit staunend offenem Mund und allem. Danach herrschte im Haus eine Art gedämpfte Festtagsstimmung; Beth konnte Joey und Tree noch spät mit Angelo in der Küche sitzen hören – sogar die Reporter schienen unruhig. Als sei es ein Teil der Choreographie, ließ Beth zum erstenmal seit dem Schultreffen zu, daß Pat mit ihr schlief; er hatte ihr vor ein paar Wochen ungefragt ihr Diaphragma mitgebracht, ein stummes Flehen. Sie hatte die Schachtel in die Hand genommen und ihm mitten in sein knittriges Gesicht gelacht. Doch dann hatte er etwas ganz Rührendes getan, etwas, wozu Beth, wie sie zugeben mußte, nicht genügend Takt besaß. Er hatte ihr den Rücken zugekehrt und gefragt: »Warum willst du es nicht? Mir geht es nicht um Sex an sich. Ich will dich. Deine Liebe.«

»Ich liebe dich, Pat«, hatte sie gesagt. »Es ist bloß, mit dir schlafen, das wäre so ... gewöhnlich, so ...«

»Normal?«

»Kann sein.«

»Dürfen wir denn nie wieder etwas Normales tun, Bethie? Ist es das, was wir für Ben tun müssen?«

»Ich weiß nicht, ob ich es je wieder kann. Etwas so tun, wie ich es ... davor getan hätte.«

»Ich weiß auch nicht, ob ich es kann, Beth. Ich weiß aber, daß ich einsam bin. Mir ist, als hätte ich nicht nur mein Kind, sondern auch meine Frau verloren. Als wäre ich Witwer, und das will ich nicht.«

Ich schon, dachte Beth, aber sie sagte: »Gib mir ein bißchen Zeit.«

Und als es schließlich geschah, war es gar nicht schlimm. Beth hatte sich nicht einmal vorstellen können, daß ihr Körper sich Pat öffnen würde; doch dann erwies er sich als ein entgegenkommender Körper; und obwohl ihr war, als wäre ihr Inneres mit Haut überzogen, als wären Pats Schauder und Inbrunst eher gymnastisch als romantisch, bewies die Zärtlichkeit, die sie – wenn auch in einer Distanz, die wenigstens der Breite des Zimmers entsprach – für ihn empfand, als er am Ende von ihr herunter und neben sie rollte und mit ihrer Brust in der Hand dankbar einschlief, da bewies ihr diese Zärtlichkeit, daß es gutgetan hatte. Pat pfiff, als sie am Morgen den Wagen beluden.

Unmittelbar bevor sie losfuhren, als Angelo, Rosie und die Töchter sich am Bordstein aufgestellt hatten, hielt Ellens Saab hinter ihnen. Sie hatte David in seinem Sonntagsschulanzug neben sich auf dem Beifahrersitz. Beth sprang aus dem Wagen, um sie zu umarmen.

»Ich dachte, du fährst weg, ohne dich zu verabschieden«, sagte Ellen und fing gleich an zu weinen.

»Ich hab bei dir angerufen.«

»Ich war unterwegs.«

»Ich bin nächstes Wochenende zurück.«

»Und ich halte hier alles am Laufen ...«

»Ich weiß, Ellenie. Du bist Spitze, du bist die Beste.«

Sie umarmten sich, aber Beth spürte das Abflauen, den Abfall. Die Hauptdarsteller traten ab; wer konnte erwarten, daß die Nebendarsteller allein weiterspielten?

»Es ist alles meine Schuld«, sagte Ellen plötzlich.

»Was?«

»Ich habe dein Zimmer auf meine Karte gebucht, deswegen mußtest du an die Rezeption, und es hat so lange gedauert, bis du das geregelt hattest ...«

»Ellenie«, sagte Beth, um einen sanften Ton bemüht, »ich hätte sowieso zur Rezeption gemußt ...«

Und doch, wie oft hatte sie genau dasselbe gedacht?

»Ich habe dir sogar zugeredet zu kommen, erinnerst du dich? Du hattest gesagt, du wärst noch zu dick von Kerry. Ich hab dich überredet.«

»Hast du nicht.«

»Ich hab dich überredet. Ich hab dich angemeldet, ohne dich überhaupt zu fragen, Beth, erinnerst du dich?«

»Es spielt keine Rolle, Ellen. Es ist einfach passiert. Es ist einfach passiert.«

Pat stieg aus dem Auto und legte Ellen seinen Arm um die Schultern. »Wir alle haben das Gefühl, daß wir schuld sind, El. Hätte ich Beth die Kinder nicht mitnehmen lassen ...«

Lassen, dachte Beth – *lassen*? Du *wolltest*, daß ich die Kinder mitnehme.

»Ich bin eine schlechte Freundin«, schluchzte Ellen. »Ich hab mich mit Nick getroffen, als du in Michigan warst, damals im Sommer, im ersten Collegejahr ...«

»Hast du mit ihm geschlafen?« fragte Beth.

»Nein.« Ellen war ehrlich erschrocken, so erschrocken, daß ihre Tränen plötzlich versiegten.

»Dann ist es ja gut«, sagte Beth. Warum reden wir davon? »Das hättest du mir vor einer Ewigkeit erzählen können, Ellenie.«

»Wieso würde es eine Rolle spielen, wenn ich mit ihm geschlafen hätte?«

»Weil ich es nie getan habe.«

»Das spielt alles keine Rolle«, warf Pat ein. »Wir könnten dies zurückverfolgen bis zum Koreakrieg.« Er wandte sich an Beth. »Wir müssen los, Schatz. Vincent ist bei Shores. Wir müssen dort vorbei, ihn abholen ...«

Beide Frauen sahen jetzt Pat an, und wie von ihrem vereinten Blick getrieben, zog er sich still ins Auto zurück.

Ellen fragte: »Was hat er nur?«

»Er ist auch erledigt, Ellenie. Er will bloß nach Hause.«

»Du auch?«

»Sicher.«

Pat redete den ganzen Weg bis Rockford hauptsächlich darüber, daß zwei von den neuen Kellnerinnen die Kasse des Cappadora als ihr persönliches Sparkonto zu betrachten schienen. Nach einer Weile hörte er auf zu reden und sang die Radiomelodien mit. Das Baby schlief ein. Beth schlief ein und wachte dann schwitzend von einer minimalen Druckveränderung auf, als sei das Fahrwerk eines Flugzeugs ausgefahren worden.

Sie bogen gerade um die Ecke ihrer Straße. Sie fuhren in die Zufahrt. Die Garage.

Beth hatte keine Ahnung, wie lange sie allein in der Garagenhöhle sitzen geblieben war.

Was sie aufrüttelte, war das Staunen über die Kälte, die schlangengleich schleichende Kälte. Aussteigen, dachte Beth, und dann, nein, noch ein bißchen hier sitzen bleiben. Den Beginn der Nach-Ben-Periode noch ein kleines bißchen hinausschieben. Sie hörte ein Rascheln in der Ekke der Garage, wo der Schneeräumer verstaut war, und ihr Herz fing an zu hämmern. Eine Ratte. Ein fetter, frecher Waschbär, der nur darauf wartete zuzubeißen. Sie stieß die Wagentür auf und hätte beinahe Vincent umgeworfen.

»Herzchen!« rief Beth. »Ich hab dich nicht gesehen! Hat Dad dich angerufen, du sollst rüberkommen?«

Vincent barg sein Gesicht an ihrem Bauch, so daß er Beth beinahe auf den Sitz zurückstieß. Und plötzlich konnte sie ihn ganz leicht in die Arme nehmen und auf ihren Schoß setzen.

»Mama«, sagte Vincent und zappelte vor sinnlichem Vergnügen. Beth erstarrte.

Sie hielt Vincent fest und betrachtete ihn. Sie hatte ihn seit dem vierten Juli nicht gesehen, über einen Monat, und wenn sie ehrlich war, hatte sie ihn den ganzen Sommer nicht richtig gesehen. Er war langbeinig und dünn geworden, seine Shorts vom letzten Sommer schnitten ihm in den Schritt wie ein schlechtsitzender Bikini. »Mom?« fragte Vincent verwundert, zu seinem eigenen Wort umschaltend. Sie küßte ihn auf beide Wangen, erkundigte sich, was das Baseballspiel mache, ob er schon einen Homerun geschafft habe. Und dann hob sie ihn herunter, nahm ihre Handtasche und ging ins Haus, während Vincent um sie herumhüpfte wie ein junger Hund.

Sie mußte an Bob Unger denken, einen Reporter, mit dem sie vor Jahren bei der *Capital Times* zu tun hatte. Sie war mit ihm nach Three Mile Island gefahren, während der Kernschmelzkrise im Atomkraftwerk. Abends, nachdem alle ihre Berichte fertiggestellt hatten, herrschte Partystimmung; Kriegsgeschichten und Kartenspiele krönten einen vierzehnstündigen Arbeitstag. Eines Abends hatten Beth und Bob in seinem Wagen zu knutschen angefangen.

Sie war ganz frisch mit Vincent schwanger gewesen. Niemand hatte es gewußt, sonst hätte man sie nicht an einen Ort geschickt, von dem man womöglich für den Rest seines Lebens verstrahlt zurückkehrte. Aber weil sie schwanger war, hatten ihre Hormone verrückt gespielt, und das Begehren hatte sie unversehens überfallen. Sie und Pat hatten zweimal täglich miteinander geschlafen, und in diesem Moment, mit dem sexy, vorzeitig ergrauten, wissenschaftlich angehauchten Bob, wollte sie es sofort, gleich hier auf dem Autositz. Aber dann hatte Unger seine Hand unter ihren Pullover geschoben, und Beth hatte sich plötzlich aufgesetzt, gelächelt, ihn in die Schulter geboxt und gesagt: »Ich glaube, wir sind beide fix und fertig.«

Sie war fast in ihr Zimmer gerannt, die aufgewühlten körperlichen Impulse im Widerstreit mit dem einen großen Gefühl – Erleichterung. Adrenalinkribbeln war ihr über beide Arme gerieselt.

Genauso fühlte sie sich jetzt. Warum? Was hatte sie abgewendet?

Vincent hüpfte vor ihr ins Haus, und Beth blieb auf der Schwelle stehen und wappnete sich. Laurie war hiergewesen, hatte die auffälligsten Spielsachen in Kisten gepackt, einige von Bens Kleidungsstücken weggeräumt. Und doch wußte Beth, daß das Haus versuchen würde, sie in kalte Tiefen hinabzuziehen. Sie würde den Hocker im Badezimmer beiseite stoßen müssen, den er benutzte, um im Stehen zu pinkeln. Eine Socke würde auftauchen oder sein Cowboyhut – da, ausgerechnet, ausgerechnet jetzt sah sie seinen Entenregenschirm an den Zeitschriftenständer im Wohnzimmer gelehnt. Hatte niemand ihn gesehen? Weggetan? Den ganzen Sommer? Vincent stand im Flur, sah sie an, die dichten Brauen zusammengezogen, und sie wollte fast nach ihm greifen, streckte schon die Arme aus, und er kam auf sie zu.

Doch dann verschränkte sie die Arme vor ihrem Körper. Sie zwang sich zu lächeln.

Was? Was war das? Warum konnte sie ihr ungebärdiges Kind nicht in die Arme schließen und mit all der reinen Liebe überschütten, die sie für Ben empfunden hatte? Vincent konnte nichts dafür, daß Ben nicht alt genug geworden war, um die Reinheit dieser Kinderliebe zu besudeln. Es würde leicht sein, ein richtiger Schritt.

Aber wenn sie das tat, was wäre Ben dann gewesen? Eine Art verzögerte Fehlgeburt? Nein, dachte Beth. Es gab niemanden zu bestrafen, keine Möglichkeit der Sühne. Nur Überleben, durch eine stille Enthaltsamkeit des Herzens. Ein jeder Trost wäre ein Signal an das Universum, daß eine Mutter mit einem Kind mehr oder weniger zurechtkommen konnte.

O Ben, dachte Beth, während sie die Tür ihres Hauses hinter sich zufallen ließ. Beinahe hätte ich dich betrogen.

9. Kapitel

»Achtzig Prozent von uns lassen sich scheiden«, sagte Penny und verschob ihre beachtlichen Massen, um sich bequemer auf die Kante des Klappstuhls zu setzen. Man mußte gerechterweise sagen, daß es eine Art Zwergenstühlchen war: Beth sah, daß sogar die zierliche Laurie ihren Sitz voll ausfüllte. Und Pat wirkte auf seinem wie ein zusammengekrümmter Riese.

Während sie ihren Anstecker befühlte, auf dem Casey, ihr ermordeter vierjähriger Sohn, zu sehen war, fuhr sie fort: »Das sind dreißig Prozent mehr als bei der Gesamtbevölkerung. Die Hälfte der amerikanischen Ehepaare wird wegen Alltagsstreß geschieden, aber Menschen, die Kinder auf eine Weise verlieren, wie wir sie verloren haben, erleiden weit größeren Streß. Und der zerstört die Ehe.«

Und deswegen, betonte Penny noch einmal, werde es bei dieser Sitzung des Compassionate Circle (»als Einführung für diejenigen, die heute zum erstenmal bei uns sind«) hauptsächlich um die Auswirkungen des Verlustes auf die Familienbeziehungen gehen. Das letztjährige Treffen zu diesem Thema, fügte sie mit einem erstaunlichen, unvermittelt aufblitzenden Revuetänzerinnenlächeln hinzu, sei eines der besten gewesen, die die Gruppe je abgehalten habe.

Auf ihrem Stuhl, dem Ehrenplatz zu Pennys Rechten, wo sie Pennys hypnotischen Mandelgeruch einatmete, phantasierte Beth nicht zum erstenmal über die Möglichkeiten des Wahnsinns. Wäre sie verrückt, wahrhaftig verrückt, dann wäre Pennys ernste Stimme nichts weiter als ein Hintergrundbrummen. Es wäre Laurie nicht gelungen, sie und Pat hierher zu schleppen. Die wirklich Verrückten besaßen eine gewisse Reserviertheit, eine Würde, einen Narrenadel. Man ließ sie in Ruhe. Ob die Katatoniker in den Anstalten die Leute, die sie zu ignorieren vorgaben, in Wirklichkeit sahen, fragte sie sich, nahmen sie den Sabber wahr, der ihre Kleidung durchtränkte? Und verweigerten sie eine Empfindungsreaktion schlicht aus Eigensinn? War wahrer Wahnsinn nichts anderes als ein ultrastarker Wille, der gewöhnliche menschliche Reaktionen überwand? Oder wanderten solche Menschen so tief in ihrem Inneren in einer zerklüfteten Landschaft und achteten dermaßen auf das Aufsetzen ihrer Füße, daß ihnen die Außenwelt entrückte?

Das ist es, was ich will, dachte Beth. Wirklich draußen sein. Vereinzelte Ameisen, ein Picknick verpassend. Vereinzelte Ziegel, aus der Ladung gefallen. Vereinzelte Gurken, dem Glas entkommen. Ein Ruder außerhalb des Wassers.

Doch wenn sie dies auch ersehnte, wußte sie doch, daß es unerreichbar war . Dem Wahnsinn gelang es einfach, sie zu übergehen. In der knappen halben Stunde im Compassionate Circle hatten schon zwei der dreizehn Teilnehmer das Wort »Zusammenbruch« benutzt, um ihren Zustand unmittelbar nach dem Verlust des Kindes zu beschreiben.

Beth sprach ihnen das nicht ab, sie hätte nur gern gewußt: Wie habt ihr das gemacht? Das höchste, was sie zustande bringen konnte, war eine Art beständige Schwerfälligkeit, in der ihr fast alles bewußt wurde, was sie nicht tat, aber fast nichts von dem, was sie wirklich tat.

Zuerst war sie nur im Bett gewesen. Beth hatte sich

verhalten, als hätte sie eine der langwierigen, Laken nässenden Kinderkrankheiten. Sie hatte ihr großes, köstlich volles Fläschchen mit den kleinen blauen ovalen Pillen vom Arzt in Chicago, und zwei davon ließen sie für sechs Stunden in eine traumlose Erstarrung sinken. Wenn Pat vor dem Abendandrang vom Restaurant nach Hause kam, stand sie auf, nahm das Baby auf den Schoß und sah nach Vincent. Dann überließ sie Jill das Baby wieder und ging zurück ins Bett. Die Kinder hatten sie gesehen. Sie wußten, daß sie lebte.

Schon bald merkte sie, daß sie stank. Ihre Unterwäsche war schmutzig, ihr fettiger Kopf fühlte sich an, als wimmelte er von Läusen. Also duschte sie, zog saubere Unterwäsche und ein T-Shirt an und ging ganz selbstverständlich wieder ins Bett. Wenn sie endlos so weitermachte, würden die Kinder dann sagen können, sie hätten nie eine Mutter gehabt?

Natürlich nicht. Sie würden sagen können, sie hatten eine Mutter, und die war die ganze Zeit zu Hause. Eine häusliche Mutter, die Beth nie gewesen war. Sicher würde Pat nicht erwarten, daß sie wieder arbeitete.

Aber sie war erst dreiunddreißig. Sie trank nicht sehr viel. Sie rauchte nicht mehr, jedenfalls äußerst selten. Sie hatte einen Blutdruck von 110 zu 70. Ihr Gewicht bewegte sich in normalen Grenzen. Sie ging nicht mehr joggen und besuchte keine Aerobicstunden mehr, aber sie hatte es jahrelang getan und war deshalb in relativ straffer Form, die Hüften ausgenommen. Ihre Mutter war jung gestorben, aber ihre unheilbare Krankheit hatte etwas von einem Unfall an sich gehabt, weniger von erblicher Belastung. Ihre Großeltern hatten ein hohes Alter erreicht.

Diese Kerrysche Langlebigkeit bedeutete, daß sie, wenn man von einem unvorhergesehenen Ereignis oder einer schweren Krankheit oder von Selbstmord absah – und

Beth wußte, daß sie zum Selbstmord nicht fähig wäre, nicht mal »unabsichtlich« mit den blauen Pillen –, sechzig, siebzig Jahre alt werden würde, und sie wollte verdammt sein, wenn sie wüßte, was sie damit anfangen sollte. Die Leute würden erwarten, daß sie das Bett verließ. Der Gedanke, aufzustehen und mit Vincent und Kerry zu spielen oder zum Supermarkt zu gehen, eine Glühbirne einzuschrauben oder ein Spiegelei zu braten – dies alles lag jenseits des Machbaren. In Chicago hatte sie getan, was Menschen so tun – sie war Auto gefahren, sie hatte gesprochen –, um Candy, Ellen, Barbara Kelliher und die Freiwilligentruppe nicht hängenzulassen. Sie könnte zurückkehren – Privatdetektive zu Rate ziehen, beharrlicher an der Lösung arbeiten. Aber sie konnte sich nicht vorstellen, diese Straßen im Westen der Stadt jemals wiederzusehen. Die bloße Vorstellung des tulpenbedeckten gelben I an der Ecke der High-School-Zufahrt ließ sie nach ihrem Kissen greifen und den Kopf darin vergraben.

Doch ein paar Wochen nach ihrer Heimkehr kam Laurie mit einem Abendessen und mehreren Kartons voller Vermißtenplakate zu Beth nach Hause. Beth hörte Laurie unten im Flur rufen. Sie kniff die Augen fest zu.

»Ich weiß, daß du wach bist, Beth«, sagte Laurie, die inzwischen nach oben gekommen war. »Deine Augäpfel bewegen sich.« Laurie setzte sich aufs Bett. »Warum bist du nicht auf?«

»Ich war auf«, antwortete Beth. »Ich mußte mich bloß einen Moment hinlegen.«

»Jill sagt, du bist seit einer Woche nicht aus dem Bett gekommen«, entgegnete Laurie. Darauf sagte Beth nichts. »Ich weiß, dir ist nicht nach aufstehen zumute, aber du mußt. Sonst kriegst du Muskelschwund. Du wirst wund.«

Beth sagte: »Ist mir egal. Ich will Muskelschwund kriegen.«

Laurie joggte viermal die Woche sechs Kilometer, sogar bei Schnee. Einmal war sie vor dem Haus einer Nachbarin auf nassem Eis gestürzt, war auf die Veranda gegangen, die Haut ihres Ellenbogens über entblößten Knochensplittern zusammenhaltend. Sie hatte die Frau gebeten, 911 anzurufen, sich auf die Veranda gesetzt und auf den Krankenwagen gewartet. »Beth, es ist nicht nur die Untätigkeit. Es ist dumm. Du weißt noch gar nicht, was mit Ben ist. Wenn du nicht mit den Fernsehleuten reden und nicht telefonieren willst, kannst du wenigstens ein paar Plakate an die Leute schicken, die aus dem ganzen Land angerufen und angeboten haben, sie aufzuhängen. Das ist das mindeste, was du für Ben tun kannst. Entschuldige, Schätzchen, aber in deinem augenblicklichen Zustand bist du absolut nutzlos.«

»Ist mir egal.«

Laurie hatte mit der Zunge geschnalzt und gesagt: »Beth, ich habe noch nie so mit dir gesprochen. Aber verdammt noch mal, entweder stehst du jetzt auf, oder ich bin nicht mehr deine Freundin, und dann bist du noch viel schlimmer dran als jetzt.«

Beth hatte die Beine über die Bettkante geschwenkt und die Füße auf den Boden gesetzt.

Von da an stand Beth fast jeden Morgen auf. Der Auslöser war oft ein Anruf von Candy, Laurie oder Rosie. Es hatte wieder eine Leiche zu identifizieren gegeben; Bick war dieser Pflicht nachgekommen. Der Junge in Gary, Indiana, war wenigstens sieben. Ein anderer Anruf: Ob sie wisse, daß es an der I-90 jetzt eine Anschlagtafel mit Bens Gesicht gab, gleich neben dem riesigen Einkaufszentrum. Ja, erwiderte Beth; ja, erwiderte sie auf alles, sicher. Und dann stand sie auf und putzte sich die Zähne. Sie konnte den ganzen Tag in eine Ecke der Couch geschmiegt verbringen, verstohlen die Straße beobachtend, aber immerhin, sie stand auf. Zweimal war sie nach draußen gegangen, die Post holen. Der einzige wirklich entsetzliche Moment war an einem frühen Sonntagmorgen gewesen, als sie im trüben Dämmerlicht aufgestanden war, ins Jungenzimmer gespäht und Ben in seinem Bett gesehen hatte.

Pat kam angerannt, als sie schrie; Beth hatte sich die Beine vollgepinkelt.

»Es ist Vincent«, hatte er erklärt, während er die zitternde Beth im Arm hielt. »Es ist bloß Vincent. Er schläft jetzt in Bens Bett. Seit dem Abend, als ich ihn nach Hause geholt habe. Anfangs habe ich ihn immer in seins gelegt, aber jetzt nicht mehr. Ich glaube ... ich glaube, er fühlt sich besser so, Beth. Er schläft auch mit Bens ... mit Bens Kaninchen. Igor.« Pat hatte sie wieder ins Bett getragen, ein warmes nasses Handtuch geholt und sie gewaschen, und dann hatte er, irgendwie erregt von ihren bloßen Beinen und Hüften, mit ihr geschlafen. Während er sich mächtig ins Zeug legte, dachte Beth: Wenn er einen Wäschekorb bumste, würde er mehr zurückbekommen. Die Kinder hatten weitergeschlafen. Pats Atem war das einzige Geräusch im unendlichen Universum gewesen.

Mitte September brachte Laurie sie zum Compassionate Circle, einer Gruppe, auf die sie gestoßen war, als sie als Werbeneuling Faltprospekte und Rundschreiben für fast alle sozialen Organisationen in Madison, einer Brutstätte für Hilfsprogramme, gestaltet hatte. Aber die verlorenen Kinder von Compassionate-Circle-Eltern waren nicht an zystischer Fibrose gestorben. Einige waren gar nicht tot. Laurie sagte, die Liste absonderlicher Geschichten sei absolut verblüffend. Die makaberste Geschichte sei die von Penny Odin, der Vorsitzenden der Gruppe. Ihr Exmann hatte ihren vierjährigen Sohn an seinem Geburtstag abgeholt, sie eine Stunde später angerufen, dem Kind den Hörer in die Hand gedrückt und dem Jungen, während er mit seiner Mutter sprach, in den Hinterkopf geschossen.

»Warum sollten Leute, die so leiden, von mir hören wollen?« fragte Beth.

»Ich dachte, daß du vielleicht von ihnen hören möchtest«, meinte Laurie sanft. »Es könnte hilfreich sein zu wissen, daß du nicht die einzige bist.«

Aber ich bin die einzige, dachte Beth. Eine Zeile aus einem Gedicht kam ihr in den Sinn: »... da war kein andres.« Meins war das einzige. Was hatten die Mythen und Miseren und Bewältigungsstrategien anderer kaputter Leidender mit ihr zu tun? Sie hatte sich bereit erklärt, zu einem Treffen zu gehen, aber nur, wenn Pat mitkäme. Der Circle traf sich – wo auch sonst – im Untergeschoß einer Kirche. Beth sah in Kirchenkellern inzwischen eine Art Untergrundbahn zu emotionalem Beistand – sie zog sich durch ganz Amerika, wo in Umwandlung begriffene Menschen, die trauerten, heirateten, Kinder zur Welt brachten und starben, sich an ramponierten Tischen in Räumen versammelten, deren Wände mit Kinderzeichnungen von Mariä Verkündigung bedeckt waren.

»Was mir am Namen unseres Compassionate Circle immer am meisten bedeutet hat, sind die zwei Silben ›Compass‹«, sagte Penny jetzt. »Ein Kompaß ist ein Zirkel, ein Kreis, er enthält die vier Himmelsrichtungen Norden, Süden, Osten und Westen. Für viele von uns existieren auch vier Regungen – Freude und Schmerz, Gewißheit und Mysterium. Für einige von uns ist dieses Mysterium wörtlich zu nehmen. Wir wissen nicht, wo unsere Kinder sind, lebendig oder tot. Selbst für diejenigen unter uns, die wie ich wissen, was dem Kind, das sie verloren haben, zugestoßen ist, besteht ein Mysterium. Ich glaube, Casey ist einer der glänzendsten Sänger in Gottes Chor. Aber ich weiß es nicht mit Gewißheit, weil ich noch nicht in jenes

Reich eingegangen bin. Daher ist mir jedes graue Haar, das ich bekomme, eine Freude; es bringt mich meinem kleinen Jungen, unserer Wiedervereinigung näher.« Sie lächelte wieder dieses kecke Lächeln – mit hundert Pfund weniger, dachte Beth, muß Penny phantastisch ausgesehen haben.

»Wir treffen uns in einem Zirkel, einer Runde, in der Hoffnung, daß die Heilung immer reihum geht, wie wir als Kinder in der Kirche zu singen pflegten«, sagte Penny. »Wir sind hier, um herauszufinden, ob wir trotz unserer Wunden ein heiles Leben führen können. Ich denke, ja.« Sie verteilte einen Stapel Broschüren. »Hier sind einige der häufigsten Probleme, die in Familien auftreten, die ein Kind verloren haben. Sexuelle Funktionsstörungen. Es an den Geschwistern auslassen, die sich vernachlässigt, hintergangen oder eingeschüchtert fühlen. Unterschiedliche Ziele – ein Elternteil möchte das normale Leben wiederaufnehmen, der andere tritt auf der Stelle ... Wir haben einander unsere Namen genannt und die Gründe, weswegen wir hier sind. Wer möchte jetzt etwas zu den Punkten in dieser Broschüre sagen?«

Beth wollte nicht, bis Laurie ihr die geballte Faust vom Schoß riß.

Jean war die Mutter eines schwangeren Teenagers. Das Mädchen war von seinem älteren, verheirateten Liebhaber von einem Felsen gestoßen worden. Jean sprang eifrig von ihrem Stuhl auf. »Nach Sherrys Tod war ihr Begräbnis für mich der Wendepunkt. Ich betrachtete Sherry in ihrem offenen Sarg, und obwohl der Bestattungsunternehmer sein Bestes getan hatte, konnte man an ihren gespannten Halsmuskeln erkennen, daß sie unter unglaublichen Schmerzen gestorben war ...«

Beth funkelte Laurie böse an. Sollte sie hier sitzen und sich das anhören? Laurie erwiderte das Funkeln mit einem beschwichtigenden Blick, und Beth sackte auf ihrem Stuhl zusammen und versuchte, sich in den Windungen des Musters auf dem Broschürendeckel zu verlieren, einem Kompaß, von Strahlen umringt wie die Sonne. »Und mein Mann hatte nur das eine Ziel im Leben«, fuhr Jean fort, »daß der Kerl, der sie getötet hat, schuldig gesprochen wurde. Er war wütend, daß es in Wisconsin keine Todesstrafe gab, denn eigentlich hatte der Kerl zwei Menschen umgebracht, mein Kind und mein Enkelkind. Er hat den ganzen Tag mit der Polizei und mit Anwälten telefoniert, und ich wollte einfach nichts damit zu tun haben. Es hätte Sherry doch nicht zurückgebracht, oder? Er wollte eine Entschädigung für uns erwirken – Geld, das wir bekommen hätten, wenn Sherry erwachsen geworden wäre, Geld für unser Leid. Der Kerl, der sie umgebracht hat, hatte eine Menge Geld; er hatte einen wirklich gutbezahlten Job in der Autofabrik. Mir ging es nicht so sehr darum. Ich habe zwar zu allem ja und amen gesagt, aber er hat gemerkt, daß es mich nicht wirklich interessierte, und da fing er an zu behaupten, ich hätte Sherry nicht so liebgehabt wie er.«

Jetzt, zwei Jahre nach dem Tod ihrer Tochter, lebten Jean und ihr Mann getrennt. Jean nahm an einem Ballettkurs teil und besuchte ein College, um Krankenschwester zu werden. Ihr Mann lebte in einer kleinen Wohnung am See, seine einzigen Möbel waren ein Klappbett und Aktenschränke, vollgestopft mit sämtlichen Unterlagen und Zeitungsberichten über Sherrys Tod. Es sei, sagte Jean, regelrecht ein Schrein für Sherry – mit Kerzen, die Tag und Nacht überall vor ihren Bildern brannten. »Eines Tages wird er sich selbst verbrennen.«

»Vielleicht weiß er das«, warf ein Mann namens Henry ein. »Ich war in äußerst selbstzerstörerischer Stimmung, als meine Frau mir meinen Sohn weggenommen hat. Hab mich die ganze Zeit in Bars rumgetrieben. Eine Frau nach der anderen aufgegabelt. Bloß um ein bißchen Zärtlichkeit oder Liebe zu finden. Morgens bin ich aufgewacht mit einem Kopf, so groß wie New Jersey ...« Die Tischrunde brach in beifälliges Lachen aus.

Eine sehr junge Frau, die die Hand ihres Mannes während der ganzen Sitzung – die, wie Beth verblüfft feststellte, schon neunzig Minuten dauerte – nicht losgelassen hatte, ergriff nun das Wort. »Ich frage mich, ob mit uns etwas nicht stimmt«, sagte sie, »denn wir haben nicht eins von diesen Problemen erlebt. Jennys Tod hat uns einander noch näher gebracht, einander und Gott.« Jenny, das zweijährige Mädchen des Paares, war vom Auto ihres Babysitters überfahren worden, als die Frau (die, ohne daß ihre Arbeitgeber es gemerkt hatten, betrunken war) eines Abends nach der Arbeit rückwärts aus der Einfahrt setzte. »Wenn einer von uns eine Schulter braucht, um sich auszuweinen, so ist der andere immer da. Wir sehen uns Jennys Bilder an, und obwohl wir natürlich traurig sind und immer traurig sein werden, versuchen wir uns an die Freude zu erinnern, die sie uns gemacht hat, und das finden wir sehr heilsam. Es war ein Glück für uns, daß wir sie hatten.«

Laurie schrieb etwas an den Rand ihrer Broschüre und schob sie Beth lautlos hin: »Sie haben vermutlich von vornherein keine Kinder gewollt.« Beth hielt sich eine Hand vors Gesicht.

»Wir finden«, fuhr die junge Mutter fort, »daß diese Erfahrung, so schwer sie ist, tatsächlich eine Zeit der Reife war ... und wenn wir wieder ein Kind haben werden, und das werden wir sicher ...«

»Warum sind Sie dann hier?« fragte Henry verbittert. »Wenn es Ihnen so großartig geht, warum wollen Sie dann mit Menschen zusammenkommen, denen es nicht so großartig geht?«

»Henry«, mahnte Penny sanft. »Sie kennen die Richtlinien des Zirkels. Wir kritisieren nicht, und wir grollen nicht. Jeder hat das Recht, auf seine Art mit einem Verlust fertig zu werden ...«

»Aber sie sehen nicht aus, als ob sie Hilfe brauchten«, sagte Henry.

»Doch, die brauchen wir«, sagte die Frau. »Wir müssen wissen, daß wir nicht allein sind.«

»Aber natürlich«, sagte Penny, dann wandte sie sich plötzlich an Beth. »Unsere neuen Gäste, Pat und Beth, betreten gerade den Weg, den einige von uns schon lange Zeit gehen. Sie alle haben von Ben Cappadora gelesen, Beth' kleinem Jungen. Wir haben allen Grund zu glauben, daß man Ihren Sohn finden wird, Beth, aber in Ihrer Familie herrscht bestimmt Trauer. Möchten Sie darüber sprechen?«

»Nein«, sagte Beth, und dann fragte sie zu ihrer eigenen Überraschung: »Wie sind Sie geworden, wie Sie sind?«

Penny blickte verwirrt drein. »Wie ich ...?«

»Wie Sie sind. So bejahend. So liebenswürdig. Sind Sie immer so gewesen? Vorher, meine ich?«

Penny lachte beinahe. »Ganz sicher nicht. In den ersten Monaten, nachdem Casey von meinem Ex erschossen wurde, war Wut das einzige Gefühl, das ich in mir zugelassen habe. Wut auf meine eigene Dummheit, weil ich meinem Ex meinen Sohn anvertraut hatte; ich wußte doch, daß er die Hälfte der Zeit zugedröhnt war. Wut auf den Mann, weil er das getan hat. Ich bin nicht mehr zur Kirche gegangen, und ich habe alles im Haus gegessen, was nicht niet- und nagelfest war ...« Sie deutete auf ihre hellrote Jacke. »Das Resultat sehen Sie ja. Wenn Sie mir gesagt hätten, daß ich jemals anders empfinden würde, ich hätte erklärt, Sie seien verrückt, Sie würden einfach nicht verstehen, was ich durchgemacht habe ...«

»Also, wie?« fragte Beth wieder, mit einem Aufwallen von Bewunderung, dem Wunsch, ein Stück von Pennys Frieden in ihr eigenes Herz zu verpflanzen.

»Nun, was ich getan habe, Beth ... Ich habe mich schließlich gezwungen ... mir die Bilder von Casey nach seinem Tod anzusehen«, sagte Penny, und zum erstenmal an diesem Abend hörte Beth eine Spur Zögern in ihrer Stimme. »Casey war aus nächster Nähe in den Hinterkopf geschossen worden. Und ich zwang mich zu überlegen, was er gefühlt hat. Was er gemerkt hat. Und die Antwort lautete, er hat nichts gemerkt. Er sprach mit mir, und dann war er tot, einfach tot. Wenn ich es aus Caseys Sicht betrachtete, mußte ich denken, daß er gestorben war, aber glücklich und schmerzlos und schnell, und daß der Mensch, dem es am meisten weh getan hat, nicht er war. Das war ich. Und mein ... und mein Ex. Weil Wisconsin ein Staat ohne Todesstrafe ist, muß er ewig damit leben, und das, wo er jetzt nüchtern ist.«

»Und haben Sie Mitleid mit ihm? Hat er eine Art Freifahrschein, weil er verrückt ist?« fragte Beth.

»Ich denke nicht, nein, ich habe kein Mitleid mit ihm«, sagte Penny. »Aber ich habe das Gefühl, daß seine Reue und seine Trauer eine Art Gerechtigkeit sind.«

Beth sah auf. Pat war aufgestanden. Er hatte den ganzen Abend außer seinem Namen kein Wort gesprochen, aber jetzt sagte er: »Es tut mir sehr leid. Ich halte es nicht mehr aus.«

»Das kann ich verstehen. Kommen Sie wieder«, sagte Penny. »Wann Sie wollen. Oder rufen Sie mich an.«

»Das tu ich«, sagte Beth.

Draußen wich das letzte Licht vom klaren Abendhimmel. Beth atmete den Wildrosenduft vom Kirchhof tief ein – und die Auspuffgase des Busses, der vom Stadtzentrum zur Park Street unterwegs war.

Laurie fragte Pat: »Was ist mit dir?«

Er sagte: »Ich konnte einfach nicht mehr ... ich hätte nie gedacht, daß es soviel Leid gibt auf der Welt.«

Ach Pat, dachte Beth, das hat es bloß in deiner Welt nicht gegeben.

In dieser Nacht konnte sie Penny Odins törichtes Heiligengesicht nicht vergessen. Ob Penny schlief? Beth stand auf, ging ins Jungenzimmer und beugte sich über Vincent, der sich in Bens Bett zusammengekuschelt hatte. Beide Jungen hatten über dem Kopfende ihres Bettes ein Bord für Bücher und Spielzeug; jedem war eine Seite im Kleiderschrank zugewiesen, mit seinem Namen in Klebebuchstaben deutlich kenntlich gemacht.

Laurie hatte feinfühlig und gut gearbeitet. Nur wenige Sachen hingen unauffällig auf Bens Schrankseite. Fast all seine Spielsachen waren weg (in Kisten verpackt und im Abstellraum verstaut, wußte Beth, aus den Augen, aber nicht aus dem Sinn). Bens Spuren waren gemildert, aber nicht getilgt worden, es hatte kein Großreinemachen stattgefunden. Danke, meine liebe Laurie, dachte Beth und kniete sich auf Vincents Seite hin. Danke, daß du es mir möglich gemacht hast, hier hereinzukommen.

Vincent hatte immer tief geschlafen. Sie hatte ihn nie leicht aufwachen sehen; er war wie ein k.o. geschlagener Preisboxer – er erwachte orientierungslos, mit trüben Augen, struppig wie ein frisch geschlüpftes Küken. Aber jetzt wälzte er sich im Schlaf, zuckend, schwitzend wie ein Rennpferd. Vielleicht ist er krank, dachte Beth. Er hatte ihr eine Menge Fragen gestellt, seit sie nach Hause gekommen war.

»Wie viele böse Männer gibt es in Madison?« hatte er gefragt. Vincent ließ sich nicht so leicht abspeisen.

Um es hinter sich zu bringen, sagte sie: »Dreißig.«

»Ganz bestimmt?«

»Ja.«

»Wer hat das gesagt?«

»Detective Bliss. Sie hat sie gezählt.«

»Wie viele gibt es in Los Angeles?« hatte er dann gefragt.

Beth hatte geseufzt. »Zweihundert«, gab sie ihm zur Antwort.

Beth wußte, daß er eigentlich fragen wollte: Bin ich der nächste? Was konnte sie ihm sagen? Wie hätte sie sich vor seinen fragenden Augen nicht angeklagt und fortgestoßen fühlen sollen? Hatte sie den Ast nicht brechen lassen?

Eine Erinnerung, eine ungefährliche, huschte an ihrem Gesicht vorbei wie Mottenflügel. Kurz vor Bens Geburt hatte Vincent auf ihren Bauch gesehen und gesagt: »Du wirst das Baby liebhaben. Aber anders. Du wirst das Baby nicht so liebhaben wie mich.« Und genau das hatte Beth befürchtet.

Tatsächlich hatte Ben es geschafft, sich perfekt in die Rolle des zweiten Kindes zu fügen, anspruchslos und vergnügt, das Kind, um das sie sich nie, niemals würde Sorgen machen müssen ... und sie hatte es nicht getan.

Sie hatte sich überhaupt keine Sorgen gemacht.

Jetzt sollte sie sich Sorgen machen. Um Vincent. Aber ihr mütterliches Radar war nicht mehr da, war mit ihrem Glauben daran verschwunden. Sie konnte nichts für Vincent tun. Sie beugte sich tief hinunter und flüsterte: »Ich hab dich lieb.« Studien hatten ergeben, daß Menschen selbst im Tiefschlaf hören konnten, daß sie sogar Sprachen erlernen konnten, die auf dem Weg des Unterbewußtseins zu ihnen drangen. Vielleicht würde es funktionieren, und er würde aufwachen und sich geliebt fühlen, auch wenn er nicht sicher war, wer ihn liebte. Oder ob sie noch da war.

10. Kapitel

VINCENT

Dezember 1985

Vincent wollte sich Ben vom Weihnachtsmann wünschen. Eigentlich wünschte er sich eine elektrische Eisenbahn oder ein ferngesteuertes Boot, aber er hatte sich überlegt, daß er, wenn er sich Ben vom Weihnachtsmann wünschte, Boot und Eisenbahn obendrein bekommen würde, weil Ben ein uneigennütziger Wunsch war. Der Weihnachtsmann würde beeindruckt sein, und alle würden sich freuen. Seine Mutter. Opa Angelo. Alle.

Vincent würde sich auch freuen, denn offen gestanden hatte er es nach sechs Monaten satt, ohne Ben zu sein. Kerry war niedlich, aber man konnte noch nicht richtig mit ihr spielen. Außerdem roch sie unangenehm und war auch ein bißchen langweilig. Und seine Mutter benahm sich immer noch wie eine Kranke; sie saß die ganze Zeit herum und schrie ihn bloß gelegentlich an, wenn er zu laut war. Sicher, sie hatte ihn auch angeschrien, bevor Ben verlorenging, aber zwischendurch hatte sie mit ihm was unternommen und lustige Sachen gemacht. Wenn er jetzt versuchte, sie zum Lachen zu bringen, indem er etwas von Elvis oder sonstwas sang, merkte sie es gar nicht. Er meinte, Ben zu Weihnachten zu bekommen wäre das einzige, womit er sie zum Herumalbern bewegen könnte. Im Moment war es einfach zum Davonlaufen.

In Chicago war es ihm egal gewesen, weil er da machen

durfte, was er wollte. Er hatte in der letzten Woche vor den Sommerferien nicht zur Schule gemußt und war trotzdem in die zweite Klasse versetzt worden, und er hatte fast nur Vieren im Zeugnis, obwohl er in Rechnen fest mit einer Sechs gerechnet hatte, weil er die ganze Zeit mit Andrew P. herumgealbert hatte. Seine Lehrerin hatte ihm sogar ein Kärtchen geschrieben und etwas Spielgeld geschickt. Vincent wurde mehr umarmt und gehätschelt, als ihm lieb war, manchmal von alten Leuten, deren Atem roch wie die Holzstäbchen, die einem der Doktor in den Mund steckte, um die Zunge unten zu halten. Aber die Polizisten hatten ihm eine Menge Sachen geschenkt – Baseballbildchen, ein Spielabzeichen aus richtigem Metall, das nicht kaputtging, wenn man es stecken ließ und das Hemd in die Waschmaschine tat, und so viele Kaugummis, daß er extra einen Platz in einer Schublade freiräumen mußte, um alle unterzubringen. Die Frau mit den blonden Haaren, die Polizistin war, obwohl sie richtig hübsch war, hatte ihm ein Stück Stoff geschenkt, aus dem die kugelsicheren Westen gemacht wurden. Großmama Rosie hatte es ihm in sein Batman-Hemd genäht. (Später hatte er das Hemd und die Anglermütze seines Vaters an Halloween angezogen, und dann hatte Alex' Mutter ihn zum »Süßigkeiten oder Streiche«-Rundgang abgeholt. Sie hatte ihn mit zu sich nach Hause genommen, um ihm das Gesicht zu bemalen, und dabei die ganze Zeit zu Alex' Dad gesagt: »Genug ist genug – wirklich, genug ist genug.« Als ob Schminke furchtbar teuer wäre.)

Aber am Anfang hatte es ihm gefallen, von allen, die kamen, etwas geschenkt zu bekommen. Großpapa Bills Freunde schenkten ihm Dollars, Scheine und Silber. Er hatte in der ersten Woche elf Dollar gespart. Und wenn er quengelte und nicht essen wollte, nahmen sie einfach den Teller weg und gaben ihm alles mögliche – Plätzchen oder sogar diese Frühstücksflocken, die er von seiner Mutter nie bekam, die mit den Marshmallow-Männchen drin. Onkel Bick war sogar eines Tages extra zum Laden gegangen, um welche zu holen, bloß weil Vincent sie wollte ... und das war Vincent nicht geheuer gewesen.

Er fragte sich, ob alle ihm die Wahrheit sagten und ob Ben nicht in Wirklichkeit tot sei anstatt lebendig und bloß nicht hier. Und daß er alles haben durfte, was er wollte, ließ ihn seine Mom noch mehr vermissen, dabei vermißte er seine Mom sowieso schon so sehr. Nie war sie da, als sie in Chicago waren. Manchmal rief sie an und sagte »Hi, Vincent.« Sein Dad ließ sich öfter sehen, aber er hatte so eine neue Art, ihn richtig fest zu umarmen, und das war ihm auch nicht geheuer.

Alles in allem war es in Chicago aber besser gewesen. Großpapa Angelo hatte ihn abends zum Schlafen in das Großelternbett mit den dicken Kugeln auf den Pfosten gelegt – nicht bloß am ersten Abend, *jeden* Abend. Und wenn er nicht einschlafen konnte, hörte er im Wohnzimmer die Leute reden. Die Polizisten und Erwachsenen.

Wenn er hier zu Hause nicht einschlafen konnte, saß er einfach bloß da. Seine Mutter machte nachts keine Geräusche. Kerry machte nie Geräusche. Wenn nicht Montag war, war sein Dad zur Schlafenszeit immer im Restaurant. Vincent haßte es, bloß dazusitzen. Er verstand jetzt, warum die Erwachsenen schnell lesen konnten. Vor langer Zeit waren er und Ben leise aus den Betten gestiegen und hatten Karten gespielt, bis sie anfingen, zu boxen und zu kichern, und jemand sie erwischte. Aber Vincent hatte Angst, es allein zu tun. Es schien richtig gefährlich, ungehorsam zu sein, obwohl er ziemlich sicher war, daß seine Mom es gar nicht merken würde.

Vincent war immer leicht eingeschlafen. Seine Mutter hatte oft gesagt: »Du bist der allerbeste Schläfer.« Er brauchte bloß die Augen zuzumachen und sich treiben zu lassen, als wäre er in einer großen, warmen Wanne. Aber seit das in der Hotelhalle passiert war, konnte Vincent nicht mehr leicht einschlafen. Erstens hatte er das Zimmer jetzt für sich allein, und wenn es ihm auch gefiel, seine Sachen auf beiden Betten ausbreiten zu können, war es ihm unheimlich, abends niemanden zum Reden zu haben. Zweitens fürchtete er sich plötzlich im Dunkeln. Es war nicht einfach so ein Gefühl, wie es Kinder oft haben. Er hatte allen Grund, sich zu fürchten. Der Kidnapper wollte ihn holen, das stand fest. Der böse Mann, so einer, von dem sie in der Schule erzählen, der nach dem Weg fragt und einen dann direkt vor dem eigenen Haus schnappt, einen betäubt und unanständig anfaßt, der würde bestimmt auch den anderen Bruder wollen. Und wenn der böse Mann fragte, würde Ben ihm sagen, wo Vincent war. Ben kannte ihre Hausnummer.

Vincent hatte solche Angst, daß er es Onkel Joey erzählte, und Onkel Joey sagte, böse Männer würden es niemals wagen, in die Nähe von Großpapas Haus zu kommen, denn sonst würde er sie erledigen.

»Weißt du, was das heißt, Kleiner, ›sie erledigen‹?« hatte Onkel Joey mit rauher Stimme gefragt. Und Vincent hatte genickt, obwohl er es nicht wußte, aber Onkel Joey war ein Bodybuilder, deswegen glaubte er, es bedeutete, er würde die bösen Männer gehörig verdreschen.

Aber das erzählten die Leute den Kindern immer, nicht? Sie sagten, dir wird nichts passieren, und sie passen auf dich auf, dabei könntest du von den Spielplatzgeräten stürzen und dir den Hals brechen, während sie alle direkt daneben stehen. Du könntest vor den Augen von Millionen Leuten entführt werden. Und der böse Mann hatte Ben wahrscheinlich nicht mal ein Betäubungsmittel oder Süßigkeiten geben müssen. Er hatte ihm wahrscheinlich bloß gesagt, was er tun sollte, weil Kinder wie Ben immer taten, was die Erwachsenen sagten. Sogar Vincent, der meistens nicht folgte, tat manchmal, was bestimmte Erwachsene ihm sagten, etwa wenn seine Mom ihm sagte, er sollte Eier essen, obwohl er von Eiern fast kotzen mußte.

Bevor sie nach Hause kamen, hatte er einmal geträumt, eine Hexe hätte Ben geholt, so eine wie in »Hänsel und Gretel«. Großmama Rosie sagte, es gäbe keine Hexen. Vincent mochte ihr das nicht recht glauben. Das war bloß wieder so eine Lüge, wie die Erwachsenen sie Kindern erzählten, damit sie sich nicht fürchteten. Wenn es keine Hexen gab, wieso hatte es dann früher welche gegeben? In der alten Zeit, als alle Geschichten geschrieben wurden? Wo waren sie alle geblieben? Hatten sie keine Babys bekommen, aus denen wieder Hexen wurden?

Und drittens war da noch etwas. Die Sache mit dem Geruch. Er war das einzige, was Vincent wirklich in Erinnerung behalten hatte von dem Tag, als Ben verlorenging, dieser Geruch. Und er konnte es eigentlich nicht riechen; er konnte sich nur daran erinnern. Wie die vielen verschiedenen Puder und Parfüms in Moms Schminktasche, alles durcheinander, und dann dieser stinkende Küchengeruch. Onkel Augie schimpfte in einem Restaurant, das keinem gehörte, den sie kannten, immer auf die »Fertigsoße«. Wie Thanksgiving, als seine Mutter ein Glas Truthahnsoße aufgemacht hatte, weil sie vergessen hatten, die Soße aus dem Restaurant mitzubringen – es war genau wie dieser Geruch. Vincent war davon so schlecht geworden, daß er nichts essen konnte, und sein Dad hatte gesagt, hör auf, dich immer in den Mittelpunkt zu drängen, und seine Mom hatte gesagt, halt endlich den Mund, und sie hatte auch nichts gegessen. Sie hatte ihn mit nach oben genommen und sich mit ihm aufs Bett gelegt, und das war richtig schön gewesen. Damals war ihm das Einschlafen nicht schwergefallen, und sie hatten den ganzen Tag geschlafen. Die meiste Zeit jedoch brachte seine Mutter ihn nicht ins Bett und weckte ihn auch nicht. Sie brachte das Baby ins Bett und sagte: »Nacht, Kerry«, und dann stand sie einfach da im Flur, ganz lange, die Hand am Knauf von Kerrys Tür.

Vincent zog seinen Schlafanzug an und kam wieder heraus. Dann ging er sich die Zähne putzen und kam wieder heraus. Nach einer Weile ging er ins Bett. Er wußte nicht, ob Schlafenszeit war, weil er oben die Uhr nicht lesen konnte, bloß die auf dem Videorecorder mit den richtigen Ziffern. Ein paarmal stand er auch nicht rechtzeitig für die Schule auf, aber als er seiner Lehrerin sagte, seine Mutter habe vergessen, ihn zu wecken, bekam er keinen Verweis. Nach einer Weile ging er öfter mal gar nicht hin, obwohl er wußte, daß es Zeit war, denn er sah die anderen Kinder auf der Straße zur Schule gehen. Er sah einfach fern, bis seine Mutter mit dem Baby herunterkam.

Sie fragte nur: »Hast du was gegessen?«, fragte nicht: »Müßtest du nicht in der Schule sein?« Einmal fragte sie: »Ist heute Sonntag?« Damals war er aufgestanden und doch noch gegangen. Sie waren halbwegs mit den Aufsatzheften durch, als er ankam, aber seine Lehrerin hatte nichts gesagt, sondern ihn nur gefragt, ob er gefrühstückt habe. Vincent hatte nein gesagt, und da hatte die Lehrerin ein Gesicht gemacht, als wollte sie weinen, und ihm ein Stück Doughnut gegeben. Von da an sagte er einfach immer, er habe gefrühstückt.

Nach der Schule ging er meistens zu Alex. Er hatte Alex' Mutter am Telefon sagen hören: »Ja natürlich, Vincent ist auch hier, nächste Woche fordere ich die Adoptionspapiere an.« Und er mußte seinen Dad fragen, ob Alex' Eltern ihn wirklich adoptieren würden. Sein Dad hatte »natürlich nicht« gesagt und hinzugefügt: »Vielleicht solltest du ab und zu nach der Schule nach Hause kommen.«

Aber Vincent kam nicht gern früh nach Hause. Nicht bevor Jill vom Unterricht zurück war. Wenn er zu früh kam, schlief das Baby. Und seine Mutter saß an komischen Stellen herum. Einmal im Keller in ihrer Dunkelkammer, im Dunkeln auf der Erde, aber ohne etwas zu tun. Einmal in seinem Zimmer neben dem Bett, das früher Ben gehörte, aber jetzt seins war. Einmal mitten in der Küche auf dem Fußboden. Das war am unheimlichsten gewesen. Sie hatte eine Tasse Kaffee neben sich gehabt mit diesem schaumigen Zeug obendrauf, und in dem Schaumzeug saß ein Käfer, und Vincent hatte schreien müssen: »Mom, igitt! Nicht trinken!« Denn als sie ihn sah, hatte sie die Tasse genommen und zum Mund geführt. Und da hatte sie zu lachen versucht, ein unheimliches Hi-hi. Und sie hatte die Tasse einfach wieder auf die Erde gestellt und war da sitzen geblieben.

Aber auch wenn er gleich nach der Schule zu Alex ging, konnte er nicht jeden Abend dort essen. Er mußte nach Hause, wenn Alex' Dad von der Arbeit kam, das war so gegen fünf. Natürlich kam es auch vor, daß er überhaupt nicht zu Alex ging.

Um zu Alex zu kommen, mußte er auf der anderen Straßenseite an seinem eigenen Haus vorbei. Und an manchen Nachmittagen sah er ein Auto in der Zufahrt, zum Beispiel das von Laurie, die meistens eins von ihren Kindern mitgebracht hatte, und dann gingen das Kind und Vincent im Baumhaus spielen oder veranstalteten Wettspringen auf der Schaukel.

Aber egal, ob sie ein Kind mitgebracht hatte oder nicht, wenn Laurie da war, war es, als würde seine Mom aufwachen. Es war, als wäre ihre Fernbedienung eingeschaltet worden oder so was. Sie antwortete, wenn sie angesprochen wurde, und wenn Bens Fahndungsplakate für den Versand verpackt werden mußten, setzte Mom sich mit Laurie hin und half. Wenn Laurie ihr einen Salat mitbrachte, aß seine Mom ihn. Sie kochte Kaffee. Sie schien auch Vincent wahrzunehmen, wenn Laurie oder eine Nachbarin da war. Dann sagte sie: »Gibst du mir mal den Hefter, mein Großer?« Und ihre Stimme hörte sich fast an wie ihre alte Stimme, bloß wenn man ihre alte Stimme wirklich gehört hatte, wußte man, daß die neue eine Spielzeugausgabe war, viel schneller und leiser.

An diesen Abenden war alles in Ordnung, denn bis Laurie ging, war Jill da und wärmte auf, was Laurie zum Essen mitgebracht hatte – nicht daß er das Essen aus dem Cappadora nicht mochte, aber zur Abwechslung hatte er amerikanisches Essen ganz gern, zum Beispiel Brathähnchen. So hatte er einen ganzen Tag, vom Schulschluß bis zum Zubettgehen, an dem er nicht mit seiner Mom allein sein mußte, sofern es nicht einer von den drei Abenden in der Woche war, an denen Jill einen Abendkurs besuchte. Aber wenn sie nicht hin mußte, las sie ihm vor und ließ ihm ein Bad ein und blieb sogar in seinem Zimmer, bis er eingeschlafen war.

Einmal war er mitten in der Nacht aufgewacht, und Jill war immer noch dagewesen, sie schlief angezogen und ohne Zudecke auf dem Bett, das früher seins war. Vincent war aufgestanden und hatte die Steppdecke über sie gebreitet, hatte versucht, sie ihr um die Schultern zu ziehen, ohne sie aufzuwecken. Aber sie war trotzdem aufgewacht und hatte ihn an sich gedrückt. Da war ihm entsetzlich zumute gewesen, er hatte gefürchtet, sie würde fortgehen. Aber sie hatte sich bloß umgedreht und war wieder eingeschlafen. Das hatte Vincent so sehr gefallen, daß er zu Jill sagte, sie könne jederzeit dort schlafen, wenn sie wolle, statt im Gästezimmer, das sie bewohnte. Aber als er das sagte, hatte Jill zu weinen angefangen, darum sagte er es nicht noch einmal. Zugegeben, sein Bett war nicht so bequem wie Bens. Die Matratze war älter, weil Ben seine vollgepinkelt und eine neue bekommen hatte, und seine hatte eine tiefe Kuhle in der Mitte. Er konnte es Jill wirklich nicht verdenken.

Vincent wußte, daß Jill zu Weihnachten sowieso heimfahren würde in ihr richtiges Zuhause, zu ihrer Mutter, seiner Tante Rachelle. Sie würde einen ganzen Monat weg sein. Dad sagte, Stacey, die Kassiererin vom Cappadora, würde manchmal abends auf ihn und Kerry aufpassen, »bis es Mom bessergeht«. Stacey war nicht übel, aber sie tat nichts als fernsehen. Und sie würde nicht jeden Abend kommen. Und wenn sie käme, würde sie um zehn Uhr abends nicht dasein, wenn seine Mom und das Baby schon schliefen und sein Dad noch nicht zu Hause war.

Das war die Zeit, vor der Vincent sich fürchtete: wach sein, wenn seine Mom schlief.

Zu Beginn der Ferien, eine Woche vor Weihnachten, hatte Vincent seine Tagespläne komplett. Auf die Montagabende konnte er sich freuen, weil sein Dad dann zu Hause war; die Dienstag- und Mittwochabende würden ziemlich mies sein, die Donnerstage in Ordnung, weil dann meistens eine von Moms Freundinnen vorbeikam, um nach ihr zu sehen; freitags würde es okay sein, samstags halb und halb, weil er seinen Dad meistens überreden konnte, ihn mit ins Restaurant zu nehmen und auf der Couch in Onkel Augies Büro schlafen zu lassen.

Die Sonntage waren am schlimmsten. Dad mußte das Restaurant aufmachen, und deshalb verließ er das Haus gleich nach dem Mittagessen. Er blickte immer ganz besorgt drein, wenn er ging. Er sagte jedesmal: »Beth? Es geht dir doch gut jetzt, oder?«

Worauf seine Mutter erwiderte: »Klar, prima.« Dann sah sie seinem Dad aus dem Fenster nach, als könnte sie noch eine Stunde später sein Auto rückwärts aus der Einfahrt rollen sehen. Ein paarmal fragte Vincent, ob er rausgehen dürfe, spielen. Sie sagte: »Okay.« Aber Vincent ging nicht; bevor Kerry nicht ihr Schläfchen hielt, hatte er kein gutes Gefühl, wenn er zum Spielen rausging, nicht mal bei Neuschnee. Wenn Kerry ihre ganzen Spielsachen aus dem Laufstall warf, legte seine Mutter sie nicht zurück. Das tat Vincent, obwohl es ihn wahnsinnig machte, wenn Kerry sie gleich wieder rauswarf.

Sonntags klingelte den ganzen Tag das Telefon. Manchmal ging seine Mom dran. Manchmal nicht. Ein paarmal hörte er sie, nachdem sie abgenommen hatte, Schimpfworte schreien – etwa: »Sie gestörter Mistkerl!« –, und dann rief sie seinen Dad an, und er mußte vom Restaurant nach Hause kommen, damit seine Mom ins Bett gehen konnte. Sein Dad regte sich sehr auf, wenn das passierte, und einmal hatte er sogar die Polizei in Madison angerufen.

Darum ging Vincent jetzt fast immer ans Telefon.

Oft war es Detective Bliss, die sagte, er solle sie »Candy« nennen. Oder die Frau vom Compassionate Circle. Oder Onkel Bick. Onkel Bick ließ ihn jedesmal seine Mutter holen, auch wenn Vincent sagte, sie schliefe, und er konnte sie immerhin zum Sprechen bringen, wenn auch nur einsilbig.

Zweimal jedoch rief ein Mann an, den Vincent nicht kannte. Er wußte nur, daß es derselbe Mann war. Es klang, als riefe er aus einem Raum an, aus dem alle Geräusche ausgesperrt waren, einem Raum, der nicht einmal normale Geräusche im Hintergrund hatte wie Fernsehen oder vorbeifahrende Autos. Er fragte: »Bist du der Bruder von dem kleinen Jungen?«

Vincent antwortete: »Ja.«

Und der Mann fragte: »Weißt du, warum er geraubt wurde?«

Vincent sagte: »Nein.«

Darauf sagte der Mann mit Flüsterstimme: »Weißt du, wie unser Herr Jesus die Sünder bestraft? Weißt du, daß der, der sein Haus in Unordnung bringt, Ungewitter ernten wird?«

Nicht, was er sagte, ängstigte Vincent, sondern der zornige Klang. Wut auf Vincent. Als sei Vincent derjenige, der Ben geraubt hatte. Vincent wollte ihm erklären: »Meine Mommy schläft«, obwohl ihm das ein bißchen peinlich war, weil er nicht mehr »Mommy« sagte; aber der Mann zischte einfach weiter: »Weißt du was über Benjamin in der Bibel, mein Sohn? Der in die Sklaverei nach Ägypten verschwand? Weißt du, was kranke Menschen kleinen Jungen wie deinem Bruder antun?«

Einmal hatte Vincent seine Mutter gerufen, und etwas in seiner Stimme ließ sie den Kopf schütteln und sich aufsetzen – sie hatte sich eine Sendung über Fischerei angesehen, aber er war sich ziemlich sicher, daß es sie nicht richtig interessierte. »Was?« sagte sie. »Was?« Er hielt ihr bloß zitternd den Hörer hin. Und seine Mutter nahm ihn, und als sie den Mann hörte, schrie sie wahrhaftig: »Rufen Sie hier nie wieder an, Sie –« Ein unanständiges Wort.

Als der Mann das nächstemal anrief, sagte Vincent nur: »Ich glaube an Gott« und legte auf. Der Mann rief zurück und hinterließ sechzehn Nachrichten. »Geh ans Telefon, wenn du wissen willst, was wirklich mit Benjamin passiert ist«, sagte er immerzu. Sechzehnmal. Vincent hatte mitgezählt. Danach rief er nie wieder an. Für Vincent stand fest, daß es der Entführer war. Aber als sein Dad das Band abhörte, sagte er, das war er nicht; es war bloß ein gestörter Mistkerl, der mit seinem kaputten Leben nichts Besseres anzufangen wußte, als Frauen und Kindern Angst einzujagen. Er überließ der Polizei in Madison das Band. Sie kamen in einem Streifenwagen, um es sich abzuholen.

Vincent glaubte inzwischen, am Klingeln erkennen zu können, ob es ein guter oder ein schlechter Anruf war. Wenn es zum Beispiel Tante Tree war, meinte Vincent im Klingeln eine Art freundlichen Schwung zu hören. Waren es Polizisten oder Fremde oder Leute, die seinen Eltern Grabstätten oder Häuser oder sonstwas verkaufen wollten, hatte es einen fernen Klang, als wüßte es nicht recht, bei wem es läutete. So versuchte er, nur dranzugehen, wenn er den Schwung hörte, und bis zu den Weihnachtsferien hatte er festgestellt, daß er bei zwanzig von fünfundzwanzig Malen recht hatte; er führte Buch, indem er mit Kuli eine winzige Markierung auf die Unterseite des Küchentisches machte, wo das rohe Holz nicht diesen grauen Belag hatte. Es war durchaus möglich, daß er außersinnliche Wahrnehmungen hatte.

Meistens war es Großmama Rosie, die anrief.

Großmama sagte: »Ist deine Mama da, Vincenzo?«

Und Vincent sagte: »Ja. Sie schläft.« Auch wenn sie nicht schlief. Denn wenn er seiner Mom den Hörer gab, würde sie ihn bloß halten, Großmama Rosie zuhören und kaum etwas sagen, und er würde Großmama Rosies kleine Telefonstimme am anderen Ende lauter und lauter werden hören. Das fand er zum Aus-der-Haut-Fahren, weil er seiner Mom ja nicht befehlen konnte, etwas zu sagen.

Aber wenn Vincent zu Großmama sagte, daß seine Mom schlief, gab es ein anderes Problem. Sie sagte: »Hmmmmmm.« Er konnte sie mit ihrem kleinen silbernen Stift, mit dem sie im Golden Hat die Bestellungen notierte, auf den Tisch klopfen hören. Dann fragte sie: »Wo ist das Baby?«

Und er sagte: »Schläft auch.« Auch wenn Kerry nicht

schlief. Er wußte, daß Großmama Rosie das wünschte, weil die Leute immer meinten, daß schlafende Babys am besten dran waren. Dann fragte Großmama Rosie, ob er fernsähe. Sie ließ ihn ein paar Wörter buchstabieren – gewöhnlich zwei leichte wie »bin« oder »ist« und ein schweres wie »Nase« oder »Tiger«, wo man ganz schön reinfallen konnte. Sie sagte: »Ich hatte gedacht, mein Wagen könnte dieses Wochenende nach Madison kommen. Aber Großpapa sagt, nein, dieses Wochenende heiraten viel zu viele Leute. Alle Welt heiratet im Westteil, Cenzo.« Das sagte sie fast jedesmal. Bloß in den letzten Wochen sagte sie: »Bald ist Weihnachten, dann sind wir da« und fragte Vincent, ob er ein braver Junge gewesen sei und was ihm der Weihnachtsmann bringen solle.

Da erzählte er ihr, daß er sich Ben wünschte.

Er merkte sofort, daß Großmama Rosie nichts von der Idee hielt. Sie sagte: »O Vincenzo. *Carissimo.*« Als hätte er ihr erzählt, er sei wegen Raufens von der Schule geflogen oder so was. Vincent hatte eigentlich erwartet, daß sie stolz auf ihn sein und ihre Stimme säuseln würde, wie damals, als er ihr im ersten Jahr, als er Geigenunterricht nach der Suzuki-Methode nahm, das Demoband geschickt hatte. Aber vielleicht war sie ja bloß müde. Er fragte nach Großpapa Angelo. Großpapa würde die Idee bestimmt besser gefallen; er vermißte Ben wirklich. Großpapa hatte gesagt, sein Herz fühle sich an wie ein Knochen in seinem Hals oder so ähnlich – Vincent konnte sich nicht genau erinnern, wie er es beschrieben hatte. Aber Großpapa war nicht zu Hause gewesen. Und Großmama Rosie hatte ganz schnell aufgelegt.

Vincent fand, er müßte es Dad sagen und zusehen, ob Dad ihm bei dem Brief an den Weihnachtsmann helfen würde. Seiner Mom wollte er es nicht sagen.

Heiligabend würde an einem Montag sein, und am Freitag abend davor rief Onkel Paul an, um Vincents Mom zu sagen, daß sie heute abend ankämen. Da wurde Vincent ganz aufgeregt. Onkel Pauls Zwillinge, besonders Moira, waren richtig verrückt und wild für Mädchen; er hatte sich immer gut mit ihnen verstanden. »Dürfen die Zwillinge in meinem Zimmer schlafen?« fragte er Onkel Paul. »Ich hab ein Bett übrig, jetzt, wo Ben nicht mehr da ist.«

Es folgte eine lange Pause, in der Vincent in der Leitung hören konnte, wie ein Autotelefon oder -radio ein- und ausgeschaltet wurde. »Ah, in Ordnung«, sagte Onkel Paul. »Gib mir mal deine Mom.«

Großpapa Angelo und Großmama Rosie kamen am Samstag morgen. Vincents Dad mußte dreimal zum Auto, um alle Geschenke ins Haus zu tragen. Vincent buchstabierte die Schilder an den Päckchen: »Für Kerry vom Weihnachtsmann.« »Für Beth, V.I.S.P.« (Das hörte sich geheimnisvoll an, aber so was machte Großpapa Angelo gern; es bedeutete »von ihrem Schwiegerpapa«.) Dann war da ein ganzer Stapel Schachteln, auf denen stand: »Für Ben von Großmama und Großpapa.« »Für Ben vom Weihnachtsmann.«

Vincent folgte Großpapa Angelo in die Küche. »Großpapa«, sagte er, »du hast dich geirrt. Diese Sachen sind für Ben, und du weißt doch, Ben ist entführt ...«

Das Weiße von Großpapas Augen wurde ganz rot. »Ich weiß, Cenzo«, sagte er und hockte sich hin. »Aber Großmama und ich, wir denken, wenn wir immer fest daran glauben, daß unser Benbo zu uns zurückkommt, wird der Herr unsere Gebete erhören. Und deswegen kaufen wir ihm Geschenke, daß wir unseren Ben nicht vergessen, damit er sie hat, wenn er nach Hause kommt.«

»Ich will sie meiner Mom zeigen.«

»Okay«, sagte Großpapa Angelo. »In ein paar Minuten.« Er blickte sich um. »Wo ist der Weihnachtsbaum?«

Vincent fühlte sich miserabel. Er hätte seinem Dad sagen können, daß niemand daran gedacht hatte, einen Weihnachtsbaum aufzustellen; aber er fürchtete, daß sein Dad weinen würde, wenn er es ihm sagte. Darum lief Vincent nach oben, ohne Großpapa zu antworten, und ging seine Mom holen. Gewöhnlich kam sie nicht vor dem Mittagessen herunter, aber heute kam sie gleich mit, und sie hatte normale Sachen an, nicht ihre rote Jogginghose mit den Löchern, in der sie schlief und die sie den ganzen Tag trug. Sie hatte eine schwarze Hose an und eine weiße Bluse. Vincent war stolz auf sie. Sie gab allen einen Kuß.

»Mom«, sagte Vincent und zog sie am Arm, »ich möchte dir was zeigen.«

Aber er kam nicht gleich dazu, ihr Bens Geschenke zu zeigen, denn gerade fuhren Tante Tree und Onkel Joey vor. Tante Tree sagte allen, sie hätte nicht gewußt, ob sie mitkommen sollte oder nicht, weil sie neuerdings dauernd Krämpfe hatte. Vincent nahm an, das hatte mit Tante Trees Baby zu tun, das noch in ihrem Bauch war, und damit hatte er recht.

»Ahhhhh«, sagte Großmama Rosie. »Vielleicht wird es ein Weihnachtskind!«

»Hier in Madison gibt's auch Krankenhäuser, Tree«, sagte Dad.

»Noch ein bißchen früh«, sagte Großpapa Angelo.

»Bloß ein paar Tage«, sagte Großmama. »Ist jedenfalls leichter, wenn's ein bißchen zu früh kommt. Das erste.« Tante Monica kam nicht, weil sie Weihnachten bei einem Freund verbrachte. Obwohl sie lange Fingernägel hatte und Klavier spielen konnte, hatte Tante Monica noch keinen Mann; zu Vincent sagte sie immer, er sei der einzige Mann, auf den sie sich verlassen könne.

Tante Tree konnte nicht die Treppe hinauflaufen, und sie hatte noch nicht alle ihre Geschenke eingepackt, darum machte sie Vincent zu ihrem »Assistenten« und ließ sich von ihm Klebefilm und Schere bringen. Und dann, gerade als er seiner Mom die Geschenke für Ben zeigen wollte, kam plötzlich Dads Freund Rob mit einem Baum – einem fix und fertig geschmückten Baum!

Vincent roch daran; es war ein echter. Rob sagte, Delios Blumengeschäft hätte ihn Dad umsonst gegeben. Der Baum machte alles schöner. Alle nahmen sich viel Zeit, um die Geschenke darunter zu legen. Vincent holte seinen Kassettenrecorder, um ihn unter dem Baum hinter den Päckchen zu verstecken. Falls er nicht lange genug wach bleiben konnte, wollte er ihn einschalten, bevor er ins Bett ging, um den Weihnachtsmann aufzunehmen. Er dachte sich, wenn er als erstes Kind in Amerika beweisen könnte, daß es den Weihnachtsmann wirklich gab, käme er vielleicht ins Fernsehen. Er erzählte Jill von seiner Idee, und sie fand sie super. Heute abend sollte ein Test sein. Wenn er auf seinem Band hören würde, was die Erwachsenen sagten, nachdem er ins Bett gegangen war, zumindest bis das Band zu Ende war, dann würde er wissen, daß er den Weihnachtsmann bestimmt draufkriegen konnte.

Rob blieb auf ein Glas Wein, und Tante Sheilah hatte die Zwillinge schon ins Bett gebracht, als Vincent endlich Gelegenheit hatte, seiner Mutter von den Geschenken für Ben zu erzählen. Sie saß auf der Couch, in der Hand eine Tasse Kaffee, den sie aber nicht trank, und er ging leise zu ihr und sagte: »Guck mal, Mom. Die ganzen Geschenke sind für Ben. Die haben Großpapa und Großmama mitgebracht. Ist das nicht lieb?«

Großmama Rosie saß Mom gegenüber und stickte an einem Bild für Tante Trees Baby, und Mom sah Vincent nicht mal an. Sie ging nur zum Baum und hielt ein Päckchen in die Höhe und sagte mit dünner Stimme: »Rosie.«

Vincents Großmama machte ein Gesicht, als hätte sie

ein schlechtes Gewissen, so als ob sie in der Schule beim Herumreichen von einem Zettel mit dem Wort »Pisse« erwischt worden wäre. »Bethie?« fragte sie leise. »Was ist, Liebes?«

»Was ist das hier?«

»Geschenke für Ben.«

»Ihr habt Geschenke für Ben mitgebracht.«

»Ja.«

»Rosie, warum habt ihr Geschenke für Ben mitgebracht?«

»Weil ich glaube«, sagte Großmama mit der Stimme, mit der sie sonst zu Kindern sprach, »daß Ben gefunden wird. Und wenn er gefunden wird, soll er wissen, daß seine Familie ihn nicht vergessen hat.«

»Hast du den Eindruck, daß wir Ben vergessen haben?«

»Nein, mein Liebes.«

»Aber wir haben keine Geschenke für Ben besorgt.«

»Das kann ich verstehen.«

»Ehrlich gesagt«, sagte Mom, »ich habe diese ganze ... diese ganze große Feierei nicht gewollt. Ich wollte die Feiertage durchschlafen. Und wenn ihr so was macht, wenn ihr so tut, als wäre er bloß mal kurz verreist und würde jederzeit zurückkommen, Rosie, weißt du, was ihr mir damit antut?« Ihre Stimme wurde laut, und Vincent hörte das Stühlescharren, als sein Dad und Rob in der Küche aufstanden und rüberkamen, um zu sehen, was los war.

»Beth«, sagte Großmama Rosie gerade, »niemand wollte dich aufregen.«

»Aber ihr habt *gewußt*, daß es mich aufregen würde.«

»Bethie«, sagte Vincents Dad, »bitte. Du weißt, was sie im Compassionate Circle gesagt haben. Jeder Mensch braucht ein Ritual.«

»Aber ich nicht, Pat!« Vincents Mutter weinte jetzt.

»Und ich bin seine Mutter! Ich will keinen Haufen Albernheiten und so tun, als wäre mein Kind am Leben und auf dem Weg nach Hause, wo das die grausamste Lüge der Welt ist! Ich will diesen ganzen Mist nicht vor meiner Nase haben!«

»Beth, Schatz!« sagte Tante Tree darauf. »Nimm's nicht so schwer. Ma hat es nicht so gemeint.«

»Nimm's nicht so schwer, nimm's nicht so schwer!« schrie seine Mutter. »Wie soll ich's nicht schwernehmen, wenn anscheinend keiner außer mir sich damit abfindet, daß es aus ist – *aus*! Und wir machen einfach weiter wie immer, essen, schlafen, Babys taufen ...«

»Was hat mein Baby damit zu tun?« fragte Tante Tree und faßte sich an den Bauch; sie war wütend. »Hör zu, Beth. Du mußt irgendwann davon loskommen. Keiner kann mit dir reden. Ich nicht. Pat nicht. Wenn du überhaupt keine Hoffnung hast, daß Ben zurückkommt ...«

»Zurückkommt? Er ist nicht mal vier! Was soll er denn machen? Sich einen Eisenbahnfahrplan besorgen?«

»Ich meine, Beth, wenn der Rest von Bens Familie die Hoffnung nicht aufgeben will, ist das unsere Sache. Das geht nicht gegen dich. Und überhaupt, Beth, was kümmert es dich? Wieso berührt es dich? Du bist eine ... Insel, Beth. Du machst dir überhaupt nichts aus meinem Baby ...«

»Stimmt.«

»Das solltest du aber. Das Leben geht weiter.«

»Ich will das nicht hören, ›das Leben geht weiter‹, es ist zu früh, Teresa.«

Teresa. Vincent hatte Tante Trees richtigen Namen ganz vergessen.

»Und du machst dir nichts aus meiner Mutter und meinem Vater, und es ist dir egal, daß sie genauso fertig sind wie du. Und daß sie nicht wissen, wie sie aus deinem Benehmen schlau werden sollen. Zugegeben, ich wäre am Boden zerstört. Ich könnte nicht weitermachen wie du. Aber du hast dich von der ganzen Familie zurückgezogen. Und das ist in Ordnung, aber dann darfst du nicht ...«

»Tree«, warnte Vincents Dad mit erschöpfter Stimme, »Tree, warte ...«

»Nein, Pat. Ihr habt alle Angst, es ihr zu sagen, aber ich nicht! Wir rufen an, sie will nicht mit uns sprechen. Wir schreiben, sie antwortet nicht. Wir können über nichts reden, das nicht mit Beth' Kummer zu tun hat. Sie ist wie Deirdre, die Mutter der Schmerzen – nichts auf der Welt kann so schlimm sein wie das, was sie durchmacht, darum ist sie einfach komplett aus dem Leben ausgestiegen.«

»Sehr richtig. Es ist meine Entscheidung.«

»Aber nicht *unsere*, Beth. Es steht dir nicht zu, allein über Ben zu entscheiden. Er hat auch uns gehört. Und wir haben beschlossen, nicht aufzugeben. Wir verschicken immer noch Päckchen mit Handzetteln an Leute in New York, Kansas und Oklahoma. Wir sprechen immer noch mit der Polizei. Wir wollen immer noch glauben, daß Hoffnung besteht, und du kannst uns nicht daran hindern, und ich weiß nicht, warum du das willst, denn du wirst ihn nicht finden, wenn du den ganzen Tag auf deinem Hintern sitzt und ...«

Vincent fand, er müsse jetzt seiner Mom sagen, die Chancen stünden sehr gut, daß am Weihnachtsmorgen alles in Ordnung sein, daß Ben zurück sein werde.

»Mom«, sagte er, »ich muß dir erzählen, was ich gemacht hab.« Er fragte sich, ob dies nicht irgendwie gelogen sei; denn er hatte ja nicht wirklich einen Wunschzettel an den Weihnachtsmann geschrieben. Er hatte einfach versucht, zum Weihnachtsmann zu beten, weil Großmama Rosie behauptete, der sei ein Heiliger, und man könne jederzeit zu Heiligen beten; sie erwarteten es dort droben. Nun holte er tief Luft und sagte: »Paß auf, Mom. Ich hab den Weihnachtsmann gebeten, daß er Ben nach Hause bringt. Ich glaube, er macht's.«

Es war wie ein Kälteschock.

Niemand im Zimmer rührte sich. Niemand sprach.

Dann stand seine Mom auf, stellte vorsichtig ihre Tasse ab, fuhr sich mit beiden Händen in die Haare und taumelte aus dem Zimmer zur Treppe. Vincent sah seinen Dad an. Einmal, am Muttertag, kurz nachdem Kerry geboren war, hatten er und Dad seiner Mutter einen ganzen Korb voll Wildrosen gebracht, und sie hatte ihr Gesicht mitten hineingesteckt und geweint und geweint, und als Vincent fragte, warum, hatte sein Vater zu ihm gesagt: »Sie ist glücklich, Vincent. Ich weiß, es hört sich komisch an, aber manchmal sind Erwachsene so glücklich, daß sie weinen.«

War es das?

Großmama Rosie lehnte den Kopf an Tante Trees Schulter. Großpapa Angelo stand auf, klimperte mit seinen Autoschlüsseln und sagte, er führe rüber ins Restaurant zu Augie. Dad hob Vincent hoch und sagte: »Ich glaube, es wird Zeit fürs Bett, Racker. Bloß noch ein paar Tage bis Weihnachten. Du brauchst deinen Schlaf.« Vincent zappelte, er wollte hinunter. Er wollte nicht im Zimmer bleiben. Warum waren alle böse auf ihn? Fanden sie es schlimm, den Weihnachtsmann um den eigenen Bruder zu bitten? Aber auch wenn er ausnahmsweise froh war, ins Bett zu kommen, zuerst wollte er sein Tonband einschalten. »Ich möchte mir bloß das eine große Geschenk angucken, Dad«, schwindelte er.

Als sie oben in seinem Zimmer waren und sein Vater ihn auf Bens Bett abgeladen und hingelegt und ein paar Strophen von *Davy Crockett* gesungen hatte, fragte Vincent: »Weißt du noch, wie ich Ben einmal ganz sacht auf den Kopf geschlagen hab, und er hat mich gebissen?«

»Ja. Ich habe Ben in unser Zimmer gebracht, um euch zu trennen.«

»Wo in Wirklichkeit Ben schuld war.«

»Aber du hast ihn geschlagen.«

»Ganz sacht. Und er hat mich ganz, ganz feste gebissen.«

»Beißen tat er gern. Aber als er größer wurde, hat er es gelassen.«

»Ja«, sagte Vincent. »Ich wollte dir bloß sagen, Dad, daß ich ihm das verzeihe.«

»Fein«, sagte sein Dad. »Das freut mich. So, jetzt schlaf schön. Die Zwillinge schlafen schon längst. Sie sind brave kleine Mädchen, keine hinterlistigen Äffchen, die die ganze Nacht rumturnen. Wag es ja nicht, sie aufzuwecken.« Er gab Vincent einen Kuß und sagte: »Ich hab dich lieb.«

»Wo ist Mom?« fragte Vincent darauf.

»In ihrem Zimmer.«

»Ist sie krank?«

»Ein bißchen, ja. Ein kleines bißchen. Auch Erwachsene streiten sich manchmal, Vincent. Das weißt du. Morgen ist alles wieder gut.«

Doch am Morgen wurde es nur schlimmer, weil alle so höflich waren, statt laut miteinander zu reden. Wenigstens hatte das Tonbandgerät prima funktioniert. Er hörte seinen Dad zu seiner Tante sagen: » ... der ungeheure Streß. Und sie geht nicht dran, weil sie die meiste Zeit denkt, es ist die Polizei, die wieder ein Kind gefunden hat, oder ein Verrückter, der ihr klarmachen will, wir hätten ihn umgebracht.«

»Aber trotz allem, Paddy, sie braucht professionellen Beistand. Sie braucht richtige Hilfe.«

»Vielleicht«, sagte sein Dad. »Ja.«

Dann redeten sie über Monica und daß sie verliebt wäre und alles mögliche Zeug, aus dem Vincent sich nichts machte.

Aber eine Hilfe. Das hielt Vincent für eine prima Idee. Er hoffte, daß sein Dad das wirklich ernst meinte. Wenn seine Mom eine richtige Hilfe hätte, jemand, der Helfen als Job machte, die ganze Zeit hier im Haus, dann würde sie sich jeden Tag waschen und was anziehen müssen, weil die Hilfe das von ihr verlangen würde. Sie würde Kerry öfter wickeln müssen, so daß Kerry nicht immer in ihrem durchnäßten Schlafsäckchen liegen müßte, bis Jill nach Hause kam. Vincent konnte keine Windeln wechseln, weil Kerry zu zappelig war; er hatte es einmal versucht, und da hatte sie sich einfach von ihm weggerollt. Das mußte seine Mom machen. Wenn die Hilfe seine Mom ein bißchen antreiben könnte, so daß sie mehr Sachen tat und nicht zu allem ewig brauchte, dann würde sie mehr Zeit haben; denn soweit Vincent das beurteilen konnte, machte sie überhaupt keine Fotos mehr. Sie könnten vielleicht spazierengehen. Und nachdem sie eine Weile wieder ganz normale Dinge gemacht hätten, würde ihr vielleicht klarwerden, daß sie, auch wenn Ben gerade mal nicht da war, immer noch mehr Kinder hatte, als sie verloren hatte. Sie hatte doppelt so viele Kinder, wie sie verloren hatte.

Und er war fest davon überzeugt, daß er und Kerry zusammen einen Ben wettmachen konnten. Vielleicht sogar anderthalb.

11. Kapitel

BETH

Nicht lange nachdem das Magazin *People* in den Kiosken erschienen war, auf den Tag genau sieben Monate nach Bens Entführung, kam Candy unangemeldet auf dem Weg zu einer Gerichtskonferenz in Michigan nach Madison. Beth glaubte später, sie habe eigens einen Umweg gemacht; es war typisch Candy, sich vorzustellen, wie Beth zumute sein würde, wenn sie das Titelblatt sah, eine ganzseitige Abbildung von dem zweiten Vermißtenplakat mit der Schlagzeile »I-800-Findet Ben« und einer knalligen Unterzeile mit dem Wortlaut: »Direkt vor ihren Augen: Das seltsame Verschwinden von Ben Cappadora.« Keine süffisanten Bemerkungen über Filmstarschwangerschaften oder Storys über Diätärzte. Nur Ben.

Laurie hatte das Heft am Tag des Erscheinens mitgebracht.

Beth wollte nicht mit ihr sprechen, auch nicht, als Pat sie durch die geschlossene Schlafzimmertür anflehte. Schließlich schickte Laurie Pat fort. »Bethie, hör zu«, sagte sie. »Du wirst mich hierfür hassen, das weiß ich. Aber es ist schon soviel Zeit vergangen. Die Polizei kommt nicht weiter.« Beth konnte Laurie leicht an der Tür reiben hören, als würde sie Beth auf den Rücken klopfen. Laurie fuhr fort: »Diese Zeitschrift liegt in Arztpraxen in ganz Amerika aus, Bethie. Und als die Reporterin mich anrief, da habe ich beschlossen, mit ihr zu sprechen, obwohl ich wußte, was du davon halten würdest. Es war richtig so, Bethie. Ich hab dich gern. Ich hab Ben gern. Und diese Angst vor den Medien ... die fand ich immer schizophren. Auch wenn du nie wieder mit mir sprichst, ich bin trotzdem froh, daß ich's getan habe. Und daß du's weißt, Barbara hat auch mit ihnen gesprochen. Und Wayne. Und deine Schwägerin Teresa. Und wenn du die jetzt auch alle haßt, tust du mir leid. Beth, ich warte, bis du bereit bist, mit mir zu sprechen.« Beth konnte Lauries stille Gegenwart vor der Tür wahrnehmen wie ein Atemholen. »Okay, Beth, bis dann.«

Als Beth eine Stunde später die Tür aufmachte, lag die Zeitschrift vor ihrem Schlafzimmer auf dem Boden. Sie setzte sich an Ort und Stelle hin, direkt in die Türöffnung, und blätterte zu Seite sechzig, wobei sie absurderweise dachte, sie lassen einen immer auf die Titelgeschichte warten, egal, wovon sie handelt, sie lotsen einen durch tausend Sachen, von dem genialen Neuntklässler, der aus einem Uhrenradio einen Computer gebastelt hat, bis zu dem Model, das innerhalb von achtzehn Monaten zwei Kinder bekommen und sich binnen sechs Wochen vollkommen schlank gehungert hat.

Sie meinte, den ersten Absatz lesen zu können. Soviel wollte sie sich erlauben, obwohl sie schon einen eisigen Druck spürte, als sie nur den Aufmacher umblätterte. Darauf waren lauter Fotografien, die sie kaum ansah, aber trotzdem erkannte. Schließlich hatte sie die meisten selbst aufgenommen – ein Weihnachtsfoto von ihren drei Kindern, das den Mittelpunkt einer Karte gebildet hatte: Kerry, Vincent und Ben mit Nikolausmützen, alle drei streckten die Zunge heraus. Ein Foto an Lauries Picknicktisch von Ben und Lauries Sohn, als Clowns geschminkt. Das hing bei Laurie gerahmt in ihrem Wohnzimmer.

Auf der ersten Seite war nur das erste Fahndungsplakat. Das konnte Beth anschauen – sie hatte es so oft gesehen, daß es am Ende bedeutungslos geworden war. Sie wollte sich nicht mehr die Handgelenke zerkratzen, wenn sie Bens schief sitzende Baseballkappe betrachtete, seine krause Nase, wenn er lächelte. Und darunter ein gelungener Schnappschuß von Candy, die vor dem Polizeirevier von Parkside mit Reportern sprach, aufblickte, sichtlich verärgert über den Fotografen, aber perfekt gestylt, ungeachtet ihres grimmig gespannten Kinns.

Okay, dachte Beth. Eine Zeile kannst du lesen. Zwei. »Als Beth Cappadora mit ihren Kindern zum fünfzehnjährigen Treffen ihrer High-School-Klasse nach Chicago fuhr, hatte sie ein geselliges Zusammensein mit alten Freunden und Freundinnen erwartet, nicht den Beginn eines Alptraums, der eine Familie, alte Freundschaften, eine ganze Gemeinde auseinanderreißen würde ...« Beth klappte die Zeitschrift zu.

Sie wußte, was der Rest enthalten würde – um die Bilder herum ein paar tausend Worte windiger, kitschiger Prosa, bei deren Lektüre sogar Frauen, die nach einer Krebsoperation auf eine Mammographie warteten, dankbar feststellen würden, daß sie besser dran waren. Genug. Schluß damit. Es war da und existierte, und sie wußte es, und das war's. Da sie das Haus nie wieder verlassen mußte, dachte sie froh, brauchte sie nicht zu sehen, wie Leute im Supermarkt sie erkannten und beschämt wegsahen. Sie brauchte das verkniffene, gequälte Lächeln der Lehrer nicht zu sehen. Pat schon. Aber er würde vermutlich im Mitgefühl schwelgen; er liebte anscheinend Mitgefühl – ganz im Gegensatz zu Beth, deren Verachtung für dieselben Blicke, Bemerkungen und Händedrücke im gleichen Maße anstieg. Er hatte sogar eines Abends gesagt, wie herzerquickend das alles sei, wie erstaunlich die Bestätigung des grundsätzlich Guten im Menschen, die Briefe und Hilfsangebote, die den Postboten zwangen, ganze Arme voll auf ihrer Veranda abzuladen; das Zeug hätte unmöglich in den Briefkasten gepaßt. Wahrscheinlich nahm Laurie die Briefe mit nach Hause. Beth sah Laurie die wachsenden Stapel jedesmal, wenn sie kam, nervös beäugen, und ein paar Tage später fiel Beth auf, daß die Stapel wieder dünn waren. Sie konnte und wollte sich nicht vorstellen, welche Formen von Mitleid und Absurdität diese Briefe enthielten.

An ihren schlechten Tagen nahm Beth, wenn Kerry über ihrem Fläschchen eingeschlafen war, ein Bad. Sie blieb im Wasser sitzen, bis es eklig und kalt war, und betrachtete ihre spindeldürren Arme und Beine, die weiß wie Fischbäuche unter der Wasseroberfläche schimmerten. Wenn sie aus der Wanne kam, war es vier Uhr oder später, Jill war oft zu Hause, falls sie nicht zum Abendunterricht mußte, und hatte Vincent bei den Shores abgeholt. Nun konnte Beth auf die Dunkelheit warten. Es wurde jetzt zeitig stockfinster, und sobald es stockfinster war, konnte man ins Bett gehen. Das Bett hatte für Beth eine nahezu erotische Ausstrahlung. Das Schwinden des Tages war der kostbarste Augenblick ihres Daseins. Die Abende, wenn Jill Unterricht hatte, waren schier unerträglich. Beth mußte auf der Couch sitzen, während Vincent in seiner Fibel las oder seine Buchstabiertafel durcharbeitete; sie hätte ihm sagen müssen, daß Kinder vor dem Fernseher ihre Hausaufgaben nicht ordentlich machen konnten, war aber nicht dazu imstande. Nach einer Weile stand er auf, gab ihr einen flüchtigen Kuß und ging zu Bett.

Und dann mußte Beth noch die letzten fünfzehn Minuten überstehen, die sie gewöhnlich damit zubrachte, Paul Crane gegenüber zu beobachten, der im Licht, das aus seiner Garage fiel, auf seinem frostgeschädigten Rasen unzählige kurze Golfschläge vollführte. Nach fünfzehn Minuten – eine vernünftige Zeitspanne – konnte sie zur Treppe laufen. Vincent war im Bett. Sie sah sogar zu ihm hinein, mit verschwommenem Blick, um das Bett nicht sehen zu müssen, in dem er lag, und sagte: »Nacht, Herzchen.« Er antwortete nie. Er schlief schnell ein. Gut so.

An guten Tagen ging Beth manchmal nach unten in ihr Arbeitszimmer, um ein bißchen auszumisten. Sie füllte Säcke mit Schnappschüssen, alten Negativen und Arbeitsverträgen, Ausschnitten, Sammlungen, Telefonnummern, die sie nie wieder brauchen würde. Sie liebte das Gefühl, ihr früheres Leben abzustreifen, liebte die Befreiung von allen Verpflichtungen, außer der, bis zum Abend zu leben. Eines Nachmittags hatte Pat gesehen, wie sie ihre Drehkartei wegwerfen wollte, und sie zurückgehalten. Beth ließ ihn gewähren – sie konnte sie immer noch an einem anderen Tag wegwerfen, wenn er im Restaurant war.

Sie dachte tatsächlich kurz daran, ihre Dunkelkammer auszuräumen, aber die großen, stabilen Gegenstände wie Wannen und Schalen konnte sie nicht fortschaffen, ohne daß Pat es merkte. Abends durchforstete sie im Geist ihr Zimmer und überlegte, was sie am folgenden Tag wegwerfen könnte. Schuhe vielleicht. Sie hatte viel zu viele.

Als Candy an diesem Nachmittag auf der Veranda erschien, hatte Beth einen guten Morgen gehabt. Sie hatte geduscht und Kerry eigenhändig mit Frühstücksflocken gefüttert. Sie ließ Candy herein, erwiderte ihre Umarmung und war verwirrt, als Candy sie auf Armeslänge von sich hielt und sie von oben bis unten musterte.

»Beth, was Sie da anhaben, sieht sehr merkwürdig aus«, sagte Candy.

Beth fragte Candy, ob sie Kaffee wolle. Candy sagte: »Klar.« Und Beth ging in die Küche, um löffelweise Kaffee abzumessen. Laurie sagte immer, abgemessen würde er besser schmecken.

»Haben Sie gehört, was ich vorhin sagte?« fragte Candy, als sie am Küchentisch saßen, Candy mit der schläfrigen Kerry auf dem Arm.

»Ja«, sagte Beth. Sie versuchte, sich zu erinnern.

»Sie haben komische Sachen an.« Beth trug eine ganz gewöhnliche Wollhose. Es war eine Hose aus den siebziger Jahren, vor kurzem beim Durchwühlen eines Schranks gefunden. Sie wußte nicht, wieviel sie abgenommen hatte, aber impulsiv hatte sie diese Hose mit den weiten Beinen und dem ausgefallenen Bindegürtel, die aus ihrer Zeit vor dem Kinderkriegen stammte, probiert und festgestellt, daß sie einigermaßen paßte. Es waren vielleicht fünf solche Hosen, die Beth jetzt regelmäßig trug, entweder mit einem Sweatshirt von ihr oder einem Hemd von Pat.

»Ich hab eine Menge abgenommen«, erklärte sie Candy. »Und die Hose ist genau richtig für Hausarbeiten.«

»Wie wär's mit *professionell* arbeiten?« fragte Candy darauf.

»Ich ... hm ... hab mich zur Ruhe gesetzt«, sagte Beth. »Ich kann mir nicht vorstellen ... Sie verstehen. Ich habe Fotos von Ereignissen gemacht und von Menschen und Hochzeiten und so, Candy. Das könnte ich jetzt nicht mehr. Ich glaube nicht, daß ich Aufnahmen machen könnte von ... nicht mal von Lebensmitteln.«

»Aber Sie möchten es vielleicht – irgendwann«, sagte Candy. »Meinen Sie nicht? Sie haben doch immer gearbeitet.«

Beth nickte.

»Oh«, sagte Candy. »Das dachte ich mir.« Darauf erzählte sie von der Konferenz, zu der sie am nächsten Morgen gehen würde. »Ich nehme mir drüben im Embassy ein Zimmer«, sagte sie, aber Beth widersprach, nein, das komme nicht in Frage, sie müsse natürlich hier wohnen. Candy lächelte. »Sehr gern.« Die Konferenz befasse sich mit dem psychologischen Profil von Schwerverbrechern. »Das ist das Allerneueste«, erklärte Candy. »Man findet heraus, daß fast jeder Verbrecher zwischen zwanzig und vierzig ist, mittelgroß, weiß oder schwarz, als Kind Milch getrunken hat, im College ein kleines Alkoholproblem hatte und eine Mutter, die ihn ständig genervt hat, er solle Klavier üben.«

»Ich glaube, mit dem Kerl war ich mal zusammen«, sagte Beth.

»Ich glaube, der Kerl war mein Bruder«, ergänzte Candy. »Ich halte das alles für Quatsch. Ich glaube wirklich nicht, daß es heute prozentual mehr schlechte Kerle gibt als je zuvor. Es gibt einfach nur mehr Menschen, verstehen Sie? Es gibt mehr Menschen und weniger Raum für sie – und weniger Geld.«

Sie erwähnte Ben nicht, stellte Beth fest. Wohl deshalb, weil es nichts Neues zu berichten gab. Beth hatte gelernt, nicht zu fragen. Candy würde ihr alles erzählen, egal, wie unbedeutend es scheinen mochte. Aber der Fall fand nicht mehr viel Aufmerksamkeit. Das wußte Beth.

»Haben Sie die Story in *People* gelesen?« fragte sie Candy jetzt.

»Ich habe gehofft, Sie hätten sie nicht gesehen«, antwortete Candy. »Aber wissen Sie, Beth, sosehr ich die meisten dieser Pressehaie verachte, eigentlich halte ich es für keine schlechte Idee. Es ist wie Gratisflugblätter. Jedes Kind geht früher oder später mal zum Arzt. Das könnte unser Schlüssel sein, verstehen Sie? Eine von diesen Reality-Fernsehshows wäre vielleicht auch eine gute Idee.« Sie hielt inne und schwenkte den kalt gewordenen Kaffee in ihrer Tasse. »Allerdings würden Sie oder Pat dann dort reden müssen.«

Beth sagte lächelnd: »Nein.«

»Nein für Sie oder nein für Pat?«

»Ich bin nicht Pats Mutter. Mir ist egal, was er macht.«

»Ach, so steht es also, ja?«

»Ich meine, es ist mir egal, mit wem er redet. Er redet scheint's ohnehin nicht mehr viel.«

»Vielleicht spürt er, daß es Ihnen nicht recht ist.«

»Vielleicht.«

»Beth ...« sagte Candy dann und winkte Jill zu, als sie von der Schule zur Tür hereinkam; sie übergab ihr das Baby, das aufwachte, vergnügt strampelte, »Juu! Juu!« sagte und gluckste. »Haben Sie ein bißchen Geld?«

»Brauchen Sie Geld?«

»Nein, ich meine, haben Sie Geld im Haus? Ich dachte, wir könnten einkaufen gehen.«

Beth fing an zu lachen. Sie fürchtete, sie würde womöglich so heftig lachen, daß ihr der Kaffee hochkäme, deshalb bemühte sie sich, ihr Lachen einigermaßen unter Kontrolle zu halten. In letzter Zeit ließ anscheinend alles ihren Magen revoltieren. »Candy«, keuchte sie schließlich. »Ich geh nicht einkaufen. Wozu sollte ich einkaufen gehen?«

»Vielleicht was zum Anziehen.«

»Ich brauche nichts zum Anziehen.«

»Würden Sie's für mich tun?«

»Nein.«

»Das ist nicht sehr freundlich. Vielleicht möchte *ich* was zum Anziehen.«

»Sie leben in Chicago. Da gibt's viel bessere Sachen zu kaufen als in Madison. Außerdem ziehen Sie sowieso immer dasselbe an. Und helle Blazer gibt's überall.«

»Beth, das ist nicht wahr. Ich habe eine sehr abwechslungsreiche Garderobe zu Hause. Größtenteils Leder mit Nieten. Bißchen Goldlamé. Und jetzt möchte ich einkaufen gehen. Jilly«, rief sie, »wo kann man hier gut einkaufen?«

Jill, die gerade das Baby wickelte, rief zurück: »West Towne. Markenkleidung und so.«

»Hört sich gut an.« Candy stand auf. In diesem Moment öffnete Vincent die Tür. Zu Beth' Verwunderung flog er in Candys Arme, hielt sie fest, schlang seine Beine um sie, als sie ihn hochhob – mühelos, stellte Beth fest, wo Candy doch so zerbrechlich aussah.

»Hast du Ben mitgebracht?« fragte er.

»Noch nicht, Kumpel.« Candy sah aus, als wollte sie weinen. »Es tut mir leid. Ich suche aber weiter, bis ich ihn gefunden habe, das verspreche ich. Na, wie geht's mit der Schule, Vincent? Alles okay? Spielst du Basketball?«

Vincents Blick wanderte zu seiner Mutter. »Diesen Winter spiel ich nicht.«

»Na, ist ja noch Zeit genug. Hör mal, Vincent, ich habe ein großes Problem.«

»Was?«

»Ich geh mit deiner Mommy einkaufen, und ich brauche jemand, der solange auf meine Polizeimarke aufpaßt.« Sie holte das Lederetui hervor, das ihre goldene Marke enthielt. »Das ist ein Kriminalinspektorabzeichen. Es ist sehr wertvoll.« Sie zwinkerte Beth zu. »Es ist echtes Gold. Und außerdem hat es Kräfte. Weißt du jemand, der das Ding beschützen könnte, mit Leib und Leben beschützen, solange ich weg bin?«

Vincent senkte die Stimme. »Das könnte ich doch machen.«

»Ich weiß nicht.« Candy trat einen kleinen Schritt zurück. »Ich weiß nicht, Vincent. Du bist ein kluger Junge, aber du bist erst acht. Eine solche Verantwortung würde ich normalerweise nicht mal einem Zwölfjährigen übertragen. Das Kind müßte sehr zuverlässig sein.«

»Ich bin zuverlässig. Du kannst Jill fragen. Ich mach mein Bett ganz alleine.«

»Jill, was meinst du?«

»Ich meine, er kann den Auftrag annehmen«, sagte Jill. »Aber du darfst es nicht mit zu Alex nehmen, mein Großer.«

»Darf ich ihn herholen, damit ich's ihm zeigen kann?«

Candy überlegte und klopfte sich an die Zähne. »Ist auf diesen Alex Verlaß?«

»Er ist mein bester Freund«, beteuerte Vincent.

»Na, wenn das so ist. Es ist eigentlich gegen die Vorschrift. Aber ausnahmsweise, okay.« Sie wandte sich an Beth. »Wenn Sie kein Geld hier haben, besitzen Sie vielleicht eine Scheckkarte oder so was?«

»Ja, die hat sie«, verkündete Jill. »Im Umschlag, der am Kühlschrank steckt. Aber man kennt dort ihre Unterschrift nicht, bloß meine. Ich bin jetzt Beth Cappadora.«

»Heute nicht«, sagte Candy und nahm die Karte in die Hand. »Möchten Sie sich umziehen? Ist eigentlich egal. Kommen Sie, Beth, gehen wir.«

Das Licht, das der Schnee zurückwarf, blendete Beth unbarmherzig in den Augen. Ihr altes Marinejackett fühlte sich klobig an – weiter als bis zum Briefkasten war sie seit dem Herbst nicht oft gekommen. Sogar die Bewegung von Candys Auto war wie eine neue Empfindung, etwas nur entfernt Vertrautes. »Es ist kalt«, sagte sie zu Candy.

»Es ist Januar, Beth«, sagte Candy. »Es ist normal, daß es im Januar kalt ist.«

»Ich bin eben nicht ... viel rausgekommen.«

»Verstehe.«

Beim Anblick des Menschengewimmels auf der Einkaufsstraße – wußten die Leute nicht, daß Weihnachten vorbei war? Was hatten sie unaufhörlich zu kaufen, immerzu? – hätte Beth beinahe um Gnade gebeten. Und

Leute, die *People* lasen, würden womöglich ihr Gesicht erkennen. (War ihr Gesicht in diesem Bericht zu sehen gewesen? In einigen anderen auf jeden Fall.) Die Leute würden sich erinnern. Sie anstarren.

»Ich weiß nicht, Candy«, sagte sie, bemüht, ein ganz kleines bißchen gelangweilt zu klingen, »es ist so voll in diesen Läden.«

»Wir gehen nur in ein einziges Geschäft. Ich weiß bloß nicht, in welches. Bitte haben Sie Geduld mit mir.«

Sie landeten in einem Geschäft namens Cotton to Cotton – alles aus Baumwolle. »Ich mag Baumwolle«, sagte Candy. »Sie knittert nicht, und wenn man viele Sachen übereinander anzieht, ist einem so warm, als hätte man Wolle an. Schichten, Bethie. Das ist es.«

Und Beth war verblüfft; Candy verstand von Kleidern genausoviel wie an jenem Schreckensabend von Make-up. Nachdem sie Beth' Gesicht in dem erbarmungslosen Neonlicht eingehend betrachtet hatte, sagte Candy: »Lila. Blaugrün. Grau. Ein kräftiges Blau. Vielleicht ein bißchen Rot.« Und sie schleppte Armladungen mit Röcken und Blusen, Westen und Gürteln, Pullovern und Jacken herbei und drapierte sie an Beth, die stumm wie eine Schaufensterpuppe mitten im Gang stand.

Vierzig Minuten später hatte Candy vier Einkaufstüten voll, und Beth hatte ihre Karte ausgehändigt. Auf dem Heimweg sagte Candy zu Beth: »Der Trick ist, daß Sie jedes einzelne Stück mit allen anderen kombinieren können. Wenn eins schmutzig ist, holen Sie einfach ein anderes raus und ziehen es an. Alles paßt zusammen, sogar die Gürtel. Und Sie können zu allen Sachen schwarze Schuhe tragen. Flache oder hohe Absätze. Sie haben doch schwarze Schuhe?«

»Ja«, sagte Beth.

»Sie müssen gar nicht überlegen. Sie holen einfach

raus, was da ist, und ziehen es an, ja? Und wenn wir nach Hause kommen, hänge ich Ihnen alles in Ihren Kleiderschrank, und dann nehmen wir die ganzen Diskohosen und ... verbrennen sie oder so was. Okay?«

»Okay«, sagte Beth.

Zwei Monate später waren die Preisschildchen immer noch an den Kleidern, als Laurie, die mit wachsender Sorge wohl ein dutzendmal angerufen hatte, eines Abends erschien, gerade als Pat wieder ins Restaurant zurückwollte. Beth saß oben auf ihrem Bett und hörte sie Pat fragen: »Sie will immer noch nicht mit mir sprechen, nicht?«

»Ich glaube doch«, erwiderte Pat. Beth erkannte am gedämpften Ton von Pats Stimme, daß er Laurie umarmte. »Ich glaube, sie ist drüber weg. Barbara Kelliher hat sie zigmal angerufen, um ihr zu sagen, wie großartig das Echo auf den Bericht war und daß sie fünfmal neue Plakate hat nachmachen lassen müssen. Ich denke, Beth hat es begriffen.«

»Ich glaube, sie haßt mich wie die Pest«, sagte Laurie. Aber Beth hörte sie die Treppe heraufttrippeln; selbst auf diesem Botengang ins Gemach von Rochesters wahnsinniger Frau blieb Laurie elastisch.

»Hallo«, sagte sie.

»Hallo«, sagte Beth.

»Was machst du?«

»Ich erfinde was gegen Krebs. Hab gerade meine Reagenzgläser weggeräumt.«

»Oh, das ist gut«, sagte Laurie und setzte sich aufs Bett. »Kannst du mir bitte verzeihen? Komm drüber weg, ja? Wir werden in diesem Punkt nie einer Meinung sein, Bethie, aber wir sind seit unzähligen Jahren Freundinnen, und du weißt – und mußt zugeben, daß du's weißt –, ich würde nie, niemals wissentlich etwas tun, was dir schadet.«

»Das weiß ich«, sagte Beth.

»Schön, denn ich möchte, daß du etwas für mich tust.«

Die hat Nerven, dachte Beth. Aber sie fragte: »Was?«

»Ich möchte, daß du ein Foto machst.«

»Ich fotografiere nicht mehr.«

»Nur dieses eine. Es bringt eine Menge Kohle. Eine ganze Menge.«

»Wieviel?« fragte Pat, der gerade hereinkam.

Beth sagte: »Ich mach das nicht mehr.«

»Sie kommen hierher.«

»Ich mach's nicht.«

»Laß es mich wenigstens erklären.« Es handelte sich um ein Bild für eine Hochzeitsanzeige, aber die Braut – die Tochter eines Kunden von Rick, Lauries Mann – konnte für die Aufnahme nicht in ein Atelier gehen.

»Warum? Was fehlt ihr?«

»Nichts. Nur, sie ist ... hochschwanger.«

»Was ist schon dabei.«

»Weißt du, Beth, ihre Familie ist aus China eingewandert. Für manche Leute *ist* was dabei. Sie ist sehr bescheiden und zurückhaltend.«

»War sie nicht, als es drauf ankam«, sagte Beth. Sie fühlte sich allmählich wie eine böse alte Spinne, die in ihrem Netz hockte, dabei wollte sie diesen Eindruck keineswegs machen.

Laurie seufzte. »Jedenfalls, die Eltern des Mädchens sind bescheiden und sehr reich. Da habe ich ihnen erzählt, daß ich eine Fotografin kenne, die das Bild in einem ganz privaten Rahmen aufnehmen und es so aussehen lassen könnte, als ob sie ... nicht schwanger wäre. Eine richtige Zauberin. Du«, sagte Laurie.

»Du könntest es machen«, meinte Pat. »Du brauchtest das Haus nicht zu verlassen.«

»Ein Foto von einer Schwangeren aufnehmen? Ich?« gab sie höhnisch zurück. Ach Pat, hätte Geld einen Mund, wir hätten uns nie geküßt, dachte sie. »Du mußt verrückt sein.«

»Bitte, Bethie, nur dieses eine Mal«, bat Laurie. »Laß mich mein Gewissen beruhigen, indem ich dir eine schöne Abwechslung verschaffe. Wenn du's schrecklich findest, machst du's eben nie wieder.«

»Das ist keine schöne Abwechslung. Das ist ein Komplott«, sagte Beth. »Außerdem geht es gar nicht, weil ich mein Papier und alles weggeworfen habe.«

»Ich besorge dir Papier. Ich besorge dir die Ausrüstung«, erbot sich Pat eifrig.

Beth seufzte und dachte sehnsüchtig an ihre Tabletten und ihre Daunendecke.

»Wann?« fragte sie.

Dann geschah etwas Erstaunliches. Als sie kamen, der junge Mann vergnügt, die Braut mürrisch, beider Mütter strahlend, arrangierte Beth sie so frisch, wie sie Obst auf einem Teller angeordnet hätte. Und als sie mit dem Fotografieren begann, wurde ihr klar, daß sie sie genauso sah. Sie erinnerte sich an das, was eine Kunsterzieherin auf der High-School ihr beigebracht hatte, eine dieser grundsätzlichen Kleinigkeiten, die ein Denkmuster verändern: Die meisten Menschen, die eine Tasse auf einem Tisch sehen, denken sie sich als flach stehend, also zeichnen sie sie flach stehend. Tatsächlich aber, hatte die Lehrerin zu Beth gesagt, sehe der Boden der Tasse gekrümmt aus, und das sei die korrekte Art, sie wiederzugeben. »Es ist der Unterschied zwischen dem Sehen mit dem Verstand und dem Sehen mit dem eigentlichen Auge«, hatte sie erklärt.

Und zum erstenmal in ihrem Berufsleben sah Beth die Menschen als eine Folge aus Winkeln und Krümmungen, Flächen und Schatten, nicht als Menschen mit Emotionen und Vergangenheit, Menschen, die sich aus Liebe gewunden und aus Abscheu bespuckt hatten. Sie sah sie nicht mit dem Verstand – ihr Verstand, wurde ihr später bewußt, war abhanden gekommen –, sondern allein mit ihrem fotografischen Auge. Sie beleuchtete sie, wie sie Statuen beleuchtet hätte, wie sie früher tatsächlich Statuen und Architekturbilder beleuchtet hatte.

Die Ergebnisse waren phantastisch. Der sehr, sehr reiche Vater der Braut gab ihr tausend Dollar für die Porträts. Laurie tat weitere Kunden auf, die bereit waren, sich in Beth' Höhle zu begeben. Und gegen Ende des Frühjahrs ließ Beth sich bewegen, zu ihnen zu gehen, um Aufnahmen von Personen-als-Gegenstände zu machen, die sowohl von den Abgelichteten als auch später von den Verlegern wegen ihrer Einfühlsamkeit und Menschlichkeit gelobt wurden. Nach einer Weile fotografierte sie sogar Kinder. Es waren bloß kleinere Äpfel und Apfelsinen in Körben.

Als sie zum erstenmal für einen Auftrag das Haus verlassen mußte, holte sie einen Rock in dunklem Lavendelblau und eine rote Bluse zum Drüberziehen hervor, gürtete sie mit einer schwarzen Schärpe und zog schwarze Schuhe an. Sie sah mager, aber exzentrisch aus und ... nicht übel. Als es Sommer wurde, erkannte Beth, auf mehrere Monate zurückblickend, in denen das Geschäft zunehmend florierte, daß sie dank Candys List und Lauries Beharrlichkeit einen Schlüssel gefunden hatte – eine Möglichkeit, die Stunden zu füllen und produktiv zu scheinen. Ohne viel fühlen oder auch nur nachdenken zu müssen, nicht mal darüber, ob ihr Gürtel zu den Schuhen paßte. Als die ersten Sachen verwaschen waren, schickte sie Jill wieder zu Cotton to Cotton, um neue in denselben Schattierungen und Schnitten zu kaufen. Es funktionierte.

Beth hatte etwas gefunden, was als Leben durchgehen konnte.

12. Kapitel

VINCENT

Oktober 1987

Seine Mutter sagte, sie wüßte auch nicht, wozu die viereckige Vertiefung sei, die in den Treppenabsatz eingelassen war. Sie erzählte Vincent, daß früher, als sie und Dad Kinder waren, die Leute gern überall im Haus ein Telefon in einer Nische hatten. »Dieses Haus ist wohl in den sechziger Jahren gebaut worden. Vielleicht war es so was«, sagte sie.

»Wozu soll ein Telefon mitten auf der Treppe gut sein?« fragte er neugierig. Aber da sah seine Mutter schon wieder an ihm vorbei, was Vincent jedesmal veranlaßte, sich nach dem Menschen umzudrehen, den sie hinter ihm erspäht hatte. Aber da war nie jemand.

Großmama Rosie meinte, die Leute, denen das Haus früher gehört hatte, seien gute Katholiken gewesen. »Sie hatten da wohl eine Statue der Muttergottes stehen, oder vom heiligen Antonius«, hatte sie Heiligabend zu Vincent gesagt. Sie war auf dem Weg ins Bett an ihm vorbeigekommen, als er in der viereckigen Höhle kauerte. »Es ist nicht für kleine Jungen gedacht, die versuchen, die ganze Nacht wach zu bleiben, so daß der Weihnachtsmann an diesem Haus vorübergeht und keine Geschenke bringt.« Sie hatte ihn an der Hand genommen und ins Bett gebracht.

Baby Kerry, die schon richtig sprechen konnte, nannte die Vertiefung ihr »Babyhaus«. Sie brachte ihre Puppen und Plastikwaffeln dorthin und die Sirupflasche, die aussah, als ob man wirklich daraus gießen könnte, und er tat, als wäre er der Kunde, während sie tat, als würde sie ihm Waffeln verkaufen. Oder man konnte darin sitzen, völlig eingekuschelt, so wie sich nach Vincents Vorstellung Mäuse in ihren Löchern fühlten, und direkt in eine Ecke der Küche hinuntersehen – die Ecke, wo das Spülbecken war und die Kaffeemaschine. Und wenn die Spülmaschine nicht lief, konnte man alles hören, was da unten gesprochen wurde.

So bekam Vincent zu hören, daß seine Mom seinen Dad umbringen wollte.

Zuerst legte sein Dad die Hand auf das T-Shirt seiner Mutter, um eine Brust, was er ganz oft tat; und Vincent verstand das meist so, daß sein Dad versuchte, nett zu sein – so wie Großpapa Bill, wenn er einem die Haare zerzauste. Vincent konnte es nicht leiden, wenn man ihm die Haare zerzauste – er wollte seine Haare schön glatt und weich haben –, aber er wußte, bei Großpapa Bill war Haare zausen so was wie Umarmen. Darum ließ er es sich gefallen. So war das auch mit dem Brustanfassen. Aber seine Mom mochte es genausowenig, wie Vincent seine Haare zerzaust haben mochte. Sie schob die Hand seines Vaters fort. Dann küßte sein Vater sie. Da lächelte sie und blickte nach unten, ins Spülbecken, als suchte sie nach einer Kontaktlinse.

»Bethie«, sagte Vincents Vater. »Schatz, wir müssen reden.«

»Ich muß Abzüge machen«, sagte seine Mutter. »Ich muß vier Telefongespräche führen. Ich muß Vincent für die Schule fertig machen.«

»Er ist noch gar nicht aufgestanden.«

Haha, Daddy, dachte Vincent.

»Er sollte aber auf sein.«

Vincents Dad seufzte. Es war ein schwerer Seufzer, der darauf abzielte, seine Mom dazu zu kriegen, sich umzudrehen und zu sagen: »Okay, was willst du?« Aber das tat sie nicht; sie machte sich weiter am Spülbecken zu schaffen, und schließlich versuchte sein Vater es noch einmal: »Dad will eine Antwort, Beth. Er möchte, daß ich es mir ernsthaft überlege und mich noch dieses Jahr entscheide.«

»Dann entscheide dich dieses Jahr, Pat«, sagte seine Mutter.

»Verdammt, Beth, schließlich hab ich die ganze Schufterei bloß deswegen ...«

»Pat, ich hab das alles schon x-mal gehört.«

»Dafür hab ich all die Jahre im Cappadora ... und davor bei meinem Dad Kartoffelsalat abgefüllt ...«

»Pat, wir haben das tausendmal durchgekaut.« Paß auf, Dad, dachte Vincent. Das ist die Stimme, die du nicht hören willst, die Stimme, die Mom hat, wenn sie dir gleich ihre Finger wie eine Hummerschere um den Oberarm krallt. Dad war ganz schön schlau. Er nahm Mom wieder in seine Arme; er küßte sie. Sie ließ ihn gewähren.

»Küssen, küssen küssen«, sagte sein Dad leise, fast so nett, wie er mit den Kindern sprach. »Ob wir nie wieder bumsen?«

Vincent beugte sich vor; sie sahen nicht hoch, würden ihn also nicht entdecken.

»Pat«, sagte seine Mutter. »Ich muß das Baby aus dem Bett holen ...« Kerry war eigentlich gar kein Baby mehr, aber alle nannten sie noch so.

»Wir haben Zeit«, sagte sein Dad.

»Okay. Du gehst rauf und holst mein Pessar und tust die Schmiere rein, und dann ... mal sehen, wir haben etwa acht Minuten, bis ich Vincent was zu essen geben muß, bevor er in den Bus steigt ... willst du's gleich hier? Und ich kann gleichzeitig Toast machen?«

»Du bist gemein, Beth. Als ob ich jede Sekunde auf dir drauf wäre. Wir haben etwa so oft Sex, wie wir die Wasserrechnung bezahlen.«

»Apropos gemein ...«

»Und überhaupt, ich seh nicht ein, wieso du jedesmal die Schmiere und das Pessar brauchst.«

»Weil ich nicht jedesmal schwanger werden will.«

»Beth, das ist was anderes ...«

Vincents Mom wurde still. Sein Dad hatte das Signal nicht kapiert; er redete weiter: »Es ist über ein Jahr her, Beth. Wir wissen beide, daß Ben ...«

»Was hat das damit zu tun?«

»Herrgott, Beth. Ist dir völlig schnuppe, wie ich leide?« Vincents Dad tat einen Schritt in Richtung Flur; Vincent wich an die Wand der Nische zurück. »Bethie, ich war der Mann mit den drei Kindern. Alle haben mich für verrückt gehalten, weißt du noch? *Drei* Kinder? Aber das schlimmste ist für mich, früher war das Haus erfüllt von ihrem Lärm. Mittags wäre ich am liebsten im Sturmschritt nach Hause gerannt ...«

Vincents Mom flitzte so schnell durch den Flur, daß er sie kaum sah. Sie öffnete die Haustür. Das machte sie oft, einfach die Haustür öffnen und die Luft hereinlassen, auch wenn es richtig kalt war. Dann stand sie nur da und atmete laut aus.

»Pat, ich will kein Kind mehr«, sagte sie.

»Du hast gesagt, du wolltest darüber nachdenken.«

»Ich *habe* nachgedacht. Und jedesmal, wenn ich mir vorstelle, ich habe wieder ein Kind in mir, und es wird vielleicht ein Junge ...« Ihre Stimme wurde komisch, als wäre ein Stück Brot im Hals steckengeblieben. »Pat, es wird nichts ändern. Verstehst du das nicht? Nur damit du wieder der Mann mit den drei Kindern sein kannst.«

»Nicht bloß das. Ich bin kein Dummkopf.«

»Nein, es würde dir bloß um die Zahl gehen. Es würde ein Ergänzungskind sein. Wie ein Ersatzteil. Wie man eine neue Sauciere kauft, damit das Service wieder vollständig ist.«

»Du bist ein Miststück«, sagte Vincents Dad.

»Ich bezweifle nicht«, sagte seine Mom, »daß ich ein Miststück bin. Aber damit eins klar ist, ich werde kein Kind mehr bekommen, und ich werde nicht nach Chicago ziehen, damit du mit deinem Dad ein Restaurant aufmachen kannst. Wenn du noch ein Kind willst und ein Restaurant in Chicago, brauchst du eine neue Frau.«

»Ist es denn so schlimm, wenn ich mir wünsche, daß wir wieder eine Familie sind? Wieder ein normales Leben führen?«

»Pat. Es wird kein normales Leben mehr geben.«

Vincent hörte die Tür zuschlagen, und er hatte das Gefühl, daß seine Mutter es nicht getan hatte.

»Es wäre möglich, wenn du dich nur bemühen würdest ...«

»Pat«, sagte seine Mom mit ihrer Nettigkeitsstimme, der Stimme, mit der sie sprach, wenn er die Tür nicht aufmachen sollte, wenn sie Bilder im Entwickler hatte und das rote Licht an war. »Weißt du, wie das für mich ist?«

Vincents Dad sagte nichts.

»Weißt du's?«

Nichts.

»Es ist, als wäre ich immer unter einer riesigen Schnee- oder Felsplatte, und wenn ich mich bewege, wenn ich meine Lage auch nur ein kleines bißchen verändere, fängt der Schnee an zu rutschen, und er kommt auf mich runter und begräbt mich ...«

»O Beth ...«

»Nein, wirklich. Ich wage nicht, eine ganze Minute an

Ben zu denken. Ich wage nicht, eine ganze Minute an das Schultreffen zu denken. Wenn ich mir vorstelle, ich müßte dort leben, wo ich jeden Tag am Tremont vorbeifahren würde ...«

»Das müßten wir nicht.«

»Pat, ich höre dich und Tree reden. Dich und Monica. Wir würden wieder alle zusammensein. In der alten Umgebung. Die Kinder unterm Tisch, während die Erwachsenen Poker spielen. Wie in alten Zeiten. Meinst du, ich wüßte nicht, daß Tree mich haßt, weil ich dich hier festhalte? Fern von deinen Eltern, die dich so gern bei sich hätten, jetzt erst recht, wo sie so leiden? Meinst du, ich wüßte nicht, daß mein Vater denkt, ich sollte nach Hause kommen, wo Bick mir helfen kann, weil ich so durcheinander bin?«

»Alle hassen dich, Beth. Zufrieden? Keiner versteht, wie ...«

»Aber wenn ich mich bewege, Pat, wenn ich mich nur einen Zentimeter bewege, kommt die Lawine auf mich runter, und du wirst die Kinder ganz allein aufziehen müssen ...«

»Das tu ich praktisch sowieso schon.«

»Okay, okay. Zugegeben. Pat war immer der Gute. Pat ist der Fels. Er ist derjenige, der die arme verrückte Frau und die kleinen Kinder hielt ... wie der Bericht in *People*, Pat. Der hat dir doch gefallen? ›Seine Hände kraftvoll auf dem Rücken seiner Frau und seines verbliebenen Sohnes.‹ Du bist ja so ein Held, Pat.«

»Und du bist so eine Märtyrerin, Beth.«

»Ich muß Vincent aus dem Bett holen.« Vincent kniete sich hin, bereit, zu Bens Bett zu spurten und reinzukriechen, sobald sie sich rührte. »Aber Pat, du weißt, daß du mich zu nichts zwingen kannst. Das kannst du nicht. Du kannst mir nicht drohen wie im College, weil es mir schnurzegal ist, ob du mich verläßt, oder, oder, oder ob du sämtliche Pizzabedienungen in Madison bumst.«

»Was?«

»Ich meine, du hast keine Macht über mich, Pat. Das Schlimmste ist bereits passiert.«

»Schön, wie du ›passiert‹ gesagt hast. Als wär's ein Wirbelsturm oder so was gewesen.« Es war so still im Flur, daß Vincent hören konnte, wie Kerry im Schlaf mit einem kleinen »Plop« den Mund öffnete. Bald würde sie den Flur entlanggewatschelt kommen, und das war gut; er war hungrig, und unten fingen sie an zu streiten ... Das Sonnenlicht ließ den Staub tanzen, auf und ab, auf und ab. Vincent streckte die Hand aus, um ihn mit seinem Handteller aufzufangen. Sie waren noch nicht fertig. Er konnte es sich noch so sehr wünschen, aber sie waren nicht fertig, und er würde vielleicht kein Frühstück bekommen.

»Was meinst du damit?«

»Nichts«, sagte Vincents Dad. Es war die Lügenstimme von seinem Dad, die Stimme, die er hatte, wenn er sagte »Ich bin nicht müde«, und da wußte Vincent, daß noch etwas kam. »Nichts meine ich.«

»Doch. Du meinst, es ist nicht einfach passiert.«

»Es ist einfach passiert. Vergiß es, Beth.«

»Nein, es war immer in dir, und du willst mich wissen lassen, daß du mir die Schuld gibst. Glaubst du, ich wüßte nicht längst, daß du mir die Schuld gibst, weil Ben dir natürlich nie verlorengegangen wäre, nicht, Pat? Du wärst kein so schlechter, beschissener Elternteil gewesen, der nur an sich denkt ...«

»Das habe ich nie gesagt, Beth.«

»Gesagt? Du brauchtest es nicht zu sagen. Es war dir anzusehen, Pat. Der Zug um deinen Mund, Pat. Du haßt mich wie die Pest, und du gibst mir die Schuld am Verlust deines Sohnes.«

Vincent sah seinen Dad aus dem Zimmer stürzen, als wollte er seine Mutter packen und zusammenschlagen.

»Okay, Beth! Ich gebe dir die Schuld? Und ob ich dir die Schuld gebe! Candy gibt dir die Schuld, und Bender auch. Und Ellen. Glaubst du etwa, daß nicht alle denken, wenn du bloß eine Minute auf deine Kinder aufgepaßt hättest, wär das alles nicht passiert? Bloß weil sie's dir nicht sagen? Muß man dich mit dem Kopf drauf stoßen? Ja, du hast dein Leben lang Glück gehabt, bis jetzt, Beth. Du konntest alles nur halb machen und bist damit durchgekommen, weil ich da war, um hinter dir aufzuräumen!«

»Du Stück Scheiße«, sagte Vincents Mutter. »Du selbstgerechtes ...«

»Ich bin nicht selbstgerecht, Beth. Ich habe recht! Ich habe einfach recht! Kinder verschwinden nicht mir nichts, dir nichts wie Rauch, Beth. Sie können nicht verloren ›gehen‹. Sie werden von Menschen verloren.«

»Ich hasse dich, Pat«, sagte Vincents Mutter.

Vincent sprang auf und raste durch den Flur in Kerrys Zimmer. Sein Kopf war heiß, als hätte er Fieber. Er rannte zum Kinderbettchen und ließ das Gitter herunter, preßte Kerry seine Hand über Nase und Mund. Er wollte sie nicht töten ... er liebte Kerry. Sie wehrte sich jetzt, versuchte, seine Hand wegzuschieben, versuchte zu atmen, aus ihren verängstigten großen grauen Augen quollen Tränen ... Vincent wußte nicht, ob er schon loslassen konnte, aber schließlich befreite Kerry sich mit einer Drehung des Kopfes, öffnete die schon blau anlaufenden Lippen und schrie, keinen Nasse-Windel-Schrei (Vincent kannte dieses schniefende Greinen, er hatte es unzählige Male gehört, zuerst bei Ben), sondern einen Horrorfilmschrei, wie von einem großen Mädchen ... und Vincents Mom kam die Treppe heraufgestürmt, als hätte sie Flügel, stieß ihn auf die Seite, als sie Kerry aus dem Bettchen hob

(Kerrys Lippen wurden schon wieder rosig), und schrie ihn an: »Was hast du mit ihr gemacht? Vincent, antworte mir! Was hast du mit Kerry gemacht?«

Sein Dad war direkt hinter seiner Mom, und er riß ihr Kerry aus den Armen, und sie hielten sie zwischen sich, und sein Dad sagte: »Beth, ihr fehlt nichts – denk dran, der Doktor sagt immer, wenn sie schreien, ist alles in Ordnung ... Sieht aus, als hätte sie einen Moment keine Luft gekriegt.«

Dann weinte seine Mom, und sie hielt Kerry in den Armen, und sein Dad wollte seine Mom an sich ziehen, aber sie stieß ihn weg, noch fester, als sie Vincent gestoßen hatte. Sein Dad packte Vincent und zog ihn vom Fußboden. »Zieh dein Sweatshirt an«, sagte er. »Wir fahren weg.«

»Er muß in die Schule!« schrie seine Mom.

»Heute nicht!« brüllte sein Dad zurück.

»Wo bringst du ihn hin?«

»Wo er in Sicherheit ist, Beth! In Sicherheit vor dir! Mich wirst du früher oder später umbringen, aber ihn nicht!« Und Vincent sah sich in die Luft gehoben, mit nur einem Ärmel von seinem Sweatshirt an, und wurde von seinem Vater die Treppe hinunter und in die Garage bugsiert.

»Daddy, warte einen Moment, ich muß meine Vitamine holen.«

»Ich warte im Wagen«, sagte sein Dad und fingerte in seiner Hemdentasche nach einer Zigarette.

Vincent rannte ins Haus zurück – gut, sie war noch oben in Kerrys Zimmer; er hörte sie summen und weinen, hörte die Dielen knarren, als sie mit Kerry auf und ab ging. Vincent handelte schnell. Zuerst ging er ins Büro seines Vaters, wo er den Wecker auf 23 Uhr stellte. Dann ins Elternschlafzimmer (dazu mußte er an Kerrys Zimmer vorbei, aber die Tür war zum Glück zu), wo er den Wecker von 6:30 auf 4:30 umstellte. Und dann, er konnte nicht denken, ja ... okay, der Zeitschalter am Herd. Den stellte er auf 5:00 früh. Vielleicht waren das nicht alle Wecker im Haus, aber mehr fielen ihm in der Eile nicht ein. Sie würde es bestimmt merken. Wenn sie schlief, konnte er sich direkt neben sie stellen, er konnte sogar mit dem Finger ihr Augenlid berühren, und sie wachte nicht auf. Er hatte ein dutzendmal nach ihr gerufen, wenn er seinen Weglauftraum hatte, und sie war nie aufgewacht, aber manchmal, wenn er mehr als einmal rief, wurde sein Dad wach. Sie würde diese Zeichen bemerken, und er hätte nichts dagegen, wenn sie heute abend zurückkämen, aber er hatte das Gefühl, daß sie das nicht tun würden, denn sein Dad hatte sich die kleine Tasche mit seiner Zahnbürste und seinem Rasierapparat geschnappt. Es würde ihm nichts ausmachen, wenn die Wecker auch ihn aufweckten. Oder Kerry, obwohl sie nichts dafür konnte.

Vincent schnappte sich eine orangefarbene Vitamintablette aus dem Fläschchen am Spülbecken und sprang dann auf den Beifahrersitz des Autos. »Anschnallen«, sagte sein Dad, den Blick geradeaus gerichtet, und Vincent klinkte seinen Sicherheitsgurt ein und lehnte sich zurück. Sie fuhren auf die Umgehungsstraße, an der Abbiegung Park Street zum Cappadora vorbei, an der Straße vorbei, die zum Haus von Rob Maltese führte, dem besten Freund von seinem Dad. An der Autowaschanlage vorbei. Zur Ausfahrt Janesville, dem Schild, von dem sein Vater einst gesagt hatte, es bedeute »Wir fahren zu Großmama«.

»Fahren wir nach Chicago?« fragte Vincent.

»Magst du Großmama Rosie besuchen?«

»Heute ist Schule, Daddy. Es ist noch gar nicht Freitag oder Samstag.«

»Manchmal können wir Großmama Rosie auch mitten in der Woche besuchen, im Sommer zum Beispiel.«

»Aber warum?«

»Bloß um sie zu sehen. Magst du nicht manchmal deine Mama sehen? Ich will einfach meine Mama sehen«, sagte sein Vater mit einer Kleinjungenstimme, die Vincent weit mehr ängstigte als das Geschrei im Flur. Pat zündete sich eine Zigarette an und kurbelte das Fenster herunter. »Erzähl Mommy nicht, daß ich im Auto geraucht habe«, sagte er. Das sagte er immer.

»Tu ich nicht.«

»Okay, Kumpel.«

Vincent stützte sich auf die Armlehne; sein Vater sang mit den Rolling Stones im Radio und trommelte mit den Handballen; Vincent meinte, er könnte einschlafen, wenn er sich nicht vor dem Weglauftraum fürchten würde, dem Traum, der an sich nicht so unheimlich gewesen wäre, wenn sein Traum-Ich sich nicht dauernd umdrehen wollte. Er wußte, wenn er sich umdrehte, das wäre am schlimmsten, schlimmer als das schwammige weiße Ungeheuer mit dem großen roten Maul, das er zufällig gesehen hatte, als er einmal mitten in der Nacht aufgestanden war und sein Dad *Shock Theater* laufen hatte.

Es würde schlimmer sein, dachte Vincent; er wollte es seinem Dad erzählen, aber dann verschwamm alles vor seinen Augen.

»Aufwachen«, sagte eine Stimme, eine Stimme, bei der man immer dachte, der Sprecher müßte gleich husten oder hätte Steine im Mund. Großpapa Angelo. »Aufwachen, *dormi*-Mütze.« Das war das italienische Wort für »schlafen«, es kam in dem Lied vor, das Großpapa Angelo immer gesungen hatte, als Ben klein war. Vincent war verschwitzt und zittrig, aber er streckte die Arme in die Höhe, und Großpapa Angelo hob ihn aus dem Auto und drückte ihn an die rauhe Wolle seines blauen Anzugs. Großpapa Angelo trug immer blaue Anzüge, sogar samstags morgens im Haus, sogar, wenn er Kaminholz holen oder die Tomaten wässern ging. Großmama Rosie meinte, weil Großpapa den ganzen Tag den blauen Anzug trug, sähe er wie ein Immigrant aus, aber er sagte: »Rose, ein Geschäftsmann hat einen großen Wagen und einen sauberen Anzug. Nicht nur im Geschäft – den ganzen Tag.« Außer beim Kartenspielen. Wenn Großpapa Angelo mit seinen Freunden Ross, Mario und Stuey Karten spielte, trug er sein gestreiftes baumwollenes T-Shirt mit Trägern über den Schultern. Man konnte die weißen Haarbüschel wie Federn unter den Trägern hervorlugen sehen. Wenn er Vincent erspähte, nahm er ihn auf den Schoß und rieb seine Zigarrenwange an Vincents Wange, und er tupfte Rotwein aus seinem feinen Glas auf seinen Finger und ließ Vincent ihn ablecken. Dann fragte er Vincent: »Nun, Maestro, soll ich den erlauchten Geber um eine Karte bitten oder um zwei?« Und selbst damals war Vincent nicht zu klein gewesen, um zu erkennen, wann es zwischen den roten oder schwarzen Ziffern eine Lücke gab – und dann schüttelte er den Kopf, weil Großpapa ihm gesagt hatte, man dürfe nie, niemals, eine Karte zu einem Inside-Straight dazuziehen, das sei Wahnsinn und führe zum Untergang. Manchmal, wenn es draußen heiß war und die Heuschrecken laut krakeelten, schlief Vincent unter Großpapas weißem eisernen Verandastuhl ein; der Chor der Heuschrecken, das Klatschen der Karten, die italienischen Flüche und der heiße, fast zu süße Zigarrengeruch, das alles umschwirrte ihn, bis es eins geworden schien. Und er wachte zittrig und verschwitzt auf, der Himmel hatte von sonnig zu Sonnenuntergang gewechselt oder von frisch zu funkelnd, genau wie jetzt.

»Mein kleiner Liebling«, sagte Großpapa Angelo,

»mein Bester.« Er ging mit Vincent auf die vordere Veranda unter den kühlen Schatten der großen grünen Markise. Vincent liebte diese Markise sehr, die einzige der ganzen Häuserzeile, und die glänzenden grünen, vollkommen eckigen Hecken, die aussahen wie Plastik, aber rochen wie Essig.

»Ich hab dich lieb, Großpapa«, sagte Vincent und schmiegte sich an ihn. Seinen Großpapa Bill liebte er auch, aber sein Großpapa Bill schien immer ein bißchen nervös zu sein, wenn er mit Vincent zusammen war. Er fragte ihn zum Beispiel: »He, Vincent, schon verheiratet?« Als ob ein Neunjähriger verheiratet sein könnte und es dann nicht mal dem eigenen Großvater erzählen würde. Großpapa Angelo gab ihm einfach Penne mit roter Soße oder mit weißer Soße, wenn ihm flau im Magen war, und Wein mit einem Löffel und Schokoküsse aus seinen Taschen, und er ließ ihn Trauben und Tomaten pflücken und lachte nur, wenn Vincent eine fallen ließ – und es war kein falsches Erwachsenenlächeln, hinter dem sich eine richtige Stinkwut verbarg. Es kümmerte ihn nicht sehr, was ein Kind tat, solange das Kind bitte und danke sagte und kein *diavolo* war – Vincent wußte nicht genau, was das bedeutete, bloß, daß es ein schlechter Kerl war.

Als sie an der Küche vorbei in den Garten gingen, hörte Vincent seinen Dad sagen: » ... was ich noch tun soll, Ma. Ich halte das nicht mehr aus.«

»Patrick, *tesoro mio*«, sagte Großmama Rosie, die seinem Dad Kaffee holte. »Sie ist nicht ganz bei sich. Du mußt ihr Zeit lassen.«

»Ich hab keine Zeit mehr, Ma!« Vincent stellte zu seinem Entsetzen fest, daß sein Dad weinte. »Ich will ein Leben, Ma, nicht dieses ... Gefängnis in der Post Road, das Beth nie verläßt – jedenfalls nicht freiwillig, bloß rauf und runter in ihre Dunkelkammer ... Ma, ich will da raus!«

Großmama Rosie drehte schnell den Kopf herum und sagte dann mit lauter Stimme, die auch für Vincents Dad bestimmt war: »Vincenzo, *carissimo*! Großmama ist gleich bei dir.«

Großpapa Angelo ging mit Vincent nach draußen, ließ ihn sich auf einen weißen Eisenstuhl setzen und holte ihm ein Glas Orangensaft. »Es dauert nicht mehr lange, dann gibt's Nudeln, hm? Aber zuerst wollen wir deinen Daddy ein Weilchen mit Großmama allein lassen.«

»Daddy weint«, sagte Vincent.

»Er ist so traurig, Cenzo«, sagte Großpapa Angelo und setzte sich schwerfällig auf den Stuhl gegenüber. Er kramte in den Kassetten neben seinem großen Kassettenrecorder auf der Bank. »Wir brauchen jetzt ein bißchen Musik, hm?«

»Warum?«

»Gut für die Seele!« sagte Großpapa.

»Nein – Daddy. Warum ist er traurig?«

»Er ist traurig wegen deinem Bruder, Lieber. Er vermißt Ben.«

»Und er haßt meine Mommy. Hat sie gesagt.«

»Nein, Vincenzo, dein Daddy liebt deine Mommy. Er liebt sie, seit er ein kleiner Junge war wie du. Sie ist sein bester Kumpel.«

»Ich dachte, Rob ist sein bester Kumpel.«

»Also, sie ist sein bester Kumpel und seine wahre Liebe. Es ist bloß ... Hier!« sagte Großpapa, als er eine Kassette gefunden hatte. »Es ist bloß, sie ist so traurig, und er ist so traurig, daß sie ihre Liebe vergessen.«

»Mom hat dreimal meine Schulkonferenz vergessen. Der Rektor mußte anrufen. Und dann ist Dad hingegangen.«

»Da siehst du's. Es ist eine schwere Zeit für uns. Auch für mich. Wenn ich an meinen Ben denke, drückt es mir das Herz zusammen.« Er klopfte auf sein Bein, und Vincent setzte sich auf seinen Schoß. »Bist du jemals traurig, Cenzo?«

»Manchmal.«

»Wann?«

»Erst heute. Sie haben sich gestritten, und sie ... sie haben Kerry angst gemacht. Sie hat gebrüllt.«

»Ich war auch oft traurig, als ich ein kleiner Junge war«, sagte Großpapa. »Ich bin so oft traurig gewesen, weil ich meinen Papa vermißt habe. Ich habe dir Bilder von meinem Papa gezeigt, Vincent. Er war so ein großer Mann ... so groß und laut ... und er hat die neapolitanischen Liebeslieder gesungen, mein Vater, mit der Stimme eines Tizian-Engels. Weißt du, deswegen heißt du Vincent, nach ihm. Und Paul nach Paulie, dem Bruder deiner Mutter.«

»Und mein Daddy?«

»Was ist mit ihm?«

»Heißt er nach jemand?«

»Ja«, sagte Großpapa Angelo. »Und das ist eine andere traurige Geschichte. Als dein Papa geboren wurde, war ich unterwegs, Küchensachen verkaufen. Das war lange, bevor wir unser Geschäft hatten. Ich war weit weg, und ich konnte nicht nach Hause kommen; und Großmama Rosie war eine junge Frau, die ihr erstes Kind bekam. Die Pflegerin, die sich um sie kümmerte, war aus einem anderen Land, so wie wir – sie war aus Irland. Und wenn Großmama Rosie ängstlich und traurig war und nach mir geweint hat, da hat diese Pflegerin – ich glaube, sie hieß Bridget, sie heißen alle Bridget – zum heiligen Patrick gebetet, damit er sie beruhigte und machte, daß sie ein gesundes Baby bekam. Und der heilige Patrick hat es getan. Und obwohl es ein irischer Name ist, hat Großmama Rosie deinem Daddy diesen Namen gegeben.«

»Wo war er?«

»Wer? Dein Daddy?«

»Nein, *dein* Daddy, als du ihn vermißt hast.«

»Er ist gestorben, Vincent. Er ist im Ersten Weltkrieg gestorben. Er war Koch – wir Cappadoras, wir kochen alle, hm? Aber die Bösen haben das Lager angegriffen und auf deinen Urgroßvater geschossen, und er war auf der Stelle tot. Er ist auch dort begraben, nicht zu Hause. Ich habe sein Grab nie gesehen.« Großpapa Angelo blickte angestrengt auf die Weinlaube beim Gartenzaun. »Und meine Mama, sie mußte putzen gehen, wir waren so erschöpft und so arm. Wir haben meinen Papa vermißt, und wir durften seinen Namen nicht aussprechen, weil es meiner Mama das Herz gebrochen hätte. Und da habe ich die Oper entdeckt. An unserer Dorfschule war ein Lehrer, der hatte einen Plattenspieler, und er hat die Opern gespielt und gesagt, wir sollen die Augen schließen und uns vorstellen, wie die Orte aussahen, von denen da gesungen wurde. Damals haben die Worte für mich komisch geklungen, Vincenzo, sie waren alle so traurig. So traurig, daß ich dachte, sie sind albern; ich war ja nur ein kleiner Junge, noch nicht mal so alt wie du jetzt. In *La Bohème* sang der Mann ›Wie eiskalt ist dein Händchen‹, und ich dachte, so was Albernes. Und doch – und doch, die Musik war so erhaben! ... Die einzig wahre Oper ist italienisch, Vincent. Das weißt du. Wie das einzig wahre Essen. Wir müssen zu allen anderen Leuten liebenswürdig sein und sagen: ›O ja, o ja, dieses mexikanische Essen ist sehr gut.‹ Aber wir wissen es besser, hm?«

»Klar«, sagte Vincent. »Wir wissen es besser.«

»Und als ich dann ein erwachsener Mann war und auch Soldat wurde, da hatte ich große Angst, daß ich sterben würde. Wir sind im Zweiten Weltkrieg. Ich bin jetzt amerikanischer Soldat, amerikanischer Staatsbürger, und kämpfe gegen meine eigenen bösen Landsleute und gegen die Japse – am meisten gegen die Japse, auf den Inseln im Pazifik.« Vincent drückte sich fester an die Brust seines Großvaters und versuchte, sich seinen rundlichen, braunhäutigen, weißhaarigen Großpapa schlank und jung wie Dad vorzustellen, und furchtsam wie sein Dad. »Ich hatte solche Angst, und da habe ich den Plattenspieler aufgestellt, den ich mir gekauft hatte, und die Musik gespielt. *La Traviata*. Keine deutschen Opern mit ihrer saumäßigen Musik. Die wahre Oper. Und sie hat mich glücklicher und weniger ängstlich gemacht.«

»Wie konnte sie dich glücklicher machen, wenn du so traurig warst?«

»Das werde ich dir jetzt zeigen«, sagte Großpapa Angelo und schaltete den Recorder ein. Eine Frau sang; sie sang ziemlich laut, aber man konnte trotzdem erkennen, daß sie gleich anfangen würde zu weinen. Die Worte waren ganz wirr und durcheinander, wie der Gesang auf den Bändern im Cappadora.

»Was sagt sie, Großpapa? In welcher Sprache spricht sie? Italienisch?«

»Ja, *italiano*, Vincent. Hör schön zu.«

Aber Vincent wiederholte stolz die einzigen Worte, die er, abgesehen von *bambino* und ein paar Flüchen, auf italienisch kannte: »*Non parlo italiano.*«

»Ich weiß, aber hör zu. Ich erzähl dir, was sie sagt. Die Sängerin ist Mirella Freni, ein großer Star. Sie ist heute älter, aber als die Aufnahme gemacht wurde, war sie sehr jung. Sie spricht zu ihrem kleinen Jungen, und sie sagt: ›*Tu, tu piccolo iddio*‹ – mein kleiner Gott. Sie liebt ihren kleinen Jungen, und er geht fort, und es bricht ihr das Herz.«

»Warum läuft er weg?«

»Er läuft nicht weg, Vincenzo«, sagte Großpapa. Vincent konnte die Soße riechen, die drinnen gekocht wurde, und er hatte einen Mordshunger, aber er wollte nicht unhöflich zu Großpapa sein. Auch wenn Großpapa mit der Oper recht hatte, es klang trotzdem ein bißchen albern, ein Kind »Gott« zu nennen.

»Warum nennt sie ihn Gott?«

»Weil sie ihn so sehr liebt, daß er für sie wie ... ein Heiliger ist. So lieben Eltern ihre Kinder. So lieben wir deinen Papa. Und so liebt dein Papa dich und Kerry und Ben. Und deine Mama auch.«

»Wo geht er denn hin?«

»Wer?« fragte Großpapa, der aussah, als wollte er aufstehen und vor Freude über die singende Frau herumtanzen.

»Der kleine Junge.«

»Sein Papa nimmt ihn mit nach Amerika. Weißt du, die Frau ist Japanerin. Ihr Name ist Madame Butterfly. So heißt die Geschichte. Von Puccini. Der Papa, der ist ein schlechter Kerl. Er hat der Mama weisgemacht, sie wäre seine Frau, dabei hat er schon eine Frau. Sehr *malo, malo*. Schlecht. Und jetzt gibt sie ihm ihr Kind.«

»Warum, wenn er so schlecht ist?«

»Das weiß ich nicht, Vincenzo. Weil sie arm ist, nehme ich an. Und weil sie so traurig ist, weil der Papa sie nicht liebt, daß sie sterben möchte. Und wenn sie ihren kleinen Jungen verliert, dann möchte sie erst recht sterben.«

»Meine Mommy ist nicht gestorben«, sagte Vincent, und er hatte ein Gefühl, als ob er sich übergeben müßte. Er klammerte sich fester an Großpapa Angelo.

»Nein, nein, natürlich nicht. Wenn deine Mommy gestorben wäre, wo wäre sie dann, wenn Ben nach Hause kommt? Bei den Engeln im Himmel?« Er gab Vincent einen Kuß; sein rauhes Kinn roch nach seinem Cologne, dem schweren, fruchtigen Duft seiner Schubladen und Schränke. »Wir beten, daß Ben nach Hause kommt. Und diese Mama, sie ist Japanerin, Vincent. Die Japaner sind ein verrücktes Volk. *Pazzi.* Sie glauben, wenn einem jemand etwas Schlimmes antut oder wenn man etwas verbockt, dann stirbt man deswegen. Das ist verrückt, Vincent. Normale Menschen, wir Italiener und sogar Iren wie Großpapa Bill, gehen hin und treten dem in die Eier, der ihnen was Böses antut. Sie stehen auf, und sie haben ...«

»Was?«

»Nichts«, sagte Großpapa. »Sie haben *coraggio,* sie haben Schneid. Sie zahlen es ihm heim.«

»Essen!« rief Großmama aus der Hintertür.

»*Momento*!« schrie Großpapa zurück. »Jetzt hör dir diese Stelle an, Vincent. Die ist auch traurig, obwohl sie fröhlich scin soll. Deswegen ist die Oper so phantastisch. Es ist eine vollständige Geschichte. Wenn du willst, überspiel ich dir das Band, damit du es zu Hause hören kannst. Diese Stelle – dies ist das berühmteste Lied daraus, es heißt ›*Un bel di*‹.«

»Was bedeutet das?«

»›Eines schönen Tages‹, Vincent. Sie singt davon, daß sie sich vorstellt, wie dieser Kerl zu ihrem Kind und zu ihr zurückkommt und sie glücklich macht ...«

Die Stimme war wirklich schön, und die Melodie war so hübsch. Man konnte an den Tönen erkennen, daß es japanisch war, aber es war schöner als die gewöhnliche japanische Musik, die Vincent in der Schule gehört hatte und die für ihn klang, wie Magermilch schmeckte, als ob sie nicht genug Instrumente hätten. Er schmiegte sich an Großpapa und lauschte der himmlischen Stimme der Frau und versuchte, seine Traurigkeit darauf schweben zu lassen.

Aber er konnte nur daran denken, daß sein Hunger ganz verschwunden war, und daran, wie die Stimme der

Mama vorher geklungen hatte, als sie mit ihrem kleinen Jungen sprach, der noch gar nicht weg war, und trotzdem klang es, als wäre er schon eine Million Meilen weit fort von ihr, so weit, daß sie ihn nie mehr in die Arme nehmen konnte.

13. Kapitel

Mai 1990

Unter der vernachlässigten Weinlaube im Garten, um die Vincents Dad sich nie kümmerte, obwohl er immer sagte, er werde sie sich vornehmen, und schimpfte, wenn man sich dort herumtrieb, begannen Vincent und Alex Shore mit der Errichtung einer ganzen Stadt aus Zweigen, um die kleinen Playmobilmännchen dort wohnen zu lassen. Die Jungen waren jetzt groß, fast zwölf, und spielten eigentlich nicht mehr mit solchen Sachen; meistens fuhren sie mit den Rädern zu Radio Shack oder turnten an den Ringen im Park. Gestern abend hatten sie am Telefon einen Plan ausgeheckt, wie sie die Spule Bindedraht, die Vincent gefunden hatte, verwenden könnten. Sie wollten den Draht von Vincents zu Alex' Fenster spannen, drei Häuser weiter und über die Straße, und ein Telefon zusammenbasteln, das richtig funktionierte. Aber als Vincents Dad ihn dabei erwischte, wie er das Fliegengitter vor seinem Fenster entfernte, und den Hammer und die Nägel fand, hatte er der Sache ein Ende gemacht: »Bist du verrückt geworden?« hatte er Vincent gefragt. »Willst du jemand strangulieren, der in einem Kabrio vorbeifährt?«

Was sich für Vincent gar nicht so schlimm anhörte.

Aber nachdem die Idee mit dem Draht geplatzt war, mußten sie sich was anderes einfallen lassen, um was zu tun zu haben. Und es war heiß, richtig heiß für die erste schulfreie Woche. Das Schwimmbad hatte noch nicht geöffnet. Alex' Mom wollte sie nicht ins Haus lassen, weil sein Bruder Windpocken hatte.

Zuerst wollten sie bloß Lehmbarrikaden und so was bauen, damit sie Krieg spielen konnten, aber dann hatte Vincent den Bindedraht gefunden, den sein Vater von den Tomatensträuchern geschnitten hatte, und Alex gezeigt, wie die Indianer Wigwams bauten – sie banden ein ganzes Bündel gleich großer Stöcke an der Spitze zusammen und bogen sie dann auseinander. Damit hatte man ein Gerüst. Alex hatte die Idee, es mit Stoff zu überziehen, aber Vincent sagte: »Nein, wir nehmen Plastikfolie, dann können wir sehen, was sie da drin machen.«

»Die machen gar nichts«, sagte Alex. »Außer, wir langen rein und schieben sie rum.«

»Nein, du kapierst nicht, was ich meine. Wir können kleine Szenen aufbauen, zum Beispiel eine Hütte, wo sie erlegtes Wild ausnehmen oder so. Wie diese plastischen Schaubilder im Field Museum.« Alex war nie im Field Museum gewesen. »Da haben sie lauter Mumien und so Zeug und Schaubilder von Jägern und Sammlern und den Inkas. Wie Modelle.«

»Das will ich nicht«, murrte Alex. »Ich will bloß Krieg spielen.«

»Ach, Krieg spielen ist langweilig und blöd«, sagte Vincent. »Und außerdem sind das meine Männchen.« Das hätte er besser nicht gesagt, dachte Vincent, er sollte sich lieber vorsehen. Alex war sein bester Freund – mehr oder weniger sein einziger Freund. Andererseits wollte er nicht so was Kindisches und Langweiliges spielen wie Krieg. »Ach komm, Al, das wird super«, sagte er. Während Alex überlegte, kam Kerry in den Garten. Sie hatte ihr samtenes Tutu an (sie trug es immerzu, und es hatte an die hundert Dollar gekostet; es machte Vincent wahnsinnig zu sehen, wie sie es zum Turnen unter ihrem Trikot trug, aber nie hinderte sie jemand daran). Kerry schleppte einen großen Eimer, voll bis obenhin. Vincent nahm sofort den strengen, scharfen Geruch wahr.

»Warte mal 'ne Sekunde«, sagte er zu Alex. »Kerry, was ist da drin?«

»Das Zeug unter dem Spülstein«, sagte sie lächelnd. »Ich mach die Käfer im Sandkasten tot.« Vincent nahm ihr den Eimer fort, worauf sie nach ihm trat – sie war erst fünf, es dürfte also nicht sehr weh getan haben. Aber sie konnte gut treten. Vincent mußte sich auf ihren Fuß stellen, damit sie aufhörte.

»Kerry«, sagte er zu ihr, »das ist Salmiakgeist. Das ist Gift. Du darfst nicht damit spielen. Wo ist Mom?«

»Am Telefon.«

»Hat sie gesagt, du darfst das haben?«

»Ja«, sagte Kerry. Vincent dachte, na ja, vielleicht hat sie's ihr erlaubt. Oje.

»Du kannst die Käfer im Sandkasten besser mit einer Sprühflasche voll Spülmittel und Wasser töten. Das ist auch lustiger.« Er goß den Salmiakgeist unter Mr. Abergs Pappeln, von denen Vincents Dad sagte, sie seien zur einen Hälfte Himmelsbäume und zur anderen Hälfte Schandfleck. »Soll ich's dir holen?«

»Ja-hah, ja-hah«, rief Kerry begeistert.

»Ich geh rein, ihr was holen, und bring die Plastikfolie mit, okay, Al?« Vincent ging wieder zur Weinlaube. »Willst du auch 'ne Cola?«

»Markier bloß nicht immer den Boß«, sagte Alex.

»Red keinen Quatsch«, warnte Vincent. Seine Hände ballten sich zu Fäusten; das taten sie immer, er konnte nichts dafür – das wußten sogar die Lehrer.

»Meine Mom sagt, du markierst den Boß, weil deine Mom sich immer nicht um dich kümmert.«

»*Nie* um mich kümmert, Al. Weil sie sich *nie* um mich kümmert.«

»Das sagt sie, genau. Und ich glaub, sie hat recht. Dein Dad ist die ganze Zeit im Geschäft, und deine Mom kümmert sich immer nicht um dich.«

»Weißt du was, deine Mom ist dumm, Al.«

»Ach ja«, sagte Alex. »Wieso?«

»Erwachsene sollen so was nicht sagen, wenn Kinder dabei sind. Deine Mom würde dich umbringen, wenn sie wüßte, daß du's mir erzählt hast.«

»Ach ja?«

»Also, laß uns jetzt loslegen, ja? Wir können einen Krieg haben und ein Dorf mit Jägern, okay? Wir können beides machen.« Alex zuckte die Achseln. Das war in Ordnung. Er würde nicht weggehen, wenn Vincent sich beeilte.

Vincent ging in die Küche, um sich zwei Colas zu schnappen; er konnte seine Mutter nicht sehen, hörte sie aber am Telefon sprechen. Er wurde aufmerksam, weil sie *richtig* redete; sie sagte: »Das darf doch nicht wahr sein! Wie lange weißt du es schon? ... Aber wann hast du dich wirklich entschieden?« Und dann: »Aber wirst du überhaupt Spaß daran haben? ... Du hast es schon ... wie oft?« Sie lachte. Seine Mutter lachte. Er folgte der Telefonschnur um die Ecke des Frühstückzimmers, und da saß sie, in einen Sessel gekuschelt, und zwirbelte mit einem Finger eine Haarsträhne. Als sie ihn sah, winkte sie ihm zu.

Seine Mutter winkte und ... grinste.

Vincent ging mit den Colas nach draußen. Verdammt. Er hatte Kerrys Käfersprühzeug vergessen. Seine Mutter hatte aufgelegt, wählte aber schon wieder. Sie rief Vincent zu: »Rate mal, wer heiratet!«

Vincent war so verdutzt, daß er die volle Spülmittelflasche ins Becken fallen ließ; sie ging auf, und das Zeug lief in den Abfluß. Seine Mutter sprach sonst nie zuerst. Er hatte es getestet, wie lange es dauerte, bis sie etwas sagte, wenn nicht das Telefon klingelte oder Kerry sie um einen Keks oder so was bat. Und sie konnte Stunden, vermutlich ganze Tage schweigen. Er selbst hatte sie einmal einen ganzen Tag so erlebt, als sein Dad nicht in der Stadt war. Sie hatte Betten gemacht und so'n Kram, wie ein normaler Mensch, nur daß sie kein einziges Wort sprach, nicht mal brummte. Es war nicht so, daß sie sich nicht um ihn gekümmert hätte; sie hatte ihn überhaupt nicht gesehen.

Vincent glaubte nicht, daß sie wirklich nichts dachte; das ging gar nicht. Er und seine Cousine Moira hatten es unzählige Male ausprobiert; sie hatten versucht, einmal ums Haus zu laufen, ohne an irgendwas zu denken. Es ging nicht. Ein Mensch dachte immer; man konnte sein Gehirn nicht ausleeren. Seiner laienhaften Meinung nach war es – das Denken, wie atmosphärische Störungen im Radio – seiner Mutter im Weg. Tante Tree hatte einmal, als sie Vincent schlafend glaubte, eine Bemerkung über den Kopf seiner Mutter gemacht: »Das Licht ist an, aber es ist niemand zu Hause.« Vincent war anderer Meinung. Vincent stellte sich den Kopf seiner Mutter manchmal mehr wie einen Bienenstock vor.

Aber jetzt sah sie ihn direkt an.

»Candy«, sagte seine Mom, und er verstand das falsch und fragte sich, ob sie Süßigkeiten wollte. Aber dann wurde ihm klar, daß sie ihre Freundin meinte, die Polizistin, die manchmal übers Wochenende kam und Vincent für eine Sekunde ihre ungeladene Pistole anfassen und ihn mit ihrer goldenen Polizeimarke spielen ließ. »Candy heiratet. Ist das zu fassen?«

Vincent wußte, was von ihm erwartet wurde. »Ach«, sagte er. »Sie ist schon ziemlich alt.«

»Oh, sie ist nicht alt, Vincent«, sagte seine Mutter. »Sie ist, na ... vierzig vielleicht, schätze ich. Sie möchte ... sie möchte ein Kind, bevor es zu spät ist.«

»Zu spät?« fragte Vincent. Er tat interessierter, als er war, nur damit sie ihn weiter so ansah.

»Ja, Frauen können nur eine Zeitlang Kinder bekommen. Dann werden sie zu alt, und ihre Körper funktionieren nicht mehr so.« Du meinst die Menopause, dachte Vincent – das hatten sie ihm in der Schule erzählt. Er dachte immer, wieso Pause. War nicht in Wirklichkeit ganz Schluß damit?

»Aber das ist erst, wenn du richtig alt bist, ja?« fragte er, in dringlichem Ton, weil er spürte, daß seine Mutter ihm zu entgleiten begann.

»Schon, aber manchmal, wenn eine Frau, die schon älter ist, ein Kind bekommt, ist das Baby nicht gesund. Es hat Geburtsfehler.« Da sah er, daß sie weggetreten war. Er könnte sich einen Augapfel rausreißen, und sie würde sagen: »Vincent, bring das nach draußen.« Sie wandte sich wieder dem Telefon zu. »Ich möchte, daß Laurie mir Kerry abnimmt. Magst du bei Daddy bleiben? Bist du schon groß genug, um allein zu bleiben, bis er von der Arbeit nach Hause kommt?« Sie runzelte die Stirn. »Wenn doch Jilly noch bei uns wäre.« Mom wünschte immerzu, Jill hätte nicht das College abgebrochen und geheiratet. Aber Vincent wußte, dies war keine von den Fragen, die Eltern stellten, obwohl sie die Antwort schon parat hatten. So etwas tat seine Mutter nicht. Wenn sie fragte, ob sie in der fünften Klasse schon Divisionen mit Rest hatten, dann hatte sie wirklich keine Ahnung, ob er wußte, was so eine Division war. Sie hatte keine Ahnung, daß er im Rechtschreibwettbewerb Zweitbester der ganzen Schule geworden war und daß das Wort, das er nicht gewußt hatte, »Rückzug« war.

»Kerry nehmen, wann?« fragte er jetzt.

»Nächstes Wochenende, nächstes Wochenende«, sagte seine Mutter. »Oh.« Dann sah sie ihn wieder an. »Candy möchte, daß ich Fotos mache. Von ihrem Hochzeitsempfang. In Chicago. Und ich hab ja gesagt.«

Vincent mußte sich setzen. Alex war inzwischen bestimmt sauer; er war vermutlich nach Hause gegangen. Ehrlich gesagt hätte Vincent draußen sein sollen, um darauf zu achten, daß Kerry nicht auf die Straße lief oder so was.

Aber er konnte nicht glauben, was im Augenblick hier vor sich ging.

In den letzten Jahren war seine Mutter nach New York geflogen, um zu arbeiten, sie war nach Florida geflogen. Aber sie war nie in Chicago gewesen – nicht, als Tante Trees Babys geboren wurden, nicht, als Großpapa Angelo eine Herzrhythmusstörung hatte, nicht mal zu Weihnachten oder um die Leichen anzusehen, die die Polizisten für Ben hielten.

»Fährst du mit Dad?« fragte er.

»Vielleicht«, sagte seine Mom. »Nein, ich glaube nicht. Dad muß arbeiten. Ich nehme an ...« Sie starrte Vincent an, als hätten sie beide soeben einen vergrabenen Schatz mit Goldmünzen entdeckt. »Ich nehme an, ich fahre allein und wohne bei Tante Ellen. Ist ja nur für eine Nacht. In Ordnung?«

»Sicher, ja. Kommst du zurecht?«

»Ich denke schon. Kommst du zurecht?«

»Klar.« Was würde schon anders sein, dachte Vincent, es war ja nicht so, daß sie ihm sagte, wann er ins Bett mußte oder so was. Er forschte im Gesicht seiner Mutter, die in den Garten hinaussah – er konnte Kerry dort sehen, die mit ernster Miene den Sandkasten mit dem Schlauch bespritzte. Es war fast, als versuchte seine Mutter darüber nachzudenken, was sie tat; er konnte *sehen*, wie ihre Gedanken wie Marionetten hin und her wanderten. Sie streckte die zitternde Hand wieder nach dem Telefon aus. Ließ sie in den Schoß fallen. »Meinst du, Dad läßt dich gehen?« fragte er besorgt.

Sie antwortete so lange nicht, daß Vincent schon dachte, sie sei endgültig weggetreten. Doch dann sagte sie: »Ob er mich *läßt*? Dein Vater ist nicht mein Boß, Vincent. Ich kann überallhin, wenn ich will.«

Aber er war immer noch erstaunt, als sie eine Woche später tatsächlich fuhr; sie lud ihren Matchsack, drei Fotoapparate und ihre Scheinwerfer in den Kofferraum, nahm sogar das schwarze Kapuzenteil mit, mit dem sie aussah wie einer von den Stummfilmmännern, die in einer großen Rauchwolke Aufnahmen machten. Sie hatten auf der Veranda gewartet, daß Dad von »Haus-und-Garten« zurückkam.

»Soll ich heute abend anrufen, wenn Dad im Geschäft ist?«

»Ich geh mit ihm«, sagte Vincent.

»Oh. Gut.«

Dad fuhr den Toyota rückwärts in die Einfahrt und lud die Säcke mit dem Torfdünger aus, den er immer kaufte; trotzdem hatten sie, soweit Vincent das beurteilen konnte, immer den schlechtesten, buckligsten Rasen im ganzen Viertel. Sein Dad warf den letzten Sack hin, der ein bißchen aufriß, und lehnte den Kopf an den offenen Kofferraumdeckel.

»Ist dir nicht gut?« fragte Vincent. Seine Mom stand bloß da.

»Ich werde langsam alt«, sagte sein Dad und wischte sich mit dem Ärmel seines schäbigen Flanellhemds übers Gesicht.

Seine Mom drückte seinem Dad den Arm. Vincent war

wie immer gespannt, ob seine Mom seinen Dad küssen würde; sie tat es nicht. Vermutlich tat man so was nicht gern vor einem vorpubertären Kind.

»Bist du sicher, daß du mich nicht brauchst, um dich zu fahren?« fragte sein Dad.

»Keine Sorge, Pat«, sagte seine Mutter, »ich schaff das schon. Ich bin es ihr schuldig. Sie hat nie aufgegeben.«

»Ich finde, sie ist verrückt. So was Verrücktes. Der Kerl ist auch verrückt.«

»Wie sie sagt, Menschen haben sich schon für weniger zum Narren gemacht.«

»Gut möglich.« Sein Dad lächelte. »Küß die Braut für mich. Aber nicht zu leidenschaftlich.« Dad machte immer solche Witze über Candy, und Vincent hatte insgeheim daraus geschlossen, daß sein Dad Candy für eine Lesbe hielt, eine Frau, die Frauen heiratete. Aber sie war keine. Das wußte er bestimmt. Sie roch zu gut. Er persönlich glaubte, daß Candy eine super Mutter sein würde – schon allein wegen der ganzen Ausrüstung, die sie in ihrem Wagen hatte. Er würde gern Candys Kind sein.

Am Abend während des Hauptandrangs war Onkel Augie in Kein-Pardon-Laune, er brüllte alle an bis hin zu Enzo, dem Küchenchef, vor dem sich normalerweise sogar Augie fürchtete. »Die Leute verhungern da draußen, Enzo!« brüllte er. »Wenn die Leute hungern wollen, können sie nach Äthiopien gehen, dafür brauchen sie sich nicht in mein Lokal zu setzen!«

Schließlich richtete Enzo die Spitze seines größten Messers auf Onkel Augie und sagte: »Noch ein Wort, und ich stopf dir das Messer in deine fette Nase, Augusto. Du verrückter alter Mistkerl. Such dir doch einen, der den IQ von meinem Briefkasten hat, und vielleicht kriegen die Leute ja trotzdem was zu essen!« Vincents Dad mußte sie trennen. Vincent liebte es, wenn so was passierte, auch wenn es seinem Dad nicht gefiel. Dad haßte Streitigkeiten. Linda, die große rothaarige Kellnerin, brachte Vincent ans andere Ende der Küche zur offenen Hintertür, wo die mexikanischen Jungs in ihren weißen Hemden mit dem aufgestickten »Cappadora« auf den Taschen hockten, und drückte seinen Kopf zwischen ihre Brüste.

»Reißt euch zusammen vor dem Kind«, sagte sie. »Paddy, sorg dafür, daß sie still sind.«

Linda schob ihn aus der Küche und gab ihm einen Teller Fadennudeln mit weißer Muschelsoße, sein Leibgericht, und er hatte gerade an der Bar zu essen angefangen, wobei er sich mit Mickey, dem Teppichgroßhändler, und Tory, dem Barkeeper, unterhielt, als Tory einen Anruf für seinen Dad bekam.

»Geh Papa holen, Kumpel«, sagte er zu Vincent, und ins Telefon sagte er: »Bethie, bleib dran, Baby. Ich kann dich nicht verstehen. Ich hol ihn.«

Onkel Augie saß in der Küche auf einem Holzstuhl, wischte sich mit einem großen Taschentuch das Gesicht und trank Eiswasser. »Gibt's was Besseres zu trinken als Eiswasser, Vincenzo?« fragte er den Jungen.

»Wo ist Dad?«

»Draußen. Einen Sargnagel rauchen.« Wie Großpapa Angelo war Augie ein bekehrter Raucher; nicht mal in der Bar durfte gequalmt werden. Cosimo, ihr jüngerer Bruder, war an Lungenkrebs gestorben.

»Dad«, rief Vincent zur Tür hinaus. »Mom ist am Telefon.« Sein Dad warf den Zigarettenstummel über den Zaun, kam rein und griff nach dem Hörer. Es war heiß in der Küche, so heiß, daß Enzo im Unterhemd arbeitete, ein Anblick, bei dem sich Vincent der Magen umdrehte. Sein Dad zog die Telefonschnur nach draußen in die Gasse. Er winkte Vincent zu sich, und Vincent kam und stellte sich neben ihn, und er beobachtete die blassen Lichtstreifen, die er, als er klein war, für das Nordlicht gehalten hatte, die aber in Wirklichkeit Scheinwerfer von Vanland jenseits der Umgehungsstraße waren. Er war so müde und so gebannt von den Lichtern, daß er zuerst nicht merkte, wie fest sich die Finger seines Dad um seinen Nacken schlossen; sein Dad tat ihm richtig weh. Als Vincent sich befreite, war sein T-Shirt am Hals klitschnaß.

»Was haben sie noch gefunden?« sagte sein Dad gerade. Und dann: »Verdammt, wo ist das? Welches Hyatt? ... Oh, Elmbrook, klar doch, ja ... Candy hat was? Ich dachte, sie würde heiraten ...« Vincent sah den Schweiß von der Oberlippe seines Dad tropfen wie schmelzende Eiswürfel. Sein Dad sah komisch aus; seine Augen lagen zu tief. »Klar, ich fahr jetzt ... Warum? Was hast du vor? Ist Ellen bei dir?« Er hielt seine Hand über den Hörer und sagte zu Vincent: »Hol Daddy ein Glas Wasser, Kumpel.« Vincent ging nach drinnen zum Eisbereiter. Er füllte das Glas zu drei Vierteln mit Eis, wie sein Dad es liebte, und trug es langsam hinaus; die Küchentür stieß er mit dem Gesäß auf. Da sah er seinen Dad knien – er dachte eine Sekunde, er betet. Warum betet er? Aber das Telefon lag auf der Erde, und aus dem Hörer tönte eine kreischende Stimme: »Pat? Pat? Bist du noch da?« Die übereinandergelegten Hände seines Vaters drückten auf seinen Brustkasten, und seine zu tief liegenden Augen sahen zu Vincent auf wie die Augen eines dieser Museumsheiligen, die Gott geschaut hatten.

»Ich glaube, ich bin krank, Kumpel«, sagte er zu Vincent. »Ich glaube, ein Elefant steht auf mir.« Er versuchte zu lächeln.

Vincent griff über seinen Vater hinweg nach dem Telefon, drückte so lange auf die Gabel, bis er sicher war, daß die Stimme seiner Mutter weg war und er das Freizeichen hatte, und wählte 911.

14. Kapitel

Als seine Mom in der Nacht ins Wartezimmer der Intensivstation gestürzt kam, wußte Vincent schon, daß sein Dad am Leben bleiben würde.

Die Ärzte redeten stundenlang über seinen Kopf hinweg mit Dads Freund Rob und Onkel Augie, aber er hörte fast alles – und er erkor den Arzt mit den Cowboystiefeln zu dem Mann, dem er glauben konnte. Cowboystiefel sprach ganz normal und benahm sich nicht, als ob Rob und Augie blöd wären, wie es alle anderen taten, die hereinkamen. Von Linda über Steve, Frannys Mann, bis zu Laurie versicherten sich alle immerzu gegenseitig: »Er ist in den besten Händen.« »Hier ist er bestens aufgehoben.« »Ein Glück, daß wir die Uniklinik haben.«

Und dann, als ob ihm gerade einfiel, daß er da war, sagte jemand zu Vincent: »Dein Daddy wird wieder gesund. Er ist in den besten Händen.«

Aber Vincent wußte, das war bloß, was man zu einem Kind sagte. Er hatte es schon viele Male gehört.

Darum sprach er überhaupt nicht; er hörte nur zu, und immer, wenn er die Eidechsenlederstiefel durch die Schwingtür aus der Intensivstation kommen sah, spitzte er die Ohren und lauschte mit derselben Konzentration, mit der er einen Modellmotor baute. So gegen zehn sagte Stiefel zu Rob und Augie: »Also, wir können hier nur eins tun, nämlich, schlicht gesagt, einen Herzinfarkt verhindern. Bevor wir nicht ein Angiogramm gemacht haben, sind wir über den Zustand der Blutgefäße nicht hundertprozentig im Bilde; aber Gott sei Dank konnten wir sofort mit einem TPA anfangen ...«

»Was ist das?« fragte Onkel Augie.

»Ein Blutverdünner, um Gerinnsel aufzulösen, die Dinge wieder in Fluß zu bringen«, sagte Cowboystiefel. »Wenn bei einem so jungen Menschen derartige Beschwerden auftreten, müssen wir davon ausgehen, daß da eine Verstopfung ...«

»Aber er hat diese furchtbare Nachricht aus Chicago bekommen«, sagte Augie. »Seine Frau hat angerufen und gesagt, man hat was von dem kleinen Jungen gefunden, den ...«

Cowboystiefel winkte ab, aber freundlich. »Sicher, man hört immer wieder, daß Leute durch das, was wir Streß nennen, mit einem Infarkt zusammenklappen. Aber man kann einem Mann mit normalen Arterien eine Heidenangst einjagen, den ganzen Tag lang, und er schwitzt, ihm wird flau im Magen, er fühlt sich hundeelend, aber er bekommt keinen Herzanfall. Streß bringt sozusagen den Ballon zum Platzen – er legt einen vorhandenen Zustand bloß, der vermutlich ererbt ist ... Woran ist Ihr Vater gestorben, Mr. Cappadora?«

»Er starb im Ersten Weltkrieg. Er war ein junger Mann. Noch keine dreißig.«

»Ist sonst jemand in der Familie herzkrank? Onkel?«

»Klar«, sagte Onkel Augie. Seine Stimme schien auszudrücken: Ist das etwa ein Wunder? »Zwei von Vaters Brüdern sind sehr jung an Herzanfällen gestorben. Der eine war erst um die fünfundvierzig. Aber der vierte Bruder, der lebt noch. Er ist neunzig. Und ein Bruder von uns ist an Lungenkrebs gestorben. Und meinem Bruder Ange mußten sie einen Schrittmacher einsetzen. Aber jetzt geht es ihm gut.«

»Da sehen Sie's. Und«, Stiefel warf einen Blick auf seine Klemmtafel, »Pat ist Raucher, nicht gerade ein starker, aber er hat sehr jung angefangen, sagt er. Wann, mit dreizehn, vierzehn?«

»Er spricht? Er ist bei Bewußtsein?« fragte Rob aufgeregt. »Hat er Ihnen das selbst gesagt? Er ist nicht hirntot?«

»O nein, absolut nicht. Er ist ganz munter. Er hat das Bewußtsein nicht verloren. Er hat natürlich sehr, sehr große Angst. Wir mußten ihm etwas geben, um ihn zu beruhigen ...«

»Werden Sie operieren?«

Stiefel schürzte die Lippen. »Also, immer eins nach dem anderen. Erst einmal müssen wir zusehen, daß wir Pats Zustand stabilisieren, und dann sobald wie möglich Aufnahmen vom Innern seines Brustkastens machen. Aber ich kann Ihnen sagen, sein Kardiogramm sieht gar nicht schlecht aus. Wir sehen keine unregelmäßigen Wellen, und das bedeutet oft, wir haben das Schlimmste abgewendet ...«

Und dann kam seine Mom durch die Tür gestürmt, die Augen ganz verschmiert von Make-up, das herunterlief. Sie hatte ihre normale Jeans an und Turnschuhe, nicht zugeschnürt, ohne Socken, aber eine richtig schicke Satinbluse, vorne mit einer Schleife gebunden, und einen, einen einzigen großen baumelnden Perlenohrring.

»Wo ist Pat?« fragte sie Stiefel und packte ihn am Arm. Er zog ihn nicht weg – das gefiel Vincent –, sondern legte seine Hand auf ihre und sagte ihr, was er den ganzen Abend schon gesagt hatte, etwa: »Zuerst müssen Sie wissen, daß für Ihren Mann keine unmittelbare Lebensgefahr mehr besteht.« Die Aussicht auf Genesung sei nach vorsichtiger Schätzung recht gut ... Mom hörte natürlich nicht zu. »Ich möchte Pat sehen«, sagte sie.

Das war Vincents Stichwort. Jetzt konnte er sprechen. Und so meldete er sich zu Wort: »Ich möchte meinen Vater sehen. Ich will Dad auch sehen.«

Stiefel und seine Mutter sahen Vincent an. »Hast du was gegessen?« fragte Beth.

Gegessen? »Ja«, sagte Vincent.

»Wir möchten Pat sehen«, sagte seine Mom zu dem Arzt.

»Na ja, ich denke, für ein, zwei Minuten ...«

Sie wurden auf einen gefliesten Gang geführt; rechts und links waren mit Vorhängen abgeteilte Zellen. Jemand – es hörte sich nach einem alten Mann an – brüllte was von »Niggerschwestern«. Im Warteraum wimmerte ein Baby. Die Krankenschwester, die Vincent an die Nonnen in seiner Schule erinnerte, winkte sie zu einer Mittelzelle; der Vorhang war zurückgezogen, und da lag sein Dad. Er sah noch viel schlimmer aus als vorhin auf den Knien in der Gasse. Seine Haut um den Mund war blau, und zwei Schläuche verliefen von seiner Nase zu einer Metallplatte in der Wand. Ein Arm von seinem Daddy war an ein Brett geschnallt, und darüber hing ein Sack mit Wasser, tropf, tropf; Vincent maß die Zeit: exakt alle zwei Sekunden ein Tropfen.

»Kumpel«, sagte sein Dad leise. »Komm her.« Vincent trat seitwärts ans Bett. Er wollte seinen Dad halten und fürchtete sich zugleich, daß sein Dad ihn berühren würde. »Du hast mir das Leben gerettet, Kumpel. Ich glaube, du hast deinem alten Dad das Leben gerettet. Bist ein tapferer Junge.«

Vincent fühlte die Tränen an seinen Unterlidern aufsteigen, und er strengte sich an, die Brust seines Vaters zu sehen, zu sehen, ob das Herz unter dem geblümten Krankenhaushemd schlug. Er bemerkte kaum, daß seine Mutter sich neben das hohe Bett kniete und ihr Gesicht auf den Arm seines Vaters legte. Aber er wurde aufmerksam, als das schwarze Make-up über den Mull lief. So eine Sauerei, dachte Vincent. Das Zeug ist vermutlich nicht gerade steril.

»Bethie«, sagte Pat. »O Baby. Ich fühl mich beschissen.«

»Paddy, du siehst beschissen aus. Es tut mir so leid, es tut mir so leid, daß ich nicht hier war. Hätte ich das gewußt, mein Gott, Paddy, ich wäre hiergeblieben ...«

Mit einem enormen Ruck, wie wenn er Vincent hochhob, damit er die Glühbirne in der Garage auswechselte, legte Pat seine Hand auf die Haare seiner Mutter, die vorne normal aussahen, aber hinten ganz verfilzt waren, wie Kerrys, wenn sie morgens aus dem Bett aufstand – Knäuel und Knötchen, als hätte sie sie tagelang nicht gebürstet.

»Mein Mädchen«, sagte sein Vater, und seine Mutter fing an zu weinen, so heiser, daß Vincent zuerst dachte, sie würde kotzen, aber dann war es peinlich. Die Schwester schaute herein, saugte traurig lächelnd an ihren Lippen und zog den Vorhang zu.

»Bethie, sag's mir«, sagte sein Dad. »Sag's mir jetzt.«

Sie sah mit ihren großen schwarztriefenden Augen auf Vincent. »Nicht jetzt.«

»Beth, er hat heute abend 911 angerufen. Er darf es hören.«

Und da erzählte sie ihnen von dem Schuh. Wie sie mit Ellen in einem Hotel zu Mittag oder zu Abend gegessen hatte, und plötzlich war Candy in ihrem beigeseidenen Brautkleid aufgetaucht, und sie hatte Bens kleinen roten Turnschuh. Vincent war verwirrt; na und, Bens Schuh hatten sie doch schon seit einer Ewigkeit. Aber es war nicht der. Es war, soweit die Polizei sagen konnte, Bens *anderer* Schuh oder genau so einer, und er hatte auf einem Bord in der Garderobe des Hotels gelegen, wo Beth'

High-School-Klasse an genau diesem Tag, an genau diesem Wochenende, ihr zwanzigstes Treffen veranstaltet hatte. Ein großes Hyatt-Hotel draußen beim Golfplatz, wo Großpapa Bill spielte. Nicht das Tremont. Nicht das Hotel, von dem Vincent manchmal träumte, wenn er den Weglauftraum hatte; er konnte sich die Kacheln, die die Farbe von Fleischklößchen hatten, vorstellen, wann immer er wollte, wenn er nur die Augen zumachte.

»Das bedeutet also«, keuchte sein Dad, »sie werden den Fall wieder ...«

»Schschsch«, sagte Vincents Mutter. »Du mußt dich jetzt ausruhen. Sie haben den Fall nie zu den Akten gelegt, Pat.«

»Was denken sie, daß, wer immer ...?«

»Candy sagt, vielleicht hat ihn jemand vor langer Zeit gefunden, und es ist ein makabrer Scherz. Oder vielleicht war es ein anderer Schuh, und irgendein Verrückter dachte, das wäre ein Kitzel, verstehst du ...«

»Ist Ellen bei dir geblieben?«

Seine Mutter antwortete nicht gleich. Weiß sie es nicht? fragte sich Vincent.

»Ellen hatte mir nicht mal erzählt, daß das Treffen an diesem Abend stattfand. Gesagt hat sie's mir erst, als ich dort war. Sie dachte wohl, ich würde nicht kommen. Und Candy ist nicht mal auf ihrem eigenen Hochzeitsempfang gewesen. Ich habe keine Aufnahmen für sie gemacht. Ihr Mann scheint sehr nett zu sein ...«

»Und was werden sie jetzt tun?«

»Candy?«

»Nein, Herrgott, Bethie – die Polizei, Bender.«

»Darüber reden wir, wenn es dir bessergeht, Baby.«

»Beth.«

»Sie versuchen herauszufinden, ob jemand, der zu dem ersten Treffen kam oder an dem Tag dort war, jetzt den

Schuh zurückgebracht hat. Candy sagt, diesmal können sie gute Abdrücke von dem Gummi haben; sie haben sie schon abgenommen.«

»Und das könnte bedeuten, Ben ist ...«

»Es kann alles bedeuten, Paddy. Es kann bedeuten, daß es sich um die Person handelt, die Ben mitgenommen hat, und daß man versucht hat, eine Nachricht zu hinterlassen ...«

Vincent zuckte zusammen, als das kleine Signalgerät über dem Bett seines Vaters zu schrillen begann; die Schwester war sofort zur Stelle. »Kein Problem«, sagte sie munter. »Keine Veränderung. Hat nichts zu bedeuten. Bloß eine kleine Funktionsstörung.« Niemand sprach, während die Schwester mit den Händen über die Schläuche von seinem Dad fuhr und eine kleine Sonde in sein Ohr einführte, die sofort piepte. »Alles in Ordnung, Mr. Cappadora. Aber Sie müssen sich bald ausruhen.«

»Noch eine Minute. Meine Frau ist eben erst gekommen ... Bethie, wie war das? Eine Nachricht?«

»Vielleicht sogar, um uns zu trösten ...«

»Beth! Uns zu trösten?«

»Wir gehen jetzt«, sagte seine Mom. Wohin? dachte Vincent. Wohin wollten sie gehen? Würden sie seinen Dad hier allein lassen? Was, wenn alle Maschinen auf einmal versagten? Wenn es einen Stromausfall gäbe?

»Wo gehen wir hin, Mom?«

»Nach Hause, denke ich. Das heißt, ich denke, ich bringe dich zu Laurie, und dann komme ich wieder her und setze mich zu Daddy. Du kannst nicht die ganze Nacht aufbleiben.«

Vincent fing an zu weinen. »Ich will hierbleiben, bei Dad. Ich will nicht zu Laurie. Ich muß auf Dad aufpassen ...«

»Schschsch«, sagte Beth, als die alte Stimme nebenan

zu quengeln begann: »Was ist das? Verdammt, was ist das für ein Radau?«

»Ich passe auf Dad auf«, sagte Beth und zog Vincent für einen Moment an sich. Er fuhr zurück. Seine Mutter roch, sie roch wirklich wie ... er konnte sich an den Geruch erinnern, wie die Sorte Cologne, die Großpapa Angelo früher gern benutzte, vielleicht benutzte er sie heute noch, die Sorte, die Vincent an den Futterstoff einer alten Schmuckschatulle erinnerte. Sie roch, als hätte sie den Kopf da hineingetaucht, und das war komisch, denn seine Mutter roch sonst immer nur nach Noxzema oder Caress. Sie hatte gar kein Parfüm, soviel er wußte. Doch bevor er noch einmal an ihr schnuppern konnte, erschien Rick, Lauries Mann, und nahm seinen Arm. »Wir gehen zu Laurie, okay, Großer?« sagte Rick und blinzelte seinem Dad über Vincents Schulter zu. Während Rick ihn zur Tür zog, sah Vincent seine Mutter sich wieder ans Bett knien und hörte sie flüstern: »Paddy. Ich gehe überallhin. Ich tu alles. Das Restaurant mit deinem Dad. Wir können es machen. Ich ... möchte, daß du es machst. Wenn du nur wieder gesund wirst, Paddy. Stirb mir nicht. Nicht sterben.«

Jetzt tut es ihr leid, dachte Vincent. Erst wollte sie ihn umbringen, und jetzt tut es ihr leid, daß sie ihn beinahe umgebracht hätte. Oder vielleicht tut sie bloß so, als würde es ihr leid tun. So was Verrücktes, dachte er. Aber wenn sie es nun absichtlich getan hat, eine Art Fluch? Wenn sein Dad dort in der Gasse gestorben wäre, und Vincent hätte für immer allein mit ihr nach Hause gehen müssen, und sein Dad wäre nie zurückgekommen, nie mehr bei ihm gewesen?

Und wenn sie es eines Tages herausbekäme? Alles? Er fühlte wieder den Stich im Magen, das Kratzen, das Kratzen der Angst, als er auf die verfilzten schwarzen Locken am Hinterkopf seiner Mutter sah, die in dem Unterwasserkrankenhauslicht fast purpurn aussahen. Er mußte sich eingestehen, daß sie ihm, auch wenn sie ihn quetschte oder am Nacken zerrte, nicht weh tun wollte, nur ihre Hände taten es. Ihre Hände waren grob. Manchmal sah sie ihn an, als wollte sie sich über ihn legen wie eine Dekke. Dann waren ihre Hände so sanft wie die eines Zahnhygienikers, Federhände.

Aber wenn sie wüßte ... Einen langen Augenblick hatte er keinen Zweifel, daß sie, sollte das je geschehen, ihn auch umbringen würde. Sie hätte keine Wahl.

15. Kapitel

BETH

Oktober 1990

Es war unmöglich.

Als sie zum erstenmal in die stillgelegte Buchbinderei trat, aus der einmal das Restaurant »Hochzeit im alten Viertel« werden sollte, hatte Beth gedacht, das ist eine Höhle, das ist ein Loch, so muffig und abstoßend, daß es den größten Optimisten mutlos machen könnte. Pat und sein Dad begehen einen langsamen Doppelselbstmord, um sich von der Realität einer durch verlorene Väter und verlorene Söhne reduzierten Familie abzulenken. Es war nichts als ein unbrauchbarer Schuppen, die Blechwände von Graffiti verunstaltet, mitten im übelsten Viertel der Westside gelegen, einer Gegend, in der lediglich ein paar mutige Schwule begonnen hatten, sich in heruntergekommenen Sandsteinhäusern einzunisten.

Einer dieser Männer war der Innenarchitekt, dem Beth vor Monaten begegnet war – ein landesweit bekannter Schickeria-Designer, der auch Erlebnisbars und -restaurants »schuf«.

»Schuf« er Illusionen wie David Copperfield? hätte Beth ihn gern gefragt. Sie verkniff sich die Bemerkung; seit Pats Herzanfall hatte sie sich so viele Bemerkungen verkniffen, daß diese sich eines Tages vermutlich erheben und sie ersticken würden. Dennoch, für die Verwandlung hier würde pure Zauberei vonnöten sein.

Es gab kein anderes Wort dafür. Zauberei. In sechs Wochen.

So etwas wie die Umgestaltung des alten Lagerhauses hatte Beth noch nie erlebt. Es war wie eine Traumreise der italienischen Phantasie. Ein Raum ging in den anderen über – einer war wie ein Weinkeller gestaltet, an den Wänden bis hinauf zur Decke Fässer mit den Bezeichnungen »Ruffino«, »Conterno«, »Castello di Ama«; Farbtropfen täuschten verschütteten Wein vor, der die Wände hinunterlief. Erlesene Gipsverzierungen umrahmten die Nischen, die mit Sinnsprüchen in den Farben kittgelb und himmelblau bemalt waren. Die Tische in diesem Raum waren aus rohem Zypressenholz, mit Tischläufern belegt und von Sitzen in Faßform ergänzt. In einer Nische befanden sich eine fast versteckte Hochglanzbar und ein Durchgang zur Küche. Dieser Raum werde für Mittagsmahlzeiten geöffnet sein, erklärte Pat, und um die Menschenströme an den drei Abenden der Woche aufzunehmen, an denen tatsächlich »Hochzeit« gefeiert wurde.

Pat führte Beth sodann zu der gediegeneren Bar, wo ein über 1,50 m hohes Keramikmodell der Fontana di Trevi, mit marmoriertem Anstrich, die ganze Länge einer Wand einnahm. Jede Nische in der Bar war wie eine Laube mit Rosenspalier gestaltet; sie bot Platz für sechs Personen. Hinter der Bar waren Satinbahnen in Grau und Rosa drapiert und mit Seidenrosen festgeheftet. Ein Teppich aus echten Blütenblättern – Angelo bekam sie spottbillig von seinem Freund Amando, einem Bestattungsunternehmer – sollte jeden Abend auf die Erde gestreut werden.

Der eigentliche Triumph war der Bankettsaal. Gewölbte Balken aus poliertem Fichtenholz ließen die Decke aussehen wie den Dom in Florenz, und das Gemälde, das das Ganze bedecken sollte (im Augenblick lag da oben ein Maler wie Michelangelo rücklings auf einem schwebenden

Podest), hatte die vier Jahreszeiten zum Inhalt – die Heirat war schließlich der Anfang des Kreislaufs von Geburt und Ernte.

»Wozu sind die?« fragte Beth und zeigte auf schwarze schmiedeeiserne Balkone, sechs an der Zahl, in den Winkeln, die die Balken bildeten.

»Die sind für Leute«, begann Pat, und als er ihren Blick sah, fuchtelte er hilflos mit den Händen. »Frag mich nicht. Es ist Vaters Idee, daß da Göttinnen oder so was rein sollen. Aber hier, das wollte ich dir eigentlich zeigen.« Er ging zu einer Wand und zog eine Schutzplane beiseite. Beth fuhr zurück. Sie sah ihr eigenes Gesicht vor sich.

»Du bist Mimí«, sagte Pat mit dem unverhohlenen Vergnügen, das sie bei ihm zuletzt gesehen hatte, als er noch in der Jugendliga spielte. »Und ich bin Rodolfo.« Langsam führte er sie an den übrigen Fresken vorbei – einige waren noch unvollendet. Außer aus *La Bohème* gab es Szenendarstellungen aus *Carmen, Madame Butterfly* und anderen Opern; jede Figur hatte ein Cappadora-Gesicht. Sie waren in einer Transparenttechnik gemalt, die nicht nur die Operngemälde, sondern auch die Wände selbst jahrhundertealt aussehen ließ.

»Wie hat er das in so kurzer Zeit geschafft? Es sieht nach jahrelanger Arbeit aus. O Paddy, es ist phantastisch!« Pat strahlte. »Ja, nicht wahr? Es war richtig, daß wir Kip genommen haben. Dieser Laden wird die Leute umhauen ... Und warte, bis du erst die Bräute und die Musikpavillons siehst, und das hier – und das hier, Beth ...« Er hob eine Ecke der Staubschutzfolie an, die den Fußboden bedeckte. Beth hielt den Atem an. Der ganze Fußboden war zu einem Mosaik verlegtes Parkett; ein dunkles Burgunderrot verlief strahlenförmig von den Rändern zu dem Sieben-Meter-Gesicht einer Frau im Profil. Über ihrer Stirn, ihrem Scheitel und ihrer olivenfarbenen Wange waren Stoffalten aus unterschiedlich hellen Schattierungen von Eichenholz drapiert, so geschmeidig, daß sie sich zu bewegen schienen.

»O Pat«, flüsterte Beth. »Die Kappe aus Gold.«

»Hier werden wir die Tische zuerst aufstellen. Und wenn es dann Zeit zum Tanzen ist, schau, dann gleiten die Tische einfach zurück ... in diesen Alkoven. Als Kip mit dem Vorschlag ankam, hier Mosaik zu verlegen, dachte ich, das ist zuviel. Ich dachte, es würde so aufdringlich sein, daß es lächerlich wäre.«

»Nein, es ist wundervoll. Wundervoll. Aber wie wollt ihr da jemand drauf rumlaufen lassen?«

»Kein Problem«, sagte Pat vergnügt. »Wir haben es von einer Firma beschichten lassen, die Turnhallenböden macht. Da ist so viel Polyurethan drauf, daß man mit einer Straßenwalze drüberfahren könnte.«

»Und wird bis zur Eröffnung alles fertig?«

»Das hängt mehr oder weniger von Dad ab.« Pat deutete mit einem Finger auf einen mit Plastik verhüllten Tisch beim Eingang, wo Angelo saß und sich angeregt mit dem Architekten unterhielt. »Sie können sich nicht über das Foyer einigen. Das ist ein wichtiger Punkt für Dad.« In seiner Baseballkappe und den abgeschnittenen Shorts sah Pat aus wie ein Zwanzigjähriger, fand Beth. Er sah nicht nur verjüngt, sondern wie neugeboren aus, als hätte sein Leben einen reinen, ungetrübten Mittelpunkt, in den er all seine Energie, Kreativität und Zärtlichkeit einfließen lassen konnte. Begonnen hatte es am Abend von Jills Hochzeit, am späten Abend, als die meisten Gäste den hinteren Bankettsaal des Cappadora in Madison schon verlassen hatten.

Jill hatte geheiratet, als Beth ihre Arbeit gerade erst seit einigen Monaten wiederaufgenommen hatte. Die Rückkehr zur Arbeit war so ungeheuer anstrengend für sie gewesen, daß sie Jills Fortgang kaum verkraften konnte. Jill wußte Dinge, die Beth nicht wußte, etwa die Namen von Vincents Lehrern und von den Eltern seiner Freunde; sie hatte es Beth ermöglicht, sich wenigstens einigermaßen mit den Kindern zu befassen und doch Stunden in der Einsamkeit ihrer Dunkelkammer zu verbringen, wo sie sich abmühte, Arbeiten zu verrichten, die sie früher mit links erledigt hatte.

Die ganze Familie hatte Jilly gebeten, die Heirat mit Mumit, einem mahagonibraunen Schatz aus Pakistan, den sie erst vor vier Monaten kennengelernt hatte, zu verschieben. Sie sei zu jung; sie seien zu arm. Jill hatte sich nicht beirren lassen, und nach jenem Abend im Cappadora war sie strahlend mit ihrem Bräutigam zu kurzen Flitterwochen nach Door County entschwebt; danach würde Mumit beginnen, für sein Chemieexamen zu büffeln.

»Ihr müßt zugeben, sie sind glücklich«, hatte Tree wenige Minuten später gesagt. »Es war eine schöne Hochzeit. Wünscht ihr euch nicht, ihr könntet jede Woche so Hochzeit feiern? Mit Tanz und Eisskulpturen? Solchen Kleidern? Ich wünschte, ich hätte viermal geheiratet.« Und mit einem Blick zu Joey: »Natürlich denselben Mann.«

Und da hatte Angelo begonnen, auf die übriggebliebenen Servietten zu kritzeln, die mit den Namen des jungen Paares in Blattgold verziert waren. Er sagte schon seit Jahren zu Pat, er habe das Gerenne und Gehetze beim Golden Hat Party Service satt. Er wolle in seinen letzten Jahren Herr eines Etablissements sein, wolle Seite an Seite mit Sohn und Schwiegersohn in einem Kronjuwel von einem Restaurant arbeiten. Erlebnisrestaurants – teils Speiselokal, teils Theater – schossen in ganz Chicago wie Pilze aus dem Boden: Fischkneipen mit schwimmenden Meerjungfrauen hinter Glas, das in die Wände eingelassen war, Steakhäuser in alten Tankstellen, wo Mais und Knoblauchbrot auf Tabletts aus alten Radkappen serviert wurden.

Warum nicht eine italienische Hochzeit? hatte er zuerst Pat, dann Joey gefragt. Warum nicht eine italienische Hochzeit, vielleicht an drei, vier Abenden der Woche, mit Braut und Bräutigam als Gastgeber? »Mit Familienspezialitäten an allen Tischen, mit Mostaccioli und Fleischbällchen, großen Brotlaiben – du würdest dir eine Tonne an Platten sparen«, warf Joey aufgeregt ein.

»Und eine Kapelle – du müßtest eine Kapelle und eine Tanzfläche haben!« rief Pat. »Als Braut und Bräutigam könnten wir diese jungen Leute engagieren, die ins Showgeschäft wollen, solche, wie sie in den Nachtclubs Steppenwolf und Second City arbeiten, wirklich schöne junge Leute. Und sie würden den ersten Tanz hinlegen ...«

»*Bellissimo*!« rief Angelo. »Stellt euch das mal vor!«

»Das funktioniert nicht«, brummte Augie. »Zuviel Aufwand. Was machst du, wenn sie sich am ersten Abend das Kleid zerreißt?«

»Wir könnten ein Arrangement vereinbaren«, versetzte Pat. »Mit den Firmen, die Smokings und Kleider verleihen. Kostenlose Werbung. Für Sachen, die sowieso nicht mehr verwendet werden. Wen interessiert schon die Mode? Es ist vielleicht sogar besser, wenn das Zeug ein bißchen Patina hat. Wir könnten die Brautjungfernkleider aufkaufen, die in der Zeitung billig angeboten werden – Dad! Alle Bedienungen könnten Brautjungfern sein, und die Platzanweiser ...«

Als Beth um zwei Uhr morgens vollkommen ermattet mit Vincent und Kerry nach Hause fuhr, redeten die Männer und Tree immer noch, schlugen auf den Tisch, kochten frischen Kaffee und versetzten ihn mit einem Schuß

Anisette. Im Auto sagte Rosie: »Alter schützt vor Torheit nicht.« Aber sie lächelte dabei.

Trotz alledem, im tiefsten Innern hatte Beth nie wirklich geglaubt, daß sie sich tatsächlich dem Kampf würde stellen müssen, wieder nach Chicago zu ziehen. Wie sie es sah, war es ein Glück für Pat, daß sie in Madison ein fragiles Ökosystem installiert hatten. Die Verfolgung durch die Presse war abgeflaut; Beth brachte mit ihren Porträts und anderen Fotografien Geld herein. Soweit sie es beobachten konnte, schienen die Kinder gesund: Kerry hatte zur rechten Zeit sprechen und laufen gelernt; am Lichtschein, der spätabends durch die Ritze unter Vincents Tür fiel, erkannte Beth, daß er gelernt hatte, Geschichtenbücher selbst zu lesen. Sie und Pat hatten sogar so etwas wie ein Gesellschaftsleben, gelegentlich ein erlesenes Essen mit Rob und Annie Maltese, und Beth ging nach wie vor fast jeden zweiten Monat mit Laurie zu den Versammlungen des Compassionate Circle.

Beth hatte im Geist die Krallen gezeigt. Pat würde sie sowenig überreden können, nach Chicago zu ziehen, wie er sie dazu bringen könnte, oben ohne in der Rotunde des Kapitols zu tanzen. Umziehen nach Chicago? Nur über ihre Leiche.

Sie hatte nicht mit der Möglichkeit gerechnet, daß eine Weigerung nur über Pats Leiche gehen würde.

Sie hatte nicht mit dem gerechnet, was an dem Wochenende von Candys Hochzeit geschah. Dem Wochenende ihres Mittagessens mit Ellen und Nick. Dem Wochenende des zweiten roten Schuhs beim zwanzigsten Schultreffen. Dem Wochenende von Pats Herzanfall. Dem Wochenende von Beth' Sünde.

Im Rückblick konnte Beth erkennen, daß eigentlich alles in den wenigen Sekunden entschieden war, die Candy brauchte, um sie anzurufen und ihr zu sagen, ihr biologischer Wecker habe geklingelt und sie und ihr alter Freund Chris hätten den ersten Samstag gewählt, der auf beiden Terminkalendern frei war. Hinterher werde es einen Festschmaus geben, und sie wünschten sich gute Fotos. Stell dir vor, ich eine Junibraut, hatte Candy sich selbst aufgezogen, und Beth hatte zu ihrer eigenen Überraschung im selben Ton gekontert und Candy anzüglich die Frage gestellt, ob sie und Chris die Reise ins Bett angetreten und ob sie eine stürmische Überfahrt gehabt hätten? Nein, hatte Candy laut lachend geantwortet – sie habe einfach die Augen geschlossen und sich vorgestellt, er sei Jessica Lange!

Beth schlenderte umher zwischen Stapeln von frisch geschlagenem Holz und unsortierten weißbeschichteten Platten, die zu Tischen für das fast fertige Restaurant montiert werden sollten. Nach allem, was am Wochenende von Candys Hochzeit passiert war, war der Umzug fast unumgänglich gewesen. Und gar nicht so schlimm.

Das Haus, das Tree für sie ausgesucht hatte (Beth hatte sich geweigert, es sich auch nur anzusehen), war nicht übel, auch wenn es keine fünf Minuten vom Tremont Hotel entfernt lag, mitten im Viertel, in dem sie alle aufgewachsen waren. Sogar die Kinder waren ungemein brav gewesen. Nachdem Pat ihm die »gute Nachricht« mitgeteilt hatte, war Vincent für drei Stunden verschwunden. Pat war krank vor Angst gewesen, aber Beth war ruhig geblieben. Sie glaubte nicht, daß Vincent jemals etwas Ernstes zustoßen könnte. Er war ein zäher Brocken. Einmal hatte er, als Beth ihn ins Bett schicken wollte, eine Bowlingkugel aus dem Fenster geworfen und das Verandadach zum Einsturz gebracht; er hatte in einem Rohbau Feuerwerkskörper gezündet und mehr Spielplatzkämpfe angezettelt, als Beth an beiden Händen abzählen konnte. Trotzdem fand sie, daß Vincent, wenn auch nicht vorbildlich, so doch mehr oder weniger gut geraten sei. Vielleicht würde Angelos Nähe ihn zähmen. Joey war ein Wildfang gewesen, als er mit der Arbeit im Golden Hat begonnen hatte; Angelo hatte einen gutwilligen Jungen aus ihm gemacht.

Die Männer waren immer noch in ihre Diskussion über das Foyer vertieft, und Beth schlenderte nach draußen und setzte sich auf die reichverzierte Steintreppe, die Pat als erstes ins Auge gefallen war. Das übrige der ramponierten Ziegelfront war cremefarben stuckiert worden; bald würden schmiedeeiserne Gitter und ein Schild angebracht werden. Sie beobachtete eine Horde schnatternder kleiner Mädchen, die gegenüber auf dem Parkplatz mit flinken Füßchen auf einem Teppich aus Glasscherben Kunststücke im Seilspringen vollführten.

Sie hob ihr Gesicht ins trübe Sonnenlicht und versetzte sich in die Zeit vor fünf Monaten – ganze fünf Monate – zurück. Zu dem Wochenende von Candys Hochzeit, dem Wochenende, das mit Beth' Schwur geendet hatte, für immer nach Chicago zurückzukehren.

Beth war kaum angekommen, da hatte Ellen schon den Vorschlag gemacht, zusammen zum Mittagessen zu gehen. Ihr Mann und Nick Palladino arbeiteten gemeinsam an der Sanierung eines ehemaligen Frauencollege in Hyde Park, das sie zu einem Einkaufs- und Erholungszentrum umbauten; Ellen hatte am Telefon mit Nick gequatscht, als Beth eintraf.

»Dreimal darfst du raten, wer hier ist«, hatte sie ins Telefon geflötet. Und dann hatte Beth ganz unvorbereitet mit Nick gesprochen, sich nach seinen Kindern erkundigt und über den Zufall seines Zusammentreffens mit Wayne auf einem Casinoschiff in Indiana gelacht. Ellen hatte sie unterbrochen und gefragt, warum sie sich nicht persönlich unterhalten wollten; sie könnten zum Mittagessen gehen, und dann würde Beth die Collegebaustelle besichtigen. Es sei umwerfend, wie Nick das Innere mit Marmor verkleide. Im Nu hatte Beth sich bereit erklärt, einen Prospekt zu gestalten.

Warum nicht? Beth brauchte nicht vor acht Uhr abends auf dem Hochzeitsempfang in Chris' Penthouse in South Shore zu erscheinen, und sie hatte sich – aus Angst, sie könnte keine Straßenschilder mehr lesen und sich nicht mehr erinnern, wie man Maut bezahlte – so viel Zeit für die Fahrt nach Chicago genommen, daß sie schon vor zehn Uhr morgens angekommen war. »Wir vertrödeln den ganzen Nachmittag, und für dich sind es bloß ein paar Minuten bis zum Empfang. Du könntest dich sogar in Chris' Wohnwagen umziehen.«

»Komm, wir machen einen drauf, Bethie«, hatte Ellen gesagt. »Das wird ein Spaß. Wir gehen zu Isabelle am Drive.«

Beth war von allen guten Geistern verlassen gewesen. Sie hatte zugestimmt.

Aber als sie am diskreten Schild des Cafés vorfuhren, hatte Beth das Krachen und Rutschen der Lawine gefühlt, hatte das Knarren gehört. »Es ist in einem Hotel«, hatte sie Ellen zugeflüstert. Ellen hatte ehrlich erschrocken dreingeschaut.

»Ich dachte nicht ...« begann sie. »O Bethie, daran habe ich überhaupt nicht gedacht! Bist du nie mehr in einem Hotel gewesen? Seit damals?«

»Nein«, flüsterte Beth.

»Nicht mal, wenn du in New York warst?«

»Frühstückspensionen«, sagte Beth, die Silben in die Länge ziehend. »Immer.«

»Dann fahren wir wieder«, sagte Ellen beschwichtigend und ließ den Wagen an. »Ich dachte, wenn es nicht in der Nähe vom Schultreffen ist ...«

»Schultreffen«, sagte Beth.

»Du weißt schon, das zwanzigste. Es findet an diesem Wochenende statt. Haben sie dich nicht benachrichtigt ... Scheiße, das werden sie wohl nicht getan haben.«

»Es findet an diesem Wochenende statt?«

»Ja, aber Beth, das ändert gar nichts. Ich wäre nicht hingegangen. Wayne, keiner wollte hin. Es ist bloß zufällig an diesem Wochenende.«

»Wo?«

»In Elmbrook.«

Beth hielt sich die Hand vor den Mund. »O Gott, Bethie«, sagte Ellen. »Vergiß es, ja? Ich spring schnell rein und guck, ob Nick da ist, und wir holen uns was zum Mitnehmen und essen in einem Park, okay? Ist das okay?«

Aber da war Nick um die Ecke des alten Hotels gekommen, seine geringelten schwarzen Haare jetzt grau überpudert; er wirkte in seinem Anzug so schneidig wie eine Silhouette aus grauem Papier, und etwas in Beth' Bauch hatte sich gedehnt wie eine träge Katze.

»Mein Gott«, sagte sie zu Ellen. »Sieh ihn dir an.«

»Er wird nie alt«, bestätigte Ellen.

»Ach, was ... was soll's.« Beth war plötzlich ausgestiegen, in Nicks ausgebreitete Arme gelaufen und hatte ihn, eine tausendstel Sekunde zu lang, auf den nach Gewürznelken riechenden Mund geküßt.

Hatte sie es in diesem Moment gewußt? Im Nachhinein schien alles choreographiert, eine Reihe sorgfältig einstudierter Schritte und Bewegungen, die alle in eine Sackgasse führten, eine Schlinge ohne Ausweg.

Beth lehnte den Kopf an das gekieste Steingeländer und überließ sich der Erinnerung an jenen Tag. Sie mußte dazu allein sein, und sie mußte es jedesmal auf genau dieselbe Weise tun. Sie verabscheute sich, wenn sie es tat; aber im Laufe der Monate seit jenem Tag hatte sie den Nachmittag und Abend, bis hin zum Klopfen an der Tür, hundertmal mit filmischer Genauigkeit durchgespielt.

Sie hatten zu dritt eine Flasche Wein zum Mittagessen geleert – Ellen als Fahrerin hatte sich zurückgehalten und nur ein Glas getrunken. Sie hatten geredet, über . . . dummes Zeug. Wie sie sich eines Abends alle in den alten Electra von Nicks Vater gezwängt hatten und mehrmals zum Klostertor hinaufgekrochen waren, bis die Mönche die Dobermänner auf sie losließen, wobei Wayne den Rücken seiner Lederjacke eingebüßt hatte. Wie einmal ein Witzbold vom Cine Club während der Varietévorstellung die falsche Seite des Dreifachvorhangs aufgezogen und Cecil Lockhart beim Kostümwechsel zwischen ihren Auftritten enthüllt hatte, mit nichts an außer BH und Strumpfhose, und wie Cecil einfach im blauen Scheinwerferlicht eine Pose eingenommen hatte, während das Publikum in starrer Bewunderung dasaß. Wie sie Beth an einem Sommerabend aus ihrem Aufsichtsjob im Zeltlager in Lake Geneva geschmuggelt hatten, damit sie an Cherrys und Tonys Hochzeit teilnehmen konnte; Cherry war siebzehn und schwanger gewesen, und Bill und Evie hatten Beth verboten hinzugehen.

Sie erinnerte sich, daß Ellens Piepser losgegangen war. Ellen hatte gemeckert, weil Dan wollte, daß sie zu einer etliche Kilometer entfernten Glaserwerkstatt fuhr und den Mann zur Baustelle lotste; Glas war plötzlich überall knapp, und der Zimmermann wurde Vater. Ob Nick Beth zur Baustelle fahren könne, wenn sie mit dem Essen fertig seien? Aber sicher konnte er. Dann waren Nick und Ellen nach draußen gegangen, um Beth' Kamerataschen und ihren Matchsack in Nicks Wagen umzuladen, falls Ellen im Stau steckenblieb, und Beth hatte sich in der Nische in die dunkelrote Lederbank gekuschelt, eine zweite Flasche Pinot noir getrunken und sich gefragt, wie sie es schaffen sollte, ein Auge zuzukneifen, um Candys Hochzeitsfotos zu schießen.

Nick war zurückgekommen, einen Heiligenschein aus Sonnenlicht um den Kopf, als er die Tür zur dunklen Bar öffnete. Er hatte sich gesetzt, nicht Beth gegenüber, sondern neben sie. Das Gespräch bekam eine nächtlich verschwommene Note, ungeachtet des grellen Tageslichts vor den Markisen. Sie sprachen über die überdachte Brücke in Lake County, wo sie in der Sommernacht in Beth' Cabriolet gelegen hatten, Nick mit nichts an als einem engelhaften pfirsich- oder pinkfarbenen Ban-Lon-Hemd, in dem jeder andere feminin gewirkt hätte, das aber nur Nicks Bauarbeiterbräune, seine romantische Vollkommenheit betont hatte. Beth, Shorts und rückenfreies Oberteil um Schenkel und Hals verwurstelt, hatte Nick bedrängt, es endlich zu machen, Nick hielt sich zurück, hielt seine bronzefarbenen Hüften weg von ihr, neigte sich dann vor, sich von ihr umfangen zu lassen, drückte seinen Mund auf ihre Brüste, hielt dann ein, sagte, nein, das dürfen wir nicht, wir werden heiraten, es ist unrecht. Nein, all die Gerüchte, auch die über Lisa Rizzo, seien nichts weiter als eben das – Gerüchte; er habe es noch nie gemacht. Er liebe nur Beth. Er wolle nur Beth.

Sie dachte daran zurück, wie Nick in der Nische bei Isabella seinen Arm um die Rückenlehne gelegt hatte, ohne Beth direkt zu berühren, und sie daran erinnerte, wie er ihr auf seiner Hochzeit gesagt hatte, daß er Trisha anbete und Beth und Pat den Rest seines Lebens dankbar sein werde, weil sie sie zusammengebracht hatten, er sei so glücklich, weil sie und Pat auch heiraten wollten, aber das einzige, was er jemals bereuen werde, sei, nie mit Beth geschlafen zu haben.

Und dann – dafür, daß sie sich so gern an diese Szene

erinnerte, haßte sie sich am meisten – hatte Nick sich zu ihr gebeugt und gemurmelt: »Ich bereue es heute noch, Bethie.«

Sie hatte kein Wort zu ihm gesagt, war nur auf die Toilette gegangen, um sich die Haare zu bürsten; sie hatte in dem vergoldeten alten Spiegel ihr Gesicht betrachtet und sich gesehen, wie Nick sie gesehen haben mußte, nicht als die dürre Vogelscheuche Beth, die ihr in Madison jeden Morgen unter Leuchtstoffröhren entgegenglotzte, sondern als eine schlanke, zierliche, begehrenswerte Frau, die Vertiefungen unter Augen und Wangenknochen nicht mitleiderregend, sondern dramatisch, die Haare eine wuschelige dunkle Wolke, die Lippen aufgeworfen vor Erregung. Wenn sie zurückkäme, würde er schon einen Schlüssel haben und den Weg zum Fahrstuhl wissen, zu einem Zimmer durch einen Flur, dessen trübe Beleuchtung die abgetretenen Stellen in dem einstmals teuren Wollteppich verdeckte – einem Zimmer, das das Violette Zimmer hieß, mit antiken Möbeln und einem Waschtisch aus Marmor. Dort hatte Beth sorgfältig ihre Kleider aufgehängt und sich Nick ohne jede Scham oder Vorsicht zugewandt, wußte sie doch, daß es nichts zu besprechen oder zu geloben oder zu bezweifeln gab. Nick hatte nur zu ihr gesagt: »*Andante*, Bethie, *andante*. Wir haben lange Zeit auf diesen Moment gewartet.« Sie hatte genickt.

Sie hatten, nach der Uhr, die Beth über Nicks Kopf sehen konnte, neunzig Minuten auf der lavendelfarbenen Tagesdecke gelegen und sich berührt und gekostet, bis sie an allen Gliedmaßen unkontrolliert schauderte, bis die Innenseiten ihrer Schenkel so feucht waren, daß ihr Bein von Nicks rutschte, als sie versuchte, sich auf ihn zu wälzen, bis das Stöhnen in ihrer Kehle beständig war wie ein Motor im Leerlauf. Dann hatte Nick die Laken zurückgeschlagen – sie dachte ein einziges Mal an Pat, als Nick in sie eindrang, sein Penis nicht so lang wie Pats, aber dicker, sie gründlicher ausfüllend, wie sie ihn sich immer vorgestellt hatte, und er begann sich zu bewegen, langsam, langsam, dämpfte sie, als sie außer sich geriet, ihn packte und näher zu sich zog, an nichts denkend als an das Gefühl seines goldenen, fast unbehaarten Brustkastens an ihrer Wange; ihr verräterischer Körper empfand anscheinend zum erstenmal Lust, seit sie erfahren hatte, daß es möglich war, solche Dinge zu empfinden, und dann, als sie sich so wenig vom Kommen zurückhalten konnte, wie sie sich vom Ausatmen hätte zurückhalten können, hatte sie das Klopfen gehört.

Hatte das Klopfen gehört und gedacht: Das Hotel steht in Flammen. Hatte gedacht, schön, das Hotel steht in Flammen, uns bleiben noch fünf Minuten. Fünf Minuten sind alles, was ich brauche, diese fünf Minuten, für den Rest meines Lebens. Wieder das Klopfen, kräftiger. Ihr Name. Laut. Eine Stimme, eine Frauenstimme, nicht Ellens, eine Stimme, die sie kannte.

Sie hatte sich hochgerappelt, hatte gemerkt, daß sie noch halb betrunken war, taumelte, als sie ihre Jeans über die gereizte Zone zwischen ihren Beinen zog. Ihr Hemd zuknöpfte. Wieder ihr Name. Erneutes, lauteres Klopfen.

Den Rest kannte Beth, als hätte sie darüber in der Zeitung gelesen. Der Blumenkranz in Candys Haar, Candy, die in ihrem champagnerfarbenen Brautkleid vor der Tür stand.

Die absurden Worte.

»Ich dachte, du wolltest heiraten«, hatte Beth gesagt.

Candys Erwiderung: »Ich habe geheiratet.« Candy, mit einem Blick auf ihre Uhr: »Ich bin seit einer Stunde verheiratet.«

Candy hatte Beth nie gefragt, mit wem sie in dem Zimmer war. Sie hatte sich nicht entschuldigt, hatte lediglich erklärt, daß Ellens Hausmädchen ihr gesagt hatte, wo Ellen und Beth zu Mittag aßen. Nick war im Bad verschwunden; Beth war nur ins Zimmer zurückgegangen, um ihre Handtasche zu holen ... Ihre Unterwäsche zurücklassend, war sie in den vor dem Haus geparkten Streifenwagen gestiegen, neben die Fahrerin, die blonde Braut mit dem Zopf, und der Geschäftsführer des Cafés hatte erstaunt starrend unter dem Säulengang gestanden. Einige Zeit später war Ellen mit Beth' Gepäck auf dem Parkside Polizeirevier erschienen, und Beth hatte sich in der Toilette im ersten Stock ihre Abendbluse angezogen; ihr Batikhemd war von Schweißschichten durchtränkt, Sexschweiß und dann Angstschweiß. In den ersten Stunden, als Candy und Cal Taylor herein- und herausflitzten, um sie über die Ereignisse im Hyatt in Elmbrook auf dem laufenden zu halten, wo Staatspolizei und Polizei von Elmbrook und von Parkside die Gäste beim zwanzigsten Treffen der 1970er Klasse der Immaculata-High-School verhörten, hatte Beth gar nicht daran gedacht, Pat anzurufen.

Es wurde schon dunkel, als Candy, während sie sich den kunstvollen Kranz aus Weinlaub und Gardenien aus dem Haar wand, Beth fragte, ob Pat unterwegs sei. Da war Ellen aufgestanden, um ihn anzurufen, aber Beth war ihr nachgelaufen, und eine Woge von Schuldbewußtsein hatte ihren Beinen Kraft verliehen, so daß sie es war, die ihrem Mann erzählte, daß, als die Tür der Garderobe vor dem festlichen Abendessen geöffnet wurde, auf einem Bord ein winziger roter Turnschuh gefunden worden war. Die ihm erzählte, daß ausgerechnet Barbara Kelliher ihn entdeckt hatte, Barbara, die fast in Ohnmacht gefallen und, nach Jimmy schreiend, weggelaufen war. Daß Jimmy und Karl Kelliher zuerst an einen makabren Scherz geglaubt hatten, Jimmy aber die Geistesgegenwart besaß, dafür zu sorgen, daß niemand den Schuh berührte. Und daß er alle Bedenken über Bord geworfen und Candy angerufen hatte, wohl wissend, daß sie vermutlich in diesem Moment mit ihrem Bräutigam anstieß, wohl wissend, daß sie ihm nie verziehen hätte, wenn es sich nicht als Scherz erweisen sollte. Es war Beth, die ihrem Mann erzählte, daß sie in dem Moment, als sie den Schuh in einer versiegelten Tüte in Candys Hand sah, an dem kleinen grünen Plastik-»B«, das über die Schnürsenkel geschoben war, um die kleinen Finger am Aufbinden zu hindern, erkannt hatte, daß er echt – daß es Bens Schuh war.

Es war Beth, die es Pat erzählt hatte: Sie hörte ihn antworten, dann stöhnen; dann fiel das Telefon hin, und am Ende wurde die Verbindung abgebrochen. Es war Beth, die schließlich Augie erreicht und erfahren hatte, was mit Pat passiert war, und dann mit Cal Taylor mit über 140 Sachen durch die Nacht gefahren war, während er per Funk die Streifen informierte, an denen sie auf der Autobahn vorbeikamen. Die drei Tage an seinem Bett hockte und Robs regelmäßige Berichte von den Neuigkeiten aus Chicago nur am Rande mitbekam. Der Schuh war eindeutig 1985 hergestellt worden. Auf dem Schuh waren Abdrücke. Aber die Abdrücke waren beschädigt. Die befragten Ehemaligen, viel weniger als vor fünf Jahren, waren blitzblank. Das Personal hatte niemanden bemerkt, der sich seltsam oder abartig benahm.

Die Presse belle den Mond an, sagte Rob. So wie er es gehört hatte, mußte irgendein blutiger Polizeianfänger über den Schuh geredet haben, als ob allgemein bekannt wäre, daß der erste »Red Parrot« das Verbindungsglied zu der Entführung war. Candy, die dieses Detail erfolgreich verschwiegen hatte, war fuchsteufelswild geworden; über Nacht war Bens Gesicht wieder auf den Titelseiten sämtlicher Sonntagsausgaben in Amerika. Seit die Medien erfahren hatten, daß die Cappadoras in Wisconsin waren, daß man Pat in Wisconsin auf die Intensivstation gebracht hatte, sehe der Krankenhausparkplatz aus wie die Szenerie vor dem Gefängnis, als Gary Gilmore hingerichtet worden war, sagte Rob.

Beth wollte nichts weiter tun, als Pats Gesicht beobachten, sehen, wie die Farbe sich langsam von Grau zu einem Hauch Rosa wandelte. Sie wollte nichts weiter tun, als sich an sein Bett lehnen und für das Leben ihres Mannes beten, den sie als allein noch existierenden Elternteil ihrer Kinder ansah. Sie saß da, hörte im Geiste hilflos wieder Pats dämliches Lachen, als sie ihm erzählt hatte, daß sie trotz aller Vorsichtsmaßnahmen wieder schwanger war, mit Kerry – hörte, wie er Kerry am Morgen ihrer Geburt das Schlaflied vorsang. Sah ihn mit einem Textmarker ein Herz auf ihren Bauch malen, als sie mit Ben schwanger war. Sah ihn in der Jugendliga zwischen dem ersten Laufmal und dem zweiten Laufmal spielen, als sie Kinder waren; sie hatte mit einer Horde Zwölfjähriger Schokoeis am Stiel gelutscht, Pat war gerade so viel älter und attraktiver gewesen, daß sie von der Art, wie er den Gürtel über seinen superflachen Hüften hochzog, eine Gänsehaut auf den Armen bekam. Beth saß da, nach Untreue stinkend, und sie hatte Pat – Gott, dem Schicksal – in diesen ersten paar Tagen alles gelobt.

Und Pat, Gott und das Schicksal hatten kassiert.

Beth hatte nicht wieder mit Nick gesprochen. Nachdem er ihr wiederholt eine Nachricht auf ihrem Anrufbeantworter hinterlassen, sich nach Pat, dann nach Ben erkundigt hatte, sie aber nicht zurückrief, hatte sie einen einzeiligen Brief erhalten. »Tut mir leid«, stand da, »aber es tut mir nicht leid.« Ohne Unterschrift.

Da hätte sie ihn schrecklich gern angerufen. Sie hatte über die romantische Reinheit des Ganzen phantasiert – eine zwanzigjährige Reise, die mit der Begegnung der Liebenden endete. Aber nicht für sie. Pat hatte überlebt. Das war das Ende.

Sie und Candy hatten nie über Candys Hochzeitstag gesprochen. Aber seit sie und Pat nach Chicago gezogen waren, war Candy zweimal in dem neuen Haus gewesen. Sie hatte Brot und Salz mitgebracht, weil sie sich dachte, daß Pat das zu schätzen wüßte, und Neuigkeiten von der »neuen« Ermittlung. Die Spur war kälter als ein Hexenherz. Die FBI-Leute befaßten sich mit den Schuhabdrükken; die wieder installierten Telefonleitungen hatten nur ein Rinnsal von Tips erbracht, die meisten schlicht schwachsinnig. Barbara Kelliher hatte eine Handvoll Immaculata-Freiwillige zu einer kleinen Neuauflage des einstigen Zentrums überredet, aber das Ergebnis war lahm. Die meisten der ehemaligen Mitschülerinnen und Klassenkameraden waren aufrichtig entsetzt über den doppelten Fluch, unter dem das Schultreffen stand, und schreckten zurück. Sogar Wayne schickte nur einen Scheck – über tausend Dollar.

Es war jedoch eine neue, computergesteuerte Skizze in Vorbereitung, auf der Bens Älterwerden simuliert wurde. Etwas werde auftauchen, sagte Candy. Etwas. Mit derselben Gewißheit, mit der Beth wußte, daß Rosie, wenn sie in einem Auto fuhr, nie vergessen würde, nach einem Anstecker an ihrem Mantel zu greifen, sobald sie an einem Trauerzug vorbeikamen, wußte Beth, daß nichts auftauchen würde, weder jetzt noch jemals. Aber sie dankte Candy trotzdem.

Als Candy zum zweitenmal kam, war es nur ein privater Besuch. Sie saßen auf der Veranda, Beth trank Kaffee mit Kognak, Candy trank Mineralwasser, weil sie meinte, sie könnte schwanger sein. (»Ich habe Brechreiz, aber ich habe immer Brechreiz«, seufzte sie. »Vermutlich habe ich Magengeschwüre.«) Beth schimpfte über Vincent. Bis

September hatte Vincent einen Schulrekord für nicht erledigte Hausaufgaben aufgestellt. Der Schulpsychiater vermutete eine Konzentrationsstörung, aber Beth war überzeugt, daß das nicht zutraf: Er verbrachte jeden Abend Stunden über der Zeitung und beim Fernsehen, schrieb sich Spielergebnisse auf und hielt sie in Notizheften fest, die, je nach Sportart, nach Farben geordnet waren. Als Candy gehen wollte, hatte sie sich halb zu Beth umgedreht und gesagt: »Wenn du mir irgendwann erzählen willst, was los ist ...«

Schuldbewußt war Beth ihr ins Wort gefallen: »Ich hasse es, hier zu sein, das ist alles ...«

Aber Candy hatte den Kopf geschüttelt. »Das habe ich berücksichtigt, aber ich meinte, wenn du mir irgendwann erzählen willst, was *wirklich* los ist ...«

Aber das würde Beth nie erzählen. Ellen nicht. Candy nicht. Es war ein Teil des Paktes, den sie geschlossen hatte: daß sie diesen letzten Betrug an Ben, an Pat, allein in sich tragen mußte.

Sie war fast in der Sonne eingedöst, als Pat herauskam und sich neben sie setzte. »Dad und Kip streiten sich jetzt. Also sind sie glücklich. Alles wird bestens sein, auch wenn der Laden eine Unmenge kostet.«

Er machte sich Sorgen. Beth atmete leise durch die Nase ein; er machte sich Sorgen, also ging's ihm gut.

»Das ist gut, Paddy«, sagte Beth. Und sie standen auf, um zu ihrem neuen Heim zu fahren.

16. Kapitel

REESE

November 1991

»Das Zeug wird in Gallonenbehältern aufbewahrt, aus Plastik, als wäre es Milch oder so was.«

»Aber es ist fest.«

»Ja, eine Art Klumpen aus gepreßten Kristallen, und man schabt einfach so viele Körnchen runter, wie man braucht.«

»Wie viele habt ihr gebraucht?«

»Eine ganze Menge. Eine verdammt ...« Reese musterte den Psychiater über den Tisch hinweg; was dachte der wohl von einem Dreizehnjährigen, der fluchte? Er würde es wahrscheinlich für einen Beweis seiner Geisteskrankheit halten. So könnte es funktionieren; Dad sollte was geboten kriegen für sein Geld. »Eine verdammt große Menge. Fast eine ganze Gallone.«

»Woher bekommt ihr das ... hm ...?«

»Calciumcarbid.«

»Woher bekommt ihr es? Mußtet ihr es mitgehen lassen?«

»Mitgehen lassen?«

»Du weißt schon – klauen, Vincent.«

Der Typ hatte keinen blassen Schimmer, fand Reese. »Nein«, sagte er. »Wir haben's nicht geklaut, schon deswegen nicht, weil man's nicht klauen kann, es wird nicht mehr verkauft – außer auf Baustellen. Oder in Minen.«

»Minen?«

»Ja, Kupferminen oder Kohlenbergwerke oder so was. Klar?« Reese sah auf die Uhr mit den dicken roten Flüssigkristallziffern, die er hinter dem Psychiater erspähte. Zwanzig Minuten waren schon vergangen. Reese schöpfte augenblicklich Hoffnung. Bei diesem Tempo könnte er die nächsten vierzig Minuten damit verbringen, seine Geschichte von der Explosion auszuschmücken; und wenn Leadoff Man um eins dran war und wenn er mit den üblichen zwanzig Minuten rechnete, die Dad brauchte, um sich von seinem Billardkumpel zu verabschieden – und die Fahrt, die Fahrt würde an einem Samstag so um die zehn Minuten dauern –, he!, dann wäre er Ende der ersten, Anfang der zweiten Halbzeit zu Hause, kein Problem. Nicht nur sein Lieblingsmatch (die Milwaukee Brewers, seine alte Mannschaft, gegen die White Sox, die Mannschaft von seinem Dad), sondern eine Begegnung, bei der eine Menge auf dem Spiel stand – eine ganze Menge. Wer ein so umfangreiches Unternehmen laufen hatte wie Reese, der verpaßte ein paar Spiele, das war klar. Er war schließlich nicht Tom Boswell oder wer. Er schrieb nicht darüber, um Geld zu verdienen, da er ja eigentlich noch ein Kind war. Die Stanley-Cup-Entscheidungsspiele wurden gesendet, wenn er schon im Bett war. Und tagsüber brachten sie Spiele, wenn er in der Schule war. Er hielt sich auf dem laufenden – durch Zeitungen und Radio und den Sportsender ESPN; man mußte sich auf dem laufenden halten –, aber das erforderte eine Menge Organisation, und manchmal kam es ihm vor, als würde er sich ein Spiel durchaus nicht zum Vergnügen ansehen. Aber dies hier würde prima klappen. Es wäre absolut cool, wenn er diese kleine Unterredung hier abschließen und dann nach Hause fahren könnte.

»Kohlenbergwerke?« sagte der Ahnungslose. Er sah

ungefähr so alt aus wie Reese' Cousine Jill, die Reese leicht zum Heulen bringen konnte.

»Ja, dort hatten sie diese Karbonlampen, so kleine Lichter, und dann war da so was wie ein Wassertank, und da tat man ein paar Körner von diesem Zeug rein, und die Reaktion hat, also, die hat dem Licht ganz lange Saft gegeben.«

»Warum hat man keine Batterien genommen?« fragte der Typ; eine lange Haarlocke fiel ihm mitten zwischen die Augen, was Reese beunruhigend fand.

»Also entschuldigen Sie mal, aber erstens gab es keine Batterien, und dann, wissen Sie, Batterien sind teuer. Wenn die Lampe am Helm, sagen wir, zwölf Stunden brennen muß, sind die Dinger schnell verbraucht. Und da kommt ja eine ganze Truppe zusammen, und jeder muß so einen Helm haben.«

»Klar, ich verstehe, Vincent – Rentabilität.« Der Psychiater lehnte sich zurück, wirkte richtig gemütlich.

»Genau.«

Aber von wegen gemütlich, der Typ legte sofort wieder los. »Okay, wie seid ihr also an die Chemikalien gekommen?«

»Die konnte man früher in Campingläden kaufen.«

»Aber heute nicht mehr.«

»Nein. Jetzt gibt's Flaschengas und so.«

»Also, wie seid ihr drangekommen?«

Reese sah auf die Uhr. Sehr gut, sehr, sehr gut. Dreißig Minuten vorbei.

»Der Großvater von meinem Freund Jordie hat es gehabt. Er ist Ingenieur.«

»Hat er gewußt, daß ihr es genommen habt?«

»Nein.«

»Und was hat er gemacht, als er von dem ... Vorfall erfuhr? Es war zwar eine sehr kreative Anwendung der

Chemikalien, aber du verstehst, Jordies Großvater hätte ziemlich ...«

»Der war richtig sauer. Er war ausgesprochen sauer.«

»Und deine Eltern? Wetten, die waren auch sauer.«

Reese blickte dem jungen Mann in die Augen. Er hatte das geübt, hatte trainiert, nicht zu blinzeln, wenn er im Dunkeln wach lag, bis seine Augen sich anfühlten wie mit Gummi überzogen. Es lohnte sich aber; es war eine einmalige Taktik, zum Beispiel bei Lehrern, wenn sie sagten: »Vincent, kannst du das erläutern?«

»Meine Eltern auch. Deshalb, äh, bin ich ja hier.«

»Deine Eltern waren mit deiner Erklärung nicht zufrieden ...«

»Ahh, nein.«

»Und sie wollten, daß du mit jemand sprichst?«

»Ja, sicher, sie denken, ich bin verrückt. Das heißt, mein Dad denkt es. Meine Mom ...«

»Deine Mutter?«

»Meine Mutter hat nicht viel dazu gesagt.«

»Warum nicht?«

»Ach, sie hat so viel mit meiner kleinen Schwester zu tun und so.«

»Ja, klar. Aber weißt du, ich halte es für möglich, daß sie darüber sehr bekümmert war und nur nichts ...«

»Möglich ist alles.«

»Ihr habt also den Gullydeckel abgenommen ... Wie habt ihr das geschafft?«

»Wir haben ihn hochgehoben.«

»Die Dinger sind sehr schwer. Ihr habt ihn einfach hochgehoben?«

»Ja, wir hatten da so ein langes Rohrstück. Ich meine, ein richtig langes Stück, so einsfünfzig lang, und aus Metall, nicht aus Kunststoff. Das haben wir da in das Loch gesteckt ...«

»Und ihr habt den Gullydeckel hochgestemmt?«

»Ja.«

»War der denn nicht schwer?«

»Ach, Sie wissen doch, was man so sagt ...: ›Gib mir einen Hebel und einen Punkt, wohin ich treten kann, und ich bewege die Erde.‹ Oder so ähnlich.«

»Man?«

»Er. Archimedes.«

»Oh.«

»Ja.« Der Typ guckte ein bißchen belämmert, weil ein Kind was von Archimedes wußte; die Erwachsenen hatten eine bestimmte Vorstellung von dir und davon, was du wissen durftest, und sie wurden richtig ekelhaft, wenn du Kenntnisse darüber hinaus hattest – dann sagten sie, du gibst an oder bist ein Arschloch oder sonstwas. Darum sagte Reese: »Hab ich im Fernsehen gesehen.«

»Verstehe.« Der Typ guckte auf seine Akte runter, schrieb etwas auf und schob seine Brille auf die Haare hoch. Jetzt sah er noch jünger aus, wie sechzehn. Den wickle ich um den kleinen Finger, dachte Reese. »Na, was meinst du, Vincent? Gibt es noch einen anderen Grund außer der Explosion, weshalb deine Eltern wollten, daß du mit mir sprichst?«

Reese zuckte zusammen.

»Vincent.« Es hörte sich an wie ein Wespenstich. »Vincent.« Das war so ein weichlicher, dämlicher Name, nicht viel anders als »Vinnie«. Er hatte nichts dagegen, wenn seine Großmama Rosie ihn »Cenzo« nannte, das war nicht so schlimm. Aber »Vincent« – igitt.

»Ist was?« Reese sah auf die Uhr ... langsam jetzt ...

»Äh, bloß der Name.«

»Dein Name?«

»Es ist bloß, das ist nicht mein Name. Vincent.«

»Oh. Ich sehe hier, von deinem Arzt ...«

»Ja, schon, aber ich werde Reese genannt.«

»Oh. Warum? Ist das ein Spitzname für Vincent?«

Absolut komplett ahnungslos, der Typ. Der Typ wußte nicht, was oben und unten war.

»Nein«, sagte Reese bedachtsam, als spräche er mit einem von den Wongs in der Schule, den Kindern, denen er Nachhilfe in Mathe gab, die in Biologie lernten, wie man Muschelsuppe macht, statt den normalen Stoff durchzunehmen; sie hießen alle Wong nach dem Typ, der das Biologiebuch für Doofe geschrieben hatte. »Mein richtiger Name ist Vincent Paul. Aber die Jungs ... also, wie ich nach Chicago gekommen bin, das war letztes Jahr, da wurde in der Klasse mein Name aufgerufen, und einer grölte, ›Vincent Paul? Saint Vincent de Paul? Der heißt ja wie der Resteladen, wo sie Altkleider verscherbeln!‹ Und da haben alle gelacht, nicht richtig boshaft, aber hinterher, weil ich mich so anziehe ... Ich hab meine Sachen eben gern richtig bequem ... Da haben sie gerufen: ›Reste! He, Reste!‹ und daraus ist dann ›Reese‹ geworden.«

»Das ist ja eine prima Verwandlung. Ich meine, wenn's dir gefällt. Aber vielleicht hat's dir ja *nicht* gefallen. War es dir peinlich? Hattest du das Gefühl, daß sie sich über deine Klamotten lustig machten?«

»Scheiße, nein!« sagte Reese, dann riß er sich zusammen. »Verdammt« war eine Sache. Er sah an dem Gesicht von dem Typ, das plötzlich ganz unbewegt war, daß »Scheiße« was anderes war. »Verzeihung. Nein, hat mir nichts ausgemacht.«

»Warum nicht?«

»Wie heißen Sie?«

»Dr. Kilgore.«

»Nein, ich meine Ihren Vornamen.«

»Ach so ... Thomas. Tom.«

»So, Tom, und jetzt stellen Sie sich vor, Sie würden

Vincent heißen.« Reese blickte auf die große rot blinkende Ziffer. »Gucken Sie, Dr. Kilgore, die Zeit ist um. Ich glaub, mein Dad wartet auf mich ...«

»Oh, schätze, du hast recht. Ich dachte gerade an die Gullydeckel. Sicher. Nächstesmal unterhalten wir uns ausführlicher über ...«

Absolut, dachte Reese. Komplett. Er nahm an, sein Dad zahlte diesem Typ so um die fünfzig Dollar die Stunde. Wenn er diesen Typ das nächstemal sähe, würden sie auf den Hochbahnschienen Rollerskates gefahren sein.

»Klar«, sagte Reese. Und dann sah er auf, und so ein verdammtes Glück, sein Timing hatte genau gestimmt, da stand sein Dad in dem kleinen Torbogen, der zum Sprechzimmer von dem Typ führte, das keine Tür hatte – es brauchte keine, weil das ganze Erdgeschoß sein Sprechzimmer war und die Leute auf so 'ner Art Veranda warteten. Sein Dad war einfach reingekommen, typisch Dad.

»Mr. Cappadora«, sagte der Psychiater, der auf einmal nur aus Lächeln und Gestikulieren bestand. Reese hatte diese Wirkung seines Vaters auf andere schon öfter beobachtet. Seine Mom mit ihren großen Hexenaugen und dem ausgemergelten Gesicht – die Leute wichen vor seiner Mom zurück, aber sie merkte es gar nicht (von wegen Leute, die nicht wußten, was oben und unten war). Kurz und gut, sie war den Leuten unheimlich. Aber seinem Dad wollten sie immer einen Doughnut oder so was schenken. Die Freundinnen von Großmama Rosie betuttelten ihn alle, als wäre er in Vincents oder Kerrys Alter. Und immer wenn er mit Großpapa Angelos Freunden zusammenkam oder auch mit Großpapa Bills Freunden, hieß es: »Paddy! Paddy, mein Junge!«, und sie schenkten ihm was. Sogar Leute, die er noch nie gesehen hatte, schienen ihn zu kennen, als wäre Dad ihr lange vermißter Bruder oder so was.

»Mr. Cappadora, ich möchte gern ein paar Sachen mit

Ihnen erörtern, ein paar Hintergründe ... Ich konnte mir am Telefon kein vollständiges Bild machen, weil es sich hier ja um eine Art Notfall handelte.«

Und Reese' Dad lächelte, klar doch, kein Problem, dabei wußte Reese, daß er in ungefähr einer Stunde im Restaurant sein mußte. Reese sah auf die Uhr. Ende der ersten Halbzeit jetzt, ganz klar.

»Vincent«, sagte sein Dad. »Du kannst dich ins Auto setzen und das Radio anmachen.« Vincent latschte nach draußen. Ihr großer alter Straßenkreuzer von einem Chevy war am Bordstein geparkt, allerdings nicht direkt am Bordstein, sondern mit etwa dreißig Zentimeter Abstand, weil sein Dad nicht gerade ein göttlicher Fahrer war, obwohl er, wenn sie herumalberten, oft sagte: »Die Italiener sind die besten Autofahrer, mußt du wissen. Parnelli Jones. Und Mario Andretti. Alles Italiener.«

»Und die besten Sänger«, sagte Reese dann. Sein Dad war ein richtiger Trottel, aber ein lieber Trottel.

»Oh, unbedingt. Frank. Und Pavarotti.«

»Und Madonna. Trevor Ricci.«

»Trevor Ricci?« hatte sein Dad gefragt, ein einziges Mal nur.

»Von On the Rag«, hatte Reese ihn aufgeklärt.

»Ist das eine Band?«

»Ja, Dad, wie Smashing Pumpkins. Oder Nine Inch Nails. Und wie sie alle heißen.«

Und sein Dad hatte ihm erklärt, dieser Mist sei keine Musik – die Kinder hätten ja heute keine Ahnung, was eine Melodie war –, und Reese sagte, ja echt, Dad, wie die Bänder im Restaurant, die uralten Tenöre, die wieder und wieder *Santa Lucia* sangen, bis man ausrastete. Ja, das sei Musik!

Die verfluchte Karre war abgeschlossen. Reese atmete tief durch. Er machte kehrt und schlurfte zum Sprechzimmer von dem Typ zurück. Er wollte sich gerade auf die Schaukel vor dem Eingang plumpsen lassen, als er seinen Dad sagen hörte: »... daß sein Bruder drei Jahre alt war?«

O verdammt, dachte Reese und schlich näher.

»Ich weiß ... Sie sagten am Telefon, daß da noch ein Kind war.« Der Psychiater schien sich jetzt zu entschuldigen. Vincent hatte diesen Ton, diesen gedämpften Kirchenton, als würde einen jemand mit der Stimme umarmen, immer gehört, wenn ein Lehrer zu Beginn eines Schuljahres von Ben erfuhr. Anfangs war es der magische Freifahrschein gewesen. Sie sahen dich sanft an, den Kopf geneigt, und lächelten dir zu, egal, was du machtest, aber es hielt nicht an. Im November saß er immer auf der Bank im Büro des Direktors und mußte sich übertriebene ernste Predigten darüber anhören, daß wir, so schwer der Kummer auch war, den wir zu erdulden hatten, die Rangfolge der Schwerpunkte einhalten müssen, daß wir stark sein und versuchen müssen, Verantwortung zu übernehmen, weil die Welt dich nicht akzeptiert, wenn du schlapp machst, du mußt das Klassenziel erreichen, und du weißt, daß du es kannst, Vincent ...

»Dann war Vincent ... sieben, als sein Bruder starb?«

Mistkerl, dachte Vincent. Er konnte den Bruch in der Stimme von seinem Dad hören. Dad packte es nicht, viel über Ben zu sprechen. Der blöde Mistkerl war drauf und dran, Dad in den Abgrund zu ziehen.

Vincent schlich hinter ein Bücherregal; es stand nur etwa dreißig Zentimeter von der Wand ab, aber er war klein und dünn für dreizehn, so konnte er aufrecht stehen und ungesehen lauschen. Die Rückseite des Bücherregals war mit einer weichen Staubschicht überzogen; Reese wischte mit dem Finger darüber.

»Er ist nicht gestorben. Das heißt, ja doch, ich vermute, daß er tot ist. Denn Ben ist ... wir glauben, daß Ben entführt wurde. Die Polizei ist sich da ziemlich sicher, aufgrund von Hinweisen, die sie gefunden hat.«

»Ahhh«, sagte der Mistkerl. Garantiert geschockt. »Und Sie haben nie erfahren ...«

»Der Fall ist offiziell noch nicht abgeschlossen, und die Polizei bekommt immer noch den einen oder anderen Hinweis. Letztes Jahr wurde tatsächlich, na ja ... viel Hoffnung gibt es nicht, aber ich bete zu Gott, daß wir es wenigstens eines Tages erfahren werden.«

»O Mann, oh, Sie müssen ... es muß ...«

»Und Vincent war direkt neben Ben, als es passierte.«

»Er hat gesehen, wie der Junge entführt wurde?«

»Nein ... er – Ben – war noch ganz klein, er war drei geworden im Frühjahr, und er ist losmarschiert ... sie waren in einer Hotelhalle. Wir haben damals in Wisconsin gewohnt, und Beth hatte die Kinder zu ihrem High-School-Treffen mitgenommen.«

»Verstehe, verstehe ...«

»Hat er von Ben gesprochen? Wie er es empfindet, was mit Ben passiert ist? Ich meine, es ist doch denkbar, daß da eine Verbindung ist, wenn ein Junge so ist, wie Vincent ist, nicht?«

»Nun, wir müssen davon ausgehen, daß etwas dermaßen Traumatisches ... Aber nein, Mr. Cappadora, er hat nicht davon gesprochen. Und das muß nicht unbedingt schlimm sein, vor allem bei der ersten Sitzung. Kinder sind in einer Therapiesituation nicht wie wir. Ein Erwachsener geht das Problem direkt an, Sie verstehen, ›Ich möchte meine Frau verlassen‹, ›Ich hasse meinen Chef‹. Es ist uns bewußt, daß wir uns bestimmte Punkte vornehmen müssen, und wir haben den Gewinn im Sinn, den die Situation uns bringt. Aber bei einem Kind ... ein Kind geht nicht unbedingt hin und sagt: ›Ich habe ein Problem damit.‹ Und gerade ein Heranwachsender, er ist, wie alt?

... fast dreizehn ... geht indirekt an die Dinge heran, und das Wichtige ist, Vertrauen zu schaffen ...«

»Ja, das ist sinnvoll.«

Verdammte Scheiße, dachte Reese. Er fällt drauf rein.

Und dann fragte sein Dad: »Und als er Ihnen von der Explosion erzählte? Hat er Ihnen gesagt, daß Menschen verletzt wurden?«

»Nein.«

»Das ist gut, es wurde nämlich niemand verletzt. Außer einer alten Dame, die in ihrer Küche von einem Stuhl gefallen ist und eine Beule am Kopf hat, so groß wie ... zum Glück kennt sie Beth' Dad. Aber ich hoffe, Vincent hat Ihnen einen Begriff von dem ... Ausmaß gegeben.«

»Er hat mir von dem Calciumcarbid erzählt.«

»Er und dieser Jordie Cassady haben einen ganzen Haufen von diesen Kristallen in den Gully geworfen. Und sie haben lange gewartet. Wenn sie nicht so lange gewartet hätten, wäre es vielleicht nicht so heftig gewesen ... aber Sie müssen wissen, Vincent kennt sich mit dem Zeug aus. Es war nicht Jordie Cassady, obwohl sein Vater oder Großvater oder wer immer die Chemikalien hatte – in der Garage, um Himmels willen. Aber Jordie ist ein guter Junge. Damit will ich nicht sagen, daß mein Sohn schlecht ist. Aber es war Vincent, der wußte, wie lange man warten mußte. Er hat gewartet, bis sich die Kristalle genügend mit dem Wasser in der Hauptleitung vermischt hatten, so daß sie wirklich ... und dann haben sie dieses Holzscheit angezündet – so eins, wie man es zum Feuermachen im Kamin verwendet ...«

»Er hat Ihnen alles erzählt?«

»Die Polizei hat es mir erzählt. Er muß es der Polizei erzählt haben. Sie mußten den Namen von dem Gas nachschlagen, das dabei entsteht. Acetylengas. Als sie es entzündeten, so was haben Sie noch nie gehört. Es war wie zehn Sprenggranaten. Fenster gingen zu Bruch. Gegenstände fielen bei den Leuten aus den Regalen. Der ganze Boden hat gewackelt. Beth und ich sind wie ... ›Der Heizkessel ist explodiert!‹ Und die Gullydeckel, über drei Häuserblocks – wumm! In die Luft. Das war um ein Uhr morgens.«

Reese hörte seinen Dad aufstehen, und obwohl er ihn nicht sehen konnte, wußte er, daß sein Dad jetzt nach einem Glimmstengel griff, merkte, daß er im Sprechzimmer von dem Typ nicht rauchen konnte, das Päckchen wieder in seine Hosentasche schob und dann auf und ab ging. Er fuhr fort: »Zehn Meter hoch, und das sind dicke, schwere Eisenkolosse. Wir können von Glück sagen, daß keine Katze plattgemacht wurde, die jemand gehörte – und wenn es Tag gewesen wäre, Herrgott, dann wäre jemand getötet worden.« Reese' Dad seufzte schwer, wie er es am Ende eines Samstagabends tat, wenn er im Dunkeln, nach Rauch und Knoblauch riechend, zur Tür hereinkam. Reese hörte ihn jedesmal; sonst war nie jemand wach. Er hörte seinen Dad laut seufzen und dann in den Schubladen kramen, und dann würde er am liebsten zu ihm hinunterlaufen und ihn von hinten anspringen, wie er es getan hatte, als er noch ein richtig kleiner Junge war. Damals hatte sein Dad ihn nie gleich wieder ins Bett gebracht. Er hatte ihm Zimttoast gemacht.

»Es ist nämlich so«, sagte Reese' Dad jetzt, »Beth, seine Mutter, und ich ... wir hatten ein ... es war sehr, sehr schwer. Und der Junge, der Junge ist ein Herumtreiber. Soviel ich weiß, macht er keine Hausaufgaben. Ich meine, er schreibt einen zwanzigseitigen Bericht über ein Thema wie das Monty-Hall-Problem ...«

»Das Monty-Hall-Problem?«

»Das ist diese Wahrscheinlichkeitsgeschichte. Wenn Sie drei Türen haben, und hinter einer ist ein großer Gewinn, und Sie haben zuerst Nummer eins gewählt, und da ist er nicht, ich glaube, dann lautet die Frage, ist die statistische Wahrscheinlichkeit, daß der Gewinn hinter Nummer zwei ist, größer als die, daß er hinter Nummer drei ist?«

»Ist sie das?« sagte der Psychiater, und er hörte sich so dämlich an wie Kevin Flanner, gegen den Reese einmal boxen mußte.

»Wie soll ich das wissen. Ich leite ein Restaurant. Und die Mathematiker im ganzen Land, die tauschen sich über Computer aus und diskutieren darüber ... Jedenfalls, Vincent hat einmal einen ganzen Aufsatz über dieses Thema geschrieben; er hat sogar mitten in der Nacht diesen Mann in Kalifornien angerufen.«

»Das ist sehr beeindruckend. Er ist eindeutig ein hochintelligentes Kind.«

»Aber er hatte es nicht auf! Es war nicht seine Hausaufgabe; er hätte ungekürzte Divisionen machen sollen, aber die hat er total sausen lassen und nicht abgegeben. Darauf ruft die Schule an. Sie rufen zehnmal die Woche an. Sie müssen uns inzwischen im Kurzwahlspeicher haben, und ich weiß, ich weiß, wir sind alle durch die Hölle gegangen, aber mein Gott, der Junge kommt in den Knast ...«

»Ich glaube nicht, daß diese Gefahr besteht. Aber wie es aussieht, werden wir beim nächstenmal den Rest der Familie hier haben müssen – Ihre Frau und ...«

»Beth wird nicht kommen.«

»Ich bin überzeugt, daß sie genauso beunruhigt ist wie Sie.«

»Ja, natürlich ist Beth besorgt wegen Vincent. Aber seit Ben ... seit das passiert ist, ist sie nicht mehr bereit, sich zu öffnen. Sie ist zu einer Trauergruppe gegangen, und wir sind zur Beratung gegangen, Beth und ich, gleich nach meiner Krankheit letztes Jahr. Einmal. Es war eine starke

Belastung. Sie ist einfach ... sie will sich nicht mehr damit abgeben ...«

»Warum lassen Sie mich nicht mit ihr reden? Ich bin sicher, wir können etwas erreichen. Und ... leben Ihre Eltern noch? Und Beth'?«

»Meine ja. Und Beth' Dad.«

»Diese Angelegenheit betrifft nämlich die ganze Familie, Mr. Cappadora. Wir haben es hier mit großem Leid zu tun, und vielleicht hatten nicht alle genügend Gelegenheit, sich damit auseinanderzusetzen.«

»Ich kann mir meine Eltern nicht im Sprechzimmer eines Psychologen vorstellen.«

Kilgore lachte. »Keiner kann sich das vorstellen. Aber man gewöhnt sich dran. Wollen wir nicht versuchen, etwas in Gang zu bringen?« Kilgore wühlte in seinen Papieren. »Wissen Sie, ich muß immer wieder daran denken. Gullydeckel fliegen zehn Meter hoch in die Luft? Hat das jemand gesehen?«

»Ja. Zwei Personen haben es tatsächlich gesehen. Und natürlich Jordie und Vincent.«

»Irre.«

»Was?«

»Oh, Verzeihung, Mr. Cappadora. Pat. Eigentlich sollte ich sagen, die Situation ist ausgesprochen gefährlich, renitentes Verhalten, wagemutig bis zur Selbstgefährdung. Das ist es natürlich.« Vincent strengte sich an, um den Psychiater zu verstehen, der aufgestanden war. Vincent beugte sich ein ganz kleines Stückchen vor, und der Typ sagte: »Aber zehn Meter in die Luft? Wumm?«

Reese hörte seinen Dad lachen, leise, ganz leise. »Hat er Ihnen erzählt, daß er Buchmacher ist?«

»Was Sie nicht sagen!«

»Ja, er ist Buchmacher ... Football, Baseball, Hockey. Keine Pferde. Die handicapt er bloß für meine Freunde.«

»Sie haben vielleicht einen Sohn!« Sie lachten zusammen, lauter diesmal. Sie lachten über einen Jungen, der seine Nachbarschaft in die Luft gejagt hatte.

Herrje, dachte Reese, ich bin am Arsch.

17. Kapitel

Obwohl Kilgore nach Reese' Meinung seine Berufung zum Tierarzt verpaßt hatte (bei ihm hingen mehr Pferdebilder an der Wand als in einem Gestüt), hatte er im Grunde nichts dagegen, zum zweitenmal hinzugehen.

Teils lag es am Gesichtsausdruck seines Dad, daß Reese einwilligte, den Psychiater noch einmal aufzusuchen.

Es war derselbe Ausdruck, den Pat hatte, wenn er im Herbst zum drittenmal die Eichenblätter auf dem Rasen zusammenrechte. Als könnte er darauf vertrauen, daß im Laufe des Winters ein Wunder geschehen und es danach nie wieder Herbst würde und er diese Arbeit nie mehr machen müßte. Es war ein Ausdruck, den Reese in Gedanken mit dem Geräusch verband, wenn jemand sich den Staub von den Händen klopfte – so, das wäre geschafft. Alles in allem hätte Reese lieber die Farbe vom Sears Tower gekratzt, als sich noch einmal mit Kilgore, dem Ahnungslosen (»Nenn mich Tom oder meinetwegen Doktor Tom, wenn du willst« – Reese konnte es nicht fassen), zusammenzusetzen. Aber es freute ihn, daß es ein paar Falten auf der Stirn seines Dad glättete, die Augen seines Dad ein wenig weiter machte, wie Augen, die nicht dauernd versuchten, Kleingedrucktes zu lesen. Er wußte, daß sein Dad seine Mom und auch Rosie, Angelo und Bill überredet hatte, ebenfalls an einem Treffen bei Kilgore teilzunehmen. Rosie hatte nichts dagegen, aber Bill konnte sich mit der Idee nicht anfreunden (das entnahm Reese zumindest der einen Seite der Telefongespräche, die er mitbekommen konnte, weil sein Dad so was wie einen sechsten Sinn dafür hatte, wenn jemand am Nebenapparat mithörte, sogar dann, wenn man ein Taschentuch über die Sprechmuschel legte und den Atem anhielt). Reese wußte, seine Mom würde nie zu so einem Treffen gehen; denn als sein Dad eines späten Samstagabends darauf zu sprechen kam (Reese konnte kaum was verstehen, weil der Fernseher lief), hatte seine Mutter nichts gesagt, und sein Dad hatte immerzu gefragt: »Beth? Beth? Was hältst du davon? Beth?«

Was nicht heißen mußte, daß seine Mutter nicht zuhörte. Mom konnte völlig weggetreten sein, und ein paar Minuten später fragte sie dann: »Was hast du gesagt? ... O ja, richtig«, und es zeigte sich, daß sie dich durch den Nebel gehört hatte. Reese wußte, seine Mutter würde niemals ihr Leben vor Kilgore ausbreiten, zumindest nichts über Reese sagen. Sie ging nicht zur Kirche, auch nicht, wenn sein Dad oder Rosie es wünschten; sie ging zu keiner Beratung mehr, nur als sie nach Chicago gezogen waren, hatte sie es für kurze Zeit getan. Und zu Tante Ellen oder Candy sagte sie am Telefon immer noch meistens: »Klar ... Ja ... Aha«, statt in Sätzen zu reden, wie sie es früher getan hatte, als er ein Kind war. Er erinnerte sich, als er vielleicht sechs war, hatte er einmal das Telefon aus der Wand gezogen, als sie mit Franny redete und er sie nicht bewegen konnte, ihm Frühstücksflocken zu geben. Und sie hatte ihn mit der spiraligen Telefonschnur wie mit einer Peitsche durchs Haus gejagt, bis sie bei der Treppe auf dem Fußboden landeten und sie die Schnur um seine Hände wickelte und sagte: »Ich werde dich lehren, deine Mutter zu unterbrechen«, und sie beide so lachten, daß sie keine Luft mehr bekamen.

Lachen tat sie auch nicht mehr; nur wenn Kerry etwas

Ulkiges anstellte, wie einmal, als sie richtig wütend auf Reese gewesen war und gesagt hatte: »Das nehm ich dir üblich«, da hatte Beth flüchtig gelächelt.

Der wahre Grund, weshalb Reese nichts dagegen hatte, wieder zu Kilgore zu gehen, hatte damit zu tun, daß Kilgore Psychiater war und kein Sozialarbeiter in der Schule oder so was. Das konnte Reese leicht erkennen, weil er, als er klein war, wegen der einen oder anderen blöden Schulgeschichte eine Menge Zeit mit Schulberatern zugebracht hatte. War er klinisch deprimiert? Hatte er (Reese' Lieblingsausdruck, und wenn er ihn aussprach, wirkte er wie das Gegenteil des vitaminangereicherten Reklamekindes) ein Leistungsabfallsyndrom? Reese konnte sehen, daß Kilgore nicht wie die anderen war, weil er sein Sprechzimmer echt cool eingerichtet hatte, schmale weiße Paneele aus handgeschöpfter Tapete, und nur eins, das vorletzte, lila, passend zu den Kissen, die Kilgore auf den Couchen liegen hatte. Wären zwei Paneele lila gewesen, eins an jedem Ende, hätte das nicht unbedingt bedeutet, daß der Typ Geld hatte. Aber das eine, bloß das eine, irgendwie hingeworfen, das war geil.

Und bevor er wieder hinging, schlug Reese zur Sicherheit im Telefonbuch nach, und da war er: Thomas K. Kilgore, Dr. med.

Das bedeutete, Reese konnte ihm die Herzgeschichte erzählen. Die er seinem Dad nicht erzählen konnte. Seit Dads Herzanfall mochte Reese ihm nicht mal sagen, wenn er Halsweh hatte. Die Herzgeschichte – sie ging schon eine Weile – wäre eine gute Gelegenheit, die Zeit rumzukriegen, wenn er wieder zu Kilgore ging. Das würde Kilgore von Reese' Auge ablenken, und er wußte, daß Kilgore davon anfangen würde; er wußte, daß sein Vater ihm vorhin davon erzählt hatte. Aber nicht nur das. Sondern weil es echt beunruhigend war. Die Herzgeschichte passierte jetzt fast jede Nacht und nicht bloß ab und zu und manchmal auch in der Schule. Sein Herz hob einfach ab, wie eine flatternde Möwe, die einen Zahn zulegt, um vom Wasser hochzusteigen, *bumm, bumm, bumm*. Als es zum erstenmal passierte, dachte Reese, verdammt, ich sterbe. Und er hatte versucht, aus dem Bett zu steigen, aber er war außer Atem gewesen, und da hatte er sich wieder hingelegt. Und allmählich schlug es langsamer und fühlte sich wieder an wie ein normales Herz, das heißt, es fühlte sich nach nichts an, als ob man's gar nicht bemerkte. Weil es erst nach dem Kampf angefangen hatte, dachte er anfangs, Arschloch Kramer hätte ihm eine Rippe gebrochen oder so was, als er ihn niederschlug. Aber da hatte es überhaupt nicht weh getan.

Daher nahm Reese an, es sei eine ererbte Herzkrankheit, die früh ausgebrochen war. Und als er in das Sprechzimmer ging, während Dad draußen auf der Veranda mit Kilgore sprach, griff er sich eins von Kilgores grünen Büchern – *Heranwachsen: Bio-emotionale Aspekte des Heranwachsenden* – und wollte früh einsetzende Herzkrankheiten nachschlagen. Er konnte das Buch aber nicht schnell genug zurückstellen, weil Kilgore Schuhe hatte wie Mr. Rogers im Fernsehen (vermutlich um den schönen gewienerten Ahornboden nicht zu ruinieren) und plötzlich dastand, bevor Reese was machen konnte. Reese wäre am liebsten im Erdboden versunken.

»Tut mir leid, wenn ich dich erschreckt habe«, sagte Kilgore ganz freundlich.

»Ist schon gut.« Reese schwitzte. Er atmete tief durch. »Wirklich, das macht nichts, ich wollte Sie sowieso was fragen, wo ich schon mal hier bin.«

Kilgore setzte sich auf den Stuhl Reese gegenüber. »Schieß los«, sagte er.

»Wo ist mein Dad?«

»Wir sind fertig.«

»Okay, Sie sind Arzt, ja?«

»Ich bin Psychiater.« Scheiße, dachte Reese, okay. Dann machen wir's eben ganz akkurat.

»Aber Sie müssen doch ein richtiger Arzt sein, um Psychiater zu werden? Also sind Sie doch mal Arzt gewesen, oder?«

»Stimmt, und ich bin's noch. Ich darf Antibiotika und alles verschreiben.« Kilgore lächelte. »Was ist mit deinem Auge passiert?«

»Das wissen Sie doch. Ich hab gehört, wie mein Dad Ihnen erzählt hat, daß ein Arschloch auf mich losgegangen ist.«

»Ich wollte bloß sehen, ob du die Nummer hast.«

»Was?«

»Von dem Laster, der dich angefahren hat.« So ein Komiker, dachte Reese.

»Ja, sicher, ich kenn den Kerl. Er ist so 'ne Art Berufsblödmann.«

»Stadtblödmann.«

»Ja«, sagte Reese. Der Ausdruck gefiel ihm. Stadtblödmann. »Aber egal. Ich hab da nachts ein Problem ... wenn ich im Bett bin ...«

»Die meisten Jungs in deinem Alter haben ...«

Du lieber Himmel, dachte Reese. »Ich mein nicht *das*! Ich glaub nämlich, ich hab 'nen Herzanfall, und ich will nicht, daß mein Dad es weiß, weil er dann völlig durchdreht.«

»Wieso glaubst du, du hast einen Herzanfall?«

Reese erzählte ihm von der Möwe in seiner Brust. Kilgore stand kurz auf und betrachtete ein Pferd. Dann nahm er einen kleinen Spiralblock und notierte sich etwas, genau wie die Psychiater im Film.

»Vincent, hast du das Problem schon lange?«

»Reese.«

»Reese, natürlich. Verzeihung. Es ist eben ... verstehst du, es ist schon verrückt. Nicht schlimm verrückt. Irgendwie Klasse. Man trifft nicht viele Kinder, die ihren Namen ändern. Bloß Erwachsene. Meistens Exsträflinge.«

»Kann schon sein.«

»Aber dein Herz, Reese – wie lange merkst du das schon?«

»Ich hab mir gedacht, daß Sie das fragen, drum hab ich überlegt. Monatelang bloß ab und zu. Aber seit dem Kampf die ganze Zeit.«

»War der Kampf ein richtig schlimmes Erlebnis? Dein Auge sieht aus wie ein halbgarer Big Mac, aber trotzdem ...«

»Nicht schlimmer als jeder andere Kampf.«

»Schon viele Kämpfe gehabt?«

Reese schniefte unwillkürlich. »Kann man sagen.«

»Aber diesmal hast du was abgekriegt.«

»Ich krieg oft was ab.«

Kilgore lachte. Verdammt, er lachte! »Hat dir schon mal jemand erzählt, was das Wort ›kontraintuitiv‹ bedeutet?«

»Nein«, sagte Reese zornig.

»Ich meine, wenn du oft was abkriegst, kannst du dann einer sein, der nicht zweimal denselben Fehler macht?«

»Hören Sie, Dr. Kilgore ...«

»Tom.«

»Tom – ich bin geschlagen worden, weil ich nicht auf ihn gefaßt war, außerdem ist der Kerl fast einsachtzig ...«

»Warum hast du ihm nicht gesagt, er soll sich verpissen?«

Warum? dachte Reese. Warum ist eine gute Frage. Er wußte, warum. Er war losgegangen, um Kramer zu suchen und ihm zu sagen, er soll sich verpissen. Hatte unterwegs Jordie abgeholt. Sie mußten an zwei Stellen nachsehen: im Naturschutzpark, wo Kramer gewöhnlich qualmte wie ein Großer, und auf dem Spielplatz bei den Reifen, wo sie ihn schließlich fanden. Kramer und seinen unmöglichen Freund, den Schlappschwanz Angotti. »Ich weiß nicht«, sagte Reese. »Er macht mich nervös.«

»An dem Tag mehr als sonst?«

»Nein.«

»Warum also an dem Tag?« Reese dachte angestrengt nach. Und während er überlegte, sagte Kilgore: »Hattest du Ärger mit deiner Mom? Deinem Dad? War was in der Schule?«

»Nein«, sagte Reese. »Ehrlich. Es war ein normaler Samstagmorgen. Ich mußte nicht vor zwei, drei wegen der Spiele oder der Sportergebnisse zurück sein. Drum bin ich bloß so mit dem Fahrrad rumgefahren.«

»Mit dem Fahrrad ...«

»Ich bin mit dem Fahrrad in der Gegend rumgefahren. Ich bin dahin gefahren, wo die kleineren immer Straßenhockey spielen, vor dem Haus von einem von ihnen ...«

»Spielst du auch?«

»Nein.« Reese lachte. »Die sind neun oder so.«

»Warum bist du dann hingefahren?«

»Ich seh bloß gern ...« Reese sah Kilgore an. Er fühlte einen einzelnen Flügelschlag in seiner Brust, mehr nicht. »Ich seh bloß gern diesem einen Jungen beim Spielen zu. Er ist wirklich gut.«

»Ist er ein Freund von dir?«

»Hab ich doch schon gesagt, nein, er ist acht oder so. Ich kenn ihn gar nicht.« Kilgore machte ein verdutztes Gesicht. »Ich hab ihn bloß das eine Mal in der Gegend gesehen, und dann bin ich an seinem Haus vorbeigegangen, und er hat Straßenhockey gespielt. Da hab ich zugeguckt.«

»Wie lange ist das her?«

»Monate. Ein paar Monate.«

»Monate?«

»Ja.«

»Und wenn du dahin fährst und zuguckst, sprichst du dann mit dem Jungen?«

»Nein, ich sitz bloß auf meinem Rad und guck zu.«

»Hast du das mehr als nur ein paarmal gemacht?«

»Was soll die Frage?«

»Bin bloß neugierig.«

»Hm, so ein dutzendmal. Vielleicht öfter. Er ist ein richtig guter Straßenhockeyspieler. Und Sie wissen ja, ich interessier mich für Sport.«

»Erinnert er dich an jemand?«

Was? dachte Reese. »An wen?«

»An dich vielleicht, als du kleiner warst.«

Reese sagte langsam: »Nein. Er ist sehr groß für sein Alter. Nein, er sieht überhaupt nicht aus wie ich.« Die Möwen versammelten sich plötzlich massenhaft. Reese beugte sich auf der Couch nach vorn und legte die Arme um die Brust.

»Reese? Reese?« Kilgore war aufgesprungen.

»Es passiert jetzt gerade.«

»Die Herzgeschichte.«

»Ja.«

»Reese.« Kilgore setzte sich neben ihn auf die Couch. »Ich sage dir jetzt genau, was mit dir vorgeht. Du stirbst nicht. Du hast keinen Herzanfall. Du hast einen Panikanfall, und obwohl es ein sehr beängstigendes und wirkliches Gefühl ist – und es *ist* ganz wirklich –, ist es nicht gefährlich. Du wirst nicht daran sterben.«

»Ich hab nicht wirklich geglaubt ...« Reese stöhnte.

»Vielleicht doch. Ich weiß, es ist ein Gefühl, als ob es dich umbringt; ich hab das selbst mal gehabt.«

Kilgore legte seine Hand mitten auf Reese' Rücken. Er

drückte. Nicht wie wenn er Reese umarmen würde oder so was. Er drückte, als wäre Reese eine Fahrradpumpe – pressen, loslassen, pressen. »Sacht und langsam durch den Mund ausatmen, Reese. Aber gleichmäßig. Stell dir vor, du würdest einen Luftballon aufblasen.« Reese blies, und dabei konnte er das Erklimmen des Hügels spüren, den Wechsel, der bedeutete, daß es, obwohl die Möwen weiterschlugen, zu Ende ging, zur Ruhe kam. Er schluckte und wartete auf das Gefühl des Aufhörens. Und sobald es kam, blieb Kilgore nicht mehr bei ihm sitzen; er stand sofort auf und benahm sich, als sei nichts Ungewöhnliches vorgefallen.

»Dann war es nach dem Straßenhockeyspiel?«

Reese war noch übel, aber er dachte sich, wenn Kilgore es sausen ließ – tatsächlich eine Erleichterung –, würde er mitmachen. »Ja. Ich hab Jordie abgeholt, und wir sind auf den Spielplatz gegangen.«

»Und du hast ...«

»Ich hab Kevin Kramer getroffen.«

»Den Stadtblödmann.«

»Ja.«

»Und wie hat der Kampf angefangen?«

»Die haben Basketball gespielt, und ich bin dran vorbeigefahren.«

»Das war alles? Und schon seid ihr euch an die Gurgel gegangen?«

»Nein. Weil ich zwischen sie gefahren bin.«

»Ahhhh.«

»Und dieser Typ, sein Freund Angotti, der Typ, der schon graue Haare hat, weil ihm so oft was danebengegangen ist, der mußte aus dem Weg springen.«

»Oh.«

»Und die fangen an mit ›Cappadora, du kleine Mißgeburt‹ ...«

»Und das hast du nicht auf dir sitzenlassen.«

»Hätten Sie das vielleicht getan?«

»Nein.«

»Es war ja nicht bloß, daß sie sich über meine ... Größe lustig gemacht haben ...«

»Klein sein ist kein Verbrechen. Reese, das muß überhaupt nicht heißen, daß du dein Leben lang klein bleibst.«

»Die haben gesagt, ich bin ein totaler ... Krüppel.«

»Ich verstehe.«

»Der Typ ist wie ein Collegeschüler. Der Kramer.«

»Ich verstehe.«

»Ich hab bloß was gesagt, was ganz Normales wie ›Sprich nicht so von deinem Alten‹, und er fährt aus der Haut ...«

»War das dein erster Streit mit Kramer?«

»Hm, ja ...« Reese überlegte. »Nicht der erste *mündliche* Streit.«

»Der erste körperliche Streit.«

»Er ist ja erst vor kurzem hierhergezogen.«

»Ich verstehe.«

»Gut.«

»Und deine anderen Kämpfe?«

»Wissen Sie, die können einfach nicht die Klappe halten.«

Reese stand von der Couch auf und stellte sich vor ein Pferdebild – er erkannte, daß der Mann, der den Zügel hielt, Kilgore war, und auf dem Pferd saß ein kleines Mädchen, ein kleines Mädchen mit blonden Haaren wie Kerry. Sie hatte eine Minireitkappe auf, schwarz mit großem Schirm. Ihr Gesicht war kaum zu sehen. »Ist das Ihr Kind?«

»Meine kleine Schwester.«

»Ihre Schwester?«

»Sie ist jetzt zehn. Große irische Familie. Acht Kinder. Ich bin das älteste, und sie ist das jüngste. Ich habe schon Medizin studiert, als sie geboren wurde.«

»Wie heißt sie?«

»Tess.«

»Ihr heißt nicht alle mit T, oder?«

»Doch, leider ja«, sagte Kilgore. »Terrance, Tracey, Tara.«

»Sie haben's gut.«

»Wem sagst du das.« Er stand auf. »Reese, wir sind schon über die Zeit. Denk an das Luftballonaufblasen, denn wenn du dich darauf konzentrieren kannst, geht ein Panikanfall schneller vorbei. Okay?«

»Okay.«

»Und nächstesmal unterhalten wir uns ausführlich darüber, wie du es hinkriegst, daß die Anfälle aufhören. Und warum du sie hast.«

»Okay.«

»Und ich möchte dir noch etwas zeigen.« Kilgore streckte eine Hand aus, und Reese schreckte zurück – jetzt kommt die Umarmung, dachte er angewidert. Doch dann ging er plötzlich in die Knie; es war, als hätte der Typ ihm mit dem brennenden Ende einer Wunderkerze ein Stück aus dem Hals gebohrt.

»Herrgott!« schrie Reese. Er weinte beinahe.

»Es wird nicht lange weh tun«, sagte Kilgore, und es stimmte. Die Stelle, die Vertiefung unmittelbar hinter Reese' Ohrläppchen, die sich noch vor einer Minute wie elektrisiert angefühlt hatte, war jetzt einfach schlaff. Reese drückte sie vorsichtig. Sie fühlte sich ganz normal an. »Tut mir leid. Aber du mußt verstehen, daß es hierbei auf die Überraschung ankommt.«

»Was haben Sie gemacht?« fragte Reese, während er sich den Hals rieb.

»Wir nennen das Pressurpunkte«, sagte Kilgore. Er nahm Reese' Hand und legte seinen Daumen an eine Stelle zwischen zwei Fingern. »Siehst du? Man drückt ...« Und *rums*! Reese zog die Hand weg.

»Wo haben Sie das gelernt?«

»Im Medizinstudium. Überall am Körper sind Nervenbündel. Siehst du?« Kilgore zeigte Reese einen Punkt hinter dem Ellenbogen, einen am Nacken. »Du kannst in einem Anatomiebuch nachsehen, wo viele sind. Hier – ich leih dir meins ... Und du kannst merken, wenn du einen gefunden hast, weil du die Stelle zum Kribbeln bringen kannst, wenn du sie nur ein bißchen drückst. Und wenn du fest drückst, tut es höllisch weh. Bei sich selbst drückt man natürlich gewöhnlich nicht so fest.«

»Was soll ...?«

»Es ist einfach so, Reese, du kannst einen Ochsen in die Knie zwingen, wenn du die Pressurpunkte kennst, und wenn du weiterhin in Kämpfe verwickelt wirst, dachte ich, du könntest ...«

»Klar«, sagte Reese. »Danke. Kann schon sein.«

»Ich bin auch klein geraten«, sagte Kilgore. »Dann bis Samstag.«

18. Kapitel

Die sogenannte Familiensitzung dauerte mehr als doppelt so lange, zumindest Reese' Gefühl nach. Nicht nur, daß er sich für alle schämte (Großpapa Bill in wasserblau-grüner Golfhose und Großpapa Angelo wie ein Sargträger gekleidet); er hatte das Gefühl, wenn sie alle in einem Raum zusammenkämen, würde das zu Zündung und Abheben führen. Als sein Dad seiner Mom von der Sitzung erzählt hatte – er fragte sie nicht, teilte es ihr einfach nur mit –, hatten ihre Augen diesen Wildpferdblick angenommen, den Reese nur zu gut kannte.

Vorsicht, Dad, dachte er. Hier könnte es Drachen geben.

In den qualvollen, öden Warteminuten auf der Veranda, bevor es losging, hatte Kerry (die ebenfalls einfach flippig aussah, weil sie darauf bestanden hatte, ihr lila Netztutu anzuziehen) ihn richtig beschimpft. Sie hatte alle fünf Rotkäppchen-Fingerpuppen an einer Hand. »Du bist der Wolf, Vincent«, sagte sie plötzlich. Er hatte die Puppe mit dem Wolfskopf auf seinen Zeigefinger gesteckt und damit Rotkäppchen bedroht. »Kleine Mädchen wie dich verspeise ich zum Frühstück«, hatte er geknurrt.

»Arschbacke«, hatte Kerry liebevoll gesagt.

Großartig.

Und dann hatte Großmama Rosie natürlich mit der Zunge geschnalzt, einmal, so leise, daß Reese wußte, es war ein Spezialschnalzen nur für ihn, als hätte er Kerry das Schimpfwort beigebracht. Hatte er aber nicht, Kerry kannte die Schimpfworte von Geburt an. Genau in diesem Moment war Tom herausgekommen und hatte sie alle nach drinnen gescheucht, und es hatte wiederum eine Ewigkeit gedauert, bis sie sich auf Toms Couchen und Stühlen verteilt hatten.

Reese hatte Mitleid mit Tom. Dieses Gelaber, um auseinanderzupflücken, was du gemacht hattest. Reese hatte Großmama Rosie sein Lebtag nicht einen einzigen Satz sagen hören, der mit den Worten »ich fühle« begann. Sie erteilte bloß Befehle; sie gab ein Urteil ab. Andererseits hatte er Großpapa Bill nie einen einzigen Satz sagen hören, der nicht als Frage formuliert war; Onkel Bick sagte, mit seinem Vater reden sei, als wäre man der Moderator in *Riskant*!

Und wie nicht anders zu erwarten, hatte Großpapa Bill auf der Stelle gefragt: »Was können wir für Sie tun, Doktor?«

Und der gute Tom verschwendete keine Zeit, er legte gleich los. »Ich möchte nicht, daß Sie alle denken, wir sind nur hier, um unserem Kapitalverbrecher zu helfen.« Er deutete auf Reese, als würde er mit einer Pistole auf ihn zielen und schießen. »Ich hoffe, daß Sie alle davon profitieren werden, sonst hätte ich Sie nicht veranlaßt, sich die Mühe zu machen und hierherzukommen. Eins weiß ich, niemand von Ihnen will einen Jungen, den Sie lieben, so leiden sehen, und Vincent – unser Freund Reese – leidet sehr, das steht fest.«

Alle nickten, sogar Kerry. »Aber nach dem, was ich gehört habe, vermute ich, daß hier eine ganze Familie seit einer Reihe von Jahren großes Leid erfahren hat und daß Reese da nicht raus kann, bis wir der Sache auf den Grund gegangen sind und frische Luft hereingelassen haben. Verstehen Sie, was ich meine?«

Großmama Rosie sah Tom an, als hätte er ihr soeben gesagt, sie solle sich den Kopf kahlrasieren, Glöckchen umbinden und eine buddhistische Nonne werden.

»Ich sehe nicht«, sagte sie leise, »wie wir in diesem Raum reden und Vincenzo helfen können, brav zu werden.«

»Es gibt keine Garantie dafür, Mrs. ... äh, Mrs. ...« Tom wartete, daß Reeses Großmama sagen würde: »Nennen Sie mich Rose.« Langsam, Tom, langsam, dachte Reese. »Mrs. Cappadora, es gibt keine Beweise, daß die Heilung in dieser Situation vom Reden kommt. Aber dieser Junge, den Sie lieben, ist ein zorniger Junge. Und Sie sind die Menschen, die er liebt. Das ist eine Tatsache, auch wenn er vielleicht nicht immer danach handelt. Und für einen so zornigen Jungen ist eine ganze Welt da draußen, die die Hände ausstreckt, und Sie wollen nicht, daß Reese nimmt, was in diesen Händen ist. Das nächstemal sind es vielleicht keine Gullydeckel.«

»Sie meinen Drogen«, sagte Großpapa Bill.

»Bill«, sagte Tom. Diesmal wartete er eine Aufforderung, lässig zum Vornamen überzugehen, lieber gar nicht erst ab. »Ja, gewiß, und andere Formen, sich auszuleben. Und deshalb frage ich Sie, da ich Sie alle hier habe, ist das neu? Ich meine, war Reese schon immer ein zorniger junger Mann ...?« Tom lächelte Reese an.

Niemand sagte etwas.

»Er ist ein großartiger Junge«, fuhr Tom fort. »Ein Junge mit einem Verstand, der einfach nicht zur Ruhe kommt. Das wissen Sie. Und bei so einem Jungen könnten die Verheerungen furchtbar sein.«

»Er ist zornig auf die Welt gekommen«, sagte seine Mom. Hundert Jahre Schweigen, und dann – *wumm* – das. Gute alte verläßliche verrückte Mom. Alle, einschließlich Kerry, drehten sich zu ihr hin. »Er war immer zäh. Schon als Baby hatte er seine eigenen Vorstellungen von dem, was er wollte. Nicht nur schlechte. Ich sage nicht, daß Vincent schlecht ist.«

»Okay, Beth, okay. Aber wenn Sie sagen, er war ›zäh‹, war er schwierig, wie jetzt?«

»Nein«, sagte sie. »Er ist nur wütend auf mich geworden, als er klein war. Aber nachdem Ben starb ...«

Großmama Rosie stöhnte. »Beth«, sagte sie. »Benjamin ist nicht tot.«

»Ach, Rosie«, sagte seine Mutter. »Er ist tot. Er ist tot. Wenn er nicht tot wäre, würde ich es wissen.« Da wären wir wieder, dachte Reese, schön, reden wir über Ben ... unser ganzes Leben lang.

»Beth«, sagte Großpapa Angelo sanft, »die Kinder ...«

»Aber ich halte das nicht aus. Alle tun so, als würde er zurückkommen. Ich glaube, das ist es auch, was Vincent verrückt macht. Es macht mich verrückt. Es ist mir jetzt egal, Pat. Ich bin hierhergekommen, und warum das Geld verschwenden? Ich sage es jetzt. Ich hab's satt. ›Die Hoffnung nicht aufgeben.‹ ›Beten, beten, beten.‹ Warum geben wir die Hoffnung nicht einfach auf? Und lassen geschehen, was geschieht?«

»Weil du ihn nicht einfach begraben kannst, Beth«, erklärte sein Dad. »Du willst ihn einfach begraben, bevor wir überhaupt wissen, was mit ihm ist. Ich weiß, warum du so empfindest, aber ...«

Ich bin da, dachte Reese. Ich bin da.

»Mir scheint, wir haben hier verschiedene Lager«, warf Tom ein, »und Reese steckt mittendrin. Reese, was denkst du?«

Reese sagte: »Nichts. Ich denk nicht so oft darüber nach.«

»Ach komm«, forderte Tom ihn heraus. »Hast du nie von dem großen lila Elefanten im Wohnzimmer gehört?

Ein Elefant ist mitten im Wohnzimmer, und die ganze Familie geht drum herum und tut, als wäre er nicht da ... Du mußt darüber nachdenken, Reese. Es ist direkt vor dir.«

»Tu ich aber nicht.«

»Ich auch nicht«, sagte seine Mutter, und Reese fühlte eine große Wärme für sie in sich aufsteigen. »Ich denke nie darüber nach. Was würde darüber nachdenken nützen?«

»Nach meiner Erfahrung schenkt es einem manchmal ein bißchen Frieden«, meinte Tom, und dann waren sie mittendrin, seine Mom wies darauf hin, daß die Familie Ben an Ostern keine Ostereier aufs Grab legte, jetzt nicht und früher nicht – »er hat ja gar kein Grab«, fauchte sie –, oder ihm einen Strumpf aufhängte oder ihm Kleider zum Geburtstag kaufte, jedes Jahr eine Nummer größer ... und seine Großmutter erklärte, daß sie jeden Tag für Ben betete und ihre Töchter auch ...

Tom hatte Mühe mitzukommen, und er fragte: »Bekümmert es Sie, daß Beth das nicht tut, Mrs. Cappadora? Wenn Sie glauben, sie hat aufgegeben, was empfinden Sie dabei?«

Großmama Rosie befingerte ihr Medaillon. »Beth tut mir leid. Ich kenne Beth ihr Leben lang. Ich liebe Beth wie mein eigenes Kind. Sie tut mir leid, weil sie ... weil sie ihr Herz verloren hat. Sie hat ihren Glauben verloren ...« Seine Mom schnaubte. Reese konnte es nicht glauben; es war, als wäre sie auf einen Barren mit unterschiedlich hohen Holmen gesprungen. Aber Großmama Rosie gab nicht auf: »Bethie, Liebes, du weißt, du hast dich von Gott entfernt ...«

»O nein, Rosie. Nein, Rosie. Gott ist es, der sich aus dem Staub gemacht hat, Rosie. Vor langer Zeit. Ich will dich nicht kränken, aber ...«

Quassel, quassel. Hin und her. Obwohl Reese sie nie so hatte reden hören, kam ihm alles seltsam vertraut vor. Er hielt sich die Ohren zu. Schließlich konnte er von dem weißen Sitzkissen auf dem Fußboden aus, wo er Zuflucht gesucht hatte, den Wald ihrer Beine wachsen sehen, als Tom sie aus dem Zimmer führte. Einen Augenblick später sprangen Kerrys lila bestrumpfte Storchenbeine hinter dem Sofa hervor. Schließlich beugte sich Tom zu ihm herunter und fragte: »He, Freundchen, hast du noch eine Minute Zeit?«

»Ich hab fünf Minuten, mehr nicht. In fünf Minuten muß ich mich um Aufnahme bei den White Sox bewerben.«

»Welche Position?«

»Mittelfeld.«

»Ich möchte deiner angehenden Karriere nicht im Weg stehen.«

»Die haben so lange gewartet«, sagte Reese, »da können sie jetzt ruhig noch fünf Minuten länger warten.«

»Es könnten hier allerdings auch fünfzehn Minuten werden.«

Reese stand auf. »Am besten leg ich mich hier auf die Couch, Tom, wie im Kino. Das hab ich noch nie gemacht. Sie könnten sagen: ›So, Mr. Cappadora, warum glauben Sie, daß Sie wie ein Schaf aussehen?‹«

»Ich glaube, du würdest einschlafen.«

»Warum?«

»Du siehst aus, als hättest du dir zuviel zugemutet, Junge! Kriegst du genug Schlaf? Liegt es am Geschäft?«

Tom meinte die Wetten. »Nein«, sagte Reese. »Das mach ich bloß ... das mach ich meistens am Wochenende.«

»Es bringt deinen Vater zum Wahnsinn, das weißt du, Reese.« Reese wußte, daß das nicht stimmte, überhaupt nicht. Sein Dad war ebenso stolz auf seine Geschäfte, wie er sich dafür schämte. Es war genau wie Großpapa Angelos Verhältnis zu Gangstern. »Die meisten Jungen in deinem Alter tragen Zeitungen aus.«

»Ich kann keine Zeitungen austragen.«

»Zu stressig, was?«

»Nein.« Es war ihm zuwider, Tom dies anzutun. »Kinder ... ein Junge ist beim Zeitungsaustragen entführt worden. War ein ganz berühmter Fall. Johnny Gosch? Sie haben ihn nie gefunden. In meiner Familie ist das einfach nicht drin ... mein Vater ... meine Eltern würden ausflippen vor Angst ...« Aber Tom war nicht wie die anderen Erwachsenen. Sein Gesicht wurde nicht wachsbleich und weich, als wüßte er nicht, wohin mit seinen Wangenmuskeln, wenn Reese davon sprach. Er schüttelte sich bloß ein bißchen – als ob, wie Großmama Rosie sagte, eine Gans über dein Grab ginge – und redete unverdrossen weiter.

»Und du? Würdest du ausflippen?«

Steif erwiderte Reese: »Ich hätte keine Angst.«

»Kein bißchen?«

»Ich weiß nicht. Und außerdem, wer will schon um drei Uhr morgens aufstehen?«

»Ich nicht«, sagte Tom. »Du auch nicht. Vor allem, wenn du spät ins Bett gehst. Gehst du zu einer vernünftigen Zeit ins Bett? Um zehn?«

»Ja, ich geh ins Bett.« Reese verlagerte das Gewicht. »Aber dann muß ich aufwachen und die Kassetten wechseln, und ich brauch 'ne Weile, bis ich wieder einschlafe.«

»Die Kassetten?«

»Ich schlafe mit Musik.«

»Wie erholsam für deine Eltern.«

»Ich hab Kopfhörer auf.«

»Was für Musik hörst du?«

»Nachts meistens klassische Sachen. Und Opern. Italiano. Sie verstehen, das ist ein Geburtsfehler, wie wenn man ein Red-Sox-Fan ist.«

»Entschuldige, Reese, aber die ganze Nacht wach sein, um Kassetten zu wechseln, das klingt nicht gerade nach gesundem Schlaf.«

»Es funktioniert.«

»Also deshalb siehst du so bleich aus wie der Tod.«

»Aber nicht wegen der Musik.«

»Sondern?«

So, dachte Reese. Jetzt mußte er wohl davon sprechen. Er hatte den Renntraum auf der letzten Sitzung erwähnt, unmittelbar bevor die Zeit um war. Tom hatte ihm wahrhaftig vorgehalten, er hätte es absichtlich getan, weil er genau wußte, daß die Zeit um war und diesmal die Familie kam. Der gute Tom fühlte sich hintergangen; Psychiater waren scharf auf Träume.

»Okay. Es ist wegen dem Traum, von dem ich Ihnen neulich erzählen wollte.«

»Der Renntraum.«

»Ja.«

»Wo bist du da?«

»Ich bin in einem großen Raum, und ich gucke die Fliesen auf dem Boden an. Sie sind wie ... sie sehen aus wie Fleischklößchen. Es ist verrückt. Sie sind richtig häßlich.«

»Bist du allein?«

»Scheiße, nein!« Reese sah hoch. »Verzeihung. Nein. Da sind unzählige Leute, und alle reden.«

»Was sagen sie?«

»Das ist es ja. Sie sagen nichts.«

»Du hast gesagt, sie reden.«

»Ich sehe, daß sie reden, weil ich sehen kann, wie sie ihre Münder bewegen. Aber ich kann nichts hören. Ich steh bloß da, aber ich steh *nicht* bloß da.« Reese runzelte die Stirn. »Ich renne.«

»Aber du kannst dich nicht bewegen.«

»Geht das allen Leuten so?«

»Das passiert oft in Angstträumen. Worauf es ankommt, ist, wer verfolgt dich? Wovor läufst du weg?«

Reese strengte sich an. Er versuchte, sich zurückzuversetzen – die Möwen flatterten wieder, als hätten sie Schiß, aber das war nicht schlimm, er wußte ja, wie er das wegatmen konnte. Er versuchte, hinter sich zu sehen. »Hinter mir ist niemand. Ich laufe hinter jemand ... *her.*«

»Hinter wem?«

»Ah ... weiß ich nicht.«

»Doch, du weißt es.«

»Ich weiß es nicht. Wenn ich's wüßte, warum sollte ich's Ihnen nicht sagen wollen?«

»Erzähl mir, warum du's mir nicht sagen willst.«

Weil ich dann sterbe, dachte Reese. Ich sterbe hier auf deiner Couch, wenn ich's dir sage. Oder es passiert vielleicht noch was Schlimmeres. Vielleicht scheiß ich deine ganze Couch voll. Reese legte sich auf der Couch hin, verschränkte die Arme vor den Augen. Es machte ihm nichts aus, daß er weinte oder daß Tom ihn dabei sah; er fühlte sich nur so verdammt bedrückt, wie von Ankern nach unten gezogen.

»Ich renne hinter ... jemand her, der auf der anderen Seite des Raumes ist.«

»Wer?«

»Weiß ich nicht.«

»Hör zu, Freundchen«, sagte Tom. Er stand auf und klopfte an den Rahmen von einem der unzähligen Pferdebilder. »Weißt du, was ich in der Stunde verdiene?«

»Was?«

»Hundertzwanzig Dollar verdiene ich in der Stunde.«

»Gratuliere«, sagte Reese und setzte sich auf. »Dann können Sie sich vielleicht noch ein paar Pferdebilder kaufen.«

»Und weißt du, wer mir die hundertzwanzig Dollar bezahlt?«

»Wer?«

»Dein Dad.«

Was soll's, dachte Reese. Schließlich war diese ganze Psychoveranstaltung die Idee von seinem Dad gewesen. »Na und?«

»Und denkst du, daß dein Dad ein kompletter Idiot ist?«

»Nein. Ich denke nicht, daß mein Dad ein kompletter Idiot ist.«

»Doch, das mußt du denken. Denn wenn dein Dad bereit ist, hundertzwanzig Dollar dafür auszugeben, daß du jeden Samstag und ab und zu während der Woche hier herumhängst, wenn er so reich ist, daß mich das überhaupt nicht fuchst, finde ich das okay. Ich nehme sein Geld ...«

»Das denk ich mir«, sagte Reese. »Sie würden es auch nehmen, wenn Sie wüßten, daß es kein bißchen gut für mich ist.«

»Klar, eine Zeitlang. Warum nicht? Ich verdiene Geld, dein Dad meint, du redest mit jemand, alle sind zufrieden. Bloß ist da ein Junge auf dem besten Weg ins Erziehungsheim für jugendliche Straftäter, aber das hast du dir selbst ausgesucht, Freundchen. Ich bin nicht deine Mommy. Ich sehe jede Menge schwierige Jungs kommen und gehen. Alles Verlierer.« Reese fühlte, wie seine Hände sich langsam zu Fäusten ballten. Von wegen, anders als die andern, dachte er. Du Oberarsch. »Aber irgendwann verlangt es der Anstand, daß ich sage: ›Hören Sie, Ihr Junge stellt sich zu blöd an, und er will mir nichts sagen ...‹«

»Ich hau ab«, sagte Reese.

»Ja, hau nur ab«, sagte Kilgore. »Meine hundertzwanzig Mäuse krieg ich trotzdem.«

Reese stand auf. Sein Gesicht juckte, kribbelte wie von

Ameisen. Luft. Er brauchte Luft. Dann drehte er sich um.

»Sie wissen genau, wer es ist«, sagte Reese jetzt mit eiskalter Stimme zu ihm, der Stimme, die sogar den Renaldo-Brüdern Angst einjagte, den Zwillingen, die schon aufs College gingen und Nacken hatten, so breit wie Reese' Taille. Der Stimme, von der Reese nicht wußte, woher sie kam, die sich sogar für ihn selbst anhörte wie eine irre Dämonenstimme.

»Okay. Wer ist es, wenn ich fragen darf?«

»Es ist mein Bruder.«

»Oh. Dein Bruder ... Welcher Bruder?«

»Sie können mich mal«, sagte Reese. »Kreuzweise.«

»Vielen Dank, wirklich. Welcher Bruder?«

»Ich hab bloß einen Bruder. Das heißt, ich hab keinen Bruder. Es ist Ben. Es ist Ben.«

»Und was tut er? Sag schon, Reese, was tut er?«

»Er geht aus der Tür.«

»Wohin?«

Reese dachte, er müßte gleich kotzen. Seine Kehle schmeckte nach akuter Fischvergiftung. Er glaubte, er würde nicht wagen, den Mund zu öffnen. Aber er zwang sich, stemmte den Mund auf wie ein Scharnier und bewegte die Zunge. Schließlich brachte er einen Ton heraus.
»Er geht aus der Tür von dem Hotel.«

»Hast du ihn gesehen, Reese?«

Reese schrie: »Ich weiß nicht! Ich weiß nicht! Ich renne und renne. Aber ich kann mich nicht bewegen ...«

»Hast du dich im wirklichen Leben bewegt, Reese?«

»Ich weiß nicht! Ich war ja bloß ein Kind ...«

»Sieh ihn an, Reese. Sieh Ben an.«

»Ich kann ihn nicht sehen; er geht mit dem Rücken zu mir. Und sie auch ...«

»Sie? Deine Mutter?«

»Nein ... nein.« Reese rang nach Atem.

»Ellen? Deine Tante Ellen?«

»Nein. Nein. Die kleine alte Frau. Die kleine dünne alte Frau.«

»Was macht sie?«

»Sie geht hinter Ben her. Sie folgt Ben. Sie ... macht ihm die Tür auf.«

»Reese«, sagte Tom sanft, ganz leise, und setzte sich zu ihm auf die Sofakante. »Glaubst du, daß das wirklich passiert ist? Oder kommt das in dem Traum vor?«

»Ich glaube, es kommt in dem Traum vor«, sagte Reese, »weil es wirklich passiert ist.« Und in diesem Augenblick, an den er sich sein Leben lang mit heißer Scham erinnern würde, auch nachdem sich alles aufgelöst hatte, griff er nach Toms Hand. Und Tom tat Gott sei Dank so, als würde er es gar nicht merken.

Teil II

19. Kapitel
BETH

Mai 1994

Kerry schrie so ohrenbetäubend, daß Beth die Türklingel fast überhört hätte.

»Still, Kerry!« befahl sie mit ihrer Kommandostimme, die sie kaum noch gebrauchte.

Doch sobald Kerry still war, hätte Beth am liebsten selbst lauthals losgebrüllt. Es klingelte mit einer Beharrlichkeit, die Beth signalisierte, daß es zwecklos sei, so zu tun, als ob sie nicht zu Hause wäre – es klingelte, als stünde draußen jemand in Flammen.

»Moment!« schrie sie. »Ich komme!« Das Klingeln verstummte. Dann fing es wieder an.

Wenn sie jetzt aufhörte, konnte Beth der Hoffnung, Kerrys Haare zu entwirren, ade sagen; das Kind würde seine Mutter mit einer Bürste in der Hand mindestens drei Tage nicht mehr in seine Nähe lassen. Aber weil es Beth so selten einfiel, Kerrys feines rotblondes Haar zu bürsten – Ellen behauptete, sie habe es von ihr, der Patentante, geerbt –, hatte sich unter dem weichen Deckhaar ein Wirrwarr aus Nestern und Filz gebildet. Kerry fuhr sich bloß jeden Morgen vor der Schule oberflächlich mit einer nassen Bürste übers Haar. Für Kerry war oben glatt gleich gekämmt, so wie einfach unterm Bett verschwinden lassen gleich aufräumen war. »Meine Lehrerin findet, mein Haar hat eine natürliche Fülle, Mama«, sagte sie zu Beth. »Sie sagt, es ist wie das Haar von Rapunzel.«

Herrje, dachte Beth, die Lehrerin ist eine dumme Nuß, und sie scheint anzunehmen, daß ich in einem Wohnwagenpark Toiletten putze. »Das ist nett von ihr«, sagte sie zu Kerry. »Aber in Wirklichkeit denkt sie, deine Haare stehen dir zehn Zentimeter vom Kopf ab, weil sie so voller Knötchen sind. Wenn du sie nicht bürstest, Kerry, brechen sie, und dann hast du rundum kleine Pinsel. Richtig häßlich.« Beth war heute morgen mit einem kleinen unvermuteten Energieschub aufgestanden; sie hatte gelernt, diese Schübe auszunutzen, weil sie den Verlauf ihrer normalen Tage kannte – an allen anderen Tagen war ihr Antrieb auf ein Minimum beschränkt. Sie beabsichtigte auch, Vincent heute Fußballschuhe zu kaufen. Doch zuerst wollte sie Kerry Ordnung beibringen.

»Ich bürste sie ja. Jeden Tag«, sagte Kerry zu Beth, und ihre Stimme lag in der Mitte zwischen Jammern und Aggressivität. »Sie sehen schön aus.«

»Aber ab und zu muß *ich* es tun«, erwiderte Beth. Und alles, was dann kam, war wie choreographiert. Beth brauchte die Bürste nur in der Luft um Kerrys Kopf zu schwenken, und Kerry, sonst ein überaus fügsames Kind, verwandelte sich in eine tollwütige Wölfin; sie trat um sich und zappelte und stieß ein Geheul aus, das in Beth den Wunsch weckte, sie zu beißen.

Von dem Gedanken abgelenkt, daß vielleicht eine Zeugin Jehovas auf der Veranda stünde, die Augen himmelwärts gerichtet im Gebet um die Kraft, es mit den Bewohnern eines Hauses, aus dem ein solches Geschrei kam, aufnehmen zu können, rückte Beth noch einem besonders schlimmen Nest zu Leibe. Dabei brach die Bürste entzwei, und Kerry schoß davon, aus Beth' Schlafzimmer und die Treppe hinunter zur Haustür, während Beth langsam die gesplitterten Plastikteile auflas und dann leise fluchend ihrer Tochter folgte.

»Bist du in der sechsten?« hörte sie Kerry fragen, als sie um die letzte Treppenkurve kam. Die Tür zwischen Kerry und dem Besucher stand halb offen.

» . . . in der dritten? Warst du die Sojabohne?« hörte sie ein Kind sagen, dessen Alter und Geschlecht sie nicht bestimmen konnte.

»Falsch«, sagte Kerry, »ich war der Futtermais.« Das Frühlingsfest, dachte Beth. War Pat nicht da?

»Wen hast du?« fragte die Stimme.

»Die Cook«, sagte Kerry.

»Die Cook hatte ich auch!« sagte die Stimme. »Die ist echt nett!«

Beth sprang die letzten zwei Stufen hinunter und legte ihren Arm um Kerry.

Das helle Licht der Mittagssonne wirkte nach dem dunklen Flur wie eine Hintergrundbeleuchtung mit hartem Scheinwerfer; Beth hob die Hand, um die Augen abzuschirmen, aber das Kind blieb nur ein Schattenriß mit einem sonnendurchfluteten Heiligenschein. Es war ein großer Junge, groß und kräftig für einen Sechstkläßler, fand Beth, aber Vincent war ja auch recht klein geraten. Sie stieß die Fliegentür mit der Hüfte auf.

Vor Jahren hatte Ellens Mutter einen leichten Schlaganfall erlitten. Und viel später hatte sie Beth erzählt, solche Hirnschläge könnten im Handumdrehen geschehen, in der Zeit, die es dauerte, ein Wort auszusprechen; sie könnten einen im Schlaf ereilen, und wenn man aufwachte, hätte man lediglich das Gefühl, Kopfschmerzen überstanden zu haben. Doch obwohl das Geräusch, das Beth hörte, so laut war wie eine Kerbsäge, so daß es sie gegen die aufgehende Tür taumeln ließ, verlor sie nicht einen Augenblick das Bewußtsein. Und sie erkannte in diesem

Moment, daß niemand anders das Geräusch hören konnte, obwohl es die Straße, die Welt erfüllte. Sie griff sich an die Schläfe; das Geräusch pochte, aber jetzt gleichsam transparent; sie konnte alles drum herum hören, den Wind in den Ahornbäumen, so laut wie Wasser, das durch ein Rohr rauscht, Krähen, die einander zuschnalzten, daß es wie Kastagnetten klang. Gallenflüssigkeit schwappte ihr über die Zunge. Sie faßte den Türrahmen auf beiden Seiten und klappte fast vornüber, versuchte, ihren Atem zu bemessen und genügend Sauerstoff zu sammeln, um gegen die pechschwarzen Punkte anzukämpfen, die vor ihren Augen tanzten.

»Ist Ihnen nicht gut?« fragte der Junge und trat zurück.

»Mommy!« schrie Kerry mit blecherner Stimme.

»Es ... geht ... schon«, stöhnte Beth.

»Mommy, mußt du kotzen? Soll ich Georgia holen?«

Der Junge ging rückwärts die drei Eingangsstufen hinunter. Mit aufrichtiger Angst in der Stimme sagte er zu Beth: »Ich mäh Rasen. Ich wollte bloß den Zettel mit meiner Telefonnummer abgeben. Kann ich auch später machen. Ich komm wieder.«

Aber Beth bekam jetzt wieder Luft und fühlte sich gekräftigt. Wieviel Zeit war vergangen? Eine Minute? Zehn Minuten? Sie konnte nicht aufrecht stehen, aber sie winkte dem Jungen und Kerry zu, eine Geste, die bedeuten sollte, kein Problem, alles klar. Sie wollte den Jungen nicht einschüchtern. Sie versuchte, sich einen Plan auszudenken, fegte Möglichkeiten beiseite wie Herbstlaub. »Das trifft sich gut«, sagte sie, »der Rasen muß wirklich gemäht werden. Kannst du es heute machen?«

Der Junge war verblüfft. »Sicher, klar! Ich muß bloß mein Zeug holen. Wir wohnen zwei Straßen weiter.«

»Du brauchst keinen Rasenmäher. Wir haben selbst einen«, sagte Kerry entgegenkommend. »Und eigentlich sollte das mein großer Bruder machen. Er geht in die High-School. Aber er ist stinkfaul.« Der Junge rannte schon mit einem Affenzahn den Bürgersteig entlang. Beth packte Kerry am Arm, viel zu grob.

»Mommy, ist dir noch schlecht?« fragte Kerry und sah zu ihr auf.

»Nein, es war bloß ... Kennst du den Jungen?«

Kerry lief rot an; ihre Haut ließ ihre emotionalen Reaktionen sichtbar werden wie auf einem Bildschirm. Pat nannte Kerry »die sichtbare Frau«.

»Mom«, sagte sie ernst. »Ich war in unserem Haus. Das ist nicht dasselbe wie ›Gefahr durch Fremde‹. Er geht in unsere Schule.«

»Oh«, sagte Beth, und ihr Herz schlug wieder langsamer. Okay, sagte sie sich, okay, okay. »Wie heißt er?«

»Jason«, sagte Kerry. »Er ist bei den Pfadfindern ... Nein, Mom, nein. Falsch. Jason ist der mit dem Gameboy, und weißt du was, Mom, der hat einen Verweis gekriegt, weil er dastand und Mortal Kombat gespielt hat, wo er doch aufpassen sollte, wie die Kleinen über die ...«

»Dann kennst du seinen Namen nicht?«

»Er heißt Sam. Sam Kero – Kero ... weiter weiß ich nicht.«

Kerry folgte Beth nach hinten. Beth rannte zur Kellertreppe, stieß mit einem Fuß ihren schlafenden Hund zur Seite; Beowulf bellte verärgert und verzog sich in den Hobbyraum. In den Keller hinunter, die Tür zur Dunkelkammer aufstoßen, nach dem Lichtschalter tappen – sie wußte, daß die Birne durchgebrannt war; sie hatte sie ersetzen wollen, aber jetzt mußte die Dunkelkammerlampe genügen. Beth suchte in dem gespenstischen Rotlicht nach ihrer größten Tasche, zog ihre nagelneue Nikon F-90 hervor und kramte in dem Minikühlschrank nach einem Film. Während sie die Filmschachtel herausnahm und mit zitternden Fingern aufriß, dachte sie, 200 dürfte okay sein, und in Farbe, das ist äußerst wichtig, und im Garten sind Lichtflecke, nur unter den Bäumen ist es dunkel.

»Mußt du jetzt arbeiten, Mommy?« fragte Kerry.

»Kerry!« schrie Beth. Ihre Tochter zuckte zusammen. »Kerry – ja, weißt du was? Ich habe vergessen, Fotos von den Blättern zu machen. Du kannst mit Blythe spielen, wenn du willst, okay? Geh nur.«

Beth ließ die Kamerarückwand aufschnappen, zog die Lasche des Films heraus und führte sie in die Transportspule ein. Sie ließ die Rückwand wieder zuschnappen und hörte das Surren des Automatiktransports. Ihre Hände waren glitschig von Schweiß. Reiß dich am Riemen, dachte sie, reiß dich am Riemen. Ich nehme ein Teleobjektiv und mache die Scharfeinstellung mit der Hand. So kann ich kontrollieren ... Kerry rief sie wie von sehr weit her, über Berge hinweg. Kerry stand oben an der Kellertreppe.

»Meine Haare sind immer noch durcheinander«, sagte sie genervt. »Und du sagst immer, du mußt zugucken, wenn ich im Berufsverkehr über die Straße gehe.«

Beth stürmte die Treppe hinauf, die Kamera an der Brust geborgen; das T-Shirt klebte ihr schweißnaß am Körper. »Leg einfach dein Band um, okay, Kerry?« Kerry kramte lustlos in ihrem Rucksack, der im Flur auf dem Boden lag, und fand ihr elastisches Band mit den glitzernden Marienkäfern. Sie wand ihre Haare zu einem schiefen Pferdeschwanz, während Beth ihr keuchend zusah, dermaßen darauf erpicht, sie verschwinden zu sehen, daß es, wie Beth später klar wurde, Kerry angst gemacht haben mußte.

Georgia zupfte auf der anderen Straßenseite verwelkte Blüten von ihren Geranien. Sie winkte Beth munter zu und deutete mit übertriebener Willkommensgeste auf die Tür ihres Hauses; das bedeutete, dachte Beth (reiß dich am Riemen, reiß dich am Riemen), daß Blythe zu Hause war; Kerry konnte spielen gehen. Reiß dich am Riemen, dachte Beth und zeigte ihrerseits mit großer Geste auf ihre Kamera. Georgia machte ein deutliches Okay-Zeichen. Sie tauschten ihre Töchter während der Woche ständig hin und her.

Beth' Finger waren jetzt so glitschig, daß sie fast von der Kamera abrutschten; langsam schloß sie die Tür hinter sich. Sie ließ ihren Blick über die Weihnachtsfamilienfotos gleiten, die sich in Kinnhöhe in einer Reihe an den Wänden entlangzogen. Sie lehnte sich gegen die Tür. Und dann lief sie in den ersten Stock, durchwühlte Pats Schubladen, wo er seit seiner Operation seine Zigarettenstangen unter Baseballprogrammheften, der Sammlung von Kerrys Buntstiftzeichnungen und der großen Papiermütze, die er bei Kerrys Kaiserschnittgeburt getragen hatte, in einer flachen Schachtel verwahrte, vor Beth versteckt. Beth riß ein Päckchen Merits auf – nicht nur die Folie, sondern ein Stück von der Schachtel, so daß die Zigaretten herausfielen und auf den Teppich kullerten. Sie riß den Kleiderschrank auf und versenkte ihre Hand tief in Pats Jackentasche. Er hatte Streichhölzer. Er hatte immer Streichhölzer, es widerstrebte ihm aber ebensosehr, Beth zu belügen, wie zuzugeben, daß er außerhalb des Hauses immer noch rauchte.

Beth zündete die Zigarette an, inhalierte tief, mußte würgen, weil sie es nicht gewohnt war. Und dann ging sie durch Kerrys Zimmer auf die kleine Veranda, von der man den Garten überblickte. Sie setzte sich an die Wand, stupste die verflixten Barbiepuppen beiseite, die Kerry wie üblich in trauriger Nacktheit hatte liegenlassen.

Sie rauchte.

Der Schweiß auf ihrem T-Shirt trocknete. Die Sonne brannte ihr ins Gesicht, aber ihr Körper war eiskalt und zittrig. Adrenalin ließ ihre Finger kribbeln und jucken. Sie legte die Kamera vorsichtig hin, aus Angst, sie fallen zu lassen.

Sie hörte den Jungen das hintere Gartentor öffnen. Das war in Ordnung. Sie konnte ihm sagen, wo der Rasenmäher ... aber nein, sie sah, daß er ihn ums Haus schob, er hatte ihn schon gefunden. Er winkte ihr zu, sah mit runden grauen Augen zu ihr hinauf, Augen, die noch immer fast wimpernlos wirkten. Die Kamera in ihren Armen verborgen haltend wie ein Geheimnis, stand Beth auf und rief dem Jungen zu: »Ich mache ein paar Aufnahmen von den Blättern. Das ist mein Job. Ich bin Fotografin.«

Er nickte und bückte sich, startete das sonst so bockige Gerät gekonnt mit dem ersten Zug. Und dann straffte er die Schultern und begann zu mähen, ganz exakt, er fing hinten an und zog gerade Linien über die Länge des Gartens.

Beth stützte sich mit den Ellenbogen aufs Geländer und stellte das Zoomobjektiv ein. Keine Zeit für ein Stativ. Sie nahm sein Gesicht im Profil auf, als er aus dem Schatten einer Weide trat und sich am Schaukelgestell vorbeiarbeitete. Während er die Terrasse umrundete, nahm sie ihn direkt von vorn auf, als er den Kopf hob, um sich mit dem Ärmel seines Flanellhemds den Schweiß vom Gesicht zu wischen. Beth ließ den Film automatisch vorlaufen und machte je nach Belichtungszeit alle paar Sekunden ein Bild. Als der Junge noch längst nicht mit dem Garten fertig war, hatte sie den ganzen 36er Film verschossen. Sie lief hinunter und suchte ihren Dunkelsack. Sie konnte ihn nicht finden. Reiß dich am Riemen, dachte Beth, reiß dich am Riemen. Du kannst es. Du hast schon ein dutzendmal im Dunkeln einen Film allein durch Ertasten eingefädelt. Sie knipste die Lichter aus, schloß die Tür, griff nach ihrer Spule, entwickelte den Film und trocknete ihn anschließend.

Und dann kniete sie sich im roten Licht auf den Boden, den Kopf an das handgefertigte Spülbecken gedrückt, das Vincent schwarz gestrichen hatte, und sagte: »*Domine Deus, Agnus Dei, Filius Patris; qui tollis peccata mundi, miserere nobis ... miserere nobis.*«

Sie hörte Vincent oben die Tür öffnen, hörte sie zurückschwingen und gegen die Wand krachen.

»Vincent«, flüsterte sie und stellte sich vor, wie sie ihn anwies, ihre Handtasche zu holen und dem Jungen zehn Dollar zu geben. Aber ihre Stimme war leiser als ein Flüstern. Sie rappelte sich hoch und kroch auf allen vieren die Treppe hinauf. Im Garten war es still. Beth geriet in Panik, riß die Haustür auf.

Er war fort – aber da, ein Zettel. Der Junge hatte einen Zettel hinterlassen, daß kein Benzin mehr im Rasenmäher sei. Er werde morgen wiederkommen. Sie lief zur Garage. Er hatte den Rasenmäher ordentlich an seinem Platz zwischen den Fahrrädern verstaut.

Beth ging erschöpft nach oben. Noch fünfzehn Minuten, und sie konnte Abzüge machen. »Vincent«, sagte sie vor seiner Tür. Sie konnte das Vibrieren der Musik von seiner Stereoanlage in den Füßen fühlen. »Vincent.« Sie bewegte den Türknauf. Die Tür war abgeschlossen. Sie klopfte. Keine Antwort. Die Musik jaulte und hämmerte.

Beth stemmte sich an die Wand gegenüber, hob einen Fuß und trat mit aller Macht gegen die Tür. Die Musik verstummte. Vincent öffnete. Beth sah seine tränenden Augen, ohne es richtig zu registrieren. Er weinte.

»Ich möchte, daß du runtergehst und eine Pizza bestellst«, sagte sie. »Dann holst du Kerry bei Blythe ab und legst ihr ein Video ein. Nimm das Geld für die Pizza aus meinem Portemonnaie.« Vincent nickte stumm. »Ich muß in der Dunkelkammer arbeiten, jetzt sofort, und alles gleich fertig machen. Also gibst du Kerry was von der Pizza, okay? Tust du das?«

Er nickte wieder, wischte sich vergeblich mit den Handrücken die Augen. Dann schlurfte er die Treppe hinunter.

»Vincent«, sagte Beth in scharfem Ton. »Hast du den Jungen gesehen, der den Rasen gemäht hat?«

»*Welchen* Jungen?« Er machte ein finsteres Gesicht.

Beth sah auf die Uhr und polterte die Treppe hinunter in die Dunkelkammer. Reiß dich am Riemen, dachte sie. Es sind bloß Bilder. Du machst zweimal die Woche Bilder. Sie tat die einzelnen Schritte mechanisch, beschloß, jede Aufnahme einzeln abzuziehen, 18 x 24, obwohl das ewig dauern würde. Kontaktstreifen wären zu klein, zu wenig drauf zu sehen. Vergrößerungsgerät. Unterbrecherbad. Fixierbad. Nicht so hastig.

Sie beugte sich über das Bad. Ein Schweißtropfen fiel von ihrem Kinn, platschte auf die spiegelglatte Fläche und blühte zur Gestalt eines Atoms auf, verbreiterte sich, zitterte und verschwand.

Und dann wurden die Konturen eines Gesichts immer deutlicher, das aus dem Dunkeln zu ihr aufsah.

20. Kapitel

Beth ließ die Abzüge mit Klips an der Leine aufgereiht hängen.

Von der offenen Tür ihrer Dunkelkammer her, aus einem Abstand von höchstens 1,20 m, sahen viele von ihnen wie Reproduktionen aus oder wie Bilder einer Serie, für die der Kameraverschluß vor immer demselben Objekt in derselben Haltung auf und zu gegangen war, auf und zu. Doch wenn man näher kam, konnte man sehen, daß jeder Blickwinkel eine Spur anders war, jedes Bild eine leichte Abwandlung von dem hübschen Gesicht des Jungen mit dem scharfen Kinn und den hellen Flecken unter den Augen, die an eine Waschbärenmaske denken ließen. Auf einigen anderen war sein ganzer Körper festgehalten. Seine langen Beine – an ihrer Länge lag es vor allem, daß er so groß war – waren mit einer kräftigen, nicht antrainierten Muskulatur ausgestattet, die er sein Leben lang behalten würde.

Die er tatsächlich sein Leben lang gehabt hatte.

Als sie nach oben kam, war Vincent wieder in seinem Zimmer, und Kerry, die Augen gerötet, war gerade am Ende der zweiten vollen Stunde angelangt, in der sie gierig Komödien konsumiert hatte.

Beth schaltete den Apparat ab, und Kerry machte sich an ihre Zubettgehprozedur.

Aber Beth hielt Kerry fest und zog sie sanft mit sich auf das tief eingesunkene Ende des abgenutzten Sofas mit den vielen Kissen. Sie hielt Kerry wortlos, berührte die fedrige runde Wange des Kindes mit ihrer eigenen und wiegte sie schließlich mit einer Bewegung, die so winzig, so leicht war, daß man sie bei flüchtigem Hinsehen für Starre hätte halten können. Kerry wehrte sich nicht, aber Beth spürte, daß sie sich vorsichtig in die Umarmung ihrer Mutter fügte – Beth' Umarmungen waren gewöhnlich nicht so überschwenglich.

Aber egal, was sich an diesem Tag sonst noch ereignen würde – was Beth bereits gesehen hatte, gab ihr zum erstenmal seit neun Jahren genügend Courage, sich auf den schmiegsamen Körper ihres jüngsten Kindes einzulassen. Kerrys Finger waren mit Markierstiftflecken gesprenkelt; sie roch nach Obst und Spülmittel und darunter nach etwas Wärmerem – Unschuld. Beth blickte über Kerrys wirre Haare hinauf zum Grat der Lawine, dem Berg aus Erinnertem und halb Erinnertem, aus Nacherlebtem, Reue, Bitterkeit und Unerhörtem, jederzeit bereit, niederzukrachen und sie zu lähmen.

Nichts rührte sich. Nicht ein Grollen. Nicht ein einziger kalter Stein löste sich.

Beth brachte Kerry nach oben in ihr Zimmer und hörte zu, als Kerry aus *Little House on the Prairie* vorlas. Sie war keine begabte Vorleserin, aber ehrgeizig; sie verströmte Entschlossenheit wie einen Geruch. »Ich werde jeden Tag besser, und ich bin jetzt neun. Achtzehn Kinder in meiner Klasse sind noch acht«, sagte Kerry seufzend, und Beth fragte sich, wie Kerry aus den Bruchstücken an Zuwendung, die ihr zuteil geworden waren, dieses kindliche Vertrauen hatte gewinnen können.

»Nacht, schlaf schön«, sagte Beth zu Kerry und knipste die Deckenlampe aus.

»Dir ist nicht mehr schlecht, nein, Mommy?« fragte Kerry.

»Nein, ich bin super drauf, super«, sagte Beth.

Sie klopfte im Vorbeigehen an Vincents Tür. »Nacht«, rief sie. »Danke, daß du auf Kerry aufgepaßt hast.« Es kam keine Antwort, nur ein unbestimmtes Grummeln mischte sich unter die Musik; klassische war es jetzt – Mozart, gespielt von Perlman. Beth versuchte nicht zu öffnen. Sie wußte, daß die Tür abgeschlossen war.

Sie sah auf die Uhr. Es war nach neun. Pat würde in einer Stunde zu Hause sein.

Gewöhnlich widmete Beth diese letzte Stunde des Tages, die letzte Pause, bevor sie Zuflucht zu einem Glas kaltem Wasser mit drei Trazodon nehmen konnte, der Lektüre englischer Romane. Die Engländer schienen nicht viele Kinder zu haben oder, falls sie welche hatten, sich nicht viel um sie zu kümmern. Was ein englisches Herz höher schlagen ließ, war ein braver Wasserspaniel, ein Gentleman mit einem Stock, der aus Indien zurückkehrte zu seiner rotwangigen Frau namens Bea, die gärtnerte. Die besten Bücher waren für Beth diejenigen, in denen ein Tag sich vom vorigen nur durch die Variationen der Sandwiches zum Tee unterschied, in denen die Vikare die Kranken besuchten, in denen die Leute eine Fahrt unternahmen, um sich alte Abzeichen oder abgenutzte Thackeray-Bände anzusehen.

Aber heute abend konnte sie sich nicht in ein Dorf nahe der Montford Road oder in ein Geschäft in Hastings Crossing versetzen.

Sie saß im Wohnzimmer, einen widerlichen Zigarettengeschmack im Mund (sie hatte drei geraucht). Pat verspätete sich. Er kam summend zur Tür herein, in der Hand eine doppelseitige Papptafel, auf der die Winterspezialitäten von »Hochzeit im alten Viertel« angekündigt waren. Es war an der Zeit, eine Tafel mit Sommerspezialitäten aufzustellen, und Kerry nahm die ausgedienten Tafeln gern zum Malen.

Beth hörte, wie er sein Schlüsselbund hinlegte und Wasser für seinen Abendtee aufsetzte. Sie spürte, wie er sich im dunklen Erdgeschoß umsah, ob er es wagen könne, ein Fenster zu öffnen und vor dem Zubettgehen noch eine zu rauchen.

Da sagte sie: »Pat.«

Er fuhr zusammen. »Bethie! Wieso bist du noch auf?«

Beth ging in die grellgelb erhellte Küche und legte ihre Arme um Pat. Er rieb ihr dankbar den Rücken. »Was ist? Ist Kerry krank?«

»Nein«, sagte sie, und sie wollte diesen letzten stabilen Augenblick hinauszögern, den letzten Augenblick der Schneebrücke, die sie gebaut und festgestampft hatte, so daß sie sich fast wie Beton anfühlte; man konnte darauf gehen. Beth' und Pats fragile Mutmaßungen schmerzten, aber sie waren wenigstens daran gewöhnt. Was würde jetzt geschehen? Was würde nachgeben?

Beth sagte: »Ich muß dir etwas zeigen.«

Pat zog sein Sportsakko aus und folgte ihr die Treppe hinunter. Beth fiel die defekte Lampe ein. »Paddy«, sagte sie, »hol mir eine Glühbirne, ja?« Er drehte sich um und ging hinaus. Beth konnte die Bilder in dem schwachen Licht sehen, das vom Flur herunterschien – seine Haare dunkler jetzt, fast kastanienbraun in der Sonne. Er würde sie vermutlich braun nennen.

Dieser Junge.

Sam.

Pat kam mit der Glühbirne zurück, schraubte die alte heraus und warf sie in Beth' großen Abfallbehälter aus Gummi. Er ersetzte sie im Dunkeln. Das Licht flackerte, brannte dann gleichmäßig. Pat sah die Bilder an. Er trat vor und riß eins herunter, dann ein zweites.

Er sagte: »Beth.«

Sie sagte: »Er ist es, nicht?«

Sie setzten sich nebeneinander auf die Bank, die eine Wand in Beth' Dunkelkammer einnahm. Pat zog noch eine Handvoll Fotos herunter. Sie gingen in ihr Büro. Beth setzte sich an den Schreibtisch, Pat auf den tiefen Polstersessel.

»Ist das möglich?« sagte er mit einer dermaßen erstickten Stimme, daß Beth sich fragte, ob er ein Beruhigungs- oder ein Aufputschmittel brauchte. Sie konnte beinahe das Flattern seines strapazierten Herzens spüren.

»Er ist an die Tür gekommen«, sagte Beth leise zu Pat. »Um Rasen zu mähen. Ich hab ihn den Rasen mähen lassen. Er kommt morgen wieder. Weil das Benzin für unseren Rasenmäher ausgegangen ist.«

Pats Augen füllten sich mit Tränen; sie liefen ihm übers Kinn und tropften auf sein Hemd, doch ansonsten machte er nicht den Eindruck eines Weinenden; sein Atem ging rhythmisch, gleichmäßig.

»Wo wohnt der Junge?«

»Zwei Straßen weiter«, sagte sie.

»Zwei Straßen?« rief Pat. »Zwei Straßen? Sind sie gerade erst hierhergezogen?«

»Pat, ich weiß nicht, wie lange sie schon hier wohnen. Aber Kerry kannte ihn, und sie geht seit Jahren in Sandburg zur Schule.«

»Hat sie ...?«

»Nein, Pat, um Himmels willen. Ich hätte es nie gemerkt, wenn nicht ... hm, vielleicht doch. Aber er sah genauso aus wie die Alterungsprojektion, die Morris erstellt hat. Und ich habe Farbaufnahmen gemacht, damit wir sehen ... Seine Haare sind so dunkel ... Es ist möglich, Pat, daß es bloß ein Kind ist, das so aussieht.«

»Ja«, flüsterte er.

»Und ich wollte es dir zeigen, dich fragen, bevor wir Candy oder Bender oder irgendwen anrufen.«

»Laß uns jetzt anrufen«, sagte Pat. »Laß uns nach oben gehen und telefonieren, und dann gehen wir zu dem Haus.«

»Nein«, sagte Beth. »Es ist spätabends, Pat. Er schläft. Und wir wissen nicht mal seinen Nachnamen.«

»Seinen Nachnamen? Herrgott, Beth, seinen Nachnamen?« Er riß seine Krawatte herunter, fummelte in seiner Hemdtasche, wo er früher seine Zigaretten verwahrt hatte, vor der Operation, bevor er anfing, sie vor Beth zu verstekken. »Aber wenn sie ... ihm gerade jetzt etwas antun?«

»Er hat nicht wie ein mißbrauchtes Kind ausgesehen oder gesprochen, Pat. Und wenn er mißbraucht wird, Pat, es sind schon neun Jahre ...«

»O Bethie – o Bethie – zwei Straßen. Als er dich sah, hat er ...?«

»Nichts, Pat. Nichts. Er hatte keine Ahnung. Pat, er war drei.«

»Und er würde sein Zuhause nicht erkennen.«

»Nein.«

»Vielleicht würde er mich erkennen.«

Beth fühlte plötzlich eine mächtige Wut aufwallen; sie hätte Pat am liebsten heftig ins Gesicht geschlagen. Doch sie atmete ein und aus, langsam, ließ sich Zeit.

Pat sagte: »Ich brauche eine Zigarette, Bethie. Entschuldige.« Er schnappte sich einen Packen Fotos.

Sie setzten sich auf die Veranda, ohne Licht. Der Schweiß von Pats Händen hatte die Abzüge schon verschmiert.

»Zwei Straßen«, sagte Pat. »Zwei Straßen. Ich habe ihn nie gesehen.«

»Du bist ja nie da. Und ich geh nirgends zu Fuß hin. Bloß zur Schule. Zur Apotheke. Es gibt vermutlich fünfzig Kinder in unserer Nachbarschaft, die ich in den vier Jahren, seit wir hier wohnen, noch nie gesehen habe.«

Beth lehnte sich an ihren Mann. Sei mir jetzt ein Fels, Patrick, dachte sie. Ich will das Morgen gar nicht sehen, denn selbst wenn es Ben ist, müssen wir vielleicht Dinge erfahren, die uns begraben könnten. Im Rückblick schienen ihr die neun Jahre stillen Ausweichens beinahe ... friedlich. Nicht wie diese klamme gegenwärtige Furcht.

Aber sie fühlte Pats Fragilität durch sein nasses Hemd, fühlte das schwache Kratzen seiner beschädigten Lungen, als er rauchte.

Okay, Candy, dachte sie. Sei du mein Fels, Candy.

»Ich denke, wir sollten Candy jetzt anrufen. Oder Bender. Oder Jimmy.«

»Nicht heute abend, Pat.«

»Beth«, sagte er verzweifelt, drängend. »Und wenn er morgen nicht dort ist? Wenn, wer immer ... Und warum sollten sie noch da sein? Wenn sie ihn nun nehmen und sich aus dem Staub machen?«

»Sie leben hier.«

»*Sie* leben hier?«

»Er geht nirgends hin, Pat. Wie er Kerry sagte, ist er in der sechsten Klasse.«

Und dann überkam sie die Lust, ihn zu berühren, seinem Körper zu danken, daß er den Samen in sie gepflanzt hatte, aus dem Ben wurde, daß er noch nicht gestorben war, und Beth nahm Pat die Abzüge aus der Hand und küßte ihn, schob ihre Zunge tief in seinen Mund. Er reagierte schwach, umfaßte sacht eine ihrer Brüste, ertastete die Warze mit seinen Händen, die kaum kräftig genug schienen, sie zu greifen. Beth zog sich ihr Hemd über den Kopf und warf es auf die Veranda. Sie schnallte Pats Gürtel auf und legte sich hin, wand sich aus ihrer zerfetzten Jeans, zog ihn auf sich, in sich hinein. Sie wiegte sich, um ihn anzukurbeln. »Bitte, Pat«, flüsterte sie. »Es schadet nichts.« Und schließlich übernahm er die Führung, packte sie an den Armen und stieß sie hart auf der harten Stufe, tat ihr weh, und sie fühlte sich wund und offen und neu. Nach einer Minute sagte er: »Sollten wir nicht ...?«

»Ich werde nicht schwanger, Pat«, sagte sie. »Vergiß es. Mach nur weiter, mach weiter, mach weiter ...«

Pat barg sein tränennasses Gesicht an ihrer Brust und kam mit einem Schauder, der wie ein Stöhnen aus seiner Kehle aufstieg.

In diesem Moment hörten sie eine Stimme, einen Nachbarn, der seine Katze hereinrief. Sie blieben still im Dunkeln liegen, kalt wie eine Skulptur, und Beth fühlte, wie Pat in ihr abflaute und schrumpfte und ihre eigenen Muskeln sich zusammenzogen, zusammenzogen und entspannten.

»Ich rufe Dad an«, sagte Pat, als sie die Tür ihres Nachbarn zuschlagen hörten.

»Sag's ihm nicht. Nicht, bevor wir's wissen.«

»Mach ich nicht. Bloß daß ich ... daß ich morgen nicht arbeiten werde.«

»Gut.«

Pat stand auf und ordnete seine Kleider, strich mit den Daumen seinen Hemdkragen glatt, als wolle er zur Bank oder zur Arbeit gehen. Er schloß sorgsam die Schnalle seines Gürtels und steckte das Kleingeld, das auf die Veranda gerollt war, wieder in seine Taschen. Zuletzt hob er die Abzüge auf und drückte sie an seine Brust. »Ich gehe rein«, sagte er.

Beth antwortete nicht. Sie zog ihre Jeans an, hob ihr Hemd auf und legte sich hin, die Hüften auf der Matte, die Arme als Kopfkissen auf dem gekiesten Zement, und strengte sich an, die Straßenlaterne hinter der Laterne an ihrer Ecke zu sehen – zwei Straßen weiter. Sie bildete sich ein, die richtige zu betrachten. Nenn es Ecke Menard und Downer, dachte sie. Und sie begann ihre Wache. Ich muß mir Kaffee machen, dachte sie, damit ich bestimmt bis morgen früh wachen kann. Und dann sagte sie sich, nein, ich brauche keinen Kaffee. Die Kälte hält mich wach.

Sie zog die Beine an und legte die Arme um die Knie, suchte in ihrem Gedächtnis wie in einem Rezeptbuch nach einem schönen sachlichen Gedanken. Malfarben, Tulpenzwiebeln, Hühnchen Terrazzini mit niedrigem Cholesteringehalt, Inhaltsverzeichnisse ... ja. Sie könnte im Geiste ein Verzeichnis von Schwester Kathleen Noonans Ölbildern anlegen.

Seite eins, dachte sie. Die Glocke im Franziskanerhaus in Saint Francis.

Seite zwei, die Türen des Baptisteriums in Florenz.

Seite drei, drei Engel über dem Türrahmen der Teestube im East Village in New York City.

Beth starrte auf die strahlende Lichtkugel zwei Straßen weiter.

21. Kapitel

Beth konnte sich später an keine Schlafpause erinnern, und wäre sie noch so kurz gewesen. Sie hatte sich wach gehalten, und während sie die Lampe betrachtete, prickelte die kalte Herbstluft auf ihren Unterarmen, und ihre Augen brannten. Und dann wachte sie auf, sah nach der Lampe, und sie war erloschen.

Es war Morgen. Sie suchte die Straße rasch nach Autos ab, die rückwärts aus Einfahrten gesetzt wurden, damit ihre Insassen um acht bei der Arbeit sein konnten. Sie sah kein einziges. Es war früher Morgen, vor sieben.

Beth stand auf. Sie spürte die kalte Nässe im Schritt ihrer Jeans. Sie sah zu ihrem Schlafzimmerfenster hoch, das auf die Straße hinausging. War Pat wach?

Reiß dich am Riemen, dachte Beth. Ich werde Kerry wecken; ich werde Vincent wecken. Ich werde Kaffee abmessen und in den Filter tun. Dann rufe ich Candy an. Solange es noch still ist, rufe ich sie an. Sie stieß die Fliegentür auf; sie sah den Augenblick, in dem sie Candy anrufen konnte, wie einen Drachenschwanz vor sich flattern.

Pat saß am Tisch und las Kerry die Rückseite der Cheerio-Schachtel vor. Vincent aß Toast, er stand mit dem Rücken zu Beth. Die Falten in Pats Gesicht sahen wie in Wachs geritzt aus; er war geisterbleich, seine Tränensäcke waren größer als Angelos.

»Kerry frühstückt«, sagte er zu Beth.

»Schön, schön«, erwiderte Beth, während sie im Badezimmerspiegel einen Blick auf ihre fleckige, zerknitterte Erscheinung warf.

»Was hast du auf der Veranda gemacht, Mommy?« fragte Kerry.

»Den Sonnenaufgang angeguckt«, sagte Beth, und dann fragte sie ihren Sohn: »Vincent, hast du jemanden, der dich fährt?«

»Jordies Dad«, antwortete er ruhig.

»Okay, gut, prima.« Beth ging in die Küche und begann, Kaffee abzumessen und in den Filter zu geben. Aber Pat hatte schon Kaffee gemacht. Unmengen Kaffee. Sie schüttete den frisch gemahlenen Kaffee in den Ausguß. Sie hörte Pat zu Kerry sagen, *mangia, mangia,* Zeit für die Schule.

»Ich fahr mit dem Fahrrad«, sagte Kerry zu ihm. »Ich bin schon neun. Ich bin älter als achtzehn Kinder in der dritten Klasse.«

»Du kannst nicht mit dem Fahrrad fahren«, sagte Pat ruhig zu Kerry. »Kinder, die in Gehweite wohnen, können nicht mit dem Fahrrad fahren. Außerdem hast du kein Fahrradschloß.«

»Kaufst du mir ein Fahrradschloß, für alle Fälle, Daddy?«

»Ja.«

»Heute.«

»Ja, sicher«, sagte Pat. »Ich kauf es gleich, wenn du zur Schule gegangen bist, dann kannst du es dranmachen, wenn du nach Hause kommst.«

Beth hörte verblüfft zu. Wenn Kerry aus der Schule käme, wer von den Leuten an diesem Tisch – was immer geschähe, in welchem Ausmaß auch immer – würde an Fahrradschlösser, Ketten und Zahlenkombinationen denken können? Pat. Pat könnte es. Pat würde es tun, im voraus, als Buße, als Bitte. Und so wunderte es sie nicht, daß er Kerry aus der Tür folgte, dem Kind einen Kuß gab und sie *cicoria* nannte, die italienische Bezeichnung für eine Wildblume. Beth hörte ihn den Wagen anlassen, hörte ihn losfahren ...

Reiß dich am Riemen, dachte sie. Reiß dich am Riemen. Was jetzt? Sie goß sich Kaffee ein, hob die Tasse unbedacht an die Lippen und verbrannte sich die weiche Haut so sehr, daß sich eine Blase bildete. Vincent ging hinaus. Sie holte ihn an der Tür ein, und plötzlich legte sie bange den Kopf an seine Schulter, die genau auf der Höhe ihrer eigenen war. Er blieb stehen, warf seinen Rucksack achselzuckend über die andere Schulter und sah angestrengt auf die Straße.

»Tschüs, Mom«, sagte er, ohne sie anzusehen. Sie sah sein Kinn zucken und zittern, als würden die Muskeln durch Stöße stimuliert.

»Vincent«, sagte Beth. »Warte.« Sie hatte das dringende Bedürfnis, es ihm zu erzählen. Sie mußte es ihm erzählen. Aber was konnte sie sagen? Es ist möglich, daß der Junge zwei Straßen weiter dein Bruder ist, daß Ben nicht mehr tot ist? Daß wir immer noch nicht mehr darüber wissen, wie wir ihn verloren haben, als an jenem Tag, als du im Tremont auf dem Gepäckkarren lagst und mit Bens Decke auf dem Bauch eingeschlafen bist?

Sie sagte statt dessen: »Vincent, ich hab dich lieb. Du sollst wissen, daß ich dich liebe.«

Er sagte: »Schön. Danke.« Keine Spur Erstaunen. Er sah sie immer noch nicht an.

Beth sagte: »Mach's gut.«

»Du auch«, sagte er.

Beth hörte das Knirschen auf dem Kies, als Jordies Dad seinen riesigen kirschfarbenen Chevrolet-Transporter auf den Vorplatz ihrer Zufahrt lenkte. Als sich die Tür hinter

Vincent schloß, sah Beth etwas auf dem Stuhl liegen, neben dem er gestanden hatte, als er seinen Toast aß. Die übriggebliebene Hälfte lag noch neben Kerrys leerer Schüssel auf der Tischkante. Auf dem Stuhl lag ein Zettel, nein, ein Blatt Papier. Sie nahm es in die Hand.

Es war eine von den Aufnahmen, auf denen der rasenmähende Junge von vorn zu sehen war. Es war keine von denen, die Beth Pat gegeben hatte. Diese Aufnahme hatte gestern abend an der Leine gehangen. Es war eine der besten. Beth hatte sie Candy geben wollen.

Beth rannte zur Tür und riß sie auf. Der Transporter bog gerade mit blinkenden Lichtern um die Ecke. Trotzdem rief sie: »Vincent, warte!« Die Bremslichter leuchteten einen Moment auf, doch dann fuhr der Transporter weiter. »Nein!« schrie Beth. Dummkopf. Sie hätte ihn zu Hause behalten sollen. Er war kein siebenjähriges Kind mehr. Ihn heute zur Schule zu schicken war ein tödliches Vergehen.

Aber es war nach acht. Sie griff zum Telefon und betrachtete es. Sie rief Candy zu Hause an.

»Liebste!« rief Candy erfreut. »Ich bin unheimlich spät dran. Kannst du dieser Tage mit mir zu Mittag essen?«

»Candy«, sagte Beth. »Ich muß dir was erzählen.«

»Stimmt was nicht, Beth?« fragte Candy, augenblicklich angespannt. »Ist Pat krank?«

»Candy, hör zu.« Sie hielt inne, um Atem zu holen. »Ich glaube, ich habe Ben gefunden.«

Weil Beth es so oft bei ihr beobachtet hatte, konnte sie das Schweigen am anderen Ende der Leitung jetzt betrachten wie einen Film; sie sah Candy, die ihre überdimensionale Handtasche vom Arm gleiten ließ wie eine träge Katze, sah sie ihren gepflegten Finger an die Stelle zwischen den Augen legen und pressen, pressen, fest pressen.

»Beth, soll das heißen, du hast einen Brief oder einen Anruf bekommen?«

»Ich habe ihn gesehen. Er war an meiner Tür.«

»Er war ... er war an deiner Tür? Hier? Er hat dich hier gefunden? Ben müßte ... was ... er müßte zwölf sein, Beth. Du sagst, er ist nach Hause gekommen?«

»Nein. Er hat mich nicht erkannt. Er lebt hier. Sie ... wer immer ihn mitgenommen hat, müssen in unserer Nachbarschaft wohnen.«

»Das ist unmöglich.«

»Aber er ist hier. Bloß weiß ich nicht, ob er es ist. Nicht sicher.«

»Du weißt es.«

»Ich weiß es nicht. Er sieht aus wie die Alterungsprojektion. Seine Augen hatten immer so einen eigenartigen grauen Schimmer, ohne jedes Blau, und so sind sie noch. Die Form seiner Lippen und Augen – ja, ich würde mit neunzigprozentiger Sicherheit sagen, daß es mein Sohn ist. Er hat zwei Wirbel.«

»Das Muttermal?«

»Ich hab ihm nicht die Hose runtergezogen, Candy.« Während sie dies sagte, verkrampfte sich ihr Herz. Wer hatte es getan ... wer? Welches Szenarium war es? Kommen Sie, Mrs. Cappadora, wählen Sie, Türe Nr. eins, zwei oder drei? Der Geiferer, der Schmachtende, der Belästiger?

War es *Ben*?

Neun Jahre hatten sich teleskopartig zu einem Tag und einer Nacht und einem Tag zusammengeschoben. War es vorbei?

»Ich komme sofort«, sagte Candy.

Es gehörte zu Beth' Fähigkeiten, genau zu wissen, wie lange Candy je nach Tageszeit brauchen würde, um von ihrer Wohnung zu Beth' Haus zu fahren. Sie sah auf die Uhr. Sie hatte fünfundzwanzig Minuten.

Sie rannte nach oben, zog ihre klebrige Jeans und ihr Hemd aus, das noch nach Entwicklerchemikalien roch.

Sie duschte und zog sorgsam Arbeitssachen mittlerer Güte an – wollene Hose, das Hemd steckte sie in den Bund. Sie trocknete ihre Haare, statt sie nur mit den Fingern durchzukämmen. Sie trug Wimperntusche auf. Sie setzte sich aufs Bett und versuchte mit aller Kraft, sich zu beruhigen. Klamme Füße, schlaffe Arme, Hände, die sich nur belebten, wenn sie eine Kamera hielten, der abgestumpfte Magen, der gelernt hatte, Nahrungsmittel so unbeteiligt aufzunehmen wie ein Supermarkt-Scanner, das tote Herz mit seinen verdichteten Rezeptoren, alles wogte und kribbelte.

Konnte er ihr Ben sein – ihr sommersprossiges Baby, ihr regenäugiger Liebling, so lange vom Tod umhüllt, stumm wie sein Taufkleid in der Zederntruhe –, wundersamerweise zum Leben erwacht?

Es war bestürzend. Unvorstellbar wundervoll. Es war erschreckend.

Und dann dachte Beth, o Gott, mein Gott, ich werde Bens Haar berühren können. Wenn sie das könnte, wäre es ihr egal, ob ihre Hand anschließend in Flammen aufginge.

Es klingelte an der Tür; doch bevor Beth öffnen konnte, kam Candy herein und nahm Beth grußlos in die Arme. Sie standen im gebrochenen Sonnenlicht im Flur, wo Pat sie fand, als er nach Hause kam, pflichtbewußt Kerrys Fahrradschloß mit Kette in der Hand.

»Hast du Angst?« fragte Candy.

»Todesangst«, sagte Beth.

»Angst?« fragte Pat. »Wovor? Gehen wir. Ich kann es nicht erwarten, Candy – wir müssen hingehen, sofort.«

»Wohin?« fragte Beth gereizt. »Wir wissen nicht, in welchem Haus er wohnt und ob das Haus wirklich zwei Straßen weiter ist. Und außerdem wird er jetzt in der Schule sein.«

»Heute ist Montag«, sagte Pat. Montags endete die Schule um halb zwei.

Alle drei sahen auf die Uhr. Es war kurz nach neun. Candy griff schweigend nach dem Foto, das Vincent dagelassen hatte, und betrachtete es, während Pat das Fahrradschloß samt Kette von einer Hand in die andere schob.

»Er hat gesagt, er kommt wieder«, sagte Beth. »Um den Rasen fertig zu mähen. Das Benzin ist ihm ausgegangen.«

»Ich hab kein Benzin besorgt!« Pat schrie beinahe.

»Er wird bestimmt nicht den Rasen mähen, Pat«, sagte Beth zu ihm und wäre fast in Lachen ausgebrochen.

»Natürlich werden wir nicht hier herumsitzen und warten, bis dem Jungen einfällt, aufzukreuzen und den Rasen zu mähen«, sagte Candy leise. »Ihr denkt einfach nicht klar. Ich wüßte auch nicht, wie euch das gelingen sollte. Oder mir. Aber ich will mich bemühen, und als erstes müssen wir – Beth, hast du gesagt, er geht in Kerrys Schule?«

»Sie sagt, er geht in die sechste Klasse. In Sandburg.«

»Und es sind zwei separate Gebäude, Grund- und Hauptschule.«

»Ja. Sie gehören zusammen. Mit einer gemeinsamen Turnhalle und so.«

»Okay, fangen wir dort an. Ich rufe ... ich denke, ich rufe Jimmy Daugherty an, obwohl er strenggenommen so was nicht mehr macht, aber ich weiß, er würde unbedingt dabeisein wollen, wenn ... wenn es wirklich wahr ist. Und wir gehen hin und stellen den Namen des Jungen fest und die Identität von denen, die sich als seine Eltern oder sein Vormund ausgeben.« Sie stand auf, schenkte sich selbst Kaffee ein, weil niemand daran gedacht hatte, ihr einen anzubieten, und fuhr fort, als würde sie einem Assistenten eine Liste diktieren: »Möglicherweise brauchen wir eine Vorladung. Falls die Schule von der Information nicht genügend beeindruckt ist und die Notwendigkeit einer Kooperation nicht einsieht. Kein Problem. Harry Brainard wird helfen ...«

Beth sah Pat an. »Bezirksrichter«, sagte sie.

»Aber wenn wir mit Schulfotos und Jahrbüchern anfangen, das dürfte kaum Schwierigkeiten machen. Wenn ich an deren Stelle wäre, ich würde gern dazu beitragen, einen der hartnäckigsten Vermißtenfälle der neueren Kriminalgeschichte aufzuklären.« Candy klopfte mit dem Fingernagel gegen ihre Zähne. »Aber zuerst muß ich die anderen Bilder sehen.«

Beth sagte: »Auf dem Tisch in der Diele.«

»Hat Reese sie gesehen?« fragte Candy, während sie in ihrer Handtasche nach Papier und Stift kramte.

»Ich glaube, ja«, sagte Beth. »Zumindest eins.« Pat sah sie entsetzt an.

»Du hast sie Vincent gezeigt?«

»Ich hab sie ihm nicht gezeigt. Er hat sie sich angeguckt.«

Candy fragte: »Kann ich sie jetzt sehen?«

Beth holte die Bilder, und sie legten sie alle bis auf das eine, das Candy noch in der Hand hielt, auf dem Küchentisch aus, von einem Ende zum anderen, in Reihen wie beim Memory-Spiel. Candy setzte ihre Brille auf und beugte sich über die Bilder. Als Beth beobachtete, wie sie sich konzentrierte, merkte sie, daß Candy weinte – leicht, leise, ohne Verstellung oder Theater, so wie Candy alles tat. »Verzeihung«, sagte sie zu Beth.

Beth sagte: »Ich kann noch mehr machen.«

»Dieses Gesicht ... dieses Gesicht.« Und Beth dachte an die Fotos von Ben, die Candy nebeneinander über ihrem Schreibtisch an ihr schwarzes Brett geheftet hatte, ohne Eselsohren, ohne Knitter, sorgfältig geglättet. Sie hatte sie alle: sein Baseballhandschuh-Bild, das erste Vermißtenplakat, das zweite, die Computer-Projektion von Bens Gesicht mit sechs, mit acht. »Dieses Gesicht. Wenn ich fort mußte ... Philadelphia, Santa Fe, Jersey. Das Kind in Palo Alto. Der kleine Grainger-Junge in Michigan. Und dann nachher, als wir alle annahmen, als sogar ich annahm, daß er tot war, habe ich die Reproduktionen überallhin mitgenommen – Konferenzen, Urlaub, wenn ich meine Mutter in Tampa besuchte. Ich habe sie noch.« Sie zog einen Umschlag aus ihrer Handtasche und schüttete den Inhalt auf den Tisch. »Und nach den ersten Jahren ist mir klargeworden, daß ich so wenig aufhören konnte, nach diesem Gesicht zu suchen, wie ich aufhören konnte, ein- und auszuatmen. Es war wie die Phantasievorstellung vom vollkommenen Liebhaber. ›Sei da, Ben‹, habe ich gesagt, ›in diesem Park. Auf dieser Kirmes. Laß mich dich auf der Straße sehen. Laß mich dich zu Beth nach Hause bringen.‹«

Candy rieb sich mit dem Handrücken die Augen. »Und dann, wenn ich wußte, es waren bloß noch ein Tag oder ein paar Stunden, bevor ich abreisen mußte, habe ich angerufen und gesagt, daß ich in der Stadt war. ›Da war ein Junge ... Sie erinnern sich, der Cappadora-Junge ...‹ Und ich erkundigte mich nach den nicht identifizierten Kindern. Nach Autopsiebildern und Gräbern. Nach Friedhöfen für Unbekannte und schönen Familiengräbern. Habe gewünscht und gehofft, es wäre Ben. Hatte Angst, es wäre Ben. Aber vor allem gehofft. Daß Ben gefunden würde. Der Fall erledigt. Selbst wenn ich euch hätte sagen müssen, daß er tot war, daß er seit Jahren tot war.«

Sie nahm Pats Hand. »Ich wollte dieses Gesicht sehen. Ich wollte Ben wiederhaben. Für euch. Und für mich.«

Dann schüttelte sie sich, stand auf, sah sich nach dem Telefon um. »Ich rufe meinen Stellvertreter und den Chef an und sag's ihnen, und dann bringen wir die Sache ins Rollen.«

»Was sollen *wir* tun?« fragte Pat.

Candy überlegte. »Paddy, bevor wir diesen Jungen nicht identifiziert haben – bevor wir nicht mit absoluter, hundertprozentiger Sicherheit ohne den leisesten Schatten eines Zweifels beweisen können, daß es Ben ist –, kannst du nichts unternehmen. Und im Moment ist der Junge rechtlich in der Verantwortung derer, die wir als seine Eltern kennenlernen werden ...«

»Seine Eltern?« rief Pat.

»Ich meine, bevor wir nicht sicher sind, daß es Ben ist, können wir nicht hingehen und uns einen Jungen schnappen, der seine roten Haare vielleicht von seinem Onkel Harold geerbt hat, und ihn zum Bratenessen mit ins ›Hochzeit im alten Viertel‹ nehmen.«

»Und wie sollen wir es absolut sicher feststellen?«

»Die ganze Routine. Blutuntersuchungen. Unveränderliche Kennzeichen. Die Fingerabdrücke natürlich, natürlich. Zahnarztkarteien ...«

»Er war drei, Candy. Es gab keine Kartei von ihm«, sagte Beth. »Wir sind das x-mal durchgegangen, als es passierte, das weißt du doch.«

»Ja, stimmt. Ich bin nicht ganz da. Würdet ihr mich wohl für ein paar Minuten entschuldigen?«

Entschuldigen? Beth war über die förmliche Frage erschüttert. Gehörte Candy nicht zur Familie? Wenigstens beinahe? Hatten sie nicht gemeinsame Nächte mit zuviel Bier erlebt, ein Picknick auf einem feuchten Feld, Candys und Chris' zweiten Hochzeitstag im »Hochzeit im alten Viertel«, ein Grillfest bei Rosie, Kerrys ersten Ritt bei Candy auf dem Pferd – dies alles hatte sich zu einem Punkt zusammengeschoben, wie die Zeitspanne von Bens Abwesenheit. Es war der Tag nach dem Abend des Tages.

Candy war Polizistin. Sie waren Staatsbürger.

»Ich gehe jetzt zu der Schule, mit « – Candy suchte den Tisch ab –, »mit diesem Bild. Und den anderen natürlich. Ihr bleibt hier am Telefon. Jimmy ruft an, sobald sie ihn gefunden haben. Er weiß, daß er zuerst hierherkommen soll. Und jetzt Ruhe bewahren. Ruhe bewahren.« Sie ging und schleifte ihre Tasche hinter sich her.

Beth ließ Pat in der Küche zurück, ging nach oben und legte sich auf ihr ordentlich gemachtes Bett. Nach ein paar Minuten kam Pat und legte sich neben sie. Sie sprachen nicht und berührten sich nicht. Das Telefon erschreckte sie beide, aber keiner ging ran. Als der Anrufbeantworter sich einschaltete, konnten sie Jimmy schimpfen hören: »Herrgott, Bethie! Wir werden noch verrückt hier. Bethie? Pat? Seid ihr da? Schön, ich weiß nicht, ob ihr da seid, aber ich bin unterwegs.« Er schien einen Moment mit jemand anders zu sprechen: »Ich weiß. Kannst du diesen Mist glauben?« Und dann: »Ich bin unterwegs. Bleibt, wo ihr seid, Beth, Pat, Vincent.«

Wie lange sie dort lagen, konnte Beth später nicht sagen. Vielleicht nur Minuten. Dann ging die Haustür, und sie hörte Candy das Telefon in der Küche abheben. Beth richtete sich auf und wälzte sich vom Bett; Pat war eingeschlafen. Sie setzte sich auf die unterste Treppenstufe, bis Candy sie sah.

»Sie wollen eine Scheißvorladung«, sagte Candy. »Ich muß auf Brainard warten.« Beth antwortete nicht.

Als Candy endlich fertig war, wandte sie sich Beth wieder zu und sagte barsch: »Ich hab keine Geduld hierfür. Ich schwitze wie ein Schwein. Sie haben mir die Jahrbücher gezeigt. Er ist seit dem Kindergarten dort. Sein Name ist Sam Karras. Wir konnten die Namen der Eltern nicht bekommen, aber Beth ...« Candy setzte sich neben sie auf die Stufe. »Er ist ein Einzelkind.«

22. Kapitel

Der langjährige Polizeichef von Parkside trug den Namen Bastokobitch. Candy hatte Pat und Beth oft erzählt, daß die Mannschaft im Laufe der Jahre aus den Veräppelungen dieses Namens ein komplettes Wörterbuch der Obszönitäten zusammengestellt hatte. Beth sah ihn jetzt zum erstenmal, als er sein nicht gekennzeichnetes Fahrzeug in der Zufahrt neben Candys Wagen lenkte.

Er sei unterwegs, hatte Candy, zur Vorsicht ratend, gewarnt. »Die Kollegen waren überzeugt«, sagte sie, während sie die Gardine zurückschlug und zusah, wie der dikke Mann langsam die Zufahrt entlangkam, »daß er, sollte er mal aufstehen wollen, feststellen müßte, daß sein Hintern am Stuhl festgeklebt war. Das war offensichtlich ein Trugschluß.« Sie öffnete die Tür.

»Chef.«

»Detective.« Und dann: »Candace.«

»Ich bin froh, daß Sie hier sind. Es wird Zeit einzuschreiten. Ich weiß, daß Sie mir zustimmen.«

»Bliss, der Junge ist in Schutzhaft, der geht nirgends hin«, sagte Bastokobitch leise und nahm den Kaffee, den Beth ihm anbot, mit einem traurigen Lächeln entgegen.

»Aber das Baufahrzeug steht in der Einfahrt, Ed«, wandte Candy ein. »Das bedeutet ja wohl, daß die Eltern – Verzeihung, Pat –, daß die Verdächtigen zu Hause sind. Sie kennen mich, Ed. Es ist nicht meine Art, erst zu verhaften und dann zu reden. Aber wer weiß, was der verdammte Direktor schon gemacht hat? Sie angerufen. Bestimmt hat er sie angerufen. Vielleicht holen sie gerade die Pässe raus.«

»Direkt vor der Einfahrt steht ein ungekennzeichnetes Fahrzeug, Candace.« Bastokobitch seufzte. »Sie müßten einen Tunnel graben, um rauszukommen. Wir haben die Leute überprüft. Sie leben seit sieben Jahren in dem Haus. Der Mann, seine Frau, das Kind. Die Frau hat ... sie hat Krebs oder so was. Ist ständig krank. Der Mann arbeitet in seinem Geschäft außer Haus, jeden Tag. Wir haben es hier mit einem großen, langwierigen Fall zu tun, Candace. Wir wollen nicht, daß jetzt was schiefgeht. Jeder Schritt, den wir tun, muß genau geprüft werden. Das wissen Sie. Darum sage ich, wir gehen da schön ruhig hin, ein Wagen mit Uniformierten vielleicht und einer mit uns, und wir sagen: ›Wir müssen Ihnen ein paar Fragen stellen, Sir, Madam.‹«

Da kam Bender zur Haustür herein, ohne zu klingeln. »Dies ist ein Privathaus, Bender«, sagte Candy respektlos. »Sie verstehen – klopf, klopf?«

Er achtete nicht auf sie und nickte Pat zu. »Ist es wahr?«

»Das wissen wir nicht«, sagte Candy. »Wie überaus entgegenkommend von Ihnen, sich hierher zu bemühen.«

»Sie sind sehr gehässig, Detective Bliss.«

»Allerdings, Agent Bender. Ich werde mit zunehmendem Alter immer gehässiger. Mit sechzig spucke ich Ihnen Tabak auf die Schuhe.«

Pat ging in die Garage, um noch Stühle zu holen, die aquamarinblauen Klappstühle, die sie im »Hochzeit im alten Viertel« aufstellten, wenn dort eine echte Hochzeit gefeiert wurde oder es Samstag abends überfüllt war.

»Wo haben Sie so blaue Klappstühle bekommen?« fragte Bender.

»Es könnte nicht schaden, einen Haftbefehl zu erwirken«, meinte Bastokobitch nachdenklich. »Kriegen Sie das hin?«

»Ich habe schon mit dem Büro des Staatsanwalts gesprochen. Ich habe mit Kelly Clark gesprochen. Er ist bereit.«

Bastokobitch sah Beth und Pat lange an. »Menschenskind, Leute ... ihr Ärmsten. Sind Sie hierauf vorbereitet?«

Beth sagte: »Darauf muß man nicht vorbereitet sein.« Sie hatte das Gefühl, wie eine Polizistin zu klingen; es war eine Schwäche von ihr, in Candys Redeweise zu verfallen, sobald sie mehr als fünfzehn Minuten in ihrem Schatten verbracht hatte.

»Wir werden es richtig anfangen.« Der Chef seufzte wieder. Beth hörte Candy ein Geräusch machen, hoffte, daß Bastokobitch es nicht mitgekriegt hatte. »Wir werden sie schnappen«, sagte er noch einmal, und diesmal streckte er die Hände aus, als wünschte er, Pat oder Beth würde die Flagge senken und die Spiele beginnen lassen. Dann flog die Haustür auf, und Vincent schlurfte herein.

»Das ist mein Sohn«, sagte Pat ruhig und sprang auf. »Das ist Vincent. Vincent, Candy kennst du ja. Dies ist Polizeichef Bastokobitch.«

Vincent sah seine Mutter an. »Ist Kerry bei den Pfadfinderinnen?«

Beth überlegte einen Moment, bemühte sich angestrengt um Klarheit. »Hm ... ich glaube.«

»Dann kommt sie erst nach fünf nach Hause.«

»Ja.«

Vincent ließ seinen Blick einmal durchs Zimmer kreisen, registrierte die Klappstühle, die Fotostapel, die noch zwischen den Kaffeetassen auf dem Tisch herumlagen, das Gemurmel und Gelächter aus der Küche, wo die Uniformierten zur Hintertür rein und raus latschten, um zwischen den Rosen zu rauchen.

»Das Foto«, sagte Vincent jetzt.

Beth ging mit ihrem Sohn in den Flur. »Du hast das Foto gesehen, und du weißt, daß ich glaube, es ist Ben«, sagte sie leise.

»Glaubst du. Ja. Es ist Ben«, sagte Vincent. »Du weißt, daß er's ist.«

»Hast du ihn erkannt?«

»Wann?«

»Als er zum Rasenmähen hier war. Du hast gesagt, du hättest ihn nicht gesehen.« Vincent blickte aus dem Fenster, die Straße entlang; er konnte leicht über Beth' Kopf hinwegsehen, obwohl er keine drei Zentimeter größer war als sie.

»Ist er der Junge in dem roten Haus?«

Beth' Hand schnellte hoch, bevor ihr klarwurde, in welcher Absicht, nämlich um Vincent ins Gesicht zu schlagen. Sie hatte ihn nie – für kein boshaftes Gerangel, für kein An-den-Haaren-Ziehen, nicht damals, als sie ihn auf den Rasen geworfen hatte, nachdem er lässig nicht einmal, sondern zweimal seinen Baseball durch zwei Fensterscheiben geworfen hatte, nicht für sämtliche Abscheulichkeiten, wesentliche und unwesentliche, nicht für Nachlässigkeiten und Beschimpfungen –, für all das hatte sie ihn nie ins Gesicht geschlagen. Sie tat es auch jetzt nicht, aber Vincent riß den Kopf zur Seite. Es war, als hätte sie's getan.

»Du hast ihn gesehen? Du hast Ben *gesehen*?«

»Ich hab nicht ... gewußt, daß es Ben ist.« Er warf seinen amboßschweren Rucksack mitten auf den Fußboden, wo er ungeöffnet die ganze Nacht liegenbleiben würde, wie jede Nacht. »Ich hab den Jungen bloß öfter in der Gegend rumziehen sehen, und ich dachte, er sieht aus wie Ben. Ich meine, ich *schätze*, ich dachte, er sähe aus wie Ben. Ich hab nicht viel drüber nachgedacht.« Darauf sah

Beth sein Gesicht wieder Fasson annehmen, als sei eine Gewitterfront über den Michigansee gezogen, und sie beobachtete die Rückverwandlung in das gelangweilte, herablassende Feixen, sein Reese-Gesicht.

»Warum hast du's mir nicht erzählt?«

Er drehte sich um, ging auf die Treppe zu. Beth fragte wieder: »Warum hast du's mir nicht erzählt? Oder deinem Vater, um Gottes willen?«

»Ich hab's Tom erzählt.«

»Du hast es Tom erzählt. Warum hat Tom uns nichts gesagt?«

»Ich glaub nicht, daß er's kapiert hat. Ich weiß nicht, ob *ich's* kapiert hab. Jetzt wird er's kapieren, schätze ich. Ich hab kein großes Tamtam deswegen gemacht.«

»Aber warum hast du nichts gesagt?«

»Ich weiß nicht.«

»Vincent, unser ganzes Leben war ...« Er warf ihr einen vernichtenden Blick zu, und Beth gab sich Mühe, sich zurückzuhalten. »Du hast gewußt, was auf dem Spiel stand! Warum hast du nichts gesagt? Warum hast du es mir nicht erzählt?«

»Was sagen? Es dir erzählen? Was erzählen, Mom?« Jetzt rückte er mit der Sprache heraus. »Daß ich meinen verlorenen Bruder auf der Straße gefunden habe? Hättest du mir geglaubt? Verdammt, hättest du mir überhaupt *zugehört*?«

»Ich hätte dir geglaubt. Ich hätte dir zugehört.«

Er grinste.

»Vincent.« Ihr Ton veranlaßte ihn stehenzubleiben, als er schon einen Fuß auf der Treppe hatte. »Wann hast du ihn zum erstenmal gesehen?«

»Wie lange wohnen wir schon hier?«

Nein, o Gott, dachte Beth, nein. Es pochte in ihren Fingerspitzen, eins, zwei, drei, vier Jahre.

»Es spielt jetzt keine Rolle mehr, Vincent«, sagte sie und dachte, natürlich spielt es eine Rolle, nichts anderes spielt eine Rolle, und warum, wieso war ihm daran gelegen gewesen, es geheimzuhalten? Oder bestand eine, wenn auch entfernte, Möglichkeit, daß ihr Sohn, dem sich Computer erschlossen und dem die Chemie ihre Rätsel enthüllte, wirklich geglaubt hatte, es sei nicht erwähnenswert? Das sah Vincent nicht ähnlich. Da war noch etwas anderes. Da mußte noch etwas sein.

Aber sie sagte, um gleichmäßigen Atem ringend: »Wir können gar nichts machen. Und ... ich hätte es dir heute morgen sagen sollen. Es war blöd, daß ich es nicht getan habe.« Sie hielt inne. »Es tut mir leid. Aber sie haben den Jungen aus der Schule geholt, ohne es genau zu wissen. Sie glauben, es ist Ben. Der Junge, den du ... auf dem Bild gesehen hast. Sie glauben, daß er dein Bruder ist. Daß er lebt.« Sie fügte unbeholfen hinzu: »Deswegen ist die Polizei hier.«

»Oh, danke«, sagte Vincent. »Ich dachte schon, es ist eine Feuerwehrübung oder so.« Er schüttelte den Kopf. »Herrje. Kann ich jetzt bitte nach oben aufs Klo? Mom?«

»Warte«, sagte Beth. Sie wußte nicht, wie sie es anfangen sollte; sie hatte es beinahe gewußt, als sie ihm heute morgen die Hand auf die Schulter gelegt hatte. »Vincent, ich ... es wird schon werden, Vincent.« Sie nahm seine Hand und staunte über die Wärme, die enorme Größe – wie lange hatte sie seine Hand nicht mehr richtig gehalten? Nicht um sie von Schokolade zu säubern oder von einer Säge oder einem Klappmesser wegzureißen, nicht um sie zu fassen und mit dem Kind eine Straße zu überqueren, sondern richtig *gefühlt*, die geschmeidige Handfläche, die kantigen Männerknöchel, die, von ihr unbemerkt, an die Stelle der Kindheitsgrübchen getreten waren – lange, konische Finger, genau wie ihre eigenen, die »Klavierhände«, auf die ihre Mutter so große Hoffnungen gesetzt hatte, auch wenn Beth mit der Grazie eines Heimwerkers, der eine Bohrmaschine bediente, auf die Klaviatur eingehämmert hatte.

Sie hob Vincents Hand – er ließ sie gewähren, ohne ihr entgegenzukommen oder seine Hand zurückzuziehen – und legte sie an ihre Wange. »Vincent, wir haben alle so viel durchgemacht. Du hast viel durchgemacht. Ach Vincent, bitte verzeih mir.«

Sie hörte ihn sagen: »Nicht« – und bildete sich ein, daß er sich peinlich berührt im Flur umsah; sie waren keine sechs Meter von der Gruppe im Frühstückszimmer entfernt. Sie hätte jetzt sofort aufhören sollen.

Aber sie sagte noch einmal: »Kannst du mir jemals verzeihen?«

»Dir verzeihen?« fragte er. »Was hast *du* denn getan?«

Sie konnte nicht dagegen an. Ein Aufwallen von Zorn.

Sie blickte hoch, und da sah sie in den Augen ihres Sohnes, so klar wie ein sorgsam ausgeleuchtetes Detail in einem Porträt, nicht Ärger, nicht Zuneigung. Mitleid. Unverhohlenes Mitleid. Sonst nichts.

»Ich ruf dich ... wenn ... sie ... ich sag's dir«, stieß sie hervor.

»Ist gut«, sagte Vincent und zog seine Hand fort.

Candy rief nach ihr. Beth ging wieder in die Küche.

»Geht es ihm gut?« fragte Candy, und Beth nickte, weil sie ihrem Mund nicht traute.

Pat erklärte: »Ich muß Mom und Dad anrufen«, was Beth wie elektrisiert aufhorchen ließ.

»Nein!« riefen sie und Candy fast gleichzeitig – aber, dachte Beth später, aus vollkommen verschiedenen Gründen.

»Pat, wir müssen so ruhig und unauffällig hingehen, wie wir können. Der Mann da drin könnte ... alles mögliche haben. Ein zweites Kind. Ein Waffenarsenal. Wir haben keine Ahnung, was in dem Haus vorgeht«, sagte Candy.

»Sie hat recht«, sagte Bastokobitch.

Ein junger Beamter sprang die Eingangstreppe hoch, kam zur Tür herein und überreichte Candy einen Papiersatz mit eingelegtem Kohlepapier. Sie bedankte sich.

»Ich geh mit meinem Kollegen Bender hin«, sagte Candy. »Okay, Bob?« Bender stand auf, rückte doch tatsächlich seine Krawatte mit dem gedämpften Paisley-Muster zurecht. Beth sah Candy ihre Pistole aus dem Halfter nehmen und vorsichtig in den Gürtel ihrer Hose stecken, unmittelbar oberhalb der rechten Hüfte. »Haben Sie Ihre?« fragte sie Bender und klopfte auf seine Brusttasche. »Okay.« Candy hielt inne und umarmte Beth kurz, heftig. »Wir gehen jetzt.«

Beth sah die Bremslichter von Candys Wagen an der Ecke kurz aufleuchten, und dann lief sie los. Sie sah sich nicht um, ob Pat ihr folgte, sie nahm die Straßen wie im Flug, vergaß zu atmen, kam an der Ecke von dem roten Haus an, gerade als Candy und Bender die Allee überquerten und an der vorderen Veranda vorfuhren. Hinter dem Fahrzeug mit der akkuraten Beschriftung »Karras Baugeschäft« duckten sich zwei Beamte mit gezogenen Waffen.

Jimmy packte Beth an den Armen. »Nicht«, zischte er überrascht. Sie schüttelte ihn ab und stürmte über den Rasen hinter Candy her, die ihr einen Blick unverhüllter Wut zuwarf.

»Ich komme mit.«

»Verdammte Scheiße«, sagte Candy. »Ich hab dir gesagt, wir wissen nicht ... Scheiße, Beth, geh zurück. Er könnte in diesem Moment mit einem Gewehr auf deinen Kopf zielen. Sei kein Esel.«

»Mrs. Cappadora«, begann Bender.

»Ich will ihn sehen.«

»Nein.«

»Was wollt ihr machen, mich verhaften?« fragte Beth.

»Mist«, sagte Candy. Sie drehte sich um, schob sich vor Beth und läutete an der Tür.

Er war klein. Ein gutaussehender Mann mit schmalen Hüften und der glatten Haut der Mittelmeerbewohner, fast jugendlich wirkend bis auf zwei identische weiße Haarsträhnen, die sein Gesicht umrahmten. Es war schönes Haar, dachte Beth. Haar, das eitel machte.

»Sind Sie George Karras?« fragte Candy.

»Ja«, sagte er lächelnd und öffnete die Tür ein Stück weiter. »Was gibt's?«

»Ich bin Detective Candace Bliss, und dies ist Agent Robert Bender vom FBI. Mr. Karras, haben Sie einen zwölfjährigen Jungen namens Sam, der hier im Haus lebt?«

»Ich ... mein Sohn«, sagte er, und dann taumelte er, sackte gegen den Türrahmen. »Was ist meinem Jungen passiert? Ist Sam verletzt? Sie sind von der Polizei?«

»Mr. Karras, Sam ist nicht verletzt, und er befindet sich in der Obhut der Schutzbehörde von Cook County.«

»Er ist in der Schule«, sagte Karras. »Wie kommt es, daß er verletzt ist?«

»Mr. Karras, Sie stehen unter Arrest wegen Entführung im Zusammenhang mit dem Verschwinden von Benjamin Cappadora am 3. Juni 1985«, sagte Candy ruhig. »Sie haben das Recht zu schweigen. Wenn Sie auf das Recht zu schweigen verzichten, kann und wird alles, was Sie sagen, vor Gericht gegen Sie verwendet werden ...«

»Was?« sagte Karras, jetzt an Beth gewandt. »Mein Sohn ist in der Schule. Wer ist Benjamin ...?«

»Wenn Sie auf das Recht zu schweigen verzichten, kann und wird alles, was Sie sagen, vor Gericht gegen Sie verwendet werden. Sie haben das Recht, jederzeit einen Anwalt hinzuzuziehen. Wenn Sie sich keinen Anwalt leisten können, wird einer bestellt, der Sie vertritt. Haben Sie das verstanden, Mr. Karras?«

Da sagte er: »Ich hab kapiert. Sie sind im falschen Haus. Die Leute, die den kleinen Jungen verloren haben, dieser Entführungsfall vor langer Zeit, die wohnen da drüben. Sie können meine Nachbarin fragen – sie kennt den Vater.«

»Mr. Karras«, sagte Candy, »dürfen wir bitte hereinkommen?«

»Gerne«, sagte der Mann und strich sein Flanellhemd glatt. »Ich war gerade bei den Abrechnungen. Aber ich glaube nicht, daß ich Ihnen viel helfen kann. Ich kenne die Familie nämlich nicht. Sie sind im falschen Haus, das ist alles.«

»Uns verhaften sie nicht«, sagte Beth.

»Ha?« Karras starrte sie an. »Sind Sie von der Polizei?«

»Nein«, sagte Beth.

»Wir sind seine Eltern«, sagte Pat, der sich keuchend hinter Beth die Treppe hinaufschleppte. »Wir sind Bens Eltern, du Mistkerl.«

»Das reicht«, sagte Bender.

»Was?« fragte Karras wieder. »Wo ist das Kind? Ist mein Junge verletzt?«

Candy ging ins Wohnzimmer, wo neben einer niedrigen, mit Cord bezogenen Couch ein großer Kartentisch aufgestellt war. Stapel von Rechnungen türmten sich an einem Ende neben einer Additionsmaschine mit einer langen Papierrolle. »Mr. Karras«, sagte sie, »heben Sie bitte langsam die Hände ...«

»Was?«

»Heben Sie die Hände, damit der Beamte sich vergewissern kann ...«

»Ich habe keine Waffe.« Der kleine Mann lächelte Beth an. »Ich habe die Abrechnungen gemacht. Ich habe keinen Computer.« Einer der jüngeren Streifenpolizisten klopfte rasch Karras' Seiten ab, die Innen- und die Außenseite seiner Hosenbeine. »Bitte, ich weiß nicht, was hier vorgeht. Dies ist mein Haus. Ich habe nichts verbrochen.«

Beth hätte sich am liebsten auf Hände und Knie niedergelassen, um die Teppichfasern an einer Ecke zu untersuchen, die mit einem Häufchen zerbröselter Kartoffelchips gesprenkelt waren, um die zwei Paar Turnschuhe aufzubinden und zu untersuchen, die ordentlich nebeneinander gleich hinter der Tür standen, um ihre Finger in die Taschen der Bulls-Jacke zu stecken, die über einen Haken geworfen war. Ein geölter Baseballhandschuh schmiegte sich in das Polster eines breiten kastanienbraunen Sessels neben dem Kamin; auf dem Fernsehapparat war ein in Holz und Gold gerahmtes Foto von einem Jungen in der Hocke, grinsend in seiner grünseidenen Baseballuniform. An jedem Ende des Kaminsimses ein Keramikkerzenständer. Nur einer enthielt eine Kerze. Eine Vase mit Seidengladiolen. Weiß. Und darüber ein Gemälde – nein, dachte Beth, sich rasch korrigierend, eine retuschierte Fotografie. Die Frau blickte mit der scheuen Anmut einer Antilope und großen, aufmerksamen Augen direkt in die Kamera; sie trug ein hochgeschlossenes graues Kleid, eine Robe beinahe, mit einer Reihe Perlenknöpfe am Hals, und ihr helles Haar stand wie ein Heiligenschein von ihrer Stirn ab, als würde es von unsichtbaren Fingern hochgehalten. Geblasen, dachte Beth; sie hatten bei der Aufnahme einen Ventilator benutzt. Sie griff nach der Couchkante, verfehlte sie und landete hart auf dem Boden.

»Beth!« Candy drehte sich um, abgelenkt, den Blick noch auf Karras gerichtet, der instinktiv eine Hand ausstreckte, um Beth aufzuhelfen.

»Das ist Cecil«, sagte Beth keuchend. »Das ist Cecil Lockhart.«

»Oh«, sagte Karras. »Cecil. Klar. Sie ist Schauspielerin. Kennen Sie ihre Fernsehfilme?«

Beth bemühte sich, normal zu atmen. Sie rappelte sich hoch, kam auf die Knie. »Warum«, fragte sie dann, »haben Sie hier ein Bild von Cecil Lockhart?«

George Karras richtete sich beinahe stolz auf, dann nickte er, die Lippen wehmütig geschürzt, mit einer Traurigkeit, die Beth nie vergessen würde.

Er sagte: »Sie ist meine Frau.«

23. Kapitel

Sie konnten Candy nicht davon abhalten, sich ununterbrochen zu entschuldigen.

Wenn Beth Jahre später über jene erste Woche nachdachte, dann erinnerte sie sich vor allem an Candys äußerste Verzweiflung, die nicht endenden Vorwürfe, mit denen sie sich und Bender und die eifrigen Beamten ihrer Parkside-Mannschaft überschüttete, selbst nachdem Beth sie gebeten hatte, damit aufzuhören, selbst nachdem Rosie ihr in Gottes Namen die Hände auf die Schultern gelegt und gesagt hatte: »Das ist nicht recht. Sie haben alles getan. Diese Familie verdankt Ihnen ihr Leben.«

Es hatte in dem Augenblick begonnen, als sie zu dritt auf George Karras' Veranda getreten waren und blinzelnd in der Spätnachmittagssonne standen – nachdem Karras ihnen erzählt und Bastokobitch es telefonisch bestätigt hatte, daß Cecilia, seine Frau, in den letzten vier Jahren als Patientin in Silvercrest in Elgin, einer Privatklinik für Geisteskranke, gewesen war. Daß er, George, ihren einzigen Sohn Sam, Cecils Kind aus einer anderen Ehe, den er kurz nach ihrer Heirat vor sieben Jahren rechtmäßig adoptiert hatte, im wesentlichen allein aufgezogen hatte.

Beth hatte sich einigermaßen bemüht, den Moment, als Karras dies sagte, verschwimmen zu lassen; die Erinnerung an ihre Übelkeit, als die Ader auf Pats Stirn zu zukken begann und Schweißperlen auf seinem Hemdkragen standen, auszulöschen. »Rechtmäßig adoptiert?« hatte er gefährlich leise gesagt, und seine Augen hatten den für Vincent typischen Ich-schlag-hier-alles-kurz-und-klein-Blick gehabt. »Rechtmäßig adoptiert?«

Und Candy in dringlichem Ton: »Pat, warte ...«

Und George war übereifrig fortgefahren: »Nein, nein, lassen Sie nur. Sie können es nachprüfen. Ich habe die Urkunde in meinem Safe. Bei seiner Geburtsurkunde. Seien Sie unbesorgt. Wir klären das jetzt auf, okay?«

Darauf war Jimmy im Wohnzimmer erschienen, und er und Candy hatten den erstarrten Pat hinausgeführt, während Bastokobitch einen Stenoblock aufschlug, sich schwerfällig auf Georges Couch setzte und mit leiser Stimme fragte, ob Mr. Karras einen Anwalt hinzuziehen wolle, bevor er ein paar Fragen beantworte. Von draußen hörten Pat, Beth und Candy ihn zunächst seufzen und dann mit deutlicher Stimme sagen: »Sie brauchen sich bloß die Papiere anzusehen. Er ist mein Sohn. Er ist das Kind meiner Frau. Es ist eine Verwechslung. Warten Sie, ich hole die Unterlagen.«

Vor der Tür hatte Candy sich abrupt an Beth und Pat gewandt: »Bitte, bitte«, hatte sie zum erstenmal gesagt, und sie sollte es noch viele Dutzend Male wiederholen, als es ihnen allen allmählich klar wurde, diese Sache, die tatsächlich geschehen war und sich über Jahre hinweg fortgesetzt hatte, zwei Straßen vom Haus der Cappadoras entfernt. »Bitte, verzeiht mir.«

»Was?« hatte Beth ausgerufen. »Dir verzeihen? Was?«

»Bitte, bitte ... nein, verzeiht mir nicht. Dies ist das schlimmste Versagen in der Geschichte. Er war die ganze Zeit hier. Ich verdiene es nicht, daß ihr mir verzeiht.«

Und sogar Pat hatte, kreidebleich, den Kopf gehoben und gesagt: »Nicht, Candy. Du konntest doch gar nicht wissen ...«

Aber Candy ließ sich nicht beruhigen. Zum erstenmal,

seit Beth sie kannte, erging sich die stets gefaßte Candy in jenen Tagen in einer regelrechten Orgie von Gefühlsausbrüchen – sie beschimpfte sich mit Flüchen, flüssiger noch als ihr gewohntes Repertoire, als eine Tatsache nach der anderen ans Licht kam.

Jimmy hatte Beth geschildert, wie Candy den Hörer ihres Bürotelefons hingeknallt und die Kordel von einer Jalousie gerissen hatte, als sie erfuhr, daß Cecil bei einem Verhör in ihrem Elternhaus nur wenige Monate nach der Entführung voll mit den Beamten kooperiert und sogar die Schlafzimmertür einen Spalt geöffnet hatte, um sie einen Blick auf ihren schlafenden Sohn werfen zu lassen, von dem sie sagte, er sei vier Jahre alt, nicht viel älter als Ben. »Das«, hatte Candy zu Jimmy gesagt, »wird mich für den Rest meines Lebens aus dem Schlaf aufschrecken lassen.« Und als Candy erfuhr, daß es in den FBI-Akten einen vollständigen Satz von Cecils Fingerabdrücken gab, die man ihr vor Jahren bei einer Massenverhaftung während einer Atomwaffendemonstration in Champaign-Urbana abgenommen hatte, war sie drei Treppen hochgerannt, um Bender am Telefon anzubrüllen, es sei ihr scheißegal, ob der Stümper, dieser Drecksack, jetzt in Budapest lebe, daß Bender ihn bloß finden solle, weil die Cappadoras bei der Regierung Millionen einklagen würden; es werde die Regierung Millionen von Dollars kosten, weil irgendein Arschloch von FBI-Techniker Abdrücke auf Gummi, um Himmels willen, von der Sohle von Bens zweitem Turnschuh bekommen hatte, Abdrükke, vermutlich so deutlich wie die Attrappen, die man während der Ausbildung zur Übung erhielt, und es trotzdem versiebt hatte, sie zu sichern. »Und ihr Kerle hattet einen identischen Satz!« brüllte Candy. »Cecil Lockhart hat am Abend des zweiten Schultreffens alles getan, außer euch durchs Megaphon zuzurufen: ›Ich bin noch da! Ich war's!‹ Wir hätten es vor mehr als vier Jahren spitzkriegen können! ... Ja, dem Jungen geht's gut. Schön, es geht ihm *vielleicht* gut! Wir wissen noch nicht alles ... Ist das etwa eine Rechtfertigung, Bob? Ende gut, alles gut? Und wenn ich herauskriege, daß das Kind angerührt, daß ihm auch nur ein Haar gekrümmt wurde, dann knöpf ich Sie mir persönlich vor, Bob. Darauf können Sie sich verlassen.«

Beth hatte erschrocken zugehört und dann hilflos gesagt: »Du nimmst zuviel auf deine Kappe, du gehst zu streng mit dir ins Gericht.«

»Ach wirklich, Beth?« hatte Candy sie angefaucht und sich dann niedergeschlagen für ihren Sarkasmus entschuldigt.

Doch noch lange danach, als die betrüblichen neun Jahre mit allen Versäumnissen und Pannen entwirrt waren, so gut es ohne die Schlüsselinformation ging, die nur Cecil selbst hätte liefern können, mochte Beth sich nicht mit der Heftigkeit von Candys Schuldgefühlen abfinden, der Entschlossenheit, mit der sie all ihre Tröstungen, all ihren Dank zurückwies. »*Du* hast ihn gefunden«, sagte sie ein dutzendmal zu Beth. »Bedank dich nicht bei mir. Ich habe das nicht verdient.« Daß die Medien und beinahe jede andere offizielle Quelle, die sich mit dem Fall befaßte, entschlossen schienen, sie trotzdem zu loben (sie war, wenn möglich, noch eleganter und strahlender als vor neun Jahren, noch unwiderstehlicher) – das vertiefte nur Candys Niedergeschlagenheit. An einem Abend im folgenden Herbst sagte sie zu Beth, der einzige versöhnliche Augenblick des ganzen Sommers sei an dem Abend der »Verhaftung« gewesen, die sich natürlich rasch als nichtig erwiesen hatte – der Augenblick, als sie und Jimmy Gelegenheit hatten, Pat zu sehen, der Ben sah.

Beth konnte sich diesen Moment vollständig zurückrufen, ihn abspulen, fast wie einen Zeitrafferfilm von einer sich öffnenden Rose: Sie standen alle in Chester vor dem Pflegeheim für Notfälle, zwei Kinder lehnten sich aus einem Fenster im ersten Stock und strengten sich an, sie unter dem Verandadach auszumachen; George, der, Augen und Nase gerötet, aber das Taschentuch akkurat gefaltet in der Tasche seines Sportsakkos, mit Bastokobitch im Wagen des Polizeichefs kam und auf dem Weg ins Haus die Cappadoras im Vorübergehen mit einer stummen Geste grüßte, die Ellbogen einwärts gedreht, die Handflächen aufwärts, ein Mittelding zwischen Achselzucken und Flehen. Dann weiteres Warten; Vincent pflügte mit dem Zeh die weiche Erde eines Blumenbeetes, Kerry saß auf dem Boden, den winselnden, sich windenden Beowulf an der Leine, während Beth sich fragte, warum sie nachgegeben hatte, als Kerry darauf bestand, den Hund mitzunehmen. Unmögliche Minuten des Wartens, als die Gardinen an der Innentür zur Seite gezogen und wieder losgelassen wurden; schließlich kam George heraus, der sich die Nase putzte; nach ihm die Pflegemutter, sogar in einem fuchsienroten Jogginganzug grau und beeindruckend, die, schon ihr Mündel beschützend, in der zunehmenden Dunkelheit die Außenlampe anknipste. Sie kam auf die Treppe hinaus, trat zur Seite und hielt die Fliegentür hinter sich auf.

Und dann Ben.

Beth konnte noch heute Pats angesammelte Energie, seinen inneren Tumult spüren, wenn sie an jenen Augenblick zurückdachte; sie hatte geglaubt, er würde die Treppe hinaufspringen und sie betäubt, mit schwer und hilflos herabhängenden Armen zurücklassen. Er war sich mit den Fingern kurz durch die Haare gefahren und dann die Treppe hinaufgegangen, langsam, vorsichtig, wie ein Biologe sich einer neugeborenen Antilope nähern würde, und hatte zur Begrüßung die Hand ausgestreckt. Und als der Junge ihn nur anstarrte, während Beth den Atem anhielt, hatte Pat die Hand gehoben, war mit dem Daumen über Bens Gesicht gefahren, vom Haaransatz bis zum Kinn, und hatte gefragt: »Na, wie geht's?«

»Gut«, hatte der Junge automatisch erwidert, und dann: »Dad ...?« Und als George und Pat ihm beide antworteten, hatte Beth zu weinen angefangen. Hinter sich hörte sie heftiges Hüsteln und Schlurfen, wo die plötzlich versammelten Parkside- und Staatsbeamten sich gehenließen. Sie war es, die dann die Treppe hinaufsprang, mit Kerry und Beowulf, und Beth atmete Bens Geruch so begierig ein wie der Hund, der ihn fast umwarf, worauf der Junge sich versteifte und schließlich, nach George greifend, zurückwich.

»Ich verstehe Sie«, sagte da die Pflegemutter und befrachtete die drei Worte mit äußerster Freundlichkeit. »Aber er ist ganz verdattert.«

Pat hatte dann zu Ben gesagt, er solle schlafen gehen. George, der Ben »Spiro« nannte – Beth erfuhr später, daß es Georges griechischer Ausdruck für Sam war –, hatte ihn umarmt und ins Haus geschoben.

Und da hatte Candy wieder gesagt: »Es tut mir so leid.«

Aber Pat hatte sich ihr zugewandt, mit geglättetem, gerötetem Gesicht, dem Gesicht des Shortstop-Spielers, nach dem sich Beth vor unzähligen Sommern so verzehrt hatte, und gesagt: »Leid, Candy? Dies ist der schönste Tag meines Lebens.«

Und Pat, für den die Arbeit im Hochzeitsrestaurant so wichtig war wie atmen, war in den folgenden Wochen kaum hingegangen. Zwischen einstündigen Besuchen unter Aufsicht an jedem zweiten Tag bei dem Jungen, den sie bald »Sam« nennen lernten, konsumierten Pat und Beth Dutzende Becher Kaffee und hörten sich die Berichte an, die Candy ihnen fast täglich von Polizeivernehmungen bei Cecil in Silvercrest brachte, Vernehmungen, die diese Bezeichnung kaum verdienten. Michelle Perrault, die kleine Anwältin, die George engagiert hatte, war, wie Candy erzählte, bei der Vernehmung zur Anklage fast in die Bredouille geraten, als Richter Sakura fragte, ob die Beklagte beschlossen habe, die Antwort zu verweigern und stumm dazustehen, worauf Perrault wie aus der Pistole geschossen erwiderte: »Euer Ehren, anders kann sie nicht dastehen.«

Aber es stimmte. Die Diagnose lautete katatonische Depression. Als sie vor Jahren nach Silvercrest gekommen war, hatte Cecil, wie Candy sagte, eine gewisse Lebhaftigkeit gezeigt – sie hatte gelegentlich mit der geübten sphärischen Schauspielerinnenstimme gesprochen, die das Personal verblüffte, zumal wenn das, was sie sagte, keinen Sinn ergab. Jetzt war sie still wie ein Brunnen, gab keinen Laut von sich, gähnte höchstens oder rieb sich ein Bein an einem Möbelstück. In Silvercrest, in Cecils Zimmer, im Aufenthaltsraum, im Büro ihres behandelnden Arztes, überall hatten Candy und nach ihr Robert Bender, Calvin Taylor und andere Stunden mit Cecil verbracht.

Sie hatten Cecil Bilder gezeigt, Bilder, die George in unbeholfenem Entgegenkommen, einer Geste, die Pat zum Weinen brachte, für die Cappadoras vervielfältigt hatte – Bilder von Cecil auf der Veranda ihrer Mutter mit Ben auf einem nagelneuen Fahrrad mit Stützrädern, Bilder von George auf einem Gebirgspfad, Ben auf den Schultern tragend. Ein Bild von Ben auf dem Schoß des Weihnachtsmannes, die Haare noch braun gefärbt, wie Vincents, nicht mehr als sechs Monate nach ... Wie konnte sie es wagen? dachte Beth, und dann dachte sie, natürlich, was hätte sie sonst tun sollen – Cecil war vielleicht verrückt, aber nicht dumm. Das Bild, das eine, das Beth am meisten fesselte, mußte im Herbst aufgenommen worden sein, nachdem die Polizei Cecil verhört hatte, nachdem sie von Minneapolis nach Chicago gezogen war. Candy sagte, Cecils Mutter habe den Umzug bestätigt, Cecil sei mit einem Enkelsohn aufgekreuzt, den Mrs. Lockhart bis dahin nie gesehen hatte. Beth bedrängte Candy: Warum hatte Mrs. Lockhart Cecil geglaubt? Hatte sie den unvermuteten Enkel nicht mit dem öffentlich bekanntgemachten Verlust des kleinen Ben in Verbindung gebracht?

»Wenn, dann sagt sie es nicht«, hatte Candy erwidert.

Nachdem Bens Bilder nichts bewirkten, hatte die Polizei mit Unterstützung von Cecils Psychiater versucht, mit anderen Anreizen Reaktionen hervorzurufen: Hippiemusik aus der High-School-Zeit – Cream, Jimmy Hendrix und Donovan. Sie brachten ihr Pfefferminzbonbons, die Cecil nach Auskunft ihrer Pflegerinnen liebte, und sahen Cecil danach greifen und sie gierig verschlingen, die einzige Bewegung, die sie freiwillig tat. Sie brachten ein Videogerät und zeigten Cecil lange Ausschnitte mit ihr in der Hallmark-Hall-of-Fame-Produktion *Major Barbara*. Sie brachten ein großes Poster von Cecil, das platinblonde Haar zu einer Gibson-Girl-Rolle aufgesteckt, in ihrer One-Woman-Show *Jane Addams of Hull House*, der Produktion, für die sie im Sommer vor dem Schultreffen den Grace-Dory-Preis für künstlerische Leistungen erhalten hatte. Sie brachten Titelseiten mit alten Schlagzeilen (»Mutter beschimpft Kidnapper: Sie herzloses Ungeheuer!«).

Und, wie ihr Arzt vorhergesagt hatte, sie förderten nichts zutage. Weniger als nichts. Cecil sei mehr als geistesabwesend, sagte Candy zu Beth; sie sei bodenlos. Sie esse ihre Pfefferminzbonbons, sie stehe auf, wenn Dora, ihre Pflegerin mit dem Engelsgesicht, Druck auf ihren Ellenbogen ausübte. Was immer sie wisse, falls sie überhaupt noch etwas wisse, das ruhe einsam in ihr.

George war mitleidsvoll bestrebt, die Lücken füllen zu helfen. Er kam mehr als einmal ungebeten ins Haus der Cappadoras, und dann drückte er sich kläglich an ihrem Küchentisch herum, sein Blick wieder und wieder angezogen von Bens Babybildern an den Wänden. Er brachte die Wachstumstabellen seines Sohnes vom Kinderarzt, er brachte seine Zahnarztunterlagen, die Aufzeichnungen über den Schlüsselbeinbruch, den Sam sich mit neun Jahren bei einem Fußballspiel zugezogen hatte. Um ihn zu besänftigen, reichte Beth ihm Kaffee, deckte mit Stoffservietten, die sie oben aus einer Kommode holen mußte, brachte Sahne in einem Krug, lauter Dinge, die sie sonst nie tat.

Und eines Abends schließlich, als Ben noch vorübergehend in Pflege war, platzte George heraus: »Sie denken wohl, ich sollte mich schuldiger fühlen. Und ich fühle mich schuldig. Und ob. Aber wie kann ich mir Vorwürfe machen? Sie können vermutlich nicht glauben, wie wenig ich über dies alles weiß. Ich weiß nur, daß mein Junge – möge Gott mir verzeihen, aber er ist auch mein Junge. Hören Sie, Beth, Pat, Sie müssen das aus seiner Sicht betrachten. Er ist ein Kind, dessen Mutter in der Klapsmühle ist. Gott erbarme sich ihrer. Arme Cecilia, sie war die wunderbarste ... Wissen Sie, Beth, als ich sie kennenlernte, dachte ich nicht, daß sie einen Tag älter als fünfundzwanzig wäre, dabei war sie damals schon Mitte dreißig. Sie war so zart und so süß wie eine Blume.« George klopfte sich an die Brust. »Damals lief eine Werbecampagne; man erhielt Karten für das Theater draußen am Flughafen. Cecilia war eben aus Minneapolis hierhergezogen, und sie spielte in *My Fair Lady*. Und da bin ich, dieser Niemand, der Sonnenterrassen baut. Daß sie mich ansah

... daß diese Frau, dieses Mädchen, mich ansah ... ich konnte es nicht glauben.«

Er trank seinen Kaffee, den kleinen Finger zierlich abgespreizt. »Und dann, Sie wissen das ja, war da der Junge. Er war – ja, Beth, er war genau wie ... wie er noch heute ist. So fröhlich und mutig. So klug und stark. Ich habe mich genauso in ihn verliebt wie Cecilia. Cecilia wollte auf der Stelle heiraten, fast als wüßte sie, daß sie bald ... o Gott. Bevor sie zum letztenmal ins Krankenhaus eingeliefert wurde, hat sie ... sie hat ihm die Haare ganz kurz schneiden lassen, Bürstenschnitt, millimeterkurz. Und sie sind rötlich nachgewachsen. Bräunlich rot. Ist mir aufgefallen. Gott, dachte ich, Kinder verändern sich eben. Den Vater habe ich ja nicht gekannt. Ire, dachte ich. Ich baue Garagen. Pat, ich baue bloß Garagen und Sonnenterrassen. Er ist mein Junge. Ich habe ihn als meinen Sohn adoptiert. Aber davor war er auch schon mein Junge.«

George fuhr sich mit den Händen durch die gepflegten Haare – waren sie in nur zwei Wochen weißer geworden? dachte Beth. War es nur ein Mythos, oder konnte so etwas wirklich passieren? George sagte: »Ich dachte natürlich, Cecilia und ich würden noch gemeinsame Kinder haben; aber dann wurde sie so krank, und da erfuhr ich, daß sie gar nicht mehr so jung war. Und herrje, die Schockbehandlung. Manchmal, wenn ich hinkam, hatten sie sie mit Riemen festgeschnallt. Sie hat gebissen ... Und später hat sie mich dann gar nicht mehr erkannt. Nicht mal ihre Mutter oder den Jungen hat sie erkannt. Aber ich hatte Sam. Meinen Spiro. Ich hatte meinen kleinen Liebling. Verstehen Sie?«

Beth spürte die Feuchtigkeit an ihrem Hals; ihr Hemdkragen war durchnäßt von nicht weggewischten Tränen. Ihre Nase lief; sie hatte nicht einmal gemerkt, daß sie weinte. »George«, sagte sie, »Sie müssen uns das nicht erzählen.«

Trotz ihres schmerzenden Mitgefühls waren sich Pat und Beth einig, daß sie festbleiben würden. Was immer George für Sam sein würde, er würde kein zweiter Vater sein. Und doch wiesen sie ihn nie zurück – er war ihr einziges Fenster zu dem Kokon, aus dem Ben als Sam hervorgegangen war.

Es wurde Anklage erhoben. Der Staat Illinois hatte Cecilia Lockhart-Karras der schwersten Form der Entführung beschuldigt und war darauf vorbereitet, je nachdem, was über die Bedingungen zu erfahren war, unter denen Ben neun Jahre gelebt hatte, alles verschärfend hinzuzufügen: Freiheitsberaubung, Kindsmißbrauch und -gefährdung, Entzug der elterlichen Gewalt, Absonderung eines Kindes, Verletzung von Bürgerrechten. Candy lächelte, als sie die Klageschrift las. »Fehlt nur noch Urkundenfälschung und -besitz mit dem Vorsatz ...«

Aber Candy wußte, wie alle, wie Beth, von den ersten Augenblicken an, als in Georges Wohnzimmer das Begreifen dämmerte, daß der ganze Prozeß hauptsächlich Theater sein würde, eine sorgfältig einstudierte Pantomime, aufgeführt einzig zu dem Zweck der Vervollständigung, wie wenn man Zeitungen aufeinanderstapelte, zusammenband und am Rinnstein ablegte. Alles, was die Anhörungen bringen würden, sagte Candy voraus, wäre eine öffentliche Bezeugung vom Binden des Knotens, des Festziehens, des Abschneidens der Schnur.

Cecil würde die Treppe des Gerichtsgebäudes Ecke Twenty-Seventh und California Street hinuntergeführt werden, so wie sie hinaufgekommen war, während Scheinwerfer, die sie vermutlich nicht sah, auf ihr Gesicht gerichtet, Worte, die sie nicht hörte, ihr in die Ohren geplappert wurden, und sie würde nach Silvercrest zurückkehren als freie Frau, wie sie es gewesen war, als sie im Krankenwagen ins Cook-County-Gefängnis gebracht wurde. Sie würde zurückkehren in das Zimmer, von dem niemand genau wußte, ob sie es erkannte, und von rauhen oder sanften Händen bedient werden, von denen niemand sagen konnte, ob sie sie fühlte; sie würde auf den Fernseher vor sich starren, wenn er eingeschaltet wurde, und mit verschränkten Fingern dasitzen, bis jemand sie bei der Hand nahm und auf die Füße zog; sie würde sich ohne sichtliches Unbehagen beschmutzen. Cecil ins Gefängnis zu schicken würde überflüssig sein; niemand gelüstete danach. Beth, selbst Pat, am allerwenigsten.

24. Kapitel
Reese

Die fünf Personen im Büro der Sozialarbeiterin fühlten sich beengt. Keiner wußte, wohin. Reese ließ sich schließlich auf ein Ende der Couch fallen – eines dieser durchgesessenen orangefarbenen Möbel, wie sie sich an Orten finden, die Reese regelmäßig aufgesucht hatte, öffentlich finanzierte Orte wie die Büros von Schulsozialarbeitern. Tom, dachte Reese, also Tom würde so eine Couch nicht mal in seine Garage stellen. Er konzentrierte sich auf die Beobachtung einer Spinne, die sich vorsichtig einen Weg durch die Schluchten der Dämmplatten bahnte. Das Stimmengemurmel seiner Eltern vermengte sich mit dem Geleier der Sozialarbeiterin, bis Reese, wenn er sich anstrengte, sich einbilden konnte, eine Fliege summen zu hören, die über Kilometer von Platten vor der Spinne davonlief.

Er schwenkte die Füße von der Couch und stand auf.

Der Junge sah aus dem Fenster, mit dem Rücken zu Beth und Pat.

»... gewisse Anpassungen«, sagte die Sozialarbeiterin und blickte erschrocken zu Reese hinüber. Seine Eltern starrten ihn an, Dad machte ein furchtbar verärgertes Gesicht. Aber die Sozialarbeiterin war gewillt, einfach fortzufahren, offenbar selbst dann, wenn Reese sich auf den Kopf stellen und auf den Fußboden pinkeln würde. »Wir haben hier eine Liste der Behörden, und Sie haben die Wahl, ob Sie ...«

»Darf ich nach draußen gehen?« fragte Reese jetzt und dachte, verdammt, ich hör mich an wie Mommys kleiner Junge. »Ich geh nach draußen. Mir wird heiß hier drin.«

»Ich kann ein Fenster aufmachen«, erbot sich die Sozialarbeiterin mit dünner Stimme.

»Das ist schon in Ordnung«, sagte Pat. »Es gibt eigentlich keinen Grund, daß ... sie ...«

»Natürlich nicht«, sagte die Sozialarbeiterin.

»Kommste mit?« fragte Reese den Jungen, der blinzelte, als sei er nicht sicher, ob er richtig verstanden hatte. »Willste nach draußen?«

Der Junge zuckte die Achseln. Reese öffnete die Tür. Draußen war eine Art Schulhof mit etlichen Basketballplätzen; ein paar Blödmänner schwangen auf den Schaukeln oder kickten einen alten Ball an einer Schnur. Möchte wissen, weswegen die hier sind, fragte sich Reese und hielt dem Jungen die Tür auf, der schnell hinausging, den Kopf gesenkt, die Fäuste in seine Jeanstaschen gezwängt.

»Vincent«, sagte Beth nun. »Du paßt auf ...« Reese sah den Blick, den sein Dad ihr zuwarf, als wollte nicht mal er glauben, daß sie so dumm sein konnte. Aber es war schon fast heraus; Reese wußte, was sie hatte sagen wollen. Er zuckte die Achseln und knallte die Tür zu.

Draußen war es kälter, als es den Anschein hatte. Vor allem für Frühsommer. Der Junge hatte nur ein Flanellhemd an; Reese war froh über seine Lederjacke. Er warf sie sich über die Schultern und spürte wie jedesmal die Freude über sie in sich aufsteigen. Sie war wie eine zweite, zähere Haut. Er nahm eine Zigarette heraus, prüfte den Blickwinkel vom Fenster – er konnte seinen Dad sehen, der ihm im Moment den Rücken zukehrte. Es lohnte das Risiko nicht.

»So«, sagte er zu dem Jungen, während er seine Zigarette sorgfältig wieder wegsteckte und das Päckchen verschloß. »War der Typ heute morgen hier?«

»Der Typ?« sagte das Kind verständnislos.

»Der Typ, der Typ – der Typ, der dein Stiefvater war, – George Sowieso«, sagte Reese.

»Er war ganz früh im Heim«, sagte der Junge. »Er wollte nicht hierherkommen.«

»Und wie fühlt man sich, wenn man berühmt ist, Ben?« fragte Reese. »Visage auf der Titelseite. Wahres Wunder auf der Menard Street ...« Der Junge maß Reese wieder mit einem abschätzenden Blick. Der denkt, ich will es wirklich wissen, dachte Reese. So ein Blödmann.

»Es macht einen krank«, sagte der Junge. »Die ganze Zeit, die letzten zwei Wochen, immer sagt der Psychologe: ›So, das muß ja alles eine Menge Gefühle in dir ausgelöst haben.‹ Wie kann man Gefühle haben für etwas, von dem man überhaupt nichts wußte?«

»Ist er jetzt dein ständiger Berater?«

»Ständiger Berater?« Sie gingen auf die Betonfläche, und Reese stützte seinen Fuß auf eine Kinderschaukel.

»Merk dir eins, Ben«, sagte er. »Du hast jetzt die Beratungszone betreten. Dies hier ist die geistige Gesundheit konsumierende Musterfamilie, bei der du leben wirst. Meine Mom und mein Dad gehen ab und zu zur Eheberatung, und Mom ist früher zur Trauerberatung gegangen, und Kerry geht zu so was wie Zeichenberatung, und ich halte den Weltrekord meiner Altersgruppe in fortlaufenden Besuchen bei einem Psychiater ...«

»Warum? Was fehlt dir?«

Reese trat gegen die Schaukel.

»Nichts. Es muß einem nichts fehlen. Es ist bloß ... Schulscheiß. Und so weiter. Vor allem mein Dad denkt, ich bin ein stinkfauler Sack.«

»Und deine Mom?«

»Du hast meine Mom kennengelernt.«

»Hm ...« sagte der Junge und wandte sich ab, was Reese aber nicht wollte.

»Nein, meine Mom ist kein schlechter Mensch oder so. Sie ist bloß ... ›Bodenkontrolle an Beth Cappadora‹, du verstehst? Sie kriegt die Hälfte der Zeit nichts mit, oder du denkst, daß sie nichts mitkriegt.« Reese seufzte. »Jedenfalls, ich wollte, wir hätten ein Auto.«

»Ihr habt kein Auto?« sagte der Junge.

»Doch, aber ein Auto ist was, das man immer haben kann, wenn man will.«

»Wie meinst du das?« fragte der Junge.

»Ich meine, ein Auto ist einfach da ... für dich ...«

»Du klaust Autos?«

»Nein, ich *klau* keine Autos. Aber man kann sich ein Auto leihen, ganz harmlos, ohne großen Schaden anzurichten, du verstehst schon.«

»Das ist fast dasselbe wie klauen.«

»Ich will eben was gehabt haben von meiner Jugend«, sagte Reese. Der Junge sah sich um, als suche er einen Polizisten oder so. Scheiße, dachte Reese, nächstes Thema.

»Und was tust du so?« fragte er den Jungen.

»Tun? Ich tu gar nichts«, sagte der Junge.

»Ich meine, was du *tust.*« Da wurden die grauen Augen des Jungen weit, und als Reese ihn ansah, verlor er fast den Faden seiner Gedanken, der Junge sah aus ...

»Ich spiel Ball.«

»Basketball?« Der Junge nickte und ging an den Rand eines der rissigen Betonplätze, wo unter einem Strauch zwei schwarze Bälle mit der Aufschrift *Chicago Bulls* lagen. Die anderen Blödmänner, die immer noch den alten Ball an der Schnur kickten, schlurften vor Reese davon wie Herdentiere.

»Bist du gut?« rief Reese und holte einen der Bälle.

»Ich spiel City League«, sagte der Junge. »Erste Mannschaft.«

»Erste Mannschaft?« kiekste Reese. »Nicht zu fassen.«

»Hör mal, ich bin in der sechsten Klasse. Die andern sind in der neunten, okay? Die Größe macht's.«

»Wo du die wohl her ...«

»Ist doch egal.«

»Willste 'n bißchen werfen? Spielen wir Horse?« Der Junge zuckte die Achseln. Er hatte große Hände; Reese beobachtete ihn, als er den Ball drehte und streichelte, als wäre er ein Haustier, bevor er dribbelte – dann loslassen, auftippen, loslassen, auftippen. Der Junge hatte entschieden große Hände und – Reese blickte nach unten – entsprechend große Füße.

Sie nahmen Aufstellung, ziemlich weit weg vom Korb – immerhin, dachte Reese, spielt er in der ersten Mannschaft. Er beobachtete den Jungen beim Werfen – es sah aus wie in einem alten Olympiade-Basketball-Video –, wie er sich breitbeinig hinstellte, das Handgelenk durchschwang bis zur letzten Berührung mit den Fingerspitzen. Gut, der Kleine, dachte Reese, spielt lehrbuchmäßig.

Auf die Größe kam es hier nicht so sehr an; der Junge war so schwer wie Reese und nur zweieinhalb Zentimeter kleiner. Reese trat einen Schritt zurück ... warf den Ball mit einem Arm. »Nur das Netz wird berührt«, sagte er.

Der Junge trat zurück, nahm den Ball und traf, kein Problem.

»Freiwurflinie«, sagte Reese und traf nur die Eisenhalterung des Rings. Der Ball sprang weit zurück.

»Ich bin dran«, sagte der Junge fröhlich. Er nahm wieder seine altmodische Wurfposition ein, und Reese sah sein Gesicht sich verändern: Er hatte so ein Gesicht, das einem sagte, er tue, was er tue – er ändere zum Beispiel nie die Namen auf seiner Abschußliste. Er war voll da. Schon bevor der Ball von den Fingerspitzen des Jungen flog, konnte Reese sehen, daß er drin war.

Reese zog den Reißverschluß seiner Jacke zu, weil ihn die flatternden Taschen störten, balancierte den Ball auf einer Hand und zielte. Der Wurf ging wieder daneben.

»Das war das *H*«, rief der Junge, der sich neben Reese stellte und einen Treffer landete, scheinbar ohne dazu anzusetzen.

Reese hörte im Geiste den fetten Mistkerl Teeter, den Basketballtrainer der Schule, der auch Turnunterricht gab, sagen: »Du vergißt deinen Kopf, Cappadora. Du triffst die halbe Zeit daneben. Wenn du dir bloß überlegen könntest, was du tust ...« Er versuchte, sich noch einmal auf den Wurf zu konzentrieren, aber in dem Moment, wo der Ball losflog, merkte er, daß er danebenging.

»Das war das *O*«, sagte der Junge hocherfreut.

»Ich hab dich gewinnen lassen«, sagte Reese und dribbelte die Grundlinie entlang – er sprang hoch und legte den Ball rein. »Mach das nach, Kumpel.«

»Wir spielen Horse.«

»Du warst gut im Werfen aus dem Stand, was, erste Mannschaft?«

»Ich schlag dich schon«, sagte der Junge lässig.

Reese zog wieder zum Korb, sprang in die Zone, auf der Suche nach der todsicheren Stelle seiner Übungsabende – drin. »Okay, Freundchen, biste bereit für die ganz weiten Würfe?«

Der Junge war verwirrt. »Wie sind die Regeln?«

»Ich spiel nicht City League, Mensch.« Reese zog wieder zum Korb, verfehlte seinen Korbleger und drehte sich herum, als der Ball von der anderen Seite des Rings zurückprallte.

»Spielen wir hier Eins-gegen-Eins oder was?«

»Dein Ball, Neuling«, sagte Reese. Er brauchte das Spiel nicht zu benennen, obwohl es eindeutig ein Eins-gegen-Eins gewesen wäre, wenn er mit dem letzten Wurf getroffen hätte.

»Bis wieviel? Bis wieviel?« sagte der Junge, während er geistesabwesend dribbelte. »Bis elf?«

»Spiel einfach«, sagte Reese. Und der Junge checkte den Ball, dann täuschte er ein Dribbling nach links an, machte aber statt dessen unerwartet drei Schritte nach rechts und setzte zu einem Wurf über das Brett an. »Zähl mit!« rief er, warf Reese den Ball zu und murmelte: »Check.«

Reese achtete nicht auf ihn und stellte sich an das obere Ende der Zone. Der Junge schien ihn abzuschätzen, sich zu fragen, wie er an ihm vorbeiziehen sollte, ohne Reese in die Augen zu sehen. Dann schnitt Reese nach rechts, führte den Ball mit seiner starken Hand und dribbelte ihn ein bißchen zu hoch. Reese glaubte die Bewegung des Jungen vorhersehen zu können, also kam er näher. Er schlug dem Jungen den Ball auf Schenkelhöhe weg, nahm ihn am oberen Ende der Zone auf, warf daneben, und der Ball prallte vom Ring. Aber Reese drängte ans Brett, suchte das Gleichgewicht und tippte den Ball mühelos über den ausgestreckten Arm des Jungen rein.

»Wer bist du?« fragte Reese ihn dann, dribbelnd, außer Atem.

»Ich bin Grant Hill.«

»Ich bin Pippen.«

»Okay.«

Dann spielten sie ernsthaft, Reese ständig in Führung, der Junge zog nach jedem Treffer nach. Dann traf Reese voll daneben, und der Junge blockte ihn aus, schnappte sich den Rebound, ging zurück und zog zum Korb. »Das ist der Gleichstand«, sagte der Junge. Reese ging in Position. Als der Junge herankam, drehte er sich um, fintierte und gab ihm einen Ellenbogen mit. Der Junge stolperte.

»'zeihung«, sagte Reese und schnappte sich den Ball.

»Du hast gefoult«, sagte der Junge.

»Wir sind hier nicht bei der Heilsarmee, Ben«, sagte Reese.

»Ich heiß nicht Ben.«

»Okay ... Ben«, murmelte Reese und stürmte an dem Jungen vorbei zur Grundlinie. Aber der Junge wechselte die Position – er hatte eine Art, mehr zu gleiten als zu laufen, eine Art, der man schwer folgen konnte – und sprang ihm in den Weg, um das Offensivfoul aufzunehmen. Reese bemühte sich um Konzentration; er trieb den Ball, ohne ihn zu führen, zog so direkt auf den Jungen zu und schlug ihn mit dem linken Arm auf den Nasenrücken. Der Junge blieb gefaßt, aber Reese sah, wie seine Augen naß wurden, und dann, als Reese zum Wurf ausholte, den Blick noch auf das Gesicht des Jungen gerichtet, diesen Ausdruck, diese Angst ... er sah aus wie Ben, der nicht mal die Plastikrutsche in das fünfzehn Zentimeter tiefe Planschbecken hinunterrutschen wollte, wenn er, sein Bruder, nicht mit ausgebreiteten Armen dastand. Derselbe ängstliche Ausdruck, die geweiteten Augen über seinen Wangenknochen. Furchtsam. Gelähmt. Und los. Ben, dachte Reese ... und in dem einen Augenblick nachlassender Konzentration schlug der Junge den Ball fort, und beide rannten zu der Ecke, in die der Ball sprang. Reese sah, wenn er ihn holen ginge, würde der Junge ins Aus springen. Der Junge hatte keine Chance. Er mußte dem Ball hinterherspringen. Der Ball schlug hart an Reese' Bein und ins Aus.

»Herrgott!« Reese zuckte zusammen. Es hatte ihn nicht schlimm erwischt, aber Leiste war Leiste; es war nahe genug daran. »Du dämliches Stück Scheiße.«

»Das war dein Aus«, sagte der Junge. »Und es ist mein Ball.«

Er nahm ihn, ging nach links und legte ihn von der anderen Seite in den Korb, wobei er seinen Körper zwischen Reese' Arme und den Ball brachte. Zwei Punkte. »Jetzt bin ich dran«, sagte der Junge zu Reese, der vornübergebeugt Luft holte, während der Junge atmete wie im Schlaf. »Na, bis wieviel? Einundzwanzig?« Der Junge war aufgeregt. Er lachte beinahe.

»Spiel einfach«, sagte Reese.

»Bis einundzwanzig ... Vinnie?« sagte der Junge. Er sagte es ganz leise, aber Reese hörte es und zog sich zurück, sammelte sich, wie er es in Dutzenden, Hunderten von Spielen getan hatte. Er nahm den Ball und dribbelte außen herum, ließ sich Zeit, stieg hoch zu einem weiten Sprungwurf. Wunderbar.

»Siehst du so was in der ersten Mannschaft, Ben?«

»Klar«, sagte der Junge. »In der Mädchenmannschaft.« Und der Junge nahm den Ball, stürmte nach rechts, aber Reese kannte jetzt seine Bewegungen, drehte sich einfach auf dem Absatz nach links und verpaßte ihm eine mit beiden Armen. Den Jungen erwischte es unterm Kinn, und er fiel neben dem Platz in den festgestampften Lehm, die Beine unter ihm weggeknickt, die Lippe blutig.

»Scheiße«, sagte Reese. »Ich hab nicht ...« Aber in diesem Moment rempelte sein Vater ihn wie ein Schneepflug, schlug ihn nieder, so daß er flach mit dem Hintern auf dem Beton landete. Ein Schmerz schoß ihm durch das Steißbein, und er wäre zusammengezuckt, wenn er nicht die Zähne zusammengebissen hätte.

»Du kleines Miststück!« sagte Pat und riß seine Krawatte herunter. »Du Schläger!«

»Herrgott, Dad!« sagte Reese und rappelte sich hoch.

»Ist ja nichts passiert«, sagte der Junge.

»Bist du verletzt . . . Sam?« fragte Pat und zog sein Taschentuch hervor. Der Junge winkte ab und sah über Pats Schulter zu Reese.

»Nein, alles in Ordnung.«

»Kannst du dich nicht mal einen Tag – diesen einen Tag – bemühen, nichts zu zerstören?« Reese sah seinen Dad vor Schmerz die Augen zusammenkneifen. Ach Scheiße. War das Schmerz vor Traurigkeit oder Schmerz vom Herzen? Ach Scheiße, dachte Reese.

Beth kam aus dem Schatten unter dem vorstehenden Dach des Gebäudes hervor. »Was ist passiert?« fragte sie. »Was ist mit ihm?«

»Wir haben bloß Ball gespielt«, murmelte Reese.

»Ist schon gut«, sagte Sam verzweifelt. Aber Beth warf Reese diesen Blick zu, mit dem sie ihn einmal im Jahr ansah, so als würde sie ihn wirklich wahrnehmen, und dann berührte sie Sams Arm. Sie tastete ihn mit den Händen ab, als würde sie ihn nach Waffen durchsuchen.

»Nichts gebrochen?« fragte sie mit ihrer kleinen metallischen Stimme, ihrer Mir-geht's-gut-Stimme, ihrer Schulstimme.

Reese mußte sich zu Beth auf den Vordersitz setzen. Dad saß mit dem Jungen hinten. Keiner erwähnte auch nur, daß sie Kerry bei Großmama abholen könnten. Die bei Benno bestellte Pizza sah mit dem zu Furchen gehärteten Fett wie eine Reliefkarte aus. Der Junge aß zwei Stück, pickte pingelig die Pepperoni herunter, die Reese' Vater geistesabwesend mit einer Gabel vom Teller spießte und selbst aß. Reese beobachtete seinen Dad; Pat schwitzte gewaltig, als sei er gerannt. Er schlürfte gierig seine Cola.

»Iß was, Vincent«, sagte Beth. Sie sollte sich ein T-Shirt mit diesem Spruch zulegen, dachte Reese. Also machte er sich einen Spaß daraus, möglichst lange an einem Bissen rumzukauen, zu beobachten, wie Beth ihn beobachtete und dabei ihren Mund synchron bewegte. Wenn Reese eine Fratze schnitt, würde seine Mutter dann auch eine schneiden? Bei dem Gedanken mußte er grinsen.

Da sah der Junge auf und fragte: »Kann ich Milch haben?«

Während sein Vater dem Kellner winkte, fragte Reese: »Du trinkst Milch zur Pizza?«

Alle starrten ihn an, als hätte er dem Jungen gesagt, er solle einen Baum vögeln. Reese stand auf und ging zur Toilette, wo er an seinen Haaren herumfummelte und sich das Gesicht wusch. Er trocknete sich gerade ab, als Pat den Kopf hereinsteckte und sagte: »Wir fahren.«

Dvořák, dachte Reese, auf dem Rücken auf seinem Bett liegend – seinem lieben höckerigen Bett; sie hatten für Sam ein neues gekauft, hatten gar nicht erst versucht, ihm dieses zurückzugeben. Das Largo aus der »Neuen Welt«. Eine ausgezeichnete Wahl für einen leichten Fall von nervöser Erregung. Er schaltete ein und war gespannt, ob er allein durch die Vibration in den Kopfhörern lautlos schweben könnte. Als er aufstand, um sich ein Glas Wasser zu holen und seine älteste CD zu wechseln, hörte er Beth über den Flur im Zimmer des Jungen.

»Möchtest du Licht an haben?« fragte sie.

»Nein, ich schlafe nicht mit Licht an«, sagte der Junge.

»Du mußt dich hier sehr fremd fühlen.« Der Junge antwortete nicht. »Möchtest du eine Decke?« Donnerwetter, Mom, dachte Reese, Scheiße, wir haben Mai. Als er ins Bad ging, konnte Reese durch die Badezimmerwand fühlen, wie Beth den Jungen berührte; sie konnte die Hände nicht von ihm lassen, doch immer, wenn sie Sam in der letzten Woche gesehen hatten, war ihm aufgefallen, daß Beth zurückfuhr, bevor sie ihn berührte, als ob der Junge heiß wäre.

»Samstag morgen«, rief sein Dad, der über den Flur kam. »Magst du dir ein Spiel anschauen?«

»Okay«, sagte der Junge.

Mann o Mann, dachte Reese. Ja. Einen Haufen Spiele, Dad, das steht fest. Viel aufzuholen an Spielen diese Saison. Er stieß fast mit Pat zusammen, als er die Badezimmertür öffnete. Sein Dad sah aus, als wäre er bereit für ein Gespräch; Reese erstarrte. Doch Pat lehnte sich nur gegen den Türrahmen.

»Vincenzo«, sagte Dad, und Reese merkte, wie seine Kehle sich zuschnürte. »Bitte, bitte ...«

Er hörte die Elternschlafzimmertür zugehen. Mom würde sich jetzt im Land der Trance befinden; er könnte mit einem Frontlader auf die Veranda fahren, und sie würde sich höchstens umdrehen. Bei seinem Dad war er sich nicht so sicher; sein Dad würde womöglich ein bißchen herumschleichen. Und richtig, Reese hörte die Matratze seiner Eltern ächzen und das Klimpern von Pats Kleingeld, als er seine Hose wieder anzog. Die CD machte Reese nur noch nervöser. Er stand auf und kramte, bis er den afrikanischen Saxophonisten fand, dessen Namen er sich nie merken konnte. So, dachte er, während er die Hände genau parallel an die Hüften legte. Nichts Anstrengendes. Treiben lassen ...

Es funktionierte nicht. Puccini vielleicht. Er kramte wieder.

Reese wachte im Dunkeln auf. Sein Vater mußte das Licht ausgeknipst haben. Als er sich umdrehte, fühlte er den vertrauten Knubbel unter seinem Rücken. Im Laufe der Jahre hatte Reese sich gelegentlich vorzustellen versucht, was für eine Form Bens rotes Kaninchen durch den ständigen Körperdruck angenommen haben mochte. Manchmal dachte er, es sähe jetzt wie eine Kaulquappe aus, abgesehen von dem einen verbliebenen Ohr. Reese richtete sich vorsichtig auf, sorgsam darauf achtend, seine schmerzende Blase nicht zu berühren, und zog das Kaninchen unter dem Bettlaken hervor. Ein Auge. Ein buckliges dickes Etwas, der rote Plüsch stellenweise zu einem nahezu transparenten Rosa abgeschabt. Embryo, dachte Reese jetzt. Genau. Igor, der Embryo.

Das formlose Ding noch in der Hand, stand Reese auf, um zu pinkeln, und legte das rote Kaninchen aufs Waschbecken. Sein Vater schnarchte, dieses erstickte Röcheln, das Reese wahnsinnig machte. Das ihn veranlaßte, mit Pat zusammen zu atmen, bis ihn der Schlaf übermannte. Erst nachdem er das Wasser abgedreht hatte, hörte er das Geräusch.

Kerry? Aber Kerry war bei Großmama Rosie. Reese ging durch den Flur, hielt sich dicht an der Wand und stieß mit den Zehenspitzen die Tür zu dem Zimmer auf, wo Sam schlief.

Er schlief, zumindest hatte er die Augen zu. Reese trat näher. Sam lag auf dem Rücken, die Arme von sich gestreckt, und schlief den Schlaf des Kindes, das so weggesackt ist, daß es sabbert. Reese sah nach Augenbewegungen. Der Junge war im Tiefschlaf. Da machte Reese seine Hand auf und ließ das abgeschabte rote Etwas, das einmal das Kaninchen Igor war, neben das Bett fallen. Doch als er sich zum Gehen wandte, hörte er den Jungen stöhnen. Sam hob den Arm vors Gesicht und sagte: »Nein. Ich ... nicht ... nein ...«

Meinte er »Ich weiß nicht«? Oder versuchte er, etwas abzuwenden? Der Junge stöhnte wieder.

Reese spurtete zur Tür – wenn der Junge nun aufwachte? Aber Sam drehte sich herum und sagte wieder, leise diesmal: »O nein.«

Zwischen der Tür und dem begehbaren Wandschrank war eine Lücke. Reese lehnte sich an die Wand und rutschte lautlos hinunter. Er schlang die Arme um die angezogenen Knie und gewöhnte seine Augen an die Dunkelheit. Wenn er sich anstrengte, konnte er die Zeiger der Uhr über Sams Kommode sehen.

Es war drei Uhr morgens. So. Vielleicht drei Stunden. Reese hatte schon länger, ohne zu blinzeln, durchgehalten. Mit Übung konnte jeder so lange wachen. Es war bloß ... Reese beugte sich nach vorn, das Kinn auf den Armen. Man konnte nicht wissen ... Aber dann wälzte sich der Junge wieder herum, verschob seinen Oberkörper in einen Lichtstrahl von der Straßenlaterne an der Ecke. Da.

Reese entspannte sich. Er konnte sein Gesicht sehen.

25. Kapitel

REESE

Juni 1994

Es fehlte nicht viel, und Reese hätte die letzten paar Schulwochen geschwänzt. Aber er rechnete sich aus, daß er seinen Dad bloß ein bißchen zu reizen brauchte, und binnen fünf Minuten wäre sein nagelneuer Führerschein klitzeklein gefaltet und unauffindbar verstaut. Dad war eben Dad – tatsächlich war er ein äußerst vergnügter Dad, seit der geheiligte Sam unter seinem Dach lebte –, aber er duldete nichts, was auf »die Familie« zurückfiel. Reese konnte sich die Schlagzeilen vorstellen: »Mirakel in der Menard Street: Einen Sohn zurückgewonnen und einen anderen verloren?«

Scheiß drauf. Nur zwei lumpige Wochen mußte er sich jeden Ärger vom Hals halten, und er war entschlossen, das durchzuziehen. Obwohl ihm der Streß auf den Geist ging. Zwei Prüfungsaufsätze waren fällig, und mit den Büchern, die er brauchte, um sie zu schreiben, hatte er das gebrochene Bein von dem alten Bett gestützt, das mal Bens gewesen war. Jordie hatte ihm vorgeworfen, er würde sich einbilden, sich alle Fakten über multiple Persönlichkeiten (sein Wahlthema in Psychologie) einverleiben zu können, indem er auf den Büchern schlief.

Reese meinte, alles über multiple Persönlichkeiten durch Osmose zu wissen, durch das Leben mit seiner Mutter. Aber er brauchte etwas Ruhe, und da sein Zuhause der Hauptbahnhof des Universums war, war das ganz schön schwierig.

Er konnte sich dem nicht entziehen. Wohin er in der Schule auch kam, immer hatte der eine oder andere Lehrer ein Exemplar von *People* parat, die Ausgabe mit Sam auf dem Titel, wie er in der Einfahrt dribbelte, die Ausgabe mit der Schlagzeile: »Wieder da ... doch nicht Ben« und darunter: »Die unglaubliche Odyssee eines vermißten Jungen«. Ein Quatschkopf hatte Reese sogar im Lesesaal gebeten, sein Autogramm darunter zu setzen. Er tat ihm den Gefallen. Aus Mitgefühl schrieb er: »Mit den besten Wünschen, Daffy Duck«, wo er doch von Rechts wegen etwas viel Ätzenderes hätte schreiben sollen. Seine Mom war voll durchgedreht, als sie Sams Bild auf dem Titel sah – viel schlimmer als beim ersten *People*-Titel, an den sich Reese noch lebhaft erinnerte.

Er hatte sie unten brüllen hören: »Was denken die sich eigentlich? Daß wir kein Privatleben haben?«

Und sein Vater hatte geantwortet: »Beth, mit so was hast du früher dein Geld verdient ...«

Tom, dieser Detektiv-Psychiater, hatte ihn natürlich wiederholt ausgequetscht: »Hast du ganz bestimmt nicht gewußt, daß es Ben war?« Und Reese konnte es nicht fassen – warum hätte er nichts sagen sollen? Wenn er sich ganz sicher gewesen wäre? Wo er doch wußte, daß Ben zu finden das einzige auf der ganzen Welt war, was seine Eltern sich wünschten?

Und Tom hatte gesagt: »Vielleicht weil es nicht das einzige auf der ganzen Welt war, was *du* dir gewünscht hast.« Das war das Frustrierende an Tom; immer dachte er, er könnte einen dazu überlisten, eine tiefe unterbewußte Sehnsucht preiszugeben, indem er mit etwas absolut Abwegigem daherkam. Reese hatte sich das tatsächlich schon selbst überlegt, und der einzig wahre Grund, weshalb er seiner Mutter nichts von dem rothaarigen Jungen gesagt hatte, war das verdammt Lächerliche an dem Gedanken, daß sein lange vermißter Bruder gleich um die Ecke lebte. Der Junge sah nicht mal so aus, wie er Ben in Erinnerung hatte; tatsächlich hatte er gar keine besondere Erinnerung an Ben.

»Ich war sieben Jahre alt, du liebe Güte«, sagte er entrüstet zu Tom. »Was wissen Sie denn von damals, als Sie sieben waren?«

»Ich erinnere mich, daß ich einen kleinen Bruder hatte, der einfach starb, plötzlicher Kindstod, sagte man, und ich war es, der ihn fand, und ich habe zehn Jahre gebraucht, um rauszukriegen, warum ich Angst vorm Einschlafen hatte«, erklärte Tom.

Typisch Tom, mit einer höchst dramatischen Antwort daherzukommen. Klar, deswegen hieß es ja, Psychiater müßten selbst verrückt sein.

Und dann hatte Tom ihn eine Menge Zeugs gefragt, was er für Cecilia Lockhart empfinde, wozu Reese absolut nichts zu sagen hatte – wie konnte man Wut auf eine verrückte Alte haben wegen einer Sache, von der sie nicht mal wußte, daß es unrecht war.

Und als das nirgends hinführte, hatte Tom weiter gebohrt. Was er für Sam empfinde, ob er wütend auf Sam sei? Reese konnte sich nicht erklären, weshalb Tom das überhaupt fragte. Wütend? Wütend weswegen?

»Weil er alle Aufmerksamkeit bekommt«, sagte Tom.

»Ich bin kein Kind mehr, Tom«, sagte Reese zu ihm. »Wenn Sie ein Kind verloren und es neun Jahre nicht gesehen hätten, würden Sie dann nicht Ihre ganze Zeit mit ihm verbringen wollen, wären Sie nicht irgendwie besessen von ihm? Ist doch ganz natürlich. Besonders wenn Sie noch einen anderen Jungen hätten, der ...«

Da war Tom richtig in Fahrt gekommen. »Einen anderen Jungen, der, was, Reese? Was?« Reese hatte die Achseln gezuckt. »Was, Reese? Einen anderen Jungen, der's nicht wert war, daß man von ihm besessen ist?«

»Dr. Kilgore, dieser Psychokrampf geht einem ganz schön auf den Geist.«

Da hatte Tom gelacht und Reese gefragt, wie es ihm wohl ergehen würde, wenn er sich vierzig Stunden in der Woche solche Sachen anhören müßte, wie sie auch aus seinem Mund kamen. Und darauf war Reese aus sich herausgegangen. Er hatte Tom erzählt, er denke daran, auch Psychologe zu werden – man mußte sich nicht schmutzig machen, man begrub nicht einfach seine Mißerfolge, wie es die anderen Ärzte taten. Außerdem rechnete Reese sich aus, daß Tom sich allein von dem, was ihm die Cappadoras im Lauf der Jahre eingebracht hatten, ein kleines Einkaufszentrum kaufen könnte.

Sie unterhielten sich über Sport, darüber, daß Reese sich mit dem Gedanken trug, sich im Herbst um Aufnahme in die Basketballmannschaft zu bewerben; dieses Schuljahr war seine letzte Chance. Tom hielt das für eine gute Idee, doch Reese war sich da nicht so sicher. Er war kein Mannschaftstyp, und obwohl er das Spiel liebte und oft darüber phantasierte, wie er sich das Trikot überstreifte und bewies, daß er es wirklich konnte, wußte er einfach nicht, ob er die langweiligen Übungen und den ganzen Mist aushalten würde.

Trotzdem hatte er in der Einfahrt fleißig geübt; er hatte Klappstühle aus dem Restaurant aufgestellt und war um sie herumgedribbelt, bis er schwitzte wie ein Warzenschwein. Sam kam oft heraus und machte mit. Reese mußte zugeben, der Junge war fix, obwohl er so groß war, und er konnte schon Sachen, für die Reese Jahre gebraucht hatte, um sie zu lernen, etwa den Ball nie mit der Handfläche zu berühren: Sam konnte so tief dribbeln, daß eine Schlange nicht drunter hergleiten könnte; mit seinen langen Fingern, die nur mit den Spitzen den Ball berührten, hatte er alles unter Kontrolle.

Dad kam in seinem Anzug heraus, um mit ihnen um ein paar Punkte zu spielen – es war genau, wie Großmama Rosie immer von Großpapa sagte: Er sah aus wie ein Immigrant, wenn er im Sportsakko den Rasen mähte.

Aber Sam spielte auch Baseball, und das Training ging jetzt los, so daß Reese an den meisten Abenden allein dribbelte und warf.

Die letzten paar Tage vor Schulschluß ging Reese mit einem ausgedienten Basketball in die verlassene Turnhalle und probierte da ein paar Sachen aus. Meistens ging es ihm darum, ob sein Sprungwurf im Rückwärtsfallen tatsächlich so gut war, wie es ihm in der Einfahrt und auf dem Schulhof vorkam. Er hatte ein bißchen mit Gewichten trainiert, um seine Arme zu kräftigen. Die wenigsten Leute wußten, daß dieser Wurf viel mehr Kraft erforderte als ein normaler Wurf aus der Halbdistanz, weil man aus der normalen Position zurückgeht und dabei das Gleichgewicht schwächt, anstatt sich mit dem ganzen Gewicht nach vorn zu werfen. Aber damit konnte man einen viel längeren Kerl besiegen, und Reese wußte, daß er mit seiner Größe hierbei und bei den Freiwürfen schon hundertprozentig perfekt sein mußte, weil er sonst überhaupt keine Chance hätte. Wenn er nicht versuchte, den Sprungwurf im Rückwärtsfallen zu perfektionieren, würde er nie kapieren, wie unglaublich Jordans Wurftechnik war. Und Jordan war auch nicht besonders groß. Gut, er hatte 25 cm mehr als Reese, aber nach NBA-Standard ist einer mit 1,98 m kein Riese. An manchen Abenden taten Reese die Arme weh, wenn er nach Hause kam. Er beobachtete Sam und dachte, der Junge wird den Ball bald stopfen, wenn er weiter so wächst. Beneidete er Sam um seine Größe? Er glaubte, nein. Es wäre eben bloß sehr viel leichter, wenn er ein paar mehr von Moms irischen Genen abbekommen hätte statt von Dads knochigen Itakergenen. Man brauchte sich bloß Onkel Paul anzusehen. In einem Schuh von ihm könnte man eine Katze schwimmen lassen.

Eifersucht. Nervosität. Reese wurde klar, daß er die Hälfte der Zeit nach der Schule herumhing und herauszufinden versuchte, was er wirklich für Sam empfand. Das mindeste, was die Jahre mit Tom ihn gelehrt hatten, war, daß man noch so schlau sein konnte – sobald es darum ging, was man empfand, war man selbst der allerletzte, der es wußte. Als er Sam, während der noch bei den Pflegeeltern war, im Büro der Sozialarbeiterin zum erstenmal gesehen hatte, seit er wußte, daß es Ben war, hatte Reese beinahe geweint, so froh war er gewesen. Es war, als hätte Ben ein Licht um sich, und es war ihm unvorstellbar, daß Ben, wenn er zu ihm ginge, nicht einfach seinen Arm fassen und davon sprechen würde, wie das Eichhörnchen im Automotor festgeklemmt war, oder davon, wie Ben vom Ende des langen Piers am Lake Delavan gefallen war, oder von dem Baumhaus in Madison. Selbst wenn er sich an den Tag in der Hotelhalle erinnerte, verdammt, er war heilfroh, daß Ben nicht tot war ...

Aber Ben – vielmehr Sam – hatte Reese direkt ins Gesicht gesehen. Und das konnte er nicht gespielt haben. Seine Miene besagte, daß er Reese noch nie in seinem Leben gesehen hatte. »Das ist dein Bruder«, hatte die Sozialarbeiterin gesagt. »Das ist Vincent.«

Der Junge hatte ihm die Hand hingestreckt. »Hi, Vincent«, hatte er gesagt, und er wollte verdammt sein, wenn seine Stimme nicht wie Bens klang, diese komische, tiefe, heisere Stimme, die bei einem kleinen Jungen so seltsam gewirkt hatte. Da wäre Reese am liebsten losgerannt, nur ja fort von allen, dieser verkorksten unglücklichen Horde

Menschen, die sich nicht mal gegenseitig erkannten, alle miteinander. Er hätte wie Horace Greely oder Thoreau oder sonst jemand sein und einfach abhauen und auf den Bahngleisen oder so arbeiten können. Heuerte man eigentlich heute noch als Gleisarbeiter an?

Aber schon da hatte er gewußt, daß er es nie tun würde. Er war zu träge und ängstlich, und da hatte er angefangen, sich über den Jungen zu ärgern, über sein »Ja, Ma'am« und seine Tischmanieren und seine Bazillenphobie. Reese – und auch Kerry, was das betraf – hatte nicht lange gebraucht, um zu merken, daß Sam diese Psycho-Chose hatte; wenn einer auf sein Essen pustete, aß er es nicht. Und Vincent plazierte sich so, daß er am Eßtisch ein bißchen ausatmen konnte, gerade wenn Mom Sam seinen Teller gab, und dann saß Sam da und sah ganz krank aus und schluckte, als wäre das Essen ein alter Socken, der ihm im Hals steckengeblieben war. Aber dann hatte Kerry auch damit angefangen, und Dad hatte ein Machtwort gesprochen.

Der Junge war stets freundlich und höflich zu Reese. Freundlich und höflich und einfach ... in sich gekehrt. Das trieb Reese zum Wahnsinn. Er hatte keine Ahnung, was er tun sollte, um an Sam heranzukommen. Sam redete einfach nicht.

Einmal war der Junge heruntergekommen, als Reese sich um ein Uhr morgens *Die ins Gras beißen* ansah. Sam hatte sich hingesetzt und nach ungefähr einer halben Stunde plötzlich gefragt: »Also da hast du ihn her?«

»Was?« hatte Reese gefragt.

»Deinen Namen.« In dem Film kam ein Mann namens Reese vor. Aber das habe nichts mit *seinem* Namen zu tun, hatte Reese gesagt und Sam die Sache mit den »Resten« erklärt, und der Junge meinte, Vincent sei auch ein schöner Name – wie Vincent van Gogh. Reese war ganz schön platt gewesen, weil ein kleiner Junge Vincent van Gogh kannte.

Aber geantwortet hatte er, und irgendwie bereute er es: »Ja, und der war auch plemplem.«

Sam hatte nicht widersprochen, sondern nur gesagt: »Aber du hast dir kein Ohr abgeschnitten. Wenigstens bis jetzt noch nicht.«

Ein richtig anständiger Junge, in mancher Hinsicht. Er war einem nie im Weg. Weswegen Reese sich fragte, wie das wohl gewesen wäre, einen jüngeren Bruder zu haben; Kerry war immer so klein gewesen, er konnte sich an keine Zeit erinnern, wo er nicht auf sie aufpassen mußte. Tom hatte jedoch gemeint, wenn sie erwachsen wären, würde sie das fester aneinander »binden«.

Rausgehen, den Ball auf die andere Seite nehmen, sich den großen Schußblocker vorstellen, zurückfallen, werfen. Das machte Reese immer wieder. Manchmal eine Stunde und länger. Er war jetzt soweit, daß er etwa neunzig Prozent traf; allerdings war keine richtige Abwehr da, so daß er jederzeit selbst Pausen einlegen konnte. In dem Hin und Her zwischen Konzentrieren auf den Wurf und Nachdenken über Sam bemerkte er eines Tages nicht, daß Trainer Teeter hinter ihn trat, über seinen Kopf griff und ihm den Ball wegschnappte.

Reese' Herz fühlte sich an wie mit Helium gefüllt. »Was soll ...?« brüllte er und drehte sich blitzschnell um. Teeter war gebaut wie ein Urelefant; man erzählte sich, daß er im College Pistol Pete Maravich bewacht hatte, aber das war zwanzig Jahre her, und heute sah er aus, als hätte er Pistol Pete und seinen Bruder zum Frühstück verspeist. Trainer Teeter brachte dreihundert Pfund auf die Waage.

»Wenn das nicht Cappadora ist, der Schrecken des Schulhofs«, sagte Teeter mit dem heimtückischen Tonfall, den Reese immer mit Kasernenhofdrill im Film in Verbindung brachte. »Ich hab dich da drin beobachtet, Vince. Willst wohl dieses Schuljahr sausen lassen, um in die Mannschaft zu kommen?«

»Nein«, sagte Reese und nahm sich seinen Ball zurück, »ich spiel bloß ein bißchen herum.«

»Bist jetzt ein ziemlich berühmter Bursche«, sagte Teeter. »Ha?«

»Sie verwechseln mich mit meinem Bruder«, gab Reese zurück. Warum den Kerl auf die Palme bringen? Noch hatte er sich nicht fest entschieden, ob er sich nächstes Jahr nicht doch um Aufnahme in die Mannschaft bewerben sollte.

»Ihr Cappadoras seid alle berühmt, stimmt's? Vielleicht bildest du dir deshalb ein, du brauchst dich lediglich dienstags bei Vollmond in der Schule blicken zu lassen, was, Vince?«

Reese sagte nichts.

»Ach, das hatte ich vergessen«, fuhr Teeter fort. »Es heißt nicht Vince. Es heißt Reeeese. Richtig? Reeeese. Verzeihung. Na, Reese, magst du Basketball?«

»Ich mag das Spiel«, sagte Reese lässig.

»Wie man hört, machst du dich ganz gut da auf der Straße.«

»Geht so.«

»Willste's mit mir versuchen?«

»Nichts dagegen«, sagte Reese. Sie spielten ein bißchen Eins-gegen-Eins. Teeter war trotz seiner Zentnermassen immer noch fix, und Reese mußte sich total verausgaben; der Trainer war auch groß, drum war der Korbleger leicht für ihn. Aber gegen Reese' Sprungwurf im Rückwärtsfallen konnte er nichts ausrichten.

Schließlich sagte Teeter keuchend: »Du machst ziemlich gute Täuschungen.«

Reese lächelte überrascht. »Ich arbeite schwer dran«, sagte er.

»Denkste, du schaffst es nächstes Jahr in die Mannschaft?«

»Ich hab schon mal dran gedacht.«

»Denkste, du kriegst es hin?«

»Ich könnt's versuchen«, sagte Reese leichthin.

»Denkste, die anderen geben sich ohne weiteres mit deinem ganzen Scheiß ab, bloß weil du einen getroffen hast?«

Reese spürte, wie ihm das Blut ins Gesicht schoß. Dieser fette Saftsack. Er hatte ihn aufs offene Wasser rausgelockt und dann losgelassen.

Teeter fuhr fort: »Ich hab dich beobachtet, Cappadora. Nicht bloß hier drin. Du hast einen Komplex, so riesig wie der Mount Rushmore, und du hast weder die Größe noch den Mumm, ihn abzubauen.«

Reese merkte, wie seine Hände sich zusammenballten, das verräterische Zeichen, das Reese fürchten gelernt hatte, und er erwiderte: »Ich komm zurecht.«

»Du kommst zurecht, wie?« Teeter schob seine Schweinevisage direkt neben Reese' Gesicht. »Du kommst zurecht, weil alle Mitleid mit dir haben. Ich kannte deinen Vater schon als Junge, Vince. Prima Kerl. Alle haben mit ihm gefühlt, wie er den ganzen Mist durchmachen mußte, und was kriegt er dafür? Diesen lächerlichen Gnom, der sich einbildet, seine Scheiße stinkt nicht.«

Teeter fuchtelte mit seinem dicken Finger vor Reese' Nase herum. »Du hast Tempo und *moves.* Aber wennste in meine Mannschaft kommst, dann mußte wissen, du bist keine Ausnahme. Du bist wie alle anderen, vielleicht eine Stufe tiefer auf der Skala, weil du's dir dein Leben lang leichtgemacht hast ...«

»Ich hab nie ...« begann Reese.

»Jetzt mach mal 'n Punkt, Cappadora! Du hältst dich für so 'n starken Kerl, wie wär's, wennste dich danach benimmst? *Bist* du 'n starker Kerl? Oder haste bloß 'ne große Klappe?« Er hob den Ball auf, Reese' eigenen Ball, und warf ihn gegen Reese' Stirn. Dann noch einmal. Reese' Nasenrücken brannte wie Feuer. Seine Augen tränten. Aber er hob nicht die Hände, um Teeters Angriff abzuwehren. Teeter machte es noch mal. Und noch einmal. »Starker Kerl, Reese, was? Willste kneifen? Was machste jetzt? Kannste das wegstecken, Cappadora? Oder biste tief in dir drin bloß 'ne Pussi?« Und er trat zurück, um weiter ausholen zu können, aber da schnellte Reese' Faust hoch und schlug den Ball runter, was Teeter fast aus dem Gleichgewicht brachte.

Das Gesicht des dicken Mannes fiel ein. Und er trat einen Schritt zurück. Ach Scheiße, dachte Reese, so reagieren sie alle. Wenn sie den Blick sehen. Was hab ich dir denn getan, du Arsch? Ich hab doch bloß rumgespielt. Hab vielleicht versucht, mal was Normales zu tun, bloß einmal. Und selbst das hat ihn auf die Palme gebracht. Reese spürte wieder den wilden Drang loszulegen, Teeter seine Fleischnase ins Hirn zu knallen und dann für immer abzuhauen, an einen Ort, wo er nicht jede verfluchte Einzelheit, die er je getan oder gedacht hatte, wie eine Ladung Ziegelsteine auf seinem Rücken mit sich rumschleppen mußte.

»Hören Sie«, sagte Reese dann. »Hören Sie, ich hab bloß ...«

»Vergiß es«, sagte Teeter, drehte sich um und schlurfte davon. »Dein Benehmen kann keiner gebrauchen.«

Und Reese stand nur da, beide Arme um seinen Ball gelegt, den er so fest an die Brust drückte, wie er konnte, während Teeter die Deckenbeleuchtung ausknipste und ihn im Dunkeln stehenließ.

26. Kapitel
Beth

Beth fühlte sich so, als würde sie einen Tiger im Zoo beobachten.

Manchmal sah einem das Tier direkt in die Augen, aber ohne jegliche Kontaktaufnahme. Man konnte nie sicher sein, ob der Tiger einen wahrnahm, als Individuum oder überhaupt, oder ob man nur zum Szenarium gehörte, ein unauffälliges Zubehör in der Landschaft. Sah ein Tiger einen Menschen als Artgenossen an oder wenigstens als lebendig?

Als sie Sam beobachtete, wie er auf und ab ging, von der vorderen Veranda zum hinteren Fenster, Beowulf immer hinter ihm, da fragte sie sich, ob er sie überhaupt als Angehörige derselben Spezies erkannte. Er war ständig in Bewegung, von dem Augenblick, wenn er von der Schule nach Hause kam (es hatte zwei Wochen gedauert, bis er hereinkam, ohne an der Haustür zu läuten), bis zum Abend, wenn er höflich und pünktlich seine Zimmertür schloß. Selbst wenn er am Küchentisch seine Hausaufgaben erledigte, zuckten und zitterten seine Beine. Beth fragte sich, ob er etwas brauchte – Vitamine, Beruhigungsmittel, mehr Milch. In seinem mühsam in Druckbuchstaben verfertigten zwölfseitigen Bericht über Sams Charakterzüge hatte George darauf hingewiesen, daß sein Sohn stets einen Überschuß an Energie bewältigen mußte. »Er ist wie ein halb erwachsenes Hündchen«, hatte

George geschrieben. »Er rennt herum und rennt und rennt, und dann fällt er einfach um und schläft, wo er gerade ist.« Davon hatte Beth nichts bemerkt. Sams Augen waren morgens geschwollen; er hatte nicht den Schlaf eines lebhaften, gesunden kleinen Hundes.

Die Sozialarbeiterin kam fast jeden Tag. (»Wahrscheinlich hat sie noch nie in ihrem Leben etwas Interessantes gemacht, was nichts mit fünf Erwachsenen zu tun hat, die es mit einem Kind getrieben haben«, hatte Candy gemeint.) Sams Unruhe sei verständlich, erklärte sie. Er durchlaufe gewissermaßen die Stadien der Trauer – Erschütterung, Leugnen, Zorn, Entfremdung.

»Woher wissen Sie das?« fragte Beth eines Nachmittags.

»Ich ... ich weiß es nicht«, gestand die Sozialarbeiterin. »Ich ... vermute nur, daß ein Kind in dieser Situation so empfindet.«

Beth mußte an die Fragen denken, die Reporter den unzähligen Experten zu stellen pflegten, deren Porträts sie für Sonntagsbeilagen aufgenommen hatte. »Was sagen die Untersuchungen?« fragte sie.

»Es gibt keine.«

»Wie bitte?«

»Ich glaube nicht, daß so etwas schon einmal vorgekommen ist«, sagte die Sozialarbeiterin. »Entführte Kinder werden entweder sofort gefunden oder nie. Lebend, meine ich. Verzeihung, Beth.«

Die Sozialarbeiterin schilderte den Fall eines kleinen Mädchens, das im Krankenhaus irrtümlich den falschen Eltern übergeben worden war; es war buchstäblich bei der Geburt vertauscht worden. Das hatte eine Menge Aufsehen erregt; hatte Beth nichts darüber gelesen? Beth ließ ein paar höfliche Laute hören, sie hatte seit Jahren nichts von einem vermißten Kind gelesen. Dieses Kind, fuhr die

Sozialarbeiterin fort, sei weitgehend angepaßt gewesen. Gute Noten. Beliebt. Die Eltern kamen dahinter, als die Tochter, die sie für ihr leibliches Kind hielten, an einem angeborenen Herzfehler starb und Blutuntersuchungen ergaben, daß sie nicht ihr Kind sein konnte. Daraufhin waren die Krankenhausunterlagen überprüft worden, und alles war ans Licht gekommen.

»Und hat das andere Mädchen den Vater, den sie für ihren richtigen Vater hielt, jemals wiedergesehen? Den Mann, bei dem sie aufgewachsen ist?« fragte Beth. »Halten sie Verbindung?«

»Hm ... ja«, sagte die Sozialarbeiterin. »Tatsächlich lebt sie noch bei ihm. Sie wollte nicht zu den leiblichen Eltern, und ein Richter hat zu ihren Gunsten entschieden. Aber dann hat sie ...«

»Was?«

»Es sich anders überlegt.«

»Oh.«

»Und ist zu ihrer richtigen – hm, ersten Familie gegangen.«

»Oh«, sagte Beth.

»Aber da war sie schon viel älter, ein Teenager, und die Umstände ...« Die Sozialarbeiterin brach ab.

Die Umstände bei ihnen zu Hause waren dermaßen anders, daß Beth zuweilen das Gefühl hatte, sie seien lauter Fremde, die man zusammengebracht hatte, um ohne Proben ein Stück aufzuführen.

So heftig sich Beth auch dagegen sträubte – die Verwandtschaft und Bekanntschaft trudelte am ersten Samstag ein, in aller Frühe, als sie noch gar nicht aufgestanden waren. Angelo. Wie hätte sie Angelo abweisen können? Und er hätte sich nicht besser verhalten können; er stürzte sich nicht auf Sam, um ihn heftig an sich zu drücken, obwohl er dies mit jedem Schlag seines überanstrengten, von elektrischen Impulsen angetriebenen alten Herzens gewünscht haben mußte. Er saß da mit tränenüberströmtem Gesicht und erzählte Sam von den Fresken in »Hochzeit im alten Viertel«. »Sie sehen auf die *matrimonio* hinab, die Hochzeit. Ein jedes Bild stellt eine Oper dar, Ben«, sagte er.

»Er heißt Sam, Ange«, ermahnte Beth leise.

»Sam, natürlich. Das ist ein guter, starker Name, Sam. Ich bin ein alter Mann, Sam, und verrückt«, sagte Angelo. »Aber ich will dir was erzählen. In der einen Oper, sie heißt *La Bohème*, hat der Künstler Rodolfos Gesicht nach einem Bild von deinem Papa gemacht, von meinem Sohn Patrick. Und kennst du Menotti? *Amahl und die nächtlichen Besucher ...?*«

Zu Beth' Erstaunen nickte Sam. »Das hab ich in der Schule gesehen, auf dem großen Fernseher«, sagte er.

»Den kleinen Jungen? Mit der Krücke?«

»Ja?«

»Das bist du, Ben ... Sam. Das bist du. Der kleine Junge bist du.«

»Cool«, sagte Sam. »Kann ich es sehen?« Angelo richtete seine verblaßten, in Tränen schwimmenden Augen auf Beth.

»Bald«, sagte Beth. »Laß ihn sich erst ein bißchen eingewöhnen, Ange.« Sie hatte nicht grundlos darauf bestanden, daß anfangs niemand außer ihr, Pat und den Kindern Sam besuchte. Jetzt, am ersten Tag, an dem er ganz zu Hause war, konnte sie fühlen, wie Sams zerbrechliche Schale nachgab, konnte seine Verwirrung spüren. Am liebsten wäre sie aufgestanden und hätte alle mit einer Handbewegung hinausgeschickt. Aber da hätte sie ebensogut versuchen können, einen Fluß zu teilen.

»Wer ist Reese?« fragte Sam dann.

»Reese«, sagte Angelo. »Ach ja, natürlich. Er ist Pinkerton in *Madame Butterfly*. Ein schlechter Mensch, leider. Ich habe zu Vincent gesagt, such dir einen anderen aus. Da hat er sich für Don Giovanni entschieden. Ein noch schlechterer Mensch! Deshalb sind wir bei Pinkerton geblieben.«

»Eine Menge Wände«, bemerkte Sam.

»Eine Menge Wände?« grölte Angelo. »Du solltest es sehen. Es ist riesig, Sam!« Er wandte den Kopf, als Tree hereinkam. »Und deine Tante, sie ist die Mama in *Amahl*. Sie ist deine Mama an den Wänden.«

»Ben«, sagte Tree; sie kniete sich hin, streckte die Arme aus. Unentwegt Beth ansehend, ließ Sam sich unsicher von Tree, die in Tränen ausbrach, in die Arme nehmen. »O Ben. O mein Gott.« Armes Kind, dachte Beth; am liebsten hätte sie ihm ein Schild mit der Aufschrift »Sein Name ist Sam« um den Hals gehängt.

Und so ging es weiter, immer wieder ähnliche Szenen, das ganze Wochenende und bis in die Woche hinein. Bei seinem bloßen Anblick nahmen alle, Paul, Bick, Beth' Vater, eine Buß- und Andachtshaltung ein, als sei er eine Erscheinung in einer Grotte, kein Zwölfjähriger mit aufgeschürften Knien.

Nachdem er ihn umarmt, auf Armeslänge von sich gehalten und wieder umarmt hatte, dankte Bill Sam, daß er heimgekehrt war, solange sein Großvater das noch erleben konnte.

»Gern geschehen«, erwiderte Sam freundlich. »Bist du krank?«

»Nein, nein«, sagte Bill jovial. »Nein, ich bin nicht krank. Keine Sorge. Ich bin nur so glücklich, mein Sohn.«

»Ich bin dein Onkel«, erklärte Bick Sam eifrig. »Und du bist nach mir benannt. Ich werde Bick gerufen, aber mein richtiger Name ist Benjamin.« Und ohne abzuwarten, ob

Sam den Mund aufmachte, fragte Bick: »Erinnerst du dich an mich? Weißt du noch, wie ich dich aus dem Lake Delavan gezogen habe ...?«

Wenn das alles überhaupt etwas bewirkt hatte, dachte Beth später, dann das, daß Sam, hoffnungslos verwirrt und erschöpft, verzweifelt bemüht, passende Erwiderungen auf Fragen zu geben, für die er keine Antworten hatte, anfing, sich dicht an Beth' Seite zu halten oder, wenn sie nicht im Zimmer war, Reese auf Schritt und Tritt zu folgen. Während sich das Wohnzimmer mit einer wuselnden Menschenmenge füllte, Nachbarn und Verwandten, Polizisten und dem einen oder anderen Reporter, der sich strahlend grinsend einschlich und, immer noch grinsend, seine Harmlosigkeit beteuerte, wenn er hinausgeworfen wurde, beobachtete Beth Sam und Reese, die Fanghandschuhe aus der Garage hervorholten, das Tor verschlossen und wortlos im Hof zu pitchen anfingen.

Weit kamen sie damit nie, denn schon bald traf der nächste Pilger ein. Der nächste Segensspruch, die nächste Bekundung von Erstaunen, die nächste Namensverbesserung. Rachelle. Tante Angela. Tochter und Sohn von Charley Zwo. Die Bonaventuras. Die Rooneys und die Reillys. Der kürzlich pensionierte Polizeichef Bastokobitch aus Parkside. Pauls bester Freund Hank.

Barbara Kelliher mit ihren zwei Töchtern.

Barbara, die aus irgendeinem Grund die einzige Person war, die Beth dazu brachte, zu heulen wie eine Blöde – Barbara, deren adrette, immer noch kecke und verdächtig kastanienbraune Cheerleader-Frisur sich von übertrieben rosigen Wangen abhob und deren Chanel-Duft ihr immer noch vorausging, Barbara, die Beth auf der High-School nur flüchtig gekannt hatte, die aber aufgrund von etwas, worin Beth nur dieselbe Entschlußkraft erkennen konnte, die Barbara einst befähigte, lächelnd eine Faust zu heben, während sie Spagatübungen machte, beschlossen hatte, ihr eigenes Leben einfach auszusetzen und ritterlich zur Verteidigung von Beth' Leben zu eilen. Beth faßte sie um die Taille und wollte sie nicht mehr loslassen, und nach einem erschreckten Moment der Abwehr erwiderte Barbara Beth' Umarmung und begann sie zu wiegen, zu wiegen, wie eine Mutter ein Baby auf der Hüfte wiegt.

Als Beth' Schluchzer allmählich in Schluckauf übergingen, bat Barbara, Ben sehen zu können. Beth trat ans Fenster, um ihn zu rufen.

»Nein«, sagte Barbara, »laß ihn nur. Laß mich ihn nur einen Moment beobachten.« Sie wandte sich an Beth, als Ben sich umdrehte, um einen Ball aus hoher Flugbahn zu fangen. »Er sieht dir ähnlich«, sagte sie.

Sam war an dem ersten Samstagabend gegen acht, ein gummiartiges Stück Pizza noch in der Hand, auf einem Liegestuhl eingeschlafen, und am nächsten Morgen um neun lag er immer noch in tiefem, bleiernem Schlaf. Es war Beth zuwider, ihn aufzuscheuchen, aber Rosie und Angelo hatten in Immaculata eigens eine Messe bestellt und bezahlt. Pat bestand darauf, daß sie alle hingingen, und zwar ordentlich und adrett, und er geriet bereits mit Vincent in Streit über den Zustand seiner Baumwollhose, als Beth ihre erste Tasse Kaffee noch nicht getrunken hatte.

Schon mehrere Häuserblocks von der Kirche entfernt spürte Beth eine Spannung in den Straßen, eine besondere Stille, die durch die mehr als übliche Anzahl Autos, die Stoßstange an Stoßstange standen und sogar Einfahrten blockierten, gesteigert wurde. Es war ein Gefühl wie an einem Oster- oder Vierter-Juli-Morgen, eine verdeckte, ungewohnte Geschäftigkeit, die durch das Fehlen des Alltagsverkehrs noch betont wurde. Als sie von der Suffolk Avenue auf den Boulevard bogen, hielt sogar Vincent den

Atem an. Die Straße vor der Kirche war an beiden Seiten blockiert und von Übertragungswagen und Streifenwagen verstopft – Streifenwagen aus einem Dutzend Kleinstädten und aus Chicago, alle mit blinkendem Blaulicht; Scheinwerfer rotierten, Flutlicht schuf eine Art künstlichen Sonnenaufgang. Auf beiden Seiten der Absperrung aus Plastikband standen Familien und reckten die Hälse, um über die Köpfe der Reporter hinwegzusehen, und stießen dabei Böcke um. »Das müssen ja tausend Menschen sein«, flüsterte Vincent mit vor Ehrfurcht fast kindlicher Stimme.

Es zeigte sich, daß die Cappadoras in der Nähe des Eingangs nirgends parken konnten; sie mußten sich zu Fuß zur Kirchentür durchkämpfen, als die Glocken zur Elf-Uhr-Messe läuteten. Von den Versammelten schien niemand sie zu erkennen, bis sie auf der Türschwelle des Vorraums waren. Beth fühlte fast mit den enttäuschten Presseleuten; irgendwie mußten sie einen rothaarigen kleinen Jungen erwartet haben, mit einer Aureole umgeben, geführt von überglücklichen jungen Eltern, statt eines Heranwachsenden mit trüben Augen und verkehrt aufgesetzter Baseballkappe, flankiert von kleinen, dunklen, einander sehr ähnlichen Männern (einer jung, einer im mittleren Alter, keiner strahlend), einer unauffälligen ergrauenden Brünetten in schlechtsitzenden Kleidern und einem erdbeerblonden Mädchen in Minirock und Strumpfhose. Was Beth wirklich verblüffte, war, daß die Kirche nicht mit einer Abordnung der Neugierigen draußen gefüllt war, sondern mit Menschen, deren Gesichter sie kannte. Jedes Gesicht war aus ihrer und Pats Vergangenheit herausgeschnitten. Welcher Ausleseprozeß konnte diese Gleichförmigkeit erklären? Man kannte ja kaum alle Gesichter auf einer Familienhochzeit. Wer war der Schiedsrichter gewesen? Wer hatte genügend Kenntnisse, um nur die Insider einzulassen? Später erfuhr Beth, daß es gar keine Einlaßkontrolle gegeben hatte; irgendwie waren diejenigen, die wußten, daß sie eintreten sollten, hereingekommen, und mit Ausnahme der Reporter hatten diejenigen, die wußten, daß sie nur zuschauen sollten, nicht versucht einzudringen.

Als Beth und Pat mit den Kindern durch den Mittelgang schritten, dorthin, wo Rosie, Angelo, Bill und Bick – und hinter ihnen Paul und Sheilah – feierlich gekleidet standen und ihnen Plätze in der ersten Reihe freihielten, kamen sie an Dutzenden von ausgestreckten Händen und erhobenen, tränenvollen Gesichtern vorüber. Mitschülerinnen, Klassenkameraden und Nachbarn; Polizisten, die Beth nie ohne Uniform gesehen hatte, sogar viele, die längst in ein anderes Revier versetzt worden waren; eine ganze Truppe Freunde und Freundinnen aus Madison: Laurie natürlich, mit ihrem Mann und ihren Kindern, Rob und Annie Maltese, aber auch andere – der Blinde an der Ecke, der Ben und Vincent Drops geschenkt hatte, als Beth sie vor einer Ewigkeit im Leiterwagen um den Block gezogen hatte, und Linda, die Kellnerin aus dem Cappadora.

Das Eröffnungslied war »*Amazing Grace*«, und Pfarrer Cleary, der Beth und Pat ihr Leben lang kannte, ließ es sich nicht nehmen, sofort eine Verbindung zu knüpfen. »Wir haben uns heute in einer Zeit versammelt, die der Kirchenkalender als ›stille Zeit‹ bezeichnet«, sagte er. »Das heißt, wir befinden uns nicht in der Nach- oder Vorbereitung eines der großen Feste unserer liturgischen Tradition. Doch deutliche Anzeichen, zu denen auch zählt, daß alle Plätze besetzt sind« – befangenes Gelächter –, »lassen erkennen, daß dies kein gewöhnlicher Anlaß ist; es ist in der Tat eine Feier, mit der nicht nur die Bestätigung unseres Glaubens begangen wird – was wir, wie einigen von euch vielleicht entfallen ist, jeden Sonntag tun«

– neuerliches Gelächter –, »sondern die Bestätigung der Macht des Glaubens und der Gnade Gottes, die unser klägliches Vermögen zu verstehen oder zu beurteilen übersteigt. Heute feiern wir, wie wir es bereits in dem Lied getan haben, die Gnade Gottes, wie sie sich in der Heimkehr eines Kindes symbolisiert, das einst verlorenging, aber nun gefunden wurde.« Pastor Cleary hüstelte nervös, und Beth verzieh ihm seine offensichtliche Befangenheit vor den Kameras und seinen Zwiespalt; sie fragte sich, ob er den Videorecorder im Pfarrhaus programmiert hatte, um die Mittagsnachrichten aufzuzeichnen.

»Wir feiern«, fuhr Pastor Cleary fort, »die Anwesenheit der vollzähligen Familien Cappadora und Kerry, Familien, die tief in dieser Kirche, dieser Schule, dieser Gemeinde verwurzelt sind und deren tragischer Verlust vor neun Jahren Menschen in aller Welt schmerzlich berührt hat, insbesondere aber diejenigen unter uns, die Rose und Angelo, Bill und Evelyn, Pat und Beth gekannt haben – und die Kinder, die ich vor Jahren an schönen Sonntagen getauft habe. Wie ihr alle wißt, wurde ihr Sohn Ben ihnen vor neun Jahren genommen, als er erst drei war, und durch ein Wunder unserer Zeit, anders kann man das nicht nennen, erst vor Wochen wiedergegeben, nicht verstümmelt, nicht zerstört, sondern heil und gesund.

Ich bitte die Cappadoras nicht, aufzustehen, nicht nur, weil ihr alle sie gut kennt, sondern weil sie in ihrem persönlichen Martyrium schon zu viele Prüfungen durchgestanden haben. Aber ich bitte euch, schließt euch ihnen heute an in ihrer Dankbarkeit und ihrem Glauben, einem Glauben, der sie aufrechtgehalten hat, der niemals wankte, wo der Glaube der weniger Starken gewiß gescheitert wäre, und begrüßt mit ihnen die Rückkehr von Ben«, er hielt inne, sah zu Boden, blickte dann Beth direkt ins Gesicht, »von Sam Karras Cappadora«, Beth spürte, wie Sam neben ihr die Schultern straffte, »zu den Seinen und in den Schoß unserer Kirche. Nicht jede Eucharistiefeier in Immaculata wird weltweit im Fernsehen übertragen«, fuhr er, neuerliches zustimmendes leises Lachen übertönend, fort, »doch wir haben den Entschluß gefaßt, heute ein gewisses Kontingent an Medien in unserem Heiligtum zuzulassen, weil wir denjenigen, die nicht hiersein können, ermöglichen wollen, an dieser andächtigen Gemeinschaft teilzuhaben, an diesem Festakt, der die Stärke einer Gemeinde bestätigt und ihren Mut ... Und wir sind aufgerufen, euch alle daran zu erinnern, daß Angelo und Patrick Cappadora mit ihren Angehörigen euch im Anschluß an den Gottesdienst zum Mittagessen ins Restaurant ›Hochzeit im alten Viertel‹, 628 Diversey Street, Chicago, Illinois, einladen; die Familie hofft, daß ihr alle erscheinen werdet. Stadtpläne sind auf dem Tisch in der Taufkapelle erhältlich. Und nun möchten wir mit dieser Feier in einer stillen Zeit beginnen, indem wir sagen: Der Herr sei mit euch.«

»Und mit deinem Geiste«, murmelte die Menge wie aus einem Munde.

»Erhebet eure Herzen«, befahl Pastor Cleary mit seiner alten, aber noch klangvollen Stimme.

Beth wußte nicht, was sie veranlaßte, über die Schulter zu blicken – ein Rascheln hinten in der Kirche? Schlichtes Unbehagen beim Beginn der Liturgie, der sie mit ihren lückenhaften Kenntnissen nur mühsam folgen konnte?

Jedenfalls sah sie über die Schulter, und gleich links vom Mittelgang stand George Karras, klein, im blauen Nadelstreifenanzug. Aus einer Entfernung von dreißig Metern konnte Beth sein qualvolles Unbehagen spüren, die Anstrengung, die es ihn kostete, stillzustehen, ohne an seiner Krawatte zu zupfen oder an seinen Manschetten zu fummeln. Sie überlegte nicht lange. Hätte sie eingehalten, um nachzudenken, wären ihr wohl ein Dutzend Dinge eingefallen, die sie daran gehindert hätten, sich in Bewegung zu setzen – die Medien, der mögliche Zorn diverser Cappadoras, selbst das Mitgefühl und das Entsetzen, die ihr den Magen verkrampften.

Sie stand auf, nachdenkliche Blicke folgten ihr, ging still in den hinteren Bereich der Kirche und streckte die Hand aus, die George, vor Demütigung und Erleichterung schluckend, ergriff. Sie führte ihn zur ersten Bankreihe, und erst als sie sich der Familie näherte, bei den letzten Schritten, wagte sie aufzublicken – und sie sah Sams Gesicht, ihr und George zugewandt, mit einem Ausdruck, den sie bei ihm noch nie gesehen hatte.

Es war, vermutete sie später, Glück.

27. Kapitel

Reese

Reese hatte plötzlich das Bedürfnis, ein paar Stunden allein zu sein, um seine Muskeln zu lockern und zu trainieren, und er setzte alles daran, um sich nach der Kirche vor dem großen Mittagsspektakel zu drücken.

Immerhin, dachte er sich, wußte sein Dad nichts davon, was in der Schule mit dem fetten Mistkerl Teeter passiert war, und daher nahm Dad an, Reese spiele immer noch mit dem Gedanken, sich kommenden Herbst um Aufnahme in die Basketballmannschaft zu bewerben. Und Reese war es zufrieden, Dad möglichst lange in diesem Glauben zu lassen. Egal, wo er tatsächlich hinging, Dad schien anzunehmen, er sei im Sportzentrum oder sonstwo, trainieren. »Arbeitest du an den Freiwürfen?« fragte Dad ihn jedesmal, was bewies, daß, wenn auch sonst niemand in Nordamerika zu wissen schien, daß es in der gesamten Cappadora-Familie außer Sam noch einen Sohn gab, wenigstens sein Dad noch von Reese' Existenz Kenntnis nahm.

»Klar, Dad«, sagte Reese dann. »Ich arbeite dran.«

»Du weißt ja, die Mannschaft, die die Freiwürfe kriegt, gewinnt das Spiel«, sagte sein Dad. »Und Größe zählt nicht die Spur an der Freiwurflinie.«

»Richtig, Dad«, stimmte Reese zu. Da sah Dad ganz zufrieden drein. Die bloße Erwähnung, daß Reese, wie sein Dad es ausdrückte, etwas »Konstruktives« tat, lenkte von Reese' Fall ab. Was er in Ordnung fand.

Aber er hätte sich denken können, daß die alte Sportkiste heute nicht zog; es war eigentlich ziemlich idiotisch, wenn man bedachte, daß es bis zu den Testspielen noch eine halbe Saison hin war. Es gab keine Möglichkeit, sich vor seiner Rolle in der verdammten Freßszene zu drücken. Als Reese damit anfing, warf Dad ihm einen einzigen Blick zu, und das war kein »Bitte, Vincenzo«-Blick. Es war ein »Leg-mich-nicht-aufs-Kreuz«-Blick, und Widerspruch war zwecklos. Dad konnte in einigen Dingen stur sein wie ein Kampfhund, und zu diesen Dingen gehörte mit Sicherheit die für die Massen veranstaltete Vorstellung von: »Seht nur, wie glücklich wir sind!«

Tatsächlich hatte Reese verdammt großes Mitleid mit Sam, der ein Gesicht machte wie sieben Tage Regenwetter, und draußen vor der Kirche sah er noch kläglicher drein, als George, der kleine Typ, ihm einen Kuß auf die Stirn gab und sagte, er wolle »die Familienfeier nicht stören«. Verdammter Quatsch. Wußte er nicht, daß der Junge sich sowieso schon wie ein Stück Scheiße fühlte, weil er seinen Vater verließ? George war ein erwachsener Mann, und er hätte ruhig mitkommen und ein Wurstsandwich essen können, wenn er Sam damit einen Gefallen tat.

Andererseits hatten Onkel Joey und ein paar von den anderen vor der Kirche gestanden und dieses italienische Palaver mit den großen Gesten veranstaltet, was nur heißen konnte, daß sie über die Unverschämtheit von diesem Kerl sprachen, überhaupt bei der Messe aufzukreuzen – sie waren die Cappadoras! Was immer er sonst sein mochte, George war der Mann von diesem Mistweib! Vermutlich hatte George eine genaue Vorstellung davon, was passieren könnte, wenn Joey ein paar Drinks hinter der Binde hatte. Onkel Joey war im allgemeinen sehr anständig, aber er war ein Hitzkopf – wie etwa fünfundsechzig Prozent aller erwachsenen Männer, die Reese kannte.

Als sie sich, schreienden Reportern ausweichend, alle in den Wagen quetschten, überlegte Reese, daß einiges an der ganzen Geschichte, ehrlich gesagt, gar nicht so schlimm war. Die Mediensache war megalangweilig, auch wenn ein paar Jungs, sogar Jordie, die total kindische Vorstellung hatten, wenn man in der Zeitung stünde, würde man sich wichtig vorkommen oder so was. Das Gute an der Sache war, daß Heather Bergman und etwa fünf von ihren ebenso scharfen Freundinnen während der vergangenen Wochen beschlossen hatten, ihn zu bemuttern. Die anderen Mädels waren ganz in Ordnung, aber die Art, wie Heathers stumpf geschnittene blonde Haare sich genau auf der Höhe ihrer Lippen bewegten, wenn sie den Kopf drehte, konnte Reese binnen fünfzehn Sekunden in eine einzige gigantische Schwellung verwandeln. Und bevor dies alles anfing, hatte es von ihrer Seite höchstens geheißen: »Cappadora, der kleine Ganove.« Jetzt hieß es: »Ich habe gar nicht gewußt, daß du so sensibel bist, ich wußte nicht, was du alles durchgemacht hast ...« Wo hatte sie gelebt, in Zaire? Als sie letzte Woche von der Bibliothek nach Hause gingen, nach zwei für Reese qualvollen Stunden, in denen er sich Bürgerkriegsdaten einzuprägen versuchte, während er den Duft einatmete, der aus der Vertiefung direkt unter dem runden Ausschnitt von Heathers Pullover zu kommen schien, war es ihm gelungen, sie (und sie hatte nicht protestiert) an die Mauer des unfertigen Bibliotheksanbaus zu drücken, und im Verlauf des etwa zwanzigminütigen Schmusens hatte er sie zwar nicht richtig befummelt, aber seine Unterarme hatten durchaus was gefühlt, während sie dachte, daß er nur ihre Wangen mit den Händen berührte.

Zumindest bildete er sich ein, daß sie nur das gedacht hatte. Oder wußten Mädchen ganz genau, was man machte? Und taten bloß so, als hätten sie keine Ahnung? Und hinterher hatte es geheißen, »Reese, du bist süß«, statt daß sie ein Gesicht machte, als wollte sie ihm eine knallen, was auch okay gewesen wäre.

Aber das hier? Scheiße. Als sie ankamen, sahen der Parkplatz des Hochzeitsrestaurants und die Straße davor aus wie die größte Gebrauchtwagenausstellung in Chicago.

Sie schafften es, sich durch eine weitere Pressemeute zu drängen, und gingen hinein. Es verfehlte nie seine Wirkung; jedesmal, wenn Reese hereinkam, staunte er über die ausgeflippte Pracht des Hochzeitsrestaurants. Diesmal bereitete es ihm einen zusätzlichen Kitzel, Sam zu beobachten, der es noch nie gesehen hatte – zu beobachten, wie er hochsah und die Rosenfenster aus Buntglas und die Frauenkopien in sich aufnahm (sogar Reese fand sie schön, wenn auch verrückt), Julia, Santa Lucia und die eine, die in seinen Augen immer die toskanische Göttin des Geschlechtsverkehrs war. Er hatte keine Ahnung, warum auf den Balkonen an den Dachsparren von »Hochzeit im alten Viertel« Frauen waren, und er fand immer, sie ließen das Lokal aussehen wie das Piraten-der-Karibik-Karussell in Disney World; aber jedermann schien sie zu lieben oder zum Kichern zu finden oder beides. Er folgte dem Jungen um die Reihen leinengedeckter Tische, während Sam die Fresken bestaunte und besonders lange vor der Darstellung der Oper von Gian Carlo Menotti stehenblieb – war es möglich, daß er wahrhaftig sein eigenes Gesicht erkannte? Und dann nahm Reese Sams Arm und führte ihn zu der Bar, wo sich im Modell der Fontana di Trevi aus einem Krug in den Armen des Meergottes Sekt ergoß. Sie überredeten Scottie, ihnen ein Glas zu geben, und sie tranken jeder einen Schluck. Es war billiges Zeug – Angelo weigerte sich beharrlich, einen Moët et Chandon durch Plastikrohre laufen zu lassen. Aber Sam schien es zu schmecken.

Und dann tauchte natürlich Mom auf und schnappte ihnen das Glas weg, und sie lungerten in der Garderobe herum, während unzählige Verwandte vorüberströmten. Das ganze Lokal war dekoriert wie für den »großen« Abend, den Samstagabend, wenn die Leute mit ihren Verwandten von außerhalb kamen, um das Restaurant zu besuchen. Gewöhnlich war nur ein Brautpaar da, aber heute waren es zwei: die liebliche, hübsche Braut, die aussah, wie seine Cousine Moira aussehen würde, wenn sie erwachsen wäre, und die scharfe, die aussah, als gehörte sie in die Bademodennummer von *Sports Illustrated.* Er erinnerte sich an ihren Namen, Claudia. Es gab noch ein Paar, aber mit denen konnte er nichts anfangen. Er war sich ziemlich sicher, daß zwei von den drei Bräutigamen schwul waren – einer war sogar Tänzer –, aber alle sahen gut aus und waren groß. Die beiden waren heute hier, der eine war der, den Großpapa Angelo hinter seinem Rücken »der Nazi« nannte, weil der Typ aussah wie einer aus »Meine Lieder, meine Träume«.

Bis Mom sich endlich so weit beruhigt hatte, daß sie in den Bankettsaal gehen konnte, waren alle Tische besetzt. Die Leute aßen.

»Vincent«, sagte sie, »komm her. Ich möchte, daß wir alle zusammen hineingehen.« Großer Auftritt, Mom, dachte Reese. Scheiße. Na ja. Er drehte sich nach Sam um, der mit Kerry unter den Garderobenständern herumtobte. Seine Größe täuschte: Er war nur ein kleiner Zwölfjähriger. Reese' Magen verkrampfte sich wieder vor Mitleid.

Als sie aus der Bar in den Saal kamen, erblickte sie der Bandleader und stimmte den alten Song *»I'll Be Loving You Always«* an, und zwar, dachte Reese, in der alleinigen Absicht, alle, die an ihrer Wurst kauten, zum Heulen zu bringen; sogar Pastor Cleary kamen die Tränen.

Es bewirkte jedoch, daß alle aufstanden und applaudierten. Und sie schienen nie mehr aufhören zu wollen.

Sam barg seinen Kopf an Moms Schulter, und Reese versuchte, unauffällig ein Stückchen näher zu rücken, so daß er Sam von den meisten Gesichtern in der Menge abschirmte. Aber alle fuhren fort zu applaudieren und zu johlen, stundenlang, wie es schien, und die Band spielte weiter kitschige Lieder wie »*Danny Boy*«, und alle weinten noch mehr. Reese glaubte, er würde kotzen. Selbst ihm war zum Heulen zumute.

Doch schließlich gelang es Billy, dem Bandleader, alle zu beruhigen, und er sagte nur: »Willkommen daheim.« Kein Name, Gott sei Dank. Niemand wußte genau, wie er Sam nennen sollte. Und Sam deutete ein Winken an, worauf alle noch ein bißchen klatschten, und schließlich setzten sie sich hin, um zu essen. Zum Glück, denn Reese, der normalerweise nicht viel aß, war am Verhungern. Und Sam aß, als wären Ravioli ab morgen gesetzlich verboten.

Als sie Tiramisu und Cannoli auf den Tisch stellten, rückten die Hilfskellner die vorderen Tische ein wenig zurück, um die Tanzfläche frei zu machen – Junge, dachte Reese, sie ziehen das ganze Programm ab. Die erste Braut, die eine, die wie seine Cousine aussah, hatte die Schleppe ihres Kleides gerafft und machte sich zum Tanz mit dem Schwuchtelbräutigam bereit. An einem normalen Abend im Hochzeitsrestaurant wurden zuerst die Lichter gedämpft, und dann tanzten Braut und Bräutigam zu »*Sunrise, Sunset*«, wobei meistens irgendwann Großpapa Angelo dazustieß, um den Vater darzustellen. Sogar Reese' Dad stieß manchmal dazu, obwohl er nicht gern tanzte. Das taten sie auch jetzt, und dann gingen die Lichter an, und die Braut raffte ihre Röcke. Die liebliche Braut hob sie nur ein bißchen an; aber Claudia, erinnerte sich Reese, zog sie ganz hoch, so daß man ihr Strumpfband an ihrem

Schenkel sehen konnte – ein Glück, daß sie jetzt nicht dran war. Er wußte, daß jetzt Tarantella getanzt wurde, und wie zu erwarten, stand gleich darauf der halbe Saal auf und tanzte.

Es brachte Reese jedesmal um, wenn er Leute, die keine Italiener waren, Tarantella tanzen sah; es war, als beobachtete man Leute, die keine richtigen Polen oder nicht mit polnischen Frauen verheiratet waren, bei dem Versuch, Polka zu tanzen. Sie meinten, man brauchte weiter nichts zu tun, als dazustehen und die Füße zu schlenkern, einen nach dem anderen – bumba bumba bumba bum –, dabei gab es in Wirklichkeit vorgeschriebene Schritte. Vincent kannte sie, seit er ein Kind war, aber lieber würde er sich auf dem Scheiterhaufen verbrennen lassen, als sie tatsächlich zu tanzen. Zu seiner Überraschung ging aber sein Vater hin und stemmte die Hände mit den Handflächen nach außen in die Hüften, wie es sich gehörte, statt einfach die Hände an die Taille zu legen, wie es Großmama Rosie tat, wenn sie wütend war – und wie es die jungen Leute gewöhnlich machten. Damals, als das Lokal eröffnet wurde, hatte Großpapa eine wirklich schöne Braut als Kellnerin beschäftigen müssen, weil sie den Dreh nicht rauskriegte, die Tarantella zu tanzen wie »eine wahre Madonna«.

Die Cousine-Moira-Braut dagegen war heute in Hochform, ihre Füße in den Satinschuhen flogen nur so, und als alle außer Atem waren, fing die Band schneller zu spielen an, und Dad winkte Sam, aufzustehen und mitzutanzen. Reese dachte, er würde sich bepissen aus Scham für den Jungen. Doch Sam, gefällig, wie er war, stand auf, und er fing mit Dad zu reden an, und Dad machte dem Bandleader ein Zeichen. Billy hörte auf der Stelle zu spielen auf. »Mein Sohn kennt die Tarantella nicht, aber er kennt die Miserlu.« Er beugte sich hinunter, um zu hören, was Sam sagte. »Sertu – das bedeutet Schwanz. Kennst du das?«

»Aber natürlich.« Billy lächelte, und er fing an, ganz langsam »*Never on Sunday*« zu spielen. Großpapa Angelo kam hinzu und gab Sam eins von seinen riesengroßen Leinentaschentüchern mit den in Rot aufgestickten Buchstaben A und C. Reese dachte, dies gehöre zum Tanz; er hatte ihn einmal auf einer griechischen Hochzeit im Fernsehen gesehen. Sam stand da, hielt das Taschentuch fest und blickte um sich, bis – mein Gott, dachte Reese, das darf nicht wahr sein – Mom aufstand und hinging und die Hand ausstreckte. Und Sam zeigte ihr die Schritte, die langsam waren, rechter Fuß über den linken, dann hinter ihn, dann ein kleiner Hüpfer und eine Drehung. Mom war keine großartige Tänzerin, aber sie machte ein verträumtes Gesicht, wie betrunken; sie sah beinahe schön aus. Und dann nahm Dad Moms Hand, und Sam zeigte, wie man den Arm in die Höhe halten mußte, in einem Bogen, und Großpapa Bill zog Großmama Rosie hoch ... Es war zum Kotzen.

Bald hatte seine Mom den Dreh raus. Sie schlängelte und neigte sich anmutig, ihre Schultern wiegten sich, und sie lächelte seinem Dad zu; es mußten fünfzig Personen in konzentrischen Kreisen gewesen sein, Sam mittendrin, immer noch führend, immer noch das Taschentuch haltend, er lachte sogar, seine rötlichen Haare waren ein wenig verklebt von Schweiß. Er merkte, daß Reese ihn beobachtete, und verdrehte die Augen.

Ach Ben, dachte Reese. Er sah fort von dem Jungen, sah hoch zu den Fresken an den Wänden. Sah auf Bens Gesicht, das kluge, verwunderte Engelsgesicht eines kleinen verkrüppelten Jungen, der Gott schaute, und dann auf sein eigenes Abbild, sein Gesicht stolz und vermutlich hübscher als in Wirklichkeit, doch als Darstellung eines

Bösewichts gemalt, dessen größter Beitrag zur Geschichte darin bestand, eine hübsche Japanerin zum Selbstmord getrieben zu haben.

Er ging in die Bar, um zu sehen, ob Scottie sich überreden ließ, ihm noch ein Glas Sekt zu geben.

28. Kapitel

Beth

Auch nachdem die Pflegerin und der Gerichtsdiener Cecilia hereingeführt und hinter der Abschirmung neben ihrer Anwältin plaziert hatten, kam es Beth nicht in den Sinn, sich zu setzen.

Erst als Pat sie am Ärmel zupfte und sie sich verärgert umwandte, merkte sie, daß Presseleute, Beamte und Richter Sakura schon Platz genommen hatten. Der Richter, ein junger Asiat, sah sie mit unendlicher Gelassenheit abwartend an. Darauf setzte Beth sich mit einem Plumps hin und zuckte zusammen, als sie sich mit dem Steißbein an der Kante der Bank stieß und eine Naht ihres Rocks reißen hörte.

Wenn sie jedoch den Hals ein wenig reckte, konnte sie das engelhafte breite Gesicht der Pflegerin und direkt hinter ihr Cecil noch sehen. Wäre sie nicht über Cecils Identität informiert gewesen, hätte Beth sie nur an der orangeroten baumwollenen Gefängniskleidung erkannt, die den OP-Anzügen der Ärzte glich; Cecil trug als einzige im Gerichtssaal keinen Sonntagsstaat.

Cecil hatte sich nicht nur verändert. Sie war nicht mehr vorhanden.

Die gertenschlanke Frau, die Beth in Erinnerung hatte, war jetzt regelrecht fett, in Hose und Oberteil gezwängt, mit Fleischrollen gepolstert, die von der Haut nicht mehr in Form gehalten werden konnten und eigenartig hervorstanden. Ihre Kinnspitze und ihre Handgelenke ließen noch die zarten Knochen erahnen. Cecil sah aus wie in einem Zerrspiegel, eine ausgestopfte Cecil, die ihre Pflegerin mit verzückter Aufmerksamkeit betrachtete.

Beth hatte halbwegs erwartet, Mitleid mit Cecil zu empfinden oder Wut oder sonst etwas. Aber sie spürte nur eine maßlose Neugierde. Sie wollte Cecil aufmachen wie eine Babuschkapuppe; Hülle für Hülle aufbrechend, wollte sie nach der Frau suchen, die ihren kleinen Jungen geraubt hatte, und darunter nach dem begabten aristokratischen, hochmütigen Teenager und dann nach dem Nachbarskind mit den spitzen Knochen, das immer nach Ellen gegrapscht hatte.

Aber jetzt stand Michelle Perrault auf, Cecils Anwältin – klein wie ein Kind, mit fedrigen, kurzen dunklen Haaren, in prächtige Farben gekleidet wie ein mittelalterlicher Troubadour –, und auch der Staatsanwalt erhob sich, beide bereit, mit Worten zu schießen wie mit sechsschüssigen Revolvern. Es sei der stellvertretende Oberste Staatsanwalt, erklärte Candy, nur weil dies der Fall Cappadora war, und Presseleute von Boston bis Brisbane quetschten sich wie die Ölsardinen im Gerichtssaal, sahen die Übertragung in zwei anderen Räumen jenseits des Flurs und saßen dicht an dicht auf der Treppe hinunter ins Freie, auf den Gehsteigen, auf den Rasenflächen, ein menschlicher Wasserfall im dunstigen Sommersonnenlicht.

»Euer Ehren«, begann Michelle Perrault, »ich mache diese Arbeit nun schon sehr lange ...«

Richter Sakura lächelte. »Wir alle kennen Ihre Langlebigkeit als Prozeßführende, Ms. Perrault«, sagte er ungemein freundlich.

Darauf wurde auch Perrault milder gestimmt, und sie sah sich um, beinahe mädchenhaft, als sei sie sich plötzlich der vielen Kameras, gezückten Stifte und eifrig zeichnenden Skizzenkünstler bewußt.

»Ich mache diese Arbeit nun schon sehr lange, relativ gesprochen«, begann Perrault noch einmal. »Und ich habe an vielen Tagen viele Stunden mit meiner Klientin Mrs. Karras verbracht.«

»Und?« fragte Sakura, während er etwas kritzelte.

»Und ich habe nichts, gar nichts, aus ihr herausbekommen können, das mir Anlaß gäbe zu glauben, daß meine Klientin versteht, wessen sie angeklagt ist. Ich hege ernste Zweifel, daß sie etwas zu ihrer Verteidigung beitragen kann. Bisher konnte ich jedem Menschen, und sei er noch so beeinträchtigt, irgendeine Reaktion entlocken. Aber meine Klientin läßt in keiner Weise erkennen, ob sie überhaupt merkt, daß jemand mit ihr spricht.«

»Bei allem Verständnis für Ihre Überzeugung«, sagte Sakura, »möchte ich wissen, ob Sie Belege irgendwelcher Art über Mrs. Karras' Geisteszustand haben, die Ihre Ansicht stützen können.«

»Die habe ich, Euer Ehren«, sagte Perrault rasch. »Darf ich näher treten?« Der Richter nickte, und Perrault brachte ihm einen Stoß Papiere. »Diese Unterlagen stammen von den Psychiatern, die Mrs. Karras in Silvercrest behandelt haben.«

»In den letzten vier Jahren?«

»Und früher, Euer Ehren. Mrs. Karras wurde achtmal in einer Klinik behandelt, über Zeiträume von mehreren Tagen bis zu mehreren Monaten; man hat eine breite Skala medikamentöser und anderer Therapien angewandt, um ihren Zustand zu beeinflussen.«

»Welcher wäre?«

Da ergriff der Staatsanwalt das Wort, als müßte er, wie Candy später zu Beth sagte, einfach seine Duftmarke hinterlassen, um zu beweisen, daß er da war. »Bei allem gebührenden Respekt für Ms. Perrault, Euer Ehren, sie ist keine Medizinerin und nicht befähigt, zu beschreiben, was ...«

»Es steht alles in den Unterlagen, Sir«, sagte Perrault zu ihm. »Laienhaft ausgedrückt, ist Mrs. Karras Katatonikerin.«

Perrault las aus ihren Unterlagen vor: »Mrs. Karras leidet seit langer Zeit, bis zurück in ihre Teenagerjahre, an Gemütserkrankungen, und seit sechs Jahren an einer immobilisierenden Depression, die zunächst kam und ging, sich aber seit vier Jahren nicht mehr verändert. Seither hat sich ihr Zustand«, Perrault deutete auf die abwesend anwesende Cecil, »weder verbessert noch verschlechtert.«

»Ich muß mir diese Unterlagen natürlich genau ansehen«, sagte Sakura. »Verzeihen Sie, wenn ich Sie unterbrochen habe, Ms. Perrault. Aber ich muß wissen, ob der behandelnde Arzt heute anwesend ist und ob er uns Mrs. Karras' Zustand zur Zeit der vorgeblichen Entführung schildern kann.«

»Er ist hier«, sagte Perrault. »Aber er hat Mrs. Karras zu jener Zeit nicht behandelt. Ihre damalige Ärztin war eine Psychotherapeutin in Minneapolis, wo Mrs. Karras vor ihrer Eheschließung mit Mr. Karras mehr oder weniger regelmäßig gelebt hat, nach der Scheidung von Mr. ...« – sie eilte zu ihren Akten zurück und sah auf einer Klemmtafel nach –, »von Adam Samuel Hill, einem Theaterkritiker, mit dem Mrs. Karras insgesamt ... drei Jahre verheiratet war. Die Therapeutin war um die sechzig, und sie ist vor zwei Jahren gestorben, Euer Ehren. Mrs. Karras wurde während der Dauer ihrer Ehe mit Mr. Hill kein einziges Mal ins Krankenhaus eingewiesen. Und Mr. Hill ...«

»Ist er hier?«

»Mr. Hill ist behindert, er leidet an multipler Sklerose,

Euer Ehren. Aber ich habe eine beeidigte Erklärung von ihm über Cecilias intransigente emotionale Probleme während dieser Ehe. Er bittet um Entschuldigung, weil sein Zustand ihm das Reisen sehr erschwert.«

»Haben wir andere ...?«

»Mrs. Karras' Mutter, Sarah Lockhart, ist heute hier. Mit Ihrer Erlaubnis möchte ich sie bitten, den Gemütszustand ihrer Tochter zur Zeit der Entführung zu beschreiben.«

Sakura nickte dem Staatsanwalt zu. »Sind Sie damit einverstanden?«

»Sir«, sagte der Staatsanwalt, »ich muß auch in diesem Fall darauf hinweisen, daß mir nicht bekannt ist, daß die Zeugin über irgendwelche Referenzen verfügt, die sie als medizinisch erfahrene Zeugin qualifizieren.«

»Sie wissen, daß das Gericht sie nicht als solche betrachten wird.«

»Danke, Sir, für Ihr Entgegenkommen.«

»Keine Ursache.« Der Richter nickte Perrault zu, die Sarah Lockhart aufrufen ließ.

Als die adrette ältere Dame geschwind und ruhig aus den hinteren Reihen des großen Saals nach vorne kam, wandte sich der Gerichtsdiener, den Candy in Beth' Gegenwart mit »Elvis« angeredet hatte, obwohl auf seinem Bronzeschild etwas anderes stand, wegen der Vereidigung an den Protokollführer. Beth fiel auf, daß sie keine Bibel verwendeten. Sie nahm an, das sei nicht mehr üblich.

Sie erkannte Mrs. Lockhart, obwohl sie sie zwanzig Jahre nicht gesehen hatte. Beth betrachtete eingehend das Gesicht der älteren Dame, während Perrault erklärte, wie kooperativ Sarah gewesen sei, wie erschüttert, wie entsetzt, als sie erfuhr, daß ihr Enkelsohn das entführte Kind anderer Leute war. Wie sie als Cecils gesetzlicher Vormund geholfen habe, die medizinischen Unterlagen von

Cecils Klinikaufenthalten zu bekommen. Welch bitteres Mitleid sie mit den Cappadoras empfinde ...

»Wir verstehen alle«, warf der Staatsanwalt mit einer Spur Ungeduld ein, »wie Mrs. Lockhart zumute sein muß.«

Worauf Perrault Mrs. Lockhart fragte, wie gut sie den kleinen Jungen, der Sam Karras hieß, gekannt habe.

»Sehr gut natürlich«, flüsterte die alte Dame. »Er war mein Enkel.« Und sie sah Beth direkt in die Augen, und Beth dachte, so hätte Cecil vielleicht eines Tages ausgesehen – hübsch rundlich und nordstaatlerisch und nur ein winziges bißchen bohemienhaft, eine würdige ältere Dame, die den aktivsten Literaturclub der Stadt ins Leben gerufen hatte –, wäre sie vom Wahnsinn verschont geblieben. Sarah Lockhart sah Beth flehentlich an. »Ich hatte nicht die geringste Ahnung, daß er nicht Cecilias Kind war. Cecilias leibliches Kind.«

»Aber Sie waren bei der Geburt des Kindes, das Ihre Tochter Ihnen als Ihren Enkelsohn vorstellte, nicht zugegen.«

»Nein. Sie und ich ... Cecilia hatte große Schwierigkeiten in ihrer Beziehung zu ihrem Vater und mir. Als sie klein war, hielten wir sie für launisch ... Sie hatte Anfälle und Ausfälle ... wir dachten, ein künstlerisches Temperament ...«

Erst als Sarah Lockharts eigentlicher Bericht begann – nach Rosie-Art mit winzigen, unbedeutenden Einzelheiten mit Schlingen und Schnörkeln vorgetragen –, erst da wurde Beth klar: Es würde keinen Erleuchtungsblitz geben. Nie und nimmer.

So hörte sich Beth, halb eingelullt von der Hitze Hunderter Körper ringsum, die spärlichen Fakten von Cecils Leben an, wie sie sich ihrer Mutter, dem Staatsanwalt und Perrault darstellten: ihre drei ersten Ehen, allesamt mit

Theaterleuten, von denen keine länger als zwei Jahre gehalten hatte. Und die traurige Wahrheit, daß die Lockharts von all ihren Ehemännern nur einen kennengelernt hatten: George.

Beth erfuhr von den Freunden, die die Polizei in Minneapolis, Kalifornien und New York aufzuspüren versucht hatte. Freunde? Niemand von ihnen hatte jemals auch nur eine Mahlzeit mit Cecil geteilt, nur ein paar Wohnungsnachbarn in Minneapolis glaubten sich zu erinnern, Cecil mit einem kleinen Jungen gesehen zu haben. Sie glaubten gehört zu haben, daß Cecil ihn als ihren »Neffen« bezeichnete. Alle Hoffnung konzentrierte sich auf einen Innenarchitekten, mit dem Cecil seit dem College in Verbindung stand, aber der war letztes Jahr, ebenso wie sein Liebhaber, an AIDS gestorben.

Beth war kaum zu einer Regung fähig, auch nicht, als Mrs. Lockhart zu weinen anfing, während sie Cecils Reaktion beschrieb, nachdem Adam Hill (»ein Theaterkritiker, sehr geachtet, viel älter«) sich plötzlich mit einer jüngeren Frau, einer Tänzerin, eingelassen hatte.

»Das war eines der wenigen Male, wo ich das Gefühl hatte, daß Cecilia wirklich offen zu mir war«, sagte Sarah Lockhart. »Sie war am Boden zerstört. Sie sagte, sie fühle sich verbraucht. Adam hatte nie gewollt, daß sie älter oder auch nur erwachsen wurde, und sie war damals noch keine Dreißig. Natürlich hielten alle sie für Jahre jünger.« Mrs. Lockhart fing hemmungslos an zu schluchzen. »Und ich habe versucht, sie zu trösten, ich habe ihr versichert, daß es Entschädigungen für das Älterwerden gibt. Sie würde einen guten Ehemann finden und ein Kind haben ... aber das konnte sie freilich nicht.« Sie sah zu Beth und Pat hinüber und sagte langsam: »Wir haben gestern abend darüber gesprochen, ihr Vater und ich. Ich bin die einzige, die David seit seinem Schlaganfall noch gut verstehen kann, und uns ist klargeworden, daß sie es deswegen getan hat, wegen der Fehlgeburt ...«

Beth beugte sich auf ihrem Stuhl nach vorn, ihre Arme kribbelten vom Adrenalinstoß, und sie sah nur Candy, die sich jäh aufrichtete und ihre Hand um die Rückenlehne der Bank vor sich legte.

»Die Fehlgeburt«, sagte der Staatsanwalt und sah Perrault an, deren Hals so rosa geworden war wie ihr Schal.

»Das ist mir nicht bekannt«, sagte Perrault. »Euer Ehren, ich ...«

Sakura setzte seine Nickelbrille ab und rieb sich die Augen. »Wurde an Mrs. Karras eine routinemäßige medizinische Untersuchung vorgenommen, als sie unter Aufsicht stand?« Die Anwälte wühlten in ihren Unterlagen.

»Eine Reihe neurologischer Untersuchungen; wir haben die Ergebnisse hier, sie liegen auch dem Verteidiger vor«, sagte der Staatsanwalt schnell.

»Eine medizinische Untersuchung?« fragte der Richter geduldig noch einmal.

»Wir haben uns mit dem Geistes- und Gemütszustand der Patientin befaßt«, erwiderte der Staatsanwalt leise.

»Der natürlich durch ihre körperlichen Leiden beeinträchtigt sein kann«, sagte der Richter seufzend. »Mrs. Lockhart, haben Sie vergessen, der Polizei zu erzählen, daß Ihre Tochter eine Fehlgeburt hatte?«

»Nein.«

»Warum wirkt Ms. Perrault dann so erschüttert über diese Information?«

»Ich habe es der Polizei nicht gesagt.«

»Und warum nicht?« fragte der Richter sanft.

»Weil ich mir nicht sicher war. Ich weiß es immer noch nicht. Ich hätte mit David darüber sprechen sollen, aber ich habe es mir anders überlegt.«

»Verzeihen Sie, Mrs. Lockhart, ich kann Ihnen da nicht ganz folgen.«

»Ich komme auch nicht ganz mit, Euer Ehren«, erklärte Perrault, aber er brachte sie mit einem abschätzigen Blick zum Schweigen.

»Sie müssen verstehen«, verteidigte sich Sarah Lockhart, »wir haben unsere Tochter vielleicht, hm, noch dreimal gesehen, bevor sie mit Sam nach Chicago zog. Sie ist nicht mal nach Hause gekommen, als ihr Vater den ersten Schlaganfall hatte und wir mit seinem Tod rechneten, aber damals hat er sich ja vollständig erholt ...« Sarah Lockhart atmete schwer, und Beth ertappte sich bei dem Wunsch, der alten Dame über die paar Meter Luftlinie hinweg, die sie trennten, beizustehen. »Trotz meiner Bemühungen habe ich nach dem Abend, als sie mir mitteilte, daß Adam sie verlassen würde, nur ein einziges Mal länger mit ihr sprechen können.«

»Und?«

»Und da hat sie gesagt, er hätte sie verlassen, weil sie schwanger war und weil sie ... alt und fett würde.«

»Und sind Sie dann zu ihr gegangen?«

»Nein, denn sie sagte, mit der Schwangerschaft sei es aus; sie habe eine Fehlgeburt gehabt! Und ich habe sie erst wiedergesehen, als die Behörden sich mit uns in Verbindung setzten und uns mitteilten, sie sei in der Bellevue-Nervenklinik; sind Sie jemals dort gewesen?« Mrs. Lockhart zuckte zusammen; es ist lange her, dachte Beth, aber vielleicht nicht lange genug. »Cecilia war fast genauso, wie sie jetzt ist, nur daß sie mich zu erkennen schien, sie hat meine Hand leicht gedrückt. Und die Pflegerinnen konnten nichts aus ihr herausbekommen. Sie haben sich immerzu bemüht, jemanden zu finden, der ihr half, aber sie ... hielt sich verschlossen wie eine Muschel.« Mrs. Lockharts zierliche Hände schlossen sich langsam zu einer

Muschel. »Die Polizei hat uns schließlich gefunden, unsere Adresse, weil sie Cecilia als junger Frau die Fingerabdrücke abgenommen hatten, als sie bei einer Versammlung oder so etwas verhaftet wurde, nicht wegen eines Vergehens.«

Beth hörte Candys rasches Schnauben, und aus dem Augenwinkel sah sie, wie Bender sich versteifte.

»Und als Sie mit der Polizei und den Ermittlungsbeamten der Staatsanwaltschaft sprachen, haben Sie nicht daran gedacht, diese Fehlgeburt zu erwähnen ...«

»Ich wußte ja nicht, ob sie eine Fehlgeburt hatte! Man konnte nie wissen, ob das, was Cecilia sagte, wahr oder ein Traum war!« platzte Sarah Lockhart, zum erstenmal zornig, heraus. »Ich wußte nur, daß mein Kind in diese Dunkelheit entglitt, und ich mußte mit meinem Mann alle möglichen Entscheidungen treffen, ob man Elektroden an ihrem Kopf befestigen und sie in ein Eiswasserbad stecken sollte ...«

»Mrs. Lockhart«, warf der Richter freundlich ein, »wünschen Sie eine kurze Pause?«

»Nein«, sagte sie bestimmt.

Die verwirrte Perrault schien sich zu fangen und sagte: »Nun. Also. Mrs. Lockhart, wie Sie der Polizei erzählten, haben Sie, als Cecilia 1985 mit ... Sam auftauchte, geglaubt, daß er ihr Kind war. Wie ist das möglich, wenn Sie dachten, sie hätte ihr Baby verloren?«

»Bitte!« flehte Sarah Lockhart. »Ich habe sie innig geliebt, ich liebe sie noch. Verstehen Sie nicht? Wenn ich Cecilia eine Frage stellte, die ihr nicht paßte, hat sie gedroht, sich umzubringen oder nie wieder mit uns zu sprechen ... und wir wußten, daß sie es ernst meinte.« Sie sah auf ihre Hände. »Als sie sagte, daß sie und Adam tatsächlich ein Kind hatten, sich aber dann getrennt hätten, schien es möglich. Als sie sagte, das Gericht habe Adam das Sorgerecht zugesprochen, weil sie zu krank sei, um sich um den Jungen zu kümmern ... ja, was sollte ich da glauben? Sie schien so beschämt zu sein.«

»Aber wenn sie zu krank war, um sich um ihn zu kümmern?« hakte Perrault nach.

»Es ging ihr ja dann besser! Sie schien gesund zu sein, und sie schien eine gute Mutter zu sein, auch wenn der Junge ihr gegenüber etwas schüchtern war ... Ich nahm an, das kam daher, weil er sie erst wieder von neuem kennenlernen mußte, nachdem er so lange bei seinem Vater gewesen war.«

»Und warum haben Sie sich das alles nicht von Adam bestätigen lassen?«

Sarah Lockhart sah die Anwältin mit purer Verachtung an. »Miss Perrault, ich war dem Mann nie begegnet. Er hatte meine Tochter sitzenlassen, und das ... wo sie schwanger war, und ihr dann das Kind weggenommen. Warum hätte ich mit ihm reden sollen?«

»Um ... um Bescheid zu wissen«, stammelte Perrault hilflos. »Um sicher zu sein ...«

»Cecilia sagte, daß Adam krank sei, er habe multiple Sklerose. Heute weiß ich, daß das wirklich stimmt. Sie verstehen das nicht. Sie konnte sehr überzeugend sein. Und ... dann habe ich mich ... einfach nicht getraut.«

»Warum nicht?«

»Weil Cecilia sagte, wenn ich Adam jemals anrufen würde, dürfte ich den Jungen nie mehr wiedersehen. Und ich ... ich wollte ein Enkelkind. Ich wollte ein gesundes, zärtliches Kind, das mich liebte. Ich wollte ... ihr glauben. Und er war so groß, ich dachte, er wäre vier, nicht drei ...« Ihr Blick wandte sich Beth zu, worauf Beth' Augen mit Beißen und Brennen reagierten. »Beth, ich schwöre bei meiner Ehre, er war schon so ein großer Junge. Und nicht rothaarig. Wir haben alle in der Zeitung gelesen, daß Ben rothaarig war. Seine Haare sind rötlich geworden, als er größer wurde – und als Cecilia und George heirateten, da haben wir Sam natürlich dauernd gesehen.«

Sarah Lockhart beugte sich vor und faßte nach dem polierten Geländer. »Beth, sie hat ihn nie geschlagen. Sie hat nie seine Gefühle verletzt. Wenn es Cecilia gutging, war sie liebevoll und zärtlich zu Sam; sie hat ihm immer vorgelesen, sie hat ihm Lieder beigebracht. Sie haben ein Spielchen gespielt, und sie hat Sam beigebracht, so zu tun, als wäre er das Brunnenecho in dem Wunschlied aus dem Märchen, und er kannte die Worte auswendig ...«

Beth nickte, nickte wie gebannt, und sie fühlte, daß Pat sein Gesicht an ihrer Schulter barg; sie wandte sich fast beiläufig zur Seite, um seinen Kopf zu wiegen, und spürte mehr, als daß sie es hörte, das Surren der Fotoapparate, die die große Farbaufnahme machten, die am nächsten Morgen die Titelseiten zieren würde. Natürlich verstand Beth, was Pat dachte – sein geliebtes Kind in den Armen der Schlange, während Bens Lippen Worte formten, die die Hexe ihm vorsprach. Aber, dachte Beth plötzlich zornig, was änderte das? Wäre es besser gewesen zu hören, daß Cecil eine schlechte, geistesabwesende, verrückte Mutter war, die Sam schlug oder ihn dumm nannte, wie sie, Beth, es Vincent und sogar Kerry angetan hatte – und mehr als einmal? Würde Pat sich eher gerechtfertigt fühlen, wenn er erfahren hätte, daß Cecil vergessen hatte, Sam die Nase zu putzen oder ihm Hustensaft zu geben? Wenn Sam nicht kräftig, gesund und munter wäre, würde das ihr Leid noch authentischer machen?

Dann sah Beth, daß Candy sich auf ihrem Stuhl herumgedreht hatte, als suche sie in Beth' Gesicht nach einem verlorenen Geldstück. Was, Candy, dachte Beth, was? Sie sah auf ihre Uhr – machte das Gericht nicht bald Pause?

»Dann wurden George und Cecilia geschieden«, murmelte Mrs. Lockhart.

»Cecilia und Adam?« fragte Perrault.

»Nein, Cecilia und George – George Karras. Sie sind rechtmäßig geschieden.«

»Geschah das, weil George eine andere Beziehung eingehen wollte?« fragte Perrault, obwohl sie es besser wußte.

»Du meine Güte, nein«, sagte Mrs. Lockhart. »Er hat Cecilia von Herzen geliebt. Kein Mensch hätte sich mit ... na ja ...« Georges kleines Baugeschäft ging gut, erklärte Mrs. Lockhart, aber seine Versicherung konnte die Kosten nicht decken, die mit Cecilias langem Klinikaufenthalt verbunden waren. Und die Sozialhilfe war begrenzt, wenn eine Frau einen gesunden, arbeitenden Ehemann hatte. »George fürchtete, daß ihre Krankheit, falls sie von Dauer wäre, alles aufzehren würde. Daß er das Haus verkaufen müßte und nicht imstande sein würde, für Sam zu sorgen.« Sie sah Beth wieder an. »Es tut mir leid, Beth.«

Zu ihrem eigenen Schrecken sagte Beth leichthin: »Ist schon gut.«

Als Sakura eine Pause anberaumte und Beth und Pat aufstanden, um den Saal zu verlassen, wurden sie von Reportern bedrängt – Pat erklärte ihnen freundlich, daß er Cecilia nicht gekannt habe, aber sie sei bemitleidenswert: »Man kann einen so bejammernswerten Menschen nicht hassen.« (»Bens Vater vergibt«, stellte sich Beth die Schlagzeile vor und mußte daran denken, daß Ellen Pat neuerdings den »zitierbaren Heiligen« nannte.)

Dann winkte Candy Beth zu sich, und mit ihrer übernatürlichen Fähigkeit, die Presseleute zu teilen wie Moses das Rote Meer, führte sie sie aus der Tür in den Gefängniskorridor, wo der Gerichtsdiener gleich hinter der Tür stand und einen Lutscher lutschte. »Elvis, Baby«, girrte Candy mit ihrer schönsten Flirtstimme, »Sie sind zum Anbeißen ...« Jetzt sah Beth seinen Namen deutlich: Elmer. Er trat beiseite, um sie vorbeizulassen.

»Es verstößt vermutlich gegen das Gesetz«, erklärte Candy flüsternd. »Aber ich möchte sie sehen. Du möchtest sie sehen. Perrault ist bei ihr. Willst du mit reinkommen?«

Beth nickte. Sie spürte ihren Puls überall, in den Kniekehlen, an der Unterseite ihres Kinns. In einem Verschlag, der wie ein Drahtverhau wirkte, sah sie Cecil mit ihrer Pflegerin und ihrer Anwältin.

»Cecilia«, sagte die Pflegerin mit einem Respekt, den Beth im Angesicht einer Tonfigur nicht jedesmal aufs neue aufbringen könnte, »Detective Bliss ist hier, um Sie zu sehen. Sind Sie einverstanden?« Cecil blinzelte nicht einmal. Als eine verirrte Schmeißfliege sich auf ihrem Oberarm niederließ, zuckten die Muskeln nicht. Candy kniete sich vor Cecils fleischige Knie.

»Cecil«, sagte sie. »Hören Sie zu. Cecil, bitte sagen Sie mir, wo ist das Grab von dem Baby? Wo ist das Baby begraben?«

Das Baby? Beth' Unbehagen machte sich in einem Zittern Luft – noch ein Kind? Ein ermordetes Kind?

»Haben Sie es überprüft?« fragte Candy Michelle Perrault. »Haben Sie einen Totenschein gefunden?«

Perrault erwiderte verwirrt: »Einen Totenschein? Wie hätte ich etwas überprüfen sollen, von dem ich gar nichts ... hören Sie, Detective, Sie müssen wissen, daß das völlig überraschend für mich kam. Die Mutter meiner Klientin hat nie ein Wort von einer Schwangerschaft gesagt, und ich kann mir nicht vorstellen, was sie sich dabei gedacht hat, es zu unterschlagen.«

Candy meinte nachdenklich: »Ich glaube nicht, daß sie

einen Grund brauchte, Michelle. Oder zumindest keinen Grund, der Ihnen und mir plausibel erscheint.«

»Aber daß sie gelogen hat!« Perrault fing sich, mit schuldbewußtem Blick, als hörte sie den Klang ihrer eigenen Stimme zum erstenmal. »Wie konnte sie ein so augenscheinlich wichtiges Detail vergessen! Aber natürlich stand Sarah Lockhart unter einer ungeheuren Anspannung. Es war nicht ganz unerwartet.«

»Es war überhaupt nicht unerwartet«, erwiderte Candy bitter. »Ich setze voraus, daß die Menschen versuchen, ihre Kinder zu schützen. Sie tun es die ganze Zeit. Sie tun es auf noch viel unerhörtere Art. Mrs. Lockhart hat sich daran geklammert, daß man bei Cecil nie sicher sein konnte.«

»Wissen Sie«, sagte Perrault, »eine Fehlgeburt löst manchmal eine Entführung aus. Selbstverständlich stellt niemand in Frage, was sich hier abgespielt hat. Aber da könnte noch etwas sein, dem wir nachgehen müßten. Etwa ein Motiv für Cecils Handeln.«

»Oh, das hat Mrs. Lockhart vermutlich verstanden, irgendwo im tiefsten Inneren.«

»Wollen Sie damit sagen, sie hatte tatsächlich den Verdacht, daß Cecilias Kind Ben war? Vielleicht ohne daß es ihr bewußt war? Ich hatte nämlich nie den Eindruck, daß sie vorsätzlich die Unwahrheit sagt«, warf Perrault ein.

»Ich auch nicht.«

»Warum hat sie dann die Fehlgeburt nicht erwähnt?«

»Sie hat sich vermutlich gesagt, daß es so lange her ist. Und daß es keine Rolle spielt ...« Candy hielt inne und drückte ihren Finger auf die Falte zwischen ihren Augen. »Oder vielleicht ... vielleicht hatte sie so ein bestimmtes Gefühl, was das Ganze anging«, fuhr sie langsamer fort. »So wie ich.«

»Was?« fragte Perrault.

»Es ist ja nicht so, daß ich nie von Frauen gehört hätte, die durch eine Fehlgeburt aus der Bahn geworfen wurden – oder auch nur durch die Einbildung, eine Fehlgeburt gehabt zu haben. Und diese Frau ist nicht normal. Aber irgendwas ... vielleicht hat es gar keine Fehlgeburt gegeben. Vielleicht war wirklich ein Baby da.«

Da mischte Beth sich ein: »Was für ein Baby? Cecils Baby?«

»Wäre das nicht erst recht ein Grund, absolut kooperativ zu sein?« schnaubte Perrault. »Wenn sie irgendwo ein Enkelkind hat? Tot oder lebendig? Das haben Sie doch eben gesagt, oder?«

»Es ist vermutlich nichts«, sagte Candy. Sie kniete sich hin und legte ihre Hand auf Cecils Bein. »Ich ... ich weiß es einfach nicht.« Cecils Blick schoß jetzt nach unten, hinunter und hinauf, immer wieder. Ihr Kopf folgte den ruckartigen Bewegungen ihrer Augen.

»Sie dürfen nicht glauben, daß sie tatsächlich etwas gehört hat«, sagte die Pflegerin gelassen. »Sie ist jetzt in dem Zustand, in dem sie dieselbe Bewegung ständig wiederholt. Das macht sie manchmal, bis man eingreift. Ist ja gut, Cecilia ...« Sie hielt Cecilias wippendes Kinn mit einer Hand fest. »Ist ja gut.«

»Cecil. Helfen Sie mir, das Grab Ihres Babys zu finden«, murmelte Candy wieder.

Später war Beth sicher, daß sie es sich eingebildet hatte. Schließlich sagte Candy, die Cecils Gesicht nicht aus den Augen gelasssen hatte, sie habe absolut nichts gesehen. Doch Beth hörte ein ganz leises Zischen und glaubte zu bemerken, daß Cecil die Lippen zurückzog und die Zähne zusammenschloß wie jemand, der sich anschickt, ein *Sch* zu sprechen.

Candy stand auf. »Bethie«, fragte sie, »möchtest du eine Fahrt mit mir machen?«

»Jetzt?«

»Morgen. Vielleicht sogar noch heute abend, wenn hier alles so schnell geht, wie ich denke. Sakura wird nichts unternehmen, als ein weiteres unabhängiges psychiatrisches Gutachten mit regelmäßigen Überprüfungen ihres Zustands anzufordern ... Schließlich geht es hier um eine schwerwiegende Anklage. Aber ich glaube, er wird die Klage grundsätzlich fallenlassen, das weißt du doch, oder?« Beth nickte. »Denn selbst wenn sie vor neun Jahren gewußt hat, was sie tat, heute weiß sie eindeutig nicht, was sie tut. Und wird es vermutlich nie wissen. Also, möchtest du eine Fahrt mit mir machen?«

»Sicher«, sagte Beth. »Wohin?«

»Eigentlich beschäftigt mich zweierlei. Als ich damals Bender zum erstenmal anrief, erinnerst du dich an die Schnäppchenjägerin, die Ben im Einkaufszentrum mit der alten Dame gesehen hat?«

»In Minneapolis.«

»Ja«, sagte Candy, den Finger an die Stirnfalte gedrückt. »Ich möchte die kleine alte Dame besuchen. Ich glaube, sie hat mir etwas zu sagen.«

»Ich dachte, du wolltest etwas über ein Baby herausfinden.«

»Das auch«, erwiderte Candy, die sich plötzlich straffte und Beth mit einem Lächeln überraschte. »Du mußt dich anstrengen, mit mir Schritt zu halten.«

Pat war nur gelinde verstimmt, als Beth ihm vor dem Gerichtsgebäude mitteilte, daß sie mit Candy in den Norden fahren wolle.

»Was mach ich mit den Kindern?« fragte er.

»Ach Pat, stell dich nicht so an«, sagte Candy. »Nimm sie mit ins Flaggschiff der italienischen Restaurants – hat *Bon Appetit* es nicht so genannt? Wir sind morgen nachmittag zurück.«

»Warum nimmst du nicht deinen Mann mit statt meiner Frau, wenn du Gesellschaft brauchst«, quengelte Pat, aber im Scherz, lächelnd.

»Chris ist ein Schatz«, erklärte Candy, »aber würdest du neun Stunden mit einem Firmenanwalt in einem Auto sitzen wollen?« Sie sah Beth an. »Beth und ich, wir singen die Hitparade der Country Songs, okay?« Sie senkte die Stimme, wandte sich plötzlich ganz ernst an Pat. »Ich möchte Beth unbedingt dabeihaben, okay?«

Sie fuhren nicht im Streifenwagen, sondern in Candys Privatwagen, einem schnittigen, neuen schwarzen Toyota, den Beth noch nie gesehen hatte. Beth konnte sich immer noch nicht an den Anblick gewöhnen, wenn Candy im Dienstwagen des Polizeichefs am Steuer saß. Polizeichefin Bliss. Spitzenfrau des Falles Cappadora. Beth seufzte. Candy schüttete Cola in sich hinein und stimmte in Klagelieder über treulose Männer und vergrämte Frauen ein, denen es bestimmt war, sich zu begegnen, wenn die Umstände alles außer der Flamme ihrer Liebe erlöschen ließen.

»Kein Wunder, daß sie trinken«, sagte Beth nach zwei Stunden ununterbrochenen Schmachtens in zweistimmiger Harmonie.

»Gefällt dir das nicht?« fragte Candy und versetzte Beth einen leichten Rippenstoß. »Bist du nicht romantisch?«

Nein, dachte Beth, ganz bestimmt nicht. »Du?« fragte sie.

»Ja, ich glaube schon. Ich glaube, daß alle schlechten Dinge auf der Welt, einschließlich Krieg und Religion, und alle guten Dinge auf der Welt, einschließlich Shakespeare und Country Musik, von der Liebe kommen. Das glaube ich.«

»Einverstanden, vor allem mit ersterem. Aber ich glaube auch, es würde Elektroautos und ein Heilmittel für

AIDS und ich weiß nicht was sonst geben, müßten die Menschen nicht etwa sechsmal im Leben wegen der Liebe zusammenbrechen oder das Gefühl haben, daß sie etwas verpassen.«

»Du nicht«, sagte Candy. »Wenigstens du nicht.«

Ich nicht, dachte Beth, du meine Güte, nein, nicht die treue kleine Elizabeth Kerry Cappadora. Und da hätte Beth ihr beinahe von dem Tag im Hotel erzählt, der sich für sie zu einer Art kleinem romantischem Heiligtum verklärt hatte, zu dem sie voll Zärtlichkeit, ohne sengendes Schuldbewußtsein, pilgerte, seit Ben zu Hause war. Selbst wenn sie nachts aus Träumen von Nick erwachte, war sie dankbar für Pats Anwesenheit neben sich.

Sam, dachte sie, hatte sie alle erhöht, und trotz all ihrer Qual und Reue stellte sich Beth gern vor, er könne sie, Pat, Vincent und Kerry an einen Ort führen, an dem sie bessere Menschen sein konnten.

Als hätte sie ihre Gedanken gelesen, erkundigte sich Candy nach Sam: »Wie gewöhnt er sich ein?«

»Pat findet, er macht sich gut«, erwiderte Beth. »Aber er ist noch so ... schweigsam. Wir fahren nächste Woche nach Madison, zum vierten Juli. Er wird zum erstenmal dort sein, seit ... seit damals. Es scheint ihn zu ängstigen. Ich habe ihn gefragt, was los ist, aber er zuckt bloß die Achseln. Ich denke, ich frage Tom Kilgore, ob er mal mit ihm reden will ...«

»Es stürmt so viel auf ihn ein.«

»Kerry denkt, er ist eine Berühmtheit, wie jemand, dessen Gesicht auf einer Cornflakes-Schachtel abgebildet ist. Und die kleine Quasselstrippe fragt ihn unentwegt, was das für ein Gefühl ist, entführt zu werden, bittet ihn, Blythes Fußball zu signieren. Aber er ist ihr nicht böse. Ich denke, er hat vielleicht Geschwister vermißt. Er folgt Vincent auf Schritt und Tritt.«

»Und wie behandelt Reese Sam?«

»Er beachtet ihn nicht.«

Candy lachte. »Das ist doch normal, oder?«

War es das? Wehmütig beschloß Beth, es so zu akzeptieren. Manchmal hatte sie das Gefühl, als würde sie Vincent studieren wie eine Tropenkrankheit, wenn sie versuchte, die Variationen in seinen meist teilnahmslosen Zügen zu lesen. Aber in der Schule war seit Monaten nichts vorgefallen. Und waren nicht alle Teenager mürrisch? Wenigstens war die Truppe mit den durchstochenen Bauchnabeln, mit der er eine Zeitlang herumhing, in letzter Zeit seltener in Erscheinung getreten, und Jordan war öfter aufgetaucht, vermutlich zurückgelockt von der plötzlichen Berühmtheit der Cappadoras.

Vielleicht, dachte Beth, wartete sie einfach auf weitere Puzzleteile, die nicht einmal ansatzweise eingefügt waren. Wenn sie mehr Zeit mit Sam verbringen könnte, nur mit ihm allein, dachte Beth im Einschlafen. Vielleicht können wir einen Tag für uns haben, er und ich. Ich kann ihm erklären, was mit Vincent ist. Oder irgendwas.

Als sie aufwachte, war es dunkel. Tammy Wynette schmetterte immer noch, und sie standen in White Bear Lake, gleich außerhalb von Minneapolis, vor dem Tor eines Friedhofs namens Saint John of the Cross.

»Warum ... wozu sind wir hier?«

»Ich habe so eine Ahnung«, sagte Candy. »Cecil war verrückt, aber sie war eine eingefleischte Katholikin, so wie du. Und wir wissen, daß sie keine drei Kilometer von hier in einer Art Fremdenpension wohnte, nachdem dieser Adam Hill sie verlassen hat. Ich vermute, daß sie da noch schwanger war.« Steif stemmte Beth sich aus dem Schalensitz und folgte Candy zum Pförtnerhaus des Friedhofs. In einem Fenster brannte ein Licht. »Und wenn dir ein Baby gestorben wäre, du es vielleicht getötet hättest ...

ich sage nicht, daß sie es getan hat, aber würdest du nicht wollen, daß das Baby in geweihter Erde begraben wird? Das wäre irgendwie logisch, oder nicht?«

Sie spricht gar nicht mit mir, dachte Beth. Sie tut das, was meine Großmutter Kerry laut denken nannte. Aber Beth war es, die das Schild an der Tür des Pförtnerhauses erspähte: »Komme bald« – und ein auf neun Uhr früh eingestelltes Zifferblatt.

»Ausgerechnet«, wütete Candy. »Besuchen die Menschen ihre Toten nicht in der Nacht? Was machen wir jetzt, Beth? Wollen wir uns irgendwo ein Zimmer nehmen und eine Runde schlafen? Wollen wir in eine Disco gehen und ein paar Jungs aufgabeln?« Sie sah Beth von der Seite an. »Wollen wir uns eine Vorstellung im Guthrie angucken? Wollen wir Cecils Wirtin besuchen? Vielleicht hat die Informantin, unsere anonyme besorgte Staatsbürgerin, Cecil ja von früher gekannt. Und ihr Kind. Und gewußt, daß Ben nicht ihr Kind war. Ha? Das wäre möglich.«

Candy ließ den Wagen an. »Aber das ist lächerlich«, fuhr sie fort. »Sie hat am Telefon gesagt, das Kind sei bei einer alten Dame, einer grauhaarigen alten Dame mit einem großen Hut und Sonnenbrille. Nicht Cecil. Vielleicht war die Wirtin ein Babysitter. Nicht Sarah Lockhart. Wenn sie nicht gelogen hat, wußte sie in dem Sommer nicht mal, daß Ben existierte.«

»Und sie ist nicht mager. Sie ist mollig. Nicht dünn wie Cecil«, sagte Beth.

Candy kramte in ihrer Tasche nach ihrer Kopie von der frühesten Aufstellung von Cecils Verbleib in den ersten Jahren nach der Entführung. Das Wohnhaus in Minneapolis – die regelmäßigen langen Aufenthalte in ihrem Elternhaus. »Hier«, sagte sie schließlich. »Die Fremdenpension.«

Sie suchte in der Einbahnstraße, durch die sie fuhren, nach der Adresse. »F. Scott Fitzgerald hat mit Zelda in dieser Vorstadt gelebt«, sagte Candy plötzlich.

Beth blaffte: »Das weiß ich.«

»Ich wollte damit sagen, dies muß ein Mekka für wilde Herzen sein.«

»Sieht nicht so aus.«

Apple Orchard Court war kaum weniger gepflegt als die Vorstadtgegenden, die es umgaben; die Häuser waren älter, überladene Holzhäuser in gutem Zustand. In drei Häuserblocks sah Beth zweimal Schilder von Frühstückspensionen. »Wir könnten in einer davon übernachten«, sagte sie zu Candy. »Das ist vermutlich billiger.«

»Ich hasse die Sicherheitsschlösser an normalen Häusern«, sagte Candy. »Ich ziehe ein Best Western vor.« Sie lenkte den Wagen langsam in die Zufahrt eines weißen zweistöckigen Holzhauses mit kleinen gestutzten Ziersträuchern entlang der geräumigen Veranda. »Hier ist es. Hier hat Cecil gewohnt, nachdem Göttergatte Nummer drei sie verlassen hatte.«

Der alte Mann, der an die Tür kam, hatte keine Ahnung, wer Cecilia Lockhart war. »Sie wollen meinen Bruder sprechen. Aber der spielt heute abend in der Kirche Rommé. Und er wird erst nach zehn zu Hause sein. Bei denen wird's immer spät. Aber ich weiß nicht, ob er Ihnen wirklich helfen kann, weil meistens Rosie den Laden geschmissen hat.«

»Rosie?« rief Beth.

»Rosemary«, sagte der alte Mann. »Meine Schwägerin. Sie war für die Vermietungen zuständig. Und hier hat eine Horde junger Frauen und Männer gewohnt – bei manchen Männern war nicht zu sagen, ob es Männer oder Frauen waren, das können Sie mir glauben.«

Darauf ließ Candy ihre Marke aufblitzen, und der alte

Komiker wurde ganz ruhig. »Sie sind von der Polizei«, sagte er.

»Ich bin Polizistin, und zwar aus Chicago, und obwohl es mir unangenehm ist, Sie so spät noch zu belästigen, muß ich Sie fragen: Ist Rosie zu Hause? Rosemary?«

»Meine Güte, nein«, sagte der alte Mann ernst. »Das ist noch schwieriger. Sie ist krank. Deswegen sind wir eingesprungen, Herb und ich. Meine Lydia ist neunundachtzig gestorben, und wo Rosie jetzt so krank ist ...«

»Zu krank, um mit mir zu sprechen?«

»Sie lebt im Pflegeheim. Prairie View.«

»Wo ist das?«

»Am anderen Ende der Stadt. Wo das neue Einkaufszentrum ist.«

»Kann ich mal Ihr Telefon benutzen? Meinen Sie, ich kann sie anrufen und fragen, ob ich sie besuchen kann?«

»Können Sie«, sagte der alte Mann. »Aber das ist es ja. Rosie ist richtig krank.«

»Liegt sie im Sterben?«

»Nein.«

»Sondern?«

»Sie ist nicht ganz bei sich. Sie hat Alzheimer. Sie erinnert sich an nichts, außer an früher.«

»Das, worum es geht, war früher«, sagte Candy hoffnungsvoll.

»Ich meine, ganz früher, Ma'am. Als sie ein kleines Mädchen in Sioux Falls war.«

Candy nickte heftig, dann drückte sie dem alten Mann ihre Visitenkarte in die Hand.

»Bitte richten Sie Ihrem Bruder aus, wir wohnen im Best Western in der Innenstadt«, sagte sie. »Wir sind heute abend dort, wenn er uns anrufen möchte. Wir kommen sofort her, egal, wie spät es ist. Die Sache ist sehr dringend.«

»Oje«, sagte der alte Mann mit einem Blick auf Candys Karte. »Ich werde es ausrichten.«

Doch in diesem Moment fuhr ein riesiger, verzierter alter Lincoln Town Car langsam vor dem Haus vor, und eine aufrechte, kleinere Ausgabe des alten Mannes, schmuck im leichten leinenen Sportsakko, sprang vom Fahrersitz auf den Gehsteig. Candy sprintete zu ihm hinüber. Ja, sagte er, er sei Herbert Fox, und seine Frau Rosemary habe Zimmer an junge Leute vermietet. Candy holte eins von den Hochglanzfotos von Cecil auf ihrem Höhepunkt als Schauspielerin hervor, und Herbert Fox betrachtete es eingehend.

»Ja«, sagte er. »Das sieht ganz nach ihr aus. Nach einem Mädchen, das mir aus einem bestimmten Grund in Erinnerung geblieben ist. Aber sie hatte rote Haare.«

»Hatte Cecil rote Haare?« fragte Candy Beth.

»Sie hatte alle Farben«, sagte Beth.

»Eine zarte kleine Person«, fuhr Herbert Fox fort. »Lag oft krank im Bett. Meine Frau hatte sie sehr gern. Hat sie ein bißchen bemuttert. Und natürlich haben wir es nicht gemerkt, als sie einzog, aber sie war ... schwanger.«

»Das ist sie«, sagte Candy. »Mr. Fox, hat Cecilia das Baby bekommen, als sie hier wohnte?«

»O ja ... das heißt, nicht hier im Haus, aber ich weiß, daß meine Frau sie zum Arzt gefahren hat, als es soweit war«, sagte Herbert Fox. »Und das war komisch. Cecilia bestand darauf, daß Rosemary wieder nach Hause fuhr und sie beim Arzt allein ließ. Und hinterher ist Rosemary zur Little Company of Mary gegangen, und da hatten sie nie von Cecilia gehört ... Hill, das war ihr Name. Cecilia Hill. Offensichtlich war es falscher Alarm, und sie hat das Baby an dem Tag nicht gekriegt. Aber sie ist auch nicht zurückgekommen. Rosie war eine Zeitlang krank vor Sorge. Von da an ging es ihr schlecht, meiner Rosie, und bei jeder Kleinigkeit ist sie aus der Haut gefahren. Sie konnte sich stundenlang über ein und dieselbe Sache aufregen. Natürlich haben wir damals nicht gewußt, wie ernst das war, was Rosie hatte ...«

»Mr. Fox«, unterbrach Candy, »ist Cecilia ... Hill nicht wiedergekommen, um ihre Sachen abzuholen?«

»Nein.«

»Sind sie noch hier?«

»Nein, nein. Sie war keine Miete schuldig geblieben. Darum haben wir ihre Kleider und Sachen nur in Kisten gepackt. Das Zimmer war möbliert. Ein Jahr später, als Rosie richtig krank war, ist eine reizende ältere Dame gekommen und hat die Sachen abgeholt. Diese Dame war sehr nett. Sie bestand darauf, eine Monatsmiete zu zahlen, nur dafür, daß wir die Sachen aufbewahrt hatten.«

»Und hat sie nach Cecilias Baby gefragt? Nach dem falschen Alarm? Hat sie Ihnen von ihrem Enkelkind erzählt?«

»Du liebe Zeit, nein. Sie war eine sehr stille, höfliche Dame.«

»Und haben Sie ihr erzählt, was an jenem Abend geschah?«

»Wieso, sie war doch die Mutter, nicht? Sie wird alles über die ... intimen Dinge des Mädchens gewußt haben, oder? Es war doch nicht meine Sache, mich einzumischen, und die arme Rosie verstand gar nichts mehr; selbst wenn ich etwas erfahren hätte, ich hätte es ihr nicht erzählen können. Es zahlt sich nicht aus, einfach neugierig zu sein.«

»Und haben Sie das der Polizei gesagt, als man Sie wegen Cecilia vernommen hat?«

Der alte Mann war ehrlich verblüfft.

»Polizei?« flüsterte er. »Was? Ist der Kleinen was zugestoßen?«

»Nein. Nein, sie ist ... lebendig und wohlauf. Aber haben Sie denn nicht mit der Polizei über Cecilia Hill gesprochen? Cecilia Hill oder Cecilia Karras?«

»Nein, Sie sind die erste.«

Candy seufzte. Sanft nahm sie Herb Fox' schlaffe Hand und dankte ihm, dann begann sie, ihm die Tatbestände von Bens Entführung zu erläutern; doch der alte Mann sah auf einmal vollkommen erschöpft aus. »Wenn Sie sonst nichts brauchen, ich denke, ich gehe schlafen.«

»Tun Sie das, Mr. Fox. Sie haben uns sehr geholfen. Und machen Sie sich weiter keine Sorgen wegen dieser Sache. Es ist alles vorbei.«

Im Wagen wandte sie sich Beth zu. Ihr ohnehin schon abgespanntes Gesicht wurde durch einen Streifen Mondlicht, das durch die Windschutzscheibe fiel, noch bleicher. »Du denkst natürlich, warum haben die nie mit Herb Fox gesprochen? Und ich denke dasselbe.« Beth machte den Mund auf, aber Candy hob mahnend eine Hand. »Warte, Bethie. Zugleich denke ich, warum sollten sie? Es gab keinen Grund anzunehmen, daß Cecilia ein Kind hatte. Wir haben keine Entführerin gesucht, wir hatten sie schon in Gewahrsam. Wir hatten schon glaubwürdige Zeugen für ihr Tun und Treiben seit der Entführung. Das hier«, sie winkte zu der properen Hecke rings um die Fremdenpension hinüber, »hat sich alles abgespielt, bevor Ben geboren wurde, Jahre vor dem Schultreffen.«

Beth wandte sich ab, und Candy sagte zu ihrem Rükken: »Du kannst das schlampige Arbeit nennen. Ich würde dir eventuell sogar zustimmen. Aber was die Leute nicht wissen, das wissen sie nicht.«

»Polizisten schon«, sagte Beth.

»Polizisten erst recht nicht«, murmelte Candy. »Sie sind in so vielen Wäldern gewesen, daß sie einen Baum manchmal erst sehen, wenn er auf sie stürzt.«

»Und wenn«, fragte Beth, mit den Tränen kämpfend, »und wenn sie es früher schon einmal getan hat? Wenn sie es schon einmal versucht hat? Und hat sie ihr Baby getötet?«

»Hast du eine Idee, wie wir das herausfinden könnten, Beth? Wenn ja, möchte ich es hören. Morgen früh gehen wir auf den Friedhof. Oder zum Untersuchungsrichter, um vielleicht den Totenschein zu erhalten, sofern es nicht doch eine Fehlgeburt im fortgeschrittenen Stadium war.«

»Zum Friedhof«, sagte Beth abrupt.

Candy maß sie mit einem Blick. »Okay«, sagte sie.

»Und vielleicht fällt mir noch jemand ein, den wir fragen können«, überlegte Candy laut. »Aber zu sagen, deine alte Freundin Cecil hielt nicht viel von dauerhaften Beziehungen, das ist eigentlich noch untertrieben, was?«

»Sie war nicht meine Freundin«, fuhr Beth sie an, und dann dachte sie unvermittelt: nur eine dauerhafte Beziehung. Nur eine einzige.

»Verzeih«, sagte Candy jetzt. »Ich bin einfach müde. Ich bin so müde, daß ich mich hundert Jahre alt fühle.«

»Ich auch«, seufzte Beth.

»Und ich könnte ein paar Drinks vertragen.«

Beth sagte folgsam: »Ich auch.«

Als sie sich im Hotel anmeldeten, war nur noch ein Doppelzimmer frei – »ein Eckzimmer im Erdgeschoß«, sagte der junge Mann am Empfang.

»Nichts im zweiten Stockwerk? Ich kann mir nicht vorstellen, daß alle Zimmer ... Wie viele haben Sie hier, zweihundert?« begann Candy.

»Wir nehmen es«, sagte Beth genervt.

»Es ist ein sehr schönes Zimmer«, erklärte er. »Aber zur Zeit sind die Tambourmajorinnen in der Stadt, und alle anderen ...«

Den Rest des Abends lauschten Beth und Candy, jede

angezogen auf ihrem breiten Bett liegend, auf den Radau der High-School-Tambourmajorinnen, die kreischend durch die Flure tobten. Um Mitternacht ließ Candy Cheeseburger und einen ganzen Krug Bloody Mary heraufkommen. Sie trank zwei Gläser und ließ das meiste von ihrem Cheeseburger übrig. Beth knabberte an ihrem, gab es aber schließlich auf und beschränkte sich ebenfalls aufs Trinken.

»Ich hasse es, nichts zu tun zu haben«, sagte Candy zu Beth. »Und ich freue mich auf einen weiteren Monat mit vollendet geplantem Sex und vollendet geplantem Eisprung und vollendet miesen Resultaten.«

»Das tut mir leid«, sagte Beth.

»Mir auch.« Candy schnippte mit der Karte, auf der das Pay-TV-Programm aufgelistet war. »Die meisten Frauen verbringen den größten Teil ihres Lebens damit, sich zu bemühen, nicht schwanger zu werden. Ich habe in meinem Leben nie eins von diesen High-tech-Verhütungsmitteln benutzt. Natürlich habe ich mich für eine Fruchtbarkeitsgöttin auf Abruf gehalten. Ich dachte, vielleicht bekämen wir zwei Kinder, bevor mir die Puste ausgeht.« Sie kippte ihre Bloody Mary hinunter und konzentrierte sich auf die Programmkarte. »Willst du Arnold sehen? Einen gefühlvollen japanischen Film über verdammte Liebe unter Leibeigenen? Wenigstens kann ich jetzt die ganze nächste Woche trinken. Vor meinem nächsten Termin bei Dr. Clomid. Hier hätte ich etwas. *Teufelsweiber im Dunkeln* – wie wär's damit, Beth? Mal sehen, wie die andere Hälfte lebt?«

Beth lächelte. »Als Teufelsweib war ich leider immer ein Versager.«

»Du bist der Inbegriff der Ein-Mann-Frau«, bestätigte Candy.

»Nein«, widersprach Beth. »Ich hatte auch meine

Abenteuerperiode.« Candy zog ein Gesicht. »Nein, echt. Vor Pat, als ich auf dem College war.«

»Ich dachte, ihr hättet euch auf dem College gefunden.«

»Nicht gleich, als ich aufs College kam. Die meiste Zeit habe ich versucht, Jungens aufzugabeln, die aussahen, als würden sie das große Mysterium begreifen. Und ich habe lange gebraucht, bis ich dahinterkam, daß sie vermutlich von mir dasselbe dachten. Ich habe mir eigentlich nichts aus Sex gemacht, bevor ich dreißig war.«

»Die vielen vergeudeten Jahre«, sagte Candy, auf ihre Ellenbogen gestützt. Beth stellte fest, daß sie beide ziemlich betrunken waren.

»Und was ist mit dir?« fragte Beth. Sie merkte, daß ihre Stimme aggressiv klang. »Du sagst, du bist sehr romantisch, aber so, wie du redest, hast du dein Leben meistens damit verbracht, die Jungs zu überzeugen, daß deine Pistole so groß war wie ihre.«

»Und glaub ja nicht, daß ich es nicht bereue«, sagte Candy. »Ich hatte vielleicht zwei ernst zu nehmende Geliebte in meinem Leben, Chris nicht mitgerechnet.«

»Der für dich ja auch nicht richtig zählt.«

»Beth, ich bitte dich.«

»Und das tut mir auch sehr leid.«

»Ja, du bist ein leidender Mensch.« Aber Candy lächelte dabei. »Zwei ernst zu nehmende Geliebte, und dann die ganze Skala von Sachen, die du meinst machen zu müssen, weil du so frei bist, eine Lesbe zu sein ... was meistens schlicht und einfach langweilig ist.«

»Wirklich?« fragte Beth. »Ist es langweilig?« Sie fragte sich, ob sie volltrunken war. »Ich habe mich immer gewundert, und ich habe dich nie gefragt ... ich habe einfach vermutet, daß Sex unter Frauen besser sei, weil man immer wüßte, was die andere will ...«

»Und es wäre gefühlvoll und zärtlich, ja?«

»Hm, ja.«

»Es ist mir wirklich unangenehm, dich zu enttäuschen, Bethie, aber es gibt unter lesbischen Frauen genauso viele egoistische und anspruchsvolle Typen wie bei heterosexuellen Männern.«

Candy lächelte, eine Art Geheimlächeln, das Beth sich plötzlich sehr allein fühlen ließ.

»Weißt du«, sagte Candy, »es ist überhaupt nicht schrecklich mit Chris. Es ist schöner, als ich gedacht habe, dabei war ich entschlossen, die Zähne zusammenzubeißen und es zu ertragen, auch wenn es nicht schön wäre.«

»Aber du hast ... du hast trotzdem noch andere Beziehungen, stimmt's? Du könntest doch nicht einfach ...«

»Ich bin verheiratet, Beth«, sagte Candy.

»Ich meinte ja bloß ...«

»Daß es eine Vernunftehe ist, eine Ehe, die mehr als andere Ehen auf ein Ziel ausgerichtet ist. Sicher ist sie das. Oder vielleicht auch nicht. Ach Scheiße, heiratet nicht die Hälfte der Menschen auf der Welt Leute, in die sie nicht unsterblich verliebt sind, weil sie sich Sicherheit oder Kinder oder sonst was wünschen? Wir haben uns da eben nichts vorgemacht. Warum sollte ich ihn also betrügen?«

»Na ja, Chris weiß, daß du ...«

»Betrügst du Pat?«

Beth zögerte. »Natürlich nicht«, sagte sie.

Candy seufzte. »Ich bin ekelhaft zu dir; vermutlich weil ich mich heute so beschissen fühle. Ich weiß genau, was du meinst, und Chris würde sich wahrscheinlich nicht mal darüber aufregen. Er ist ein Mann von Welt, wie er oft betont. Er ist sehr stolz darauf, wie politisch korrekt er mit meiner Vergangenheit umgeht.« Sie grinste. »Ich würde mich selbst enttäuschen, Beth. Es wäre einfach miserabel, so was zu tun, finde ich.« Sie sah Beth fest an, die angestrengt mit der Selleriestange in ihrem hohen Glas rührte. »Findest du nicht? Findest du nicht, daß es das absolut letzte miese Verhalten ist?«

Sie weiß es, dachte Beth. Ich hab immer geahnt, daß sie es weiß, und jetzt bin ich mir ganz sicher.

»Ich weiß nicht«, stammelte Beth, um Fassung bemüht. »Es könnte Gründe geben, weshalb jemand – ich nicht, vielleicht, aber ... denkst du nie, daß die große Liebe deines Lebens noch irgendwo ist?« Und vielleicht, dachte sie, sprach es aber nicht aus, bist du ihm einmal begegnet und hast ihn aufgegeben, weil du, während er süß und sexy war, befürchtet hast, ihr könntet nicht zusammen über russische Romane diskutieren?

Darauf sagte Candy seufzend: »Kann schon sein. Wie nennt man das? Das ›lebenslange leidenschaftliche Gespräch‹. Aber das werde ich nie erleben. Vermutlich. Chris und ich ... bei uns ist es nicht so. Weißt du, Bethie, am Anfang gab es Zeiten, da dachte ich, du und Pat, ihr würdet euch trennen. Was ihr durchgemacht habt ...«

Achtzig Prozent von uns lassen sich scheiden, dachte Beth. Achtzig Prozent.

Candy fuhr fort: »Aber später habe ich gesehen, daß du und Pat alles überstehen würdet. Man kann erkennen, wenn Menschen haben ... was ihr habt.«

Am Morgen fuhren sie gegen den in die Stadt strömenden Frühverkehr zum Friedhof. Beth wartete im Wagen, während Candy ausstieg, um den Verwalter zu befragen. Nach ungefähr zwanzig Minuten kam sie mit einem Zettel in der Hand zurück. Sie stieg ins Auto und blieb einen Augenblick sitzen, während sie geradeaus starrend das Lenkrad umklammerte. Beth dachte, sie würde platzen.

»Was ist?« fragte sie schließlich.

»Das war ein Volltreffer, Bethie«, sagte Candy. »Sieh mal.« Sie hielt den Zettel in die Höhe. »Hill, Samuel

Seth. A-14. Von allen Friedhöfen in allen Städten der Welt hat sie sich diesen ausgesucht.«

Beth war zu ihrer eigenen Überraschung den Tränen nahe. Sie und Candy sprachen kein Wort, als sie sich zwischen den schlichten Grabsteinen ihren Weg zu der flachen Gedenktafel bahnten, auf der hinter dem Namen zu lesen stand: »6. April 1983 – 14. April 1983.« Und darunter: »Morgen und morgen und dann wieder morgen.«

»Merkwürdig«, sagte Candy. Beth brachte keinen Ton heraus. »Er ist innerhalb einer Woche gestorben.«

»Aber woran?«

»An den Komplikationen einer Frühgeburt«, sagte Candy und fügte auf Beth' Blick hinzu: »Ich habe den Totenschein gesehen, Beth. Es war im Bezirkskrankenhaus. Und denk daran, unser Freund Herb wußte nicht mal, daß sie schwanger war, als sie einzog.«

»Vergiß es«, sagte Beth. »Vergessen wir's einfach.«

»Und was glaubst du, was die Inschrift bedeutet?«

»Das ist Shakespeare. *Macbeth*, als er davon spricht, wie das Leben kriecht, so mit kleinem Schritt, von Tag zu Tag. Das ist eine sehr berühmte Stelle.«

»Schätze, da hab ich in der Schule gefehlt.« Candy seufzte. »Aber es ist kein Spruch, den man sich für ein Kind vorstellen würde. Sie war vermutlich schon nicht mehr ganz bei sich, Beth.«

»Mir kommt das nicht so seltsam vor«, sagte Beth. »Vermutlich weil ich auch nicht ganz bei mir war, als ich mich so fühlte.«

Auf dem Heimweg saß Beth am Steuer, und Candy döste unruhig. Sie hatten Rockford hinter sich gelassen, als Beth sich plötzlich kerzengerade aufsetzte und voll auf die Bremse trat.

»Was ist los?« schrie Candy. »Was ist passiert?«

»Sie hatte weiße Haare«, sagte Beth.

»Wer hatte weiße Haare?«

»Cecil. Es ist mir gerade eingefallen. Am Tag des Schultreffens – ich denke nie daran, ich habe seit Jahren nicht daran gedacht. Aber Ellen sagte, Cecil hätte weiße Haare. Platinblond gefärbt. Und Herb Fox hat gesagt, sie war krank. Sie war immer dünn. Und auch später, als es ihr wieder gutging und sie George kennenlernte, hat sie die Haare fast immer zu einem Knoten aufgesteckt, sagt er. Sie hätte also wie eine kleine alte Dame aussehen können, obwohl sie jung war, mit Hut und allem Drum und Dran.«

»Detective Cappadora, das ist ausgezeichnete Arbeit«, sagte Candy. »Das könnte es sein. Es könnte sehr gut sein. Ich danke dir. Jetzt will ich nur noch nach Hause, relaxen, wie Dr. Clomid so schön sagt. Bis Freitag bin ich schwanger.«

29. Kapitel

Beth wurde am nächsten Morgen von streitenden Stimmen unter ihrem Fenster geweckt. Sie war am Abend zuvor ins Bett gefallen, hatte Pats drängende Fragen abgewehrt, sich nicht die Zähne geputzt, war gerade noch imstande gewesen, ihre Jeans auszuziehen.

Als sie sich jetzt bemühte, zu vollem Bewußtsein zu erwachen – ihr Kopf fühlte sich an wie eine schwere Blume an einem Stengel, der bei der geringsten Bewegung umknicken würde –, erkannte sie mit Schrecken, daß die zornigere Stimme Sam gehörte.

»Das hab ich dir doch gesagt!« sagte Sam. »Ich mach das immer!«

Und Pats Stimme erwiderte: »Schau, diese Sorte Kracher ist verboten. Wir fahren auf Ricks und Lauries Boot hinaus und schauen uns ein richtiges Feuerwerk an. Man kann es über der ganzen Stadt sehen ...«

»Ich möchte aber lieber bei meinem Dad bleiben«, sagte Sam. »Ich kann mich nicht an Madison erinnern. Und wir haben Kracher, die bringt mein Onkel Pete aus Missouri mit, und die sind richtig cool, und nur die Erwachsenen zünden sie an, da kann gar nichts passieren ...«

Beth setzte sich auf, stützte die Ellenbogen auf die Fensterbank, um die beiden sehen zu können. Vincent war auch unten und kramte im Kofferraum des Autos, aber Pat und Sam hatten sich mitten in der Einfahrt einander gegenüber aufgepflanzt. Es gab Beth einen Stich, als sie feststellte, daß sie auf haargenau dieselbe Art dastanden, die Fäuste angriffslustig in die Hüften gestemmt.

Beth hatte geglaubt, das Schwierigste, was sie heute zu bewältigen hätte, wäre der Versuch, Pat nicht nur die Fakten klarzumachen, die sie und Candy in Erfahrung gebracht hatten, sondern auch deren Tragweite. Sie hatte halbwegs beschlossen, daß die Fakten genügen müßten ... zumindest bis sie Zeit gefunden hätte, sich mit dem Mitleid auseinanderzusetzen, das sie unwillkürlich für Cecil empfand: für ihre einsame, unnütze Woche des Mutterseins, für die folgenden noch einsameren und höchst unnützen Jahre.

Beth sprang aus dem Bett und fuhr in ihre Jeans. Eher hätte sie versucht, kämpfende Hunde zu trennen, als Pat dies alles zu erklären. Er würde es als Beth' verrücktes Verlangen bezeichnen, die dunkle Wolke aufzuspüren, die hinter jedem Silberstreif lauerte. Es würde ihn wütend machen, er würde sagen, ihre Grübeleien wären aus dem Stoff gemacht, aus dem Fernsehfilme seien. Die Kabbelei da unten war ein willkommener Aufschub. Wer weiß, vielleicht hatte Pat ja recht – sie mußten Sam nur Zeit lassen. Es gab keine Alternative.

Sie stürmte die Treppe hinunter und zur Tür hinaus. Sam und Pat stritten sich noch, und auch Vincent hatte sich inzwischen eingemischt.

»Sam, es ist ein Heidenspaß, echt«, sagte er. »Alle Boote sind draußen auf dem Lake Mendota, und die Leute sind in Bombenstimmung. Es ist super. Wird dir gefallen. Und Rick und Laurie haben einen großen Swimmingpool im Garten ...«

»Ich komm nicht mit«, sagte Sam.

»Doch«, sagte Pat freundlich zu ihm, »du kommst mit. Du fährst mit uns, denn so hatten wir es geplant. Ich hole jetzt die Kühltasche, und wenn deine Mutter angezogen und Kerry fertig ist, steigen wir alle ins Auto und fahren los.«

»Vielleicht können wir dir das Haus zeigen«, schlug Vincent darauf vor. Beth spürte zu ihrer Überraschung eine Woge von Stolz; Vincent klang so vernünftig, fast väterlich. »Möchtest du nicht das Haus sehen, wo wir gewohnt haben?«

Noch schmollend, sagte Sam: »Warum soll ich sehen wollen, wo ihr gewohnt habt? Ich erinnere mich nicht an meine Geburt.«

»Bist du denn kein bißchen neugierig? Lincoln hat sich auch nicht an seine Geburt erinnert, aber ich wette, er hätte sich gern das kleine Blockhaus angeguckt«, sagte Vincent.

Sam sagte: »Ihr seid nicht neugierig auf mein Leben. Ihr seid nie gekommen, um euch mein Zimmer oder sonst was anzugucken. Ihr könnt meinen Dad nicht leiden.«

Beth mischte sich ein: »Natürlich mögen wir George, Sam.« Sam sah sie an, er merkte erst jetzt, daß sie da war. »Es stimmt nicht, daß wir ihn nicht leiden können ...«

»Euch interessiert doch gar nicht, was er denkt.«

»Nicht besonders«, stimmte Vincent unbekümmert zu.

»Vincent«, warnte Beth.

»Ich glaub, ihr könnt ihn nicht leiden, sonst würdet ihr mich zu ihm lassen, damit ich den vierten Juli mit ihm verbringen kann, wie ich es mir wünsche.«

»Es ist nun mal so«, sagte Pat, und sein Atem ging schwerer, »du bist unser Sohn. Nicht Georges. Wir tun unser Bestes, Sam, und manche Sachen werden wir verdammt noch mal als Familie tun. So ist das. Es gibt Dinge, die einfach nicht zur Diskussion stehen.«

»Ihr wollt mich vorzeigen!« schrie Sam darauf, dann wandte er sich geknickt an Beth: »Das wollte ich nicht sagen.«

»Ich weiß«, sagte sie. »Hol jetzt deinen Fanghandschuh, oder was du sonst mitnehmen willst, und laß uns fahren.« Sam schlurfte ins Haus, Beowulf folgte ihm, erwartungsvoll hechelnd.

Beth wandte sich Pat zu. »Weißt du was?« Sie hatte plötzlich eine Idee. »Laß uns mit zwei Autos fahren. Ich möchte morgen kurz nach Peshtigo und ein paar Aufnahmen machen. Und ich denke, ich nehme ihn mit. Sam. Nur er und ich. Damit wir ein bißchen zusammen sind.«

Sie sah, daß Vincent sie plötzlich scharf ins Auge faßte, und ihr war, als müßte sie unter der Macht seines Blickes flüstern.

Pat merkte nichts. Er nörgelte: »Was? Warum ausgerechnet jetzt?«

»Paddy, stell dich nicht so an. Ich dachte nur, wenn ich schon mal halb dort bin ... ich hatte es sowieso vor, und ich dachte, es könnte ihm helfen, wenn er einfach mal Gelegenheit hat, mit einem von uns allein zu sprechen. Ist das okay, ja? Der Zeitpunkt ist günstig, denn es scheint, daß er allmählich aus sich herausgeht, findest du nicht?«

Pat stapfte auf die Veranda und griff sich die Kühltasche. »Ich hab nichts dagegen, Bethie«, sagte er. »Aber ich sage dir, erwarte dir bloß kein großartiges Mutter-Kind-Bekenntnis. Ich habe massenhaft Zeit mit ihm verbracht, hier, auf dem Spielfeld, im Stadion, im Restaurant und sonstwo, und der Junge ist total verschlossen. Er ist so beherrscht, daß es mich neidisch macht.«

»Vielleicht scheut er sich nur, bestimmte Dinge zu sagen«, vermutete Beth. »Heute morgen kam er mir nicht so beherrscht vor.«

Pat lächelte matt. »Mach, was du willst.« Sam kam auf die Veranda. Pat wandte sich ihm zu. »Wir sind soweit, Kumpel. Du kannst mit Mom fahren, okay?«

Aber mit einer letzten verzweifelten Anstrengung, sein

Gesicht zu wahren, bestand Sam darauf, mit Vincent zu fahren, obwohl Kerry ihn bat, mit ihr in Beth' alten Volvo zu steigen und Auto-Bingo zu spielen.

Bei Laurie und Rick wurde er fröhlicher. Er paddelte munter in ihrem Schwimmbecken, aß nicht einen, sondern drei Hamburger komplett, Ricks Spezialrezept. Kurz vorm Dunkelwerden ließen sie Ricks Boot am Robertson Pier zu Wasser, wobei Rick Laurie unentwegt vorhielt, daß sie ihn all die Jahre aufgezogen hatte, weil er mit der *Queen Mary* auf einem See von der Größe einer Briefmarke fuhr. »Aber jetzt bist du froh, daß es Platz für neun Personen hat, was?« fragte Rick mehrmals, während Laurie ihm Schwimmwesten an den Kopf warf.

Sie schaukelten sachte auf dem dunklen Wasser mitten auf dem See, und nach einer Weile gingen im Norden und Osten die Raketen los und tauchten die Gesichter der Kinder in grüne, blaue und violette Lichtstreifen. Verstohlen beobachtete Beth Sam, und einmal glaubte sie, Tränen in seinen Augen zu sehen. Doch als er ihren Blick auffing, lächelte er tapfer, zeigte seine großen gleichmäßigen Zähne, ein Lächeln, das darauf abzuzielen schien, ihr zu sagen, daß er trotz allem ein braver Junge und nicht verwöhnt sei. Da hätte sie ihn am liebsten hochgehoben und eng an sich gedrückt. Morgen, dachte Beth, morgen und dann wieder morgen.

Der Aufbruch am nächsten Tag verzögerte sich bis nach zwölf Uhr, infolge eines langen, späten Frühstücks und wiederholter wortreicher Abschiede, viermaligen Umladens von Taschen und Tüten zwischen den beiden Autos, bis alles stimmte, und des vorübergehenden Verlusts Vincents, der, ohne etwas zu sagen, mit seinem nagelneuen Führerschein losgefahren war, um seinem alten Freund Alex Shore einen Überraschungsbesuch abzustatten. Nach alledem waren Sam und Beth es zufrieden, die erste Stunde ermattet nebeneinander im Auto zu sitzen und Tom Patty zuzuhören, der von braven Mädchen sang, die Elvis liebten. Beth fuhr auf dem Highway 151 in Richtung Fond du Lac, wo die Bäume sich bereits zu färben begannen, dann auf die Route 41, vorbei an Green Bay, nahe am Steilufer des Lake Michigan. Sie war aus irgendeinem Grund aufgekratzt, fühlte sich frisch und erlöst, und sie lachte anerkennend, als Sam plötzlich in ihren Gesang einstimmte.

»Wo hast du so harmonisch singen gelernt?« fragte sie.

»Meine Mom konnte singen«, sagte Sam fröhlich, dann warf er ihr einen Seitenblick zu. »Verzeihung.«

»Schätzchen«, sagte Beth, »ich weiß, daß sie singen konnte. Sie hatte eine schöne Stimme. Ich find's prima, daß du auch singen kannst.«

»Du hast meine Mutter gekannt.« Das war eine Feststellung. »Ich meine, du hast Cecilia gekannt.«

»Sicher«, sagte Beth, und ihr Herz schlug schneller. So viel hatte er noch nie von ihr wissen wollen. »Alle haben sie gekannt. Sie war umwerfend. Hübsch und begabt. Ich war eifersüchtig auf sie, weil sie mit Tante Ellen befreundet war – Ellen, meiner besten Freundin.«

»Warum?«

»Weil Cecil so ... es war, als ob sie schon alles wüßte. Und ich dachte, Ellen würde sie lieber mögen als mich. Hat sie aber nicht.«

Mein Gott, dachte Beth, verdammt, warum habe ich das gesagt?

»War sie nett?«

»Sie war ... sie hat alle in ihren Bann gezogen. Sie war wie ein Filmstar, irgendwie.«

»Zu mir nicht.«

Beth bekam Magenflattern. Langsam, dachte sie. Reiß dich am Riemen. »Soll das heißen, sie war nicht nett zu dir?«

Sam lachte. Er lachte! »Nein, ich meine, sie war nicht wie ein Filmstar. Sie war bloß meine Mom. Mein Dad sagt, auch wenn ich sie im Fernsehen entdeckt hab, als ich klein war, hab ich bloß gesagt: ›Oh, da ist Mom.‹« Beth versuchte zu lachen, aber es kam nur ein Krächzen heraus. Oh, Hilfe, dachte sie – sie war bloß meine Mom –, oh, Hilfe. Aber Sam fuhr unbeirrt fort: »War meine Mom damals ... geisteskrank?«

Beth zuckte zusammen. »Nein. Sie war anders ...« Beth spürte, wie Sam sich versteifte und sich zurückziehen wollte. »Nicht in einem schlechten Sinn. Sie war eben ... Schauspielerin.«

»Manchmal denke ich, sie ist verrückt geworden wegen dem, was sie getan hat.«

Beth wäre fast ausgeschert, aber dann riß sie das Steuer herum. Wollte er ihr erzählen, ihm sei als kleiner Junge bewußt gewesen, daß Cecil ihn geraubt hatte? »Wegen dem, was sie getan hat? Was meinst du?«

»Ich meine, ein Kind stehlen. Als ich euch kennengelernt habe, hab ich angefangen zu denken, vielleicht ist sie nicht verrückt geworden, weil ich so schwer erziehbar war, daß sie ... nicht mit mir fertig geworden ist. Sie ist verrückt geworden, weil sie das vor langer Zeit getan hat.«

»Sam«, sagte Beth langsam, »du warst nicht schwer erziehbar. Du warst das umgänglichste Kind der Welt. Frag Dad. Und Sarah ... deine Großmama Lockhart hat gesagt, daß Cecil schon als kleines Mädchen manchmal krank war.«

Sam nickte, und Beth dachte, du wolltest es auch, dieses Gespräch. Nicht? Soll ich weitermachen und dieses köstliche, neue Gefühl aufs Spiel setzen? Aber es könnte auch sein, daß mir die Chance verlorengeht. Ich habe schon zuviel verloren.

»Sam, ich frage mich«, sagte Beth, »ob du gewußt hast, daß Cecil nicht deine ... richtige Mutter war.«

»Nein.«

»Du hast also erst angefangen zu überlegen, warum sie krank wurde, seit du zurück bist, also erst dieses Frühjahr.«

»Genau. Hast du noch andere CDs?«

Beth war verdattert. »Was?«

»Irgendwelche. Die hier hat wieder von vorne angefangen. Hast du was von den Beatles oder so?«

»Ich will nur, Sam, daß du weißt ...« Aber er kramte im Handschuhfach; es war ein Signal, das besagte: Ende des Gesprächs. Beth suchte ihm eine CD von den Animals heraus und fing an, von Peshtigo zu plappern, betete darum, ihn aus seiner Reserve zu locken, ihn wieder zum Sprechen zu bringen.

»Weißt du, was der große Brand von Chicago ist?« fragte sie.

Sam sah sie mitleidig an. »Ah, ja«, sagte er.

»Und weißt du auch, daß es noch ein schlimmeres Feuer gab, in Peshtigo, der Kleinstadt, wo wir jetzt hinfahren, und zwar im selben Jahr, 1871, und am *selben* Tag?«

»Was du nicht sagst«, antwortete Sam.

Und nachdem sein Interesse geweckt war, hielt Beth neben dem Brandmuseum, das in einer alten Kirche gleich bei der Route 41 untergebracht war. »Wir können hineingehen. Es ist kühl. Hier drin ist alles, was man nach dem Brand gefunden hat, zum Beispiel Landwirtschaftsgeräte, die von der Hitze verbogen sind. Man hat es den ›großen Tornado des Feuers‹ genannt. Hast du Lust?«

»Machst du davon die Aufnahmen?«

»Nein. Ich wollte ein paar Aufnahmen von dem kleinen Friedhof da vorne an der Straße machen, wo viele Menschen, die bei dem Feuer umgekommen sind, begraben liegen.«

»Warum?«

»Ich mag Friedhöfe.« Morgen, dachte sie. Morgen und morgen und dann wieder morgen. »Und es … es war eine große Tragödie. Jedes Gebäude in der ganzen Stadt ist abgebrannt. Jedes, aber auch jedes.«

»Und die Menschen …?«

»Sechshundert sind umgekommen. Bei dem Feuer in Chicago hat es so gut wie keine Opfer gegeben, Sam, aber das war in einer Großstadt, deshalb wurde es von allen beachtet.«

»Dann laß uns zum Friedhof gehen.«

»Okay.«

So, dachte Beth. Kann ich mich erinnern, wo es ist? Sie wendete den Wagen – wann war sie zuletzt in Peshtigo gewesen … 1991? Sie hatte Aufnahmen für *Midwest Living* gemacht, für einen Artikel über historische Bräuche und Geisterstädte. Aber sie konnte sich kaum noch an jene Arbeit erinnern – es war, wie so vieles, was sie in den ersten Jahren nach dem Schultreffen gemacht hatte, ein undeutlicher Traum. Sie konnte sich heute die Kontaktabzüge der Bilder aus jenen Jahren ansehen, ohne sich zu erinnern, die Motive je vor ihrer Linse oder die Menschen, mit denen sie gesprochen und sich eine Weile befaßt haben mußte, vor Augen gehabt zu haben.

An Aufenthalte in Peshtigo, bevor Ben verlorenging, erinnerte sie sich viel deutlicher. Die Stadt hatte immer zu Beth' Lieblingsmotiven gehört. Einmal, sie war mit Kerry schwanger, hatte sie die Gräber einer Familie auf dem kleinen Friedhof vor dem Museum fotografiert, wo sie unter einem riesengroßen Baum lagen: Sarah, die geliebte Frau, Alvey, ein Jahr, Maria, zwei Jahre, Arthur, Ehemann und Vater. Sie hatte sich in das Gras gelegt, das die Knochen bedeckte, und gedacht – was sie in ihren Zeitungstagen jedesmal dachte, wenn sie ein Foto von einer

Bahre machte, die beladen war mit einer zugedeckten Gestalt, so klein, daß sie sich unter der Plane nicht abhob –, wenn ich dies vollkommen fühle, wenn ich zulasse, daß es mich verletzt, werden die Meinen verschont. Durch Entbehrung und frühes Leid werde ich vor Vernichtung bewahrt bleiben. Die Sense wird ringsum blindlings schwirren, aber sie wird Vincent verfehlen, Ben verfehlen.

Die Erinnerung an die Beth, die fest an die Wirksamkeit einer derartigen Vorbeugung glaubte, rief heute verlegenes Mitleid in ihr hervor, wie mit einer Zehnjährigen, die noch an den Weihnachtsmann glaubt.

Während sie bei naiven Variationen ihrer selbst weilte, verpaßte sie den schlichten Eisenbogen, der Rock of Ages kennzeichnete, und mußte auf einem unglaublich grünen Feld wenden. Dann fiel ihr ein, daß ausgedehnte Straßenbauarbeiten die Verlegung der ältesten Gräber des Friedhofs auf einen mehrere Straßen entfernten Hügel notwendig gemacht hatten.

»Da will ich hin«, sagte sie zu Sam, »auf den Hügel. Da liegen die Brandopfer.«

Sie fuhr über eine kiesbestreute Erhebung auf den Friedhof, parkte und packte eilig ihre Ausrüstung aus. Es war schon spät am Nachmittag, und das Licht mit den nachlassenden Farben, dieses Orangegelb, war genau so, wie sie es für die Kompositionen aus den eckigen und rundlichen Formen der Grabsteine brauchte. Sie nahm ihr kleines Blitzgerät zur Unterstützung, den Kasten mit der Hasselblad und einen faltbaren Reflektor, der so neu war, daß er sich in ihrer Hand steif und ungewohnt anfühlte.

»Was soll ich tragen?« fragte Sam, und es überraschte Beth wie jedesmal, von welch ungezwungener, natürlicher Hilfsbereitschaft er war – so wohlerzogen.

Sie gab Sam ihre Tasche, und sie stiegen einen schmalen, steinigen Pfad hinauf. Beth beobachtete ihren Sohn und gewahrte die zunehmende Dramatik des späten Lichts nur am Rande. Ein erhöhtes Grabmal war von kleineren Steinen umringt. »Davon machen wir eine Aufnahme«, sagte sie, und Sam sah zu, wie sie in die Hocke ging und vom Sockel des höchsten Grabmals aus fotografierte.

»Was siehst du?« fragte Sam.

»Ich sehe«, sagte Beth, »wie der große Grabstein sich vom Himmel abhebt, fast so, als würde er die kleinen beschützen. Hier ...« Sie löste den Riemen von ihrem Hals und hielt Sam den Sucher vor die Augen. »Siehst du?«

Er sah hindurch. »Ja.«

»Willst du fotografieren?«

»Mit so einem Apparat habe ich es noch nie gemacht.«

»Es ist ganz einfach«, sagte Beth. Sie legte ihre Finger auf seine, wobei sie den Ruck fühlte, der sie immer noch durchzuckte, wenn sie seine flaumige Haut berührte, und zeigte ihm die Knöpfe. »Ich steh jetzt auf, und du machst die Aufnahme.«

Als sie einen Schritt zurücktrat, stieß sie an etwas Hartes; sie drehte sich um und hätte beinahe einen alten Mann umgestoßen. Beth schrie überrascht auf, doch zu ihrer Erleichterung schob der Fremde seine gestreifte Eisenbahnermütze aus der sonnengebräunten Stirn und lachte.

»Dachten Sie, ich bin ein Gespenst?« fragte er. Dann bemerkte er Sam, der unentwegt auf den Auslöser gedrückt und sich bei dem Aufschrei seiner Mutter nicht einmal umgedreht hatte, und fragte: »Wer ist der Fotograf?«

»Mein Sohn«, sagte Beth und fügte hinzu: »Eigentlich fotografiere ich. Ich bin Berufsfotografin. Aber wir haben hier ein bißchen herumgespielt.« Da kam Sam und streckte die Hand aus, nachdem er sich die Kamera vorsichtig um den Hals gehängt hatte.

»Guten Tag«, sagte er, und als der alte Mann die Hand des Jungen nahm, lächelte er Beth an, ein verschwörerisches Lächeln gemeinsamen Stolzes auf Sams nahezu altmodische Höflichkeit.

»Ich bin Will Holt«, sagte der alte Mann.

»Ich bin Beth. Ich bin aus Chicago. Das ist Sam. Arbeiten Sie hier?«

»Arbeite hier, wohne hier.« Er lächelte. Er hatte ein Bauerngesicht mit tief eingegrabenen Furchen rechts und links vom Kinn. »Nicht *hier*, meine ich. Zumindest jetzt noch nicht, obwohl die Zeit kommen wird. Aber ich wohne in Peshtigo. Hab immer da gewohnt.«

»Ich suche die Gräber der Überlebenden des Feuers.«

Er lachte wieder, lauter diesmal. »Es gab keine, leider, junge Frau.«

Beth lief rot an. »Der Opfer, meine ich natürlich.«

Beth sah, daß Holt einen kleinen Karren bei sich hatte, ein Mittelding zwischen Schubkarre und Leiterwagen. Er war mit Unmengen roter und blauer Blumen und Stapeln winziger amerikanischer Flaggen gefüllt. Holt, der ihrem Blick folgte, sagte: »Vierter Juli. Wollte sie raus haben, bevor es regnet und sie verwelken. Das macht die Leute traurig. Die Weihnachtskränze haben hier bis Februar gelegen. Das hat mir gar nicht gepaßt. Hatte ein paar Wochen Grippe und war fast den ganzen Winter schwach wie ein Kätzchen. Sollte es wohl mal mit Joggen versuchen, was?«

»Wäre nicht schlecht«, sagte Beth. »Darf ich ein Bild von dem Wagen machen?«

Holt wies auf den Karren. »Klar, warum nicht?« Sam reichte ihr die Kamera.

»Sind die alle von Soldatengräbern?« fragte er Holt.

»Nein, nicht alle, mein Sohn«, sagte der alte Mann. »Ein paar. Die meisten sind von den Gräbern gewöhnlicher Leute. Ihre Angehörigen vermissen sie an den Feiertagen.« Er wandte sich an Beth, die mit ihren Aufnahmen fertig war, und fuhr fort: »Die Gräber der Brandopfer sind fast alle da oben – nicht in der Mitte, da drüben, gleich unter den Espen. Da sind sie freilich ursprünglich nicht gewesen; Teile dieses Friedhofs sind vor ein paar Jahren verlegt worden.«

»Ich weiß. Ich war schon mal hier«, sagte Beth.

»Ach«, sagte Holt. »Leben Sie hier?«

»In Chicago«, wiederholte Beth. »Ich hab mal in Madison gewohnt.«

»Madison«, sagte Holt. »Ich bin in Madison aufs College gegangen. Landwirtschaftsschule. Ich bin mehr Jahre landwirtschaftlicher Beauftragter von Langlade County gewesen, als ich an unser aller Händen abzählen kann.« Er ging steif zum Karren und hob den Griff an. »Dann bin ich pensioniert worden. Und jetzt mach ich das hier, immer wenn ich Lust habe. Ein bißchen Geld. Ein bißchen Frieden. Früher hab ich mit ein paar Jungs die Gräber ausgehoben, aber heute haben sie einen Bagger dafür.«

Holt setzte sich in Bewegung, und Sam folgte ihm. Beth schloß sich an. Sie gingen an einer weitläufigen schimmernden Grünfläche entlang, die zum Fuß des Hügels führte. Sie kamen an ein Grab, das viel neuer aussah als die übrigen. »Caron Anne, unsere Jüngste«, stand da. »1985-1988.«

»Das ist Willards Jüngste. Eigenartige Geschichte – sie starb an einer Mittelohrentzündung. Meine Enkelkinder kriegen so was alle paar Wochen, und es ist noch keins daran gestorben. Die Mutter wollte, daß sie hier oben liegt, aber die meisten Leute bevorzugen den neuen Friedhofsteil bei der Kirche. Uns war allen so mies zumute, wir wollten nicht abraten, und es liegen ja viele Willards hier oben, da ist sie bei ihren Verwandten.«

Sie gingen weiter.

»Das ist auch ein Kind«, sagte Sam und zeigte auf ein Grab.

»Richtig.« Holt nickte und nahm seine Mütze ab. »Plätze wie die hier sollten für alte Leute wie mich reserviert sein, aber das klappt nicht immer so. Grace Culver war so alt wie Bill, mein Ältester. Ihr Bruder hat ihr im Schulbus gesagt, er würde sie mit dem Gewehr seines Daddy erschießen, wenn sie nach Hause kämen, und er hat es tatsächlich getan. Das war neunzehnhundertsechsundfünfzig. Ja, genau – sechsundfünfzig.«

»Gott im Himmel«, flüsterte Beth.

»Oh, Ma'am, Verzeihung«, sagte Holt und deutete auf Sam. »Ich wollte ihm keine Angst einjagen.«

»Ich hab keine Angst«, sagte Sam gleichmütig. »Ich bin mal entführt worden.«

Holt warf Beth einen Blick zu. Sie nickte. »Das stimmt«, sagte sie.

»Hast du dich gefürchtet?« fragte Holt.

»Nein«, erwiderte Sam. »Ich war noch klein. Und meine Mom, die ... ich bin zurückgekommen, kurz bevor die Schule zu Ende war.«

»Du bist monatelang weg gewesen?«

»Jahre. Mein ganzes Leben«, sagte Sam.

Beth machte sich nervös an ihrer Kamera zu schaffen. »Das war ... Sie haben wahrscheinlich davon gelesen ... Wir haben damals in Madison gewohnt. Benjamin Cappadora.«

»Meine Güte, ja, meine Güte, ja«, sagte Holt. »Ach du liebe Zeit.« Er betrachtete Sam von oben bis unten. »Aber du hast es scheint's überlebt.« Dann, zu Beth: »Und Sie auch. Alles okay jetzt?«

»Es geht so«, sagte Beth. Sie kämpfte plötzlich mit dem Verlangen, zu diesem gütigen Geist vom Friedhof zu sagen: »Sie sollten nicht alles glauben, was Sie zu sehen meinen; unser Sohn wurde geraubt, und wir haben ihn nie richtig wiederbekommen, auch wenn Sie vielleicht in *People* was anderes gelesen haben.« Sie hätte ihn gern gefragt: »Mr. Holt, Sie haben viel Erfahrung mit Menschen, haben Sie den Eindruck, daß dieser höfliche, wißbegierige Junge sich in der Welt zurechtfindet? Kommt er Ihnen vor wie der verlorene Sohn einer überglücklichen Familie? Und ich? Wirke ich wie seine Mutter? Oder wie eine Schauspielerin? In Wirklichkeit war seine andere Mutter die Schauspielerin ...«

Dann fragte Sam, ob in den Gräbern gleich neben ihm Brandopfer seien. »Sie haben alle denselben Namen«, sagte Sam.

»Nun, Sam, das ist auch wieder so eine Geschichte. Carrie Moss und ihre vier Kinder. Das älteste war elf, das jüngste drei.« Beth blickte auf die gepflegten grauen Steine, alle genau gleich, dann sah sie Sam an. Sollte sie Holt bremsen? Es war so grausam. Sam war wie gebannt. »Der Bursche war Bahnarbeiter. Die kommen überall herum, wie du weißt. Aber er war hier geboren. Als sie ihn in Madison gefaßt haben, hat er gesagt, er hätte Carrie Moss geliebt, seit sie Kinder waren. Als ihr Mann eines Tages draußen bei der Ernte war – keinen Kilometer vom Haus entfernt –, ist er in ihr Haus gekommen.«

»Der Kerl ...« Sams Stimme war leise, erstickt. »Er hat sie umgebracht?«

»Ja«, sagte Holt gelassen. »Das Haus steht noch, an der Straße beim Keller Creek. Hübscher Bau. Aber niemand wollte es kaufen. Frank Moss ist nach Des Moines gezogen. Nein, falsch. Nach Dubuque. Das war kurz vor dem Krieg – dreiundvierzig. Nicht alle Verbrechen geschehen in Milwaukee, nein, beileibe nicht. Nicht alle geschehen in Chicago.«

Sie gingen auf einem schmalen Fußweg bis zur halben Höhe des Hügels. Ein einzelner Stein stand unmittelbar links vom Weg, und Beth blieb stehen. Nein, dachte sie. Vielleicht fällt es Sam nicht auf.

David Taylor Holt. Keine Daten, nur eine in die rosa Marmorfläche eingemeißelte Seerose. Sam hockte sich hin und berührte den Stein.

»Ist das ein Verwandter von Ihnen?« fragte Beth leise.

»Ja«, sagte Holt. »Mein Sohn, leider.«

»Ist er im Krieg gefallen?« fragte Sam. »War er Soldat?«

»Sam, nicht«, wies Beth ihn zurecht.

»Ach, lassen Sie nur, ist schon gut. Ich bin froh, daß er hier liegt – besser, als wenn wir immer nach Beloit müßten, seine Mutter und ich. Dort hat er gewohnt. Er war kein Soldat, Junge, bloß Collegeschüler.«

»War er ... war er krank?« fragte Sam.

»Nein, nein«, sagte Holt. »Obwohl, in gewissem Sinne könnte man es so nennen. Wir dachten, es ist das Übliche, ein Junge muß da durch – bißchen trinken, schlechte Noten, Unterricht schwänzen. Aber ich nehme an, man könnte sagen, er litt an einer Depression. Er war in ein Mädchen verliebt – und sie wollte nichts von ihm wissen. Und eines Abends, da ist er nach Hause gefahren, er hatte getrunken, und er hat seinen Wagen in der Garage von dem Haus geparkt, in dem er ein Zimmer gemietet hatte. Und er ließ den Motor einfach laufen. Der Benzintank war voll. Die Wirtin wäre fast auch gestorben, die Ärmste.«

»Er war geisteskrank«, sagte Sam. »Das ist schrecklich.«

»Sam!« Beth wußte nicht, wie sie reagieren sollte.

»Du hast recht, Sam. Er war krank. Wir haben es nur nicht gemerkt.« Holt bückte sich und schob ein Büschel Blätter von dem Grabstein. »Seine Mutter denkt, David ist im Auto eingeschlafen. Und ich muß gestehen, ich sage ihr immer, daß ich das auch denke. Aber in Wirklichkeit weiß ich es besser. Ich habe etwas gefunden, ein paar Zeilen von einem Gedicht, an dem er schrieb. Es war so traurig wie ein Country Song. ›Ich mag stark sein und auch schwach, ertrug zu lange der Welt Ungemach.‹ Da wußte ich, daß er es einfach nicht mehr ausgehalten hat. Und dies hatte er wahrscheinlich Weihnachten geschrieben, als er in den Ferien zu Hause war. Monate vorher. Tja, das ist nun zehn Jahre her.«

»Sie vermissen ihn«, sagte Sam.

»Ja, sehr«, sagte Holt. Er nahm sich zusammen. »So, gleich hier oben links sind die Gräber, die Sie suchen. Entschuldigen Sie mich. Ich muß mich jetzt sputen.«

»Natürlich«, sagte Beth. Aber Beth mochte sich nicht von ihm trennen. Sie wäre gern mit ihm irgendwohin gegangen, wo es gut duftete und gemütlich war, wie das Pepper Pot in der Stadt, und hätte ihm und Sam Vanille-Cola und Steak-Sandwiches spendiert. Sie könnten in einem warmen, gelben Lichtkreis sitzen und reden, bis sie alle gestärkt und satt wären.

»Viel Glück, Beth«, sagte Holt und ruckelte seinen Wagen auf den schmalen Weg. »Sam, paß gut auf deine Mutter auf.«

»Mach ich«, sagte Sam. Er kniete sich neben den rosa Marmorgrabstein. »Was meinst du, warum hier eine Seerose ist?« fragte er Beth.

»Das weiß ich nicht. Vielleicht hatte er diese Blumen gern.«

»Sie riechen gräßlich. Aber der alte Mann war nett.«

»Ja«, sagte Beth. »Es ist sehr traurig.«

»Ja.« Sam überlegte. »Meinst du für ihn oder für seinen Sohn?«

»Für beide.«

»Bei ihm bin ich mir nicht sicher.« Sam deutete auf den rosa Stein, der in den letzten Sonnenstrahlen schimmerte. »Für ihn ist es wahrscheinlich besser.«

Beth erstarrte. »Wie meinst du das?«

»Ich meine, er war so traurig, wahrscheinlich ist es besser für ihn, einfach ... zu schlafen. Es könnte Schlimmeres geben, als tot sein.«

Beth stöhnte. Die Kamera schlug gegen ihre Brust. Plötzlich hätte sie Sam schütteln, ihn ohrfeigen mögen. »Sam, er ist tot. Sein Leben ist ein für allemal zu Ende. Er schläft nicht. Er hat sich selbst das Leben genommen, hat sich seinen Eltern weggenommen. Und das alles wegen etwas, über das er hinweggekommen wäre, wenn er sich Zeit gelassen hätte.«

Sam bohrte trotzig mit dem Zeh in der lockeren Erde. »Vielleicht nicht. Vielleicht war er einfach zu traurig.«

Ich könnte mich glatt fallen lassen, dachte Beth. Der Boden unter ihren Füßen schien an ihr zu zerren, sie hinabzuziehen in die Schwere der eingesickerten Trauer. Schlimmeres und Schlimmeres, ermahnte sie das Wispern der Espen, es gibt Schlimmeres und Schlimmeres.

Der Tod hatte seine Sense geschwungen, und er hatte Ben verfehlt. Als Sam hatte Ben eine leidlich schwere Kindheit gehabt, und doch war er als Sam gediehen. Und jetzt gedieh er nicht mehr. Er überlebte, und das nur wegen seiner von Grund auf gesunden Natur.

Nicht weil er seine Familie wiederhatte. Nicht deswegen. Ihr Gewinn war sein Verlust. Beth war ein Kind zurückgegeben worden, das ihr so fern war wie der Himmel.

Und doch, und doch, war sie nicht besser dran und undankbarer als viele andere, die sie im Compassionate Circle kennengelernt hatte? Sie konnte ihren Sohn sehen; sie wußte, daß sein Leibgericht Gyros mit Joghurt war, daß er ein schneller, nicht sehr sorgfältiger Leser war, daß er blind maschineschreiben konnte; sie hatte gesehen, wie er sich im Handumdrehen von einem übergroßen Clown, der seinen Mannschaftskameraden Gesichter schnitt, in einen schönen Jungathleten mit konzentriertem Gesichtsausdruck und einem gleichmäßigen Schwung verwandelt hatte, der Pat die Tränen in die Augen trieb.

Sie wußte, wo ihr Sohn war, dachte Beth, als das letzte Sonnenlicht vom Himmelsstreifen über dem Hügel schwand. Und er war nicht hier.

»Sam«, sagte sie jetzt, »ich möchte dich etwas fragen.«

»Was?« Er stand auf und klopfte sich den Staub von den Händen.

»Hast du dir jemals gewünscht, du wärst tot?«

Er sagte rasch: »Nein.«

»Was wünschst du dir?«

»Ich hab bloß gesagt, es könnte Schlimmeres geben, als tot sein.«

»Zum Beispiel?«

»Zum Beispiel, wenn alle an deinem Leben zerren und dich zwingen, an einem Ort zu sein, wo alle dich hassen.«

»Du denkst ... daß wir dich hassen?«

»Du nicht.«

»Wer dann?«

»Vincent.« Er nahm Beth' Reflektor in die Hand und wandte den Kopf dem Hügel zu. Da oben blinkte ein Licht, und Beth meinte einen Augenblick, es könnte eine Sternschnuppe sein; dann sah sie, daß es das Blinklicht eines Funkturms war, das Flugzeuge warnte, bis hierhin und nicht weiter, sonst wird es gefährlich. »Als ich noch zu Hause war, haben mein Dad und ich miteinander geredet, und er hat gesagt, wir sollten eine Liste machen mit allem, was am Zurückgehen nicht so schlimm ist. Und ich hab auf die Liste geschrieben, daß es vielleicht lustig wäre, Geschwister zu haben.«

»Und?«

»Und dann ... Kerry ist in Ordnung, aber Vincent guckt mich an wie ... Gott, du weißt, wie er mich anguckt!«

»Sam, ich glaube nicht, daß er dich anders ansieht als uns. Er hat ... er hat es schwer gehabt.«

»Aber ich konnte nichts dafür! Das sag ich euch ja dauernd!« Sie sah nur die Konturen seiner eingezogenen Schultern, aber dann streckte Beth die Hände nach ihm aus und drückte ihn an sich. Er wehrte sich nicht; vielleicht bildete sie es sich ein, aber er schien sich einen Moment an sie zu klammern.

»O Ben ... Sam«, sagte sie in seine Haare. »Weißt du, wie unendlich viele Jahre ich dich nicht in die Arme nehmen konnte? Wie lange du ohne meine Umarmung sein mußtest?«

Da tätschelte er sie wie ein liebevoller Kamerad, so wie Angelo es vielleicht getan hätte. »Sie haben mich in die Arme genommen«, sagte er. »Sie haben mich die ganze Zeit in die Arme genommen.«

Sie war kaum imstande, die Worte hervorzubringen, die unbedingt folgen mußten und die etwas besiegeln würden. Beth' Kehle war zugeschnürt vor Mitleid und Schuldbewußtsein.

»Was wünschst du dir, Sam?« fragte sie schließlich.

»Ich weiß nicht«, sagte er. »Nur daß ... alles so ist wie vorher. Bloß, das würde Pat und dir weh tun. Und das kann ich auch nicht aushalten. Ich weiß es einfach nicht.«

Beth dachte an die ersten Fragen, die Sam nach seiner Rückkehr gestellt hatte, und wie schwer sie dagegen angekämpft hatte, aus jeder Antwort einen fünfundvierzigminütigen Vortrag zu machen. Hatte Beowulf ihn gerngehabt, als er ein Baby war? Hatte er Kerry gleich gesehen, nachdem sie geboren war? Erinnerte sich Beth, ob er allergisch gegen Schokolade war? Er war jedenfalls überzeugt, es jetzt zu sein, auch wenn George sagte, das sei nur, weil er sich einmal übergeben mußte, nachdem er eine ganze Pfundpackung M&Ms gegessen hatte. Nach vielen Wochen vorsichtiger Fragen, vorsichtiger Antworten war Beth ins kalte Wasser gesprungen: An einem trägen Sonntagnachmittag hatte sie Sam hereingerufen und ihm gesagt, sie wolle ihm etwas zeigen. Die Spannung in seinem Blick hätte sie fast zurückgehalten; doch sie preschte vor, ging mit ihm nach oben in ihr und Pats Zimmer, dahin, wo die große Zederntruhe stand, die Rob Maltese ihnen als Hochzeitsgeschenk gezimmert hatte und die Pat meistens als Ablage für Hemden benutzte, die für die Wäscherei bestimmt waren. Beth schob die Hemden beiseite.

Als Sammlerin und Bewahrerin hielt Beth sich für eine Niete. Das war ein Manko in ihrer wiederaufgenommenen Mutterschaft. Vincents Baby-Album war eine regelrechte anthropologische Studie, in der – am Rand, wenn der Platz nicht reichte – nicht nur die Daten des Durchbruchs sämtlicher Zähne vermerkt waren, sondern auch die Entwicklung von Stimmungen, Gesten, intellektuellen Meilensteinen, die Beth für Beweise von Genialität hielt. Im Gegensatz dazu waren Bens und Kerrys Alben nichts weiter als Verwahrungsorte für Karten und Fotos. Beth war sich nicht mal sicher, ob die als »erste« hingekritzelten Ereignisse wirklich die ersten waren, weil der Eintrag erst lange Zeit nach den Begebenheiten erfolgt war.

Eins aber hatte sie sorgfältig und gut gemacht. Die Taufkleider und die Sachen, die die Kinder beim Schulabschluß getragen hatten, steckten luftdicht verschlossen in Plastikhüllen, die Beth bei Sears erstanden hatte, zusammen mit Fotos und Andenken an jeden dieser denkwürdigen Tage, ehrfürchtig in der Zederntruhe verstaut, unempfindlich gegen Zeit und Wandel.

Sie hatte als erstes Vincents Packen herausgenommen und Sam den Inhalt untersuchen lassen – er war neugierig, geradezu lüstern – und danach denjenigen, der mit »Benjamin Patrick Cappadora« gekennzeichnet war.

»Die Sachen sind so winzig«, hatte Sam lachend gesagt. »War ich wirklich mal so klein? Die sehen ja aus wie Kerrys Puppenkleider.« Ein paar Sachen von Ben, fiel Beth ein, waren jetzt tatsächlich Kerrys Puppenkleider, und fast hätte sie es gesagt.

Aber dann passierte es. Ben hielt das Spitzengewand, das Rosie so liebevoll bestickt hatte, an seine Nase und atmete den süßen Hamsterkäfiggeruch ein.

»Was ist das für ein Geruch?« fragte er.

»Zedernholz. Das soll Kleider konservieren und Motten fernhalten. Viele Schränke sind damit ausgekleidet. Hast du das noch nie gerochen?«

»Nein«, sagte Sam bestimmt. »Könnte sein ... vielleicht hatte meine Yaya so eine Truhe. Ich glaub schon. Sie hat sie in Griechenland gekauft. Vielleicht hab ich als Kind damit gespielt.« Aber aus seiner Miene sprach keine Überzeugung. »Glaub ich wenigstens.«

Und dann hatte Beth, die immer aufgeregter wurde, Tränen in seinen Augen bemerkt. Sie hatte Sam nie weinen sehen, außer in dem Augenblick, als er George einen Abschiedskuß gegeben hatte. Jetzt rieb er sich mit der Verlegenheit eines Zwölfjährigen kopfschüttelnd die Augen.

»Was ist? Sam?« hatte sie gefragt und hoffnungsvoll gedacht, das ist es. Etwas ist eingerastet. Er erinnert sich. Und dann hatte Sam Beth auf die Schulter geklopft und gesagt: »Es tut mir ja so leid.«

»Was, mein Schatz?«

»Es tut mir leid, daß dir das passiert ist. Ich weiß, du hast diesen ... mich so liebgehabt, als du das hier gemacht hast. Es tut mir so leid.«

»Sam, Sam ... so darfst du nicht denken.«

Er schüttelte den Kopf, heftiger diesmal. »Aber ich glaube auch, daß du denkst, meine Mom und mein Dad sind schlechte Menschen. Und das sind sie wirklich nicht.« Er fuhr fort, doch Beth hörte ihn kaum noch, ihr war eiskalt geworden. »Bloß weil es mir echt leid tut, daß das passiert ist, heißt es noch lange nicht, daß ich meinen Dad nicht liebhabe. Und meine Mom hab ich auch lieb, Beth. Sie kann nichts dafür, daß sie krank ist.« Beth nickte benommen und griff mechanisch nach dem Taufkleid, legte es gegen die Kniffe zusammen, damit es nicht moderte. Sam weinte jetzt heftig und bekam einen Schluckauf. Sie wollte ihn an sich drücken, seinen breiten Rücken mit den vorstehenden Knochen streicheln. »Beth«, stieß er schließlich hervor, »darf ich heute zu meinem Dad?«

Als er später von George zurückkam, war Sam ausgeglichener, nicht mehr so kribbelig. Er hatte mit Kerry »Sorry« gespielt. Er war nach draußen gegangen und hatte Vincent aufgefordert, ein paar Körbe zu werfen. Aber Beth konnte den flehenden Ausdruck in seinem Gesicht, die Ratlosigkeit in seiner Stimme nicht vergessen, als er vor der Truhe kniend nach dem richtigen Weg suchte, wie er freundliche Fremde davon überzeugen könnte, daß sie ihm halfen, den Heimweg zu finden.

Sie hatte versucht, Pat von der Zederntruhe zu erzählen. Er hatte es unbekümmert abgetan. »Bethie, erinnerst du dich daran, als du sechs Wochen alt warst?« hatte er lachend gesagt. »Mach dir keine Gedanken deswegen. Er wird sich einleben.«

Jetzt würde Pat sie anhören. Es blieb ihm nichts anderes übrig.

Als die Schatten den Friedhof Rock of Ages einhüllten, verstauten Beth und Sam die Kameras im Kofferraum, und Sam fragte, ob er sich auf den Rücksitz legen könne. »Sicher, mein Junge«, sagte sie, »schlaf nur.«

Es gibt Schlimmeres und Schlimmeres, dachte Beth; sie hatten ihm das Leben gegeben, dachte Beth, und sie neigte den Rückspiegel so, daß sie ihren schlafenden Sohn sehen konnte; es war ein Abkommen. Niemand verlangte von ihnen, ihrem Jungen das Leben zurückzugeben, dem er nachtrauerte auf Kosten des Lebens, das ihm wiedergeschenkt worden war. Aber war das nicht auch ein Teil des Abkommens?

Sie mußte mit Pat reden. Sie hatte nicht den Mut, mit Pat zu reden. Er würde ihre Worte mit aller Macht und jeder Berechtigung zurückweisen, und was würde ihr dann bleiben?

Ein Anruf, dachte Beth dann – und wollte schon bremsen, vergaß beinahe, daß sie Sam wecken würde, daß es spät war. Nein, sie würde die Nummer morgen suchen. Sie wußte, daß sie im Buch stand. Sie hatte sie im Laufe der letzten Jahre ein dutzendmal rausgesucht, hatte sich notiert, wenn das Büro umgezogen war, wenn die Nummer sich geändert hatte.

Mit dem Gedanken an den Anruf fühlte Beth sich sicherer, als hätte sie in einem schwankenden U-Bahn-Wagen einen Haltegurt ergriffen. So fuhr Beth durch die Dämmerung nach Süden, heimwärts.

30. Kapitel

Beth fand, daß es etwas Verzweifeltes hätte, wenn sie am Morgen gleich als erstes anriefe. Daß es vier Jahre gedauert hatte, bis sie sich überhaupt zu dem Anruf aufraffen konnte – und daß dies außer ihr niemand wußte –, war nicht von Belang.

Sie wollte zuerst arbeiten ... eine Stunde. Das erforderte der Anstand.

Sie holte die letzten Probeabzüge für die Fotostory hervor, die in zwei Monaten in *Life* erscheinen sollte – die Porträts von fortgehenden Kindern. *Life* wollte sie auf sechs Doppelseiten groß herausbringen. Es war ein Sprung nach vorne. Aber Beth mußte sich eingestehen, daß sie sich mit keinem der Bilder ein goldenes Sternchen neben ihrem Namen in Gottes Buch verdient hatte. Sie arbeitete noch mit denselben Tricks und Täuschungen wie als Anfängerin. Etwas Neues zu wagen hätte Überlegung und Konzentration, Experimente und den Einsatz von Emotionen erfordert. Dazu war sie nicht bereit – und sie dachte oft, es sei ein Glück, daß ihr die Fähigkeit, leidlich gute Bilder zu machen, zur zweiten Natur geworden war, bevor sie sich unter der Lawine angesiedelt hatte. Sie sah in ihrem »neuen Auge« für Porträts eine Art Deformation.

Beth hatte erkannt, daß sie die meiste Arbeit mit geschlossenem innerem Auge verrichten konnte; mithin mußte sie zugeben, daß der wahre Grund, weshalb man sie großzügig bezahlte, die beschwörende Kraft ihres Nachnamens war, die Signatur mit dem italienischen Klang, die unter jedem ihrer veröffentlichten Bilder erschien, die Erklärung, wer sie war. Es war der Grund, weshalb »Hochzeit im alten Viertel« erst jetzt in *Bon Appetit* lobende Erwähnung fand, nachdem die Qualität des Essens und das Ambiente schon drei Jahre eine Attraktion waren. Es war der Grund, weshalb ein Buchverlag Pat und Beth wahrhaftig eine Million Dollar (der Gedanke an Pats zitterndes Kinn, als sie darauf bestand, daß sie ablehnten, ließ Beth heute noch zusammenzucken) für die Rechte an ihrer Familiengeschichte geboten hatte. Der Name Cappadora war aus einer faden Flut von Tränen und Gerüchten nicht nur unbefleckt aufgetaucht: er war jetzt Platin, nicht mehr nur Gold.

Dieses *Life*-Projekt zum Beispiel. Der Verleger nahm natürlich an, das Thema habe seine Wurzeln in Beth' Zweikampf mit dem Schicksal. Tatsächlich aber hatte Beth immer Aufnahmen von fortgehenden Kindern gemacht. Ihre Rückansichten reizten sie – die Persönlichkeit eines Kindes zeigte sich in seinem Gang. Bevor Ben verschwunden war, war der kindliche Gang für sie eine Metapher für das Heranwachsen gewesen. Von den Aufnahmen, die sie für *Life* ausgesucht hatte, zeigte keine ihre eigenen Kinder, und es waren viele alte Fotos darunter: Kleinkinder von hinten, wie sie durch die Fliederlauben im Baumgarten der Universität von Wisconsin watschelten; ein Junge, der, die Schlittschuhe an einem Finger baumelnd, an einem Wintermorgen den Lake Wingra überquerte.

Es gab ein Bild, für das der Verlag einen noch üppigeren Betrag bezahlt hätte. Aber es war zu spät, es aufzunehmen. Und Beth hatte den Gedanken ohnehin schon mehr oder weniger verworfen.

Während sie ihre Pinnwand betrachtete, richtete Beth

ihr reales wie ihr fotografisches Auge voll auf das einzige Fortgeh-Bild, das sie von ihren eigenen Kindern aufgenommen hatte. Es war bei Ellen gewesen, nach einer Grillparty vor ein paar Wochen. Alle drei gingen durch die Einfahrt zum Auto. Es war ihr damals auf das rosenquarzfarbene Zwielicht angekommen, doch das Foto – Vincent gab Sam über den Kopf der zwischen ihnen hüpfenden Kerry hinweg einen sanften Stoß mit dem Ellenbogen – war schön komponiert, die Jungen schienen eine Brücke über ihrer kleinen Schwester zu bilden. Als sie letztes Frühjahr, kurz nachdem Sam gefunden worden war, das Projekt verkauft hatte, fragte ein Redakteur ungemein zartfühlend, ob eines der Bilder »den Jungen« zeige. Beth hatte verstanden; das Projekt war nicht nur prickelnd, es stellte etwas Neues dar. Sie hätte beinahe nachgegeben. Nur eine einzige Aufnahme von Sam von hinten. Schnell hatte sie gesagt, nein, er sei nirgends drauf. Und die Versuchung, ihnen dieses Bild zu geben – um Kapital daraus zu schlagen? Zu bekennen? –, war nach wie vor stark. Sogar jetzt noch, wo sie wußte, daß der Redaktionsschluß einen Layoutwechsel unmöglich machte.

War sie stolz auf ihr Foto? Oder war sie, wie sie es bei Pat vermutete, stolz auf die eigenen Wunden? Konnte sie beides auseinanderhalten? Sie wußte, daß Arbeit und Geld eine wenn auch nur mittelbare Befriedigung verschafften. Sie wußte nur nicht, wie weit diese Befriedigung ging.

Würde die Arbeit sie aufrechterhalten? Wenn alles andere vergangen wäre?

Vierzig Minuten waren verstrichen. Sie griff zum Telefon. Die Firma nannte sich Palladin Renovierungen – den Reklamespruch in den gelben Seiten hielt Beth für sehr gelungen: »Stil keine Frage, Entfernungen kein Problem.« Als Kind hatte Nick sich viel auf seinen Nachnamen eingebildet, der ihn mit seinen legendären Sieneser

Vorfahren verband. Die Unterzeile lautete: »Historische Ruine in Not? Wir eilen zu ihrer Rettung.« Das ging Beth zu weit. Aber, wie Dan, Ellens Mann, meinte, gegen jährlich vier Millionen Dollar konnte man schlecht was sagen – soviel setzte Nick um, dem das glückliche Zusammentreffen der architektonischen Trends in puncto Wiederverwertung und Nostalgie sehr entgegenkam.

Das Telefon summte, und Beth bekam Magenflattern.

Zu ihrem Schrecken – sie hatte insgeheim mit einer Sekretärin gerechnet, sogar auf einen Anrufbeantworter gehofft – nahm er selbst ab.

»Nick«, sagte sie.

»Hier spricht Nick«, erwiderte er.

»Nick, ich bin's, Beth. Beth ... Kerry.«

»Ah ... Bethie!« Er klang nicht so, wie sie es sich vorgestellt hatte, außer sich vor Freude, sprachlos vor Dankbarkeit. Er klang ... bloß überrascht. »Warte. Ich muß schnell jemand loswerden.« Er war gleich wieder da, die Stimme leiser, speziell auf sie eingestellt. »Bethie, wie schön, dich zu hören. Ist was passiert?«

»Nichts«, sagte sie. Und dann: »Alles.«

»Wie meinst du das? Ist Pat krank?«

»Nein, ihm geht's gut. Ich wollte bloß ... Nick, ich hab nie angerufen, nachdem wir ... ich konnte einfach nicht.«

»Bethie, das hab ich verstanden. Und dann ist soviel passiert. Ich bin nie dazu gekommen, dir zu sagen, wie froh ich bin. Euer Junge ... ich weiß, daß Trisha dich angerufen hat. Ich hatte es auch vor.«

»Danke. Es ist ... es ist ein Wunder. Wir sind ... wir können es selbst noch nicht richtig fassen. Aber weshalb ich anrufe – ich denke oft an dich. Und ich dachte mir, vielleicht können wir zusammen zu Mittag essen. Ich weiß, es kommt sehr plötzlich.«

Er antwortete nicht gleich. O nein, dachte Beth. Er

denkt, ich bitte ihn, mit mir zu schlafen. *Bitte* ich ihn, mit mir zu schlafen? »Ich meine«, sagte sie dümmlich, ehe er etwas sagen konnte, »richtig zu Mittag essen. Nicht ... das.«

Sie konnte sich Nicks Lächeln vorstellen. »Ich muß sagen, ich kämpfe mit meiner Enttäuschung«, erwiderte er galant. Beth seufzte. »Aber richtig zu Mittag essen ist besser als nichts. Ich kann's nicht erwarten. Wann? Heute?«

Sie verabredeten sich in einem Kettenrestaurant draußen bei seinem Büro in der Nähe des Flughafens, in zwei Stunden. Beth lief absichtlich nicht ins Bad, um sich die Beine zu rasieren; sie ließ ihre Haare, wie sie waren. Sie vertauschte lediglich ihre zerrissene Jeansshorts mit einer Baumwollhose, trug Lippenstift auf – und steckte sich in letzter Minute die Diamantohrringe von Rosies Mutter an.

Nick war ein ganz klein wenig auseinandergegangen – als hätte ein Kind eine Kreidekontur um ihn herum gezogen und ausgefüllt. Ein erfolgreicher Mann. Er nahm sie in die Arme, und er roch immer noch besser als jeder andere Mensch; Beth wurde schwindlig davon.

Es dauerte eine ganze Stunde, bis sie Nick alles über Sams Heimkehr erzählt hatte; er fragte sie mit der sanften Geduld eines guten Vaters aus, der es verstand, verschüttetes Leid an die Oberfläche zu locken.

»Und Pat? Wie wird Pat damit fertig? Wie geht's euch so?«

»Pat geht's prima«, sagte Beth ernst, während sie ihren Salat unter Bergen von Thunfisch neu arrangierte. »Er fühlt sich ... gesegnet. Er hatte ja schon das Restaurant, und das war mehr oder weniger ein Neubeginn für ihn. Er hat nie damit gerechnet, daß ihm dies auch noch gewährt würde. Er hat so viele Pläne. Er sagt, er will reisen und so weiter. Allerdings nehme ich ihm das nicht ab. Pat wird ja schon unruhig, wenn er mit Kerrys Klasse fünf Stunden in Six Flags war, und ruft im Restaurant an, um zu hören, ob die Ravioliränder gewellt wurden ...«

Nick lachte. »Das kann ich ihm nachfühlen. Ich nehme in Virgin Gorda ein Telefon mit an den Strand. Sonst hast du das Gefühl, deine Augen zu verlieren oder so was. Du wartest das ganze Jahr auf den Urlaub, und dann erträgst du ihn nicht.«

Sie erzählte Nick von der Million Dollar und wie Pat argumentiert hatte, als sie sich weigerte, über das Angebot nachzudenken. »Er sagte, bloß weil ich nicht darüber rede, was uns passiert ist, heißt das noch lange nicht, es ungeschehen zu machen. Er hat mich dauernd daran erinnert, was ich immer gesagt habe, wenn ich Aufnahmen von jemandem machte, der von einem Haus gesprungen ist.«

»Und was war das?«

»Ich sagte: ›Es ist nun mal passiert.‹«

»Also ...«

»Aber ich habe ihm gesagt, daß dies etwas anderes ist. Es ist passiert, aber es ist *uns* passiert. Wir sind nicht von einem Haus gesprungen. Wir wurden gestoßen.« Ohne die Absicht, so weit zu gehen, war Beth plötzlich dabei, Nick zu erzählen, daß es mehr sei als eine Stilfrage – sie habe ihren Mann verdächtigt, daß er nahe daran gewesen sei zu sagen, es sei ein widriger Wind gewesen. Daß er drauf und dran war zu sagen, Orangeade werde aus Orangen gemacht, Wohlstand könne den bitteren Geschmack der vergangenen neun Jahre auslöschen.

»Ist das so abwegig, Beth? Schau, auch wenn du es nicht sagen kannst, aber ihr habt Verpflichtungen. Pat hat recht. Das Leben ist College und Ruhestand und ... Aber es lohnt sich nicht, deswegen zu streiten. Denn ihr müßt finanziell ganz gut zurechtkommen. Ich lese dauernd in der Zeitung über das Restaurant. Und ich sehe deine Arbeiten. Solange Pat gesund ist und so ...«

»Es läuft gut. Aber Pat ist nie zufrieden. Er wird sich immer über das Personal ärgern ...«

Nick seufzte den Seufzer eines Geschäftsmannes. »Wem sagst du das. Anständige Leute sind für Geld nicht zu haben.«

»Ja«, sagte Beth. Sie hatte sich nicht vorgestellt, daß sie über den Mangel an gutem Personal reden würden. »Aber er ist glücklich, so glücklich, wie er eben sein kann.« Würden sie nie aufhören, sich über Pat zu unterhalten? »Es ist ... Nick, Sam ist es, der mir Sorgen macht. Es ist Sam und ... und die anderen Kinder, wegen Sam.« Sie schilderte die Fahrt nach Minneapolis, den Abstecher nach Peshtigo und wie sich dabei ihre Befürchtungen bestätigt hatten. Während Beth erzählte, fragte sie sich fortwährend, ob sie es wegen ihrer Geschichte tat oder weil es einfach ungemein leicht war, sich Nick anzuvertrauen, oder weil er eine so erfrischend objektive Meinung vertrat. Nicht mal Candy gegenüber war sie so offen. Sie konnte ihm gar nicht genug erzählen.

»Nicht daß Sam jemals widerspenstig wäre«, sagte sie. »Er tut, was man ihm sagt. Aber er ... geht ein. Es ist fast, als könnte man zusehen, wie er wegbröckelt.« Beth schilderte Nick den langen Nachmittag mit Sam bei der Zederntruhe. Sie erzählte, wie seine Noten von glatten Zweiern auf Dreier und Vierer abgesunken waren. Wie sein Stürmen auf dem Sportplatz zu einem Schlurfen verkommen war. Sie erzählte von dem Tag, als Sam mitten in einem schweren Anfall von Halsentzündung vom Krankenbett aufgestanden war, um seine wöchentlichen zwei Stunden mit George nicht zu versäumen.

»Die Sozialarbeiterin sagt, er ist in einem Übergangsstadium, aber wenn er im Übergangsstadium ist, warum gibt es dann überhaupt keine Anzeichen von Fortschritt?« fragte Beth Nick, der die verbliebene Hälfte seines Reuben-Sandwichs säuberlich in Viertel schnitt. Sam, fuhr sie fort, sei in ihrem Haus, doch ohne dazuzugehören; er halte sein Zimmer so ordentlich wie ein Gast, trage sein Shampoo und seine Zahnbürste hin und her, als sei ihr Haus ein Internat. Wenn er nach der Schule verspätet nach Hause kam, wußte sie, daß er mit dem Rad zu einer von Georges Baustellen gefahren war oder lange Zeit vor seinem alten Haus gesessen hatte. Beth konnte ihn nur mit den Austauschschülern vergleichen, die Ellen bei sich aufzunehmen pflegte – klug, hilfsbereit, höflich, schmerzhaft fehl am Platz und unbehaglich, Rituale nachahmend, die sie nicht verstanden; und spät abends starrten sie stumm aus den Fenstern ihrer adrett gehaltenen Zimmer auf die Sternbilder am Nachthimmel.

»Das einzige, was ihn in Gang hält, sind seine Besuche bei George«, sagte sie und schob ihren Teller weg. »Und nicht mal Candy hält diese Besuche für ratsam. Sie meint, es sähe so aus, als wollten wir uns ihm gegenüber nicht festlegen, wer seine richtigen Eltern sind.«

»Vielleicht hat sie recht«, warf Nick ein. Einen Moment dachte Beth, sie hätte es sich eingebildet; hatte er unauffällig auf die Uhr gesehen? »Blut ist Blut, Bethie. Und was kannst du machen, außer ihm da durchzuhelfen?«

»Das sagt Angelo auch.«

»Und es stimmt. Das ganze Theater mit den Noten und so – auch normale Kinder durchlaufen diese Phase. War bei mir genauso. Hört sich an, als wäre er gerade in einem Stadium der Anpassung.«

»Das meint Pat auch.«

»Ich finde, Pat hat recht«, sagte Nick. »Kinder passen sich an. Sie überleben.«

»Das will ich hoffen«, sagte sie. »Trotzdem, ich frage mich, ob ...«

»Bist du glücklich, Bethie?« fragte er darauf, und er beugte sich vor und legte seine Hand auf ihre – seine kleine, rauhe, perfekt manikürte Hand. Soll das eine Anmache sein? dachte Beth.

»Ich bin erleichtert«, sagte sie vorsichtig. »Aber ich weiß nicht, ob ich sagen könnte, daß ich glücklich bin. Ich weiß nicht, ob es mir nach alledem möglich ist, glücklich zu sein. Oder ob ich einfach zuviel erwarte. Oder ob ...« Sie sah ihn an, griff nach seinen Fingern. Ist *dies* eine Anmache? dachte sie. »Was ich brauche, um glücklich zu sein, hat vielleicht nichts mit meinen Kindern zu tun.«

»Ich habe dich vermißt«, sagte Nick. »Ich habe so oft an dich gedacht.«

»Oh, ich auch«, sagte Beth. »Ich auch. Unzählige Male.«

»Möchtest du ... woandershin gehen?«

»Ich weiß nicht.«

Sie fuhren auf ein kleines Feld, wo ein Landeplatz für Segelflieger gebaut wurde. Beth ließ sich von ihm gemächlich in die Arme nehmen, ließ seine Zunge ihren Mund öffnen. Sie ließ ihn ihr Hemd anheben und ihre Brust umfassen, und sie fühlte, wie der Schauder in ihrer Taille begann und aufwärts strömte. Aber sie war nicht hergekommen, um zu ergründen, ob sie ihn begehrte oder nicht, dachte Beth, die sich mit Mühe beherrschte.

Weswegen dann?

»Nick«, sagte sie, sich von ihm lösend, und küßte ihn auf den Hals, als er sich aufsetzte. »Hast du das ... vorher schon mal gemacht?«

»Vor heute?«

»Nein, vor uns.«

»Nicht sehr oft«, sagte er.

»Aber vorher? Vor uns?«

»Ein paarmal vielleicht.« Sie sah ihn an. Er hatte sein Sportsakko ausgezogen und strich es nun glatt, legte es vorsichtig auf den ledernen Rücksitz, vergewisserte sich, daß jeder Kniff stimmte. Nicht, dachte sie. Keine Demontage vor meinen Augen, Nick. Dann nahmen ihre Gedanken die entgegengesetzte Richtung, und sie sagte sich streng: Nicht danach Ausschau halten. Nicht nach Kummer forschen. Er will dich. Er ist umwerfend. Er ist lieb und nett, und die Geschichte, die du mit ihm erlebt hast, ist süße Vorgeschichte.

Aber sie konnte sich nicht zurückhalten. »Wann?« fragte sie.

»Ach, als die Kinder noch klein waren. Ich weiß nicht. Es hatte nichts zu bedeuten.«

»Und mit mir?«

»Oh, natürlich, Bethie. Mit dir hat es mir etwas bedeutet. Bethie, du weißt, was ich an dem Tag damals für dich empfand. Ich dachte sogar ...« Okay, sagte sie sich darauf, es ist jetzt okay. »... daß wir uns ... öfter sehen könnten. Daß wir vielleicht ...«

»›Uns öfter sehen‹? Hinter dem Rücken der anderen?«

Sie konnte ihre Mutmaßung nicht glauben. Hatte sie erwartet, daß er sagen würde: Den Sinn des Lebens gefunden haben?

»So würde ich das nicht nennen«, sagte Nick lächelnd. »Ich sehe, jetzt werden wir miteinander reden. Ich glaube, ich brauche eine Zigarette.«

Sie zappelte vor Ungeduld, als er sein graviertes Feuerzeug, sein akkurat verschlossenes Päckchen nikotinarme Zigaretten hervorholte. »Nick«, fragte sie wieder, »hast du gedacht, wir würden nach jenem Tag ein Liebespaar?«

»Wäre es so schlimm gewesen, das zu hoffen?«

»Und es niemandem erzählen?«

»Darüber habe ich nicht nachgedacht.«

»Auch später nicht?«

»Es war sinnlos, hinterher darüber nachzudenken.« Nick zog an seiner Zigarette. »Bethie«, sagte er dann, »wolltest du Pat verlassen? Willst du es jetzt?«

»Nein«, sagte sie. »Ach, ich weiß nicht.«

»Als du nie angerufen hast, da dachte ich, na ja, so was passiert eben, wenn man unter Streß steht. Aber als du mich heute anriefst, dachte ich, vielleicht hat sie auch das Gefühl, daß ihr im Leben etwas entgangen ist.«

»Hast du das Gefühl?«

»Sicher.« Nick lächelte. »Haben das nicht alle?« Er streckte seine Hand nach ihr aus. Nein, warte, dachte Beth. Die Frage ist nicht, ob alle das Gefühl haben. Es geht um mehr.

Aber Nick sagte: »Vor langer Zeit hat mein Bruder Richie zu mir gesagt, wenn du im ersten Ehejahr für jedesmal Miteinanderschlafen ein Gummibärchen in ein Glas tun und danach für jedesmal eins herausnehmen würdest – das Glas würde niemals leer.«

»Was hat das damit zu tun?«

»Nun ja ...«

»Dann war es für dich bloß sexuell?«

»Für dich nicht?«

»Nein!« rief sie. »Ja und nein.«

»Schön, für mich war es auch ja und nein.«

»Und hattest du seitdem andere Affären?«

»Was spielt das für eine Rolle?«

»Wie oft?«

»Beth, Zahlen sind Zahlen, sonst nichts.«

»Nein, das ist nicht wahr.«

»Na schön. Ein paarmal. Aber nicht so wie bei uns. Beth, es war einfach nichts Besonderes. Ich möchte nicht, daß du mich für ein Schwein oder so was hältst, Beth, aber es ist ... wie Pat sagen würde ... ich meine, vielleicht nicht, weil du so ... voller Leben bist. Aber für mich bedeutet körperliche Langeweile in der Ehe nicht, daß es keine gute Ehe ist.«

Pat, dachte Beth in einer Aufwallung von Loyalität, würde so etwas nie sagen.

Darauf fragte sie: »Ist deine Ehe eine gute Ehe?«

»Ja«, sagte er. »Ich glaube, daß Trisha glücklich ist, und die Kinder sind prima. Wir sind gute Freunde. Wir respektieren uns gegenseitig. Andere Menschen verlassen sich auf uns. Sie hat ein erfülltes eigenes Leben.«

Beth dachte: Haben das nicht alle? Nick strich mit der Hand aufmunternd, erotisierend, über ihren Nacken, ertastete mit den Fingern ihre Muskeln. »Das heißt nicht, daß ich dich nicht will. Daß ich nicht möchte, daß wir zusammen sind. Beth, ein Teil von mir wird dich immer lieben. Und vermutlich um so mehr, weil du so tapfer warst. Keine andere hätte das alles so durchgestanden wie du. So warst du immer. Meine Ma pflegte zu sagen: ›Elizabeth wird immer bekommen, was sie will.‹ Ich bin deswegen jedesmal wütend auf sie geworden. Aber sie hatte recht.«

Beth entzog sich ihm und sah aus dem Fenster. Sie wünschte, sie könnte sich mit einem Blinzeln von seinem Autositz in ihre Küche versetzen, ohne dieses Gespräch auslaufen lassen, lächeln, sich die Haare kämmen, fahren zu müssen. Aus dem Augenwinkel konnte sie sehen, wie Nick den Rückspiegel schräg stellte, um seine Haare zu ordnen, die sie zerzaust hatte. Er machte das gut, mit der Geschicklichkeit einer Frau, die ihre Dauerwelle in Form bringt.

Sie wandte sich ihm zu. »Es würde mir leichtfallen, mit dir zu schlafen. Es wäre mir immer leichtgefallen. Aber es wäre nicht genug gewesen.«

»Ich sage nicht, daß das alles wäre, Beth.«

»Was wäre da noch?«

»Was wünschst du dir noch? Möchtest du mich heiraten, Beth? Hat sich etwas verändert in den zwanzig Jahren, außer daß ich älter geworden bin und mehr Geld habe?«

»Ja«, sagte Beth darauf, und ihr kamen die Tränen. »Ich habe mich verändert. Ich wollte ...«

»Mich? Oder einfach irgendwas?«

»Irgendwas. Ich dachte, vielleicht wärst du's.«

»Und vielleicht bin ich's. Ich sage nicht, daß alle Türen verschlossen sind, Beth. Es ist nur ... Du rufst mich nach vier Jahren an. Wir gehen essen. Du fragst mich, ob ich jemals mit jemand geschlafen habe außer mit meiner Frau und dir, und wenn, dann bin ich ein Fiesling.«

»Kein Fiesling. Nur nicht ...«

Nicht Pat, dachte sie. Nur nicht Pat.

Er war im Garten, als sie nach Hause kam. Sie hatte ihr Gesicht im Spiegel sorgfältig geprüft; es war weder zu rot noch zu blaß.

Es sah nur ein bißchen besser aus als sonst.

Pat sah zu einem Schlafzimmerfenster hinauf. »Meinst du, Gauben würden schrecklich aussehen?« fragte er, als sie hinter ihn trat. »Ich würde den Jungs gern mehr Platz schaffen, aber ich möchte nicht, daß es hier aussieht wie in einem Wohnwagenpark.« Den Jungs. Sie hörte ihm an, wie er sich den Plural auf der Zunge zergehen ließ, wie er ihn genoß. Sie hätte ihn am liebsten sanft in eine Decke gehüllt, um ihn vor Schaden zu bewahren.

»Komm mit nach oben«, sagte Beth und staunte über sich selbst. »Ich möchte dir etwas zeigen.« Er sah sie erstaunt an, dann folgte er ihr.

Im Haus war es still und kühl. Beth schloß die Schlafzimmertür hinter ihnen und stieg aus der Baumwollhose, erstaunt über ihre Kühnheit – so etwas taten sie längst nicht mehr. Zurückgebeugt, die Hände an der hölzernen

Kommode, die Beine gespreizt und auf die Zehenspitzen gereckt, verlockte sie Pat, seinen Gürtel zu lösen. Gefangen zwischen Verwunderung und Erregung, versuchte er auszuloten, wie er vorgehen sollte. Er küßte sie, versuchte sie zum Bett zu ziehen. Vernünftig. Doch Beth beugte sich weiter zurück, ihre Hände fuhren unter sein Hemd und dirigierten ihn so, daß sie Brustkorb an Brustkorb standen. Das war immer leicht für sie gewesen, weil sie ungefähr gleich groß waren; in jungen Jahren hatten sie darüber gelacht. Wir brauchen nichts weiter als eine Telefonzelle, hatte Pat gesagt. Folgsam ließ er seine Hose heruntergleiten und beugte die Knie – Beth war wie immer erstaunt, wie sehnig und kräftig er war. Angezogen sah er aus wie ein kleines Gespenst.

Dann hob Pat sein Gesicht, und sie sah seine Augen sich verschleiern, seinen Kiefer sich straffen, wie immer, wenn ein anderes Element in den Raum trat – die Rauheit eines Mannes, der einfach scharf ist auf eine Frau, irgendeine, nicht unbedingt seine Ehefrau. Das waren immer die besten Male gewesen, auch früher, die Male, wenn sie aus dem engen Geflecht von Emotionen ausbrachen, das sie umgab, einem Geflecht aus Verdruß, Verantwortung, Eifersucht und auch Liebe; dann war die Nacktheit mehr als nur körperlich, und ein kalter Betonboden oder sechs aus einem Fenster zuschauende Nachbarn hätten Beth nicht davon abgehalten, ihn in sich hineinzuziehen.

»Für eine alte Dame«, sagte Pat leise, fast ohne den Mund zu bewegen, »bist du ein klasse Weib. Du siehst aus wie zwanzig, Bethie. Du siehst aus wie damals auf der Wiese hinter dem Gerätehaus.«

Sie zog ihn unter sich, in sich, ihre Hände an seinen Hüften, suchte an seinem Hals eine Stelle für ihre geöffneten Lippen, um an ihm zu saugen. »Paddy«, sagte sie. »Tu's. Tu's einfach.«

»Laß mich … hier …« Pat umfaßte unbeholfen ihre Brüste, vergrub sich zwischen ihnen, atmete Beth ein.

»Nein«, spornte sie ihn an, »einfach so.« Nicks Geruch, den sie immer noch in der Nase hatte, trieb sie dazu, ihre Hüften mit einer Grobheit gegen Pats zu stoßen, die sie beide erschreckte. »Ich will nur, ich will nur …«

Es war zum Aus-der-Haut-Fahren. Nicks Filmstaraugen gingen ihr nicht aus dem Kopf. Obwohl sie und Pat perfekt harmonierten und sich mit aufeinander abgestimmter Geschicklichkeit liebten, wie sie durch lange Gewohnheit entsteht, hatte Beth das Gefühl, daß sie unbeholfen herumfummelten, mit dicken Handschuhen, sich an einem Lagerfeuer abwechselten, um mit einem Stock nach einem Stück Glut zu stochern, das sie verfehlten, fortkullern ließen, wiederfanden, erneut verfehlten.

Sie waren beide schweißgebadet, als Beth Pat aufs Bett stieß, ihn mit den Beinen umklammerte, plötzlich befürchtend, er würde aufhören, bevor sie soweit war, und daß dies mehr bedeuten würde, als es früher bedeutet hatte, mehr als nur ein gewöhnliches Versagen. »Warte auf mich«, flüsterte sie. »Warte.«

Da zog er ihre Arme nach unten und hielt sie mit seinen fest, so daß sie wie angenagelt auf ihm lag, außerstande, sich zu rühren. Es war kein Zwischenraum zwischen ihnen außer dem, den Pat mit den kleinen Auf- und Abbewegungen seiner Hüften schuf. Und dann fühlte Beth, wie er mit geduldiger, beständiger Reibung aus der Mitte der Glut Feuer schlug, fühlte den Beginn des Brennens … und Nicks Gesicht dehnte sich und verblaßte und dehnte sich, bis es in dem Moment, als Pat sich aufbäumte, zerplatzte und verschwand. Sie konnte Nick, seine Schönheit, seine Eleganz, weit entfernt sehen, eine liebe Erinnerung. Pat, plötzlich schwer und naß neben ihr, roch nach Seife, Salz und Fichte: der sauberste Mann, den sie je gekannt hatte.

Jahrelang, wurde ihr jetzt bewußt, hatte sie allenfalls ein oberflächliches Zischen gefühlt, wenn sie sich vereinigten, wie das Licht einer Wunderkerze, das schnell verglühte. Diesmal war das Brennen durch und durch gegangen. Sie hatte nicht gedacht, daß es das für sie noch gab.

»Du ... du bist so gut zu mir, Paddy«, sagte sie dann. »Du würdest mich nie verlassen, nein?«

Pats Stimme war bemerkenswert ruhig, überhaupt nicht außer Atem, nicht wie Beth' postsexuelles Krächzen. »Ich weiß nicht«, sagte er. »Willst du mich dazu bringen, daß ich es will?«

Beth hatte die Eisschrankkälte des klimatisierten Zimmers nicht bemerkt. Jetzt zog sie eine Ecke der Steppdecke über sich. Die Geräusche kehrten zurück: Kerry, die unten in der Küche herumpolterte, Vincent, der sie anschrie, sie solle den Fernseher abschalten.

Wortlos stand Pat auf und holte Anzug und Hemd für die Arbeit aus dem Schrank, wählte geistesabwesend eine Krawatte aus. Beth schloß die Augen. Kurz darauf hörte sie über den Flur hinweg das Rauschen der Dusche. Jetzt müßte der Teil kommen, wo ich lange und heftig heule, dachte sie. Und dann wäre ich geläutert, und ich wüßte, was zu tun ist. Aber ich kann nie weinen, wenn ich es brauche. Oder ohnmächtig werden, wenn ich es brauche. Oder schlafen, wenn ich es brauche. Sie lag mit offenen Augen da, erinnerte sich an ein Gefühl aus ihrer Mädchenzeit, wenn sie aus dem Kino kam, in das schwindende Licht eines Freitagnachmittags blinzelte, jedes Zeitgefühl verloren hatte, krank von dem Empfinden, daß etwas verschwendet worden war. Sie zog sich ein Kissen übers Gesicht und zwang das Poltern und die gedämpften Rufe, das Getriebe des Hauses, zurückzuweichen.

Das nächste, was sie hörte, war Pats Stimme, weit weg, die ihr zurief, daß Sam verschwunden sei.

31. Kapitel

»Er ist draußen«, sagte Beth schlaftrunken zu Pat, als sie die Treppen hinunterstolperte. »Wie spät ist es? Ist es Morgen? Er ist in der Schule, Körbe werfen.« Sie sah sich in der leeren Küche um. »Ist Beowulf da? Vielleicht ist er mit dem Hund rausgegangen.«

Als er seinen Namen hörte, kam Beowulf folgsam unter dem Eßzimmertisch hervorgetrottet, um Beth' Hand zu beschnuppern.

»Es ist fünf Uhr morgens, Beth«, sagte Pat. »Um fünf Uhr morgens wird er nicht Körbe werfen gegangen sein.«

»Fünf Uhr morgens?« Aber Pat hatte noch seine knittrigen, nach Soße riechenden Arbeitssachen an. »Wo bist du gewesen?«

Er sah sie nicht an. »Hab mir ein paar Drinks genehmigt.«

Ahhh, dachte Beth, und ihre Panik wegen Sam wich einen Moment zurück wie Wasser vom Rumpf eines aufsteigenden U-Boots.

War Pat bei ... einer anderen gewesen? Wie viele Menschen waren gestern nachmittag bei ihnen im Bett gewesen? Drei, vier? Nicht nur Nick, sondern auch eine reizende Claudia oder Roxanne aus Pats Träumen? Vielleicht eine der drei wechselnden Gastgeberinnenbräute des Restaurants, lauter Schauspielerinnen oder Models, und schnuckelig wie mediterrane Hotelpagen?

Bei dem, was sich gestern zwischen ihnen abgespielt hatte?

Beth fühlte keine Eifersucht, nur eine verzehrende Neugierde: Vor dem gestrigen Tag, hätte es ihr da etwas ausgemacht? Wäre sie traurig gewesen? Jetzt fragte sie sich, ob hier eine letzte, gewaltige Ironie im Spiel sei: Sie hatte Pat immer geliebt, sich aber der Erkenntnis dieser Liebe erst zu spät geöffnet. Monate zu spät? Tage? Trotz all ihrer eigenen Abschweifungen und freizügigen Abwesenheiten in Gedanken und Taten, trotz der furchtbaren Worte, die sie sich beide im Laufe der Jahre gesagt hatten, war ihr die Möglichkeit, daß es Pat sein könnte, der fortging, nie in den Sinn gekommen. Sie betrachtete das stopplige Gesicht ihres Mannes, dem man ansah, daß ihm der Schlaf fehlte. Gestern war ihre größte Furcht die vor der Auseinandersetzung gewesen, davor, Pat mit der Möglichkeit zu konfrontieren, daß sie Sam zerstören würden, wenn sie ihn bei sich behielten, und ihre Familie, wenn sie ihn gehen ließen.

Jetzt fühlte sie wieder die Beklommenheit, die sie am Vortag durch Schlafen verdrängt hatte. Pat würde diesen Weg vielleicht nicht mit ihr gehen wollen. Vielleicht würde jeder von ihnen die Auseinandersetzung, welcher Art sie auch sein mochte, mit sich allein abmachen müssen.

»Ich war mit Joey weg«, sagte Pat dann, als hätten ihre Gedanken ihn erreicht. »Und das eine Brautpaar, Roxanne und Dustin, war auch dabei. Wir waren in dieser Hippiekneipe im Belmont.«

Beth fragte: »Bis fünf Uhr morgens?«

Das Zimmer war eiskalt. Beth holte einen Pullover aus dem Flurschrank. Warum mußten sie eigentlich die Temperatur auf Nordpolniveau halten? Sie fummelte am Thermostat.

»Anschließend waren wir noch bei Joey. Wir haben *The Wild Bunch* angeguckt. Scheiße, wieso interessiert dich das überhaupt, Beth? Weißt du, wie oft ich erst morgens nach Hause komme, und du merkst es gar nicht? Denkst du, ich habe einen Zug überfallen oder was? Bist du etwa aufgeblieben und hast gewartet? Und wo ist Sam, verdammt noch mal?«

Mein Gott, dachte sie. Sam.

»Er könnte im Keller sein, fernsehen«, sagte sie. »Hast du Vincent gefragt?«

»Er schläft. Seine Tür ist abgeschlossen. Ich habe geklopft. Kerry schläft – hätte sie nicht bei Blythe übernachten sollen?«

»Sie hat Heimweh gekriegt. Du kennst sie ja. Georgia hat sie nach Hause gebracht. Ich habe sie reinkommen hören.«

»Ich habe jedenfalls überall nachgeguckt. Herrgott, Beth. Herrgott, wo ist er?«

Beth griff mechanisch nach Pats Anginapillen über der Kaffeemaschine. »Hör auf, Pat«, befahl sie, während sie sich mit dem Öffnen des Fläschchens abmühte. »Laß uns erst einmal überlegen. Vielleicht ist er joggen gegangen. Er hat mit joggen angefangen ...«

»Beth, dieses Haus war in den Nachrichten, im Fernsehen, überall. Man braucht die Adresse nicht zu haben, um vorbeizufahren und draußen ein Kind zu sehen ... ein Kind, dessen Gesicht auf allen Titelseiten des Landes gezeigt wurde.«

»Du meinst«, fragte Beth ihn darauf ungläubig, »du denkst, jemand hat Sam mitgenommen? Man hat Sam entführt?«

»Es könnte passieren!« schrie Pat. »Diese verdammte Publicity! Irgendein perverser Hund könnte ...«

Es klingelte an der Haustür. Beth sah die Farbe aus Pats Gesicht weichen, aus den Wangenknochen, dem Hals. »O Bethie, o Gott, nein.«

Beth war es, die öffnen ging. Ihr Herz zuckte wie eine Katze im Sack. Auf der Veranda standen Sam und George im ersten Schein der Morgendämmerung. George schob Sam sanft nach vorn. Sams Gesicht war knitterig von Tränen und Schlaf. Beth stellte fest, daß sein Atem nach Milch roch. Er drehte sich halb nach George um, der nickte, ihn weiterdrängte und ihm ins Haus folgte.

»Es tut mir leid, Beth, Pat«, sagte George. »Es tut mir wirklich leid, daß er es wieder getan hat.«

Pat fuhr sich mit den Fingern durchs Haar. »Getan? Was? Was hat er wieder getan, George?«

George sah verwirrt von Beth zu Pat, dann über die Schulter nach hinten zum Steingarten, wo eben die Sonne aufging. Jemand stand an der Biegung der Einfahrt. Jemand ... Beth beschattete die Augen. Es war Vincent.

»Was?« fragte sie leise. »Was?«

Das erste Mal, als Sam mitten in der Nacht aus seinem Zimmer geklettert, das Rosenspalier vor seinem alten Zimmer hinaufgestiegen war, das Fliegengitter eingedrückt und sich in sein Bett gelegt hatte, erklärte George, war in einer der Nächte gewesen, als Beth früh schlafen gegangen und Pat im Restaurant gewesen war. Und natürlich war er, George, gewillt gewesen, Sam sofort zurückzubringen ... »Sicher, ich liebe meinen Sohn«, sagte er. »Verzeihung, Beth, ich liebe Sam. Aber ich wußte, Sie würden außer sich sein vor Sorge, und Sie würden denken, daß ich, hm, ihn dazu angestiftet habe.« Aber dann hatte er Sam Toast gemacht und ihn umarmt und nach draußen auf die Veranda gebracht, und da hatte Reese, in seine Jacke gemummelt, auf seinem Fahrrad gesessen. Reese, der George mit einem altklugen Achselzucken versicherte, er würde den Ausreißer nach Hause bringen und den Eltern alles erklären.

Dasselbe war zum zweitenmal geschehen. Und zum drittenmal. Und jetzt wieder.

»Vincent hat uns nichts erzählt«, sagte Beth, hauptsächlich zu Sam.

»Ich weiß«, murmelte Sam. »Wir haben uns geeinigt, euch nichts zu sagen.«

Beth wandte sich an Pat und meinte absurderweise: »Ich denke, du hast gesagt, seine Tür war abgeschlossen.«

»War sie auch«, sagte Vincent. Er drängte sich an George und Sam vorbei und ging auf die Treppe zu. »So ein Türschloß ist kein Problem für ein Genie in Mechanik. Es gibt mehrere Wege, ein Zimmer zu verlassen. Fragt Sam.«

»Hör mal, Vincent ...« Pat biß die Zähne zusammen.

»Gib's auf, Dad.« Vincent zog seine schief sitzende Sox-Kappe ab und warf sie aufs Geländer. »Ich geh ins Bett. Er ist zu Hause, oder? Diesmal jedenfalls.«

Beth, die sich beobachtete, als stünde sie neben sich, und wußte, wie kläglich eine solche Geste zu dieser Zeit war, bot George Kaffee an. Er nahm beflissen an. Sam zog den Reißverschluß seiner Jacke auf.

»Geh nach oben in dein Zimmer, Sam«, sagte Pat mit einer Strenge, die alle, Sam eingeschlossen, sichtlich verblüffte.

»Was hab ich denn gemacht?« fragte Sam in plötzlicher Wut.

»Du bist weggelaufen! Du hast deiner Mutter und mir einen gehörigen Schrecken eingejagt, das hast du gemacht! Und du hast es schon mal getan! Du hättest dir das Genick brechen oder von einem Auto angefahren werden können oder noch was Schlimmeres!« Pat schob sein Gesicht nahe an Sams. »Ist dieser Familie nicht schon genug zugestoßen? Haben nicht alle genug gelitten?«

»Ja«, antwortete Sam, doch Beth hatte den Eindruck,

daß er sich sammelte, sich in die Brust warf. Er war fast so groß wie Pat, und breiter. Oh, dachte sie, er wird jetzt nicht klein beigeben. Er hat das Temperament der Cappadoras. Er hat die Sturheit der Kerrys. Er wird es sagen. Und als nächstes dachte sie, beschämt über das Aufblitzen von Erleichterung, dann muß ich es wenigstens nicht tun. »Ja, es reicht. Ich habe das Ganze satt.«

»Was?«

»Diese ... ganze Sache.« Tränen sammelten sich in Sams Augenwinkeln und tropften langsam und schön von seinen fächerförmigen langen Wimpern. »Ich hab das alles satt. Ich will nach Hause. Ich will zu meinem Dad. Ich kann vor Gericht gehen, und dann müßt ihr mich meinem Dad geben. Das hab ich in der Schule gelesen.«

»Schau«, sagte Pat, »egal, was du gelesen hast, du denkst doch nicht im Ernst, daß wir dich dem Mann von der Frau überlassen, die dich geraubt hat, die dich entführt hat?«

»Mein Dad kann doch nichts dafür!« sagte Sam darauf. »Dad, du willst doch, daß ich nach Hause komme, ja? Sag's ihm!«

Georges Misere war so überwältigend, so augenfällig, daß sie wie eine weitere Person im Raum wirkte, eine schwitzende, mühselige Gestalt. Er sah von Sam zu Pat und dann flehend zu Beth, die mechanisch sechs Löffel Kaffee abmaß und sorgsam das braune Filterpapier entfaltete.

»Was?« sagte Pat schließlich. »Was sagt er da?«

George setzte sich schwerfällig hin. »Er hat mich gefragt, immer wieder, Pat. Warum er nicht bei mir leben kann. Ich sage ihm dauernd ... was seine Mutter getan hat, was Cecilia getan hat, war so ein Unrecht, und was Sie durchgemacht haben ...«

»Aber sie konnte doch auch nichts dafür«, sagte Sam

mit zitternder Stimme. »Meine Mom ist geisteskrank, Beth. Sie ist geisteskrank. Das hast du gesagt, als wir in die kleine Stadt gefahren sind. Ich hab dir alles erklärt. Sie hat nicht gewußt, was sie tat. Sie hat wirklich gedacht, ich bin ihr richtiger kleiner Junge. Oder?«

Beth sagte: »Ich weiß.«

»Und nichts für ungut, Beth«, sagte Sam dann, der einen Ausweg witterte, ihn auslotete. »Nicht daß ich euch hasse. Ich hab es schließlich drei Monate versucht! Drei Monate!«

»Sam, mein Sohn, komm jetzt«, sagte George und faßte Sam am Arm.

»Nein, Dad, hör zu! Wir haben darüber gesprochen. Beth weiß es.« Beth konnte Pats forschenden Blick spüren. Sie vermied es, ihm in die Augen zu sehen. »Ich hab ihr gesagt, daß ich nicht einsehe, warum ich hier leben muß, zwei Straßen von meinem Haus weg, bei Leuten, die ich gar nicht kenne, bloß weil vor langer Zeit was passiert ist, was ich nicht getan habe.«

»Sam«, sagte Pat. »Setz dich hin.« Sam setzte sich so, daß George zwischen ihnen beiden war. »Sam, hör zu. Wir wissen, wie schwer dies alles für dich war. Wir wissen, wie sehr du deinen ... wie sehr du George vermißt. Aber eins steht fest: Du bist *unser* Sohn. Du erinnerst dich nicht, wie du unser Sohn warst, aber Tatsache ist, du bist unser Sohn. Bei uns bist du auf die Welt gekommen. Und du gehörst zu deiner Familie.«

»Aber das ist es ja eben!« Sam schluchzte jetzt. »Ich bin vielleicht bei euch geboren, aber ich hab euch so gut wie nie im Leben gesehen. Ich hab mich an nichts erinnert, außer an ... ich hab mich an nichts in eurem Haus oder an sonst was erinnert! Verstehst du?« Pat nickte und schloß die Augen.

»Aber schau«, fuhr Sam zitternd fort und versuchte zu

lächeln, »es kann trotzdem okay sein. Ich hab gelesen ... hab's auf Mikrofiche nachgeguckt. Ich hab dir das nicht erzählt, Beth, aber da war mal ein Junge, der hat sich von seinen richtigen Eltern scheiden lassen, weil er bei ihnen nicht glücklich war, und dann ist er wieder zu seinen Pflegeeltern gekommen ... seht ihr? Er war an sie gewöhnt, weil er bei ihnen gelebt hat, fünf Jahre lang. Dann hat seine Mom auf einmal einen Job gekriegt oder so, und sie sagt: ›Ich hol ihn zurück.‹ Also, ich glaub nicht, daß ich zu 'nem Anwalt muß oder so – stimmt's, Dad?« Er sah George forschend an. »Ich könnte einfach ... nach Hause umziehen. Und manchmal würde ich vielleicht zu euch rüberkommen oder so. Wie ich jetzt zu Dad gehe. Versteht ihr?«

»Aber das war ein Fall, wo man sich nicht um das Kind gekümmert hat«, sagte Pat matt. »Die Mutter hat den Jungen wahrscheinlich vernachlässigt oder schlecht behandelt. Wir haben nichts Unrechtes getan, Sam.«

»Aber ich auch nicht!« schrie er.

Pat fuhr sanfter fort: »Und Sam, ich glaube nicht, daß du das könntest, selbst wenn wir wollten und ...«

»Doch, es würde gehen«, erklärte Sam eifrig. »Ich hab's gelesen. Ihr könntet es tun. Es ist ganz legal und alles.«

»Aber wir wollen nicht, Sam. Wir lieben dich. Wir wollten dich wiederhaben, und wir wollen dich immer noch und werden dich immer wollen.«

Sam legte den Kopf auf die verschränkten Arme, und Pat und George streckten beide instinktiv die Hände nach ihm aus. Beth beugte sich über die Kaffeekanne; sie spürte, wie Kerry, ausnahmsweise mal leise, hinter sie trat und am Hemdzipfel faßte.

»Was hat er denn, Mom?« fragte sie. »Was hat Sam?«

»Er ist so traurig, Kerry-Berry«, sagte Beth zu dem Mädchen und strich ihr über das seidige wirre Haar. »Er ist so furchtbar traurig.«

»Geh jetzt nach oben, Sam«, sagte George fest. »Leg dich ein Weilchen hin. Ich komm noch mal zu dir, bevor ich gehe, okay? Und morgen abend Ballspielen? Ha? Okay?« Sam torkelte vom Tisch und brachte George fast aus dem Gleichgewicht.

»Ich hasse euch!« schrie er. »Ich hasse euch – und dich hasse ich auch, Dad! Und ich hasse euer blödes gräßliches Haus und euren blöden gestörten Sohn mit dem Namen wie Reese's Erdnußbutter! Ich komm nie wieder her!« Sam stieß einen Stuhl um, als er zur Treppe lief. Er nahm zwei Stufen auf einmal. Beth hörte ihn im oberen Flur dreimal an die Wand schlagen und dann seine Tür zuknallen.

»Es tut mir so leid«, flüsterte George. »Der arme kleine Tropf.«

»George, niemand macht Ihnen einen Vorwurf«, sagte Beth, und sie beeilte sich, den Kaffee fertig zu machen, brachte Servietten, brachte einen Krug Milch, brachte passende Löffel – lauter Dinge, die sie sonst nie tat.

»Ich will, daß er sich wohl fühlt!« schrie George darauf und schlug mit der Hand auf den Tisch. »Ich möchte, daß er glücklich ist. Und wenn ihr ihm die Familie geben könnt, die er verdient, verdammt, dann tut es gefälligst! Aber ich muß euch sagen, Beth, Pat, im Moment ist der Junge das traurigste Kind auf der Welt. In seinem ganzen Leben habe ich dieses Kind nicht länger als zwölf Stunden traurig gesehen. Es ... es ist nicht Sams Art. Ich meine, auch als Cecilia ... er hatte *Mitleid* mit ihr, Pat. Er hat ihre Hand gehalten, und ihre Hand war schlaff wie ein Waschlappen, und er hat gesagt: ›Ist ja gut, Mom. Ist ja gut.‹ Und jetzt ... mein Gott. Vielleicht wird es ja besser ...«

Darauf stieß Pat, beinahe krächzend, hervor: »Und vielleicht auch nicht.«

»Und vielleicht auch nicht«, sagte George. »Aber ich

muß euch sagen, es bringt mich um. Jeden Morgen in sein Zimmer zu kommen und ihn dann ab und zu dort in seinem Bett liegen zu sehen. Ihn da zu sehen, das Kissen, das meine Ma ihm gemacht hat, unters Bein gestopft. Beth! Pat! Von allen Menschen auf Gottes schöner Erde wissen Sie am besten, wie mir zumute ist!«

Pat starrte Beth mit glühendem Blick an. »Was hat er dir da im Norden erzählt?«

»Im Grunde dies. Aber nicht so ausführlich«, sagte sie und senkte den Blick. »Ich wollte es dir erzählen ...«

George stand hastig auf, stieß den Stuhl um und bekam ihn zu fassen, bevor er auf den Boden kippte. »Ich gehe jetzt, Leute«, sagte er. »Es tut mir leid, wirklich.«

Beide machten Anstalten aufzustehen, doch George bedeutete ihnen mit einer matten Handbewegung, sitzen zu bleiben.

Beth und Pat saßen am Tisch, der frische Kaffee in den drei Bechern zwischen ihnen wurde kalt. Ich mach jetzt Frühstück, dachte Beth. Ich steh auf und mach Frühstück.

»Paddy«, sagte sie. »Geh ein bißchen schlafen, ja?« Er zuckte die Achseln und steuerte auf die Treppe zu. Beth holte eine Schüssel hervor und fing an, Eier zu schlagen. French Toast, dachte sie. Kochen war ihr immer noch etwas Ungewohntes, nachdem Pat jahrelang in der Pause für sich und die Kinder Verpflegung aus dem Restaurant mitgebracht hatte – sie selbst nahm immer nur ein Hörnchen, einen Joghurt, eine Handvoll Cracker und Käse zu sich. Aber Sam schien ganze Mahlzeiten zu festen Zeiten zu erwarten – Salat, Beilagen, Nachtisch. George hatte sich minutiös nach der Nährstoffpyramide gerichtet; Sam liebte so ausgefallene Dinge wie Kleiemuffins und getrocknete Aprikosen. Beth schälte Äpfel und Orangen und vermischte sie mit Joghurt. Obstsalat. Damit tat eine Mutter etwas Gutes. Beowulf schlug mit seinem dicken ergrauenden Schwanz unter der Bank, die herumfliegenden Haare schwebten wie kleine Glassplitter im Schein der höher steigenden Sonne.

Vincent kam herunter, angelockt vom Duft nach Zimt und Butter. Pat, jetzt in Hemdsärmeln, folgte ihm. Schweigend kamen sie einer nach dem anderen an den Tisch und aßen. Sam sammelte das Geschirr ein, um es in die Spülmaschine zu räumen.

»Ich helf dir«, sagte Kerry.

»Heute bin ich dran«, wehrte Sam ab, während er sorgfältig die Teller stapelte und das Besteck zuoberst legte.

»Wollen wir ein bißchen fangen üben?« rief Pat Sam zu.

»Ich hab den Rooneys versprochen, ihren Rasen zu mähen«, antwortete Sam.

»Aber es ist noch nicht sieben«, sagte Pat.

»Vielleicht schlaf ich erst noch ein bißchen«, erwiderte Sam. Pat schob seinen Stuhl zurück, um Sam am Spülbekken beobachten zu können. Er betrachtete Sams Hände; Pat liebte Sams tüchtige Hände, wenn sie einen Ball hielten, egal was für einen. Diese meisterhaften Fänger- und Werferhände waren Pats besondere Freude und, vermutete Beth, auch sein Komplex. Pat war Short stop gewesen, rasend schnell. Sams Baseballspiel war anders, gemessen und langsam, überlegt.

Beth leerte den Kaffeesatz in den Abfall. Kerry schaltete *Looney Tunes* ein. Vincent verschwand in seiner Höhle. Jetzt setze ich mich auf die Veranda, dachte Beth.

Als sie hinausging, sah sie Pat die Rosen besprengen.

»Das kann ich machen«, sagte sie mit einem Anflug von Ärger zu ihm; hatte Angelo seinem Sohn nicht zigmal gesagt, daß man die Wurzeln wässern mußte, nicht die Blätter, weil sonst die Blätter moderten? »Ich dachte, du wolltest schlafen.«

»Ich kann nicht schlafen«, sagte er. »Kannst du schlafen?«

»Dann würde ich vorschlagen, daß wir miteinander reden, Paddy.«

»Wenn du willst«, sagte er.

»Er ist nicht glücklich. Was gestern nacht passiert ist, war nur die Spitze eines Eisbergs.«

»Ich wußte, daß du das sagen würdest, Beth. In einer Situation, die fast erfreulich ist, mußt du natürlich das Allerschlimmste entdecken. Die Sozialarbeiterin hat uns gewarnt. Sie hat gesagt, daß es viel Zeit braucht. Erinnerst du dich? Unklarheit über seine Identität. Und so weiter.«

»Das ist es ja eben, Pat. Findest du, daß er über seine Identität im unklaren ist? Ich nicht. Er weiß genau, wer er ist.«

Pat kehrte ihr den Rücken zu und begann mit einer Hacke, die an der Hauswand gelehnt hatte, am Boden zu scharren. »Worauf willst du hinaus?«

Beth setzte sich ins Gras. »Pat, erinnerst du dich, wie wir von den Fällen gelesen haben, wo die leiblichen Eltern ein Kind zurückhaben wollten, nachdem es zwei, drei Jahre bei Adoptiveltern war? Und wie du immer gesagt hast, als Richter würdest du im Interesse des Kindes urteilen? Du warst doch immer derjenige, der sagte, es sei schrecklich, einem Kind so etwas anzutun.«

»Das hier ist etwas anderes.«

»Es hat dieselbe Wirkung.«

»Es hat nicht dieselbe Wirkung.«

»Paddy, George ist sein Vater.«

Für einen Augenblick dachte Beth, Pat würde sie mit dem Schlauch schlagen. Aber er packte den Schlauch und knallte ihn gegen einen Baumstamm, so daß er sich in der Luft schlängelte wie eine Kobra und sie beide mit Tropfen besprühte.

»Hör zu, Beth«, sagte er ruhig. »Ich sage dies nur ein einziges Mal. Ich liebe dich, Beth.« Er ging zum Hahn und drehte das Wasser ab. »Ich liebe dich, und ich habe dich vermutlich dein Leben lang geliebt. Wir sind zwanzig Jahre verheiratet, und ich habe dich dein Leben lang gekannt. Und weißt du, was ich dein Leben lang an dir beobachtet habe?«

»Was?«

»Du hast Unglücklichsein zum Beruf gemacht.«

»Das ist nicht fair. Als Ben noch . . .«

»Nein, ich meine, schon bevor Ben entführt wurde. Du hast immer einen Vorwand gesucht, um trübselig zu sein. Ich bin kein Arzt, Bethie. Vielleicht hast du ein Kopfproblem, irgendwas mit deiner Persönlichkeit. Aber siehst du, Beth, ich bin nicht so. Wenn ich die Chance habe, bin ich glücklich. Auch als wir Ben noch nicht gefunden hatten, konnte ich glücklich sein. Wenn nicht, würde ich sterben. Und dann haben wir ihn wiederbekommen. Mein Leben ist so, wie ich es mir wünsche. Ich danke Gott dafür. Und nichts auf der Welt wird mich veranlassen, das geringste daran zu ändern, nach dem, was ich durchgemacht habe. Nach dem, was Vincent durchgemacht hat.«

»Du weißt, daß ich nichts tun möchte, was Vincent schadet.«

»Das habe ich auch nicht angenommen. Aber was genau schlägst du vor? Daß wir Sam denen zurückgeben, die ihn geraubt haben, als er klein war? Bist du verrückt, Beth? Kannst du dir vorstellen, was die Leute denken würden?«

»Es ist mir egal, was die Leute denken. Mir geht es um Sam.«

»Schön, dann sei ihm eine Mutter, Beth. Wenn's dir um ihn geht, dann hilf ihm.«

»Das versuche ich ja.«

»Nein, du versuchst einen Weg zu finden, wie wir alle wieder unglücklich sein können. Damit du dich wieder neun Jahre in dich verkriechen kannst. Es geht dir um dich, Beth. Nicht um das Kind.«

»Pat, hör zu, ich denke nicht daran, ihn ganz aufzugeben. In vielen Familien, in geschiedenen Ehen zum Beispiel, teilen sie sich das Sorgerecht. Wir wohnen nur zwei Straßen auseinander. Er könnte zwei Familien haben.«

»Beth, er *hat* eine Familie! Durch Gottes Barmherzigkeit hat er seine Familie wiederbekommen. Er ist mein Fleisch und Blut, Beth, mein Sohn. Und wenn du denkst, ich bin so verrückt, mich auf irgendwas einzulassen, was mir meinen Sohn wieder wegnimmt, nach der Hölle, durch die ich gegangen bin, dann will ich damit nichts zu tun haben, Beth. Und mit dir auch nicht, Beth. Das ist mein Ernst.«

Beth sah sich im Garten um und stand auf. Pat brüllte jetzt; die Beckers konnten ihn bestimmt durch ihre geöffneten Fenster hören. »Paddy, wir müssen nichts sofort entscheiden.«

»Doch, Beth. Es geht hier um Verhaltensweisen. Das Restaurant ist ein Hit, weil die Leute abwegige Gelüste haben. Na wenn schon. Sie vergessen es mit der Zeit. Die Leute vergessen alles. Meine Schwestern hassen dich, weil sie denken, du hast Ben aufgegeben. Na und? Sie werden drüber wegkommen. Sam wird drüber wegkommen. Der Mensch verwindet vieles, Beth. Wir haben Glück gehabt, Beth. Wir haben Glück gehabt. Ist dir das klar?«

»Pat, ich kann das nicht. Wenn ich ihn liebe, kann ich das nicht übersehen. Laß uns mit Tom Kilgore sprechen, ja?«

»Du wirst mich nicht umstimmen, Beth«, sagte Pat.

»Es ist nicht nur deine Entscheidung!« schrie sie ihn an. »Du kannst nicht einfach sagen: ›Das ist mein Leben, mein Leben läuft, wie ich's mir wünsche!‹ Er hat auch ein Leben!«

»Ja, genau! Und zwar hier! Er ist mein Kind!«

Sag's ihm jetzt, dachte Beth. Es ist zu spät am Tag für feige Höflichkeit. Sag's ihm, damit er nicht vorgeben kann, er habe es nicht gewußt. Bau den Beweis auf, Stein auf Stein, so daß er später nicht behaupten kann, er hätte es nie richtig verstanden – nie richtig gesehen, daß ihr Kleiner, ihr Ben, recht gehabt hatte.

Weit draußen war der Ozean tief. Ben war dorthin gegangen, und er war nicht zurückgekommen.

Sie konnten nie mit ihm dorthin gehen oder erfahren, was er erlebt, oder wirklich begreifen, was ihn getrieben hatte. Sie konnten nur das Resultat sehen.

Ben war aus den Wellen hervorgetreten wie eine stämmigere schaumgeborene Venus, vollständig erwachsen, verwandelt. Er war als Sam Karras herausgekommen, ein prächtiger Junge, auf den alle Eltern stolz gewesen wären, weil sie ihn aufgezogen hatten; aber Beth und Pat hatten es nur drei Jahre lang getan.

Der Geruch, den er mit nächtlichem elterlichem Behüten verband, war nicht Beth' Seife, sondern Georges Zigarre. Sams Erinnerung war zusammengesetzt aus Überzeugungen und Eindrücken, die höchstens im Unterbewußtsein mit den Cappadoras zu tun hatten. Die roten Eier des orthodoxen Osterfestes waren sein Entzücken gewesen, solange er sich an Ostern erinnerte; Alicia Karras, nicht Rosie, war Sams Yaya, die aristokratische Sarah Lockhart seine Nana. Er schlief im Schlafanzug, nicht in Unterwäsche und T-Shirt wie die Cappadoras.

Beth wollte ihrem Mann erzählen, wie sie bei Sam nach hoffnungsvollen Anzeichen eines Durchbruchs, nach den kleinsten Hinweisen geforscht hatte. Wie sie Sam beobachtet hatte, als er Angelo betrachtete, und gedacht hatte:

Besteht da eine Verbindung? Entfernt, aber real? Wie sie auf Ergebnisse gewartet hatte, nachdem Sam Stunden mit den Familienalben zugebracht und sich mit dem Eifer eines Erwachsenen, der an einem schwierigen Puzzle arbeitet, in Details vertieft hatte, und wie bekümmert sie gewesen war, als nichts zutage trat.

Pats Gesicht war verschlossen, grimmig. Konnte sie es ihm sagen? Oder wäre es vergeudete Zeit? Wußte Pat denn nicht, daß Sams sämtliche Erinnerungsmoleküle verändert worden waren, und zwar ohne Horror? Erinnerte sich Pat nicht mehr an den Tag, als die Sozialarbeiterin ihnen gesagt hatte, die Dinge könnten klarer, wenn auch quälender sein, wenn Sam bei Verbrechern oder bei Trinkern aufgewachsen wäre? Daß er seine leiblichen Eltern dann wenigstens als Märchenhelden ansehen würde? Doch sie hatte wehmütig erklärt: »Ich sage das ungern, aber er hat vermutlich das Gefühl, daß Sie diejenigen sind, die ihn seinem Dad geraubt haben.« Pat war außer sich geraten, auch nachdem die Sozialarbeiterin sich entschuldigt hatte. Er war tagelang wütend gewesen.

Erinnere ihn daran, dachte Beth. Und sagte dann: »Pat, ich glaube, es sind viele Dinge im Gang, die du einfach nicht sehen willst. Und dazu gehört, daß ich hier nicht der Feind bin. Glaubst du, ich wünsche mir nicht dasselbe wie du? Wenn jeder von uns eine Pille nehmen könnte, und dann würden wir alles vergessen, was passiert ist – glaubst du, ich würde es nicht tun?«

Pat ließ sich Zeit mit der Antwort, dann sagte er bedachtsam: »Ich weiß nicht, ob du es tun würdest, Beth.«

»Gott, ist das gemein. Denkst du, mir macht das Spaß?«

»Spaß nicht. Nein, den Vorwurf mache ich dir nicht. Aber du blühst dabei auf. Was würde dich in Schwung halten, wenn du nicht dein ... heiliges Leiden hättest?«

»Pat!«

»Es ist aber so. Es ist, als hättest du endlich das große Elend gefunden, Bethie. Die Berechtigung, ganz die trübsinnige Irin zu sein. Und jetzt hältst du nach neuem Elend Ausschau. Einmal nur ein Kind verlieren war dir nicht genug.« Er hielt inne.

Sie sagte: »Du meinst, ich könnte es hinnehmen, ihn noch einmal zu verlieren. Es würde mir nicht so weh tun wie dir.«

Und obwohl Pat stumm dastand, hörte Beth es ihn noch einmal sagen, als ob er gesprochen hätte. Seine Wortwahl. »Einmal nur *ein* Kind verlieren.«

»›Nur ein Kind‹«, sagte sie. »Du denkst, daß ich sie beide verloren habe, nicht? Sam *und* Vincent? Daß alles an mir lag?«

Pat sagte: »Nein. Um Gottes willen, nein. Entschuldige.«

»Aber das hast du gemeint.«

»Nein, Bethie, nein. Bestimmt nicht.« Pat wirkte ehrlich entsetzt.

Ich könnte ihn jetzt hassen, dachte Beth, und das würde uns vermutlich beiden helfen. Aber das einzige Gefühl, das sie in sich rumoren spürte, war Bedauern, weich und vertraut wie alter Flanell. Bedauern und Schuldbewußtsein, schon abgenutzt durch jahrelanges Tragen, lange bevor der Tag des Schultreffens gekommen war, der Tag, an dem der lange gärende Virus ihres Mutterdefekts offen ausgebrochen war.

Okay.

Sie war keine besonders gute Mutter gewesen. In ihrer Zuneigung wie in ihrem Zorn, heftig, wild. Ungeduldig. Wahnsinnig loyal, aber nicht immer mitfühlend. Nicht immer gewillt, genug Raum zu schaffen.

Vielleicht, dachte Beth, und fast hätte sie es ausgesprochen, waren sie schon vor der Entführung zu viele gewesen, und ich war nicht genug. Ich konnte ihnen nicht alles geben, wie es richtig gute Mütter tun, weil ich einiges für meine Arbeit zurückbehalten mußte.

Aber was ist mit dir, Pat? Du warst in der Gastronomie, um Gottes willen, ein Vierundzwanzig-Stunden-Job, sieben Tage die Woche, dein ganzes Erwachsenenleben lang. Warum hast du das gemacht? Warum hast du nicht stattdessen Computer verkauft? Hast du vielleicht die Schufterei und das Leben geliebt, trotz deiner Nörgelei? War das in Ordnung, bloß weil du der Vater warst? Und weil *dein* Vater so war? Weil du, wenn du dich zu Hause sehen ließest, natürlich lieb und nett warst, nicht so wie ich?

Beth rieb sich die Stirn. Halt, dachte sie. Rede dir das nicht ein. Benutze nicht die Vergangenheit als Auftakt zu dem Tag des Schultreffens und alles, was danach kam, als schlichte Wiederholung des Mom-halb-da-Kinder-halb-versorgt-Themas mit anschließender Quittung.

Nein. Sie rang um einen einzigen tiefen, beruhigenden Atemzug.

»Die Sache ist die, Pat«, sagte sie, »wenn das nicht passiert wäre, dann wäre alles gut geworden. Für uns und für die Kinder.«

»Wie meinst du das?«

»Ich meine, wir wären glücklich gewesen. Wir waren glücklich. Du denkst, Ben ist verlorengegangen, weil ich eine nachlässige Mutter war. Und ich *war* eine nachlässige Mutter ...«

»Das habe ich nicht ...«

»Doch, Pat. Das hast du gemeint. Aber damals hat es dich nicht gestört. Nicht sehr. Und selbst wenn ich eine noch schlechtere Mutter gewesen wäre, hätten sie sich gut entwickelt. Du willst die Dinge immer nach der Zuordnung ›wenn dies, dann das‹ sehen. So bist du, Pat. Wenn etwas zusammenbricht, dann deshalb, weil die Konstruktion einen Fehler hatte. Aber da war keiner. Kein richtiger. Als du aufgewachsen bist, hatte Angelo ständig seine kleinen gespielten italienischen Zusammenbrüche, und Rosie war immer im Geschäft, und du bist geworden, wie du bist. Vielleicht war damals alles einfacher. Es gab die Kirche und die Geheimloge, und du hast immer am selben Ort gelebt. Aber was es nicht gab, als wir Kinder waren«, sie hielt inne, suchte nach dem richtigen Ausdruck, »war ... Bewußtsein. Das Wissen, wie schwer Kinder es haben, deren Eltern sich für alles abrackern müssen. Meine Eltern dachten einfach, das sei das normale Leben. Sie haben uns gekleidet und ernährt und uns geschlagen, wenn wir unsere Hausaufgaben nicht gemacht haben. Aber *ich* hab's gewußt. Ich wußte, es war egoistisch von mir, mir viele Kinder zu wünschen und obendrein arbeiten zu wollen. Darum habe ich mich bemüht, es wiedergutzumachen, damit sie verstanden, egal, was ich an Kleinigkeiten bei ihnen versäumt habe, in den wirklich großen Dingen habe ich nichts versäumt.« Beth stand auf und faßte Pats Arme. »Ich wußte, daß ich sie wollte. Sie wußten es auch. Sie wußten, daß ich so gut war, wie ich konnte.«

Als es so aussah, als ob Pat sie abschütteln wollte, packte Beth ihn fester. »Und wenn du willst, kannst du sagen, nachdem wir Ben verloren haben, war es meine Schuld, daß wir auch Vincent verloren haben. Du kannst es sagen, weil du es dir dadurch leichter machst. Aber ich war auch damals so gut, wie ich konnte. Und der Grund, weshalb mein Bestes nicht besonders gut war, war nicht nur der Kummer. Es war vermutlich, weil ich glaubte, genau wie du, daß es an mir lag. Ich fühlte, daß ich Vincent ohne weiteres vernachlässigen konnte, einfach weil ich seine Mom war.«

Pat weinte jetzt. Aber Beth wußte, daß sie sich jetzt weder Wut noch Mitleid leisten durfte. Sie konnte, wollte nicht aufhören. Sie wollte reden, bis das Fenster zuschlug. »Und weißt du, was das einzige ist, was wir noch haben? Bewußtsein. Wir können uns bewußt sein, daß wir zwei Söhne haben und daß beide Fremde in unserem Haus sind, und wenn wir uns nicht vormachen, daß das nicht wahr ist, dann können wir vielleicht noch etwas retten. Du hast dir lange genug etwas vorgemacht, und ... man könnte sagen, ich auch. Wie wir dahingekommen sind, das ist nicht entscheidend.«

Jetzt sah Pat sie an: sein Blick – nicht wissend oder tröstend wie so oft in den vergangenen Jahren, sondern wie der ihres Vaters, vertrauend und elend und matt.

»Was ist dann entscheidend?« fragte er. »Was willst du von mir?«

Und sofern Beth je daran gezweifelt hatte, in diesem Augenblick wußte sie, daß es für das, was mit Sam geschehen würde, und für die Konsequenzen daraus, keine gemeinsame Verantwortung gäbe. Auch wenn Pat sie nicht haßte – und sie konnte an seinem beschämten Blick sehen, daß er es nicht mehr wagte, sie zu hassen –, würde er außerstande sein, zu seiner Familie zu sagen: »Wir haben es besprochen. Wir sind zu dem Schluß gekommen, daß Sam so, wie es jetzt ist, zu unglücklich ist. Wir haben beschlossen, was am besten zu tun ist.« Es würde kein »wir« geben. Pat würde ihr gegenüber nicht illoyal sein, aber er würde klipp und klar mit einer Entscheidung leben, die Beth getroffen hatte.

Und die mußte sie jetzt treffen.

32. Kapitel
REESE

»So eine Art Übereinkunft über eine geteilte Vormundschaft? Eine Woche hier, eine Woche dort?« fragte Tom, ein Bein über die Armlehne seines dick gepolsterten Sessels drapiert. Reese hatte festgestellt, daß der gute Tom seit seiner Heirat vor ein paar Wochen erheblich lockerer geworden war. Lag vielleicht am regelmäßigen ... Aber nein, auf dieses Niveau wollte er sich heute nicht hinabbegeben.

»Ich weiß eigentlich nicht, was sie genau vereinbart haben; ist ja noch nicht lange her. Ich weiß, daß sie bei 'nem Richter waren und so«, sagte Reese. »Schätze, es gibt da so Gesetze. Aber er ist nicht oft dagewesen.« Was übertrieben ausgedrückt war. Als er Sam damals aus der Einfahrt gehen sah, war Reese gerade in die Klänge von dem neuen CD-Spieler eingetaucht, für dessen Erwerb sein Vater ihm endlich erlaubt hatte, Geld vom Sparbuch abzuheben. Er war nicht mal nach unten gegangen. Er konnte sich die Szene auf der Veranda vorstellen. Sein Dad, geduckt, vermutlich heulend, seine Mom mit einem Gesicht, als sähe sie ein bemanntes Raumschiff explodieren. Und die arme Kerry, die Blythes Hand hielt und fragte: »Wann kommt Sam zurück?« Scheiße, man mußte schon ein gottverdammter Masochist sein, um sich am *Leben der Cappadoras* zu beteiligen. Der CD-Spieler, schätzte Reese, war eine Art Lollipop, um Vincent davor zu bewahren, über den Verlust seines sowieso schon lange verlorenen

Bruders zu heulen; Scheiße, es wiederholte sich. Als ob er sich was daraus machte.

Im Haus war es schon etwa siebzig Prozent ruhiger, was Reese sehr gelegen kam. Wie eine Durchschnittsfamilie zu sein war ihnen ohnehin nie gelungen, und irgendwie sah Mom normaler aus, wenn sie beobachtete, wie die Planeten sich drehten, als wenn sie versuchte, wirklich wahrzunehmen, was die Leute machten.

»... ist das denn für ein Gefühl für dich?« fragte Tom gerade.

»Pardon?«

»Erde an Reese.« Tom war ein Witzbold. Seine Ausdrucksweise war vorsintflutlich – Reese rechnete jeden Moment damit, ihn »dufte« sagen zu hören –, aber er gab sich redlich Mühe. »Ich habe dich gefragt, was das für dich für ein Gefühl ist, daß Sam diese Entscheidung getroffen hat. War es ... irgendwie brutal für dich?«

»Für mich?« Reese war verwundert. »Nein. Ich dachte, für meine Eltern war es so was wie ein Tritt in den Arsch, entschuldigen Sie den Ausdruck.«

»Ja, das kann ich verstehen«, sagte Tom. »So, und wie ist der Sommer gelaufen? Trainierst du noch für die Aufnahme in die Basketball-Mannschaft?«

Reese dachte nicht im Traum daran, ihm von dem netten kleinen Zusammenstoß mit dem Saftsack Teeter zu erzählen. »Ja«, sagte er. »Aber vielleicht will ich gar nicht. Ich meine, im traditionellen High-School-Rahmen bin ich natürlich akademisch herausgefordert und zu wenig angeregt, wie Sie wissen.« Tom prustete vor Lachen. »Aber mein Dad bildet sich ein, wenn ich nicht auf die Universität von Wisconsin gehe, werde ich früh sterben oder so was. Drum muß ich mich nächstes Jahr einschreiben. Richtig einschreiben. Dann habe ich vielleicht keine Zeit zum Spielen, wissen Sie.«

Tom legte die Fingerspitzen aneinander. Nachdem Reese dies jahrelang beobachtet hatte, wußte er, daß es tiefes Nachdenken bedeutete.

»Schläfst du gut?«

»Ja, ziemlich gut. Kein Problem.« Das war eine verdammte Lüge, aber es war sinnlos, hierauf einzugehen. Er hatte den beschissenen Kleinkind-Alptraum in der letzten Woche zweimal gehabt. Ihn ärgerte die Vorstellung, daß er vermutlich immer mehr oder weniger am Wahnsinn entlangschrammen würde, wegen etwas, das ihn nicht mehr kümmerte, woran er sich nicht mal mehr erinnerte. Das heißt, nicht deutlich. Er fühlte sein Herz hüpfen und flattern. Ach Scheiße, nein, Scheiße, nein. Nicht auch das noch.

»Was ist, Reese?« Tom schwenkte sein Bein auf den Boden und beugte sich in ernsthafter Psychiaterpose vor.

»Nichts, nichts. Ich krieg die Grippe oder so was, das ist alles.«

»Bist du sicher, daß das alles ist? Ich meine, die Sache ist ein ziemlich schweres Kaliber, Reese. Ihn zurückkriegen. Damit fertig werden. Ihn dann wieder gehen lassen und *damit* fertig werden.«

»Ich muß nicht damit fertig werden. Ich hab nichts damit zu tun.«

»Ich glaube doch.«

»Das ist Ihr Job, Tommaso. Das müssen Sie immer glauben, sonst wären Sie arbeitslos.«

»Stimmt. Aber ich weiß auch, daß die Scheiße dich immer einholt. Was ist mit deiner Mom? Kommst du mit ihr aus?«

»Absolut. Seit Sam weg ist, weiß sie meine vielen Talente auf ganz neue Art zu schätzen. Wir spielen donnerstags Tennis, gemischtes Doppel, freitags Bridge ...«

»Das ist ein alter Hut, Reese.«

»Die Frage auch«, fuhr Reese ihn an. »Hören Sie, meine Mom hat in neun Jahren vielleicht zehnmal mit mir gesprochen und achtmal davon in den letzten paar Monaten. Sie kann ja vielleicht nichts dafür, aber Tatsache ist, meine Mom haßt mich wie die Pest.«

»Halt! Halt! Nun mach aber mal 'nen Punkt, Freundchen. Sagen wir mal, deine Mom hat Probleme mit Vertraulichkeiten, aber ich hatte nie den Eindruck, daß ...«

»Sie brauchen sich doch bloß mal ihr Gesicht anzugukken. Sie sieht mich an wie irgend so 'n Zeug, das am Boden vom Kühlschrank festgeklebt ist.«

»Ich glaube nicht, daß das stimmt. Aber wichtig ist, daß du es so empfindest.«

»Tom, wie lange komme ich jetzt her? Vier Jahre? Bißchen länger? Wie oft haben Sie meine Mom gesehen?«

»Ein-, zweimal.«

»Also, wenn sie sich was aus ihrem Kind machen würde, sollte man da nicht denken, sie würde vielleicht öfter als ein-, zweimal vorbeikommen und sich erkundigen? Tom, es ist mir scheißegal. Bloß noch ein Jahr im Schoß meiner Familie ...«

»Sag lieber zwei. Mindestens, Reese. Und was ist mit deinem Vater und Kerry? Sind sie bloß eine Art Statisten? Kümmert es dich nicht, was sie denken?«

»Klar doch.« Reese hielt einen Moment inne und stand auf, um sein Lieblingspferdebild zu betrachten, das mit Tom und seiner kleinen Schwester. »Ihre Schwester, reitet sie noch?«

»Nein«, sagte Tom bedauernd. »Sie geht auf die Hauptschule. Und sie will Cheerleader werden. Sie sieht aus wie ... wie eine Hintergrundsängerin bei einer drittklassigen Band.«

»Tom, Tom, Tom – sie verwirklicht sich nur.« Reese drohte mit dem Finger. Tom grinste. »Wissen Sie, Kerry reitet jetzt. Und schwimmt. Und spielt Flöte. Und Fußball. Wenn Kerry groß ist, wird sie Alleinunterhalterin in einem Varieté, dann reitet sie, während sie zugleich steppt und Flöte spielt. Alles, was sie tut, ist Stunden nehmen.«

»Vielleicht hält sie das für eine Möglichkeit, ein bißchen Aufmerksamkeit auf sich zu ziehen.«

»Ich glaube, es ist eine Möglichkeit, aus dem Haus zu kommen. Was ich vollkommen verstehe. Und weswegen Dad buchstäblich im ›Hochzeit im alten Viertel‹ lebt. Jetzt besonders.«

»Du fühlst dich also vernachlässigt.«

»Tom! Ich bin sechzehn. Ich bin kein Kindergartenkind. Es ist bloß ... also, wir sind keine Familie, die freitags zum Bowling geht, kapiert? Gott sei Dank, denn sonst müßte ich kotzen. Aber klar doch, mein Dad liebt mich, und er liebt Kerry.«

»Aber deine Mom haßt dich wie die Pest. Und mit ihr bist du am meisten zusammen.«

»Wenn man das so nennen kann.«

»Wie würdest du es nennen?«

»Ich würde es nennen, also, zwei Menschen, die in einem Flughafen leben müssen, in ein und demselben Flughafen ...«

»Und wo landen sie? Vom Flughafen aus?«

»Ich habe nicht gesagt, daß sie irgendwo landen.«

»Aber nehmen wir es mal an.« Tom verfiel auf seine alten Tricks.

»Wenn, dann würde meine Mom ... Herrje, ich hab keine Ahnung ... auf dem Mars landen. Und wenn es nach ihr ginge, dann landete ich in ... Sibirien. Oder in der Hölle. Oder sonstwo.«

»Warum sollte deine Mutter, die schon ein Kind verloren hat, und das gleich zweimal, ihr anderes Kind zur Hölle wünschen?«

Das Flattern in seiner Brust setzte wieder ein. »Keine Ahnung«, sagte Reese obenhin. »Sie hat was gegen den ganzen Scheiß, den ich in der Schule verzapft habe. Das paßt ihr nicht in den Kram.«

»Aber du sagst, sie wünscht dich zur Hölle. Das würden die wenigsten einem gestörten Teenager an den Hals wünschen, wenn man es so nennen will.«

»Nennen Sie's, wie Sie wollen.« Reese sah auf die roten Ziffern der Uhr. »Die Stunde ist um.«

»Mach dir darüber keine Gedanken, Reese. Mein nächster Termin ist abgesagt. Und dein Dad hat Geld wie Heu.«

»Lassen Sie ihn das bloß nicht hören.«

»Keine Sorge. Wir sprachen vom Landen in der Hölle.«

Und wenn wir schon mal dabei sind, warum fährst du nicht zur Hölle? dachte Reese wütend.

»Ist doch ganz klar. Sie gibt mir die Schuld.«

»Woran?«

»*Woran*?«

»Du hast die Frage gehört.«

»Daß der Junge wieder zu George gegangen ist, daran. Sie lag mir dauernd in den Ohren: ›Kümmere dich mehr um ihn‹, ›Sei nicht so grob zu ihm‹ ...«

»Warst du grob zu ihm?«

»Nein. Ich hab ein paar Körbe mit ihm geworfen. Ich hab ihm allerdings keine Gutenachtgeschichten vorgelesen ...«

»Er ist zu alt für Gutenachtgeschichten.«

»Wirklich, ich hab ihn ganz normal behandelt, wenn man bedenkt, daß ich mit einem Sechstkläßler nicht viel anfangen kann!«

»Auch nicht mit einem Sechstkläßler, der zufällig dein Bruder ist, den du neun Jahre nicht gesehen hast? Findest du nicht, daß er deswegen etwas mehr Zuwendung verdient hat, Reese? Oder wäre das zuviel Mühe gewesen?«

»Tom«, flehte Reese. »Ich glaub, ich hab Fieber, ehrlich. Ich geh jetzt.«

»Ich glaube, du hast einen schweren Anfall von Selbstmitleid, ehrlich. Dein Dad ignoriert dich. Deine Mom haßt dich. Und deine kleine Schwester nimmt zu viele Reitstunden. Hört sich nach Oliver Twist an, was, Reese?«

»Na und? Ich weiß bloß, sie denkt, die ganze verdammte Sache ist meine Schuld, und Sie wissen das nicht, denn Sie sehen sie ja bloß, wenn sie so tut, als wäre sie voll da ... und voll nett ...«

»›Die ganze verdammte Sache?‹ Du meinst, was du gesagt hast – daß er zu George zurückgegangen ist?«

»Nein!« Reese nahm sich zusammen, fuhr sich mit den Händen über die Unterarme, um nicht zu schreien.

»Was dann?«

»Nichts.«

»Was, Reese? Ich kann nicht den ganzen Tag hier sitzen.«

»Daß Ben überhaupt damals verlorengegangen ist. Zufrieden?«

»Nein. Und sie gibt dir nicht die Schuld.«

»Tut sie doch.«

»Kein Mensch würde einem Siebenjährigen vorwerfen, daß er in einer überfüllten Hotelhalle nicht auf seinen kleinen Bruder aufgepaßt hat, und überhaupt ...«

»Sie haben ja keine Ahnung«, sagte Reese kläglich. »Sie waren nicht dabei!«

»Deine Mutter auch nicht.«

»Aber sie weiß es! Sie weiß es!«

»Was weiß sie?«

»Sie weiß, daß ich ...«

Es war, als hätte er den Weglauftraum hier und jetzt, während er hellwach war. Er dachte an den Geruch an dem Tag, als Ben entführt wurde, den Fertigsoßengeruch der Hotelküche, der unter dem Puder- und Cologneduft der Frau hervorstach. Und er hätte auf den Teppich kotzen oder aufstehen und Tom die Brille aus dem selbstgefälligen irisch-rosigen Gesicht schlagen mögen. Dieser hinterlistige Schnüffler. »Hören Sie, Tom«, sagte Reese schwerfällig. »Ich weiß nicht, wie ich das gemeint habe. Sie ist mir einfach unheimlich.«

»Vielleicht bist du *ihr* unheimlich.«

»Kann schon sein.«

»Vielleicht hat sie recht. Vielleicht hast du den Jungen vertrieben. Vielleicht hat er gemerkt, daß du ihn nicht um dich haben wolltest. Denn wenn er um dich war, dann konntest du womöglich nicht alle Welt dazu bringen, jedesmal hinzugucken, wenn du mal wieder eine Schau abgezogen hast, was, Reese?«

Reese hielt sich die Hände vors Gesicht. »Fragen Sie mich nicht. Ich weiß es nicht.«

»Ich glaube, du weißt es, Reese«, sagte Tom. »Ich glaube, du weißt es. Ich glaube, du weißt es, und du hast Angst, es mir zu sagen, weil dich das an einen Ort führen würde, von dem du dich eine lange Zeit fernhalten konntest, nicht wahr, Reese? Und es würde eine Menge erfordern, dorthin zu gehen. Eine Menge Mühe. Und du willst, scheint's, lieber den leichten Weg gehen.«

»Den leichten Weg?« Ich hör mich an wie eine Pfeife, dachte Reese. Er fragte sich, ob die kleine Bulimieziege oder der kleine Pyromane, oder wer auch immer draußen wartete, ihn hören konnte. Ach ja, richtig. Abgesagt. Wenigstens das. Er senkte die Stimme. »Wenn Sie denken, ein Leben in der Addams Family wäre leicht gewesen, dann sollten Sie hier an meinem Platz sitzen.«

»Ich habe nie gesagt, daß es leicht wäre. Ich habe nur gesagt, daß manche Leute vielleicht Mumm genug haben, dorthin zu gehen, und manche nicht.«

»Mumm? Hören Sie, feige hat mich noch keiner genannt. Man hat mich alles mögliche genannt, aber Angsthase noch nie.«

»Aber ich nenne dich so.«

»Ach, zur Hölle mit Ihnen.«

»Ich dachte, da solltest du hin.«

»Sehr clever, Tom. Höchst professionell.«

»Reese, gib's auf.« Tom seufzte. »Du wirst keinen Schritt weiterkommen, bis du jemanden findest, der stark genug und gemein genug ist, alles aus dir rauszuprügeln. Das heißt, wenn du Glück hast. Ich wünschte bloß, du wärst nicht so entschlossen, deine ganze Familie mit reinzuziehen.«

»Mach ich gar nicht«, sagte Reese. »Ich will bloß, daß sie mich in Ruhe lassen.«

»Ich dachte, daß du gerade das *nicht* wolltest. Aber es scheint, immer wenn jemand versucht, an dich ranzukommen, kannst du's nicht abwarten, ihn in den Arsch zu treten.«

»Hören Sie auf«, warnte Reese.

»Warum, Reese? Willst du dich als nächstes mit mir anlegen? Ist es dir nicht genug, deiner Mutter die Schuld an deinem ganzen Schlamassel zu geben?«

»Meiner Mutter die Schuld geben? Herrgott, wie oft soll ich es Ihnen noch sagen! Sie gibt mir die Schuld! Sie weiß, was ich getan habe, und deswegen haßt sie mich, und ich mache ihr keine Vorwürfe!«

»Was du getan hast? Was hast du getan?«

»Was ich getan habe? Was ich getan habe? Ich hab seine Hand losgelassen! Und wissen Sie, was ich gesagt habe? Zu meinem süßen kleinen Bruder? Ich hab gesagt: ›Hau ab. Verschwinde!‹ Das hab ich gesagt.« Reese dachte, er würde jetzt weinen – es wäre eine Erleichterung gewesen, jetzt zu weinen –, aber er tat es nicht. Er war ausgetrocknet wie ein Topf, in dem das Wasser verkocht war.

»Reese«, sagte Tom wie aus weiter Ferne. »Reese.«

»Was?«

»Hast du das immer gewußt? Oder ist es dir eben erst eingefallen?«

»Ich weiß nicht.«

»Du weißt es.«

»Ich hab's immer gewußt. Und auch wieder nicht. Das ist die Wahrheit. Es war ... als wär's in einer Schachtel gewesen. Aber es ist mir eingefallen, als er nach Hause kam. Zuerst nur ein bißchen. Dann ein bißchen mehr. Dann die Worte.«

»Reese, überleg mal. Denk mal einen Moment nach. Deine Mutter kann unmöglich wissen, daß du das gesagt hast. Und du hast nicht wörtlich gemeint, daß er verschwinden soll.«

»Ist er aber. Er ist verschwunden.«

»Tatsache ist, du hast es nicht so gemeint, und du hast nicht gewußt, was es bedeuten konnte. Du warst nur ein müder kleiner Junge, der es satt hatte, auf seinen kleinen Bruder aufzupassen, während deine Mom mit ihren alten Freundinnen herumgealbert hat. Du warst vermutlich hungrig und hast dich gelangweilt ...«

»Ja, aber was soll's. Sie haßt mich trotzdem.«

»Ich glaube nicht, daß sie dich haßt, Reese. Ich glaube, sie hat Angst vor dir.«

»Angst ... vor mir?«

»Ich glaube, sie hat Angst, daß du dahinterkommst, was sie getan hat, genauso, wie du Angst hattest, daß sie dahinterkommen würde, was du gemacht hast.«

»Dahinterkommen, was sie getan hat?«

»Denk mal drüber nach, Reese. Denk nach, und nächstes Mal besprechen wir es. Es ist da, Reese. Du hast die Schachtel geöffnet. Das war sehr mutig, Reese. Jetzt müssen wir sehen, was rausgeflogen kommt, und wenn es sein muß, klatschen wir es tot wie eine Fliege. Okay?«

»Okay.«

»Es war nicht deine Schuld, Reese. Es war nicht deine Schuld. Du brauchst mir jetzt nicht zu glauben. Früher haben die Leute auch nicht geglaubt, daß es so was wie Atome gibt, weil sie sie nicht sehen konnten. Aber es gibt sie.« Reese zuckte die Achseln. »Hör zu. Ich hab dir mal von meinem kleinen Bruder erzählt. Dem Baby, das plötzlich gestorben ist. Ich habe dir erzählt, daß ich ihn gefunden habe. Aber ich habe dir den Rest nicht erzählt. Meine Mutter hatte mich nach oben geschickt, um ihn aus seiner Wiege zu nehmen.« Reese blickte auf. Tom betrachtete ein Pferdebild direkt über Reese' Kopf. »Und ich war wütend. Ich hatte es satt, Babys herumzutragen. Wir waren acht Geschwister, und wir Großen mußten auf die kleinen aufpassen, und das hat einen ganz schön geschlaucht. Ich bin also nach oben gegangen und hab nach Taylors Arm gegriffen. Und der war kalt. Er fühlte sich an ... wie eine kleine Gurke aus dem Kühlschrank. Kalt und hart. Und weißt du, was ich gemacht habe, Reese?« Reese nickte. »Ich hatte gerade Comics gelesen, und meine Mom sagte dauernd: ›Geh das Baby holen, geh das Baby holen!‹ Und ich wollte doch bloß den Comic zu Ende lesen. Hab ich auch. Und als ich endlich nach oben ging und ihn so fand, hatte ich das Heft noch in der Hand. Und ich habe es ausgebreitet und Taylor mit dem Comic zugedeckt. Ich bin sicher, ich wußte nicht oder wollte nicht wissen, daß er tot war. Aber ich wollte mich nicht mehr von meiner Mutter anfassen lassen, das weiß ich genau ... und zwar jahrelang. Sie dachte, es wäre wegen dem, was sie mir angetan hatte, als sie mich dem Entsetzlichen aussetzte, wo ich doch selbst noch ein Kind war. Sie dachte, ich hätte Angst, im Schlaf zu sterben. Hatte ich auch. Aber das war nicht der springende Punkt.«

Reese hob ruckartig den Kopf. »Sondern?«

»Der springende Punkt war, ich wußte nicht, bis ich auf der High-School war oder sogar auf dem College ... Ich hatte gedacht, ich hätte Taylor getötet. Ich hätte so lange getrödelt, daß er verhungert war oder so was. Ich dachte, wenn ich gleich nach oben gegangen wäre, als meine Mom es mir gesagt hat, hätte er noch ein bißchen länger leben können. Reese, das habe ich noch gedacht, als ich älter war als du. Und du siehst, das sehe ich dir an, du siehst schon, daß das einfach nicht wahr war. Es konnte nicht wahr sein.«

Reese nickte wieder. Sein Kopf fühlte sich dick an, wie ein Ballon an einem Strick im Wind. So schlimme Kopfschmerzen hatte er noch nie, so schlimm, daß er Tom beinahe um ein Aspirin gebeten hätte. Aber Tom würde vermutlich ein Rezept schreiben müssen oder so was; Ärzte gaben einem nie einfach etwas, wovon einem besser wurde. Es mußte immer umständlich zugehen.

Luft, dachte Reese, als Tom ihn endlich gehen ließ, nachdem er ihm brüderlich die Schulter gedrückt hatte. Er war zwei Stunden in der verdammten Pferdegalerie gewesen. Herrje. Er hatte die Schachtel geöffnet. Und wozu? Er wußte, Tom war ein anständiger Kerl, aber die Geschichte von dem toten Baby – die kapierte er nicht richtig; die konnte keiner richtig kapieren.

Reese lenkte sein Fahrrad zur Schule. Es wurde schon dunkel; der Sommer geht zu Ende, dachte er. Gott sei Dank hatte Dad heute nicht darauf bestanden, ihn zu fahren. Vielleicht würde er sich bloß eine Weile auf die Tribünen setzen. Bißchen Luft schnappen. Mal sehen, ob jemand da war, und wenn ja, ein bißchen rumspielen. Sein Hals fühlte sich an, als würde er schrumpfen und ihm den Kopf in die Schultern ziehen.

Er strampelte auf den Parkplatz, und da sah er ihn. Den großen weißen Thunderbird, einen aufgemöbelten '68er. Das Wunschkennzeichen lautete BG COCH, und alle wußten, der dicke Saftsack wollte, daß es als BIG COACH, Supertrainer, gedeutet wurde, doch für die meisten – abgesehen natürlich von den getreuen Angehörigen der Elitemannschaft – bedeutete es »Big Cock« oder »Big Crotch«, dicker Schwanz oder dicker Hosenstall, je nachdem, in welcher Stimmung sie gerade waren.

Teeter. Der Fettsack. War vermutlich gerade drinnen und überlegte, wie er einen Neuntkläßler so fertigmachen könnte, daß der sich bepißte. Ein alter Sack, so fett geworden, und fuhr immer noch mit seinem Beach-Boys-Schlitten in der Stadt herum. Teeter, dachte Reese, stieg ab und verstaute sein Fahrrad sorgsam hinter einem Stapel Bahnschwellen im Gebüsch. Er schob die Hände in die Taschen. Es war jetzt fast dunkel.

Was Reese sehr gelegen kam.

33. Kapitel

Der Wärter rückte Reese den Stuhl mit den metallenen Armlehnen zurecht und bedeutete ihm, sich zu setzen. Und verschwand dann lautlos, als hätte er sich in Luft aufgelöst. Reese hätte gar nicht gemerkt, daß der Mann fort war, wäre da nicht dieser zischende Luftstrom gewesen, der von der sich schließenden Tür ausging. Er starrte auf die verschmierte Plexiglastrennscheibe mit den deutlichen Handabdrücken, Schneckenspuren von ... Er mochte nicht daran denken, wovon. Automatisch legte er die Hände in den Schoß und hielt die Oberarme stramm an den Seiten. Er wollte nicht, daß die Bazillenscharen seiner Vorgänger mit seinem Körper in Berührung kamen und sich auf seiner Haut festsetzten. Der Raum war eklig; es stank nach mit Zigarettenrauch vollgesogenen Haaren, nach schmutzigen Einlegesohlen. Reese versuchte, nicht zu atmen, versuchte, die Gestankmoleküle nicht in die Nase zu bekommen; was man auch einatmete, sei es ein Hundefurz oder der Geruch von Zimtbrot im Backofen, es wurde ein Teil von einem. O Gott, ich will rein sein, dachte Reese. Ich will mein Bett. Ich will meine Zahnbürste. Er hatte seine Armbanduhr nicht mehr, und der Raum hatte keine Fenster; aber er wußte, daß es Morgen war. Es dämmerte schon, als man ihn vom Krankenhaus hierhergefahren hatte. Und dann hatten sie ein paar Stunden gebraucht, um seine Fingerabdrücke abzunehmen und seine Anziehsachen wegzutragen; und dann hatten sie ihm gesagt, er solle schlafen – und er war eingeschlafen, trotz des Lärms und Geschreis, aber nur für etwa eine halbe Stunde. Dann hatten sie ihn geweckt und ihm gesagt, seine Eltern seien da. Sie waren auch im Krankenhaus gewesen, aber er war so benommen von der Spritze, die man ihm gegeben hatte, daß er sich nicht erinnern konnte, was seine Mom oder sein Dad gesagt oder ob sie ihn überhaupt berührt hatten.

Jetzt ging es ihm kaum besser. Wäre er gefragt worden, Reese hätte nicht schwören können, ob vier Stunden vergangen waren oder vierzig. Aber es mußte Samstag sein. Bloß später am Samstag. Als er seine Mom vor der Tür sah, blitzte eine Erinnerung von der Notaufnahme des Krankenhauses auf. Rote Jeans. Sie hatte noch dieselbe rote Jeans an.

Der Besucherraum mit der Trennscheibe war angeblich schalldicht. Auf Reese' Seite war ein vanillefarbenes Telefon, über das er mit seiner Mutter sprechen sollte, wenn sie hereinkam. Aber durch die hohe rechteckige Scheibe der Tür gegenüber konnte er sie jetzt schon beobachten; sie stand im Profil, als sei die Scheibe ein Bilderrahmen, hielt den Kopf gesenkt, und ihr Gesicht war von den dunklen Strubbelhaaren beschattet.

Sie sprach mit jemandem, und als sie zurücktrat, um ihre Umhängetasche aufzuheben, griff dieser Jemand nach ihr. Candy: die Schwanenarme und matten Fingerspitzen waren unverkennbar, auch in dem blauen blazerähnlichen Teil, einem Dings, wie er es an Candy äußerst selten gesehen hatte. Candy legte die Arme um Reese' Mom und strich ihr übers Haar. Reese hätte in diesem Augenblick alles dafür gegeben, um zu hören ... Er legte den Kopf auf den kunststoffbeschichteten Schalter und zwang sich, bei der Berührung nicht zusammenzuzucken. Schalldicht – ach ja. Ein weiterer Triumph der Technik – nein, doch nicht. Er konnte seine Mutter sagen hören: »... besser zu Hause?«

Candys Stimme war lauter, die gute alte Candy. Sie hatte eine Stimme, die daran gewöhnt war, Leuten mit leiseren Stimmen Befehle zu erteilen.

Murmel, murmel, und dann: »... könnten ihn schon heute entlassen, aber verfahrenstechnisch ist bei einem Jugendlichen eine Haftprüfung vorgeschrieben, und die können wir frühestens Montag nachmittag vornehmen. Aber, Bethie ...« Sie lehnten jetzt an der Tür, als merkten sie gar nicht, daß er da saß, gerade mal drei Schritte Luft und drei Zentimeter Plastik entfernt. Hallo, Mom. Hallo, Candy. Sie sahen nicht zu ihm hin. »... keine gute Idee, ihn übers Wochenende drin zu behalten.« Reese fühlte Schweiß sein Brustbein hinabrieseln. »Weißt du, es gibt Jugendliche, die sich an die netten Freunde da drin anlehnen und Tricks von ihnen lernen ...« Reese verlor ihre Stimme für einen Moment, als sie sich kurz abwandte, aber dann: »... ihm eine Heidenangst einjagen. Weil sie da drinnen zum Beispiel entscheiden, ob sie sich bei der Vergewaltigungsanklage schuldig bekennen, damit die Drogenanklage fallengelassen wird. Sie haben diejenigen, die ihren Vater erschossen haben, auf der einen Seite, und die, die ihre Mutter erschossen haben, auf der anderen. Es ist ein Hasardspiel, Beth, aber wir haben hier einen Jungen, der betrunken ein gestohlenes Auto zu Schrott gefahren und sich mit einem Polizisten angelegt hat ... Bagatellen, Beth.«

Sind das Bagatellen? Oder keine Bagatellen? Reese versuchte, das Trommeln seines Herzens zu verlangsamen, weil es sein Hörvermögen störte. Worauf sein Herz rebellierte und noch heftiger hämmerte.

Draußen stieß Reese' Mom einen Laut aus und warf den Kopf zurück.

»Ich meine, nicht für dich«, fuhr Candy fort, »aber nach allem, was Reese früher getan hat, verstehst du ... ein jugendlicher Straftäter. Es ist kein Schema. Es ist seine erste asoziale ... Beth, du verstehst, was ich meine ... in diesem Fall Besserungsanstalt, vor allem bei seiner Vergangenheit ...«

Herrgott, dachte Reese. Ist das das Beste, was ich kriegen kann, oder das Schlimmste?

»... ihn lehren, daß es nicht so ist, daß die Welt ihm Unterhalt schuldet, egal, was für einen Mist er verzapft?« fragte Mom darauf mit lauterer Stimme.

»Die Welt schuldet ihm keinen Unterhalt, Beth«, sagte Candy. »Aber die Welt schuldet ihm eine Entschuldigung.«

»... uns allen. Und was ist mit Sam?« Sehr richtig, Mom, dachte Vincent. Ich sitze hier im Knast, und wir ergreifen die Gelegenheit, um auf den verlorenen Sohn zu sprechen zu kommen. Der wünscht, du wärst überall, nur nicht bei ihm. Der buchstäblich aus einem Fenster im ersten Stock gesprungen ist, um von dir wegzukommen. Der dich vermutlich haßt wie die Pest. Ja, Mom, laß uns über Ben alias Sam reden.

»Ben auch«, sagte Candy. »Das heißt, Sam auch. Aber Reese hat das nicht getan, um sich wichtig zu machen ...«

Reese hörte eine andere, gedämpfte Stimme. Dad. Ach du lieber Himmel. Und Candy erwiderte: »Hm, ja, Pat. Du kennst den ganzen Mist. Was Kinder tun, wenn sie leiden, Kinder wie Reese. Er wird nicht zu dir kommen und sagen: ›Dad, ich wollte eigentlich nicht, daß Sam weggeht, aber es tut mir auch nicht leid, daß er weg ist. Das beunruhigt mich.‹ Das können sie nicht – Reese schon gar nicht –, deswegen muß er etwas Verrücktes anstellen, etwas so Irres, daß es ihn vollkommen davon ablenkt, wie er sich dabei fühlt ...«

»... seine Schuld?« Das war seine Mutter.

»O Beth«, sagte Candy gereizt. »Du weißt, er denkt, daß alles seine Schuld ist. Und weißt du, Beth, ich möchte dir keine Angst machen – du hast in deinem Leben Angst genug für zehn gehabt –, aber weißt du, daß viele Autounfälle Selbstmordversuche von Jugendlichen sind? Weißt du das? Ich will nach alledem nicht noch von Schuld sprechen, aber laß uns mal daran denken, was er durchmacht ...«

Wessen Schuld? Nicht deine, Mom, auf gar keinen Fall. Reese rieb seinen Hals. Seine Haut fühlte sich an wie mit Sirup beschmiert, er zog allen Schmutz dieses Raumes auf sich.

Und dann brüllte sein Dad ganz plötzlich: »... ihm bloß ab und zu ein bißchen Beachtung geschenkt hast, wußte er, daß es dir scheißegal war, ob er oben in seinem Zimmer war oder um einen Baum drapiert, verdammter Mist!«

»Pat, sie haben zusammen im ›Hochzeit im alten Viertel‹ gegessen, während dein Sohn das Auto eines Lehrers kurzgeschlossen hat«, sagte Beth schrill.

»Warum bist du ihm keine Mutter, Beth?« Reese konnte die Stimme seines Dad nur schwach hören, aber er wußte, daß Pat schrie. Er konnte ihn sich vorstellen, wie er sich in die Brust warf. Er haßte diese Gockelpositur, die manchmal damit endete, daß eine Faust gegen eine Tür donnerte. »Warum versuchst du's nicht einfach mal?«

»Pat«, sagte Candy. »Sei still.«

Die Tür hinter ihm zischte wieder leise. Der lautlose Wärter. »Sie sind gleich bei dir, Vincent. Sie sprechen mit der Chefin.«

Die Chefin. Das hatte ganz entschieden einen Beigeschmack. Reese konnte nicht dagegen an. Polizeichefin Bliss. Die kleine Polizistin, die Ben Cappadora gefunden hatte. Obwohl es nicht stimmte. Obwohl sie ihn neun Jahre lang nicht finden konnte, anderthalb Kilometer vom Polizeirevier entfernt. Okay, Candy. Nur weiter so. Er hielt sich die Hand vors Gesicht. Scheiß auf die Bazillen. Und dann ging die Tür nach innen auf, und da war seine Mutter, die kaum verstörter aussah als an irgendeinem gewöhnlichen Tag, und während sie sich setzte, umfing sie die schmutzige Scheibe und das schmierige Telefon und ihn in seinem schlabberigen grünen Gefängnisoverall mit einem Blick, als handele es sich um lauter Möbelstükke. Ihm war so schlecht im Magen, der Pfirsichschnaps kam ihm hoch, und als er seine Mom sich waschbärartig mit ihren kräftigen kleinen Handrücken die Wangen reiben sah, da konnte er sich so gut vorstellen, wie sie dies im Morgenrock in der Küche tat, daß er fast zu weinen anfing, und dann dachte er, er müßte kotzen. Er sah fort.

»Vincent«, sagte sie.

»Hi, Mom.«

»Wie geht's dir?«

»Okay.«

Da saßen sie. Seine Mutter atmete durch die Nase ein und stieß die Luft mit einem langen Zischen durch den Mund aus. Vincent konzentrierte sich aufs Schlucken. Schlucken. Vielleicht, dachte er, geht sie auf mich los. Sie reißt mich in Stücke. Jede andere Mutter auf der Welt würde das tun. Er hatte schließlich ein kapitales Ding gedreht. Er nahm an, er hätte es verdient. Mom? Er sah sie an und duckte sich in Vorbereitung auf das Donnerwetter. Aber sie saß nur mütterlich da. Schließlich schien ihr etwas einzufallen.

»Brauchst du etwas? Ich meine, von zu Hause? Ich glaube, du wirst einen Tag oder länger hierbleiben müssen, weil Wochenende ist ...«

Und meine Lektion lernen wie ein braver Junge, dachte

Reese, der sich schon besser fühlte. Ja, sicher, Mom, ich brauche ein paar Sachen. Ich muß aus dieser beschissenen Bude raus, wo einem das Licht ins Gesicht scheint, egal, wohin man sich dreht, und der Kerl im Bett nebenan mich anguckt, als wär ich ein Big Mac, und der kleine dreizehnjährige Junge in der übernächsten Zelle ununterbrochen nach seiner Oma heult. Ein kleiner Junge, der den Freund seiner Mutter mit einem Steakmesser in die Eingeweide gestochen hat. Ja, ich brauche ein paar Sachen, Mom.

»Nein, ich brauche nichts«, sagte er.

»Bestimmt nicht? Du siehst grün aus. Ist dir schlecht?«

Reese mußte wegschauen. Es war, als könnte sie den Pfirsichschnaps seine Magenwände auf und ab wallen sehen wie eine illuminierte Wasserorgel. Woher hatte Schaffer das Scheißzeug überhaupt? Und warum hatte er Schaffer überhaupt mitgenommen? Warum hatte er den verdammten Wagen nicht einfach sausen lassen und sich zum Saufen in den Straßengraben gesetzt? Einfache Fehler sind nichts für dich, Cappadora, dachte er. Er kämpfte wieder gegen das Weinen an. So, jetzt weiß ich es. Ich weiß, worüber die Leute mit ihren Kindern im Gefängnis reden. Übelkeit. Doch bevor er sich zurückhalten konnte, sagte er: »Ich hab Kopfschmerzen.«

»Candy sagt, du sollst es einem von den Beamten sagen, wenn du dich nicht wohl fühlst, sie können dir was besorgen.«

»Sie können mir kein Aspirin besorgen. Ich hab schon gefragt. Dazu brauchen sie eine Krankenschwester. In den nächsten Stunden ist nichts zu machen, haben sie gesagt.«

»Ich hab ein Aspirin«, sagte Beth und griff nach ihrer Handtasche. Reese lächelte und klopfte an die Plexiglasscheibe. »Oh. Das hatte ich vergessen. Mein Gott, Vincent. Blutest du am Kopf?«

»Nein.«

»Oh, mein Lieber. Ah ... möchtest du Dad sehen?«

Abgang Bühne links, Mom, dachte Vincent, das ist deine Masche. Er wollte schon nicken, als ihm plötzlich klarwurde, daß er seinen Dad nicht sehen wollte, vielleicht nie mehr, hier schon gar nicht, daß er die grauen Halbmonde unter Pats Augen nicht sehen wollte, und wie Pat sich mit den Fingern durchs Haar fahren und nach der Trennscheibe greifen würde, als wollte er durch sie hindurchschmelzen und Vincent hochheben. Wenn er seinen Dad sähe, wär's um ihn geschehen. Er mußte einen kühlen Kopf behalten, klar und kühl. Darum sagte er: »Jetzt nicht, Mom. Ich will bloß schlafen.«

Sie sagte, irgendwie erschrocken: »Okay.« Er dachte, sie würde jetzt aufstehen und gehen, aber sie legte beide Hände flach auf ihre Schalterseite und klemmte den Hörer mit der Schulter fest. Sie berührte die Trennscheibe. »Vincent. Ich möchte dich etwas fragen.«

Er war fasziniert. Bei seiner Mom entsprach diese Gesprächseinleitung einem Filmfestival. Panik, dachte er. Sie weiß, dies ist das dicke Ding. Sie wird mich fragen, warum ich das gemacht habe – ob ich mich umbringen wollte oder so was. Sie wird mich fragen, was ich ihr antun will, verdammt noch mal ...

»Ja?«

»Ben ist hier.« Sie schüttelte den Kopf. »Sam ist hier.«

»Ach, Scheiße.« Wundert mich gar nicht. »Wozu hast du ihn mitgebracht?« Um ihn vor einer Verbrecherexistenz zu warnen? Durch den lebenden Beweis?

»Er hat darum gebeten.«

»Verdammt, wie hat er's überhaupt erfahren?«

»Dein Dad hat es ihm gesagt.«

»Warum?«

»Er dachte ... Du kannst es dir vorstellen, Vincent. Der Unfall war in den Fernsehnachrichten. Spätnachrichten.

Sie hätten eigentlich deinen Namen nicht nennen dürfen, du bist ja noch nicht volljährig, aber wegen Ben haben sie gesagt, es war Ben Cappadoras Bruder. Eine Sauerei war das. Natürlich waren sie eine Viertelstunde später alle auf dem Rasen. Heute morgen hat Sam es dann gesehen. Er hat angerufen. Das heißt, George hat angerufen und an Sam übergeben. Er dachte, Sam würde wissen wollen, ob du verletzt bist ...«

»Sam«, sagte Reese, jetzt verärgert, »Sam würde es nicht interessieren, wenn ich in Flammen stünde, Ma. Was soll der Scheiß?« Reese hatte eine Eingebung. »Ich glaub nicht mal, daß man kleine Kinder hierherbringen darf. Das heißt, die Kleinen, die nicht schon drin sind.«

»Candy hat gesagt, das geht in Ordnung.«

»Gibt es vielleicht einen wichtigen therapeutischen Grund, weshalb ›Sam‹ mich hier besuchen soll? Ist das vielleicht heilsam für ihn?«

»Das ist mir egal, Vincent.« Die Augen seiner Mutter hatten sich ganz schwarz gefärbt, waren nicht mehr braun. Sie sah ihn mit ihrem Laserblick an. »Es ist mir egal, ob du ihn siehst oder nicht. Er will dich sehen. Ich hab versprochen, daß ich's dir sage. Er hat uns gebeten, ihn herzufahren. Wir haben ihn hergefahren.«

Reese dachte, sie weiß, wenn sie behaupten, du kannst tun, was du willst, es ist ihnen egal, dann tust du immer, was sie wollen. Es gibt keinen Ausweg. Er winkte ihr zu.

»Okay«, sagte sie. »Ich geh ihn holen. Er ist unten.«

»Wie du willst.«

»Okay.«

»Mom?«

»Ja?«

»Kann ich Tom sehen?«

»Tom ...«

»Tom Kilgore, Tom ... ja, Mom?«

»Hmmmm ... ich weiß nicht, Vincent. Sie haben gesagt, nur die nächsten Angehörigen.«

»Aber ich kann Sam sehen.«

Wie sie ihn da anstarrte, dachte Reese, sie haßt mich wirklich. Ich hab gewußt, daß sie mich haßt, und verdammt, sie haßt mich richtig. Er wollte sich entschuldigen, irgendwas entgegnen, aber da sagte seine Mutter leise: »Sam ist dein Bruder.«

»Stimmt. Hab nicht dran gedacht.«

»Schön, ich frage Candy, ob ich Tom anrufen kann.«

»Vergiß es.«

»Nein, ich frag sie ... Und einen Anwalt, vielleicht, obwohl ich nicht sicher bin, ob ...«

»Aber vielleicht weiß er's gar nicht.«

Sie machte ein verständnisloses Gesicht, und Reese erklärte: »Ich meine Tom.«

Beth seufzte. »O Vincent, er weiß Bescheid. Ich glaube, der ganze Mittelwesten weiß es.« Reese dachte, ich möchte ihr eine kleben, bloß ein einziges Mal.

Reese stand auf und klopfte an die Tür, die in die Haftanstalt führte. Der Wärter stand direkt davor, aber er gähnte ausgiebig, als wollte er sagen, oh, höre ich da eine Fliege? Reese ballte die Faust und klopfte fester.

»Probleme?« fragte der Wärter.

»Ich möchte nur ein Glas Wasser, okay?«

»Kein Wasser.«

»Kein Wasser?«

»Wir haben kein Wasser. Willst du Kaffee?«

»Ich meinte kein Mineralwasser ...«

»Ich kann hier kein Wasser kriegen. Kaffee?«

»Ich trink keinen Kaffee, Mann«, sagte Reese flehend und fügte dann hinzu: »Jedenfalls nicht oft.«

»Mal sehen, ob ich 'ne Limo auftreiben kann.«

Als der Wärter die Tür zufallen ließ, hatte Reese ein Gefühl, als würde der Raum ihn einsaugen. So ein stinkiger winziger Raum. Und die Dreckmuster an den Wänden und auf dem Boden waren die einzige Abwechslung in der cremegelben Holz-und-Gips-Angelegenheit, die einzige Verzierung. Er litt doch nicht an Platzangst; er erinnerte sich an den Verschlag auf dem Treppenabsatz, wo sie sich alle versteckt hatten, an Schneeburgen ...

Reese nahm den Jungen zuerst gar nicht wahr. Aber Sam hielt schon den Hörer in der Hand. Reese hob seinen ab. »Wie lange bist du schon hier?« fragte er.

»Eine Minute.« Der Junge sah zu Tode erschrocken aus und – klein. Geschrumpft. Er hatte ein Chicago-Cubs-Hemd an.

»Geht's dir gut?« fragte der Junge.

Reese mußte plötzlich an einen der alten Filme mit Pat O'Brien denken, die er mit seinem Dad mitten in der Nacht anschauen mußte. James Cagney spielte einen Gauner, der auf den elektrischen Stuhl ging, und Pat O'Brien war sein alter Freund aus Kindertagen, ein Priester, und er kam ins Gefängnis, um Cagney zu bitten, sich wie ein Feigling zu benehmen, wenn er zum elektrischen Stuhl ging, damit die kleinen Kinder in der Nachbarschaft nicht dachten, dieser Übeltäter wäre ein Held oder so was. Reese fing an zu lachen. Er konnte nicht mehr aufhören.

»Was ist los?« fragte Sam. »Was ist so komisch?«

»Nichts ... ich bin ... nichts. Na so was, Sam, Mensch, daß wir uns hier begegnen.«

»Geht's dir gut?«

Reese faßte automatisch an den Verband an seinem Hinterkopf, wo sie ihn genäht hatten ... Es stach. Er konnte sich immer noch nicht erklären, wie er sich den Hinterkopf so verletzen konnte, als er mit Teeters Wagen gegen einen Lichtmast geprallt war.

»Mir geht's gut. Es tut nicht weh.«

»Mußt du lange hier drin bleiben?«

»Na, so fünf bis zehn Jahre«, sagte Vincent, und dann sah er den Jungen an und dachte, das war beschissen von mir. »Nein, ich weiß nicht, Sam. Ich schätze ... ich kenne Jungs, die was angestellt haben ... Und dann mußten sie in so eine Anstalt ...«

»Besserungsanstalt. Beth hat gesagt, das steht noch nicht fest.«

»Hm, schätze, das ist so was ähnliches wie eine Farm. Für jugendliche Verbrecher. Ich weiß nicht.«

»Was hast du gemacht?«

»Ich hab Teeters Wagen genommen. Ich wollte ihn nicht behalten. Bloß eine kleine Spritztour ...«

»Teeter, der High-School-Trainer?«

»Ja, dieses Arschloch.«

»Und warum hast du ihn nicht einfach zurückgebracht?«

»Wollte ich ja, aber dieser Trottel von Schaffer und ich, wir haben ein bißchen rumgealbert. Und wie ich dann die Bullen sah, bin ich einfach schneller gefahren ...«

»Warst du betrunken? Das hat Beth gesagt.«

»Ich war abgefüllt ... Ja, Sam, ich war betrunken. Aber so was Schlimmes hab ich vorher nie gemacht ...«

»Wobei sie dich erwischt haben.«

»Wobei ... stimmt. Also, Sam, was willst du?«

»Nichts.«

Reese sah, wie seine Eltern sich an der schmalen Scheibe drängelten, um was zu sehen; sein Dad winkte kurz. Reese winkte zurück. Er konnte nicht feststellen, ob sein Dad krank aussah oder nicht. Wenigstens trug Pat zusammenpassende Sachen; das war ein Zeichen, daß es ihm nicht allzu schlecht gehen konnte. Schlecht. A propos schlecht, er fühlte sich schlecht. Warum muß ich den Babysitter für dieses Kind machen? Wieso war keiner von ihnen hier drin bei Sam? Verstieß das nicht gegen ein Gesetz oder so was, ein Kind reinzulassen, um einen Verbrecher zu besuchen?

»Warum bist du dann hier? Ist das so etwas wie eine Abwechslung im Samstagmorgenprogramm?«

»Ich wollte sehen, ob's dir gutgeht.«

»Es geht mir gut.«

»Okay.«

Der Junge sah sich in dem engen Raum um.

»Na, Sam?« stichelte Reese, der plötzlich meinte, er könnte vielleicht schlafen. Je früher dieser Tag enden konnte, desto besser.

»Ziemlich häßlich hier drin.«

»Häßlich, ja.«

»Wie schnell bist du gefahren?«

»Ich weiß nicht ... so an die hundertfünfzig ...«

Sam blinzelte, dann sah er Reese fest an. Er grinste. »Hundertfünfzig?«

Und Reese kam der Gedanke, daß er sich vielleicht ein bißchen zurückhalten sollte. Daß Sam vermutlich nicht bloß ziemlich am Arsch war, sondern ein bißchen mehr als ziemlich, erst vor kurzem zu George zurückgekehrt und alles. Ein paar Wochen in seinem eigenen Zuhause nach dem Ausflug ins Cappadoraland. Und jetzt diese Scheiße. Er war so ein Kind ... o Ben.

»Schau, Sam. Ich weiß nicht, ob du weißt ...« Reese senkte die Stimme. Schalldicht, von wegen. »Ich weiß nicht, ob du weißt, wie unglaublich dämlich das ist, was ich gemacht habe.«

»Na ja«, sagte der Junge. »Doch. Ich weiß.«

»Ich meine echt, riesig dämlich.«

»Ja?«

»Ich bin ein Trottel, Sam.«

»Nein«, sagte Sam.

»Ich bin ein Arsch, und das ist nicht komisch, überhaupt nicht cool.« Reese flüsterte jetzt beinahe, zur Trennscheibe vorgebeugt.

»Ich dachte bloß ...«

»Was dachtest du, Sam?«

»Ich dachte, wir könnten ... Freunde sein.«

»Freunde?« Reese war froh, daß er den Jungen nicht zu fassen kriegen konnte. »Hör zu, du Schwachkopf. Erstens, wie wollten wir *Freunde* sein, Sam? Ich häng nicht mit Zwölfjährigen rum. Und zweitens, du kommst zurück, du haust ab, gehst zum Fenster rein und raus ... Ich kenn dich nicht mal, Sam. Du bist was Abstraktes, verstehst du mich? Und du kennst mich auch nicht!«

»Ich kann doch nichts dafür!« Der Junge schien den Tränen nahe. Reese sah, wie Pat Candy ein Zeichen gab, damit sie den Code eintippte und er reinkonnte. Er winkte Dad rasch ab, versuchte, ihn zu beruhigen – ich weihe ihn nicht in die Feinheiten des Autodiebstahls ein, Dad. Du mußt ihn nicht retten.

»Ich weiß, daß du nichts dafür kannst«, sagte er mit einer für seine Begriffe ungeheuren Geduld zu dem Jungen. »Aber ich hab mein eigenes Leben, verstehst du? Und das ist im Augenblick alles andere als lustig. Was willst du von mir?«

»Du bist mein Bruder. Ich bin nicht zu euch rübergekommen, weil ich nicht wußte, ob ihr so wütend auf mich seid, daß ihr mich nicht sehen wollt. Aber ... ich hab dich vermißt. Manchmal dachte ich sogar, ich hätte nicht ... egal. Du bist mein Bruder.«

»Ich bin nicht dein Bruder!« Reese gab's auf; die Tränen liefen ihm über das schmutzige Gesicht, er war einfach total erschöpft, weiter nichts, und dieser verdammte Junge ... »Hör mal, wenn ich dein Bruder wäre, was würdest du dann von mir wollen? Stell dir vor, ich komme in eine Besserungsanstalt oder so was, verdammt noch mal. Sogar Dad denkt, ich gehör in eine Gummizelle! Ich hab wahrscheinlich keine Zukunft. Ich mach wahrscheinlich nicht mal den Schulabschluß ...« Reese rieb sich die Augen, versuchte, sich zu bremsen. In seinem Kopf war dieser Schwimmbadgeruch – diese ausgelaugte Schlaffheit, wie wenn er als kleiner Junge geweint und geweint hatte, bis sein Brustkorb ausgehöhlt war.

»Ich dachte nur ... Ist schon okay«, sagte Sam. »Ich geh jetzt.«

»Ja, geh«, sagte Reese. Dann zuckte er zusammen. »Sam, tut mir leid. Ich weiß, dir geht's wahrscheinlich dreckig. War nett von dir, hierherzukommen. Aber diese Geschichte ... ich muß da irgendwie raus ...«

»Ich weiß, und ich ...«

»Du weißt gar nichts. Sag nicht, du weißt, denn du weißt es nicht. Du hast in deinem Leben nie was falsch gemacht! Du bist noch ein Kind. Und zwar ein richtig braves Kind. Schau, wenn ich nach Hause komm, hol ich dich ab, und wir gehen irgendwo was essen, okay? Oder Poolbillard spielen oder so was, okay?«

»Wo?«

»Was?«

»Wo wollen wir hingehen?«

Reese seufzte. »Weiß ich nicht, Kleiner. Wo man zu Fuß hingehen kann. Ich darf wahrscheinlich vor, sagen wir, zweitausendzehn nicht Auto fahren.«

»Können wir ins Hochzeitsrestaurant gehen?«

»Nee. Nicht dahin. Ich meinte eher so was wie 'n Hamburgerladen.«

Da seufzte der Junge ebenfalls. »Okay. Ich wollte bloß nicht, daß du denkst, ich glaub ihnen, wenn sie sagen, du bist verrückt.«

»Aber ich *bin* verrückt. Wer hat gesagt, daß ich verrückt bin?«

»Mein Dad.«

»George.«

»Ja.«

»Das hat er gesagt? Wortwörtlich?«

»Ungefähr.«

»Was heißt ›ungefähr‹?«

»Also, so ähnlich hat er's gesagt.«

»Okay. Nun komm schon.«

»Er ... er hat gesagt ...«

»Ja?«

»Ja, als ich bei euch war, hat er immer gesagt: ›Nimm dich vor dem Jungen in acht, Sam. Nimm dich vor dem Jungen in acht. Mit dem stimmt was nicht.‹«

»›Stimmt was nicht.‹«

»Ja, aber ich glaube nicht ... Also, ich hab meinen Dad gern, aber er versteht nicht ... Er dachte, du würdest mir was tun oder so.«

Hätte ich auch, dachte Reese und hob den Arm, um dem Wärter zu winken, aber der Junge sagte: »Moment noch, Reese, ja?«

Reese seufzte wieder. Ihm war, als würde der Raum explodieren.

»Ich muß dir was erzählen.«

Reese machte eine matte Kreisbewegung mit der Hand. Und? Und?

»Mir ist was eingefallen.«

»Ja?«

»Ich hab mich an was erinnert, wie ich ein Kind war.«

Reese erstarrte. Er dachte, Gott, nein. Nicht heute. Ich will nicht, daß es ihm heute einfällt. Und außerdem kann er sich gar nicht erinnern, er war ja noch ganz klein, er kann sich nicht an die Worte erinnern ...

»Als ich bei euch im Haus war, da hat Beth mir die Truhe gezeigt. Die Truhe am Fußende von ihrem Bett.« Die Zederntruhe, dachte Reese. Die große Aussteuertruhe mit dem gewölbten Deckel. »Sie hat die ganzen Babysachen rausgeholt, die mal mir gehört haben. Und sie hat mir Decken und so Zeug gezeigt. Und Bilder.«

»Und? Und?«

»Und ich konnte mich an nichts davon erinnern.«

»Oh.« Reese war vor Schwäche wie betäubt. Solange der Junge sich nicht an die Hotelhalle erinnerte. Was kümmerte es ihn, verdammt? Was jetzt noch, dachte Reese, was kommt jetzt noch? Ist es nicht genug, Mom?

»Aber ich hab mich an den Geruch erinnert.«

»Den Geruch.«

»Ich hab mich an den Geruch von der Zederntruhe erinnert. Wie ich da drin war.«

Fast hätte Reese den Hörer fallen lassen. Es war, als würde er Mom, die vor der Scheibe achselzuckend gestikulierte, um zu fragen, ob Sam rauskommen wolle, im Film sehen statt in Wirklichkeit. Er konnte förmlich fühlen, wie er als kleiner Junge in Madison die Treppe hinauflief in das Zimmerchen, das halbfertig für Baby Kerry hergerichtet war, wo sie alles abluden, und wie er Windelpakete und Anziehsachen weggezogen und geflüstert hatte: »Ben, Ben, wo bist du, Ben?« Und wieder nach unten gerannt war. Der Wäschetrockner, dachte er. Dachte, Mommy wird mich umbringen, wenn er im Trockner ist und blau wird. Er war nicht im Trockner. In seinem Hals klopfte es heftig. Seine Mutter durfte es nicht hören. Sie würde kreischen. Sie würde ihn an den Haaren ziehen.

»... Verstecken gespielt«, sagte der Junge.

»Ich weiß«, sagte Reese und packte den Hörer fester, der in seiner nassen Hand ausrutschen wollte.

»Und ich bin einmal in der großen Truhe gewesen? In echt?«

»In echt. Du hast den Deckel zufallen lassen, und er ist eingerastet.«

»Ich hab's gewußt! Ich hab's gewußt!« sagte der Junge. »Ich kann mich wirklich erinnern, wie ich im Dunkeln da drin lag – aber da waren ein paar helle Ritzen, es war nicht stockdunkel. Ich lag auf Anziehsachen oder so, und der Deckel war so hoch, ich konnte gar nicht ranreichen, erst wie ich mich hingesetzt habe. Zuerst hab ich an den Deckel geklopft, aber keiner ist gekommen, und ich dachte schon, ich krieg keine Luft, aber dann konnte ich doch atmen. Da bin ich einfach dringeblieben.«

»Und ich bin durchs ganze Haus gerannt und hab dich gesucht, und ich hab zu dir gesagt, du sollst aufhören mit dem Quatsch, es ist gar nicht mehr lustig ...«

»Aber ich hab dich nicht gehört ...«

»Weil ich nicht laut reden konnte ... Mom hätte mich gehört ...«

»Und endlich bist du gekommen und hast den Deckel von der Truhe aufgemacht ...«

»Und da warst du. Warst einfach da. Hattest überhaupt keine Panik. Bist einfach aufgestanden und rausgestiegen.«

»Siehst du, das ist es. Daran erinnere ich mich.«

»Woran?«

»Daß ich keine Angst hatte. Ich hatte keine Angst, weil ich wußte ...«

»Ja?«

»Ich wußte, daß du kommst und mich findest.«

Und Reese sah es vor sich, Bens weißes sommersprossiges Gesicht, das ihn unvermutet aus der Truhe ansah wie ein Baby in einem Korb. Und seine Erleichterung, seine unendliche Erleichterung, als Ben sich bewegte, sich aufsetzte. Er hatte Ben am Arm gezerrt, aber nicht zu fest, und ihn Blödmann genannt und ihn gefragt, warum er nicht gerufen habe, und ihm gesagt, er solle nie wieder in die Truhe steigen. Aber Ben war einfach die Treppe hinuntergehüpft und hatte gesagt, er sei ein Häschen. Reese hörte ihn heute noch: »Häschen, Häschen, hüpf, hüpf, hüpf. Kannst du das auch, Vincent?«

Er versuchte, dieses Bild auszulöschen, mit irgendeinem beliebigen anderen zu verdecken, und sei es das der grellen Ambulanzlichter von gestern abend. Reese fragte sich, ob es Pat so ergangen war, als er den Herzanfall hatte, ob er so entschlossen gewesen war, zu sterben, und sich so erbarmungslos zusammengequetscht hatte, daß sein Herz geplatzt war. Ob er versucht hatte, seinem Leben ein Ende zu machen, weil er das Nachdenken nicht mehr ertragen konnte. Ich würde es jetzt tun, dachte Reese, während er mit einer Hand die Augen beschattete. Wenn ich jetzt sterben könnte, wenn es nur auf meinen Willen ankäme, ich würde es tun, ich würde einfach verschwinden ... Auf der Stelle, dachte Reese. Ich würde explodieren.

»Na, Reese?«

Reese konnte nicht sprechen; er nickte.

»Deswegen bin ich gekommen. Falls du dich gewundert hast. Um dir zu erzählen, daß ich mich daran erinnere. Und um zu erfahren, ob es wirklich passiert ist. Denn dann würde ich es wissen. Daß ich wirklich mal dort war. Daß ich es mir nicht ausgedacht habe oder von Bildern kenne. Und dann könnte ich besser überlegen. Was ich machen soll oder so. Es ist vielleicht nicht wichtig, aber ich wollte es wissen.«

»Gut«, murmelte Reese heiser. »Das ist gut.«

»Und noch was. Wie hab ich dich genannt?«

»Was?«

»Als ich ein Kind war.«

»Oh ... ah ... Vincent. Du hast Vincent zu mir gesagt. Und du konntest es immer richtig aussprechen. Nicht wie ein kleines Kind.«

»Vincent. Okay. Also, bis dann, Reese, okay?«

»Okay.« Reese machte seiner Mutter ein Zeichen; sie öffnete den Mund und sagte jemandem Bescheid, daß er Sam herausließ. Aber als der Türknauf sich drehte, sagte Reese schnell: »Sam?«

Der Junge hatte den Hörer schon hingelegt, aber er nahm ihn wieder auf. »Ja?«

»Du kannst mich so nennen. Vincent. Das ist okay.«

34. Kapitel
Beth

September 1994

Eines Tages im Frühherbst setzte Beth sich hin und versuchte, sich an ein geschiedenes Ehepaar unter ihren guten Bekannten zu erinnern. Nach einer halben Stunde mußte sie aufgeben. Ihr fiel nicht ein einziges Paar ein. Und das war für ihr Alter, ihre Generation, das Bildungsniveau ihrer Kreise höchst seltsam.

Wenn sie Candy nicht mitrechnete – und Candy zählte eigentlich nicht, das war keine richtige Scheidung –, kannte sie niemanden, mit dem sich die Lage vergleichen ließe. Candys einvernehmliche Trennung von Chris hatte eher den Charakter einer Rückkehr zu ihrer ursprünglichen Freundschaft nach einem Verpflanzungsexperiment, das nicht geglückt war. Es war beschlossen worden und nach wenigen Wochen erledigt, so plötzlich und für Beth so überraschend wie die Heirat. Chris und Candy waren nach der Verhandlung zusammen essen gegangen. So dürfte es sich bei den wenigsten Scheidungen zugetragen haben. Beth hatte nie aus nächster Nähe miterlebt, wie ein Paar sich trennte.

Achtzig Prozent von uns lassen sich scheiden, hatte Penny auf der Versammlung des Compassionate Circle gesagt. Achtzig Prozent. Pennys Statistik, überlegte Beth, bezog sich auf Ehepaare, deren Suche in einer unerträglichen Wahrheit endete. Oder in einem unendlichen Rätsel.

Für das, was mit ihr und Pat passierte, gab es keine Voraussagen.

Wenn die Leute wüßten, wie sehr sie und Pat sich einander entfremdeten, dann würden sie denken: Warum jetzt? War es, nachdem sie alles zusammen durchgestanden hatten, nicht doppelt bitter, doppelt unfair, auseinanderzugehen? Warum nicht damals, wenn überhaupt? Auch Sams Rückkehr zu George sollte nicht bewirken können, was die höllischste Angst nicht geschafft hatte.

Aber damals war uns so etwas wie eine Scheidung vollkommen egal. Eine Ehe zu führen schien keine Rolle zu spielen, wenn das einzige Ziel darin bestand, sich eine weitere Stunde aufrecht zu halten.

Sie machte Pat keinen Vorwurf. Wenn sie ihn ansah, fühlte sie ein unendliches Sichsenken. Keiner von beiden hatte sich dafür entschieden. Es geschah einfach. Und war es erst einmal geschehen, war es unwiderruflich. Zwei Tage nachdem Sam heimgekehrt war (und Beth zwang alle, es so zu bezeichnen), hatte Pat angefangen, unten zu schlafen. Er hatte das früher schon getan – in heißen Nächten oder wenn er besonders lange arbeitete. Aber eben nur hin und wieder, und manchmal war es eine Erleichterung: Zu Beth' gelegentlichem Unmut war Pat stets ein Kuschelschläfer gewesen; ein Teil seines unruhigen Körpers verlangte immer nach ihrer Berührung. Mehr als einmal hatte sie ihn weggeschubst, und er war verstimmt abgezogen. Aber als er diesmal ein Kissen und eine Decke von Beth' frisch bezogenem Bett nahm, hatte Pat es nicht grollend oder mit großem Theater getan. Am nächsten Morgen hatte er die Sachen einfach zusammengelegt, bevor die Kinder aufwachten, um sie am nächsten Abend wieder herunterzubringen.

Beth war überzeugt, daß Vincent Bescheid wußte. Sie konnte ihn nicht ansehen. Sie hatte Angst, Pat zu fragen, worüber er grübelte, wenn er auf dem Sofa lag. Sie versuchte, nichts zu denken, wenn sie oben lag, Pats Schlaflosigkeit spürend, eine Art unrhythmisches Klicken, den tiefen Schlaf der Kinder untermalend. Sie las Jane Austen. Sie stopfte sich mit Trazodon voll. Sie bemühte sich, in Gedanken nicht aus dem Bett zu steigen, die Treppe hinunterzuschleichen, die Straße entlangzugehen und sehnsüchtig vor dem roten Haus stehenzubleiben.

Als Sam zurückging, waren alle sehr gefaßt; nur George hatte geweint.

Sie hatten sich mit der Sozialarbeiterin getroffen und dann eine kurze Anhörung in nichtöffentlicher Sitzung bei einem Vormundschaftsrichter gehabt. Der Richter hatte jeden von ihnen, einschließlich Sam, der steif auf seinem Stuhl saß, gefragt, ob diese Entscheidung aus freien Stücken getroffen worden sei. Beth hatte als erste gesprochen. »Mit großer Traurigkeit«, hatte sie gesagt, »aber freiwillig.«

»Und Mr. Cappadora?«

Nach einer langen, tödlich stillen Pause hatte Pat gesagt: »Ja.« Er sah Beth nicht an, aber sie hatte ihre Hand auf seine gelegt, den gestärkten Baumwollstoff seines langärmeligen Hemds berührt. Der Arm war starr wie Marmor; nicht ein Nerv reagierte auf ihre Berührung. Als George nach seiner Bereitwilligkeit gefragt wurde, konnte er, von Emotionen geschüttelt, nur stumm nicken. Danach wollte der Richter mit Sam Karras Cappadora allein sprechen und kehrte nach fünfzehn Minuten mit leicht geröteten Augen und aufwärts gedrehten Händen zurück. Es werde, erklärte er, vorerst kein formeller Entscheid über das Sorgerecht ergehen. Die Überprüfung von Cecilias Zustand sei in der Schwebe; es sei notwendig, für Sams Rückkehr eine Übergangszeit einzuräumen, die drei Monate nicht übersteige.

»Ich meine, es sollte unser Ziel sein, das Leben des Jungen, so schnell es geht, wieder in möglichst normale Bahnen zu bringen«, sagte der Richter zu George, Beth und Pat. »Ich muß gestehen, ich bin bekümmert über Ihr Leid und gerührt von Ihrer offensichtlichen Sorge und Liebe für den Jungen. Ich wünsche Ihnen allen Glück und Frieden.«

Sam, sagte er, würden wöchentliche Besuche ohne Aufsicht bei seinen leiblichen Eltern gestattet; die Dauer dieser Besuche solle von George in Übereinstimmung mit den Cappadoras festgesetzt werden. »Ich hoffe, er wird eine gewisse Verbindung zu seinen leiblichen Geschwistern haben«, fügte der Richter hinzu. »Zu ihrem wie zu seinem seelischen Wohl.«

Kerry reagierte mit unverhohlenem Kummer auf die Neuigkeit von Sams bevorstehendem Abschied; sie lief in ihr Zimmer und schluchzte in ihren Plüschwal, bis der Stoff durchnäßt war. »Wir haben ihn eben erst gefunden«, sagte sie zu Beth. »Warum mag er uns nicht?« So betrüblich es war, auf die Frage zu antworten, Beth war erleichtert. Vincent reagierte mit seiner gewohnten Kälte; aber Beth wußte, daß er mit Tom darüber sprechen würde.

Doch niemand außer Beth verstand wirklich, was geschehen war. Selbst Candy, die sich bemühte, einen Rest von professioneller Unvoreingenommenheit zu bewahren, konnte ihren Unwillen nicht verbergen. Beth war dankbar, daß Rosie und Angelo nur traurig waren, nicht empört; aber sie war überzeugt, nie wieder einen Feiertag in Monicas oder Trees Haus verbringen zu können. Ihre Brüder, betroffen über – wie sie es sahen – Beth' impulsives Handeln, rieten zum Abwarten. Laurie war sprachlos, und Ellen hatte gefragt: »Wie kannst du nur, Beth? Ich meine nicht, wie konntest du. Ich meine, wie kannst du das fertigbringen?«

Zum Glück hatte niemand die Energie, die Medien zu mobilisieren, und erst eine ganze Woche nachdem Sam wieder in Georges Haus gezogen war, bekamen sie Wind davon. Dann brachten sie gewichtige Zitate von Psychologen über die Identitätssuche Heranwachsender und die Natur der Erinnerung in der Familienstruktur. Sie brachten Geschichten, wie selten die »Wiedervereinigung« von bei der Geburt adoptierten Kindern mit den leiblichen Eltern zu erweiterten Familienbindungen führte. Sie brachten vereinzelte Zitate von Nachbarn – Beth mußte beinahe darüber lachen –, daß Sam durchaus still und zufrieden gewirkt habe; Beth dachte unwillkürlich an die Kommentare, die Nachbarn von sich gaben, nachdem stille, hilfsbereite Männer eines Tages ein Gewehr genommen und ganze Familien ausgelöscht hatten.

Aber wie sollten sie es wirklich begreifen? Sie hatten Sams Gesicht vor der Zederntruhe nicht gesehen. Sie hatten seinen Blick nicht gesehen.

Es war dieses Bild, das Beth während der Rückkehrformalitäten im Kopf bewahrte. Es hielt sie aufrecht. Sie konnte es niemandem beschreiben; es war, als wollte man versuchen, einem von Geburt an blinden Kind »gelb« zu beschreiben. Das Gefühl der Sonne? Das Samtige einer Narzisse? Beth konnte sich nur an die Gewißheit klammern, daß ihr, als Sam sie nach der Besichtigung seiner Babykleidung ansah, klargeworden war, daß sie und Pat nur Sams Körper in Verwahrung hatten. Sie hatte sich gefühlt, wie sich Cecilia in der traurigen Abgeschiedenheit ihres verwirrten Geistes nie fühlen konnte und vermutlich nie gefühlt hatte – wie eine Entführerin, die ein Kind gegen seinen Willen festhält.

Ob er wohl jetzt glücklich war? Bei den wenigen unregelmäßigen Besuchen – ein Ausflug nach Great America, einmal zum Abendessen zu Rosie – hatten sie beide ganz deutlich Sams nahezu mitleiderregende Bereitschaft gespürt, es ihnen recht zu machen.

Als sie ihn beim letztenmal abgesetzt hatten, sagte Pat auf der Heimfahrt plötzlich: »Er tut, als würde er sich freuen, uns zu sehen. Es ist, als wollte er sich bei uns bedanken. Er ist froh, daß wir ihn freigelassen haben.«

Sie hatte nichts gesagt. Es gab nichts zu sagen. Vor Jahren, während ihres einzigen Versuchs mit einer Eheberatung, hatte der muntere Sozialarbeiter ihnen vorgeschlagen, einfach so zu tun, als ob sie glücklich wären. »Das kann dann zur Gewohnheit werden, genau wie Streiten«, hatte er gesagt. Beth verstand das. Sie hatte es getan, hatte vorgegeben, eine rege, lebendige Frau zu sein, vor allem, als sie wieder angefangen hatte zu arbeiten. Nach Pats Krankheit war sie eine vorbildliche Schauspielerin geworden, eine liebende Ehefrau, auf Biegen und Brechen. Doch erst während der kurzen Dauer von Bens Rückkehr hatte es Anfänge einer erneuerten, echten Zärtlichkeit zwischen ihnen gegeben. Vor dem Wochenende des vierten Juli hatten sie ein paarmal nach dem Liebesakt beieinander gelegen, und während Beth noch die sanfte Entspannung in Bauch und Brüsten spürte, hatte sie wirklich geglaubt, sie würden wieder ein Ganzes werden, ob sie wollte oder nicht. Daß sie es wollte, hatte sie erst dann sicher gewußt, als es vermutlich schon zu spät war.

Auch jetzt ertappte sie sich manchmal bei der Hoffnung, daß die schlichte Gewohnheit des lebenslangen Zusammenseins die Kluft überbrücken würde. Doch nach Sams Fortgang hatte Pat aufgegeben. Die Luft zwischen ihnen enthielt immer weniger Emotionen, bis es kein Gebilde, kein Gefüge mehr gab, das nicht mit Vincents Gewohnheiten oder Kerrys Stundenplan zu tun hatte. Pats Wut an dem Morgen, nachdem Vincent den Wagen gestohlen hatte, war das höchste an Gefühl, das er Beth gegenüber seit Wochen offenbart hatte. Selbst der Zorn hatte inmitten der neuen Sterilität in ihrer beider Leben fast aufmunternd gewirkt.

Pat konzentrierte sich jetzt ganz auf Vincents Rehabilitation. Er chauffierte seinen Sohn zu allen Beratungsgesprächen mit Tom und wartete draußen auf ihn; er besuchte mit Vincent den Jugendbeamten; er schloß am Abend Vincents Tür, wenn er zum Gutenachtsagen hineinging. Als Beth sich erbot, ihn abzulösen und Vincent an den Abenden zu Tom zu bringen, an denen die Sitzung so lange dauerte, daß Pat zu spät ins Hochzeitsrestaurant kam, hatte Pat abgelehnt. »Ich bin es ihm schuldig, Beth«, hatte er gesagt. »Ich bin es ihm schuldig, und selbst wenn ich es ihm nicht schuldig wäre, er ist der einzige Sohn, den ich habe.«

An dem Tag, als er das sagte, hatte Beth die Unterlagen bestellt, Bewerbungen für die Meisterkurse in angewandter Kunst an der Universität von Wisconsin. Sie hatte sie ausgefüllt, die Anmeldegebühr entrichtet, ohne genau zu wissen, was sie erreichen wollte. Bedeutete dies, daß sie Pat tatsächlich verlassen wollte? Wegziehen? Oder wollte sie einfach nur sehen, ob es für sie noch eine Spur Stolz gab, an den sie sich klammern konnte, falls Pat verlangte, daß sie auszog? Und wenn sie wieder die Schulbank drückte? Wollte sie einen Abschluß machen und dann unterrichten? In Madison ein eigenes Atelier eröffnen?

Ein paar Tage nachdem die Papiere gekommen waren, ließ Beth sie auf dem Couchtisch liegen und sah Pats Blick darauf fallen.

»Ich dachte«, sagte sie, ihn kurz aufhaltend, als er gerade von irgendeiner Vincent-Angelegenheit dahergestürmt kam und an der Tür nach seinem Jackett greifen wollte, um zur Arbeit zu gehen, »ich könnte vielleicht etwas Zeit brauchen, vielleicht ein Semester, damit wir alles überdenken können ...«

Und sie war überrascht, wie weh es ihr tat, als Pat sagte: »Was auch immer. Tu, was immer du willst, Bethie.«

Er würde sie also gehen lassen. Er würde nicht versuchen, sie zurückzuhalten. Warum hatte sie angenommen, daß er das tun würde?

Dann hatte der Eigensinn, der Fluch der Kerrys, sie getrieben, mehr zu sagen, das Thema zu erhärten. »Ich dachte, ich würde mir vielleicht eine kleine Wohnung mieten ... Kerry und Vincent könnten in Edgewood zur Schule gehen, wenn es nicht zu teuer ist ...«

Darauf war Pat abrupt stehengeblieben und hatte sie angesehen mit einem Blick, als wolle er sie an beiden Schultern packen und so drehen, daß sie ihm ins Gesicht sehen mußte.

»Meine Kinder«, sagte er so langsam, als rede er mit einer Frau in einer Sprache, die nicht ihre Muttersprache war, »gehen nirgends hin, Bethie. Das Zuhause meiner Kinder ist hier.«

»Paddy«, wandte sie ein, »Kerry ist noch so klein ...«

Und er schien nachzugeben, wenn auch nur ein bißchen. »Vielleicht ... okay, Kerry möglicherweise. Aber Beth, sie hat ihre Freundinnen hier und die Pfadfinderinnen und ihren Sport. Sie hat Blythe, sie ist wie ihre Schwester, und Georgia, sie ist wie ihre ...« Er sagte zum Glück nicht »wie ihre Mutter«. »Kerry, das könnte möglich sein, und darüber werden wir reden, wenn du dich entschieden hast. Aber Vincent wird dieses Haus nicht mit dir verlassen. Niemals. Er wird dieses Haus nicht verlassen, bis er aufs College geht, sofern es mir mit Gottes Hilfe gelingt, ihn heil aus der High-School zu kriegen und ihn zu überzeugen, daß er alles tun kann, außer sein Leben zu vermasseln.« Da liebte Beth ihn, liebte ihn verzweifelt, ihn und seine unendliche Pat-Cappadora-Güte. Es war schließlich ein Entgegenkommen, daß sie fort konnte. Wenn sie seiner je würdig gewesen war, jetzt war sie es nicht.

Und was, dachte Beth an diesem Abend, als sie Pat unten in den Schubladen kramen hörte, war eine Ehe schließlich anderes als eine Ansammlung von Wünschen, die nach jahrelangem Zusammensein die Färbung von Fakten annahmen? Sie fragte sich, ob sie und Pat, abgesehen von den frühen Jahren ihrer Collegeleidenschaft – die, überlegte sie, zwischen zwei beliebigen gesunden jungen Menschen hätte aufflammen können –, jemals mehr waren als so etwas wie Bruder und Schwester, aufgewachsen in der Gewißheit gegenseitiger Geborgenheit. Diese Gewißheit vermißte sie jetzt.

Eines Nachts erwachte Beth aus einem Traum von Vincent, als er ungefähr fünf war. Sie hatte von dem Abend geträumt, als Vincent auf dem Spielplatz neben Rosies Haus vom Klettergerüst gefallen war und sich das Schlüsselbein gebrochen hatte. Beth und Pat waren mit Freunden in der Stadt gewesen, und als sie in die Notaufnahme gerannt kamen – sie hatte lächerlicherweise noch ihren langen, fließenden Abendrock an –, hatte sie Vincents klagendes Jammern gehört und war ihm nachgegangen, hatte sich ungeniert an Türen und Krankenhauspersonal vorbeigeschoben, bis sie ihn mitsamt Blutdruckmanschette in die Arme schließen konnte.

Davon hatte sie geträumt, daß sie durch Pendeltüren gestürmt war – im Traum nicht eine oder zwei, sondern eine endlose Reihe –, um der Klagespur zu Vincent zu folgen.

Sie setzte sich auf; sie hatte sich noch nicht daran gewöhnt, wie breit das Bett war, seit sie allein schlief. Worum ging es in dem Traum?

Vincent. Der Sohn, um den Beth nicht gekämpft hatte. War es Vincent – und nicht Sam, der Sohn, den sie zufällig verloren hatte –, den sie vielleicht wiederzugewinnen hoffte?

Sie könnte ihren Sohn haben. Wenn sie den Mut hätte, wenn sie die Zeit hätte, wenn sie den richtigen Dreh finden könnte. Wenn Wunder wirklich geschähen.

Wenn sie ihn nicht verlassen würde. Wenn sie ihn mit sich nähme ... Aber wie könnte sie das tun? Wenn sie bliebe ... Aber wie könnte sie das tun?

Und von Vincents Warte aus gesehen: Würde das irgend etwas ändern?

Beth erinnerte sich jetzt, daß sie auf dem College mit dem Gedanken gespielt hatte, Sonderschullehrerin zu werden. Beth hatte gelesen, daß alle Kinder bis zu einem gewissen Grad das Phänomen des gelöschten Erinnerungsvermögens erlebten. Es war eine der schwierigsten Gratwanderungen zwischen Eltern und Kindern: Erwachsene konnten sich an die verzückte Zärtlichkeit der frühen Bindung erinnern; Kinder, deren Aufgabe darin bestand, diese Bindung abzubrechen, konnten es nicht. Mit sechs hatte Vincent sie mit harten Augen angesehen und erklärt, daß er sie hasse. Beth war entsetzt gewesen. Wo war hinter diesen Augen ihr Prinz, der sich noch vor einem Jahr nur in ihren Armen beruhigen ließ, wenn er sich fürchtete, nicht in Rosies, nicht in Pats? Wo war das Kind damals gewesen?

Wo war es jetzt?

O Vincent, Vincent, zu Reese geworden, ein weiteres Wechselkind in einem Haus, das, unvorstellbar, schon Amerikas bekanntestes Wechselkind beherbergte. Was hatte Vincent in Erinnerung behalten? Mutterliebe, ungeschmälert von Familienkatastrophen? Und nicht erinnern war dasselbe wie nicht wissen. Wenn Vincent in solchen

Begriffen von ihr dachte, war es vermutlich eine verschwommene Erinnerung an die heitere Zuneigung, die sie für Ben empfunden hatte, kurz bevor er verschwand. Ja, sie hatte Ben mehr davon gegeben. Ben war einfacher gewesen. Sie hatte ihn mehr gemocht. Aber Liebe? Heiterkeit und Zuneigung addierten sich ebensowenig zu Liebe, wie Sex in den Flitterwochen sich mit Wehen und Entbindung vergleichen ließ – Vergnügen, verglichen mit der Welt ohne Ende. Amen. Beth hatte plötzlich ein lebhaftes Bild von sich vor Augen, wie sie abends nach einer Ganztagsschicht bei der Nachmittagszeitung in Madison, wo sie arbeitete, als die Jungen noch klein waren, nach Hause kam und Ben in seiner Windel in der Fensternische hüpfen sah, und Vincent war durch Jills Beine gehuscht, um seine Mutter anzuspringen. Sie erinnerte sich, wie sie mehr als einmal gedacht hatte: Sieh nur! Ich habe sie gemacht. Diese schönen, intelligenten Wesen habe ich gemacht. Richtig witzige Menschen. Und wie sie dann, erdrückt von ihrem Überschwang, gedacht hatte, ich würde für sie sterben. Für jeden von ihnen, schmerzlich, willig.

Wenn Vincent mit ihren Augen sehen könnte ... Aber das war es ja eben. Es war ihr Bild, nicht seins. Es gab keine Möglichkeit, es in sein Herz zu pflanzen.

In plötzlicher Panik dachte Beth: Ich gehe nach unten und wecke Pat und sage ihm, diese Idee von der Trennung, die ist total abwegig, und es war sowieso nur eine Pose. Gemeinsam würden sie eine Beziehung zu Sam festigen und Vincent und Kerry dabei helfen. Es könnte gelingen. Sie wollte nach unten gehen und Pat sagen, er solle auf der Couch zur Seite rücken, damit sie sich neben ihn quetschen konnte, wie sie es in seinem Krankenhausbett getan hatte. Sie schlug die Steppdecke zurück und setzte die nackten Füße auf den Boden.

Und dann stellte sie sich Pats Mund vor, wie er ausgesehen hatte, als er zu ihr sagte: »Vincent wird dieses Haus nicht mit dir verlassen.« Sie zog die Steppdecke hoch, streckte sich aus, die Hände auf der Brust verschränkt.

Ein paar Tage später kam Candy abends vorbei – mädchenhaft in Jeans und einem farbbekleckstem Hemd. Sie gab Pat, der gerade zur Arbeit aufbrach, im Vorbeigehen einen Kuß und ließ sich auf die Veranda plumpsen.

»Gib mir einen Wodka«, sagte sie zu Beth. »Ich hab den ganzen Tag meine grauenhafte Single-Wohnung gestrichen. Als Vorbereitung auf mein grauenhaftes Single-Leben, und ich fühl mich uralt.«

Sie saßen auf der Veranda, und Beth fragte sich, ob sie es sich nur einbildete, daß Candy ab und zu einen Blick zu der Ecke warf, hinter der Sam wohnte. Beide Frauen legten die Füße aufs Geländer und hörten den Grillen zu.

»Wie geht's meinem Reese?« fragte Candy, die ihren zweiten Wodka halb geleert hatte. »Gibt er vor seinen Freunden an, weil er gesessen hat? Auch wenn es nur zwei Tage waren?«

»Im Gegenteil«, sagte Beth. »Ich glaube wirklich, daß er sich schämt.«

»Das ist gut«, sagte Candy. »Und das Leben auf Bewährung?«

Erleichtert, etwas sagen zu können, antwortete Beth: »Es scheint besser zu sein.« Sie schilderte Vincents sichtliches oder zumindest gespieltes Interesse an dem Basketball-Zeltlager für Fünftkläßler, die er zweimal wöchentlich trainieren helfen sollte.

»Ist er in letzter Zeit Bäume hochgefahren?« fragte Candy.

»Wenn es nach Pat geht, wird Vincent vermutlich von Sozialhilfe leben müssen, wenn er sich das nächste Mal ans Steuer setzt«, sagte Beth. »Ihm sind im wesentlichen die Flügel gestutzt. Er geht zwar zum Gemeindedienst, er geht ins Hochzeitsrestaurant, um auszuhelfen, er geht zu Tom ...«

»Was sagt Tom?«

»Ich ... ich habe nicht mit ihm gesprochen. Tu ich fast nie.«

»Und hat Reese Sam noch mal gesehen?«

»Nein.«

Sie schaukelten noch ein bißchen auf ihren Stühlen, und Beth fügte hinzu: »Den größten Eindruck scheint auf ihn gemacht zu haben, daß ihm die Stereoanlage weggenommen wurde.«

»Was?« Candy setzte sich kerzengerade auf.

»Es war meine Idee. Seit er ein kleines Kind war, ist Vincent ... er versenkt sich in Musik. Das ist viel mehr als die übliche Teenagermasche. Ich habe ihm alles weggenommen«, sagte Beth. »Kassetten. CDs. Ich habe sie aufbewahrt, aber den Plattenspieler habe ich Saint Vincent de Paul gespendet. Ich habe Vincent gesagt, das sei ein Privileg. Er mußte begreifen, daß wir es ernst meinen, und immerhin ist es das, was er am meisten liebt ...«

In der Dämmerung merkte sie nicht, wie Candys Gesichtsausdruck sich veränderte, und als Candy den Stuhl, den sie auf zwei Beinen balanciert hatte, mit einem Krach hinstellte und Beth ihren Finger vors Gesicht hielt, wäre Beth fast zurückgeschreckt.

»Was er am meisten liebt«, sagte Candy, »ist hier direkt vor mir. Das ist es, was er am meisten liebt, Beth.«

Wut schnürte Beth die Kehle zu; sie konnte fast nicht sprechen.

»Ich kann das nicht mehr hören«, sagte sie schließlich. »Ich kann's nicht mehr hören, daß der Junge nur deshalb straffällig wurde, weil seine Mutter ihn nicht liebt ...

Entschuldige, Candy, so einfach ist das nicht. Vincent hat nie ... auch bevor das alles passiert ist, war Vincent überzeugt, daß ich Ben lieber hatte.«

»Und? War es so?«

»Herrgott! Ob es so war? Woher soll ich das wissen? Candy, hast du dein Herz lieber als dein Hirn? Deinen Arm lieber als dein Bein? Aber dann ist das alles passiert, und Ben stand im Mittelpunkt, da hatte ich dann keine Möglichkeit, Vincent zu überzeugen ...«

»Selbst wenn du es versucht hättest.«

»Was ich nicht getan habe, ja, *mea culpa, mea maxima culpa.* Aber hätte er es denn nicht wissen müssen? Hätte ein normales Kind es nicht wissen müssen? Mußte ich es ihm jeden Tag sagen?«

»Mußte er es *dir* jeden Tag sagen? Ich meine, hättest du es nicht auch wissen müssen?«

»Was soll das heißen? Hast du's jetzt mit der Freudschen Analyse, Candy?«

»Beth, ich habe gesehen, wie der Junge dich ansieht. Er wünscht sich so sehr, daß du ihm verzeihst ...«

»Daß ich ihm verzeihe? Ihm *verzeihe*?«

»Den ganzen Mist, den er verzapft hat. Oder irgendwas, irgendeine Dummheit, von der du gar nichts weißt. Warum sprichst du nicht mit Tom? Warum? Ich habe mit ihm gesprochen.«

»Und was sagt er?«

»Er sagt, Reese ist, was man einen Symptomträger nennt. Mit dem Zeug, das er anstellt, lebt er die Schmerzen der anderen aus. Und wo Sam jetzt weg ist, was glaubst du, wie er sich fühlt?«

»Ich habe keine Ahnung«, sagte Beth matt und dann: »Weißt du was? Ich denke, Pat und ich werden uns trennen.«

Candy goß den Rest ihres Drinks in die Büsche und

knallte das Glas hin. »Guter Gott, Beth, warum?« Beth zuckte die Achseln. »Ist genug nicht genug?«

»Candy, er möchte es auch.«

»Hat er das gesagt?«

»Das brauchte er nicht. Ich merke es ihm an.«

»Nein. Nein. Das will ich nicht glauben. Pat denkt, die Sonne geht auf ...«

»Nicht mehr. Schon lange nicht mehr, vermute ich.«

»Bethie, du mußt was unternehmen. Noch einen Verlust könnt ihr nicht verkraften. Tu was.«

»Candy, dauernd lassen sich Leute scheiden. Die meisten, die ... ein Kind verloren haben, lassen sich scheiden. Das kannst du nachlesen. Sogar du bist geschieden.«

»Du kannst nicht hier sitzen und Chris und mich vergleichen mit ... Ihr seid füreinander bestimmt, Bethie. Du und Pat.«

»Das kann ich auch nicht mehr hören. Verstehst du? Ich komme mir vor, als wäre ich mit Pats Nachnamen geboren. Scheiß drauf. Vielleicht kann ich ein eigenes Leben haben. Vielleicht brauche ich das, was du hast – eine richtige Arbeit und eine kleine Wohnung für mich allein. Pat ist das egal.«

»Hast du ihn gefragt?«

»Ja, allerdings. Und er hat gesagt: ›Tu, was du willst.‹«

»Das ist nur sein Stolz.« Candy stand auf und setzte sich aufs Geländer. »Er ist einfach am Ende. Solche Entscheidungen trifft man nicht nach einem Sommer, wie ihr ihn hinter euch habt. Und was ist mit Vincent? Und Kerry?«

»Er wird darum kämpfen, sie hier zu behalten. Er will nicht, daß ich sie mit nach Madison nehme.«

»Nach Madison?«

»Ja, Candy, was bleibt mir denn hier? Jährliche Fortsetzungen der vielen Irrungen und Wirrungen der Cappadora-Saga im *Tribune*-Magazin? Noch mehr Gemeinheiten von Pats Schwestern? Mein Vater, der mich ansieht, als hätte ich seinen Lieblingshund erschossen? Nein. Scheiße. Ich tu's nicht.« Beth stand auf und setzte sich wieder. »Candy, ich weiß nicht, wie ich nur den Gedanken ertrage, Reese oder Kerry zu verlassen. Und ich weiß, wenn ich wegziehe, werde ich kaum ... Ich verliere jeden Kontakt zu Sam.«

»Aber du bist auch am Ende, nicht?« Candy kniete sich neben Beth' Stuhl. »O Bethie, Bethie.« Candy wiegte sie jetzt, und Beth fühlte die Tränen kommen, unaufhaltsam, befreiend. »Ist gut jetzt, okay. Hör zu. Ich möchte, daß du eins für mich tust. Nur eins. Willst du?« Beth nickte, und Candy sagte: »Verriegle die Tür nicht hinter dir, das ist alles. Mach sie zu, wenn du willst, aber schließ sie nicht ab. Gib ihm noch eine Chance zur Aussprache. Du und Pat habt nie getrennt gelebt, seit ihr erwachsen seid. Wenn du gehst, vergiß nicht, in dich hineinzuhorchen, was das wirklich für ein Gefühl ist. Rede dir nichts ein, Bethie. Du warst immer imstande, dich selbst zu allem und jedem zu überreden, erinnerst du dich? Wart's einfach ab.«

Beth nickte.

»Wann gehst du?« fragte Candy.

»Ich weiß nicht ... vielleicht bald«, murmelte Beth. »Wenn überhaupt. Der Unterricht beginnt im Januar. Und ich würde Kurse an der Uni belegen.«

»O mein Gott, mein Gott«, sagte Candy. »Pat wird dich vermissen, als hätte er einen Arm verloren.« Sie stand auf und griff nach ihrer überdimensionalen Tasche. »Und Bethie, er ist nicht der einzige. Mir wirst du auch fehlen.«

»Möchtest du wirklich nichts mehr trinken?« fragte Beth, der es plötzlich unvorstellbar war, Candy gehen zu lassen.

»Nein, ich will meine Trinkfestigkeit nicht auf die Probe stellen. Obwohl ich endgültig aus dem Fruchtbarkeitsrennen ausgeschieden bin.«

Beth sagte, und sie fragte sich dabei, ob sie zu weit ging: »Das ist wirklich schade, Candy. Ich hätte dir dein Baby gewünscht.«

»Ja, ja ... ich auch«, sagte Candy. »Ich wollte es wirklich. Es tut mir auch wegen Chris leid, obwohl er mit der nächsten Fünfundzwanzigjährigen, die ihm über den Weg läuft, viel besser dran ist. Und da ich nicht von einem Hungerlohn leben muß, denke ich, vielleicht existiert ja irgendwo auf einem Berg in Chile ein kleines Mädchen, das sich eine verrückte Mama wünscht, die eine Pistole bei sich trägt. Also, vielleicht ...«

»Ich fände das wunderbar. Du wärst eine wunderbare Mutter«, sagte Beth.

»Du auch, Beth«, sagte Candy leise und ging die Treppe hinunter.

35. Kapitel
Reese

Es war nach elf, als Reese in der Einfahrt den Aufprall eines Basketballs zu hören glaubte. Er hielt inne; er hatte etwas in das alberne Tagebuch geschrieben oder zu schreiben versucht, mit dem er sich jeden Abend befassen mußte, weil Tom darauf bestand.

Ja. Tatsächlich. Es war irrsinnig heiß für September. Weil der Ventilator lief und das Haus hermetisch verschlossen war wie ein Kuchen in Plastikfolie, hätte er es nicht gehört, wenn er auch nur ganz leise Musik angehabt hätte. Was normalerweise der Fall gewesen wäre. Selbst so war er nicht sicher, ob er es sich nicht einbildete, bis er das Fenster hochschob und den Kopf hinaussteckte.

Aber nein. Da unten war jemand.

Reese konnte nichts sehen; sein Dad hatte ihm vor einem Monat aufgetragen, die Birnen in der Garagenbeleuchtung auszuwechseln, und er hatte es natürlich nicht getan. Es war eine mondlose, finstere Nacht, Licht kam nur von einer Straßenlaterne, die einen Häuserblock entfernt war. Der Ball prallte wieder auf, zweimal, scharf. Reese mußte die Nachttischlampe ausknipsen, um erkennen zu können, wer es war.

Es war Sam.

»Verdammt, was machst du da?« zischte er. Moms und Dads Fenster war neben seinem, und obwohl er wußte, daß sie längst im Land der Träume waren und daß besonders Mom vor dem Morgengrauen nicht zurück sein würde, wollte er nichts riskieren.

»Nichts«, sagte Sam.

»Weiß dein Dad, wo du bist?« fragte Reese.

»Ja«, erwiderte Sam.

»Wer's glaubt, wird selig«, sagte Reese, auf die Ellenbogen gestützt.

»Willst du ein bißchen spielen?«

»Hm, Kleiner, es ist fast Mitternacht, falls dir das entgangen sein sollte.«

»Mußt du schon ins Bett?«

»Was ich sagen wollte, du Stümper, ich hab schon verdammt genug Ärger, ohne daß Mrs. Pellicano oder Mr. Becker mich noch wegen Ruhestörung belangen.«

»Wir können ganz leise spielen«, sagte Sam. »Außer, du bist ... zu müde. Oder hast zuviel Angst.«

»Mein Wortschatz kennt keine Angst«, erklärte Reese. »Du weißt, ich könnte dich mit verbundenen Augen schlagen. Ich hab dich im Sommer jeden Tag geschlagen und sonntags zweimal. Wenn ich mich recht erinnere, mußtest du ausziehen, um das miese bißchen Ruf zu retten, das du noch hattest.«

»Das hab ich anders in Erinnerung«, sagte Sam, und Reese konnte ihn förmlich grinsen sehen. »Außerdem hast du gut reden, wenn du oben im ersten Stock bist.«

»Sprich dein Gebet, Schwächling.«

»Bin schon auf den Knien.«

Reese dachte daran, ein Hemd anzuziehen, aber es war so verdammt heiß. Drum sprang er so die Treppe hinunter, drei Stufen auf einmal – was hatte der Junge überhaupt um Mitternacht in der Einfahrt zu suchen? Er war hundertprozentig sicher, daß George nichts davon wußte. George hatte bestimmt schon beim FBI oder beim Rundfunk angerufen oder beides. Ach du meine Güte.

Er lief aus der Tür, und da stand Sam in abgeschnittenen Jeans und Reese' White-Sox-Trikot.

»Das ist mein Hemd«, sagte Reese automatisch.

»Ach, wirklich?« Sam täuschte einen entschuldigenden Tonfall vor. »Ich dachte, es wär ein Wischlappen.«

»Wo hast du das her?«

»Ich ... hab's mitgenommen, als ich weggegangen bin. Entschuldige. Du kannst es haben.«

»Ich brauch's nicht«, sagte Reese hastig und dachte dann: Was bin ich doch für ein komplettes Arschloch. »Du kannst es behalten. Oder behalt's, wenn du mich schlägst. Also kannst du's mir ruhig jetzt gleich wiedergeben. Außer es stinkt.« Er konnte den Blick nicht von dem Jungen wenden. Es war Wochen her, seit er ihn im Gefängnis gesehen hatte. Soviel er wußte, hatten sein Dad und seine Mom ihn zweimal irgendwohin mitgenommen, aber da war Reese jedesmal anderweitig beschäftigt gewesen. Und jetzt, nachdem er zwei Tage im Gefängnis und viele wunderbare Tage und Nächte in der Gefangenschaft seines Zimmers verbracht hatte, abgesehen von den kurzen Momenten, wo sie ihn in Handschellen herausließen, um zu essen, hatte er keinerlei Abwechslung, außer daß er Mr. Becker beim Abknipsen seiner Geranienköpfe beobachten konnte.

»Weiß dein Dad ganz bestimmt, wo du bist?« fragte er wieder und checkte den Ball.

»Du willst dich drücken«, sagte Sam. »Ich glaub, du hast Angst.«

»Na gut, Eins-gegen-Eins«, sagte Reese. »Bis elf.«

Er hatte oft genug mit Sam gespielt und kannte seine Bewegungen, daher hätten sie ihn nicht täuschen dürfen. Er wußte, daß der Junge einen kaum ansah, das war einer von seinen Tricks. Sam hatte schräggestellte Augen, Dads Augen, und er verengte sie zu Schlitzen und blickte dir starr über die rechte Schulter, als sähe er eine Riesenwanze hinter dir, während er die ganze Zeit tief zwischen seinen Beinen Achter dribbelte. Das mußte dich ja ablenken. Und dabei redete er ununterbrochen – »Mensch, bist du mies, du bist so mies, wo soll ich mit dir hin? Nach rechts? Nach links?« –, aber das Geplapper galt nicht dir, sollte dich auch nicht nervös machen; es war einfach wie ein laufender Motor. Er gab dir das Gefühl, daß du gar nicht da warst. Und das Verdammte dran war, es funktionierte.

Sam schlängelte sich um Reese herum und erzielte einen Korbleger. Und ging dann mit ausgestreckten Armen zurück, boxte in die Luft und juchzte: »Was ist? Was ist? Pennst du? Pennst du?« Und Reese mußte unwillkürlich lachen.

Aber als er dann endlich den Ball hatte, hätte er schwören können, daß Sam in den letzten Monaten fast zehn Zentimeter gewachsen war; der Junge überragte ihn, klatschte in die Hände, ignorierte Reese' Versuche, ihn zu verladen. Reese zog schließlich nach links, aber Sam blockte den Wurf ab.

»Das ist eine illegale Abwehr«, sagte Reese streng, obwohl er wußte, daß es nicht so war; der Ball war nicht im Fallen gewesen. Du mußtest natürlich der Form halber protestieren.

»Wenn du bescheißen mußt, dann mußt du eben bescheißen – ist mir egal, nimm du den Ball«, sagte Sam.

»Nun mach schon, Kleiner«, sagte Reese darauf. »Ich werd's dir ein bißchen leichter machen. Weil's schon spät ist und so.«

Als das Spiel sieben zu fünf stand, Reese in Führung, keuchten beide in der feuchten Luft. Sie konnten ihre Lungen flattern fühlen wie nasse Handschuhe. »Hast du noch Luft?« fragte Sam.

»Jede Menge«, sagte Reese. »Gibst du auf?«

»Wer gibt hier auf?« Sam stürmte nach rechts und drehte sich blitzschnell um, und mit einem prächtigen Hakenwurf landete der Ball wunderbar im Netz.

»Verdammt, wo hast du das gelernt?« fragte Reese. »Das war deine linke Hand.«

»Ich bin eben vielseitig talentiert«, sagte Sam lachend, checkte den Ball und ging in die Hocke.

»Machen wir Schluß«, sagte Reese dann. »Das Hemd kannst du behalten. Ich hab sowieso drauf gepißt.« Reese griff den Ball von unten und schlug ihn hoch, so daß er Sams Kinn knapp verfehlte.

»Du mußt ›geschlagen‹ sagen«, stachelte Sam ihn an. »Du bist geschlagen, hab ich recht?«

»Ich hab dich gewinnen lassen«, sagte Reese, »das weißt du genau. Aber laß uns für heute Schluß machen. Komm morgen wieder für eine Revanche.«

Da hob Sam die Hände und schob die nassen Haare aus der Stirn, so daß sie in die Höhe standen wie Grasstoppeln. Und holte tief Atem. Er rührte sich nicht. Reese blieb keuchend und schwitzend in der Einfahrt stehen.

»Ich ... also, das ist so«, sagte Sam dann, »ich geh nicht zurück.«

»Wie bitte?«

Sam wies mit dem Kopf über die rechte Schulter, und dort, im Dunkeln am Ende der Einfahrt, stand ein riesiger zerbeulter Koffer, den Reese bis jetzt nicht bemerkt hatte.

»Sam«, sagte er langsam, »Mensch, was hast du vor?«

»Mein Dad weiß Bescheid«, antwortete Sam hastig. »Wir haben letzte Woche lange darüber geredet, und er hat gesagt, ich muß tun, was ich tun muß, und er weiß auch, warum ich so spät in der Nacht hergekommen bin ...«

»Nämlich?«

Sam sah zu den verdunkelten Schlafzimmerfenstern hoch. »Ich wollte keine große Nummer«, sagte er. »Du weißt schon. Mit deinen ... mit Beth und Pat. Und was, wenn die Presse dahinterkäme?« Das machte Reese fertig, wie er »die Presse« sagte, als wäre er vierzig Jahre alt. »Die denken vermutlich sowieso schon, ich hab sie nicht mehr alle, weil ich nach Hause – ich meine zurück – zu George gegangen bin.«

»Und da hat er dich so spät hierhergehen lassen?«

»Wir sind zusammen gekommen. Vor einer Weile. Ich hab Licht bei dir gesehen.«

»Okay«, sagte Reese, und er verschluckte sich fast an den Worten, als er hinzufügte: »Aber ist das jetzt, hm, für immer?«

Sam blickte mit krampfhaft geschlossenem Mund auf seine Füße hinunter, dann sah er Reese an – noch, dachte Reese, ist er vielleicht doch einen Zentimeter kleiner –, seine Augen im Dunkeln geweitet, als hätten sie keine Farbe, als wären sie kleine dunkle Spiegel; Reese war überzeugt, wenn er nahe genug herankäme, könnte er sein eigenes blasses Gesicht darin sehen. »Ich weiß nicht«, sagte Sam. »Ich weiß nicht. Vielleicht. Wenn ich kann ... ich hoffe ...«

Reese winkte ab, und Sam verstummte, drehte sich um und ging ans Ende der Einfahrt, um seinen Koffer zu holen. Reese folgte ihm in kurzem Abstand. Er wollte ihn nicht bedrängen, aber er mußte sich bewegen, mußte etwas tun, sonst wurde er verrückt.

»Der Verlierer muß tragen«, sagte Reese. »Fair ist fair.« Das Ding wog eine Tonne. »Sag mal, sammelst du Ambosse?«

Reese straffte die Schultern, nahm den Koffergriff in die rechte Hand, und dann schloß Sam seine Hand um die von Reese. Reese zuckte zusammen; er spürte die Berührung am ganzen Arm, als hätte der Junge einen Akupressurpunkt getroffen.

»Kein Problem. Ich schaff das schon«, sagte er.

Aber Sam ließ nicht los.

Es war, als tauchte man in einen Steinbruch, so dunkel war es. Reese mußte sich anstrengen, um Sams Gesichtsausdruck in dem schwachen Schein der Lampe an der Ecke zu sehen, der Ecke, um die man gehen mußte, um nach Überqueren einer Straße das rote Haus zu sehen, das einzige Haus in dem Häuserblock, das nicht blau, grau oder braun war. Reese hatte es jetzt deutlicher vor Augen als den schweißigen Schirm seiner Rockets-Mütze, konnte es sich deutlicher vorstellen als das Gefühl des Wildgänsekissens auf Toms Couch. Das rote Haus, das Sams Zuhause bedeutet hatte. Jetzt nicht mehr. Vielleicht. Er könnte noch einmal fragen, aber die Antwort würde nichts ändern.

Es war wie alles. Du brauchtest nur bis zum Morgen zu warten und dann zu zählen und zu sehen, wer übrig war. Du mußtest nur weitergehen, bis du den richtigen Ort erkanntest, weitersuchen, bis jemand dich fand. Reese sah zu der Lampe, dann wieder zu dem Fleck dunkleren Dunkels, der seinen Bruder umriß. Er konnte ihn nur fühlen – den Schweiß auf seiner Handfläche, die kleinen Schwielen, die Kraft in seinen übergroßen Fingern. Reese setzte den Koffer ab; er schauderte. Wie schon mehrmals glaubte er auch jetzt zu verstehen, wie sein Dad sich gefühlt hatte, als sein Herz aussetzte. Wir sollten einfach reingehen. Aber verdammt, dachte Reese. Ich muß. Irgendwann muß ich. Jetzt.

»Ich war's«, sagte er. »Ich war's, der deine Hand losgelassen hat.«

Sam scharrte mit den Füßen. Reese konnte ihn seufzen hören.

»Ach ...« sagte Sam.

Dann hoben sie den Koffer auf, das Gewicht verteilt, als

wäre er eine Matratze, und trugen ihn zusammen auf die Veranda.

»Sind wir ausgesperrt?« fragte Sam.

»Es gibt kein Schloß, das den Beschwörungen von Reese Cappadora widerstehen kann«, sagte Reese und zog seinen Dietrich aus der Gesäßtasche. »Ich komm die meiste Zeit so rein.« Lachend stolperten sie in die Diele. Beowulf rührte sich auf seiner Decke, stand auf, streckte sich schwerfällig, tappte durch die Diele und stieß seine ergrauende Schnauze in Sams Hand.

»Alter Hund«, sagte Sam. »Braver alter Hund.« Dann bemerkte er den Stapel von Beth' Taschen, ihren Koffer und ihre Ausrüstung. »Verreist hier jemand?«

»Meine Mom fährt vielleicht nach Wisconsin wegen ... einem Job«, sagte Reese.

Vielleicht. Vielleicht auch nicht. Koffer konnten gepackt werden. Koffer konnten ausgepackt werden. Man brauchte bloß abzuwarten. »Willst du ihn hier hinstellen? Wir können ihn später nach oben bringen.« Sie schoben Sams Koffer ins Wohnzimmer neben das Klavier.

»Ich könnte was essen«, sagte Sam.

In der Küche war das Glimmen des Kühlschranks das einzige Licht. Reese warf Beowulf ein Stück Käse hin. Sam griff um ihn herum, um eine Cola von der Dosenpyramide zu nehmen, die im unteren Fach gestapelt war, und sprang zurück, als alle Dosen herauskullerten. In der Stille hörte es sich auf dem Linoleum an wie Feuerwerk.

»Herrgott. Das Haus stürzt ein.« Sie krabbelten hinter den Dosen her, die immer noch herauspolterten. Eine traf die Kante der Scheuerleiste, drehte sich und platzte auf. Kohlensäure spritzte, Beowulf kläffte. »Um Gottes willen«, flüsterte Reese grinsend, »hör auf!«

Immer noch mehr Dosen, wie Baumstämme, die eine Rutsche hinunterrollten.

»Du kannst nichts dafür«, keuchte Reese. »Das war Dad, der Meisteringenieur des Universums. In dem Winter, als wir am Restaurant gearbeitet haben, da wollte Dad die übriggebliebenen Fliesen aufbewahren ... Den ganzen Tag hat er sie in den Dachsparren der Garage gestapelt, und dann steht er da und macht das Garagentor zu, und die Sparren krachen durch, und die ganze Decke ...«

Hilflos prustend spuckte Sam seine Cola aus, worauf Reese um so entschlossener war, ihn zum Lachen zu bringen. »Und jede verdammte Fliese, jede einzelne Fliese kracht herunter, eine nach der anderen, auf den Boden der ...«

Aber sie hörten beide ihren Schritt.

»Vincent!« rief Beth von der Treppe, ihre Stimme schlaftrunken, aber mit einem Anflug von Panik. »Was ist das für ein Krach? Bist du da?«

Reese legte den Finger an die Lippen. »Du willst bestimmt nicht, daß sie runterkommt«, sagte er zu Sam. »Nicht jetzt. Verlaß dich auf mich.« Sam griff stumm nach einer Pizzapackung im Kühlschrank, aber Reese hielt warnend die Hand hoch. »Warte«, befahl er. Sam gehorchte.

Beth rief: »Vincent?«

»Alles in Ordnung, Mom«, schrie er. »Mir ist was runtergefallen. Geh wieder ins Bett. Ich bin hier unten.«

Reese drehte sich um und folgte Sam zum Küchentisch. Vom oberen Stockwerk kam ein Wasserrauschen, das Schließen einer Tür. Seine Spannung ließ nach, als Beth sich über den Flur zurückzog. Sie setzten sich an den Tisch, Sam öffnete umsichtig die Pizzaschachtel und verzog angewidert das Gesicht über die Stücke, die am Deckel klebten. Reese holte ein Messer und blieb einen Moment mit gespitzten Ohren stehen, um auf das Knacken der

Dielenbretter über ihm zu lauschen, das leise Ächzen des Bettes, als sie sich hinlegte, und dann nichts als Stille, das Klicken und Summen der sich einschaltenden Klimaanlage, die Geräusche eines Hauses, eines ganz gewöhnlichen Hauses bei Nacht.

»Ziemlich widerlich«, sagte Sam mit Blick auf die Pizza. »Andererseits bin ich ziemlich hungrig.« Er lehnte sich zurück, nachdem er rasch zwei Stücke vertilgt hatte. »Glaubst du, sie schläft?«

»Vermutlich«, sagte Reese. »Warte noch eine Minute. Und wenn du dann raufgehst, schläfst du in meinem Zimmer. Bloß für heute nacht. Damit wir nicht das Bettzeug und alles rausholen müssen. Sonst wacht das ganze Haus auf.«

»Wo schläfst du?«

»Ich weiß nicht«, sagte Reese. »Hier unten auf der Couch. Bei Beowulf. Und ich bin auch gar nicht müde.«

»Ich find's irgendwie mies, daß ich daherkomme und dich aus deinem Bett schmeiße.«

»Ach was«, sagte Reese. »Ich übernehme die erste Wache, okay?«

Sam lächelte. »Okay.«

»Ich gehe die Begrenzung ab«, sagte Reese, als Sam aufstand, in seinem Koffer kramte und seine Zahnbürste hervorholte. Der ewige brave Junge.

»Achte auf verdächtige Bewegungen«, flüsterte Sam.

»Jawohl, Sir, und schlafen Sie gut. Ich werde nicht ruhen, bis das Lager gesichert ist«, sagte Reese.

»Sehr gut.«

Reese setzte sich an den Küchentisch und stützte das Kinn auf die Hände. Es war gelogen, daß er hellwach war; er war hundemüde. Ihm war, als hätte er seit Wochen nicht richtig geschlafen. Über ihm war das Ächzen seines alten Bettes zu hören, als Sam sich hinlegte. Reese sah aus dem großen Fenster an seinem Spiegelbild vorbei in das dichte Dunkel des Gartens. War es Einbildung, oder wurde es schon hell da hinten, wo die Liegestühle waren?

Hinten an der Begrenzung?

Er könnte sich einfach auf die Couch plumpsen lassen. Sie war ausnahmsweise nicht belegt. Nicht wie in den letzten vier Wochen. Dad schlief oben im Ehebett. Reese hatte keine Ahnung, ob das bedeutete, daß er Beth zum Bleiben zu bewegen versuchte oder daß er sich von ihr verabschiedete. Auf jeden Fall bedeutete es, daß im Erdgeschoß die Luft rein war, und Reese würde aufwachen, wenn sich jemand rührte; das tat er immer. Aber er hatte sein Wort gegeben. Und es waren nur noch ein paar Stunden, bis die Nacht zu Ende war. Eine Nacht dauerte nicht ewig.

Bis das Lager gesichert ist, dachte Reese. Oder bis morgen. Was immer zuerst kommt.

Danksagung

Obwohl meist nur ein Name auf dem Umschlag steht, ist jedes Buch ein Gemeinschaftswerk, und das gilt ganz besonders für das vorliegende.

Ohne die Unterstützung und den Zuspruch hilfreicher Geister wäre es immer noch, was es vor zwei Jahren war: vier Seiten auf einer vergessenen Diskette in einer Schublade. Es aus der Schublade geholt zu haben, verdanke ich in erster Linie den zwei Janes, meiner Freundin Jane Hamilton und meiner Freundin und Agentin Jane Gelfman; die eine sagte, daß ich es könnte, die andere, daß ich es geschafft hätte.

Ferner gilt mein tiefempfundener Dank der Ragdale Foundation in Lake Forest, Illinois, wo in den Jahren 1994 und 1995 wesentliche Teile dieses Buches entstanden sind, insbesondere Annie Adams und Sylvia Brown. Für sachlichen Beistand danke ich Nancy Robinson, Mary Otterson und Ralph Gehrke von der Polizei, den Fachärzten Marilyn Chohaney und Tom O'Connor, David Collins von der Matthew Collins Foundation für vermißte Kinder, den Anwältinnen Michele LaVigne und Kaye Schultz und für besondere Ausdauer meinen Basketballtrainern Rick, Mike und T. Und ich danke Barbara Grossman und Pam Dorman für das erstaunliche Vertrauen, das sie in mich gesetzt haben.

Für ihre Geduld und ihre Großzügigkeit haben sich Hannah Rosenthal und Rick Phelps, Jean Marie und Christian Kammer, Georgia Blanchfield und John Wiley, Steve Schuhmacher und Victoria Vollrath, Franny Van Nevel sowie der Rest meines Madison-Kreises einen Ehrenorden verdient, ebenso meine Freundinnen in der Ferne – insbesondere meine liebe Joanne Weintraub, ferner Bridget

Flanner Forsythe, Deborah Toscano, Anne D. LeClaire und Kobena Eyi Acquah.

Mein innigster Dank gilt meiner Familie, weil sie so verständnisvoll war in der langen Zeit, da mein Herz und mein Verstand oft mit anderen Dingen beschäftigt waren.

Mein Sohn Robert, der meine rechte Hand und manchmal meine linke ist, mein sonniger Sohn Daniel und mein Sohn Martin, der kleine Hemingway, der den Titel für dieses Buch fand, die schöne Frau, die meine Tochter Jocelyn ist, und Christin, die Tochter meines Herzens – seid gesegnet, weil Ihr zu mir gehalten habt. Als ich versprach, daß ich dies ebensosehr für Euch tue wie für mich, habe ich es ernst gemeint, und ich liebe Euch über alle Maßen.

Madison, Wisconsin 3. Juni 1995